Stefan Heym
Werkausgabe

Stefan Heym

Gesammelte Erzählungen

Wilhelm Goldmann Verlag

Der Goldmann Verlag
ist ein Unternehmen der Verlagsgruppe Bertelsmann

Made in Germany · 2. Auflage · 12/90

Umschlagentwurf: Design Team, München
Satz: IBV Lichtsatz KG, Berlin
Druck: Presse-Druck Augsburg
Verlagsnummer: 7111
MV · Herstellung: Gisela Ernst/Voi
ISBN 3-442-07111-9

Inhalt

Die Erzählungen der Jahre 1936 und 1945–1951 sind zuerst in englischer Sprache geschrieben worden und wurden vom Autor übersetzt.

Zwei Diktatoren

Marius

Es ist ein halbdunkler Kellerraum. Durch ein kleines Loch in der Wand, Fenster genannt, fällt, je nachdem die Wolken draußen sich lichten oder zusammenballen, stärkeres oder schwach zitterndes Licht ein. Ein großer, für das niedere Gemach zu großer Mann geht darin auf und ab, manchmal rüttelt er an der Tür, sein Gesicht rötet sich, dick schwillt eine Ader auf seiner kurzen Stirn – dann flucht er, grob, bäurisch, und fährt sich mit eigenartig täppischer, Verzweiflung bedeutender Gebärde über sein glatt geschorenes, fast weißes Haar.

Seine Toga ist grau und befleckt, die Purpurstreifen des Consuls hat er abgetrennt vor seiner Flucht, aber man hat ihn natürlich doch erkannt und geschnappt – wer kennt ihn denn nicht, Marius, zum sechsten Male Consul gegen das Gesetz, Sieger über Jugurtha, den Neger, über die aufrührerischen Italiker, über Cimbern und Teutonen? Er sieht seine Hände durch den Dämmer schimmern – es war falsch, sagt er sich. Das sind nicht mehr Soldatenhände, weiß und weich sind sie geworden, Hände eines Politikers und doch zu ungeschickt für dieses lügenhaft-feine Spiel. Solange er General war, solange sie ihn brauchten mit seinen Legionen: in Afrika, in den Alpen, in Asien – so lange erkannten sie ihn an, die noblen Herren, denen er schon als Volkstribun erheblich auf die Finger geklopft hatte. Jedoch hinter seinem Rücken – oh, das hatte er immer gewußt, sollten sie nur nicht glauben, daß er so dumm sei –, hinter seinem Rükken rümpften sie die Nasen, ihre vornehmen, wenn er beim Essen sich gehen ließ, aufstieß und hochzog, schnalzte und schlürfte. Aber ins Gesicht waren sie fein devot, er war der Herr der Legionen, abgöttisch verehrten ihn die Soldaten – nun nicht mehr, nun nicht mehr, seit jener gekommen war, der immer dann auftauchte, wenn der Gipfel des Ruhms erreicht zu sein schien, der Zaunkönig, den er, Marius, der Adler, mit in die Höhe getragen hatte und der nun noch einen Meter höher flog und frech grinste, das listige Gigerl, das sich nicht anstrengte, dem alles in den Schoß fiel, der adrette Schleimer, der im Feldlager immer saubere Fingernägel und parfümierte Damen hatte, dieser Sulla...

Den haßt er, den und seine Freunde, die Nobiles, die adligen Gauner – einmal, zweimal hatte er sie geschröpft, Proskriptionslisten hatte er anschlagen lassen, wenn der Sulla nicht da war, in Afrika kommandierte oder Asien – aber flink war Sulla, plötzlich wieder vor Rom, mit unheimlicher Übermacht, das Gigerl war feiner, er konnte da nicht mit. Jetzt ist er sein Gefangener – oh, wie er ihn haßt!

Was waren die Cimbern und Teutonen dagegen! Die waren ihm eigentlich sympathisch gewesen, Riesen wie er, Soldaten wie er, mit großen, starkbusigen Weibern, wie er sie liebte – mit diesen Burschen konnte man sich herumschlagen, die waren zu fassen, bei Aquae Sextiae, bei Vercellae – der andere war eine Schlange, schoß plötzlich hervor, war nicht zu berechnen, schillernd, glatt; da war er machtlos, Marius, Bauernsohn, Prolet, General und Diktator, so oft es in Rom an allen Ecken brannte.

Wieder rüttelt er an der Tür. Es kann doch nicht sein, daß man ihn in diesem Loch verhungern läßt wie eine alte Katze!

Die Tür geht auf. Plötzlich ergießt sich Licht in den Raum, helles, fließendes Licht. Man sieht den Schmutz auf Marius, die eingefallenen Wangen, den verwahrlosten, stoppligen Bart.

Erst ist Marius geblendet. Dann erkennt er, daß eine Gestalt sich von der Tür löst, unerhört groß, riesenhafter noch als er selber, ein blitzendes Schwert in der Hand, die Ohrläppchen von einem Pfriemen durchbohrt, rötliches Haar – ein germanischer Sklave. Der Henker.

Marius fühlt nichts. Er erschrickt nicht, obzwar das Ende in Sekundennähe vor ihm steht. Er versinkt in eine Art Narkose, die aber nur das Gefühl, die Angst, nicht aber den Geist betäubt. Immer kam diese wohltätige Ruhe in entscheidenden Momenten.

»Zurück!« schreit er den Henker an.

Bei dieser Stimme fährt der Sklave zusammen. Alte Erinnerungen quellen aus dem Unterbewußten. Hänge der Alpen. Heranflutende, pelzbehängte Germanen. Und drüben die eisernen Kolonnen der Legionen. Und über ihnen, weiß mit roten Streifen, der General. Mit dieser Stimme. Der Stimme, die da rief: »Zurück!« und die tatsächlich die wilden, vorwärts gedrängten Scharen der Cimbern zusammenpreßte, erdrückte, erschlug.

Der Sklave und der Diktator starren sich an. Als mäßen sie Energien aneinander. Schließlich müssen sie lächeln. Das ist ein Gegner, denkt Marius, den man lieben kann. Das ist Kraft von meiner Kraft.

Dann verlassen sie den Kerker. Marius fährt nach Afrika, um noch einmal Rom zu erobern und Consul zu werden, zum siebenten Male...

Sulla

Bei Puteoli ist die Sonne mild. Die Pinien verbreiten Schatten und die Quellen Kühle. In einem Garten sitzt ein Mann, dessen Alter schwer zu erraten ist. Er kann dreißig sein oder auch fünfzig oder fünfundfünfzig. Er hat kalte graue Augen, und sein Körper ist von beinahe zierlichem Ebenmaß. Auf seinem Knie liegt ein Wachstäfelchen, die rechte Hand spielt mit dem Schreibgriffel.

Das ist Sulla, der Diktator in Pension, der einzige Herrscher der Weltgeschichte, der es fertigbrachte aufzuhören, als es am schönsten war.

Sulla starrt irgendwo ein Loch in die Luft. Am schönsten, ja. Kein Gegner war mehr da – die Parteien hatte er geknebelt, die Legionen gehörten ihm, Marius war gestorben am vierzehnten Tag seines siebenten Consulats, das sich der Bauer – wie Sulla ihn insgeheim nennt – erobert hat gleich einem Dieb, als er, Sulla, in Asien ein paar Königen Vernunft beibrachte, Vernunft und römische Polizei.

Puteoli ist schöner, Puteoli und das Schreiben. Was ist ein Soldat, was ist ein Politiker für die Ewigkeit? Aber ein Schriftsteller – das ist etwas Besseres. Bücher wird man lesen in hundert Jahren und, vielleicht, auch in tausend – Schlachten sind so schnell vergessen, nutzlos sind sie im Grunde...

Der Bauer mochte an den Ruhm der Schlachten glauben, der war primitiv, der kostete alles bis zu Ende, was er tat. Aber er, Sulla? Er ist zu intellektuell, zu sehr Gehirn – Marius war vielleicht glücklicher. Obwohl sich Sulla nichts mehr gewünscht hätte als einen Augenblick reinen Glücks. Sulla hatte als »Felix« triumphiert, als Glücklicher, nie war ihm eine Schlacht verloren gegangen, alles fiel ihm nur so zu, wenn er es vorher mit seinem scharfen Geist zerlegt hatte – aber er war deshalb noch nicht glücklich. Er sah die kriechenden Larven seiner Anhänger, er roch den unsagbar ekelhaften Geruch des Pöbels, der seinen Wagen schreiend umlagerte – war das Glück?

Je mehr er über sich nachdenkt, desto unklarer wird er sich. In seinen Memoirenbänden, an deren zweiundzwanzigstem er arbeitet, denkt er nur über sich nach und ist am Ende doch so klug wie am Anfang. War das alles Lüge, das ganze Leben, Lüge und zwecklos? Die Suche nach dem Glück, das sich dauernd ihm schenkte? Hatte er sich darum möglicherweise zu betäuben gesucht in dauerndem Kampfe? Im Kampfe mit Marius?

Wer war dieser Marius schon? War das ein Gegner für sein überlegenes Gehirn? Er verachtet den Bauern – er haßt ihn nicht, hat ihn nie gehaßt; aber er beneidet ihn, ganz, ganz tief im Herzen. Marius, der poltern konnte, schreien und schlagen, während er leise seines Weges ging, seine Schlachten acht Tage, bevor er sie schlug, fertig im Kopfe herumtragend –

Das erste Mal waren sie zusammengestoßen im Feldzug gegen Jugurtha. Damals war Sulla ein kleiner Quaestor, Adjutant, nicht einmal regulärer Truppenführer. Marius hetzte Jugurtha durch halb Nordafrika, aber er bekam ihn nicht. Er, Sulla, arbeitete still. Bestach ein paar Araberfürsten, dann nahm er Jugurtha mit einer Handvoll Leute fest – was war schon dabei? Marius schäumte.

Von da an kitzelte er Marius in jedem Krieg. Ob gegen Cimbern und Teutonen, ob gegen die italischen Bundesgenossen, die rebellierten, ob gegen Mithridates – Marius machte die Holzfällerarbeit, er, Sulla, schöpfte den Rahm ab.

Dann verjagten sie sich gegenseitig aus Rom. Sulla lächelt, stets war er aufgetaucht, wenn der andere sich gerade festnisten wollte. Es war ein hämisches Vergnügen, mit dem Riesen zu spielen. Der ärgerte sich so.

Nun war ihm der Bauer weggestorben. Alles machte keinen Spaß mehr. Mochten die Römer sich selber regieren – er setzte sich nach Puteoli, aß gut, schrieb einiges und nahm schöne Mädchen. Merkwürdig, auch darin hatte Marius keine Kultur. Sulla aber genießt – er hatte fünfmal geheiratet und noch Verschiedenes nebenbei getrieben – alles mit der Miene des Grandseigneurs, nur zu einem Drittel oder Viertel innerlich beteiligt. Auch hier Glückspilz – die Frauen fliegen ihm zu – und doch lässig und unglücklich.

Und Sulla schreibt:

»Vielleicht hätte Marius verdient, Herr über Rom zu sein. Ich aber ließ ihn nicht dazu kommen, ich war gleichsam sein böser Geist. Aber nicht etwa im Ernste – er war mir gleichgültig. Sondern es reizte mich, ihn zu reizen, und sein Schaum vorm Munde entlockte mir nur einen mitleidigen Blick...

Ich war wie eine Frau, die einen Mann quält, um sich an seiner Verzweiflung, seinem Haß zu ergötzen. Und doch beneidet sie den Mann, der imstande ist, zu hassen oder zu verzweifeln, während sie kalt bleiben muß durch ein unseliges Schicksal.«

Don Juans Himmelfahrt

Don Juan war alt geworden. Er, der ewig Jugendliche, hatte wie mit einem Schlag alles verloren, was ihn zum Idol der Welt, besser: des weiblichen Teils der Welt, gemacht hatte. Eines Morgens nützten alle Schminktiegelchen, alle Tinkturen und Puder nichts mehr – Don Juan war alt, so alt. So setzte er sich in eine Postchaise und fuhr nach einer kleinen Stadt, zu einer seiner ehemaligen Geliebten, die längst dick und Familienmutter geworden war. Man quartierte ihn in einer kalten Mansarde ein – weniger aus Liebe und Mitleid, sondern weil man den Honoratioren zeigen konnte: »Sehen Sie – bei uns wohnt er, der alte Don Juan – wollen Sie ihn anschauen?« Und dann trappelte die Gesellschaft der Bäuche hinauf zu Don Juans Kammer – da saß er, der große Charmeur, der Schreck aller Ehegatten, zahnlos, ungefährlich, in einem zerschlissenen Lederfauteuil, und sagte müde den Besuchern: »Bon soir, messieurs et mesdames.« Doch die Bäuche zogen sich schnell zurück vor diesem zerrissenen, hageren Gesicht, nur manchmal blieb ein Provinzdämchen länger oben, abgestoßen und doch zugleich angelockt von dem rätselhaften Flimmern der Augen Don Juans.

Als die Magd ihm eines Tags sein kärgliches Mahl in die Kammer brachte, fuhr sie mit einem Aufschrei zurück. Der da im Sessel saß, war wie ein Gerippe, unter den weißen Seidenstrümpfen die knochigen Beine des Todes. Don Juan aber flog auf, leicht abgetan alle irdische Trockenheit, zu den Himmeln.

Er kannte dieses Leichtsein; es war die alte Beschwingtheit seiner Liebesspiele – jenes Unerklärliche, das wie Ahnung die Frauen befiel, wenn sie ihn nur sahen. Die Wolken kamen wie reizende Balletteusen der Hofoper, und im Vorbeifahren strich er mit seiner langfingrigen Hand leicht über ihre platinblonden Locken. Die Pforten des obersten Himmels sprangen weit auf vor ihm – man hatte ihn lange erwartet und ließ ihn mit dem goldbestickten Rock bekleiden,

den er vor den Königinnen getragen hatte. Man war sich wohl bewußt im Himmel, wie lächerlich Don Juan im engelhaften Nachthemd ausgesehen hätte.

Trotzdem gab es eine starke Opposition gegen ihn, ausgehend von der puritanischen Apostelpartei, man sprach in den himmlischen Caféhauszirkeln sogar davon, die Apostel hätten den lieben Gott gegen Don Juan beeinflußt. Don Juan wohnte provisorisch – bis zur Entscheidung über seine Zugehörigkeit zu Paradies oder Hölle – bei der heiligen Magdalena, und die beiden tauschten, wenn es Abend wurde und sie nicht die göttliche Komödie besuchten, ihre kleinen und großen Erlebnisse aus. Magdalena war sehr begeistert von Don Juan.

Inzwischen hatten die Puritaner nicht geruht, sie hatten dem himmlischen Generalstaatsanwalt das gesamte Material, das gegen Don Juan vorlag – und es war eine ganze Menge! –, zugeleitet, hatten eine Massenversammlung einberufen: Es wäre eine Schande, wenn eine so unmoralische Seele, wie Don Juan, ins Paradies käme... Und diese Resolution wurde dem lieben Gott auf den Frühstückstisch geschmuggelt.

So kam der Tag des Gerichts. Kleine, pausbäckige Engel bliesen in große Posaunen. Der Generalstaatsanwalt, der als einziger im Himmel eine hochgeschlossene Weste trug als Symbol seiner Integrität, erschien an der Spitze der Apostelpartei. Die Apostel, sämtlich ältere Herren, schüttelten mißbilligend ihre Bärte, als sie Don Juan, der dem Publikum vertraulich zulächelte, in seinem bunten Rock im Saal erscheinen sahen. Seine Verteidigung hatte die heilige Magdalena übernommen. Den Vorsitz führte der liebe Gott persönlich. Nach dreimaligem Posaunenstoß begann die Verhandlung. Don Juans Personalien wurden aufgenommen, ein genaues Register seiner Affären sowie seiner guten und bösen Taten verlesen – dann erhielt der Generalstaatsanwalt das Wort.

Er sprach ölig und salbungsvoll, mitunter vergrub er seine Daumen in den Ärmelausschnitten seiner Weste. Dieser Don Juan, sagte er, dieser Filou! Dieser Erzgauner, der nie im Leben auch nur einen Heller rechtmäßig erworben hatte! Der kalt und gefühllos die Herzen der Mädchen und Frauen brach und nahm und wieder wegwarf, als sei das alles – mit Verlaub – ein Dreck! Ein Ehebrecher par excellence! Der nie die Tränen sah, die er hinter sich ließ! Ein Mensch ohne Gewissen, ein Mörder und Kavalier! Der seine Kuckuckseier in die Nester löblicher Ehrenmänner legte, ihr Haupt mit Schande und ihr Haus mit Bastarden belastend! Ein Schmetterling, der küßte und davonflog; ein Gewissenloser, der göttliche Gesetze lächerlich machte und die Schranken der Sittsamkeit mit leichtem Fuß übertanzte!

Gott hielt die Waage der Gerechtigkeit spielerisch zwischen zwei Fingern. Die Schale Schuld senkte sich tief. Gott blickte auf Don Juan, und siehe – der zuckte die Achseln. Der liebe Gott gab der heiligen Magdalena das Wort.

»Ihr scheint«, sprach sie fast ironisch, »euer irdisches Sein längst vergessen zu haben. Was wißt ihr noch vom Glück der Menschen, von ihren Wünschen, Begierden, Sehnsüchten – und was wißt ihr von den Frauen? Ein einziges glückliches Lächeln einer Frau, die dieser geniale Mensch Don Juan einmal mit sich selbst erfüllt hat, das Lächeln einer Frau, die von einer Seligkeit gekostet hat, wie sie einmal in Jahrtausenden einem Wesen der Erde geschenkt wird – ein einziges solches Lächeln wiegt schwerer als sämtliche moraltriefenden Sätze des Generalstaatsanwalts. Und ist dieser Don Juan«, pathetisch hob sie den Arm, »ist dieser Don Juan zu verurteilen, weil er die Seligkeiten, die zu verschenken ihm unbeschränkt gegeben war, weil er dieses Glück mit vollen Händen und leichten Herzens ausschüttete?«

Der liebe Gott verzog lächelnd den Mund und ließ die Schale Schuld durch einen kleinen Druck des Fingers emporschnellen, daß alle Vorwürfe und Anklagen hinunterfielen ins Nichts. Das Urteil der höchsten Instanz war gesprochen. Man fragte Don Juan, wo er seinen himmlischen Sitz aufzuschlagen gedenke.

Und Don Juan, kurz entschlossen, stellte den schriftlichen Antrag, ins Paradies der Mohammedaner versetzt zu werden. Ihm sei weibliche Bedienung sympathischer, sagte er.

Männliche Gedanken

So – jetzt ist es ganz dunkel geworden. Nein – wenn ich den Mantel zur Seite schiebe, kommt durch einen Spalt ein wenig Licht. Früher, im Theater, konnte man lachen über so was. Der Herr Liebhaber im Schrank und draußen die gnädige Frau mit dem nichts ahnenden Gatten. Aber daß man nun selber in der gleichen Situation ist! Mir ist gar nicht zum Lachen. Im Gegenteil, ich verspüre einen sehr unangenehmen Druck im Bauch. Immer, wenn es brenzlig zu werden droht, hab ich das. Zu dumm.

Es wird heiß hier drin. Und diese lästigen Mäntel und Anzüge! Katja muß Mottenkugeln im Schrank haben – das beizt die Nasenschleimhaut. Aber den Motten soll es nichts schaden. Hätte sich Katja auch eher überlegen können, daß sie diesen Schrank als Aufbewahrungsort für ihre Freunde benutzen würde – hätte die verdammten Mottenkugeln – – Herrgott! Ich möcht ihm die Mottenkugeln in seinen fetten Hals stecken, dem Idioten, dem Gustav!

Dabei war alles so sicher. »Jacques«, hat sie zu mir gesagt, »Gustav verreist heute abend. Wirst du kommen, Jacques?« Wenn ich das höre, diese süßen Töne – da kann ich natürlich nicht nein sagen. Und jetzt steh ich im Schrank und schwitze. Das hat man von der Liebe. Dabei kann man sich nicht mal aufrichten. Sofort stößt man mit dem Kopf an. Die Liebhaber auf der Bühne haben's besser – ich glaube, die gehen hinten aus ihrem Schrank heraus. Ich werd mir den Kragen aufmachen. – Was sagt er draußen?

»Katja, liebes Herz – und kümmre dich ein bißchen um Jacques – ich weiß, er ist einsam...« Zerspringen soll er! Mitleid mit mir auch noch. Wenn er wüßte, was los ist, würde er schon aufhören, Mitleid zu haben. Warum ist er eigentlich zurückgekommen? Was hat der Mann zurückzukommen, nachdem er groß ankündigt, daß er verreist?! Das ist gegen die Spielregeln. Das ist direkt gemein.

»Katjakind, ich muß meinen Regenschirm haben. Ohne Regenschirm kann ich nicht verreisen. Wo war denn der Regenschirm?« – »In der Garderobe, vielleicht?« – Ich höre ihn abtrampeln. Daß der Mann auch immer so trampeln muß! Ich werde mal an die Tür klopfen. Soll sie dem Gustav schon den Regenschirm geben! Nur weg soll er gehen. Ich ersticke sonst. Ich kann mich nicht rühren, nicht einmal das Taschentuch herausholen. Der Schweiß brennt mir in den Augenwinkeln.

Gustav kommt wieder. »Nein, mein Kind, der Schirm muß im Schrank sein.« Im Schrank... Also bei mir. – Sonderbar, ich bin gar nicht mehr aufgeregt. In dreißig Sekunden spätestens wird Gustav mich entdecken. Und ich stehe wie eine Leiche im Schrank – der Kragen ist offen – ich muß ganz rot aussehen im Gesicht – eine fabelhaft männliche Gestalt – haha!

Aber er denkt ja gar nicht dran, den Schirm zu holen! Was macht er denn? Was kichert Katja so? »Also – mein Kind – nur zum Abschied – noch einen Kuß, ja?« Sie küssen sich. Und ich muß mir das anhören! Glänzend ist das – sie küssen sich! Ich denke, er wollte seinen Schirm holen? – Schöner Schirm das! Da ist er ja übrigens – neben mir steht er, dieser nette Schirm. Wenn ich jetzt den Schrank aufmachte und sagte: ›Da ist dein Schirm, lieber Gustav; nun mach, daß du fortkommst!‹? Das sind so die Wunschträume eines besseren Junggesellen. Außerdem hat Gustav keinen Humor, er bekäme einen Schlaganfall. Bestimmt, er bekäme ihn, und dann müßte ich Katja heiraten. Nein, zum Heiraten ist sie doch nicht ganz die Richtige. Eigentlich ulkig, daß Gustav es so lange mit ihr aushält. Ich könnte das nicht. Ich bin mehr ein Schmetterling, der die Tautropfen aus den Blumen trinkt. Poesie unter Mottenkugeln! Ich hab es mit den Insekten heute. – Wie lange poussieren sie noch da draußen? Ich frage: Muß das sein? Ist das vielleicht üblich zwischen Ehegatten? Übrigens zittern meine Knie; ich werde langsam alt. So fängt es an, und dann zittern die Hände und dann der Kopf, und dann ist es aus. Meine Hände zittern auch, aber ich glaube, vor Wut. Die Luft ist ausgesprochen schlecht und dick. Wie in einem Unterseeboot, das unter Wasser ein Leck bekommen hat – arme, verzweifelte Matrosen. Manchmal hab ich Angstträume, daß es mir auch so gehen könnte – jetzt geht es mir so. Ist das nicht lustig, wie die Gedanken ihre eigenen Wege ziehen? Man kann ihnen stundenlang zusehen und sich amüsieren. Wenn ich nur einmal durchatmen könnte!

»Also, du wirst mir treu sein – bestimmt, Katja?« Was der für eine Einbildungskraft hat! Ja – die Menschen leben von Illusionen. Ich möchte nur wissen, wer vor mir schon in diesem Schrank gesteckt hat. »Bestimmt bin ich dir treu. Wie kannst du nur vermuten!« Wie sie zwitschert! Frauen haben mitunter gräßlich unsympathische Töne in ihrer Stimme. Ich finde Katja einfach unsittlich. So eine Frechheit – dem eigenen Mann ins Gesicht zu lügen! Wo der Galan im Schrank steht, dicht daneben! Daß sie nicht einmal errötet! Aber vielleicht errötet sie, ich kann es ja nicht sehen. Jetzt küßt er sie wieder. Vermutlich streichelt er sie jetzt an allen möglichen Stellen. Ich hasse ihn! Ich möchte ihn ...! – aber ich bin ja im Schrank. Machtlos, eingesperrt. Nicht einmal husten darf ich. Dabei möcht ich doch so gerne husten. Man möchte immer, wenn man unter keinen Umständen darf. Philosophie zwischen staubigen Mänteln. Das Blut steigt mir zu Kopf.

»Katja, liebst du mich?« Gustav wird den Zug verpassen, wenn er noch lange fragt. Und den Schirm will er auch haben. Wenn es doch schon endlich so weit wäre! Dann werden wir uns duellieren – Gustav hat immer für Ritterlichkeit geschwärmt. Wegen Katja werd ich mich noch erschießen lassen müssen. Peinlich, peinlich.

»Gusti – mein Einziger!« Ich habe meiner Meinung über diese Person bereits Ausdruck verliehen. Katja: Ehebrecherin! Lügnerin! – Ich ersticke. Er wird tatsächlich den Zug verpassen. Alles wegen seiner Frau! Man soll Frauen nicht so wichtig nehmen.

Da – er rückt mit dem Stuhl. »Und wenn ich wiederkomme, holst du mich von der Bahn ab, ja?!« Welch rührende Liebe! Wenn doch das ganze Haus zusammenstürzte! Samt diesem Schrank! Na endlich – er räuspert sich gründlich. Also will er gehen. »Weißt du, Katja – im Grunde ist es lächerlich, immerzu einen Schirm herumzutragen. Ich werde keinen Schirm mitnehmen.«

Das hat ihm Gott eingegeben. – Mit einem Male wird mir Gustav unerhört sympathisch. Was er für eine nette Knollennase hat! Ich sollte ihm seine Frau wirklich nicht – na, sagen wir: abnutzen.

»Auf Wiedersehen, Katja!« – »Viel Glück, Gusti! Bleib mir schön gesund!« Kindisches Getue. Er geht. Nein, er kommt noch einmal zurückgetrampelt. »Ich habe was vergessen.« Was denn schon wieder? Schrecklich vergeßlich ist er!

Er klopft! – Klopft hier an den Schrank!! Ich höre: »Auf Wiedersehen, Jacques!« ... Ich lache. Ja, ich lache!... Der Schrank sinkt zusammen – – – alles um mich wird leer – – das nennt man also eine Ohnmacht...

Unterm Wagen

Damals saß ich im Untersuchungsgefängnis der Stadt Bismarck. Wegen einer Alkoholgeschichte, ich war so unvorsichtig gewesen, mir die Jacke auszuziehen, als gerade ein Wachmann neben mir stand. Ich sehe noch, wie er mit Kugelaugen auf meine Gesäßtasche starrt – instinktiv greife ich hin – irgendwie mußte meine Kognakflasche sich verschoben haben, und ehe ich sie zurück in die Tiefen der Tasche stoßen kann, legt mir der große, unangenehm kräftig aussehende Policeman seine schwere Hand auf die Schulter. »Komm mit, mein Junge!« sagte er.

Und so saß ich eben. Ich war sehr ruhig. Was konnte mir schon passieren? Mein Vater, der damals einer der reichsten Männer von Bismarck war, würde mich schon durch seinen Advokaten heraushauen lassen. Da hatte ich gar keine Angst. Ärgerlicher war schon, daß ich heute abend das Rendezvous mit Mabel verpassen würde. Mabel! – Ich war eben in die schönsten Träume vertieft, in denen Mabel die Hauptrolle spielte, da wurde die Tür aufgerissen und ein Mensch, das Gesicht voll Dreck, Schweiß und Blut, die Kleider zerfetzt, in die Zelle gestoßen. Keuchend lehnte er sich an die Wand. Er schien eben verprügelt worden zu sein – nichts Ungewöhnliches, wenn man die Schnelljustiz bei uns in Amerika kennt.

Nach einer Weile kroch er zur Pritsche und legte sich nieder. An seinem Atem, der jetzt langsamer ging, merkte ich, daß er sich etwas beruhigt hatte. »Was war denn los?« fragte ich vorsichtig. Er schwieg. Er schien, wenn ich in dem Halbdunkel der Zelle richtig sah, ein Tramp oder Landarbeiter oder etwas Ähnliches zu sein.

Plötzlich begann er zu reden. Das heißt, zunächst fluchte er und schnorrte mich um eine Zigarette an. Dann fragte er mich: »Was ist das, wenn man einen Mann, der eben einen Mord begangen hat, einen Mord an meinem Kameraden, tötet?«

»Es kommt darauf an, wen du da erledigt hast«, gab ich zur Antwort. »Bei uns läuft ein Haufen Leute, von denen jeder mehr als einen Menschen auf dem Gewissen hat, in schönster Freiheit herum. Wenn es ein Beamter oder eine Standesperson oder ein reicher Mann war, den du in eine bessere Welt befördert hast, dann ist es Mord. War es ein weniger wichtiges Individuum, dann ist es eben nur Totschlag oder Notwehr oder weiß der Teufel was.«

»Ich werd dir die Sache erzählen«, sagte er. Er erzählte es natürlich nicht so glatt, wie ich es hier wiedergebe. Sondern er unterbrach sich immer wieder durch einen Fluch, ein Ausspucken oder die Bitte um eine neue Zigarette. Am Ende hatte er mein ganzes Etui leer geraucht. Aber es lohnte sich.

»Ich hatte einen Güterzug nach Bismarck genommen. Ein Freund hatte mir gesagt, in Bismarck werde es Arbeit geben«, fing er an. Er war also ein Tramp, ich hatte recht gehabt. »Es war ein angenehmer Zug, ziemlich schnell, und er hielt auch nicht auf jeder Drecksstation. Ich kannte die Linie, war schon oft drauf gefahren, und ich wußte, wenn man von einem Bremser erwischt wurde, mußte man unweigerlich fünfzig Cent zahlen. Fünfzig Cent sind viel und wenig, je nachdem. Wenn man nur noch sechzig Cent hat, sind fünfzig eben ein Vermögen. Ich fuhr in einem halb leeren Kohlenwagen. Wenn ich mich hinkauerte, konnte mich kein Bremser sehen. Ich war schon ein ganzes Stück vorwärts gekommen, wir hielten auf einer kleinen Station, da kroch ein Mann über den Rand des Wagens, mit vieler Mühe, und ließ sich auf die Kohlen fallen. Er war entweder betrunken oder krank, aber als ich mich näher zu ihm setzte, roch er absolut nicht nach Schnaps; und außerdem war er wirklich erschreckend blaß. Die Blässe stach kalkig ab von seinem schmutziggrauen Bart, er war, meiner Schätzung nach, ein Kumpel aus den Bergwerken der Umgebung.

Aber er mußte gesehen worden sein, als er in den Wagen kletterte, denn noch auf der Station kam ein Bremser und verlangte die fünfzig Cent. Der Bremser war ein großer, robuster Kerl mit einem Gorillagesicht, über der eingeboxten Nase und dem verbissenen Mund blinkten bösartig ein Paar kleine, grünlich schimmernde Augen. Ich wußte, daß es keinen Zweck haben würde, mit dem Bremser zu diskutieren. Diese Banditen sind so versessen auf ihr Geld, daß man mit

Engelszungen reden könnte – sie schmissen einen doch unbarmherzig vom Zug. Also gab ich ihm die fünfzig Cent und ärgerte mich. Aber der Kumpel hatte gar kein Geld. Der Bremser schrie und warf mit seinen Riesenkräften den Alten vom Wagen hinunter. Ein Wunder, daß sich der Alte nicht sämtliche Knochen brach. Er raffte sich aber sofort auf und bat den Bremser, der höhnisch auf dem Wagen stand, er möchte ihn doch mitfahren lassen. Er habe eine kranke Frau in Bismarck und sei selber krank; er weinte und rutschte auf den Knien vor diesem Tier, daß es mich in der Kehle würgte – alles umsonst. Je jämmerlicher der Alte bettelte, desto lauter und höhnischer lachte der Bremser, er schlug sich auf die Schenkel vor Lachen, er brüllte und kreischte, es war geradezu widerlich. Ich habe es selten bereut, kein Geld zu haben; aber diesmal hätte ich etwas darum gegeben, dem Bremser fünfzig Cent ins Gesicht werfen zu können und den Alten auf den Wagen zu heben. Es war vollkommen aussichtslos. Der Bremser hatte die Macht. Wie ein Athlet stand er grinsend auf den Kohlen, und dann hatte er einen Revolver in der Tasche.

In diesem Augenblick fuhr der Zug ab. Auf dem Gesicht des Alten spiegelte sich hilfloseste Verzweiflung. Plötzlich aber sprang er auf, klammerte sich mit letzter Kraft an den Wagen und kroch auf die Stangen.

Die Stangen? – Ja, das sind lange Eisenbänder, die unter dem Wagen entlang laufen und die den Boden stützen. In der Mitte des Wagens ungefähr senken sie sich ein bißchen, so daß ein Mensch gerade darauf liegen kann.

Da also war der Alte hingekrochen, und der Bremser stand auf dem Wagen. ›Lach nicht so!‹ schrie er mich wütend an, aber ich mußte doch lachen. Gar nichts konnte er machen, der Bremser, solange der Zug fuhr. Und der Zug würde kaum mehr halten bis Bismarck. Da sah ich, wie ein Gedanke auf dem Gesicht des Gorillas aufblitzte, ein boshafter, gemeiner Gedanke. Mein Lachen gerann mir um den Mund, als ich zusehen mußte, wie der Bremser sich den Arm voll Kohlenstücke lud, faustgroße, schwere Klumpen, wie er sich auf die Kupplung zum nächsten Wagen stellte, sich mit der einen Hand festhielt und mit der andern den Alten auf den Stangen bombardierte. Durch eine Ritze im Boden des Wagens konnte ich das Drama von Anfang bis Ende beobachten. Die schwarzen Brokken flogen um den Kopf des blassen alten Mannes, er kroch auf den Stangen herum, um sich zu decken, aber es nützte ihm nichts – seelenruhig stand der Bremser auf der Kupplung und zielte nach dem Mann.

Noch hatte der Alte die Kraft, mit seinem Kopf den Würfen auszuweichen, aber es war nur eine Frage der Zeit, wann er zu erschöpft sein würde, um sich zu rühren. Unter den Stangen brausten in unendlicher Reihe die Schwellen dahin. Ich sah, wie die müden, alten Hände des Kranken sich um eine Stange krampften, ich sah die grauenhafte Angst in seinen Augen, ich sah, wie die Kohlenbrocken seinen Kopf umsausten, ich wollte schreien, aber mir war die Kehle wie zugeschnürt. Und dann kam das Ende.

Die Augen des Alten schlossen sich, ganz still lag er auf den Stangen, die Schienen glitten unter ihm fort ins Unendliche, dick und blau trat an seiner Schläfe eine Ader hervor – und da traf das erste Kohlenstück. Plötzlich war sein ganzes Gesicht voll Blut, Blut rann in den grauen Bart, schweres, dunkelrotes Blut. Noch hielten sich die Hände an den Stangen fest, aber ganz langsam, furchtbar langsam lockerten sie sich schon – ich weiß nicht, ob der Alte geschrien oder um Hilfe gerufen hat, es war nichts zu hören – und ebenso lautlos war mit einem Mal der Körper von den Stangen verschwunden.

Der Bremser hatte den Tod seines Opfers noch nicht bemerkt. Den Mund in sadistischer Freude verzogen, bombardierte er noch immer den leeren Raum auf den Stangen.

Nun ja – und da konnte ich mich nicht mehr halten. Ich sah rot vor den Augen, blutrot. Wahrscheinlich bin ich auf den Bremser zugesprungen und habe den Überraschten von seinem Stand auf der Kupplung hinuntergeworfen. *Seinen* letzten Schrei habe ich gehört. Und es ist mir leichter dabei geworden.«

Der Tramp warf die letzte Zigarette in die Ecke und trat sie aus.

Der Besuch

Aufgeschlagen lag das Buch auf dem Tisch, genau an der Stelle, wo Annette ihre Lektüre unterbrochen hatte, als der Besuch ins Zimmer getreten war. Aber das Gespräch wollte nicht richtig in Gang kommen. Der Schauspieler stand am Fenster und starrte auf das triste Vis-à-vis der Mietshäuser.

Wie langweilig ist das alles, dachte er. »Ich weiß nicht, ob ich offen sein kann«, sagte er nach einer Weile erdrückenden Schweigens. Schmerzlich verzog sich dabei seine Stirn. Seine Augen waren gerötet, als hätte er in den letzten Stunden viel und entscheidend nachgedacht.

Annette schlug die Beine übereinander und zog den Rock übers Knie. Dann nahm sie ihre Puderdose aus der Tasche und begann sich ein wenig herzurichten, die kleinen Fältchen um den Mund zu überdecken, den Glanz auf der Nase. Dann sah sie mit großen Augen auffordernd zu dem Schauspieler empor. »Sprechen Sie ruhig, Martin, Ihnen kann ich doch nichts übelnehmen...« Und sie legte eine gewisse Wärme in das »Ihnen«.

»Ich weiß nicht, ob ich offen sein kann«, wiederholte der Schauspieler. »Wenn man gleich so mit der Sprache herausrückt, klingt alles so plump, so roh, und man verdirbt damit mehr, als einem lieb ist.«

Annette war eigentlich erstaunt gewesen, als Martin so plötzlich kam. Sie kannte ihn schon einige Zeit, er war ihr bei einem ziemlich wilden Atelierfest vorgestellt worden, als sie gerade Mokka trinkend allein in einer Ecke saß. Und er hatte sich auch später eigentlich nicht sehr um sie bemüht. Um so auffälliger erschien ihr seine Verlegenheit jetzt.

»Sehen Sie – das Wort«, sagte Martin, »in meinem Beruf weiß man die Wirkung jedes Wortes bis in die letzte Nuance zu taxieren – und man wird dann sehr vorsichtig damit.« Sie ist doch schon mindestens neununddreißig, dachte er dabei, wenn sie auch aufgefärbtes Haar hat. Man sieht es an der lockeren Haut ihrer Hände und an den Falten am Hals.

Und sie dachte: Ich muß es ihm etwas erleichtern. Ob er mich zu heiraten verlangt? Nein, heiraten werde ich ihn bestimmt nicht. Er ist zu jung. Und dann hat er ein so finniges Gesicht und unangenehm breite, rauhe Hände. Aber ein wenig mit ihm leben? Vielleicht... Möglicherweise ist er ganz amüsant. »Ach – ich bin vieles gewöhnt«, sagte sie also, »man erfährt dieses und jenes im Leben und wird nachsichtig gegen kleine Fehler – besonders wenn man sieht, wie aufgeregt der Partner des Gespräches ist...« Und sie lächelte ihm aufmunternd zu.

Nein – jetzt philosophiert sie noch! dachte Martin wieder, wie monoton. Aber sie mag ganz reizvoll sein – nun ja, es gibt wenig Frauen ohne irgendeinen Reiz. Wenn sie mir nur nicht solche Avancen machte! Ich mag das gar nicht... »Sehen Sie, Annette«, begann er dann zu sprechen, »natürlich wäre es äußerst wirkungsvoll, wenn ich Ihnen jetzt zu Füßen fiele – aber das kann ich nicht! Kann ich einfach nicht! Ich bin nun einmal so ein Mensch, es widerstrebt mir. Kniefälle macht man ja auf der Bühne genug...« Wie sich das schleppt, schleppt! ärgerte er sich.

Doch, ich würde ihn sogar heiraten, dachte Annette. Trotz seiner Fehler. Sei doch ehrlich, Annette, in deinem Alter – kannst du da noch groß wählerisch sein? Wie er sich windet! Er scheint mich wirklich zu lieben – armer dummer Junge – Martin – Und sie kostete schon jetzt die Zärtlichkeit aus, die sie für ihn in diesen Namen hineinlegen wollte. »Sie müssen doch nicht knien vor mir, Martin – ach wo – wir leben doch in einer sachlichen Zeit. Und ich verzeihe Ihnen von vornherein alles. Alles! hören Sie? Und nun sagen Sie mir ganz ruhig, daß...«

Sie wartete. Die Ruhe im Zimmer wurde ganz schwer. Die kleine Uhr auf dem Schreibtisch tickte übermäßig laut.

»Also seien wir sachlich«, raffte sich der Schauspieler auf. »Können Sie mir zweihundert Kronen borgen? – Sehen Sie, es war mir ja unangenehm – man pumpt eine Dame nicht an – aber ich kenne Sie doch schon lange – und ich habe Geld verspielt – und Ultimo ist erst in acht Tagen – und in den Vorschüssen stecke ich auch tief genug drin... Sind Sie mir böse?«

Annette war rot geworden. Sie stand auf, um sich abwenden zu können. »Aber nein!« sagte sie gepreßt. Ging zum Schreibtisch, schloß auf und gab dem Mann das Geld.

Darauf wurde der Schauspieler lebhafter, direkt liebenswürdig, plauderte, erzählte Anekdötchen vom Theater, und nach zwanzig Minuten verabschiedete er sich.

So lächerlich es auch war, Annette begann zu rechnen. Pro Minute zehn Kronen, dachte sie. Und sie stützte den Kopf in die Hände.

Das leichtfüßige Mädchen

Heute ist Berndt weggegangen. Nein, ich glaube nicht endgültig. Das kann ich nicht glauben, das will ich nicht glauben. So sah es nicht aus. Aber ich fühle doch, wie wir uns auseinanderleben. Die Wärme seines Händedrucks verschwindet, und wenn wir Tee trinken, schaut er gelangweilt auf die Wand. Ich bin ihm nicht böse. Ich werde so langsam welk. Ich bin ja nicht dumm genug, um mir's nicht einzugestehen. Wenn ich auf der Bühne bin, sieht man's nicht. Scheinwerfer verjüngen. »Wie leichtfüßig sie noch ist!« sagt der Intendant. Aber er sagt »noch«!

Spiegel können lügen. Mein Körper lügt nicht. Das Herzklopfen nach der Gavotte! Was ist schon eine Gavotte? Kein Tempo, keine Sprünge. Und doch das Herzklopfen. Sie merken es auch. Ferry wird rücksichtsvoller. Er unterstützt mich. Er läßt Kapriolen aus, die er mit der andern machen kann, der andern – Mara. Ferry zeigt für einen Solotänzer viel Gemüt. Aber er zeigt es. Gegen früher! Meine Pirouetten werden kürzer, schwindlig wird mir auch...

Wie soll das weitergehen? Morgen kann ich verbraucht sein. Weggeworfen. Dann werd ich vorm Bühnennachweis stehen, grell bemalt, werde lachen und lächeln, mich drehen und flehen – und man wird doch die müden Ringe unter den Augen sehen, die Krähenfüße, die Falten von Nase zu Mund. – Wie das weitergehen soll? Wofür hat man denn Mara engagiert? Sie kann nichts. Seele fehlt ihrem Tanz. Gestaltung. Aber sie hat schöne Beine, spitze Brust, die Männer heben den Kopf, wenn sie tanzt – neunzehn Jahre ist sie alt, hat ein Kinderlachen, ein richtiges Kinderlachen! Mich macht das Lachen nervös.

Ich hasse alles und alle. Obwohl mir keiner Grund zu diesem Hasse gibt. Der Intendant hat noch nicht von Kündigung gesprochen. Aber er hat mir Mara schon auf den Hals gesetzt. Die Kronprinzessin! Es ist, als ob jeder wüßte, wie verbraucht ich schon bin.

Ob die Garderobière vom Whisky in meiner Garderobe geklatscht hat? Ich muß mich aufpulvern vor jedem Auftritt. Ich kann nur noch tanzen wie im Fieber.

Wahrscheinlich habe ich auch Fieber. Wer hält das aus, sich dauernd aufzupeitschen, sich aufzubrauchen bis ins Letzte?

Nein, ich trete nicht ab. Jetzt noch nicht. Wie alt ist die Pawlowa gewesen? Gut – ich bin nicht die Pawlowa, dieses Nest ist nicht Europa – es ist einfach unvorstellbar, Schluß zu machen. »Wie leichtfüßig sie noch ist!« Schluß? – Nein!

Verrückte Tage sind. Um Weihnachten. Nachmittags Kindermärchen, abends Oper – Sonntag drei Vorstellungen! Im Januar wird man ausruhen können. Vielleicht ein paar Tage wegfahren, um Ski zu laufen. Dies ist die dritte Pyramidon-Tablette. Ich darf nicht schlapp machen! Mara tanzt meinen Part – dieser Sperling! Ein Jahr von der Schule – und mich verdrängen? Ich muß lachen. Es klingt gekrampft, mein Lachen, sagt die Kontrolle in mir. Die Muskeln an den Beinen sind noch fest. Ich bin noch schlank. Überall dieses »Noch«! Wer sagt »noch«?

Herrgott, ich muß ins Theater.

Mir ist schwindlig. Wie scheinheilig der Portier grinst! Hinaufhasten, drei Etagen, bis zur Garderobe. Vor der Tür muß ich stehen bleiben. Atmen, ganz ruhig, langsam atmen. Blut pocht in den Schläfen. Kann ich nicht mal mehr drei Treppen steigen? Nein, ich bin schon wieder ruhig. »Guten Tag, Frau Schmidt. Ist es schon spät, Frau Schmidt? Ja? – Schnell schminken! Und legen Sie das Kostüm zurecht. Passen Sie auf, daß das Gemüse nicht abgeht.« Da sitz ich, junge Kräuterfee, im Märchen tanzen die Möhren um mich, Rettiche und Kohlrabis – was für eine Sinnlosigkeit! »Wie ich aussehe, Frau Schmidt? Was fragen Sie? Seh ich nicht gut aus? Totenblaß? Macht nichts, Frau Schmidt, ich bin ganz gesund. Heiße Hände? Na ja, bin gerannt. Ich sollte absagen? Sind Sie verrückt? Ich wäre krank? Ich bin nicht krank! Ich kann nicht absagen! Nein, heute nicht und überhaupt nicht! Das wäre lächerlich, wegen dieses blödsinnigen Märchens? Fräulein Mara würde für mich einspringen? – Natürlich ist das Märchen keine Prestigesache. Aber bin ich einmal schwach – Verstehen Sie denn nicht, liebe, gute Frau Schmidt

– ich darf nicht absagen. Gerade weil Fräulein Mara einspringt! Verstehen Sie mich doch...« Sie versteht. Sie streichelt mir übers Haar. Wie gut das tut. Stumm sein und gestreichelt werden. Als ob man ein Kind wäre. Wie alt sie wohl ist, die Schmidt? Mindestens zwanzig Jahre älter als ich – bin ja noch jung!

»Legen Sie Rouge auf, viel Rouge. Silber auf die Lider, die blonde Perücke, lichtblond.«

Jetzt bin ich jung, ganz jung. Fee – zwar nur Kräuterfee – aber Fee! Schweben werde ich, werde ihnen zeigen, daß ich noch schweben kann, Mara und den andern! Sagte ich »noch«?

»Sie zittern ja!« sagt der Inspizient. Ich muß mich tatsächlich anlehnen. Dann schickt er mich hinaus.

Es geht ja gut, alles. Herrlich gut! Ferry ist Gärtnerbursche, er tanzt um mich, er begehrt mich – rot ziehen die Möhren auf, weiß die Rettiche, braun die Kohlrabis – ich beherrsche sie, ich, die Kräuterfee! Wie blöd! Aber es freut mich. Da ist Mara, nur eine Möhre. Ferry starrt mich an. Was starrt er mich so an? Mein Gott, ich müßte ja schon schweben! Kreisen, drehen, auf die Spitzen! Der Kapellmeister stockt, die Reihen stocken! – Was zittern die Knie?! Los! Das Publikum wird unruhig. Ich höre die Kinder sprechen. Überdeutlich sehe ich alles, rote Möhren, weiße Rettiche, braune Kohlrabis und das Publikum, hundertköpfig, lauernd – das rückt auf mich zu, das will mich erdrücken – ich bekomme keine Luft mehr – schweben muß ich! Schweben! Aber das hängt sich an mich, zieht mich hinab auf die Bretter, wie lange soll ich das aushalten, dieses Gewicht? Dick steigt das Blut zu Kopfe, die Beine werden schwach, ganz leicht und schwach – da – ich kreise doch! Wer kreist? Es kreist um mich, und ich schwebe endlich! Endlich!

Der Vorhang senkt sich oder die Nacht.

Als die Nacht sich hebt, sehe ich nur das Gesicht der Schmidt. Sie reibt mich mit Eau de Cologne. Dann der Arzt, der Intendant, Ferry, Mara. »Es ist nichts weiter«, sagt der Arzt.

»Ein wenig ausspannen, ein paar Tage Ruhe. Sie bekommen Urlaub«, sagt der Intendant. »Fräulein Mara übernimmt Ihren Part.«

Sie sehen sich an, es ist wie eine Verschwörung.

Mara lächelt.

»Nein!« sage ich. »Ich bleibe. Arbeite. Tanze.«

»Sie sind krank.«

»Ich bin nicht krank, Herr Doktor! Ich tanze.«

»Eine Störung ist genug«, sagt der Intendant. »Sie spannen aus.« Er dreht sich um, geht. Alle gehen, bis auf Mara. Mara, die Möhre. Die Möhre setzt sich zu mir, spricht ein paar Worte, will trösten. Oh, ich kenne sie! Jetzt genießt sie meine Niederlage, feiert ihren Sieg! Sie soll gehen, denke ich. Hinaus, denke ich, sonst passiert etwas. Dieses Zinnoberrot reizt mich, diese Stimme reizt mich, dieser Trost reizt mich! Wie schön, denke ich, meine Hände um ihren Hals zu legen, diesen dünnen, glatten Hals, zuzudrücken, zu würgen, bis das Gesicht rot ist wie das Kostüm. Hinaus! Laß mich allein!

Aber ich lächle. Die Möhre Mara lächelt. Die Lüge lächelt.

»Den Whisky, Frau Schmidt!«

Die Frau, die ihren Schwiegervater kochte

»Und jetzt«, sagte Redakteur Bronstein, der in einem Korbsessel saß und die kanariengelbbeschuhten Füße auf den Schreibtisch gelegt hatte, »und jetzt schreiben Sie: Wie unser Korrespondent aus Bukarest meldet, hat sich die dortige Polizei mit einem geradezu schaurigen Kriminalfall zu beschäftigen. Im Abfallkasten eines Hauses, in dem die Witwe Cademea wohnt, fand der Portier menschliche Knochen. Er meldete den Fund der Polizei. Nach längeren Nachforschungen gelang es der Polizei, die Witwe Cademea zum Geständnis zu bringen, daß sie ihren Schwiegervater ermordet und sein Fleisch gekocht habe. Die Cademea lebte mit ihrem Schwiegervater, der gleichfalls Witwer war, zusammen. In der letzten Zeit trieb sich der beinah Sechzigjährige merkwürdig viel außer Haus herum, die Cademea fand heraus, daß er ein Verhältnis mit einer sehr übel beleumdeten Person begonnen hatte. In einem Anfall von Eifersucht, gestand die Cademea, habe sie das Furchtbare getan. Sie brach nach ihrem Geständnis vollkommen zusammen. Punkt.«

Die Sekretärin richtete ihre naiven himmelblauen Augen vom Stenogrammblock auf den Redakteur Bronstein. »Aber davon ist doch nicht ein Funken wahr?« fragte sie.

»Nein, mein Kind«, lächelte Bronstein.

»Und diesen Unsinn soll man den Warschauern gedruckt vorsetzen?«

»Warschau ist groß«, sagte Bronstein und streichelte seiner Sekretärin über die bräunlich gepuderten Wangen, »wieviel kann da geschehen! Und Bukarest ist groß, und die Welt ist noch größer als Warschau und Bukarest – was kann da in der Welt alles passieren! Sieh mal, Kleines, ich werde dafür bezahlt, daß ich die Rubrik ›Blick in die Welt‹ mache. Also mache ich sie eben! Außerdem«, und er senkte seine Stimme, als habe er der Sekretärin ein Geheimnis mitzuteilen, »es ist mir schon oft so gegangen: Ich bringe eine Meldung, schön frei erfunden – Erdbeben in Polynesien, vierhundert Tote, über dreitausend Verletzte – soll mir Polynesien dementieren, daß die Erde gar nicht daran gedacht hat zu beben! – und wirklich, zwei Tage später meldet die Telegraphenagentur, es war wirklich ein Erdbeben, zwar nicht in Polynesien, aber auf Formosa! Es ist, als zöge eine Falschmeldung in der Zeitung das richtige Geschehen nach sich – beinah gespenstisch, was?«

Die Sekretärin sagte nichts. Bronstein war als etwas sonderbar bekannt.

Als Herr Codreanu, Lokalredakteur in Bukarest, am anderen Morgen den »Warschauer Abendkurier« las, schlug er mit einem Mal heftig und blitzenden Auges auf den Tisch. »Donnerwetter«, rief er, »bei uns? Frau kocht eigenen Schwiegervater? Und davon weiß ich nichts? Ja, ist denn die Polizei vollkommen vertrottelt, mich bei so einer Sache aufsitzen lassen? Muß man sich von einem lumpigen polnischen Korrespondenten übertrumpfen lassen?!« Was tut ein Redakteur, wenn er sich ärgert und gerade keine freien Mitarbeiter zur Hand hat, um sich an ihnen auszutoben? Er telefoniert. »Hallo – dort Polizeipräsidium? Hier ›Nachmittag von Bukarest‹. Was ist mit der Frau Cademea, die ihren eigenen Schwiegervater ermordet und gekocht hat? Warum erfahre ich nichts? – Sie wissen von nichts, Herr Kriminalrat? Sie kennen gar keinen Fall Cademea? Fragen Sie doch noch mal nach, ich habe hier die Meldung eines Warschauer Blattes aus Bukarest. Nein? – Bestimmt nicht? – Ich danke Ihnen, entschuldigen Sie die Störung – vielleicht eine Verwechslung? Budapest, nicht Bukarest? – Möglich, möglich – besten Dank. Adieu.«

Herr Codreanu kaute an den Fingernägeln, was ein Zeichen war, daß er ausführlich nachdachte. Da die Meldung aber wirklich zu schön und zu sensationell war, um sie in dem riesigen Redaktionspapierkorb verschwinden zu lassen, verlegte Herr Codreanu den Tatort nach Budapest, aus der Schwiegertochter wurde eine Nichte, die ihre Tante umgebracht und gekocht hatte, nicht aus Eifersucht, sondern weil die Tante ihr gedroht hatte, sie zu enterben. Die Mörderin bekam den schönen Namen Krethony und ging als solche in die wahrheitsliebenden Spalten des »Nachmittags von Bukarest« ein.

Bei der Budapester »Stimme um Mitternacht« wurde der Tatort nach Paris verlegt, aus Frau Krethony wurde ein Herr Bonnet. Herr Bonnet hatte, laut »Stimme um Mitternacht«, seinen Großonkel umgebracht und gekocht, weil dieser Großonkel nicht großmütig genug gewesen war, die erheblichen Spielschulden des Herrn Bonnet stillschweigend zu decken. »Stimme um Mitternacht« hing außerdem noch einen moralischen Absatz an die Mordmeldung, in dem viel vom Verfall der Sitten in der heutigen Jugend die Rede war. »Gott sei Dank«, schrieb »Stimme um Mitternacht«, »kommen derartige Mordaffären in Ungarn nur höchst selten vor.«

»Paris-Soir« hingegen ließ, nach mehrmaliger Nachfrage auf der Polizeipräfektur, und nachdem man sich vergewissert hatte, daß der in Budapest kreierte Herr Bonnet mit dem Stawisky-Bonnet nichts zu tun haben könnte, die Bluttat in Wien geschehen. Die Überschrift, die »Paris-Soir« gab, hieß »Ödipus in Wien«, und der Täter hatte den schönen Namen Gerstlmayer. Herr Gerstlmayer ermordete und kochte seinen eigenen Sohn, weil dieser Sohn mit seiner eigenen Mutter, also mit der Frau des Mörders Gerstlmayer, und so weiter. Nicht zu Unrecht, glossierte »Paris-Soir«, sei Herr Professor Freud in Wien groß geworden...

In Wien nahm sich die »Neue Freie Presse« des Falles an, schrieb über die Meldung »Neue Freie Presse – Times Sonderdienst«, ließ die Tat wiederum in Bukarest geschehen, machte, in richtigem Gefühl für das Wahrscheinliche, aus dem blutgierigen Herrn Gerstlmayer eine Frau, die ihren verwitweten Schwiegervater aus Eifersucht um die Ecke gebracht hatte, und taufte die Mörderin auf den Namen Saderescu. Gekocht wurde die Leiche auch in der »Neuen Freien Presse«.

Es waren im ganzen noch nicht acht Tage verstrichen. Herr Bronstein in Warschau kam verschlafen in seine Redaktion. Blätterte die Zeitungen durch, suchte nach Meldungen für den »Blick in die Welt«. Was bringt Wien? gähnte er und schlug die »Neue Freie Presse« auf.

Wie elektrisiert fuhr er von seinem Korbsessel hoch, klingelte nach seiner Sekretärin. »Was hab ich Ihnen gesagt?« zeigte er triumphierend auf die Wiener Meldung. »Man muß nur etwas erfinden – sehen Sie, liebes Kind, die Presse macht das Schicksal! Lesen Sie – lesen Sie nur! Frau ermordet und kocht ihren Schwiegervater, mit dem sie zusammengelebt hat. Schwiegervater betrügt sie mit einer anrüchigen Person... haargenau, wie ich's erfunden habe – nur daß die Mörderin nicht Cademea, sondern Saderescu heißt...«

Raffaela

»Ich kann Ihnen die Sache natürlich erzählen«, sagte der Bildhauer Felix Wengen und nippte an seinem Rotwein, »Sie haben ja Raffaela auch gekannt – nur wird es nicht sehr erquicklich sein...« Er verzog seinen schmalen Mund und kniff die Augen zu, als schmeckte ihm der Wein bitter – aber der Wein war sehr süß, Chianti.

»Erinnern Sie sich, wie wir am Achensee zusammen waren?« fuhr Wengen fort. »Dieses sonderbar türkisblaue Wasser. Manchmal segelten wir auch zusammen. Raffaela lag im Boot und hielt die Augen weit offen; so ein zartes, durchsichtiges Wesen war Raffaela, beinah unwirklich. Wir hatten alle nicht den Mut, uns ihr zu nähern, ich wenigstens hatte Angst, sie könnte nach irgendeiner Bewegung sich auflösen wie ein spinnwebfeines Traumbild. Ich schwärme nicht, Raffaela war so, Sie werden es wohl auch gespürt haben. Um so sonderbarer war es – Sie fuhren gerade ab, als Signor Giorgio kam –, daß Raffaela diesem Italiener eigentlich ohne weiteres folgte; dabei war Giorgio weder besonders schön noch sonst irgendwie reizvoll, er mochte schon nahe an die Fünfzig sein. Er stammte aus einer alten Patrizierfamilie, war der letzte des Geschlechts, etwas dekadent, sehr Grandseigneur, und bewohnte einen alten Palazzo in Venedig. Das erfuhren wir von Signor Giorgio, er war ein paarmal mit uns zusammen, trank mäßig, schwieg viel und strich mitunter mit gepflegter Hand über sein ebenso gepflegtes, dichtes graues Haar. Vielleicht hatte er Qualitäten, die Raffaela lockten, vielleicht zog sie die Ruhe und die generationenalte Abgeklärtheit Giorgios an, vielleicht war es Venedig und der alte Palazzo, die ihr eine Märchenwelt, gerade recht für dieses selbst so traumhafte Wesen, zu versprechen schienen – sie feierten ihre Verlobung noch am Achensee und fuhren dann, beide mit demselben etwas traurigen Lächeln, nach Venedig.«

Wengen faltete seine muskulösen Hände um den Kelch des Glases. »Es vergingen zwei Jahre fast, ich hörte nichts mehr von ihnen, es kamen ein paar große Aufträge für mich, ein paar schwere Geldverdiener ließen ihre unsterblichen Physiognomien in Stein hauen, und da ich sonst nicht allzu verschwenderisch bin, leistete ich mir eine Reise nach Italien. Wollte die Luft da wieder mal kosten, verstehen Sie, und die großen Plastiken besuchen, mich wieder erschüttern lassen von der Kunst der Meister. In Venedig sitze ich vor San Marco, die Touristen wimmeln um mich herum und verschandeln die Landschaft durch ihre Anwesenheit, ich will eben gehen – da klopft mir jemand auf die Schulter. Giorgio. Er war erstaunlich herzlich – schließlich war ich für ihn doch nur eine flüchtige Sommerbekanntschaft –, lud mich sofort ein, Raffaela werde sich ungeheuer freuen... Und sie freute sich offenbar auch, es ging wie ein Leuchten über ihr Gesicht, als sie mir die Hand gab. Raffaela sah nicht gut aus. Sie war noch zarter, noch durchscheinender geworden, ging mit langsamen, müden Schritten zwischen den schweren Mauern des Palazzo umher. Die Luft, verstehen Sie, diese etwas brackige Luft, die von den Kanälen aufsteigt, die dumpfe Atmosphäre, in allen Ecken lauert Vergangenheit, die dunklen Möbel und die dunklen Teppiche und der in diesem Rahmen unheimlich alt wirkende Mann – das mußte sich um ihre Brust legen wie ein Alp und Raffaela langsam erdrücken. Sie lebten wohl sehr einsam, die beiden... Giorgio führte mich in ein großes, gut gehaltenes Zimmer. Eine Tür führte zu einem Balkon, unten stand das schwarze Wasser eines Kanals, abends spiegelten sich still die Sterne. ›Sie werden mich doch nicht beleidigen wollen und, wenn Sie in Venedig sind, im Hotel wohnen?‹ Und dann ergab sich, daß Verschiedenes an dem Palazzo reparaturbedürftig war, ein paar Figuren am Sims des Daches, im Treppenhaus eine sehr schöne Plastik des Frühbarock: Engel, die um eine gefallene Seele trauern – er hätte sowieso schon lange einen Bildhauer gesucht, der das alles in Ordnung bringen könnte, nun schneite ich ihm ins Haus, welches Glück! Ich blieb. Vor mir selbst hatte ich natürlich die Ausrede, ich hielte mich in diesem Haus meines Berufes wegen auf, so leichtes Geld verdiene man nicht alle Tage. Aber wenn ich ehrlich war – die alte, halb vergessene Geschichte in mir, die kleine, wehe Narbe war wieder aufgebrochen.

Und wieder das gleiche Gefühl: Um Gottes willen, nicht anrühren diese zerbrechliche Frau! Und besonders jetzt, da sie, vielleicht schon lange, eine seelische Krise durchmacht. – Ich nehme, was sich mir bietet. Schade, sage ich mir, um jede Lust, die man sich entgehen ließ, die Gelegenheit kommt nicht wieder. Und doch – Sie kannten Raffaela, und Sie werden mich verstehen – diese Scheu. Wenn ich nüchtern dachte, überlegte ich mir: Giorgio nimmt sie doch auch, dann und wann – warum nicht ich? Denn daß es sein konnte, sah ich sehr bald. Man merkt das ja, an einer Berührung der Hand, einem Blick, und Raffaela hatte sehr ausdrucksvolle Augen. Dieser Giorgio muß eine große Enttäuschung gewesen sein, manchmal, wenn Raffaela neben mir ging oder stand, überfiel sie ein leichtes Zittern; aber sie schien doch an ihm zu hängen, wenn nicht ihn zu lieben, ihn oder die Versponnenheit ihres ganzen Lebens in dem Palazzo – sonst wäre Raffaela längst davongelaufen.

Ich hielt mich zurück. Ich empfand Scheu – und heute, wo ich das Ende weiß, glaube ich, auch eine gewisse dunkle Vorahnung gehabt zu haben – aber vielleicht sage ich das nur hinterher, um die Last, die auf mir liegt, mir noch schwerer zu machen...

Es war ein warmer Sommerabend, wie heute, ganz wie heute. Die Stickluft von Venedig war mit dem Dunkelwerden etwas leichter geworden, wir saßen zu dritt im großen Speisesaal, Giorgio las in einer alten Chronik, die er zu bearbeiten und herauszugeben gedachte, Raffaela träumte vor sich hin.

›Ja‹, sagte ich, ›nun bin ich bald fertig. Nur noch die trauernden Engel, das wird ungefähr acht Tage dauern, dann muß ich weiterfahren. Siena, Ravenna – ich will die großen Städte möglichst vermeiden.‹

›Sie wollen schon fort, Felix?‹ fragte Raffaela.

›Ich muß wohl...‹, sagte ich.

Dann ging ich hinaus, um irgend etwas aus meinem Zimmer zu holen. Ich trat auf den Balkon, er war ganz leer, der Mond schien hell und warf schwarze, scharfe Schatten. Auf der Treppe begegne ich plötzlich Raffaela. Ihre Haare glänzen. Wir stehen uns gegenüber, sekundenlang, stumm, ohne Bewegung. Und dann konnte es gar nicht anders sein, sie warf sich an meine Brust, und ich küßte ihren heißen Mund. Merkwürdig heiß war der Mund. Wie schlank sie doch war! Dann löste sie sich von mir, ganz zart, ihre Augen schwammen.

Sie würde kommen in der Nacht, das wußte ich. Ohne daß ein Wort darum gefallen wäre, aber man weiß das eben.

Und sie kam. Sie trug nur einen leichten Überwurf. Es ist sonderbar, in den Momenten größter Erregung sieht man plötzlich irgendeine völlig unwichtige Kleinigkeit mit beunruhigender Schärfe. Hellblau war der Überwurf, mit ein paar dunkelblauen, aus schweren Fäden gestickten Blumen.

Wir sprachen die törichten Worte, die man zu sprechen pflegt. Und jedes Mal scheinen sie einen besonderen, tiefen Inhalt zu haben… Raffaela weintc auch, ein wenig, sie war eben sehr sensibel. Ich sprach ihren lieben Namen sehr oft, es war wie ein Streicheln.

Schritte. Raffaela schrickt zusammen. Reißt den Überwurf um die Schultern, stürzt auf den Balkon.

Giorgio klopft und tritt gleich danach ein. ›Guten Abend‹, sagt er, ›ich konnte noch nicht schlafen, und ich hörte hier jemanden sprechen.‹ Er lächelt sein dekadentes Vergangenheitslächeln. ›Sie haben ein Mädchen da?‹ fragt er. ›Wollen Sie es mir nicht vorstellen – ich kann doch nicht glauben, daß Sie Monologe halten…‹

›Sie müssen es schon glauben‹, erwidere ich heiser. ›Es ist niemand außer uns beiden hier.‹

›Scherzen Sie doch nicht, Signor Wengen! Warum gönnen Sie mir kein Vergnügen…?‹ Und da, mit einem Male, schießt ihm der Verdacht durch den Kopf. Ich sehe trotz des Dunkels, wie blaß er wird. ›Wo ist sie?‹ schreit er. Er geht suchend im Zimmer umher, naht sich dem Balkon – ich stelle mich vor die Tür.

›Lassen Sie mich durch!‹

›Nein.‹

›Warum nicht?‹ In seinen Augen glimmt es gefährlich auf.

›Ich – ich vertrage keine nächtliche Zugluft.‹

›Lächerlich!‹ Er stößt mich mit überraschender Kraft zur Seite, reißt die Tür auf, tritt auf den Balkon – als er wieder ins Zimmer kommt, lacht er schon. ›Sie halten mich ja zum Besten, Signor Wengen. Sie Schäker!‹ Er klopft mir burschikos auf die Schulter. ›Sie Schäker…!‹«

Golem anno 35

Professor G., der Röntgenologe, drehte sich aufatmend um und sagte zu seiner Assistentin: »Bitte, meine Liebe, reichen Sie mir doch die Zigaretten herüber.« Er zündete sich eine an. »So weit wären wir fertig mit dem Kerl. Die objektiven Voraussetzungen des Lebens sind da. Chemisch wenigstens. Die Zusammensetzung der Materie entspricht genau der der lebenden Zellen. Fehlt nur noch das Leben selbst...«

»Warum haben Sie eigentlich den Haufen Materie wie einen Menschen geformt?« fragte die Assistentin.

Der Professor blieb eine Weile stumm, dann sagte er heiser: »Ach – eigentlich unbewußt. Spielerei. Atavistische Erinnerungen.«

Die Assistentin lächelte. Sie wußte, es war mehr. Sie glaubte an die Genialität ihres Lehrers.

»Schalten Sie den Strom ein«, befahl der Professor übertrieben ruhig.

Sie spürte, er wollte, daß seine Ruhe sich auf sie übertrage. Trotzdem zitterten ihre Hände, als sie den Haupthebel nach unten drückte, als der Strom knisternd durch die Transformatoren fuhr und durch die gläserne Isolierschale, unter der der menschenähnliche Kloß gehäufter Chemikalien lag, ein dünnes bläuliches Strahlen zu sehen war.

Von irgendwoher schlug es elf Uhr. »Gehen Sie jetzt«, sagte Professor G. »Sie haben fünfzehn Stunden Arbeit hinter sich. Sie werden jetzt zwei Stunden schlafen, dann kommen Sie, mich abzulösen.« Er erwartete, daß sie sich fügen werde. Wortlos drehte er an einem Regulator. Das Licht unter dem Glase wurde rötlich. »Also, in zwei Stunden!«

Die Assistentin ging ins Nebenzimmer und warf sich aufs Sofa. Plötzlich spürte sie die Müdigkeit, die sich den ganzen spannenden Tag nicht bemerkbar gemacht hatte, wie ein schweres Gewicht auf ihrem Gehirn. Doch konnte sie nicht schlafen. Nebenan geschah vielleicht das Wunder! Dann zogen ihr allerhand Gedanken durch den Kopf. Der junge Schriftsteller Landau, der sie liebte und noch weniger Geld hatte als sie, weshalb sie so vernünftig war, ihm nein zu sagen. Der Professor, der seinem Lebenserfolg entgegenwartete – vielleicht fiel auch für sie etwas ab. Und dann... Nein, sie konnte nicht schlafen. Sie zählte die Minuten. Die Viertelstunden. Punkt eins öffnete sie die Tür zum Laboratorium.

Das Licht unter dem Glas war jetzt von grünlich-gelber Farbe, der Kloß schien dunkelrot zu glühen. Die Funken, die von Pol zu Pol sprangen, gaben ein ziehendes, sirrendes Geräusch von sich.

Der Professor sah gespannt auf sein Werk. »Noch nichts«, konstatierte er. »Wir haben jetzt achttausend Volt.«

Die Assistentin prüfte die Luft. Ein leichter Ätherdunst war zu spüren. »Was ist das?« fragte sie.

»Die Luft verändert sich bekanntlich ein wenig bei derart starken elektrischen Energien«, dozierte der Professor milde. »Nichts Beunruhigendes. Sie müssen aufpassen, daß die Farbe der Materie nicht noch heller wird. Dann beginnt der Verbrennungsprozeß. Sollte sich die Farbe also zu verändern anfangen, gehen Sie sofort mit dem Strom herunter. Im übrigen rufen Sie mich – Sie wissen schon, wann...«

Die Assistentin nickte. Das Wunder!

Sie saß im Stuhl und wartete. Der Ätherdunst war angenehm. Wie ein milder Rausch. Sie fühlte sich froh und leicht, zum Schweben leicht. Eben wollte sie, nur auf ein paar Sekunden, die Augen schließen, da rührte sich der Kloß. Plötzlich waren Augen da, kleine, stumpfe Augen. Hände, die nach irgend etwas tasteten. Ganz leicht hoben sie den gläsernen Sarg – das Lebewesen richtete sich auf, mit einer Handbewegung schob es die einhüllenden Strahlen beiseite, der Strom war unterbrochen, es wurde ganz still.

Mitten in die Stille hinein räusperte sich der Kloß. »Gestatten Sie, daß ich mich vorstelle?« Er sprach etwas mittelalterlich, aber sonst ganz normal. »Josef Habakuk Golem. Zur großen Familie der Golems gehörig. Sie werden von uns gehört haben?«

Die Assistentin war platt. Sie konnte nur nicken.

»Haben Sie hier immer so schlechte Luft?« fragte er. »Gehen wir ein bißchen auf die Gasse. Aber bitte nicht ins Ghetto. Mein Cousin erzählte mir, wie museal es da früher war. Jetzt ist ja nichts mehr los. Und die schäbigen Reste sind so langweilig...« Er war schon auf dem Vorsaal, zog sich den Pelz des Professors an und setzte den grauen Schlapphut auf. »Machen Sie sich ruhig erst fertig. Bißchen Rouge auf die Lippen, Nase pudern – ich habe Zeit.«

Die Assistentin gehorchte wortlos. Dann nahm der Kloß ihren Arm, schloß vorsichtig die Wohnungstür hinter sich – »der Alte muß ja nicht gleich wissen, daß wir uns ein bißchen amüsieren gegangen sind, nicht? Wenn man so jahrelang nur von Legende gelebt hat, ist man etwas hungrig nach solideren Genüssen. Verstehen Sie?«

Sie gingen durch die nächtlichen Straßen. In dem frisch gefallenen Schnee hinterließen die Füße Josef Habakuk Golems merkwürdig plumpe Spuren. Die zierliche Assistentin verschwand fast neben seiner Riesenfigur.

»Mein Cousin hat mir viel von der kleinen Loew erzählt«, begann der Golem die Konversation. »Sie war nicht größer als Sie – wie heißen Sie übrigens? Margit. Sehr hübscher Name. Ja. Wer die kleine Loew war? Mein Gott, die Tochter vom Rabbiner, Sie wissen doch. Sie war ein bißchen spröde, das lag in der Zeit – immer mußte gleich geheiratet werden. Und mein Vetter hatte doch bloß die alte Formel und keine richtigen Papiere. Mit Papieren, und wenn er ein solides Geschäft gehabt hätte, wäre alles in Butter gewesen. Aber so? – Heute sind die Mädchen Gott sei Dank etwas aufgeklärter. Haben Sie übrigens Geld für ein Taxi? Nein? Ich leider auch nicht. Ich finde es unverantwortlich von den Herrschaften, die uns da auf die Welt bringen, daß sie uns nicht gleichzeitig ein paar Tausender mitgeben. Na, im Lokal wird's schon gehen. Notfalls box ich ein paar Kellner nieder. Muskeln haben wir Golems ja alle. Fühlen Sie mal!«

Die Assistentin fühlte. Das war ja allerhand. Da konnte der schwächliche Landau nicht mit. Ihr wurde ganz anders.

Josef Habakuk Golem schwadronierte weiter. »Ich habe so meine Pläne«, sagte er. »Wenn ich nicht zum Militär muß – aber Ihr Professor hat mir ja dankenswerterweise die plattesten Plattfüße, die man sich denken kann, angeformt –, also dann geh ich zum Variété. Der echte Golem! Wenn das nicht zieht! Bloß den richtigen Manager müßte man haben... Und dann kriegen Sie immer Freikarten. Sie und Ihr Freund – Sie haben doch einen?«

Die Assistentin verneinte. Der arme Landau war vollkommen vergessen neben diesem riesenhaften, imposanten Mann.

»So? Das ist aber traurig. Die kleine Loew hatte auch keinen. Sie war ein bißchen eingebildet. Und wenn die Weiber eingebildet sind, kann's ihnen nur ein Mann recht machen, der sie alle vierzehn Tage gründlich ohrfeigt. Jaha – wenn ich mein Vetter gewesen wäre! Aber der war etwas beschränkt, müssen Sie wissen. Der hatte ja nur die Formel, während ich sehr komplizierte Strahlen habe. Das ist ein Unterschied! Daher kam all das Unglück. Wenn ich mein Vetter gewesen wäre, ich hätte mich einen Dreck um die kleine Loew gekümmert, ich hätte eine begüterte Witwe geheiratet, eine, die keine Komplexe, aber sonst alles hat – na, und was meinen Sie, was ich für ein braver Steuerzahler gewesen wäre, damals, wo's doch keine Krise gab? – Heute muß man sehen, daß man sich durchschlägt, wie es eben geht...«

An der Ecke stand ein Würstelmann. Golem ging hin, sah ihn sehr von oben herab an, zeigte seine Faust, nahm sich zwei Paardln und eine Schachtel Memphis und begann sich seines Lebens zu freuen.

»Sie sind eigentlich verdammt hübsch, Margit«, konstatierte er kauend. »Entschuldigen Sie, daß ich Ihnen nichts anbiete – aber wenn man so lange nichts gegessen hat. Und mehr wollte ich dem Armen doch nicht stehlen...« Aber eine Zigarette steckte er ihr zwischen die Lippen. »Ich hätt nicht übel Lust, mit Ihnen was anzufangen, Margit. Ziehen Sie kein Gesicht. Ich weiß schon, Sie denken: So plötzlich kann man doch nicht! – Schauen Sie, ein Golem weiß nie, wie lange er lebt. Da muß man sich rasch entschließen. Da kann man nicht vier Wochen erst schöne Augen machen und dann Hände küssen und die ganzen lächerlichen Umstände... Wo gehen wir eigentlich hin?«

Margit wußte es nicht.

Der Golem blies überlegend Rauch durch die Nase. »Zu Zeiten meines Cousins war neben dem jüdischen Rathaus eine ganz nette Kneipe, aber nicht sehr anständig – weibliche Bedienung, Sie verstehen? Manchmal waren die ganzen Honoratioren des Ghettos da und rissen aus, wenn mein Vetter hereinkam. Sie dachten, der Rabbiner habe ihn geschickt, um sie zu kontrollieren ... Dabei wollte mein armer Vetter nur in Ruhe sein Pilsner trinken und seinen Schmerz wegen der kleinen Loew ausweinen – die Kellnerinnen haben ihn denn ja auch getröstet ... Nur, ich glaube, man wird unnötigerweise auch diese Kneipe applaniert haben. Wissen Sie was? Gehen wir einfach die Fochova-Straße hinunter. Irgendwo wird schon was sein.«

Josef Habakuk Golem legte seinen schweren Arm um Margits schmale Schultern. Ihr wurde angenehm warm. Das waren die komplizierten Strahlen, dachte sie.

»Sie kommen wohl überhaupt nicht viel in Lokale?« fragte er weiter. »Leben ganz der Arbeit? Das ist ja sehr brav, aber Sie sollten auch etwas Abwechslung haben. Immerzu den alten Professor um sich – da wär ich lieber wieder ein Chemikalienkloß. Aber da werden wir schon Abhilfe schaffen, kleine Margit, was?«

Sie bogen rechts in die Hooverova ein. An der Uhr vom Wilson-Bahnhof war es kurz nach halb zwei. »Setzen wir uns ein bißchen in den Park«, schlug der Golem vor. »Ich bin von der Bestrahlerei noch ein wenig abgespannt. Schließlich sind achttausend Volt keine Kleinigkeit. Nein, haben Sie keine Angst, ich nehme Sie mit in den Pelz, kleine Margit – da wird Ihnen schon nicht kalt werden. Wetten?«

Sie setzten sich auf eine Bank, es waren Bänke zu haben, denn es war Januar. Wie er gesagt hatte, übersprang Josef Habakuk Golem konsequent einige Vorstufen und küßte Margit sofort und heftig auf den Mund. Sie ließ es sich gefallen. Der Golem roch noch angenehm nach Äther. Plötzlich schrak sie zusammen. Ein Wachmann.

»Aber meine Herrschaften«, sagte der Wachmann, »hier ist ein öffentlicher Park! Setzen Sie sich wenigstens ein bißchen weiter weg von der Laterne!«

Der Golem stand ruhig auf, ebenso ruhig holte er aus – ein Schrei! Ob sie selbst oder der Wachmann oder der Golem geschrien hatte, wußte sie nachher nicht.

Aber plötzlich war sie im Laboratorium. Vor ihr stand der herbeigeeilte Professor, raufte sich das spärliche Haar und deutete auf den Glaskasten. Da lag ein Häuflein verkohlter Asche.

Der akademische Serviettenwickler

Und eines Tages erhob sich drohend die Frage: Peterle, was wirst du heut zu Mittag essen? Es war keine Frage der Speisekarte, denn wenn ich mir mit Geld das Recht erkauft hätte, eine solche zu benutzen, wäre ja alles schön und gut gewesen. Aber – ich hatte nicht das Geld, und das war das Problem. Man könnte nun als Europäer denken: Was – kein Geld? In Amerika, wo das Geld doch bekanntermaßen auf der Straße liegt? – Möglich, daß das mal so war. Diese, im besten Sinne des Wortes, »goldenen Zeiten« sind längst vergangen. Der Existenzkampf ist hier so hart wie anderswo auch. Und es schenkt einem keiner das bißchen Essen, das man braucht.

So also, der harten Notwendigkeit gegenübergestellt, entschloß ich mich endlich zu arbeiten. Ich ging zum »Board of Vocational Guidance«, der Berufsvermittlungsstelle der Universität, die mir das geistige Futter vermittelt hatte und nun auch für mein physisches Futter etwas tun sollte. So wort- und klangreich der Titel dieses Büros auch ist, so einfach war es in Wirklichkeit. Ein Girl mit träumerischen Augen saß hinter einer Schreibmaschine, und ich weckte sie aus ihrem Halbschlummer, indem ich ihr von meinen Nöten erzählte. Sie nahm das zur Kenntnis und tippte es auf einen Fragebogen, der so ausführlich war, daß ich sogar anzugeben hatte, wie groß ich bin, wieviel ich wiege – was ich nicht wußte, denn die Amerikaner messen nach Fuß und Zoll und wiegen nach englischen Pfunden, die leichter sind als das deutsche Pfund!

Ich weiß nicht, ob mein also nicht vorhandenes Gewicht den Chef der Cafeteria so verlockte, daß er mich schließlich anrief und mich bat, doch mal hinzukommen – er hätte eine Stelle, hierzulande »Job« genannt, für mich. Ich ging hin – ein großes Restaurant, von Menschen wimmelnd – und wurde vom Chef, das heißt, von einem blondgelockten Mädchen mit Brille und Stupsnase, empfangen. Ob ich schon mal Servietten gewickelt hätte. Ich antwortete, ich sei einer der besten Serviettenwickler, die ich kenne. Ja, ich sei direkt zum Serviettenwickeln veranlagt. Was gäbe es Schöneres und Genußreicheres auf dieser Erde, als Messer, Gabel und Löffel in frisch gewaschene Servietten zu wickeln?

»Well«, sagte das Mädchen, nachdem es meine Rede überstanden hatte, »Sie haben das Recht auf wöchentlich zwei Uniformen. Sie arbeiten jeden Nachmittag von fünf bis halb acht Uhr, Sie müssen pünktlich kommen, und ich sage Ihnen voraus, daß Sie nicht faulenzen können.«

Und wirklich, zum Faulenzen war mein Job nicht geeignet. Aber ich muß zunächst einmal erzählen, was eine Cafeteria ist. Mit einem anständigen Prager Caféhaus hat das gar nichts zu tun. Organisiert ist das Ganze nach dem Prinzip des laufenden Bandes. Durch eine Drehtür wird der hungrige Mensch hineingestoßen in die Cafeteria. Parallel zur Wand laufen lange Tische, eingeteilt in einzelne Abteilungen. Aber bevor die Tische beginnen, kommt der Hungrige an einem Kasten vorbei, in dem die in die Servietten gewickelten Bestecke liegen. Meine Aufgabe war es, diesen Kasten, koste es, was es wolle, gefüllt zu halten. Dann kommt die erste Abteilung: Früchte, Kompotte, Fruchtsäfte. Dann drei Abteilungen mit Fleisch – gekochtes, gebratenes und Fleisch am Grill. Danach kommt der Kartoffel- und Gemüsetisch. Die Amerikaner haben eine schaurige süße Kartoffelart entdeckt, die wie Sirup schmeckt und von den Eingeborenen mit Begeisterung verschlungen wird. Danach der Brottisch. Es gibt nicht nur ein oder zwei Arten von Brot – es gibt mindestens zwanzig. In verschiedenen Formen, mit und ohne Rosinen, Weizen, Roggen, gemischt – was man will. Dann Abteilung Salat, danach Mehlspeisen und Krems. Zum Schluß die Abteilung Kaffee und Eis. Hinter jedem Tisch stehen ein oder zwei Angestellte, und die Hungrigen, die mit einem Tablett und dem Besteck in der Hand an den langen Tischen vorbeiparadieren, zeigen auf die Speise, die sie wünschen, und sie wird ihnen herübergereicht. Damit sie nun aber nicht mit der Speise entwischen können, ist dieses laufende Band der Hungrigen durch eine Barriere von dem großen Speiseraum getrennt. Wer einmal ein Tablett ergriffen hat, kommt aus diesem Passionsweg nicht eher heraus, als bis er eine am Ende der Barriere sitzende Dame passiert hat, die ein Genie ist, ein Gehirnakrobat, sozusagen. Die Dame am Ende weiß die Preise sämtlicher vielleicht hundertfünfzig Speisen auswendig, der Hungrige präsentiert sein Tablett mit allem, was drauf ist, die Gehirnakrobatin murmelt eine Zahl – das Bemerkenswerte ist nur, daß sie immer genau weiß, wie viel –, drückt auf einen Knopf an einer Maschine, und die Maschine speit den Bon aus. Danach ist der technische Teil der Mahlzeit erledigt, der Hungrige setzt sich, schlingt, nur schnell, schnell, Zeit ist Geld, beim Ausgang wartet wieder eine Barriere – die Kasse. Betrug, Zechprellerei ist nach menschlichem Ermessen in einem so genial durchorganisierten Betrieb unmöglich.

Es ist ein phantastisches Erlebnis. Man steht hinter seinem Kasten, vor sich ein Tablett mit Messern, Gabeln und Löffeln, einem Stoß Servietten, ganz mechanisch schon greift die Hand zum Tablett, sortiert das Silber aus, wickelt – und dann sieht man den endlosen Zug der Menschen sich vorbeischieben, einer nach dem andern, das laufende Band. Ganz plötzlich fiel mir die Hinterstube einer Selcherei in Prag ein, wo ich manchmal Würstchen aß. Ich sehe noch die fettigen Finger des kleinen Mädchens vor mir, das die Würstchen aus dem Kessel angelte... Aber die fettigen Finger hatten doch mehr Seele gehabt als diese ganze metallglänzende Massenabfütterungsmaschinerie.

Trotzdem hat das Lokal natürlich auch Kellner. Das Geschirr muß weggeräumt werden, die Tische gereinigt, alles Mögliche wünschen sich die Gäste manchmal – und diese Kellner sind Studenten. Obzwar Europa durch eine reichlich schwere Zeit geht, ist es doch noch so, daß man auf den Studenten, der nebenher arbeitet, ein wenig herabsieht. In Amerika ist es einfach üblich. Selbst Burschen, die es nicht nötig hätten, nehmen einen »Job« an. Das gilt hierzulande als Beweis der »Cleverness«, der Tüchtigkeit, daß man sich auch zurecht zu finden weiß, wenn der akademische Beruf einmal versagt oder der Geldbeutel der Eltern eine galoppierende Schwindsucht entwickelt. Von zehn Studenten, die ich willkürlich aus meinem Bekanntenkreis heraussuche, sind vier Kellner, einer Autoschlosser – er arbeitet übers Wochenende in einer Garage –, zwei sind Aufseher in einem Kindercamp, die andern drei sind in den Geschäften ihrer

Angehörigen tätig. Das ist allerdings während der Sommermonate, in dieser Zeit ist der Universitäts- und Lehrbetrieb ziemlich eingeschränkt. Aber selbst während der sogenannten Arbeitsquarter – ein Quarter, drei Monate, vertritt hier die Stelle des europäischen Semesters – ist es durchaus üblich, nebenher einen Job zu haben, um Geld oder einfach das Essen zu verdienen.

In Amerika hat ein Student, der sich durch derart Schwierigkeiten durchgebissen hat und der dann schließlich in der gleichen Zeit wie seine glücklicheren Arbeitskollegen sein Studium abschließt, die besseren Aussichten.

In einer Gesellschaft wurde mir ein Bankdirektor vorgestellt. »Sie arbeiten in einem Restaurant?« sagte er. »Da haben Sie ja Glück gehabt. Ich habe Fenster geputzt, als ich studierte. Es hat mir nichts geschadet.«

Diese vielseitige Erziehung scheint also wirklich gut zu sein.

Und dann zeigte mir der Herr Bankdirektor seinen phantastisch schönen, neuen Cadillac. Verliebt fuhr er mit der Hand über die blanken Fensterscheiben. Seine Fensterputzer-Vergangenheit hing ihm an...

Jetzt bin ich bloß neugierig, ob ich, wenn ich ein würdiger Herr mit Bauch sein werde, in einer ebenso würdigen Abendgesellschaft aus alter Gewohnheit mein Besteck in die Serviette rollen werde.

Besatzung

»Hallo, Gimpel!«

Das war die ganze Begrüßung. Und dann ein paar müde Fragen über zu Hause in den Staaten – das Spiel Army gegen Notre Dame hatte er wohl nicht gesehen? Nein? Na gut. Dann wandten sie sich ab und gingen, gelangweilt, schlaksig, ließen sich wieder auf ihre Betten fallen und griffen nach den alten Zeitschriften, in denen sie gelesen hatten.

Der Sergeant trat auf ihn zu. »Du bist also Buck? James Buck? Schütze Buck? Wir haben gerade kein freies Bett, ich werde dem Hauptfeldwebel sagen, er soll eine Pritsche für dich bringen lassen. Inzwischen stell dein Zeug da drüben in die Ecke – ja, dort, kannst du nicht sehen? Hör zu, Junge, hier mußt du dich ranhalten. Wir sind nämlich, wie du bald feststellen wirst, die Besatzungsarmee in diesem Lande...«

Jimmie sah die Nahkampfspange auf der Brust des Sergeanten und den zweifachen Bronze-Star-Orden, und seine Bewunderung zeigte sich auf seinem Gesicht.

Der Sergeant wechselte die höhnische Tonart, in der er gesprochen hatte, und seine Stimme klang eher sympathisch, als er sagte: »Jawohl – bin schon seit der Normandie dabei. Was glotzt du mich an? Ich weiß auch nicht, warum ich dabeigeblieben bin. Gewöhnung, nehme ich an. Hast du deine Papiere in der Schreibstube abgegeben? Ist ja alles diese Routine –«

Er machte abrupt kehrt und verließ den Schlafsaal, als riefen ihn dringende Geschäfte; aber Jimmie wußte schon, daß das alles Theater war und daß der Sergeant ebenso wenig zu tun hatte wie der Rest der Männer und daß irgendeine plötzliche Erinnerung an die Vergangenheit, hervorgerufen durch den ehrfürchtigen Blick des Schützen Buck auf Spange und Ordensbänder, sein merkwürdiges Benehmen veranlaßt haben mußte.

Jimmie stellte sein Gepäck in der ihm zugewiesenen Ecke des Schlafsaals ab. Der Saal war sauber, aber auf andere Weise als in der Kaserne daheim in den Staaten; hier spürte man, daß in diesen Räumen tatsächlich gelebt wurde, und der bauchige Ofen an der Wand gab der Sache eine besondere Note.

Jimmie trat ans Fenster. Draußen nieselte es. Er erblickte die gegenüberliegende Straßenseite wie durch einen grauen Schleier. Die Bauten gegenüber waren leer, aber leer auf eine ganz neue, ihm bisher fremde Art; und er brauchte Zeit, um sich klar zu werden, daß es gar keine Bauten waren, sondern nur Mauern – eine Bühnenkulisse. Dabei war der Krieg doch schon lange vorbei. Er erinnerte sich noch, wenn auch etwas undeutlich, des Tages, da er zu Ende gewesen war. Fünfzehn war er damals gewesen, fast sechzehn; in dem Alter ist die Zeit zwischen zwei Sommern sehr lang. Aber warum hatte man dann diese gebrechlichen Mauern so lange stehen lassen, warum hatte man die Häuser nicht wieder erbaut oder den ganzen Krempel abgerissen? Vielleicht wollte man derart ein Monument schaffen? Im übrigen unterschieden sich diese Mauern auch sehr von denen, die er in den Staaten zu sehen bekommen hatte. Wo sie nicht völlig verbrannt und zerbrochen waren, zeigten sie Verzierungen und Aufsätze, spitze Dächlein über dicken Balken – sie waren wie aus alten Zeiten. Wie alt? Hundert Jahre? Dreihundert? Auch konnte er sich an den V-E-Tag erinnern, den Tag des Sieges in Europa. Schulfrei, das war das eine. Und seine Mutter, die vor sich hin weinte auf diese leise Art, die sie hatte. Er wußte, daß sie wegen Mark weinte, der als vermißt gemeldet war. Immer schon hatte sie wegen Mark geweint, aber an dem Tag weinte sie besonders heftig. Was nützt das viele Weinen, hatte Jimmie gedacht. Würde es Mark wieder zurückbringen? Mark war stark gewesen und gescheit auch, ein Junge mit tiefliegenden Augen und tiefer Stimme, und alle sagten immer, er sähe viel älter aus, als er wirklich war. Das kam daher, daß Mark, solange Jimmie sich erinnern konnte, den Platz des Vaters in der Familie eingenommen hatte. Sogar als Mark erst sieben war, sagte er schon: »Ich bin der Mann im Haus!« Jimmie wurde dadurch zum Baby, zum kleinen Bruder.

»Hallo, Gimpel!«

Jimmie fuhr auf. Er hatte sich auf das Bett neben dem Fenster gesetzt, und es fiel ihm plötzlich ein, daß es nicht sein Bett war, denn er hatte ja keines; der Sergeant hatte es ihm gesagt. Vielleicht würde der Kerl, der zu dem Bett gehörte, etwas dagegen haben, besonders wenn noch einmal Inspektion war vor dem Zapfenstreich um 17 Uhr.

Der Sergeant war wieder zurück. Die meisten der Männer hatten das Lesen aufgegeben, weil es draußen dunkel geworden war, und das Licht hier drinnen, ein paar schwache Birnen, war nicht hell genug.

Sie sammelten sich wieder um ihn, und einer fragte: »Wieso bist du eigentlich hier rübergekommen? Wie haben sie dich denn eingefangen?«

Jimmie schluckte. Sie erschienen ihm viel älter als er, obwohl das unwahrscheinlich war. Die Uniform machte, daß sie so erwachsen aussahen, oder die Tatsache, daß sie schon so lange hier in Deutschland waren, weit weg von zu Hause, von Amerika.

»Also red schon!« sagte ein anderer, nicht einmal unfreundlich. »Wir stecken alle in dem gleichen miesen Geschäft.«

»Garantierte Weiterbildung – Gesetz für Soldatenrechte –«, stotterte Jimmie und empfand das Lächerliche an den langen, vielsilbigen Worten. Im Grunde stimmte er mit dem Dritten überein, der da ausrief: »Alles blödes Gewäsch!«

Der Sergeant schwieg; er saß ein wenig abseits und betrachtete Jimmie. Jimmie wandte sich ihm zu, als suche er Hilfe. »Vielleicht gehe ich noch mal zur Schule, wenn ich hier ausgedient habe. Aber eigentlich ist da was anderes...«

»Er möchte rasch zu Geld kommen!« warf jemand ein. »Junge, so schlau wie du sind andere schon lange. Hilfsgeld, Formulare, Unterschriften – und die Krauts sind auch nicht mehr so dumm wie früher.«

»Frech werden sie«, fügte ein weiterer hinzu.

»Nein«, sagte Jimmie, »an so etwas habe ich überhaupt nicht gedacht.«

Stille trat ein, während sie alle nach zusätzlichen Gründen suchten, die den neuen Mann veranlaßt haben konnten, so ein Gimpel zu sein.

»Es ist wegen meinem Bruder«, sagte Jimmie plötzlich und mehr zu dem Sergeanten als zu den anderen. »Mark ist nicht mehr nach Hause gekommen. Vermißt.«

»Ach so«, sagte der Sergeant.

»Du wirst ihn auch nicht finden«, sagte einer. »Vermißt ist so gut wie tot. Ungefähr das Gleiche, nur daß kein Grab da ist. Du bist denen in die Falle gelaufen.«

Der Sergeant stand auf. »Was wißt ihr Kerle denn schon? Wo habt ihr denn je einem Gewehr in die Mündung geschaut?«

»Meinen Sie wirklich, daß sein Bruder noch am Leben sein könnte?« wurde der Sergeant gefragt. »Das ist doch ganz unwahrscheinlich.«

»Wir hatten einen, der war elf Wochen lang vermißt«, sagte der Sergeant. »Dann kam er wieder. Hatte den Weg verloren, sozusagen. Wir dachten, er wäre tot. Aber war nicht der Fall. Jetzt ist er in Chicago und arbeitet in den Schlachthäusern. Guter Job, noch dazu.«

Die Männer widersprachen ihm nicht. Schließlich war alles möglich. Und sie wollten es sich nicht mit dem Sergeanten verderben.

Aber Jimmie dachte: Elf Wochen – zurück in den Schlachthäusern – Wochen – Monate – Jahre. Wie lange war es schon, daß sie nichts von Mark gehört hatten? Sehr lange, er konnte sich schon nicht mehr genau erinnern. Und das Kriegsministerium hatte geschrieben, wie hatte es geheißen? *Es muß angenommen werden, daß er tot ist...* Er hatte den Brief vor seiner Mutter versteckt, und dann hatte er ihn verbrannt. Und jetzt war er hier drüben, vielleicht weil sein Eintritt in die Armee und seine Dienstverpflichtung nach Europa sein Mittel war, um ihr das dünne Fädchen Hoffnung zu erhalten. Und jetzt saß er fest. Aber jedenfalls hatten die anderen aufgehört, ihn Gimpel zu nennen.

Sie traten an zum Zapfenstreich. Es regnete immer noch, und die Fahne hing schlapp, während sie herabgezogen wurde auf den kahlen deutschen Kasernenhof. Der Sergeant übernahm den Zug von dem Leutnant und ließ abtreten. Jimmie sah die Leute davoneilen, in die Dunkelheit hinein. Langsam ging er ihnen nach, dem saugenden Geräusch lauschend, das seine Stiefel auf dem schlammigen Boden erzeugten. Wieder im Schlafsaal, fand er nur den Diensthabenden vor, einen mürrischen Korporal mit fahlem Gesicht, und zwei oder drei Männer, die gleichfalls in der Kaserne geblieben waren, weil sie nachts Wache hatten.

»Wo sind denn alle hin?« sagte Jimmie mit kindlich hoher Stimme.

»Das Leben beginnt um fünf Uhr fünfzehn!« sagte der Korporal und lachte lärmend über seinen Witz. »Wo sie alle hin sind! Was meinst du wohl? Glaubst du denn, daß irgendeiner den Abend über hier bleibt, wenn er nicht unbedingt muß? Wie ist es mit Würfeln?« Er kniete nieder und ließ die Würfel versuchsweise über den Fußboden rollen.

Jimmie würde wohl mitgemacht haben, nur hatte man ihn leider an Bord des Schiffes vollständig ausgenommen, und er wollte sich kein Geld pumpen, weil er nie richtig Glück hatte.

»Okay«, sagte der Korporal, »dann eben keine Würfel.« Er stand auf, um zu gehen. »Wenn ihr euren Entschluß ändert, ich bin in der Schreibstube.«

Die Tür fiel zu. Im Raum war es totenstill. Der Wasserkessel oben auf dem bauchigen Ofen begann zu zischen. Jimmie fühlte sich winzig klein, einsam, verloren. Er hatte immer noch kein Bett, und er hatte Bedenken, sich auf das eines anderen hinzulegen. So stand er da wie bestellt und nicht abgeholt und schob sein Gewicht von einem Fuß auf den anderen.

»Buck!«

Er drehte sich rasch um.

Es war der Sergeant. In dem trüben Licht war sein Gesicht voller Schatten, aber Jimmie konnte genug darauf erkennen. Es war das Gesicht eines Mannes, der eine Entscheidung getroffen hatte, die er nun durchführte, obwohl sie ihm von Anfang an leid war.

»Ich dachte – wenn du vielleicht mitkommen möchtest...«

»Mitkommen – wohin?« sagte Jimmie, fast ein wenig feindselig, um die Freude zu verdecken, die ihn angesichts der plötzlichen Einladung erfüllte. Warum den Mann in Verlegenheit bringen? Vielleicht wollte er in Wirklichkeit gar nicht, daß der Neuankömmling, der Gimpel, mitkäme.

»Mit zu mir nach Hause.«

Der Sergeant besaß also ein Haus, ein eigenes Heim. Sicher, wenn einer so etwas hatte, dann ließ es sich hier aushalten. Jimmie verspürte ein tiefes Ressentiment. Er wollte keine Wohltätigkeit erwiesen bekommen, und es gehörte nicht zu des Sergeanten Pflichten, nett zu ihm zu sein.

»Ich habe keinen Passierschein«, sagte Jimmie.

Der Sergeant begann sich wohler zu fühlen. Er mochte die Übereifrigen nicht, die freudigen Jasager. Wenn dieser Buck sofort aufgesprungen wäre, so hätte er wahrscheinlich versucht, seine Einladung mit irgendeiner Entschuldigung zurückzunehmen – wie die Sache aber lag, fühlte er sich durch die Weigerung des Jungen herausgefordert. »Passierschein!« sagte er mit einem Zug ins Ironische. »Wenn ich dir sage, du kannst mitkommen, dann kannst du's. Der Leutnant ist einer von denen, die den Unterschied zwischen ihrem Kopf und einem Loch im Boden nicht kennen; der sagt nichts. Und der Captain ist sowieso nie hier, wenn er einen Grund zum Fortbleiben finden kann. Wer soll dich also stoppen? Hol deinen Mantel und komm. Ich hab auch einen deutschen Schnaps im Haus.« Beim Hinausgehen sagte er: »Der Name ist Logan, Mortie Logan.«

»Freue mich, Sie kennenzulernen«, sagte Jimmie trocken. In Wahrheit hatte er einen Kloß im Halse, und sein ganzes Herz wandte sich diesem Mortie Logan zu; aber es war besser, kühl zu bleiben, als Gefühle zu zeigen.

»Gewöhnlich tu ich so was nicht«, sagte Logan mit harscher Stimme, »ich meine, Leute mit mir nach Haus bringen. Mein Heim ist mein Heim und hat nichts zu tun mit der gottverfluchten Armee. Aber du erinnerst mich an jemanden...«

»Mark?« sagte Jimmie, ohne sich zu besinnen.

»Damit machst du jetzt Schluß!« Die Stimme des Sergeanten war beinahe schneidend in ihrer Strenge. »Ich habe nie einen Kerl mit Namen Mark gekannt. Und jedenfalls ist er tot, und du hast dein eigenes Leben vor dir. Klar? Und jetzt beeilen wir uns ein bißchen, vielleicht kann der Leutnant uns mitnehmen.«

Aber der Leutnant war schon davongefahren in seinem requirierten Opel-Wagen. Logan schien ärgerlich zu sein deswegen, und Jimmie empfand, daß er ihn dafür verantwortlich machte – warum hatte er so lange herumgeredet, nachdem die Einladung ausgesprochen war? So mußten sie also zu Fuß durch die dunklen Straßen. Die Erwachsenen wichen ihnen aus, ein Haufen Kinder aber rannte ihnen dauernd hinterdrein.

»Kippen wollen sie!« brach es aus Logan heraus. »Kippen! Kippen! Kippen!«

Der Sergeant, stellte Jimmie fest, war auch nicht besonders glücklich hier.

Sergeant Logan hatte eine Frau, und er wohnte im Obergeschoß eines Zweifamilienhauses in einer Reihe von Vorstadtvillen, die die Armee für ihre Offiziere und Unteroffiziere und deren Familien übernommen hatte.

»Hier stell ich dir Gwen vor«, sagte der Sergeant, und Gwendolyn und Jimmie schüttelten einander die Hände. Sie war ein dralles Mädchen, sichtbar schwanger, mit den ausgebleichten Farben, die so viele Blondinen entwickeln, nachdem ihre erste Jugend vorbei ist. Der Sergeant blickte mißbilligend auf die schweren Möbel. »Es ist nicht die Art von Sachen, die ich mir kaufen würde. Aber wir können uns nicht leisten, wählerisch zu sein.«

»Wo haben Sie das Zeug denn bekommen?« fragte Jimmie naiv.

»Kam zusammen mit dem Haus natürlich. Gehörte irgendeinem Kraut.«

»Sie meinen – es wurde einfach weggenommen? Von dem Kraut? Wo ist der denn jetzt?«

»Woher soll ich das wissen«, sagte der Sergeant. »Was gibt's zu essen, Gwen? Hast du deine Medizin genommen?« Er wandte sich wieder Jimmie zu und sagte ungeduldig: »Wo der Kraut ist! Ist das meine Sorge? Vielleicht ist er der Kerl, der Mark umgebracht hat!«

Jimmie ließ sich auf dem Sessel nieder, der dem Mann gehört

hatte, der vielleicht Mark umgebracht hatte. Ein sonderbares Gefühl, unbehaglich – obwohl der Sessel bequem war, dick gepolstert, mit handgeschnitzten Armlehnen.

Sergeant Logan sagte: »Buck ist frisch aus den Staaten.«

Gwen lächelte. »Hab ich bemerkt.« Dann setzte auch sie sich hin, Jimmie gegenüber. »Das Spiel Army gegen Notre Dame haben Sie wohl nicht gesehen?«

»Nein«, sagte Jimmie.

»Wir haben es am Radio gehört«, sagte Gwen, »aber es ist nicht dasselbe, als wenn man es selber sieht.«

»Zigarre?« fragte Logan und brachte eine ganze Schachtel voll an. Jimmie hatte noch niemals Zigarren geraucht und lehnte höflich ab.

»Wann gibt's Abendessen?« sagte der Sergeant hilflos. Die Konversation war sehr rasch ins Stocken geraten.

»Ich denke, Clara wird es in einer Viertelstunde fertig haben«, sagte Gwen. »Möchtet ihr einen Drink, Jungens?«

»Sicher«, sagte Logan.

»Sicher«, sagte Jimmie, »schönen Dank, Ma'am.«

Er fühlte sich wie ein Eindringling – aber nicht in einen festbesiedelten, in sich ruhenden Ort, der einen Eindringling ohne weiteres aufnehmen konnte, sondern in etwas, das selbst aus Eindringlingen bestand, etwas in der Luft Hängendes, Unfestes, Provisorisches, weder hier noch da.

Gwen servierte den Schnaps in kleinen, zarten grünen Gläsern. Es war ein süßer Schnaps, und sie hoben die Gläser in stummem Toast und tranken ebenso stumm.

Sergeant Logan brach das Schweigen. »Tatsache ist, er ist tot.«

»Wer?« fragte Jimmie. Der Gedanke an Mark war ihm sofort wieder in den Kopf gekommen, und er hatte den Verdacht, daß Logan, als er jede Kenntnis von Mark verneinte, gelogen haben mochte.

»Der Mann, dem das Zeug hier gehört hat: die Gläser, die Sessel, das schwere Ding da drüben, das man nicht bewegen kann, ohne sich dabei den Rücken zu brechen. Er ist tot. Fiel in den Kämpfen an der Ruhr. War Major oder so etwas.«

»Woher wissen Sie denn das?« fragte Jimmie.

»Von Clara«, sagte Gwen. »Sie war seine Frau. Dann kam sie

hierher zurück. Es war schließlich ihr Haus. So haben wir sie denn zu uns genommen.«

»Ich möchte immer noch wissen, warum«, murrte Logan. »Wegen dem bißchen Kochen, das sie tut –«

»Sie kostet uns nichts, stimmt's? Wir kriegen genug Lebensmittel in den Armeeläden, stimmt's?« Gwens Gesicht hatte sich belebt. Sie verteidigte irgend etwas; vielleicht war sie sehr einsam gewesen, bevor diese deutsche Frau in ihr eigenes Haus zurückgekehrt war. »Sie bringt mir Deutsch bei«, fuhr Gwen hastig fort, »und von mir lernt sie Englisch.«

»Die Weiber sind sentimental«, sagte Logan.

»Die Dachkammer stand sowieso leer!« sagte Gwen. »Und die Zeit wird bald genug kommen, wo ich eine Frau im Hause gut brauchen kann.«

Wie sie so dasaß auf ihrem Stuhl mit der geraden Rücklehne, wölbte sich ihr Bauch deutlich nach vorn. Jimmie und ihr Mann blickten beide auf diesen Bauch. Logan runzelte die Stirn und sagte nichts mehr.

Dann hörten sie, von der Küche her, Claras leichte, rasche Schritte.

An Bord hatte ein Soldat, der schon in Deutschland gewesen war und dorthin zum Dienst in der Besatzungsarmee zurückfuhr, während des Essens in der Messe lauthals erklärt: »Die Fräuleins? Bestens!« Dann hatte er mit den Händen gewisse Kurven beschrieben, und die Form dieser Kurven hatte sich Jimmie eingeprägt. Er hatte den Kurven die richtigen Dimensionen und Farben hinzugefügt – rosige Wangen, blondes Haar, blaue Augen; kühle Wesen, die zugleich beherrschend und ein wenig angsterregend waren – ein Bild wahrscheinlich, das ihm von irgendeinem Film her im Gedächtnis geblieben war.

Clara war aber ganz anders. Sie war schlank, um nicht zu sagen mager, und dunkelhaarig, mit einem Gesicht, aus dem sich ihr Alter nicht erraten ließ. Sie hatte große Augen, die ein wenig zu weit voneinander entfernt waren, und feuchtglänzende, volle Lippen, die aussahen, als seien sie gerade von spitzer, beweglicher Zunge benetzt worden. An ihren Händen ließ sich erkennen, während sie bescheiden und freundlich servierte, daß sie Küchenarbeit verrichteten und an solche Arbeit nicht gewöhnt waren. Die Hände waren schmal, ihre Finger geschickt und geschmeidig.

Von ihren Händen blickte Jimmie auf zu ihrem Gesicht. Sie wiederum schaute ihn an, aber eher beiläufig, ohne irgendein Zeichen von Verwirrung.

»Clara! Dieses ist Mr. James Buck«, sagte Gwen mit der langsamen, überdeutlichen Aussprache einer Sprachschullehrerin.

Logan hustete verlegen. Jimmie wußte nicht, ob er aufstehen und Clara die Hand schütteln sollte. Schließlich war sie ja nur das Dienstmädchen; aber Gwens förmliche Vorstellung ließ es so erscheinen, als wäre auch sie ein Gast im Hause.

Clara stellte die letzte Schüssel hin, wischte die Hände an ihrer Schürze ab und schien auf etwas zu warten. »Ich freue mich«, sagte sie schließlich, »Sie kennenzulernen.«

Jimmie schob seinen Stuhl zurück und stand ungeschickt auf.

»Zum Teufel damit!« sagte Logan ärgerlich. »Essen wir endlich. Setz dich hin! Hast du mich nicht gehört?«

Jimmie starrte immer noch auf Claras Gesicht. Er verbarg seine Neugier auch gar nicht mehr – wenn es Neugier war. Er sah die tiefen Schatten unter ihren Augen, und sie erregten ihn. Sie lächelte ihn an, ein ruhiges, selbstsicheres Lächeln, weder Komm-zu-mir noch Bleib-mir-vom-Leibe, aber doch mit einer angedeuteten Verheißung.

»Wo bleiben die Kartoffeln?« fragte Logan.

»Kartoffeln? Ach ja –« Clara ging aus dem Zimmer.

»Sie ist eine Dame«, sagte Gwen zu niemand Besonderem.

Nachdem Jimmie Claras Gesicht gesehen hatte, erschien ihm das Gwens verwaschen, sogar aufgeschwemmt.

»Dame!« knurrte Logan. »Sie ist auch nur ein Fräulein, oder?« Er griff nach der messingnen Tafelglocke, die vor Gwen stand, und läutete laut. »Kartoffeln!« rief er. »Wie lange brauchen Sie denn noch?«

Die Mahlzeit verlief im großen ganzen sehr still. Jimmie spürte die Spannung bei seinen Gastgebern und versuchte, sie nicht zu bemerken, denn der Sergeant war gut zu ihm gewesen, sehr gut sogar, und man belohnte Güte nicht durch vorwitzige Fragen. Wann immer eine Unterhaltung sich anbahnte, ganz gleich worüber, brach Logan sie ab, sobald die Deutsche eintrat; und sie schien öfter als notwendig hereinzukommen. Einmal, als sie hinter Jimmies Stuhl vorbeiging, streifte ihr Arm seinen Nacken. Er zuckte zusammen, und dann saß er stocksteif und ließ sich von den Wellen, die von seinem Nacken ausgingen, durchfluten.

»Sie ist so eine Annehmlichkeit«, sagte Gwen. »Zu Hause konnten wir uns nie ein Dienstmädchen leisten. Ich mußte zur Arbeit gehen, Sekretärin, wissen Sie, und abends mußte ich meiner Mutter im Haus helfen. Dann habe ich Mortie geheiratet, und wir hatten überhaupt keine Wohnung, weil er ja im Krieg war. Ich lebte bei meiner Familie.« Sie lächelte, kaum erkennbar. »Dies ist unser erstes wirkliches Heim.« Sie streckte ihre Hand über den Tisch hinweg in einem irgendwie rührenden Versuch, ihren Mann zu streicheln.

Er gestattete es ihr. »Ja, Liebling«, sagte er, aber dann biß er die Zähne zusammen.

Nach dem Essen lockerte Logan sich die Krawatte, stieß die Schuhe von den Füßen und ließ sich in den großen Lehnsessel fallen. Er schien jetzt nicht mehr so reizbar zu sein. Er nahm sich noch einen Schnaps, goß auch Jimmie einen ein und sagte hoffnungsvoll: »Spielen wir doch alle Gin Rummy, ja?«

Gwen, die Hände über ihren Bauch gefaltet, sagte träge: »Ohne mich, Liebling. Ich habe Clara noch eine Sprachlektion versprochen, und wir müssen auch was nähen.«

Sie nickte in Richtung des Nähkorbs, der, wie Jimmie sah, von lächerlich klein wirkenden Dingen überquoll, Babysachen.

»Okay«, sagte Logan, und das Licht verlosch in seinen Augen. »Ich hoffe, du spielst wenigstens mit, Buck!«

»Aber klar«, sagte Jimmie, »immer.«

Der Sergeant schlurfte hinüber zu der schweren Kommode und zog ein quietschendes Schubfach auf. Diesem entnahm er ein abgenutztes Pack Karten und warf es vor Jimmie auf den Tisch. Jimmie mischte.

Er brauchte sich nicht umzudrehen. Obwohl er sie nicht gehört hatte, spürte er, wie Clara ins Zimmer trat. Sie kam ganz dicht an ihm vorbei, hob den Nähkorb auf und stellte einen Stuhl neben den Gwens. Dann nahmen beide Frauen die Stoffe heraus, ließen die Scheren klappern und begannen schließlich, miteinander zu plaudern – nicht etwa laut, aber auf die zögernde Art von Menschen, die eine ihnen nicht ganz vertraute Sprache sprechen – Clara auf Englisch, Gwen auf Deutsch: einfache Sätze, die durch ihre langsame, hartnäckige Nichtigkeit die Aufmerksamkeit der Männer immer wieder auf sich zogen.

Logan legte seine Karten hin, erhob sich und schrie fast: »Was wollt ihr eigentlich? Mich wahnsinnig machen?«

Gwen blickte verängstigt auf. »Aber Liebling, was ist denn?«

Die Deutsche fuhr fort zu nähen, als beträfe sie das alles nicht, als ginge es irgendwo weit weg von ihr vor sich. Nach einer Minute, in der alles still und nur die Spannung noch zu spüren war, bemerkte sie leichthin: »Wir sollen nicht reden.«

Damit war die Angelegenheit erledigt – der Herr und Meister hatte gesprochen, die Frauen gehorchten.

Jimmie verstand nicht ganz. Sie hatten in diesem Haus eine merkwürdige Art, Dinge zu tun; bei Clara ganz selbstverständlich – aber bei Gwen und Logan? Und dann dachte er, daß Claras Folgsamkeit sich von der Gwens doch beträchtlich unterschied. Gwen erschien wie geprügelt, Claras Gehorsam aber verlieh ihr irgendwie die Oberhand.

Die Stille war drückend geworden. Logan litt unter dem Wissen, daß er seinem Gast etwas preisgegeben hatte, das keiner von ihnen beiden genau definieren konnte; der Sergeant hatte wenig Talent im Kaschieren von Situationen, und Jimmie war zu jung oder zu neu in dieser sonderbaren Umgebung, um mit einer witzigen Bemerkung die sich rapide senkenden Wolken zu zerstreuen.

Logan sagte: »Ich bin müde. Es war ein langer Tag. Ich denke, ich leg mich schlafen.« Er hob seine Schuhe auf und verließ das Zimmer, ohne sich noch einmal umzublicken oder »Gute Nacht« zu sagen. Das war es nicht, was Jimmie Sorgen machte – ein Mann in Logans

Alter und mit dessen Erfahrungen hatte ein Recht auf seine Mißstimmungen. Es war einfach, daß der Sergeant vergessen hatte, ihm zu sagen, wo er schlafen könne, und ein eigenes Bett begann Jimmie als sehr wichtig zu erscheinen; es war wieder genau dieselbe Sache wie in dem Schlafsaal in der Kaserne. Er hoffte nur, daß Gwen daran denken würde, bevor sie sich aufmachte, um ihrem Mann zu folgen, was sie ja sicherlich vorhatte.

Aber Gwen sagte entschuldigend: »Er ist sehr herunter. Er ist nicht mehr derselbe.«

»Derselbe wie was?« sagte Jimmie.

»Wie damals, als wir heirateten. Wir haben in Brooklyn geheiratet, 1943, im Juni. Sie waren nicht im Krieg, Mr. Buck?«

»Nein«, sagte Jimmie, »war ich nicht.«

Gwen seufzte. »Es war auch noch anders, als ich hierher kam.«

»Aber Sie haben's doch so hübsch hier!« sagte Jimmie. Und log: »Ich kann Ihnen sagen, ich fühl mich bei Ihnen richtig wie zu Hause, Mrs. Logan.«

Auf ihrem flachen, gedunsenen Schwangerengesicht, das neben dem von Clara grobschlächtig erschien, zeigte sich ein dankbares Lächeln. »Sie müssen öfters hierher zu uns kommen. Mortie hat nicht viel Gesellschaft. Ich nehme an, wenn einer den ganzen Tag immer mit denselben Leuten zusammen ist, dann möchte er auch mal von ihnen wegkommen. Aber er ist auch recht einsam...« Es war die persönlichste Bemerkung, die sie den ganzen Abend über gemacht hatte, und schon tat sie, als hätte sie zu viel gesagt oder ihre Grenzen überschritten. Sie stand hastig auf, warf den Nähkorb dabei um und sagte: »Ich werde lieber gehen und mich um Mortie kümmern. Gute Nacht, Mr. Buck. Gute Nacht, Clara.«

Sie flüchtet, dachte Jimmie. Er sah die offene Schlafzimmertür, konnte einen kurzen Blick auf zwei Betten werfen und auf Logan, der, immer noch angekleidet, breit auf dem einen lag; dann schloß sich die Tür sofort. Er wurde sich bewußt, daß auch sie ihm nicht gesagt hatte, wo er schlafen sollte. Vielleicht hatte sie geglaubt, daß Logan es ihm beim Kartenspiel gesagt hätte, oder sogar bevor sie ins Haus gekommen waren.

Clara sammelte das Zeug auf, das aus dem Nähkorb gefallen war.

Während sie sich niederbeugte, wandte sie den Kopf beiseite und schenkte Jimmie ein Lächeln. Er sah ihre Zähne, sehr gerade, sehr weiß, zwischen den üppigen Lippen.

»Nun«, sagte er, als käme es ihm nicht darauf an, und dabei schlug ihm das Herz doch im Halse, »wissen Sie vielleicht, wo ich hier schlafen soll?«

»Wie bitte?«

»Ich – wo – schlafen?«

Sie stellte den Nähkorb aufs Fensterbrett. Eine Haarsträhne hatte sich gelöst und kringelte sich dunkel auf ihrem Nacken. Langsam, und immer noch lächelnd, drehte sie sich um und trat auf Jimmie zu.

Die Dachstube war klein, sauber, und alles hatte seinen Platz.

Noch in der Tür umarmte sie ihn, und Jimmie wurde es heiß, und er zitterte und war unfähig, sich zu bewegen: ein Stück Holz in ihren Armen. Er hatte Angst. Er wußte, daß er Angst hatte, und wußte, daß dies das Falscheste war. Schließlich war die Gelegenheit genau das, was er sich gewünscht und wovon er geträumt und was man ihm erzählt hatte, wenn von Deutschland die Rede war – im Armeelager oder an Bord des Schiffes.

Sie nahm ihren Gürtel ab. Dann bot sie ihm ihren Rücken, und er sah die Reihe von Knöpfen und versuchte, mit ungelenken Fingern, die obersten zu öffnen.

Sie wandte sich ihm zu, ergriff seine Hände, betrachtete sie, gab ihnen einen leichten Klaps, mehr als Liebkosung, und sagte: »Wie alt?«

»Eighteen«, sagte er.

»Achtzehn«, sagte sie.

»Achtzehn«, wiederholte er.

»So jung«, sagte sie und lachte leise.

Jimmie mißfiel das. Er sagte: »Ich habe aber schon eine Menge erlebt.«

»Du wirst mich lehren – Englisch, ja?« fragte sie. Sie warf sich aufs Bett, winkte ihm, er möge sich neben sie setzen, und verschränkte ihre Hände hinter dem Kopf. Jimmie schluckte.

»Du wirst mich Englisch lehren«, sagte sie wieder, »und ich werde dich lehren.«

»Was willst du mich lehren?«

»Alles.«

Er zwang sich zu einem hochmütig ablehnenden Lachen. Es gelang ihm nicht richtig.

Sie sagte: »Wie alt bin ich wohl?« Dann redete sie weiter; sie hatte keine Antwort von ihm erwartet. »Ich weiß es selber nicht«, sie lächelte wieder, »die Jahre, der Krieg.« Sie spielte mit seinen Fingern; es kitzelte ihn, aber das gefiel ihm. »Mein Mann, tot.«

Jimmie nickte ernsthaft. »Der Krieg«, sagte er.

»Der Krieg.« Sie lachte. »Alles kaputt.« Sie zog ihre Knie in die Höhe; ihr Rock glitt hinauf zu ihrem Schoß.

Jimmie bemühte sich, nicht hinzusehen, er richtete seinen Blick auf ihre Augen, auf die dunklen Schatten unter ihren Augen.

»Mein Mann groß, stark«, sagte sie. »Auch du wirst groß sein, stark«, prophezeite sie, »wie mein Mann, wie Sergeant Logan. Willst du sehen?«

Jimmie wußte nicht, was er da zu sehen bekommen sollte. Er zögerte, dann murmelte er etwas.

Sie öffnete das Schubfach in dem kleinen Nachttisch und zog ein abgegriffenes Buch hervor, ein Photoalbum. Dann legte sie sich auf die Seite, mit der Rundung ihres Körpers zu Jimmie hin, und schlug das Album auf.

Darin waren Bilder aus dem Krieg. Gruppen von deutschen Soldaten. Dann Bilder nur eines Mannes, der breitschultrig war und gut aussah in seiner Uniform, mit Ordensbändchen und Epauletten.

»Mein Mann.«

»Tot«, sagte Jimmie.

»Ja, tot.«

Dann weitere Bilder, die den Mann in Frankreich zeigten, vor dem Eiffelturm, dann neben einem Panzer, dann vor einem toten Amerikaner.

»Laß mal sehen«, sagte Jimmie.

Das Gesicht des Amerikaners war unscharf geraten; die Kamera war auf den deutschen Sieger eingestellt gewesen. Jimmie griff nach dem Album, hielt es sich dicht vor die Augen. Nein, es war nicht Mark. Nur jemand, der wie Mark aussah. Oder vielleicht war es auch Mark, und man konnte es nur nicht genau sehen, weil das Bild unscharf war; und vielleicht sehen die Menschen im Tod sowieso anders aus als im Leben.

Sie versuchte, die Seite, die er zwischen den Fingern hatte, umzublättern. »Hier ist er«, sagte sie, »mit seinem Pferd.«

Mit seinem Pferd, dachte Jimmie, mit dem Toten – toter Mann mit Pferd und Totem und Panzer und Eiffelturm.

»Hat gut ausgesehen, nicht?« sagte sie. »Mein Mann.« Sie richtete sich auf. »Was ist los mit dir? Du willst fort? Warum? Ich zeig dir noch –«

Er stolperte die Treppe hinunter.

Jimmie stand im Wohnzimmer und tastete nach dem Lichtschalter. Er versuchte, leise zu sein. Er wollte nicht, daß Logan, und erst recht nicht Gwen, ihn hörte. Er wollte nur den großen Lehnstuhl finden und sich da hineinkuscheln, sich verstecken, schlafen.

Er erinnerte sich, daß von der Hängelampe über dem Tisch ein Schalter herabgehangen hatte. Diese verrückten deutschen Lampen. Er stieß mit der Hüfte gegen die Tischecke.

Dann war er gefangen im Lichtkegel von Logans Taschenlampe. »Was ist los?« flüsterte Logan. »Was willst du?«

»Ich kann den Lehnstuhl nicht finden«, antwortete Jimmie, gleichfalls flüsternd.

Der Sergeant schaltete seine Taschenlampe aus. Sie standen sehr dicht beieinander im Dunkel.

»Wozu brauchst du den Lehnstuhl?«

»Zum Schlafen.«

»Ich dachte –«

»Nein«, sagte Jimmie, »sie hat mir ihre Bilder gezeigt...«

»Diese Weiber sind verrückt!« sagte Logan; dann sank seine Stimme wieder zu einem Flüsterton herab. »Allesamt. Nein, schlaf nicht in dem Lehnsessel, sonst hast du morgen nur Gliederschmerzen. Ich sag dir was – du nimmst mein Bett, und ich leg mich zu Gwen in ihres –« Er brach ab.

Jimmie glaubte, ein Stöhnen zu hören.

»Nein«, sagte Logan, »das klappt auch nicht. Warum bist du bloß nicht bei *ihr* geblieben? Wäre für alle Beteiligten besser gewesen... Na ja, na ja, ich verstehe schon!« Er fluchte. Jetzt flüsterte er auch nicht mehr. »Dabei könnten wir die Dachstube sehr gut gebrauchen! Ich wünschte, sie wäre nicht hier im Haus! Ich habe Gwen schon mehrmals gesagt, daß sie zu nichts gut ist, für keinen. Wirf sie hinaus, habe ich ihr gesagt. Aber ich schätze, Gwen ist einsam, und das Baby kommt bald – Angst hat sie, Frauen haben immer Angst – vielleicht tauge ich auch nicht für Gwen. Manchmal wünschte ich, ich wäre wieder im Krieg...«

Dann fand sich Jimmie allein.

Er hörte die Schritte des Sergeanten, die aber nicht zurück in Richtung des ehelichen Schlafzimmers führten, sondern zu der Tür, die sich zur Treppe hin öffnete. Von dorther sagte Logan: »Es ist mir widerwärtig – Jesus Christus! Ich hasse es. Aber was soll ein Mann machen?«

Die Treppe knarrte unter seinen bestrumpften Füßen; die Tür zur Dachkammer öffnete sich und fiel wieder ins Schloß.

Souvenir für Tschen Wang

Die Geschichte von Tschen Wang ist einfach. Er war ein einfacher Mann, der sich abmühte, von den Produkten seiner Arbeit so viel wie möglich für sich behalten zu dürfen, für seine vor ihrer Zeit gealterte, kranke Frau und für seine acht Kinder.

Zu diesem ständigen Kampf war Tschen Wang gezwungen; er hatte ihn sich nicht ausgesucht. Pflügen, düngen, säen, den Boden bewässern und bewachen und ernten umschrieben den Kreis, in dem sein Leben sich abspielte – ein Kreis so unentrinnbar, als habe ihn ein böser Geist gezogen. Diese Dinge mußten getan werden, von Sonnenaufgang bis Sonnenuntergang, nur um überhaupt leben zu können, um sich und seine zahlreiche Familie zu ernähren. Aber er konnte nicht leben und arbeiten und seine Söhne ernähren, auf daß diese aufwüchsen und ihm helfen könnten und eines Tages seinen Platz einnähmen, wenn er nicht Mittel und Wege fand, mehr von den Früchten seines Feldes zu behalten, als ihm gestattet war.

So kam es, daß Tschen Wang alles – Menschen, Ereignisse, Gedanken – nach der Auswirkung beurteilte, die sie auf den ihm zur Verfügung stehenden Anteil an seinen Erzeugnissen hatten. Seine Gefühle saßen in seinem Bauch, einem dürren, sehnigen, muskulösen Bauch, den er nie ganz zu füllen imstande war. Er hatte keine Philosophie, keine Ideologie, keine schönen und hohen Gedanken über sein Vaterland – derartige Betrachtungen spielten keine Rolle in seinem Leben, weil sein Leben beherrscht war von Themen, die seinen Bauch betrafen.

Seine dauernde Beschäftigung damit hielt ihn davon ab, seine Gedanken außerhalb des unmittelbaren Kreises schweifen zu lassen, der aus Arbeit bestand und den Versuchen, genug zu essen zu kriegen. So kam es, daß er den Grundherrn durchaus nicht haßte, obwohl letzten Endes dieser es war, der ihn des größten Teils seiner Erzeugnisse beraubte. Er konnte den Grundherrn auch gar nicht hassen, denn er hatte ihn noch nie zu Gesicht bekommen – der ferne Herr und Meister mochte ebenso gut ein Mythos sein oder ein Gott. Die Personen, denen in verschiedenen Graden sein Haß galt, waren die Aufseher, die regelmäßig vorbeikamen, um hinwegzukarren, was ihrem Urteil zufolge dem Grundherrn zustand. Der Grad des Hasses in Tschen Wangs Herzen – oder besser, in seinem Bauch – hing von der Höhe der Bestechung ab, die notwendig war, um die Aufseher bei ihrer Entscheidung milde zu stimmen. Demzufolge war der Aufseher Tien Tschung, ein geiler Alter, der nur die Dienste von einer von Tschen Wangs Töchtern in Anspruch nahm, ein guter Mensch und wurde von Tschen Wang beinahe mit Zuneigung begrüßt. Teh Kung jedoch, der jüngere Aufseher, der an Bestechung fast so viel forderte, wie der Anteil des Grundbesitzers betrug, auf den man sich schließlich einigte, erregte in Tschen Wang ernsthafte Gedanken an Mord. Teh Kung entging diesem Schicksal, weil Tschen Wang befürchtete, der Geist des Ermordeten werde ihn dann verfolgen und ihm Unheil bringen; ein böser Mensch wie Teh Kung war möglicherweise im Tode noch schlimmer als lebendig.

Dann kam der Krieg in das Tal, in dem das Feld des Tschen Wang gelegen war. Er kam dorthin wegen der großen Straße, die auf der anderen Seite des Berges verlief. Die Japaner brauchten die Straße für ihre Verbindungen und mußten die sie umgebenden Landstriche besetzen einschließlich des Tals, in dem Tschen Wangs Hütte und sein Dorf standen.

Die Japaner kamen im Frühjahr. Die Felder waren noch kahl, und Tschen Wang hatte seine wenigen Vorräte in Erdlöchern versteckt, die so gegraben waren, daß nur er sie finden konnte. Die Ankunft der Japaner berührte Tschen Wangs Leben auf zweierlei Art: eine gut, eine schlecht. Es war schlecht, daß sie ihm seine Tochter nahmen – dieselbe, deren Dienste der Aufseher Tien Tschung verlangt hatte; und es war schlecht, daß sein ältester Sohn, der schon erwachsen genug war, ihm auf dem Felde zu helfen, eines Morgens fortging, um sich einer Armee anzuschließen, die, wie er sagte, das Land befreien würde. Es war jedoch gut, daß die Japaner veranlaßten, daß die beiden Aufseher Tien Tschung und Teh Kung, ebenso wie der

Grundherr, in aller Eile verschwanden; zum ersten Mal in seinem Leben erwartete Tschen Wang, seine ganze Ernte behalten zu dürfen und während des Winters seinen Bauch und die Bäuche seiner zahlreichen Familie füllen zu können. Die Japaner, dachte er, waren so schlimm nicht.

Aber gerade vor der Erntezeit kehrten der Grundherr und die Aufseher zurück; und sobald Tschen Wang die Ernte eingebracht hatte, erschienen beide, Tien Tschung und Teh Kung, der jüngere Aufseher, vor seiner Hütte. Bei ihnen befand sich ein japanischer Sergeant.

Tien Tschung sah noch ältlicher und schäbiger aus als früher; es war erkennbar, daß er der Tröstungen von Tschen Wangs Tochter und der anderen Mädchen, die von der japanischen Armee fortgeführt worden waren, hatte entraten müssen. Teh Kung andererseits legte ein beinahe militärisches Verhalten an den Tag und bemühte sich, es dem japanischen Sergeanten gleichzutun, der mit gerunzelter Stirn hin und her schritt und dabei versuchte, seine Stiefel vor dem Schlamm vor Tschen Wangs Hütte zu schützen.

Tien Tschung erklärte Tschen Wang die Lage recht freundlich und geduldig. Wenn Tschen Wang erkennen ließ, daß er etwas nicht verstand, fügte Teh Kung, der jüngere Aufseher, ein paar deutlich schärfere Bemerkungen ein, aus denen klar wurde, was Tien Tschung nicht hatte ausdrücken können, weil er zu alt dafür war oder zu liebenswürdig oder gefühlvoll.

Die japanische Armee, sagte Tien Tschung, mußte einen Teil der Erzeugnisse der Landwirtschaft requirieren, um ihre Soldaten zu ernähren. Dabei wies er, als wollte er seine Feststellung illustrieren, auf das runde, gleichgültige Gesicht des Sergeanten. Andererseits, fuhr er fort, mußte auch der Grundherr leben, wie Tschen Wang sicher verstehen könne, und forderte daher seinen Anteil wie immer.

Tschen Wang stand da, ein wenig gebeugt, wie es sich in Anwesenheit von Höhergestellten gebührte. Jetzt blickte er auf. Er bat Tien Tschung, die Zahlen zu wiederholen, und nachdem er sie zum zweiten Mal gehört hatte, wandte er ein, daß, wenn man den Anteil, den die Japaner zu requirieren wünschten, der Abgabe für den

Grundherrn hinzufügte, für ihn, Tschen Wang, und für seine Familie nichts übrig bleiben würde.

Der jüngere Aufseher, Teh Kung, antwortete ohne Zögern, daß dies leider der Fall sei, daß sich aber nichts dagegen tun lasse. Tschen Wang würde eben für sich selber sorgen müssen; vielleicht hätte er im Frühjahr und im Sommer etwas härter arbeiten sollen; und seit wann sei der Grundherr verantwortlich dafür, wie Tschen Wang seinen Bauch und die Bäuche seiner Familie füllte?

Einen Augenblick lang hoffte Tschen Wang, daß sich ein Weg finden ließe, durch den er wenigstens einen kleinen Teil dessen, wofür er gearbeitet hatte und was er notwendig brauchte, behalten könnte. Er blickte auf die fordernden Hände Tien Tschungs und Teh Kungs, des jüngeren Aufsehers; aber Teh Kung richtete sich auf, damit er würdig und beinahe wie ein Soldat dastünde, und Tien Tschungs Äuglein bewegten sich hurtig von einem Winkel zum anderen, und der japanische Sergeant trat bedrohlich näher.

Tschen Wang spürte, wie sich ihm der Bauch zusammenzog; sein gequältes Gehirn dachte an eßbare Wurzeln und Gräser und an den Winter, der bald kommen würde.

In dieser Nacht lauschte Tschen Wang den zornigen Stimmen am Himmel. Die Dunkelheit wurde von wilden Blitzen und feurigen Bögen zerrissen. Er hörte das Röhren riesiger, schnellfliegender Vögel; er sah sie miteinander kämpfen und sah die verwundeten in Flammen abstürzen und zerschellen wie brennende Felsbrocken.

Zuerst sammelte Tschen Wang seine Frau und seine Kinder um sich, und sie kauerten eng aneinandergeschmiegt und fürchteten sich alle vor etwas Schrecklichem, das sich nicht nennen ließ. Dann erinnerte sich Tschen Wang an Geschichten, die im Umlauf waren, von Männern, welche in Maschinen am Himmel flogen – die Japaner hätten solche Maschinen; und wenn die Japaner sie hatten, dann gab es wohl auch andere, die sie besaßen. Als der Morgen graute, fand Tschen Wang den Mut, hinauszugehen und nachzuforschen. Er sah die noch rauchenden Teile einer solchen Maschine; er ging dicht heran, wagte aber nicht, irgend etwas zu berühren. Dann hörte er ein leises Stöhnen in der Nähe.

Das Stöhnen kam von einem Mann, der über und über mit Blut bedeckt war. Er hatte eine Jacke aus braunem Leder an, an deren Rücken ein Stück Tuch mit chinesischen Buchstaben darauf geheftet war. Tschen Wang betrachtete ihn und versuchte, einen Sinn aus den Buchstaben herauszulesen, aber niemand hatte ihn je lesen gelehrt. Er erkannte, daß der Mann nicht so war wie der japanische Sergeant, der gestern zu seiner Hütte gekommen war. Tschen Wang dachte, der Mann könnte vielleicht zu jenen anderen gehören, die gleichfalls am Himmel fliegende Maschinen hatten und gegen die Japaner kämpften.

Der Mann blickte Tschen Wang flehentlich an. Tschen Wang hob ihn auf und schleppte ihn zu seiner Hütte. Er ließ seine Kinder frisches Wasser zum Waschen der Wunden holen. Dann gab er dem Mann zu essen und sah mit hungrigen Augen zu, wie dieser aß.

Am Nachmittag erfuhr Tschen Wang von einem seiner jüngeren Söhne, der ins Dorf gegangen war, daß die Japaner nach amerikanischen Fliegern suchten.

»Bist du ein amerikanischer Flieger?« fragte Tschen Wang.

Aber der Verwundete verstand ihn nicht. Seine braune Lederjacke stand offen, und er wies auf einen goldglänzenden Knopf an seinem Hemd. Auf dem Knopf befand sich ein sonderbares Zeichen. Tschen Wang erschien es wie dieses: US.

»Juh Eß«, sagte der Verwundete und versuchte zu lächeln. »United States, America.«

»America?« wiederholte Tschen Wang.

Der Verwundete nickte.

Tschen Wang begab sich zu der großen, dichten Hecke am entfernteren Ende seines Feldes. Dort schnitt er eine Lücke in die Hecke und kroch hinein und baute eine Art Höhle und glättete und festigte die Erde und legte Stroh auf den Boden, um den Verwundeten darauf zu betten. Am Abend dann brachte er seinen Gast zu der Hecke. Dort verbarg er ihn und gab ihm täglich zu essen, sieben Tage lang.

Nach Ablauf dieser sieben Tage erhielt Tschen Wang eine Botschaft von seinem ältesten Sohn, der sich der Armee angeschlossen hatte, die das Land befreien würde. Tschen Wang sollte seinen Gast an einen Ort bringen, wo der Fluß sich gabelte und ein Birkenhain nach Norden hin stand, drei Tagereisen weit von seiner Hütte.

Tschen Wang wunderte sich, woher sein Sohn erfahren hatte, daß ein Gast bei ihm weilte; aber er stellte die Botschaft ebenso wenig in Frage, wie er die Forderungen der Aufseher Tien Tschung und Teh Kung oder die des japanischen Sergeanten in Frage gestellt hatte. Tschen Wang verfertigte eine Trage aus Bambusstäben und Bastschnüren; und er und seine Frau und ihre beiden nächstältesten Söhne trugen ihren Gast bis zu dem Ort, wo der Fluß sich gabelte und der Birkenhain nach Norden hin stand. Sie reisten während der Nacht und versteckten sich am Tage. Sie lebten von Wurzeln und Beeren, der Verwundete aber aß ihren Reis. Als die Sonne sich nach der dritten Nacht erhob, fanden sie den Birkenhain, und Tschen Wang umarmte seinen ältesten Sohn und übergab ihm seinen verwundeten Gast.

Von seiner Trage aus blickte der Amerikaner auf zu Tschen Wang und sagte: »Bei Gott, Alter, ich wünschte, ich könnte dir irgend etwas geben. Aber ich habe nichts.«

Tschen Wang lächelte. Sein Auge fiel auf den goldglänzenden Knopf mit dem sonderbaren Zeichen.

»Willst du das?« sagte der Amerikaner, und da Tschen Wang nichts erwiderte, nahm er das US-Abzeichen von seinem Hemd ab und drückte es Tschen Wang in die magere Hand. Die Hand schloß sich um den Knopf. Tschen Wang lächelte wieder, und der Amerikaner sagte: »Okay, okay. Es hat keinen Wert. Sobald ich wieder bei meiner Einheit bin, kann ich mehr davon bekommen – so viel ich will.« Dann wurde er von den Männern, die zusammen mit Tschen Wangs ältestem Sohn gekommen waren, fortgetragen, und Tschen Wang wanderte zurück mit seiner Frau und seinen zwei anderen Söhnen, drei Tage lang, bis zu seiner Hütte.

Im nächstfolgenden Winter starben Tschen Wangs Frau und seine zwei jüngsten Kinder, beides Mädchen. Sie starben an aufgeblähten Bäuchen, langsam und schmerzlich wimmernd. Tagelang saß Tschen Wang an ihrer Seite, die Hände an seine Ohren gepreßt, und versuchte, das allmählich verebbende Gestöhn und Gewinsel nicht zu hören. Dann erstarben auch diese Töne, und bald darauf waren seine Frau und die beiden Mädchen tot.

Tschen Wang versuchte, Gräber für sie auszuheben. Aber er war zu schwach, und der Boden war hart gefroren. So waren die Gräber nur wie flache Schüsseln, und er häufte Steine auf die drei niedrigen Hügel und nahm sich vor, bessere Gräber anzulegen, sollte er den Frühling noch erleben.

Der Frühling kam. Er begann mit dem Krachen des Eises auf dem Fluß und mit dem Geknatter der Gewehre. Tschen Wang erhielt unerwartete Hilfe beim Ausheben seiner Gräber. Sein ältester Sohn war zurückgekehrt, zusammen mit vielen Soldaten. Sie vertrieben die Japaner, und zusammen mit den Japanern verschwanden der Grundherr sowie Tien Tschung und Teh Kung, der jüngere Aufseher. Die Soldaten sagten Tschen Wang, er möge ins Dorf kommen und seinen Sitz im Dorfrat einnehmen. Im Dorfrat erfuhr Tschen Wang, daß sein Stück Land nun ihm selber gehöre und daß auch die Ernte dieses Jahres sein eigen sein würde.

Tschen Wang lächelte und bestätigte, dies sei eine wahrhaft gute Neuigkeit, aber er sagte auch, daß es leider gar keine Ernte geben werde, denn er habe nichts auszusäen. Sein ältester Sohn erhob sich im Rat und sagte: »Der Respekt vor meinen Eltern läßt mich zögern, meinem Vater zu widersprechen. Aber Tatsachen sind Tatsachen. Wir haben die Lagerhäuser des Grundherrn beschlagnahmt; und ein Teil des Inhalts dieser Lagerhäuser wird den Familien gegeben werden, damit sie Brot haben, einer jeden nach der Anzahl ihrer Münder; und ein Teil wird als Saatgut ausgegeben, einem jeden Mann entsprechend der Größe des Bodens, den er bearbeiten kann. So hat es die Befreiungsarmee angeordnet, und so wird es geschehen.«

Tschen Wang sah, wie sein ältester Sohn sich wieder hinsetzte. Aus dem Jungen war ein Mann geworden. Er sah nicht gerade wie ein Soldat aus, und ganz gewiß nicht wie der japanische Sergeant. Er war barfuß, und seine Jacke war schäbig und vielfach geflickt. Aber sein Gewehr glänzte ebenso hell wie der goldglänzende Knopf mit dem sonderbaren Zeichen, welchen der Verwundete ihm, Tschen Wang, als Geschenk gegeben hatte, oder sogar noch heller.

Da er nun die erste Ernte seines Lebens erwartete, die zur Gänze ihm gehören würde, begann Tschen Wang leichter zu atmen. Nun würde es einfacher sein, seine drei jüngeren Söhne und seine verbleibende kleine Tochter zu ernähren. Tschen Wangs Schultern verloren ein wenig von ihrer Krümmung. Er zählte nun zu den Dorfältesten, und man sprach zu ihm von Politik und Regierungsangelegenheiten. Aber er lehnte es höflich ab, sich festzulegen, und erklärte, er sei nicht genügend gebildet, um Meinungen zu haben, und fügte hinzu, stolz auf seinen ältesten Sohn und zugleich ihn beneidend, dies alles beträfe doch wohl mehr die Jüngeren, die vielleicht schon von ganz anderer Art wären. Tschen Wang wußte, er war der Alte geblieben, und seine Anschauungen, seine Handlungen und Gefühle waren nach wie vor von seinem Bauch bestimmt. Er war für die, die ihm gestatteten, sich seinen Bauch zu füllen; weiter ging er nicht.

Nachdem die Ernte eingebracht war, sprach man allgemein vom Frieden. Die Japaner, hieß es, seien geschlagen worden, und jedermann fühlte sich froh und feierte. Tschen Wang gedachte des japanischen Sergeanten und sagte, es sei eine gute Sache, daß der Feind geschlagen und vertrieben worden wäre, und alle stimmten ihm bei. Aber nicht alle stimmten ihm bei, daß nun auch der Grundherr und dessen beide Aufseher Tien Tschung und Teh Kung zusammen mit den Japanern geschlagen und vertrieben worden seien. Es gab welche, die behaupteten, dem wäre nicht so.

Und es schien so, als behielten diese recht. Tien Tschung und Teh Kung kehrten im darauffolgenden Frühling zurück, und der Grundherr in eigener Person, wohlbeleibt und weißhaarig, kam herab ins Dorf und redete mit Tschen Wang und den Ratsmitgliedern. Er verhielt sich mehr als gnädig, für eine so hochgestellte Persönlichkeit. Doch als man ihm mitteilte, daß die Befreiungsarmee das Land denen gegeben hatte, die es bearbeiteten, wurde sein Gesicht wütend, und seine Augen sprühten Feuer. Tschen Wang begann vor dem Zorn eines Mannes von so hohem Rang und so großem Reichtum, dem außerdem noch Teh Kung, der jüngere Aufseher, und Tien Tschung unterstanden, zu zittern. Aber sein ältester Sohn, der immer noch barfuß war und seine zerschlissene Jacke trug, erhob sich und sagte zu dem Grundherrn: »Geh fort. Du hast keine Rechte mehr. Einst hast du dir dieses Land angeeignet, nun wird es wieder von dir genommen. Nie hast du in diesem Tal auch nur ein einziges Feld gepflügt. Wie kannst du also behaupten, es gehöre dir? Wir, die Befreiungsarmee, sagen dir das, und so wird es geschehen.«

Der Grundherr und die zwei Aufseher gingen, und alle konnten sehen, daß sie sehr bitter waren und für alle Zukunft Feinde sein würden. Aber da sie das Dorf friedfertig betreten hatten, um mit der Bevölkerung über Eigentumsrechte zu reden, ließ man sie auch in Frieden ziehen.

Tschen Wang ahnte, daß dies nicht das Ende der Sache sein würde, aber er zog es vor, seine Meinung für sich zu behalten. Der Grundherr und seine zwei Aufseher hatten ja auch Bäuche – große, dicke Bäuche, dennoch aber dieselbe Art Bauch wie er, Tschen Wang. Und womit sie sich ihre Bäuche gefüllt hatten, das war ihnen weggenommen worden; und sie waren stolze Männer von hohem Rang, die sich nicht beugen oder Bestechungen zahlen oder sich berauben lassen würden, so wie Tschen Wang in früheren Jahren es sich hatte gefallen lassen müssen.

Tschen Wang war daher gar nicht erstaunt, als sein ältester Sohn ihm berichtete, daß eine andere Armee auf der großen Straße, die jenseits des Berges verlief, heranmarschiert kam, eine Armee der Grundherren, die für diese und für die Herrschaft der Aufseher kämpfte. Der Sohn sagte, es könne durchaus geschehen, daß diese neue Armee über den Berg und ins Dorf käme und daß schlimme Zeiten zurückkehrten. Er riet Tschen Wang, zusammen mit seinen verbleibenden Kindern fortzugehen.

Aber Tschen Wang blickte über sein keimendes grünes Feld hin, das nun seines war, weil er es bearbeitet hatte, und er blickte hinauf zum Himmel, von dem sein fremder Gast einst gekommen war, und antwortete bedächtig, nein, er wolle bleiben. Dies wäre seine Hütte und sein Leben, und Armeen kämen und gingen wieder, und er werde bleiben müssen.

So sagte ihm denn sein ältester Sohn, daß seine Abteilung der Befreiungsarmee am Mittag des nächsten Tages abziehen werde, um in die Berge zu gehen und die Armee der Grundherren zu bekämpfen.

»Es scheint«, sagte er, »als wir die Japaner schlugen, haben wir nur die Hälfte unsrer Arbeit getan.«

»Das ist eure Arbeit«, sagte Tschen Wang, »nicht meine.«

In dieser Nacht waren die zornigen Stimmen am Himmel wieder zu hören, aber diesmal fürchtete Tschen Wang sich nicht, denn er wußte, es handelte sich nur um die Stimmen von fliegenden Maschinen, die von Menschen gelenkt wurden. Er ließ seine Kleinen in ihrem Bett in der Hütte und lief hinaus, um alles zu sehen.

Der Himmel war voll großer gelber Fackeln, die die Nacht taghell erscheinen ließen, und die Vögel flogen niedrig, um zu beobachten, was auf dem Boden vor sich ging. Tschen Wang zählte ihrer sechs. Er verspürte keine Angst, auch nicht, als er das scharfe Pfeifen vernahm und das schrille Geheul, das plötzlich auf ihn zukam, und als er fühlte, wie die Erde sich unter ihm hob und senkte gleich einer Frau in den Wehen.

Erst als er die Flammen aufschießen sah an der Stelle, wo er seine Hütte wußte, und als er die strohgedeckte Scheune mit seiner eigenen Ernte lichterloh brennen sah, wurde ihm klar, daß er vernichtet war. Er brachte es fertig, hinzulaufen dorthin, wo seine Hütte mit seinen Kindern darin gestanden hatte. Dann fiel er zu Boden und biß in die Erde, die er immer so pfleglich behandelt hatte.

Am Morgen kam sein ältester Sohn aus dem Dorfe und fand Tschen Wang immer noch starr auf dem Boden liegend. Er hob seinen Vater auf und wusch dem alten Mann das Gesicht. Gestützt von seinem ältesten und nunmehr einzigen Sohne, wankte Tschen Wang hinüber zu dem Häuflein Staub und Asche, das einmal seine Hütte mitsamt seinen Kindern gewesen war.

Dort fanden sie auch den schwarzen Gegenstand. Er war etwa halb so groß wie Tschen Wang, aber viel rundlicher und still und zufrieden, mit einer gelb angestrichenen Spitze.

»Ein Blindgänger«, sagte sein Sohn. Und da er erkannte, daß sein Vater nicht verstand, erklärte er: »Sie werfen das ab, und es explodiert. Bei diesem hat etwas nicht funktioniert. Nicht anfassen!«

Tschen Wang betrachtete das Ding mit leerem Blick. Dann kniete er nieder, um es mehr aus der Nähe zu sehen. Und dann nahm er aus seiner Tasche den goldglänzenden Knopf, den der verwundete Amerikaner ihm als Unterpfand seiner Dankbarkeit geschenkt hatte. Tschen Wang verglich das Zeichen auf dem Knopf mit einer der Markierungen auf der Bombe. Sie stimmten überein.

Es war Tschen Wang, als nähme der dumpfe Schmerz in seinem ganzen Körper Form und Gestalt an, würde scharf und stechend und setzte sich in seinem Bauch fest wie ein Geschwür. Es war wie der Hungerschmerz, den er gespürt hatte, als er seine eigene magere Portion dem Gast gegeben hatte, der verwundet vom Himmel gekommen war, oder als er seinen Kindern, die jetzt tot waren, zu essen gab, während er selbst leer ausging.

Dieser Schmerz ließ keinen Raum für andere Gefühle. Er dämmte die Tränen, bevor sie Tschen Wang in die Augen steigen konnten. Und er gab Tschen Wangs Gedanken eine beängstigende Klarheit. Sein ganzes Leben und alles, was sich darin ereignet hatte, ordnete sich in ein deutliches Gefüge – der Grundherr und die zwei Aufseher, der japanische Sergeant, der Amerikaner, der ihm den Knopf geschenkt hatte, und die Bombe.

Tschen Wang erhob sich und stand da, mit aufrechtem Rücken. Er trat hin vor seinen ältesten und nunmehr einzigen Sohn, der sich beiseite gehalten hatte, um seines Vaters Trauer nicht zu stören.

»Ich will mit euch ziehen«, sagte Tschen Wang. »Habt ihr ein Gewehr für mich?«

»Nein«, sagte der Sohn. »Aber wir werden angreifen und dem Feind die Gewehre abnehmen, die wir brauchen.«

Ein Drittel Tequila

»Jetzt können Sie ihn auch selber mischen«, sagte Emma heiser. Sie lehnte sich über den uralten Tresen in der Bar in dem Eckhaus am Marktplatz, dort unten in Pochitlan. Ich blickte meiner Frau über die Schulter und stellte fest, daß sie alles korrekt notiert hatte: ein Sechstel Zuckersirup, ein Sechstel Limonen- oder Zitronensaft, ein Drittel Sodawasser, ein Drittel Tequila; dazu Eis zum Kühlen.

»Das wäre dann also ein Tequila Collins«, sagte ich mit Genugtuung.

»Das wäre Emmas Tequila Collins«, korrigierte Emma.

Draußen vor der Tür, herantransportiert von Snyder's oder irgendeinem anderen Reisebüro, saß eine Busladung amerikanischer Touristen auf Klappstühlen, und jeder zahlte einen Peso pro Tequila Collins, gemixt von einem heruntergekommenen, in sein Schicksal ergebenen Mexikaner am anderen Ende der Bar. Barfüßige, ungekämmte mexikanische Bübchen in verwirrender Anzahl wirbelten ein und aus und brachten den Turistas die Drinks, so rasch der alte José – das war der Name des Mannes am Ende der Bar – sie herstellen konnte.

Meine Frau und ich hatten das Gebräu fast den ganzen Spätnachmittag über getrunken. Den unverschämt herrlichen Sonnenuntergang, der die Zinnen und Türmchen der Kathedrale von Pochitlan in Orange und Rot und Purpur tauchte, hatten wir dabei ganz übersehen. Wir fühlten uns zufrieden mit dem Leben und mit Emma, die dessen Segnungen verteilte, und sogar das Geschwätz der Touristen stimmte uns eher milde und nachsichtig. Etwas von unserem inneren Frieden mußte wohl auf Emma abgefärbt haben; wieso sonst hätte sie uns ihr Spezialrezept verraten? Die Stimmung hatte sie ihre in den Neu-England-Staaten übliche Zurückhaltung, die sie wohl mit der Muttermilch eingesogen hatte, vergessen lassen, und ich spürte, daß sie noch mehr aus sich herausgehen würde. Sie manövrierte ihre mehr als zweihundert Pfund durch den engen Zwischenraum, der das Ende des Tresens von der Mauer trennte, watschelte zu unserm Tisch herüber und bedeutete mit imperialer Geste dem Flüchtling aus den USA, der hier in Pochitlan seine Künste auf der Leinwand ausübte, sich von seinem Stuhl zu erheben. Der Maler gehorchte nur allzu eifrig. Emma hatte, während sie sich auf den nunmehr freien Stuhl fallen ließ, unseren fragenden Blick bemerkt und sagte leichthin: »Mister, ich finanziere den Jungen seit Jahren. Mein ganzer Keller steht voll mit seinen Bildern.«

Eines der Bübchen brachte dem aus den New Yorker Kunstgalerien Verstoßenen noch einen Tequila Collins.

»Ja, ich kann's mir leisten«, sagte Emma und faltete ihre groben, kräftigen Hände überm Bauch. »Da wird gesagt, ich besäße ganz Pochitlan. Aber das stimmt so nicht; ein Stück davon gehört Sir Kiscoe. Doch Kiscoe hat sein Geld aus den mexikanischen Bergarbeitern und Silberschmieden herausgeholt. Ich habe meines gemacht, indem ich ein bißchen Freude ins Leben brachte – durch meinen Tequila Collins.«

Ihr Mund verzog sich zu einer Art Lächeln. Sie hatte eine Unmenge Fältchen im Gesicht, und die mexikanische Sonne hatte ihre Haut zu Leder werden lassen; aber ihr Blick war so scharf beobachtend und ihr Auge so klar und so blau wie an dem Tag, da sie die höhere Mädchenschule in Boston verließ, um, wie es im siebten Dienstjahr üblich, ein Jahr auszusetzen.

»Eine Schullehrerin!« kicherte sie. »Können Sie sich vorstellen, eine Schullehrerin aus Boston, die es fertigbringt, von sich aus reich zu werden, und in einem Land wie diesem? Oben in Massachusetts würden sie es nicht glauben, Gott segne sie.«

Meine Meinungen über die Bürger von Boston taten hier nichts zur Sache, und so schwieg ich. José, einem Schnippen von Emmas Fingern gehorchend, kam herbeigeschlurft, um unsere Gläser nachzufüllen. Die Kinder, unter denen er sich mit der Selbstverständlichkeit eines Hühnerzüchters unter seinen Küken bewegte, liefen ihm hinterher, hielten aber eine respektvolle Distanz zwischen sich und Emma.

»Sind das alles seine?« erkundigte sich meine Frau, die eine Schwäche für mexikanische Kinder hat.

Emma runzelte die Stirn. »Behauptet er wenigstens...« Sie sah José an, ein langer, mißbilligender Blick. Dann trank sie einen erheblichen Schluck von ihrem Tequilla Collins, und ihre Augen begannen wieder zu glänzen. »Boston!« sagte sie. »Ich war jung damals und schlank wie eine Gerte, und als mein Freijahr kam, nahm ich mein ganzes Gehalt für das Jahr und meine Ersparnisse und ging auf die Reise nach Mexiko.«

»So ganz allein?« sagte meine Frau mitfühlend. Sie hatte die Erfahrung gemacht, daß die Mexikaner eine alleinstehende Frau etwa so betrachten wie wir ein Auto ohne Batterie.

Emma sagte: »Es war ein Abenteuer« und lächelte. »Es gab da noch keine Reisebüros, und die jungen Damen waren auf sich selbst gestellt. Ich habe mir alle Sehenswürdigkeiten angesehen, und etwas Spanisch gelernt habe ich auch – und dann passierte es.«

»Was passierte?« bohrte meine Frau nach.

Emma schwang ihre ganze Fülle herum in Richtung der Fragestellerin. »Ich verliebte mich«, sagte sie. »Hier in Pochitlan. Und glauben Sie mir, das ist kein Ort für eine Schullehrerin, um sich da zu verlieben. Er war hochgewachsen und sah sehr gut aus; er hatte große dunkle Augen und rote volle Lippen und die schönsten Schultern, die ich je gesehen habe; und seine Haut hatte diese goldene Tönung, die man nur in Mexiko findet – und auch hier nur selten... Sie wissen schon.«

Wir wußten schon. Über mich redet meine Frau so nie, und ich erinnere mich nicht, bei ihr Emmas verklärten, träumerischen Blick je bemerkt zu haben, wenn sie von meinen Eigenschaften spricht. Sie hat es auch nicht nötig – wir haben ja geheiratet.

»Und es ist nichts daraus geworden?« fragte ich teilnahmsvoll.

»Ich nehme an, daß er eine amerikanische Schullehrerin nicht so besonders anziehend fand. Oder das mexikanische Mädchen, das er dann heiratete, besaß Geld – ich hatte meines so ziemlich ausgegeben, meine Ersparnisse und alles andere.«

»Warum sind Sie dann nicht zurückgegangen nach Boston, zu Ihrer Lehrtätigkeit?« Das kam von meiner Frau, die immer das Vernünftige sagt.

Emma schüttelte den Kopf. »Weil ich einfach in Pochitlan bleiben mußte. Hier konnte ich ihn wenigstens manchmal sehen. Ich mag sogar gehofft haben, er würde zu mir zurückkehren.« Sie schwieg einen Moment, dann fuhr sie, wieder lebhaft geworden, fort: »Nun, ich hatte kein Geld mehr, und es gab gewiß niemanden in ganz Mexiko, der mir welches geschenkt hätte. Da erinnerte ich mich, daß vor vielen, vielen Jahren jemand aus meiner Familie ein Rum-Schmuggler gewesen war. Das inspirierte mich, in das Tequila-Collins-Geschäft einzusteigen; ich exportierte auch ein bißchen Tequila nebenbei, und ich wurde wohlhabend und, wie es wohlhabenden Leuten meistens geht, dick...«

Meine Frau war enttäuscht. Eine Liebesgeschichte, die mit Profit endet, ist nicht nach ihrem Geschmack. »Und was wurde aus dem Mann?«

»Dem Mann?« Emma trank ihren Tequila Collins aus und schob das Glas zur Seite. »Das Mädchen, das er geheiratet hatte, lief ihm schließlich davon, und ich bekam ihn, sozusagen, durch Enttäuschung geläutert.« Sie seufzte. »Mit den Jahren, wissen Sie, verliert man seinen Stolz. Und da mir die reichliche Hälfte dieser Stadt gehört, ließ ich ihn zum Bürgermeister wählen. Das war nicht schwierig... Sie wollen doch nicht schon gehen? Ist es denn schon so spät?«

»Es ist schon so spät, Emma«, sagte ich. »Und wir haben noch ein Stück Wegs bis zu unsrer Posada, und der Zustand der Straßen in Pochitlan dürfte Ihnen ja bekannt sein. Vielleicht können Sie mit dem Bürgermeister mal darüber reden.«

Sie lachte.

Ich rief José und wollte ihm gerade ein paar Pesos zustecken, als ich Emmas schwere Hand auf meinem Handgelenk spürte.

»Nein, nein, lassen Sie das!« sagte sie, wieder auf ihre alte herrische Art. »Sie werden dem Bürgermeister von Pochitlan doch kein Trinkgeld geben!«

Die schwarze Liste

»Herein!« sagte er und erwartete Betty Frazier. Aber dann fiel ihm ein, daß Betty niemals anklopfte; Miß Frazier ließ sich durch die Sekretärin anmelden. Außerdem war es viel zu früh. Sicherheitshalber sah er auf seiner Uhr nach – noch nicht halb vier; draußen vor dem Fenster schnitt die Sonne saubere Silhouetten aus den Kanten der Hochhäuser, und die großen Scheinwerfer, die später die Eislaufbahn tief unten in der Straßenflucht des Rockefeller Center erleuchten würden, waren noch nicht eingeschaltet.

Quinn, der Botenjunge der Firma, schlurfte herein, die linke Schulter vorgeschoben wie immer, und legte einen großen gelben Umschlag auf den Schreibtisch. »D. Z. läßt Ihnen sagen, Sie möchten das lesen und ihn dann anrufen«, erklärte er in seinem gepreßten, weinerlichen Brooklyner Dialekt. Dann drehte er sich um und ging hinaus.

Der Mann am Schreibtisch dachte: Botenjunge – auch ein Witz. Der Kerl ist mein eigener Jahrgang, und dabei sieht er noch älter aus, mit seinen Sorgenfältchen und den wäßrigen Augen. Lieber nicht nachrechnen, wie viele Jahre Quinn schon bei Zinkin, Metcalfe & Metcalfe ist. Und solche Jahre hinterlassen ihre Spuren. Wahrscheinlich auch bei mir.

Aber er brachte die Energie nicht zusammen, die Schreibtischlade aufzuziehen und den kleinen Rasierspiegel herauszuholen, den er darin liegen hatte. Statt dessen spielte er mit dem gelben Umschlag. »D. Z. läßt Ihnen sagen... D. Z. läßt Ihnen sagen...«, äffte er Quinns Stimme nach und ärgerte sich. D. Z.! Dieser Blödsinn mit D. Z. hatte mit dem Umzug der Firma ins dreiunddreißigste Stockwerk angefangen. Jetzt saß man hier oben, wo jedes Büro von Wand zu Wand mit Teppichen belegt und alles übrige ebenso nobel war – die Holzverschalung, die indirekte Beleuchtung und täglich frische Blumen auf den Schreibtischen der Abteilungsleiter. Zinkin, Metcalfe & Metcalfe, Anzeigen und Reklame, waren eine Riesensache geworden. Mr. Dave Zinkin konnte es sich leisten, sich nur noch D. Z. nennen zu lassen, und er trug seine Initialen wie ein General seinen Klempnerladen.

Er riß den Umschlag auf. Er enthielt ein gedrucktes Heft, ein ziemlich dickes sogar, und zwischen zwei Seiten war ein Zettelchen wie ein Buchzeichen eingelegt. Der Titel auf der Umschlagseite war von einem blauen Bogen verdeckt, auf dem in noch dunklerem Blau eingraviert war: *Memorandum von D. Zinkin.* Darunter ein paar eilig hingeschriebene Worte: *Bitte durchlesen und mich sofort anrufen – D. Z.*

Durchlesen! dachte er. Sofort anrufen! Trottel, geschwollener ...! Er sah wieder auf die Uhr. Vor dreiviertel vier war Betty nicht zu erwarten, und außerdem würde sie sich verspäten, wie gewöhnlich. Er hatte es nicht gern, wenn man ihn warten ließ. D. Z. ließ Leute aus Prinzip warten; aber D. Z. konnte sich das erlauben, Miß Frazier nicht. Schließlich, dachte er, war er keineswegs verpflichtet, sich jede Woche mit Betty hinzusetzen und die Handlung der nächsten Fortsetzungen dieses elenden Radioseriendramas mit ihr durchzuhecheln; er hatte die Gesamtleitung der Serie, und Betty hatte nichts weiter zu tun, als ihre Zeilen richtig vorzulesen; und Harvey, der sich den Kram ausschwitzte, schrieb seit Jahren für den Rundfunk und verstand sein Geschäft. Wenn Betty glaubte, daß man ohne ihre Einfälle und Vorschläge nicht auskäme, täuschte sie sich – aber sie hatte nun mal gute Ideen, und so waren die wöchentlichen Konferenzen, mittwochs um dreiviertel vier, zu einer regelmäßigen Einrichtung geworden. Um der lieben alten Zeit willen, dachte er, die Sache vor sich selber entschuldigend.

Die liebe alte Zeit, ach Gottchen! Jetzt hatte er Frau und drei Kinder und ein Haus auf Long Island. Und Betty Frazier hatte so eine Manier, ihn kühl anzuschauen – freundlich und zugleich doch sehr distanziert. Die Art, wie sie ihn anblickte, machte ihn unsicher und negierte alles, was einst zwischen ihm und ihr bestanden hatte und was jetzt tot war, auf beiden Seiten tot war, und die Jahre lagen wie geologische Schichten zwischen dieser toten Affäre und dem Haus auf Long Island und den Kindern. Jedenfalls kann ein Mann einer alten Flamme nur schwer Vorträge über Pünktlichkeit und Zeitvergeudung und so weiter halten.

Grundsätzlich betrachtet, wäre es viel gescheiter für ihn, wenn er überhaupt nichts mit Betty Frazier zu tun hätte. Aber das ging nicht, wegen der Seife. Nach langem Hin und Her hatten Zinkin, Metcalfe & Metcalfe es glücklich fertiggebracht, den Vertrag mit den Kingsley-Leuten festzumachen. Und damit hatte man die »Rutherfords« geerbt, und mit den »Rutherfords« kam Betty Frazier, die nun mal für Millionen Amerikaner jeden Morgen um elf Uhr, fünf Tage in der Woche, jahraus jahrein, Tante Cordelia Rutherford war. Über hundertundsiebenundsechzig amerikanische Rundfunksender drang Bettys tiefe, warme Stimme in Millionen amerikanischer Heime und brachte Millionen amerikanischer Hausfrauen die kleinen Sorgen und kleinen Freuden der Familie Rutherford nahe, die ihren eigenen so ähnlich waren. Und sorgfältig eingewickelt in die traulichen Weisheiten und guten Ratschläge Tante Cordelias brachte man Millionen amerikanischer Hausfrauen die wunderbare Kunde von der Qualität und der Preiswürdigkeit der Kingsleyschen Produkte: Honigtau-Seife und Birkenweiß-Seifenflocken und Glanzhell-Waschpulver –

Stop! Den ganzen Tag lang dachte, schrieb, redete er Kingsley-Seife, den ganzen Tag lang schuf, beaufsichtigte, leitete er die »Rutherfords«. Auf ein paar Minuten wenigstens wollte er das Zeug vergessen. Wenn Betty bloß dieses eine, einzige Mal pünktlich wäre! Aber wenn schon...

Im Grunde war auch Betty – Seife. Durch Seife hatten ihre Lebenskurven sich wieder geschnitten. Dachte man an Betty, so dachte man an Seife. Das war durchaus natürlich – und durchaus und abgrundtief erschreckend.

Das Telefon klingelte.

»Ja?« sagte er müde.

»Haben Sie gelesen, was ich Ihnen da geschickt habe?« Die Stimme war scharf, kommandierend.

»Noch nicht, D. Z.«

»Und warum nicht?«

»Ich wollte gerade –«

»Lesen Sie und rufen Sie mich sofort an. Ich warte darauf.«

»Jawohl, D. Z.«

Verfluchte Unpünktlichkeit, dachte er. Jetzt, diese Sekunde, müßte sie kommen. Dann könnte er D. Z. gegenüber sagen, eine geschäftliche Besprechung habe ihn leider von der Lektüre des Heftes abgehalten. Aber Betty nahm sich eben Zeit. Er entfernte die Klammer, mit der D. Z.s Memorandum am Umschlag des Heftes befestigt war, und blickte flüchtig auf den Titel. *Erhaltet das amerikanische Heim!* las er und darunter, in kleinerer Schrift, aber dafür rot gedruckt: *Vertrauliche Liste von Kommunisten in Rundfunk, Fernsehwesen, Film und Theater...*

Weiter las er nicht. Bildete sich D. Z. wirklich ein, dieser Dreck und die Dreigroschenjungen, die so etwas herausbrachten, und die Organisationen, die dahinter steckten, seien solch eine Neuigkeit?... Lachhaft. Ein derartiges Heft war ihm schon vor vier Wochen zugeschickt worden. Er hatte es durchgeblättert; man muß ja Bescheid wissen, auch wenn es sich um Schweinereien handelt. Keiner der Leute, die mit ihm an den »Rutherfords« arbeiteten, war angeführt. Nicht, daß er etwas unternommen hätte, wenn der Name des einen oder anderen in dem Heft gestanden hätte. Er hielt nichts von schwarzen Listen, und er ließ sich auch nicht so leicht Angst einjagen, und ihn interessierte überhaupt nur, wie ein Künstler seine Arbeit tat.

Er langte nach dem Telefonhörer. Er würde D. Z. mitteilen, die Geschichte sei uralt und sowieso nichts, worüber man sich den Kopf zerbrechen müsse. Und er würde die richtige Dosis Ironie beimischen – nicht genug, um D. Z. die Möglichkeit zum Losbrüllen zu geben, und doch genug, um ihn zu ärgern.

Seine Hand zuckte zurück. Unten auf dem Umschlag stand eine Zeile, die er übersehen hatte, eine Zeile mit nur drei Worten: *Zweite, erweiterte Auflage.*

Na, dachte er, bei denen muß das Geschäft ja blühen! Und im gleichen Augenblick stellte sein Gehirn die Verbindung zwischen dem in die Seiten eingelegten Buchzeichen und dem Auflagevermerk her.

Ich? dachte er. Unmöglich! Und fühlte dennoch, wie es hinter seiner Stirn heiß wurde. Das ist doch Unsinn! Für eine Sache, die so weit zurückliegt! 1917!... Ich war doch noch ein halbes Kind damals!

Er las: *Frazier, Betty (Tante Cordelia Rutherford in den »Rutherfords«, Produktion von Zinkin, Metcalfe & Metcalfe, im Auftrage der Firma Kingsley-Seifen – Honigtau-Seife, Birkenweiß-Seifenflocken, Glanzhell-Waschpulver) war am 11. November 1936 Rednerin auf einer öffentlichen Versammlung zum Zwecke von Geldsammlungen für die Internationale Brigade in Spanien; von 1938 bis 1945 Mitglied des Anti-Nazi-Bürgerkomitees; demonstrierte am 13. Februar 1946 vor dem New Yorker Rathaus; erscheint als unterstützendes Mitglied im Briefkopf des Komitees zur Verteidigung der demokratischen Bürgerrechte; trat auf in einer Benefizvorstellung in Carnegie Hall, New York City, zugunsten der zehn verurteilten Hollywood-Schriftsteller; beteiligte sich an Demonstrationen zum 1. Mai 1944, 1946, 1947, 1949.*

Ganz hübsches Dossier, dachte er und dann: Ob sie wohl bei solchen Gelegenheiten auch immer zu spät kam? Er lachte; aber sein Lachen klang schief. Es war jetzt dreiviertel vier. Zum ersten Mal, seit er Betty kannte, wünschte er sich, daß sie zu spät kommen möge. Wahrscheinlich wußte D. Z. von den Mittwochnachmittagskonferenzen mit Betty; daher das Heft gerade heute. Wenn D. Z. etwas in bezug auf diese schwarze Liste getan haben wollte, sollte er es doch selber tun, verflucht noch mal!

Das Telefon klingelte.

Wahrscheinlich die Sekretärin, um ihn wissen zu lassen, daß Miß Frazier hier war. Er würde ihr einfach sagen, Miß Frazier möchte bitte warten. Wie oft hatte er nicht auf Betty warten müssen!

Aber es war D. Z.

»Haben Sie's gelesen?«

»Ja –«

D. Z. ließ ihn nicht einmal das Jawohl zu Ende sprechen. »Also hören Sie zu. Sie können sich vorstellen, was das für uns bedeutet. Kingsley-Seifen sind unser größter Kunde. Ich will keine Schwierigkeiten mit Kingsley haben. Ja, ich weiß, die Frau hat jahrelang für uns gearbeitet, und ich habe das größte Wohlwollen für Leute, die loyal für uns arbeiten und ihre Arbeit sauber machen. Ich habe sogar Quinns Gehalt erhöht, erst letzte Woche – jetzt verdient er so viel wie 'ne Sekretärin. Also, ich verlasse mich auf Sie –«

»Aber vielleicht ist es gar nicht wahr?« gelang es ihm einzuwerfen.

»Und vielleicht glauben Sie, die Leute, die so was drucken, werden riskieren, sich wegen Verleumdung verknacken zu lassen?«

»Aber alles hat doch seine zwei Seiten! Höchstwahrscheinlich kann Miß Frazier die Sache aufklären, und die Wirklichkeit ist ganz harmlos...«

»Wenn sie uns eine eidesstattliche schriftliche Erklärung gibt, daß sie nie und nirgends mit diesen kommunistischen Umtrieben zu tun gehabt hat – eine eidesstattliche Erklärung, die von jedem Gericht anerkannt wird und die wir den Kingsley-Leuten zeigen können! Aber ich sage Ihnen, sogar das ist schlecht. Sie wissen doch, wie so ein Ding geschaukelt wird. Jetzt werden die Hörerbriefe an die Rundfunkstationen und an die Kingsley-Leute kommen – *Weg mit ihr vom Radio! Laßt sie unser amerikanisches Heim nicht länger vergiften!* Na ja, selbstverständlich ist das organisiert! Sie wissen es – und ich weiß es – und wir alle wissen es – aber was können wir denn tun? Also, Sie werden das schon machen, und machen Sie's anständig. Die Frau hat immerhin lange für uns gearbeitet...«

Also, Sie werden das schon machen! D. Z.s arrogante Stimme klang ihm noch im Ohr, lange nachdem der Hörer wieder auf dem Telefon lag. Ein elender Feigling sind Sie, Mr. David Zinkin!... Nur, ich hätte es ihm sagen sollen. Und warum habe ich's ihm eigentlich nicht gesagt?

Aber schließlich – man konnte es D. Z. ja nicht übelnehmen. Es war ein ganz hübsches Dossier, das sie da über Betty zusammengeholt hatten. Sie hätte eben genug Verstand haben sollen, um sich nicht mit den Kommunisten einzulassen. Demonstrationen zum 1. Mai! Ausgerechnet Betty Frazier muß über den Union Square marschieren und die rote Fahne grüßen! Wenn ein paar Halbwüchsige das tun – aber eine erwachsene Frau, die die Vierzig gut und gern hinter sich hat und Tante Cordelia Rutherford spielt!

Der heißköpfigen Jugend kann man so etwas vielleicht noch verzeihen. Im Jahre 1917 hatte er sich ja auch an einen Laternenpfahl im Hofe der Columbia-Universität ketten lassen und gegen den imperialistischen Krieg gebrüllt, bis die Polizei kam und die Ketten durchsägte. Und was war dabei herausgekommen? Man hatte ihn von der Universität gejagt, und nun hatte er eine große Abteilung in einer großen Reklamefirma unter sich, statt irgendwo Rechtsanwalt zu sein. Einmal muß der Mensch ja anfangen, die Eierschalen hinter den Ohren loszuwerden.

Und doch war Betty großartig in ihrer Rolle. Obwohl sie zu ihm ständig zu spät kam, war sie immer da, wenn die Sendeaufnahmen begannen, und ihre politischen Meinungen gingen nur sie selber an. Wofür hat man denn eine Demokratie, wenn man nicht für Stalin oder für sonst irgend jemanden schreien kann, solange einem das Spaß macht? Nun gut, es verbietet ihr ja auch niemand, für Stalin zu schreien; aber wo steht es in der Verfassung der USA geschrieben, daß solche Schreihälse Tante Cordelia Rutherford spielen und dafür von Kingsley-Seifen bezahlt werden müssen?

Die Logik, dachte er, die Logik stimmt nicht – und dann dachte er eine Weile gar nichts, und dann sagte er plötzlich laut heraus: »Um Gottes willen, ich spreche ja schon wie die Schweinehunde, die solche schwarzen Listen drucken!«

Er schlug die Hände vors Gesicht. Wenn sie mir doch bloß ein bißchen helfen würde! Wenn sie doch alles ableugnen und mir so eine eidesstattliche Erklärung geben wollte! Dann hätte ich wenigstens etwas in der Hand und könnte für sie eintreten!

Das Telefon.

»Ja, bitte, schicken Sie Miß Frazier herein.« Er strich sich das Haar zurück und zündete eine Zigarette an und fand, sie schmeckte widerlich, und drückte sie wieder aus. »Setz dich doch, Betty!« sagte er.

Sie blieb aber vor seinem Schreibtisch stehen, ihren Pelzmantel halb offen, ihre Figur noch immer schlank und gut aussehend. »Was ist denn los mit dir?« fragte sie. »Ist dir nicht gut?«

»Wieso? Warum soll mir nicht gut sein? Nie in meinem Leben habe ich mich besser gefühlt...«

Das Heft! Da hatte er doch vergessen, das Heft zu verstecken. Sie hatte es natürlich gesehen; für den Bruchteil einer Sekunde hatten sich ihre Augen weit geöffnet.

»Tja«, sagte sie, »da bin ich auch mit drin.« Sie sagte das ganz ruhig, ganz sachlich, und doch war es eine Herausforderung; und was unausgesprochen blieb, war nur die direkte Frage: Was nun? Was willst du jetzt tun?

»Setz dich doch, Betty!« wiederholte er.

Sie setzte sich und schlug die Beine übereinander, und einen Augenblick lang betrachtete er ihre Fesseln, wirklich schöne Fesseln, und dachte: Warum hast du dir das nur angetan, Betty? Solche Beine sind doch nicht dazu da, um sie in Maidemonstrationen spazierenzuführen!... Eine Frau über vierzig, und wenn er sie jetzt hinausschmiß, würde sie für den Rest ihres Lebens keine Arbeit im Rundfunk mehr kriegen, und woanders auch nicht.

»Also sag mir schon, Betty«, drängte er mit einem kurzen Lachen, »das ist doch nicht wahr –«

Sie sah ihn mit einem sehr unpersönlichen Blick an, und das nächste kurze Lachen, das er schon vorbereitet hatte, erstarb ihm in der Kehle.

»Und wenn es wahr wäre?« fragte sie.

»Ich bitte dich!« sagte er und brachte es doch fertig, sein Lachen wieder zu beleben und zu benutzen. »Zinkin, Metcalfe & Metcalfe kümmern sich einen Dreck um solche Anschmierereien. Wir halten zu unsern Leuten, solange sie ihre Arbeit machen. Wie lange arbeitest du schon für uns – sechs Jahre? Sechs Jahre sind eine lange Zeit...« Er glättete das graue Haar an seinen Schläfen. »Du kennst doch den Quinn?« fuhr er fort. »Quinn, unsern Botenjungen? Aber selbstverständlich kennst du ihn! D. Z. hat ihm erst letzte Woche das Gehalt erhöht, und jetzt verdient er mehr bei uns als eine Sekretärin.«

Aber Quinns Name stand auch in keinem Heft zur Erhaltung des amerikanischen Heims; und keine aufgebrachten Hörer würden zornerfüllte Briefe schreiben und verlangen: Weg mit Quinn vom Radio!... Und wie fest saß er selber eigentlich auf seinem Stuhl, falls er sich entschließen sollte, es darauf ankommen zu lassen und D. Z. zu sagen: »Betty Frazier bleibt!«?

»Sag mal, Betty«, begann er wieder, »bist du nun ein Kommunist oder nicht!«

Ihr Gesicht blieb ruhig, beinahe steif. »Bist du ein Mitglied des Kongreßkomitees zur Untersuchung unamerikanischen Verhaltens?« kam ihre Rückfrage.

»Komm mir bitte nicht häßlich!« sagte er scharf. »Ich will nämlich versuchen, dir zu helfen.«

»Hast du die Absicht, mir mitzuteilen, daß du mich entlassen mußt?«

Ihre Stimme hielt noch immer ihren gleichmäßigen Ton; irgendwo jedoch hatte der Ton eine Spitze, und die Spitze war gegen ihn gerichtet.

»Kommt gar nicht in Frage! Ich habe dir doch meinen Standpunkt«, er korrigierte sich, »unseren Standpunkt, den Standpunkt von Zinkin, Metcalfe & Metcalfe, erklärt. Außerdem hast du ja einen Dauervertrag für die Rolle von Tante Cordelia.«

»Also wovon redest du dann eigentlich?«

»Betty!« sagte er, bittend. Er stand auf und ging schweren Schrittes um den Schreibtisch herum und setzte sich auf die Armlehne ihres Stuhls und nahm ihre Hand und hielt sie fest. »Betty, warum kommst du uns denn nicht entgegen? Vielleicht könntest du uns eine kleine Erklärung geben – eine eidesstattliche Erklärung...«

Ihre Hand entglitt ihm.

»Weißt du, mein Lieber«, sagte sie, »du fängst an, mir leid zu tun.«

Er verließ sie, ging zu dem Wandschrank und nahm eine Flasche Scotch heraus. »Möchtest du einen trinken?« fragte er.

Sie blickte auf ihre Uhr. »Noch zu früh am Tag für mich, um mit dem Trinken anzufangen«, sagte sie. »Wenn es weiter nichts zu besprechen gibt, geh ich lieber.«

Er drehte sich dem Fenster zu, die Flasche noch immer in der Hand. Das Nachmittagslicht war merklich schwächer geworden, und die vorher so scharfen Konturen der Hochhäuser erschienen verschwommen. »Es wird jetzt schon früh dunkel«, sagte er.

Als er sich wieder dem Zimmer zuwandte, war sie verschwunden.

Die schweren Teppiche der Firma Zinkin, Metcalfe & Metcalfe verschluckten jeden Schritt. Er zuckte die Achseln. Er betrachtete die Flasche und wog sie kritisch; dann dachte er, daß Betty doch recht hatte: Es war noch zu früh am Tage, um mit dem Trinken anzufangen. So stellte er die Flasche in den Schrank zurück, setzte sich wieder hinter seinen Schreibtisch, klingelte nach seiner Sekretärin und sagte: »Schicken Sie mir Harvey.«

Während er auf Harvey wartete, hielt er sich sein Gehirn absichtlich frei von allen Gedanken. Er preßte die Hände zusammen, Fingerspitze gegen Fingerspitze, und versuchte, auch seine Sinne zu zwingen, nichts zu fühlen.

Harvey kam herein, blond und dünn, seine kurzsichtigen Augen verzerrt hinter dicken Gläsern.

»Hören Sie zu, Harvey«, sagte er, »wie weit haben Sie an der Rutherford-Serie vorausgearbeitet?«

»Fünf Tage«, sagte Harvey und kratzte an seiner Nase herum.

»Schön«, sagte er leichthin, »die morgige Sendung wird wohl bleiben müssen, wie sie ist, und die von übermorgen auch. Aber für die Sendung, die dann folgt, habe ich eine neue Idee.«

Harvey verzog sein Gesicht. Harvey war ein erfahrener Radioschriftsteller, und er hatte nicht gern, wenn man ihm ins Handwerk pfuschte. »So«, sagte er, »Sie haben also eine neue Idee? Was für eine Idee?«

»Sehen Sie, Harvey«, sagte er, »die Sachen, die den Rutherfords passieren, sind in letzter Zeit immer kleinlicher und unwichtiger geworden. Man sollte doch zur Abwechslung mal ein wirklich großes Unglück geschehen lassen.«

»Zum Beispiel?« sagte Harvey ungerührt.

»Also – zum Beispiel – nehmen wir an, Tante Cordelia Rutherford stirbt uns plötzlich. Dann können wir ein Begräbnis hinsetzen, das sich gewaschen hat, und ein großes Trara um die Frage machen, wer das Geld dafür aufbringen soll. Und allmählich arbeiten wir die Rolle der kleinen Emily Rutherford heraus, bis sie im Mittelpunkt der Serie steht, und auf diese Weise können wir die Rutherfords noch mindestens zehn Jahre lang spielen.«

»Aber – ich dachte doch –«, sagte Harvey und brach ab.

»Jawohl!« sagte er, beinahe glücklich. »Wir werden Tante Cordelia einfach sterben lassen! Das ist das Beste! Großartige Idee!«

»Und woran soll sie, bitte schön, sterben?« fragte Harvey ohne die geringste Spur von Begeisterung.

»Woher soll ich das denn wissen!« rief er aus, und seine ganze Wut brach plötzlich durch. »Kann ihr nicht der Blinddarm platzen? Kann sie nicht überfahren werden? Auf Einzelheiten kommt's doch dabei gar nicht an!«

Der Floh

Es war einmal ein König,
Der hatt' einen großen Floh,
Den liebt' er gar nicht wenig,
Als wie seinen eignen Sohn...

(Mephistos Lied in »Faust«, I. Teil)

Gewöhnlich fuhr er in seinem Auto vom Camp nach Hause. Es war eine angenehme Fahrt von zweieinhalb Stunden. Die Straße wand sich durch hügliges und meist bewaldetes Land, bis sie in die große Chaussee nach Baltimore einmündete. Chauffieren entspannte ihn, und seine Arbeit war so, daß er weiß Gott jede Entspannung gebrauchen konnte. Heute aber, als er früh am Morgen das Camp verlassen wollte, um das Wochenende mit Doris und den Kindern zu verbringen, sprang der Motor nicht an. Captain Woolley, der Fuhrparkoffizier des Camps, hatte etwas wie »Vergaser!« gemurmelt und dann gesagt: »Also, Sir, wir werden das über den Sonntag in Ordnung bringen.«

Es tat ihm wohl, von dem Captain mit »Sir« angeredet zu werden. Die Einstellung der Armee gegenüber den Wissenschaftlern, die im Camp arbeiteten, änderte sich langsam aber doch, wobei der Wissenschaftler in der Achtung der Militärs in dem gleichen Maße stieg, in dem die Tatsache seiner Unentbehrlichkeit in die dicken Offiziersschädel eindrang. Erst hatte es einfach »Doc« geheißen, dann »Professor«, dann »Professor Ellington«, und jetzt nannten sie ihn »Sir« – dieselbe Form der Anrede, die sie ihren Vorgesetzten gegenüber benutzten. Es war auch höchste Zeit, daß sie merkten, wer ihre modernen Kriege erst möglich machte.

Er hatte also den Wagen Captain Woolley dagelassen und den Zug genommen. Der Zug gehörte nicht zu den besten der Pennsylvania Railroad und schaukelte ganz scheußlich auf einem Schienenbett, das seit Jahren reparaturbedürftig war, aber nicht repariert wurde, weil diese Eisenbahngesellschaften nie etwas tun, bis es einen Unfall mit ein paar Dutzend Toten und Verletzten gegeben hat und die Interstaatliche Handelskommission ihnen Skandal macht. Er hatte sich eine Fahrkarte für einen Sitz im Pullman-Wagen gekauft. Er reiste lieber bequem und benutzte die Zeit, um notwendige Lektüre nachzuholen. In seiner Aktentasche befand sich eine lange Abhandlung, die Mr. Moto über E-327 geschrieben hatte. Es war schon großartig, wie die Armee Abkürzungen anwandte – Lt bedeutete Leutnant, Bn war Bataillon, E hieß Epidemie. Kurz und praktisch. In solchen Sachen konnten die Wissenschaftler von der Armee lernen. Diese langen griechischen und lateinischen Ausdrücke waren einfach Abrakadabra.

Er holte Mr. Motos Abhandlung aus seiner Mappe heraus, streckte die Beine von sich und fing an zu lesen. Aber die beiden Flottenoffiziere, die ihm gegenüber auf der linken Seite des Wagens saßen, hatten einen zu viel gehoben, und der weißberockte Pullman-Porter brachte ihnen gerade wieder eine Runde doppelten Scotch. Sie würden also ihre Stimmen kaum herunterschrauben, und der ganze Wagen würde sich den Streit anhören müssen, den sie wegen einer gewissen Viola hatten. Der eine Offizier konstatierte immer wieder, daß Viola durchaus fähig sei, selbstlos zu lieben, während der andere steif und fest behauptete, sie sei eine Hure und nur darauf aus, den Männern das Geld abzuknöpfen.

Er zwang sich zur Konzentration. Halbe Seiten lang gelang es ihm, der schwierigen Materie zu folgen. Mr. Moto behandelte das Problem, das dadurch entstand, daß die Bakterie E-327 zwar in Warmblütern eine höchst erfreuliche Vitalität und Vermehrungsfähigkeit entwickelte, aber im Körper von Insekten nur unter den günstigsten Bedingungen weiterlebte. Lange Wochen hatten er und Mr. Moto über diesem Problem geschwitzt.

Es war dann ein sehr ergreifender Augenblick gewesen, als Mr. Moto auf das schmerzverkrümmte Äffchen im Käfig wies, das seine letzten keuchenden Atemzüge tat, und sagte: »Professor Ellington, E-327 hat sich bewährt.« Ihr Handschlag war mehr als eine gegenseitige Gratulation. Es war der impulsive Ausdruck zweier Männer, die etwas Großes zusammen erlebt hatten.

Komische Sache mit diesem Moto. Er war eines Tages im Camp aufgetaucht, direkt aus Japan, hieß es, und einige üble Gerüchte über ihn hatten sofort die Runde gemacht. Aber es stellte sich heraus, daß er eigentlich ein angenehmer Mensch war, der sich nie laut benahm, ein tadelloses Englisch sprach und keineswegs wie Mr. Moto, der asiatische Detektiv in den Hollywood-Filmen, aussah. Er hieß auch gar nicht Moto. Er hatte einen langen japanischen Namen, den niemand im Kopf behalten konnte, und irgendein Soldat oder Laborassistent hatte ihn mal spaßeshalber Mr. Moto genannt, und der Spitzname hatte sich eingebürgert. Mr. Moto wußte natürlich über seinen Spitznamen Bescheid, äußerte sich aber nicht dazu. Er äußerte sich überhaupt wenig und schien so gut wie keine eigenen Meinungen zu haben. Nur wenn das Gespräch auf die Russen kam, wie es in diesen Zeiten oft geschah, entwickelte er so entschiedene Meinungen und sprach sie mit solcher Leidenschaft aus, daß sein gepflegtes Englisch darunter litt.

Die ganze 320er Serie war Mr. Motos Idee, obwohl er es allein nie geschafft hätte. Jeder, der etwas von der Sache verstand, betonte das auch. Colonel Young hatte sogar erklärt: »Ohne Professor Ellington wäre E-327 ein schöner Traum geblieben.« Colonel Young war im tiefsten Innern seiner Soldatenseele ein Romantiker und drückte sich dementsprechend aus.

Der zweite Flottenoffizier knallte sein Glas aufs Tablett und holte dadurch den Professor in die Gegenwart zurück. »Ich sage dir«, rief er, »wenn du dich darauf versteifst, dieser Viola nachzulaufen, bitteschön und viel Vergnügen! Aber darauf kannst du dich verlassen – wenn du deine Depressionszustände kriegst, spiel ich nicht noch mal Krankenschwester für dich! Die Leber wirst du dir noch kaputt trinken wegen dieser Weiber –«

»Cynthia!« lockte eine Dame. »Cynthia, du böses Ding!«

Der Professor blickte auf. Eine Frau stand in dem Gang, der zwischen den Sesseln durchlief. Sie hatte sich vorgebeugt und wedelte mit einer grünen Lederleine einem kleinen Hunde zu. »Cynthia! Komm her, Cynthia!«

Aber Cynthia hatte ihre eigenen Absichten. Sie verkroch sich unter dem Sessel des Professors und knurrte.

»Hunde sind hier nicht erlaubt«, sagte der Pullman-Porter.

»Cynthia! Cynthia!« lockte der erste Flottenoffizier, der seine Viola über der Dame mit der Hundeleine vergessen zu haben schien.

»Es tut mir leid, Madam, aber Sie werden den Hund in den Gepäckwagen bringen müssen«, sagte der Porter.

»Waaas?« sagte die Dame. »*Was* werde ich tun müssen? Den Nigger möcht ich mal sehen, der mir befehlen kann, was ich zu tun habe.«

»Dann werde ich leider den Schaffner holen müssen.«

Cynthia kam unter dem Sessel hervor und pflanzte sich vor dem Professor auf. Sie war eine hübsche kleine Sealyham-Terrier-Hündin mit einem schwarzen Ring ums linke Auge und einem Schwanz, der sich gar nicht beruhigen wollte. Plötzlich nahm die Dame Cynthia beim Kragen, hob sie hoch und preßte sie eng an sich.

Der erste Flottenoffizier war aufgestanden. Er schwankte etwas. Er streichelte Cynthias Kopf und lächelte die Dame dabei hoffnungsvoll an. Der Schaffner kam herein, und der Streit um den Hund begann von neuem, wobei der erste Flottenoffizier die Dame verteidigte und der zweite in seinem Suff laut feststellte, Frauen seien überhaupt nichts wie läufige Hündinnen und gehörten daher samt und sonders in den Gepäckwagen.

Professor Ellington packte seine Papiere zusammen und schloß die Aktentasche. Der Zug fuhr langsamer. Vor den Fenstern des Wagens paradierten die häßlichen Hinterseiten der Mietskasernen von Baltimore vorbei.

Professor J. Norwood Ellington war ein Mensch, der in seiner Familie aufging. Sohn eines Pfarrers im Staate Massachusetts, war er nach der Bergpredigt und ähnlichen ethischen Grundsätzen erzogen worden. Wenn er diese Lehren irgendwann bezweifelt hatte, so waren die Zweifel nicht stark genug gewesen, um ihn zu veranlassen, seine vorbestimmte Lebensbahn zu ändern. Es war von vornherein klar, daß er, wenn er nicht auch Pfarrer werden wollte, eine akademische Karriere machen würde. Es war ebenso klar, daß er ein Mädchen, das er zu lieben glaubte, auch heiraten würde, vorausgesetzt, daß sie aus einem anständigen und tragbaren Hause kam. Für junge Männer dieser Art ist das Leben eine glänzend asphaltierte Straße, es sei denn, daß etwas ganz Außerordentliches passiert und den Karren umschmeißt.

Aber nichts Außerordentliches geschah. Er studierte Medizin statt Theologie und wählte Bakteriologie als sein Spezialfach. Er war tüchtig in seinem Fach und erhielt bald eine Berufung als Dozent an die Johns-Hopkins-Universität in Baltimore. Er war groß und schlank und sah auch sonst nicht übel aus, und da er aus den richtigen Kreisen kam, seine Arbeit tat und viel zu wohlerzogen war, um anderen Leuten auf die Füße zu treten, wurde er verhältnismäßig schnell außerordentlicher Professor.

In Doris hatte er sich verliebt, als er noch auf die höhere Schule ging. Während seiner Studienzeit an der Universität schrieben sie einander Briefe, und jedesmal, wenn er zu Besuch nach Hause kam, führte er sie aus. Es war für beide selbstverständlich, daß sie nach seiner Promotion heiraten würden. Sie hatten zwei Kinder, Norwood junior und Elizabeth, ein Häuschen in einer Vorstadt von Baltimore mit einem Garten und einem Rasen, den er gern selbst mähte, und wenn Leute über die Ellingtons sprachen, stimmten sie überein, daß hier ein typischer Fall einer glücklichen amerikanischen Familie vorliege.

Professor Ellington glaubte das auch, obwohl die Routine seines Lebens ihn manchmal langweilte. Diese innere Lageweile war wahrscheinlich einer der Gründe dafür, daß er so rasch zuschlug, als der Dekan seiner Fakultät ihm mitteilte, die Armee biete ihm eine Arbeit von großer Wichtigkeit an, und die Universität werde ihm natürlich keine Hindernisse in den Weg legen.

Die Arbeit im Camp, stellte sich jedoch heraus, war gar keine so große Abwechslung, verglichen mit seiner Arbeit an der Universität und in der Klinik. Gewiß, die Sache war etwas gefährlicher, aber ein Bakteriologe sah sich ja stets größeren Gefahren gegenüber als, sagen wir, ein Zahnarzt. Die Arbeit mußte streng geheim gehalten werden; aber er hatte niemals gern über seine Tätigkeit gesprochen.

Die Leute verstanden sowieso nichts davon, und man mußte ihnen dann immer langwierige Erklärungen geben. Angenehm war, daß sein Verdienst beträchtlich höher lag als an der Universität. Und sein Leben war mit hunderttausend Dollar versichert worden; die Armee zahlte die Prämien, was ganz anständig war. Er machte die Bekanntschaft vieler Offiziere, die ungefähr so dumm oder so gescheit wie die meisten anderen Leute auch waren, und zum Wochenende war er zu Hause, und es war, als ob er nie fort gewesen wäre. Er saß an einem Ende des Tisches, Doris am anderen, und die Kinder an den beiden Seiten. Er schnitt den Braten, und Doris legte die Portionen auf die Teller und achtete darauf, daß Kartoffeln und Gemüse richtig zugeteilt und richtig aufgegessen wurden. Unterhaltung bei Tisch war karg.

»Was ist denn los?« fragte sie plötzlich und zog die Augenbrauen hoch.

Er hatte seine Wade gegen das Stuhlbein gerieben und hörte damit auf. »Wieso?« fragte er. »Was meinst du?«

»Stört dich was?«

Er lachte verlegen.

»Ich glaube, ich werde den Polsterer kommen lassen müssen«, sagte sie sehr vernünftig. »Unsere Stuhlsitze sollten mal gründlich durchgesehen und renoviert werden.«

»Mein Stuhl ist in Ordnung«, sagte er.

»Warum sitzt du denn dann nicht still?«

Er ärgerte sich. Norwood junior kicherte, und die kleine Elizabeth blickte von ihrer Mammi auf ihren Pappi und wieder zurück und wartete auf etwas Aufregendes.

»Um ganz ehrlich zu sein«, sagte er, »mich juckt etwas.«

»Dann kratz dich doch, Vater!« schlug Norwood junior vor. »Wir werden alle weggucken.«

»James!« Wenn Doris etwas an ihm mißbilligte, nannte sie ihn James – das war das J in seinem Namen.

»Meine liebe Doris«, sagte er, seine Wade wieder gegen das Stuhlbein reibend, »ein Mann hat doch schließlich das Recht, sich in seinem eigenen Hause zu kratzen, ohne daß daraus eine Haupt- und Staatsaktion gemacht wird!«

»Ich wünschte nur –« Doris brach ab. Sie blickte auf die Kinder und preßte ihre Lippen zusammen.

Unglücklicherweise war das Stuhlbein rund und glatt. Da außerdem der Stoff des Hosenbeins zwischen seiner Haut und dem Holz lag, nützte es ihm nichts, die Wade gegen das Stuhlbein zu reiben. Er beugte sich langsam und mit Vorbedacht halb unter den Tisch, schob das Hosenbein nach oben und fing an zu kratzen. Und weil Doris so sehr dagegen war, kratzte er sich lange und gründlich.

Plötzlich stockte ihm die Hand. Die Spitzen von Zeige- und Mittelfinger hatten eine leichte Schwellung gespürt. An sich war die Schwellung nicht groß, aber sie fühlte sich wärmer an als die sie umgebende Haut, und es bestand kein Zweifel daran, daß das Jucken von ihr ausging.

Er ließ das Hosenbein herabgleiten. Sehr gerade und sehr steif saß er da. Doris' mißbilligender Ausdruck war wie festgefroren; trotzdem glaubte er, auf ihrem Gesicht einen Nachglanz von dem zu sehen, was ihm so gefallen hatte, als sie noch das Nachbarmädel war und er sie mit Zittern zu dem großen Tanzabend seiner Schule einlud.

»Bist du jetzt fertig?« fragte sie.

»Jawohl«, sagte er.

»Dann könntest du eigentlich deinen Kindern klarmachen, daß man sich bei Tisch nicht kratzt.«

»Eure Mutter hat recht«, sagte er heiser. »Ich habe etwas getan, was ich nicht hätte tun sollen und was ihr auch nicht tun sollt.« Er zerschnitt die Scheibe Fleisch auf seinem Teller, aß aber nichts davon. Gabel und Messer in den Händen, starrte er zerstreut vor sich hin.

»Und was ist *jetzt* bitte los?« fragte Doris.

»Ich hab keinen Appetit«, sagte er.

»Wie oft habe ich dich schon gebeten, nichts zu essen, bevor du zum Essen nach Hause kommst. Es ist doch schade – bei diesen Preisen heute!«

Er hörte nicht, was sie sagte – nur ihre Stimme, die von weit her kam. Wo seine Knie gewesen waren, hatte er Wattebäusche.

Er legte Gabel und Messer auf den Teller. Dann schob er seinen

Stuhl zurück, murmelte: »Entschuldigung!«, stand schwerfällig auf und ging aus dem Zimmer.

Doris' halb erstauntes, halb beunruhigtes: »Wohin gehst du?« folgte ihm. Er antwortete nicht darauf.

Die Treppe hinaufzusteigen war eine Anstrengung. Er hielt sich am Geländer fest, benutzte seinen Arm, um sich aufwärtszuziehen, und schleppte seine Füße von Stufe zu Stufe. Endlich erreichte er das Obergeschoß. Einen Augenblick lang mußte er sich ausruhen. Dann verschwand er im Badezimmer und verschloß die Tür – zweimal drehte er den Schlüssel um.

Die vorherrschende Farbe im Badezimmer war ein dunkles Grün – grün waren der Teppich vor der Badewanne, der Duschvorhang, die Decke über dem Klappdeckel der Toilette. Das Grün beruhigte ihn. Unsinn! dachte er. Es gibt Millionen verschiedener Gründe, warum einem das Bein jucken kann; es war nicht das erste Mal, daß ihn etwas juckte. Von klein an juckt es die Säuglinge, wenn man sie nicht richtig sauber hält und einschmiert und pudert, und noch auf dem Sterbebett kann der Mensch vom Jucken halb verrückt werden, wenn die Krankenschwester vergißt, einen mit Alkohol abzureiben. Das ganze Leben ist eine einzige Folge von Jucken und von mehr oder weniger erfolgreichen Versuchen, das Jucken loszuwerden.

Etwas getröstet stellte er seinen Fuß auf den Toilettendeckel und zog das Hosenbein hoch. Die Schwellung war da, eine nicht wegzudeutende Tatsache. Die Haut war an dieser Stelle rot und leicht entzündet, und in der Mitte des Roten saß ein winziger dunkler Punkt. Er preßte seinen Daumen auf die Schwellung und zog ihn plötzlich weg. Ein paar Sekunden blieb die Schwellung weiß, dann schoß das Blut wieder hinein. Merkwürdige Flüssigkeit, sein Blut – das Blut eines Warmblüters. Er kannte den Weg genau, den das Blut von dieser Schwellung aus durch seinen ganzen Körper nahm – durch Venen und Herz und Arterien bis zu den Fingerspitzen. Es verhielt sich damit ungefähr wie mit dem Wasser, das durch die Röhren und Kanäle unter der Stadt läuft – schwer zu sagen, was es alles mitführt.

Er fühlte sich den Puls. Der Puls ging zu schnell, und seine Bakken und seine Stirn waren heiß. Die Aufregung, dachte er. Aufregung läßt den Puls schneller schlagen und gibt einem dieses Hitzegefühl. Es war nicht das erste Mal in seinem Leben, daß er einen heißen Kopf und kalte Hände und Füße hatte. Vor jedem Schulexamen hatten sich dieselben Symptome eingestellt, und auch in jener Nacht in dem Hotel in den Adirondacks-Bergen, als er mit ungeschickten Händen Doris zum ersten Mal auszog und dann nicht ganz wußte, was er mit ihr oder mit sich selber anfangen sollte. Die arme Doris, dachte er plötzlich; aber sie war schließlich eine vernünftige Frau, sie würde schon darüber hinwegkommen.

Er stellte sich vor das Waschbecken und knipste das Licht über dem Spiegel an. Er machte den Mund auf und streckte die Zunge heraus. Seine Zunge war gutgeformt und flach und hatte eine rosa Spitze, und seine Zähne waren mit Ausnahme von einem halben Dutzend Plomben tadellos.

Aber hinten auf der Zunge war ein grauer Belag.

Das konnte durchaus vom Magen her kommen. Aber was hatte er denn Verdauungsstörendes gegessen? Nichts. Auch das Äffchen hatte nichts zu fressen bekommen, was seine Affenverdauung ungünstig beeinflußt haben konnte; man war im Camp sehr vorsichtig mit der Diät für die Tiere. Und er selbst hatte mit gummibehandschuhten Händen die Pinzette ergriffen und die Zunge des Äffchens herausgezogen, während Mr. Moto den Mund des Tieres offenhielt. Hinten auf der Zunge des Äffchens war ein grauer Belag gewesen.

In dem Augenblick, da Mr. Moto losließ, war das Äffchen in die entfernteste Ecke des Käfigs gehüpft und hatte von dort seinen Protest herausgezetert. Mr. Moto hatte in die Tasche gegriffen und dem Tier ein Stück Zucker zugeworfen.

»Mach nur Lärm, Kerlchen!« hatte Mr. Moto gesagt und dann, fast zärtlich, hinzugefügt: »Jetzt fühlst du dich vielleicht nur ein bißchen nervös und heiß, mein Lieber, aber morgen wird's dir anfangen weh zu tun, im Bauch, in der Brust, im Rücken, und dein Kopf wird dir bersten wollen. Und dann werden die Organe eins nach dem anderen versagen; und nur das Nervensystem wird weiter funktionieren und jeden Schmerzimpuls durchgeben. Übermorgen –«

Professor Ellington war es, als sähe er Mr. Moto vor sich, wie er lächelte und sich endlich vom Käfig abwandte, und es war ihm, als hörte er Mr. Motos Stimme: »Morgen müssen wir vorsichtig sein mit unserem kleinen Freund, Professor Ellington. Morgen wird er sehr ansteckend sein. Er könnte uns kratzen oder beißen oder anspucken; diese Tiere sterben ja nicht, ohne sich zu wehren; und für jemanden, der morgen etwas von ihm abkriegt, gäbe ich keine hölzernen fünf Cents!«

Mr. Moto hatte gelacht. Mr. Moto freute sich jedesmal, wenn er eine neue amerikanische Redewendung für seinen Wortschatz fand. Dann nickte er und sagte: »Experimente mit Menschen würden wahrscheinlich zeigen, daß der Prozeß bei ihnen ein oder zwei Tage länger dauert...«

Schon möglich, dachte Professor Ellington, daß Mr. Moto seine Hypothese am menschlichen Objekt überprüfen kann.

Er küßte weder Doris noch die Kinder zum Abschied. Es war nicht leicht, Doris' Mund nicht zu beachten. Wie immer stellte sie sich leicht auf die Zehen und bot ihm ihre Lippen. Er sah an ihr vorbei, bemerkte aber trotzdem ihren tief verletzten Blick.

»Du bist mir doch nicht mehr böse?« fragte sie noch, als er schon draußen vor der Tür stand.

»Nein – ach wo!« Und er machte, daß er fortkam. Er müßte den Zug noch erreichen, hatte er ihr gesagt. Er hätte etwas Wichtiges im Camp liegen lassen und müßte es holen; leider könnte man die Sache keinem anderen anvertrauen. Wenn die Zugverbindung klappte, würde er nach Mitternacht wieder zu Hause sein; wenn nicht, bliebe er über Nacht im Camp. Sie sollte sich nur keine Gedanken machen.

Er hatte Glück und bekam ein Taxi zum Pennsylvania-Bahnhof. Seine Wade juckte immer noch, und er kratzte sich ohne Hemmung. Sollte der Fahrer, der ihn durch seinen Spiegel beobachtete, doch denken, was er wollte! Was andere Menschen über ihn dachten, ging ihn schon nichts mehr an. Vielleicht würde er den Zug, der fahrplanmäßig 17 Uhr 30 nach dem Camp ging, noch erreichen, aber auch das war unwichtig. Er fuhr ja überhaupt nur zum Camp, um irgendein Ziel zu haben. Selbstverständlich würde er die Laboratorien durchstöbern. Im Camp gab es Hunderte von Gegenmitteln – gegen Pest, Cholera, Typhus, Gelbes Fieber, gegen fast alle von Bakterien erzeugten Krankheiten. Auch wollte er mit Mr. Moto sprechen. Aber er wußte schon, was Mr. Moto sagen würde. So oder so würde Mr. Moto wiederholen, was er an dem Tage gesagt hatte, an dem ihre Zusammenarbeit an der 320er Serie begann. »Das Großartige an dieser Serie«, hatte Mr. Moto erklärt, »das wirklich Außerordentliche an ihr ist, daß es kein Mittel dagegen gibt und daß, soweit menschliches Wissen über diese kleine Bakterie reicht, es eine hübsch lange Zeit dauern wird, bis man eines findet.«

Er fühlte sich wie ausgehöhlt, als er am Bahnhof ankam. Die seelische Erregung beim Abschied von Doris und den Kindern mußte sich ja auf ihn auswirken. Aber es war auch möglich, daß die Zusammensetzung seines Blutes sich bereit zu ändern begann. Er kaufte eine Fahrkarte zum Camp. Er hatte noch elf Minuten bis zur Abfahrt des Zuges. Er ging in die Bar im Bahnhofsrestaurant und bestellte einen Brandy.

Der Brandy betäubte den Schmerz in der Magengegend. Er lachte. Hätte man das Äffchen mit genügend Brandy versorgt, so hätte es wahrscheinlich auch weniger durchgemacht. Mr. Moto hatte das Tier auf geradezu grausame Art leiden lassen. Was hatte das arme Vieh denn getan, daß es zu Tode gequält werden mußte... Man hätte etwas dagegen unternehmen sollen, vielleicht eine Spritze in den zuckenden, widerspenstigen kleinen Körper... Mr. Moto würde ihn schön angeschaut haben: »Sind Sie sentimental, Professor Ellington?« Und war es nicht wichtig, daß man absolut genaue Daten über E-327 sammelte, genau bis zur letzten Einwirkung der Krankheit auf das letzte, zarteste Nervenende?

Nein, er war nicht sentimental. Er war Wissenschaftler. Und doch saß tief in ihm ein Rest Sentimentalität, und das war sein Unglück. Als er noch ein Junge gewesen war, da hatten Pasteur und die andern Mikrobenjäger seine Einbildungskraft gepackt. Wäre ihm das nicht passiert, wäre er wohl kaum Bakteriologe geworden, sondern etwa Facharzt für innere Krankheiten oder Chirurg. Komisch, wie das Beispiel eines Menschen einen anderen Menschen beeinflussen und ihn sogar umbringen kann.

Die Schmerzen waren auch wieder da.

»Noch einen Brandy, Kellner!« sagte er laut, um den Lärm, der aus dem Lautsprecher über der Bar kam, zu übertönen.

Nein! dachte er, das ist ja gerade der wunde Punkt! Er war dem Beispiel Pasteurs nicht gefolgt. Pasteur hatte Jagd auf die Mikroben gemacht und sie getötet. Er aber hatte sie gebrütet und gepflegt und hochgepäppelt, so daß sie in die Welt hinausgehen und ihr Mordhandwerk verrichten konnten. Und jetzt ermordeten sie ihn.

Sie ermordeten ihn, wie sie auch das Äffchen ermordet hatten. Und gerade so unschuldig. Es war doch schließlich nicht seine Schuld, daß er ganz gemein hereingelegt worden war. Als die Stellung im Camp zur Sprache kam, hatte der Dekan der Fakultät es vorsichtig vermieden zu erklären, um was für eine Arbeit es sich handelte! Der Dekan hatte nicht gesagt: »Professor Ellington, man bietet Ihnen eine großartige Gelegenheit, kleine Affen und kleine Koreaner und kleine Chinesen und Gott weiß was noch für kleine Leute umzubringen.« Nein, der Dekan hatte nur von den wunderbaren Arbeits- und Forschungsmöglichkeiten und von anständiger Bezahlung gesprochen. Und dann, als er wohl doch ein gewisses Zögern spürte, hatte der Dekan hinzugefügt: »Ich will Ihnen natürlich nicht zureden – aber Sie kennen ja die Situation an unserer Universität. Bleiben Sie hier, so bleiben Sie außerordentlicher Professor, bis Sie alt und grau sind...« Und was soll der Mensch denn machen, wenn er eine Familie und einen Haushalt und eine gewisse Lebensweise zu erhalten hat?

Es war 17 Uhr 32 auf der Uhr über der Bar. Plötzlich erschrocken, rief er: »Kellner, geht die Uhr richtig?«

»Aber selbstverständlich. Genau wie alle andern Uhren im Bahnhof. Bahnhofsuhren! Die müssen schon genau gehen!«

Er hatte seinen Zug zum Camp verpaßt, und der nächste fuhr erst nach zwölf Uhr nachts. Es kam auch nicht darauf an. Im Camp konnten sie ja nichts für ihn tun. Sie konnten ihn höchstens ins Lazarett stecken, in die Isolierabteilung, und sie konnten ihn beobachten, wie er langsam abstarb, so wie er und Mr. Moto das Sterben des Äffchens beobachtet hatten. Das einzige Pech bei dem verpaßten Zug war, daß er nun Mr. Moto, der ja im Camp wohnen mußte, nicht mehr sehen und ihn nicht mit E-327 infizieren und ihm nicht die wissenschaftliche Möglichkeit geben konnte, sich auch selber zu beobachten... Es wäre ganz einfach gewesen: Man mußte ihn nur kratzen oder anspucken. Beißen stand außer Frage. Mr. Moto zu beißen war zu ekelhaft.

Professor Ellington saß unbeweglich. Dann fing er an zu lachen, zuerst leise und hierauf immer lauter, bis das Lachen seinen ganzen Körper schüttelte, so daß der Kellner überrascht aufblickte. Der Witz des Jahrhunderts war ihm eingefallen. Er, J. Norwood Ellington, war eine Geheimwaffe geworden, eine giftige Kugel, die sich selber abschießen konnte! Er, J. Norwood Ellington, hatte es in seiner Macht, sich an all denen, die an seinem Tode schuld waren, zu rächen!

Der Lautsprecher über der Bar kündigte den Zug nach Washington an, der um 17 Uhr 45 abfuhr. Washington – in Washington saß Colonel Young, der Romantiker. In Washington, hinter den dicken Wänden seines Büros im Pentagon, saß Colonel Young, der Mörder; und in einem anderen Büro saß Generalmajor Duffield, der kommandierende General aller Flöhe und Spinnen und Fliegen und Wanzen und Bakteriologen.

Professor Ellington rieb sich die Hände. Die tolle Idee seiner eigenen unvorhergesehenen Möglichkeiten hatte seine Schmerzen vertrieben. Nur das Jucken in der Wade blieb.

Er zahlte und ging.

Er kam ohne große Schwierigkeiten ins Pentagon. Seine Dokumente und der in Zelluloid geheftete Ausweis, den er vom Amt des Generaladjutanten hatte, waren wie ein Sesam. Aber es dauerte eine halbe Stunde, bis er sich durch die zahllosen Korridore des fünfeckigen Irrgartens dieses Kriegsministeriums geschleppt und die Tür erreicht hatte, auf der stand: *Col. C. F. Young, Chemische Kriegsführung*.

Ein Leutnant mit milchweißen Backen und porzellanblauen Augen bedauerte außerordentlich, daß der Colonel vor einer Stunde fortgegangen war. Leider könne er nicht sagen, wohin der Colonel gegangen sei; »das Wochenende, Sie wissen ja«.

Die Schmerzwellen spritzten nun bereits in seine Brust über und breiteten sich von dort nach seinem Rücken hin aus. Vielleicht hatte Mr. Moto doch unrecht. Vielleicht wirkten die Bakterien beim Menschen genau so schnell wie beim Affen.

»Ich habe keine Zeit, Lieutenant!« sagte er und biß seine Zähne zusammen, um nicht aufzuschreien. »Führen Sie mich bitte zum General.«

General Duffields Büro war verschlossen. Der Leutnant wußte natürlich, daß die Schlösser im Pentagon solid gearbeitet waren. Aber da des Professors Angelegenheit so wichtig schien, drehte er auf alle Fälle an der Türklinke herum und rüttelte sogar an der Tür.

Ein Wachposten kam.

»Wo ist der General?« fragte der Leutnant. »Professor Ellington muß unbedingt mit ihm sprechen. Es ist dringend.«

»Tut mir leid!« Der Wachposten zuckte die Schultern. »Heute nachmittag ist der General nach Tokio geflogen. Haben Sie das denn nicht gewußt?«

Der Leutnant richtete sich stramm auf. »Hätte ich Sie vielleicht gefragt, wenn ich's gewußt hätte?« schnarrte er. Dann wandte er sich seinem Besucher zu und fragte besorgt: »Gibt es nicht noch jemanden, der Ihnen behilflich sein könnte?«

Einen Augenblick lang starrte Professor Ellington ihn an. Aber nur einen Augenblick. »Der Präsident!«

»Soll ich Ihnen einen Wagen holen lassen?« fragte der Leutnant.

»Nicht nötig. Danke.«

Wenn möglich, wollte er zu Fuß gehen. Er hoffte, die frische Luft würde ihm gut tun, und Zeit hatte er genug. Der kleine Mann mit dem Durchschnittsgesicht, der der Chef des kommandierenden Generals der Flöhe, Fliegen, Spinnen, Wanzen und Bakteriologen war, würde kaum zu nachtschlafender Stunde aus dem Weißen Haus herausspaziert kommen. Aber morgen war Sonntag. An Sonntagen erschienen die Provinzler in hellen Haufen vor dem Weißen Haus. Und der kleine Mann liebte es, sich zu zeigen. Man mußte nichts weiter tun als sich in der Menge verkriechen und abwarten...

Es war eine milde Nacht. Ein paar Sterne standen am Himmel. Er ging über den Potomac ins Stadtinnere. Er ging langsam. Das Jucken war nicht mehr so schlimm, aber sein Schwächezustand dauerte an. Alle paar Minuten krampfte sich ihm der ganze Unterleib zusammen, und die Rückenschmerzen ließen überhaupt nicht nach.

Zwei Gedanken beherrschten sein Gehirn. Erstens: Er mußte durchhalten, bis er die Kugel, die er selber war, abgeschossen hatte. Zweitens: Wie und wann hatte E-327 ihn erwischt?

Problem Nummer eins war einfach – er mußte mit seinen Kräften haushälterisch umgehen und durfte sich nicht von seinen Schmerzen umwerfen lassen. Schließlich stand er wesentlich höher als so ein Affe, so ein armseliges Vieh. Er war ein Mensch!

Zum zweiten Problem – die Flöhe, die als Träger der Bakterie E-327 dienten, wurden in einem Raum gehalten, der allgemein der Flohzirkus hieß, und zwar in Glaskästen, in denen sie herumkrochen und -sprangen und fraßen. Da die Flöhe nun aber Luft haben mußten, hatten er und Mr. Moto in jeden Glaskasten ein kleines viereckiges Fenster einschneiden lassen. Ein Drahtnetz, so fein, daß auch der kleinste Floh nicht hindurchschlüpfen konnte, war über jedes dieser Fenster gespannt worden. Wie aber, wenn zum Beispiel eines der Drahtnetze fehlerhaft war? Ein einziger fehlender oder verrutschter Draht war genug. Waren die Netze geprüft worden? Und wenn sie geprüft worden waren, war es nicht denkbar, daß ein Prüfer etwas übersah? Wo auch immer der Mensch arbeitete, kamen Irrtümer vor, menschliche Irrtümer, tödliche Irrtümer.

Und gestern früh war er noch im Flohzirkus gewesen. Er war durchgegangen und war einen Moment stehen geblieben, um sich die schwarze, ewig in Bewegung befindliche Todesmasse anzusehen.

Er lehnte sich an das Brückengeländer. Der Schweiß lief ihm übers Gesicht, während irrsinnige Spasmen sich in seinem Unterleib verbohrten.

Er nahm ein Zimmer im Hotel Statler. Geld sparen hatte jetzt keinen Zweck mehr. Und Doris und die Kinder waren durch die Versicherung mehr als versorgt. Für Morden und Sich-morden-Lassen wurde man in diesem Lande glänzend bezahlt. Der Dollar kaufte alles.

Im Hotel Statler zirkulierten die Dollars in breiten Strömen. Die Vorhallen, die Bars, die Tanzräume waren überfüllt. Solid genährte Herren, großartig angezogen, mit aufgeblähten Visagen. Die Toiletten und Frisuren der Frauen wie aus dem Modejournal, und Edelsteine, wo sich nur ein Stück Haut am Leibe bot, um sie aufzuhängen. Er haßte diese Männer und diese Frauen. Er haßte sie mit dem ganzen brennenden Gift, das in seinen Adern wühlte. Die lebten doch von den Flöhen, an denen andere krepierten; von den Flöhen und den Atomen und den Flugzeugen und Tanks und Kanonen lebten sie, und wie!

Er stellte sich vor, wie er sich unter diese Menge mischte, sich den aufgeblähtesten Herrn aussuchte, »Entschuldigen Sie, Sir!« zu ihm sagte und in dem Augenblick, wo der Mann sich umwandte, um zu antworten, ihm ins Gesicht spuckte. Die Verlockung war groß, aber er gab ihr nicht nach. So was konnte man nur einmal tun; dann würden die Hoteldetektive angerannt kommen und ihn abführen; und er hatte kein Recht, seine einzige Kugel auf einen X-beliebigen zu vergeuden.

Er ging auf sein Zimmer und legte sich zu Bett. Aber der Schlaf wollte nicht kommen. Sein Bein juckte ihn wieder, die Schmerzen ließen nicht nach, und der Plan, den er sich für morgen zurechtlegen mußte, beschäftigte ihn. Er hatte oft genug vor dem Weißen Haus gestanden, und einmal, bei einem Empfang, war er sogar drin gewesen. Die Polizisten und die Leute vom Geheimdienst, die sich vor dem Gebäude umhertrieben, würden einen gutgekleideten, gutbürgerlich aussehenden Mann kaum verdächtig finden, besonders wenn seine Taschen nicht hervorstanden. Die Hauptsache war, daß er nahe genug an sein Ziel herankam, um es mit seinem Sputum erreichen zu können. Aber da er nichts mehr zu verlieren hatte, würde die Todesgewißheit ihm die Stärke geben, auch den dichtesten Kordon zu durchbrechen.

Gegen ein Uhr morgens wurde ihm so heiß, daß er es nicht mehr im Bett aushielt. Er sah sich seine Zunge im Spiegel an. Der Belag war jetzt ganz dick. Er hatte 110 Puls, das Herz hämmerte ihm in den Schläfen, und seine Augen brannten zum Verrücktwerden.

Er verbrachte den Rest der Nacht im Lehnstuhl, den er zum Fenster geschoben hatte. Das Zimmer hatte eine Klimaanlage, und so gelang es ihm nicht, das luftdicht verschlossene Fenster zu öffnen. Durch das Glas sah er den ersten trüben Schimmer des Morgens hochkriechen und dann die Sonne aufgehen. Und dann döste er ein.

Er erwachte erst kurz nach zehn Uhr. Obwohl sein Fieber etwas gefallen war, fühlte er sich, als ob er überfahren worden wäre. Er riskierte es, eine Dusche zu nehmen. Nach dem Abbrausen zitterte er am ganzen Leibe, und die Schmerzen hatten sich wieder eingestellt, schlimmer als je. Stöhnend zog er sich an.

Der Liftboy brach mitten in seinem munteren »Guten Morgen!« ab und glotzte ihn an, als führe eine Leiche mit ihm im Lift. Im Frühstückssaal des Hotels bestellte er Tee, ließ aber die Hälfte stehen. Dann nahm er ein Taxi zum Weißen Haus.

Drei oder vier Polizisten standen vor dem verschlossenen Tor herum. Der breite Rasen hinter dem hohen eisernen Gitter funkelte frisch und grün, aber an allen Fenstern waren die Vorhänge noch zugezogen. Er stellte sich auf die Straße und ließ die Touristen an sich vorbeiziehen. Ganz allmählich machte er sich näher an das Tor heran.

Plötzlich kam ein Schmerzanfall. Er klammerte sich an zwei Stäbe des Eisengitters und versuchte, Atem zu kriegen.

»Was nicht in Ordnung?« fragte einer der Polizisten, ein hochgewachsener Kerl mit rotem Gesicht und Augen, die zu dicht beieinander saßen. »Fühlen Sie sich nicht wohl?«

»Ist schon gut...« Er ließ das Gitter los.

Der Polizist schüttelte den Kopf. »Sie sehen krank aus. Die Leute sind doch verrückt. Da kommen sie hierher gelaufen, als ob's das Heilige Grab wäre, auch wenn's gar nichts zu sehen gibt wie das leere Haus.«

»Leere Haus?...«

»Niemand zu Hause!« grinste der Polizist. »Harry schwimmt auf seiner Jacht herum und läßt sich's wohl sein.«

»Na so was!« sagte er und spannte dabei seine Nerven zum Äußersten, um gleichgültig zu erscheinen. »Wann kommt er denn zurück?«

Der Polizist lachte. »Woher soll ich das wissen! Wenn ich der wäre, würde ich die ganze Woche draußen bleiben und fischen...« Sprach's, drehte sich um, fügte aber noch hinzu: »So ein Präsident hat's gut!...«

Die Touristen, das Weiße Haus, der Polizist, die Straße – alles schwankte vor seinen Augen. Er stellte sich mit breitgespreizten Beinen hin, um nicht umzukippen. Der irische Tonfall des Polizisten lag ihm immer noch in den Ohren: »Harry schwimmt auf seiner Jacht herum und läßt sich's wohl sein auf seiner Jacht schwimmt Harry läßt sich's wohl sein läßt sich's Harry auf seiner Jacht –«

Er irrte durch die Straßen. Leute blickten sich nach ihm um. Er wußte nicht mehr, wohin er ging; er wußte nur, daß er den Schuldigen finden und auf ihn zielen und die Kugel abfeuern mußte und daß er Kugel und Revolver und Finger am Abzug und Attentäter zugleich war. Sein Gehirn war wie ein Stromwirbel, in dem alles nach einem dunklen Zentrum gerissen wurde. Was war schon dieser Harry auf seiner Jacht? Gut, er war der Chef des kommandierenden Generals aller Flöhe, Fliegen, Spinnen, Wanzen und Bakteriologen. Aber ganz abgesehen von der Tatsache, daß er momentan nicht erreichbar war – gab es nicht noch jemanden, der höher stand als Harry und unter dessen Befehl Harry tat, was er tat, und der Harry im Zaum halten oder ihm sogar Einhalt gebieten konnte? Und wo war dieser Mensch, und wer war er, der wirkliche Mörder des kleinen Äffchens und J. Norwood Ellingtons und all der Leute, die noch an E-327 sterben würden?

Er war vor eine Apotheke geraten, und dort sah er den Mörder, wie er aus dem Schaufenster auf ihn blickte. Die billige Glasscheibe verzerrte das transparente Bild ein wenig, aber sonst war es recht klar: ein großer, schlanker, gar nicht übel aussehender Amerikaner, ein Mann, der in seiner Familie aufging und der ein Häuschen in der Vorstadt hatte, anständig angezogen, durchaus nichts Bösartiges in seinen Gesichtszügen oder im Ausdruck seiner Augen – der wirkliche Mörder. Der Mann, der Nein gesagt haben könnte, Nein zu dem Dekan der Fakultät, Nein zu Colonel Young, Nein zu General Duffield; der Mann, der seine Stimme erhoben und dem Präsidenten Einhalt geboten haben könnte; der Mann, der zusammen mit Tausenden und Millionen, wie er einer war, das Leben des Äffchens und das Leben J. Norwood Ellingtons und das Leben all der andern Menschen gerettet haben könnte und der es nicht getan hatte wegen lumpiger paar tausend Dollar und weil er ordentlicher Professor werden wollte. Da stand er, dieser Mann, schuldig gesprochen und verurteilt, der Mörder.

Professor Ellington nahm seinen Rezeptblock aus der Brieftasche und schrieb etwas auf das oberste Blatt. Dann ging er in die Apotheke.

Der Apotheker las das Rezept und runzelte die Stirn. Zögernd griff er nach einem Schächtelchen auf dem obersten Regal hinter seinem Ladentisch.

»Seien Sie vorsichtig mit dem Zeug«, sagte der Apotheker. »Nur eine Pille zu viel, und Sie sind für immer eingeschlafen.«

»Weiß ich, weiß ich! Ich selber bin der Arzt, der das Rezept verschrieben hat.«

»Na«, sagte der Apotheker, »dann wird es schon in Ordnung sein.«

»Darf ich Sie um ein Glas Wasser bitten? Und lassen Sie es gut ablaufen, wenn's Ihnen nichts ausmacht. Widerlich, dieses lauwarme Wasser, das man immer kriegt…«

»Cynthia!« sagte die Dame. »Wie konntest du nur!«

Cynthia saß auf dem Untersuchungstisch des Tierarztes und kratzte sich.

»Aber sind Sie auch ganz sicher, Herr Doktor?« fragte die Dame wieder. »Cynthia ist wirklich nicht krank?«

»Absolut sicher«, sagte der Tierarzt.

Die Dame rutschte auf ihrem Stuhl herum und lehnte sich diskret etwas nach vorn. »Und es ist wirklich weiter nichts als diese – diese –«

»Flöhe«, sagte der Tierarzt. »Hunde haben so was eben manchmal. Das liegt in ihrer Natur. Ich gebe Ihnen eine Packung DDT mit.«

»Das ist ja schrecklich!« sagte die Dame und kratzte sich, so unauffällig wie möglich, ihre wohlgeformte Wade.

»Machen Sie sich keine Gedanken darüber, Madam«, sagte der

Tierarzt. »Die Dingerchen halten gewöhnlich ihren Hunden die Treue, und wenn sie mal auf den Menschen überspringen, dann nur für einen gelegentlichen Biß. Auf jeden Fall – in dieser Packung ist genug für Cynthia und für Sie auch.« Er nahm die Hündin vom Tisch herunter und setzte sie auf den Fußboden, wobei er sein Lächeln versteckte. »Die Konsultation kostet zehn Dollar, Madam«, sagte er.

Lem Kimble

Fast die ganze Nacht hindurch waren Schüsse, Schreie und unheimliche Geräusche zu hören gewesen, die ihm eine Gänsehaut über den Rücken jagten und seine Knie weich wie Watte machten. Aber stärker als all das war die Stimme gewesen, die ihm befohlen hatte: »Hier bleibst du und rührst dich nicht von der Stelle!« Es war eine weiße Stimme gewesen.

Die Erde, in die er sich eingegraben hatte, war kalt und hart; seine Füße schmerzten, obgleich sie nur noch zwei Eisklumpen waren. Erst gegen Morgen nickte er ein wenig ein.

Er fuhr jäh auf, als Jay ihn anstieß. Instinktiv griff er nach seinem Gewehr. »Was ist los?« flüsterte er.

»Sie kommen!«

Der Himmel über dem Loch, in das sie sich verkrochen hatten, war etwas heller geworden; gegen den stahlblauen Hintergrund konnte Lem die Umrisse von Jays behelmtem Kopf und das Weiße in seinen großen, erschreckten Augen erkennen. Die tiefe Stille wurde nur durch das leise Rascheln seiner eigenen Uniform unterbrochen, als er sich aufrichtete, um über den Rand des Schützenloches zu spähen. Ein Vogel schoß von irgendwo nach irgendwo durch das Stück Himmel über ihm.

Vor ihm senkte sich ein pockennarbiges Feld sanft zu dem ausgetrockneten Bett eines Baches hinunter. Das Gebüsch, das einst verstreut hier gestanden hatte, war größtenteils verbrannt. Unter den verkohlten Stümpfen zu Lems Linker ragte der nackte Stamm eines Baumes empor, mit zwei Armen reichte er in qualvoll verkrümmtem Winkel zu den stillen Wolken hoch. Von dem rechten Ast hing etwas herunter, das wie ein schwerer, langer Sack aussah.

»Lem!« sagte Jay in drängendem Ton. »He, Lem!«

Lem Kimble riß seine Augen von dem Baum los und überblickte

noch einmal prüfend das Feld vor sich. Es lag totenstill da, und auch auf der anderen Seite des Baches war alles ruhig.

»Du bist ja verrückt«, sagte er. »Einfach ein Nigger, der vor Angst verrückt geworden ist.«

Jay grinste ihn unfroh an. »Eine Friedhofsruhe!« sagte er. »So ist es immer: Wenn's so still ist, dann kommen sie!«

Lem zuckte die Achseln.

Jay wurde plötzlich wütend. »Bist selber ein verrückter Nigger! Warum mußtest du bloß gestern abend noch losgehen, um dir den da anzusehen?« Er wies mit dem Kopf zu dem Baum hinüber. »Da ist doch nichts dran zu sehen! Ein toter Gook hängt an einem Baum. Der einzige anständige Gook ist ein toter Gook. Sie hätten dich doch sehen können! Dann wissen sie, wo wir stecken, und dann –«

»Halt die Fresse«, sagte Lem mit unnatürlich hoher Stimme. Jay sah ihn an. Lems Gesicht war grau, dunkelgrau, und seine Kinnbakken mahlten. Jay ließ sich tiefer in das Loch hineingleiten. »Jetzt kannst *du* dir mal für 'ne Weile die Szenerie hier betrachten«, sagte er. »Ich hab die ganze Nacht nicht geschlafen.«

Lem Kimble antwortete nichts. Er beugte sich vor, seine Ellbogen ruhten auf einer Art Sims, den sie sich aus dem Boden herausgehackt hatten. Der Vogel, den er vorhin gesehen hatte – oder vielleicht war es ein anderer? –, schoß wieder quer über den Himmel und verschwand. Lem hörte das leise, gurgelnde Schnarchen Jays, das fast wie Schluchzen klang. Er versuchte, nicht zu dem Baum dort links hinüberzusehen, aber das schwarze Ding, das von dem schwarzen Ast herunterhing, war wie ein Magnet.

»Verrückt...«, murmelte er.

Vielleicht wurde er verrückt... Na ja. Er betrachtete seine Hände, deren Haut in scharfen Falten über den Knöcheln seiner Finger lag, und die rosigen glänzenden Nägel mit dem Schmutz unter den Rändern. Dann kratzte er die Innenfläche seiner Hand, kratzte immer stärker und grub sich schließlich die Nägel ins Fleisch. Es schmerzte, und er wollte, daß es schmerzte. Das Ding hing von dem Ast des Baumes herunter, und vielleicht hackte der Vogel ihm die Augen aus; aber er wollte nicht hinüberblicken und es sehen.

Dann sah er doch hin.

Es war kein Vogel da. Aber in seinen Träumen war immer ein Vogel da gewesen, oder mehrere Vögel, und meistens hatten die Vögel kahle Köpfe, und diese Köpfe waren rot. Er wußte nicht, warum er solche Träume hatte. In Chicago, wo er lebte, gab es keine Bäume und keine Dinger, die von Bäumen herunterhingen; aber in diesem Augenblick seines Lebens war es ihm von größter Wichtigkeit herauszufinden, warum in seinen Träumen immer die Vögel gewesen waren und Dinger, die von Bäumen herunterhingen. Wenn er es nicht herausbekam, würde er bestimmt verrückt werden – das wußte er.

Ein schwaches Orangerot stieg am Himmel auf. Es umsäumte den nackten Stamm und das, was an dem Ast hing, mit schütterem Licht. Noch war es nicht hell genug, und sechzig Yards waren eine zu große Entfernung, als daß er wieder hätte sehen können, was er am Abend vorher gesehen hatte. Aber er konnte seine Augen schließen und es trotzdem sehen, so scharf und klar hatte er das Bild in sich aufgenommen. Und als sie gestern abend hergekommen waren und man ihnen befahl, hier zu bleiben und sich nicht von der Stelle zu rühren, war es auch nicht sehr hell gewesen. Und doch hatte er alles gesehen und hatte gewußt, was es war – sogar lange bevor er genau hingeblickt hatte.

Der Hals so lang und der Kopf so schräg – und wo der Umriß des Dinges so ausgezackt aussah, das kam daher, daß jemand Streifen Fleisch aus dem Leib herausgeschnitten hatte.

»O Jesus Christus!« stöhnte er. Es war jetzt hell geworden, und er war nicht mehr sicher, ob er das Ding wirklich und greifbar gesehen hatte. Natürlich, es hing ja da – aber jetzt, wo die Sonne über den Berg gekommen war, sah es schon viel kleiner aus. Es war nichts weiter als ein Gook, der an einem Baum hing, wahrscheinlich weil er auf einen unserer Jungs geschossen hatte oder weil er ein Gook war und sich nicht so benommen hatte wie einer von unsern Gooks*.

Er war dankbar, daß es Tag geworden war. Gleichzeitig aber wurde er sich der Kälte bewußt und fühlte, wie erstarrt und müde er

* Unsere Gooks – die südkoreanischen Truppen.

war. Zu Hause in Chicago stand ein Bett, ein Bett mit Laken und Decken, und in der Küche warteten Kaffee und Rührei mit Schinken. Lem Kimble erschauerte. Sein Kopf sank vornüber, und seine Augen schlossen sich.

Da waren die Vögel wieder mit ihren großen schwirrenden Flügeln und ihren abstoßenden roten Köpfen. Er sah alles, und er hörte alles. Sie schnatterten und lachten und hatten Messer in ihren Krallen und schnitten Streifen Fleisch aus dem Ding heraus, das von dem Baum herunterhing. Er schauderte, wie er da hinter einem halbzerfallenen Holzzaun kauerte, und er wollte sein Gesicht mit seinen Händen bedecken, aber seine Hände lagen auf seinen Knien, und er konnte sie nicht bewegen, und ihre Nägel waren rosig und glänzend, und der Schmutz unter ihren Rändern war schwarz. »Immer ran!« brüllte jemand. »Jeder nimmt sich heut sein Souvenir mit!« Und dann sah er sich selbst aufspringen und davonrennen in seinem zerlumpten Overall und mit seinen schlappenden Schuhen, den dunklen Schatten eines dunklen kleinen Jungen, der über die Stoppelfelder lief, und man lachte hinter ihm her, und die Flügel der Vögel schwirrten.

Lem Kimble fuhr hoch.

Er schwitzte trotz der Kälte. Jay schlief noch immer, und über ihren Köpfen zog eine Flugzeugstaffel nach Norden, dem koreanischen Hinterland zu.

Lem Kimble feuchtete seine Lippen an. Auf dem Feld vor ihm mit seinen Granattrichtern und Schützenlöchern, in denen andere Leute seines Zuges hockten und warteten, war alles ruhig. Der Himmel mochte wissen, wo die Gooks sich versteckt hielten und was sie vorhatten. Er blickte zu dem Baum hinüber. Alles war ihm jetzt klar. Er würde aus seinem Loch herauskriechen, zu dem Baum hinüber, und selbst nachsehen, ob es dasselbe Ding war und ob man Streifen Fleisch als Souvenirs aus dem Ding herausgeschnitten hatte. Und wenn es so war, dann würde er wissen, daß sein ganzes Leben einfach nicht gewesen war – die Flucht aus den Südstaaten und die Fahrt nach Chicago und das Heranwachsen und die Schule und das Bett mit Laken und Decken und der Kaffee, der in der Küche wartete, und die Armee und das Seekranksein auf dem Pazifik und die

Landung in Pusan und die Fahrt nach Norden auf dem Lastwagen und Schießen und Beschossenwerden und Kehrtmachen und Ausreißen und der blasse blonde Leutnant, der mit seiner Pistole herumfuchtelte und mit heiserer Stimme schrie: »Hier bleibt ihr und rührt euch nicht von der Stelle, ihr schwarzen Hundesöhne!« – dann würde er wissen, daß nichts davon sich wirklich zugetragen hatte, daß er wieder in Leesville in South Carolina war, an einem heißen Sommertag, ein kleiner Junge, der vor etwas Schrecklichem davongerannt war und immer noch rannte.

»Himmel Herrgott!« Es war diese irrsinnige Stille und die Leere um ihn her, die ihn um den Verstand brachte und ihn daran zweifeln ließ, wer er wirklich war und wo er wirklich war und was er wirklich tat. Er wünschte beinahe, Jay hätte recht und die Gooks kämen endlich, wie sie immer kamen – in großen Wellen aus dem Nichts, aufspringend und vorwärtslaufend und fallend und wieder aufspringend und immer näher kommend – und daß er sich an sein Gewehr klammern und den Hahn herunterdrücken und den Rückstoß fühlen könnte, als ob der Kolben seines Gewehrs der einzige feste Punkt in der Welt wäre. Aber jetzt waren da zwei feste Punkte – sein Gewehrkolben und das schwarze Ding, das von dem blattlosen Baum herabhing, und beide zogen ihn zu sich, so daß seine Gelenke und die Muskeln seines Brustkorbs und die Zellen seines Gehirns sich schmerzhaft dehnten und er an Zeit und Raum zweifelte und sich in dem einen Augenblick mit Jay in diesem Loch sah und im nächsten hinter dem halbzerfallenen Holzzaun in Leesville, South Carolina.

Er zitterte. Seine Kehle war wie zugeschnürt, sein Atem ging schwer, und seine glatte, runde Stirn glänzte von Schweiß. Er hatte ein Gefühl, als wenn sein Schädel in den Nähten nachgäbe. Die nebelhafte Vergangenheit, die nur mit den schwirrenden Vögeln seiner Träume über ihn zu kommen pflegte, hatte ihn eingeholt – hier in diesem Loch auf diesem elenden koreanischen Feld. Sie saß in seinem Gehirn und blähte sich auf und schwoll immer mehr an, wie ein in der Sonne verwesender Kadaver. Und doch war es irgendwie gut, daß er endlich wissen würde und hingehen und die Sache ins Reine bringen konnte.

Er reckte sich hoch, stützte sich auf die Ellenbogen und schob Kopf, Schultern und Brust flach über den Rand des Lochs hinaus.

»Lem!«

Er fühlte die Hände, die an seinem Bein zogen, es packten und versuchten, ihn hinunterzuzerren. Er wollte schreien: »Laß mich los!«, aber in seiner Anstrengung, aus dem Loch und von Jay fortzukommen, blieb ihm keine Kraft für die Stimme. Und Jays Kraft hatte sich verzehnfacht, denn Jay hatte Angst – Angst vor dem Alleinsein in dem Loch und vor dem, was geschehen würde, wenn die koreanischen Wellen wiederkämen.

Lem Kimble stieß mit den Füßen aus und fühlte, wie sich seine Ferse in Jays weichen Unterleib grub, er fühlte Jays Hände abgleiten und war frei. Er kroch über das Feld, vorbei an Resten von Büschen, an Granatlöchern und schmutzigen Lachen und Stücken von Stahl, seine Nase war dicht über dem Boden, seine Augen sahen nur die Erdkrumen, seine Ohren hörten nur das Keuchen seiner eigenen Brust.

Auch der Baum hatte gebrannt. Geschwärzt und ausgetrocknet, schien er unwahrscheinlich hoch, als Lem Kimble wie ein Wurm unter ihm lag. Das Ding, das an dem Ast des Baumes hing, sah mehr denn je einem Sack ähnlich, einem Sack mit Zehen, die sich ihm zustreckten.

Eine Zeitlang lag Lem Kimble ganz still. Es konnte doch unmöglich so einfach sein – daß er hier am Fuße des Baumes lag und nur aufzustehen und hinzublicken brauchte. Er wartete. Aber es geschah nichts Ungewöhnliches. Ein leichter Morgenwind war aufgekommen, und es schien, als ob das Ding, das am Baume hing, sich bewegte. Es kam Lem Kimble plötzlich zum Bewußtsein, daß er sein Gewehr zurückgelassen hatte und daß seine einzige Waffe jetzt das scharfe Messer war, das er in einer Scheide an sein Bein geschnallt trug.

Langsam richtete er sich auf seinen Knien auf. Die Perspektive änderte sich. Er sah jetzt, daß von der Leiche noch immer Lumpen herabhingen, graue Lumpen, die vielleicht einmal weiß gewesen waren, formlose Lumpen, die vielleicht einmal Hosen gewesen waren.

Natürlich – diese Lumpen waren es, die er gestern abend gesehen hatte, und nicht aus dem toten Fleisch herausgeschnittene Souvenirs. Er hatte sich zum Narren halten lassen, zum Narren halten lassen durch seine eigenen Träume und durch das, was er längst vergessen hatte, und wie ein Narr kniete er hier unter diesem Baum, ein großartiges Ziel für die Gooks, falls sie in der Nähe sein sollten, und möglicherweise würden sie bald anfangen, auf ihn zu schießen. Nicht, daß er Angst hatte. Er fühlte sich stark und beinahe glücklich, sein Kopf war leicht und klar, und was dort hing, war nur ein toter Gook, der ihn nichts anging.

Er stand auf, trat ein oder zwei Schritte zurück, neigte seinen Kopf im gleichen Winkel wie der tote Mann und starrte ihn halb spöttisch, halb gleichgültig an. Er haßte das Ding nicht dafür, daß es ihn eine Nacht lang um den Verstand gebracht hatte; er fühlte für den toten Mann das Gleiche, was ein Kind gegenüber einem Bettuch fühlt, das an einem Haken hängt und wie ein Gespenst aussieht und von dem sich dann herausstellt, daß es nichts weiter ist als eben ein Bettuch.

Dann erstarrte er plötzlich. Er ging vorwärts, trat näher heran, seine Augen waren in gleicher Höhe mit den Knien des toten Mannes. Seine Hände streckten sich vor. Mit zitternden Fingern berührte er die Lumpen und versuchte, sie über die geraden, exakten Schnitte auf den Schenkeln des toten Mannes zu ziehen.

Er wollte wegrennen – wegrennen, wie damals der Knabe in Leesville, South Carolina, gerannt war, wegrennen, so schnell und so weit, wie seine Füße ihn zu tragen vermochten. Die Muskeln seiner Beine strafften sich zum Laufen. »Herr Jesus Christus!« sagte er immer wieder aus tiefster Brust. Er wußte, wenn er weglief, so würde seine Flucht diesmal kein Ende haben, und der Mensch muß doch einmal zu fliehen aufhören. Er vernahm das schwirrende Surren der Flugzeuge, die ihre Bombardierungsmission erfüllt hatten und wieder südwärts flogen. Er hielt sich nicht damit auf hochzublicken. Er trat an den Stamm heran und umschlang das tote, splitternde Holz und sog den Brandgeruch ein und kletterte langsam hoch bis zu dem Ast, der zum Galgen geworden war. Zoll für Zoll schob er sich am Ast entlang, bis er den Strick erreicht hatte.

Er sah das schwarze, glatte Haar auf des toten Mannes Kopf und empfand ein leises Erstaunen darüber, daß es nicht kraus war wie das seines Vaters – als sein Vater noch lebte und auch als er an dem Baum dort in Leesville, South Carolina, hing.

Lem Kimble zog sein Messer heraus. Scharf und schwer lag es in seiner Hand. Er schnitt den Strick zwischen dem Ast und dem Hals des toten Mannes durch. Dann warf er das Messer fort und sprang gewandt dem Körper nach zu Boden.

Der Leichnam lag ganz steif da. Die Zähne, zwischen denen die geschwollene schwarze Zunge stak, schimmerten gelblich. Lem Kimble drehte den Körper um, so daß er auf dem Rücken lag. Eine Zeitlang versuchte er, ihm die Ellbogen zu beugen. Er wollte gern, daß die Hände gefaltet auf der Brust lägen, wie die Hände toter Leute zu liegen haben, aber es gelang ihm nicht; und dann nahm er seinen braunen Wollschal ab und faltete ihn in seiner ganzen Breite auseinander. Der Mann war sehr schmalschultrig und dünn gewesen, so daß der Schal alles bedeckte – das Gesicht und die gemarterte Brust und die Genitalien, nur die Beine nicht.

Lem Kimble setzte sich neben dem toten Mann nieder, zog eine Zigarette heraus und begann zu rauchen. Als die Artillerie auf beiden Seiten zu schießen anfing und später die koreanischen Maschinengewehre loslegten, drückte er seine Zigarette sorgfältig aus und ging aufrecht durch das Feuer zu seinem Gewehr zurück. Aber das Gewehr war verschwunden, ebenso wie das Schützenloch und Jay. An der Stelle, wo das alles gewesen war, befand sich ein flacher Krater, aus dem noch immer beißender Rauch aufstieg.

Er ließ sich in den Krater gleiten und zog die Knie hoch bis zum Kinn. Von irgendwoher hörte er eine heisere Stimme, die weiße Stimme des blassen blonden Leutnants: »Hier bleibt ihr und rührt euch nicht von der Stelle, ihr schwarzen Hundesöhne!«

Er konnte nicht anders – er mußte lachen, zuerst leise und dann immer lauter und lauter. Je mehr er lachte, desto ungezügelter wurde sein Lachen.

Und lachend wurde er gefangengenommen.

Freie Wirtschaft

Die Hände der Witwe Carter waren wie Baumwurzeln. Aber so gekrümmt und zäh sie auch waren, es gelang ihnen nicht, dem Boden genügend Nahrung zu entreißen für ihren mageren, gebeugten Leib und für die Leiber ihrer Kinder, die dem dünnen Gras ähnelten, das längs des Bettes des ausgetrockneten Flusses wuchs. Der Boden war verflucht.

Es gab da eine Geschichte, die bis auf die Zeit vor dem Bürgerkrieg zurückging. Sie betraf einen farbigen Prediger, der etwas von der schwarzen afrikanischen Magie verstand und der ein Sklave auf der Farm der Carters gewesen war.

Damals war es mehr als eine Farm; es war eine Plantage, mit gelben Feldern und tiefgrünen Weiden, die sich weit über das hüglige Land von Virginia erstreckten, und Edwin Philbrook Carter ritt auf einem gescheckten Pferd zu den weißen Säulen seines Herrenhauses hinauf. Jedenfalls kam in dieser Geschichte ein Mädchen vor, das eine Haut wie Milchkaffee hatte – die Tochter des Hexenmeisters. Dann hatte es eine Streiterei um die Kleine gegeben, und Edwin Philbrook Carter, wie es sein gutes Recht war, ließ den alten Mann zu Tode peitschen. Aber bevor der alte Mann starb, sprach er einen jener fürchterlichen Voodoo-Flüche aus, und seit der Zeit ging es mit den Carters bergab, bis sie heute das waren, was man im Süden *White Trash* oder weißen Kehricht nennt.

Die Witwe Carter war viel zu nüchtern und klardenkend, um dieses Märchen zu glauben. Aber wenn sie ihren Knochensack von kränklichem Maultier vor ihren Pflug spannte und gebückt und schwitzend die Pflugschar in den unfruchtbaren Boden zu stoßen versuchte, war es ihr doch, als ob ein Fluch auf diesem Stück Erde läge. Auch die gelehrten Professoren von der landwirtschaftlichen Hochschule in Richmond glaubten nicht an den Fluch der Sage. Sie untersuchten den Boden dieser Gegend und sprachen von Entforstung und Erosion und von dem Mangel an vielen unumgänglich notwendigen Chemikalien; sie maßen den Regen nach und blickten vielsagend auf den Fluß, der jedes Frühjahr über die Ufer trat, um dann im Sommer ein lächerliches Gerinnsel zu werden oder völlig auszutrocknen. Aber all ihre weisen Worte brachten nicht einen Cent für die Hypotheken auf, die auf dem Land der Carters lagen und auf so gut wie allen Farmen, die es in diesem Teil des Staates gab.

Sonntag mittag, nach der Kirche, fuhr ein Mann in einem lose sitzenden Anzug die staubige Bezirksstraße hinauf. Zwischen zwei angefaulten Zaunpfählen lenkte er sein Auto nach rechts. An einem der Pfähle war ein alter Blechbriefkasten befestigt, der darauf schließen ließ, daß irgendwo dahinter das Haus der Witwe Carter stand. Vor dem Haus brachte er den Wagen zum Stehen, stieg aber noch nicht aus. Er lehnte sich hinter dem Steuerrad zurück und besah sich den Ort und nickte dann, anscheinend befriedigt.

Grau und windschief, die Latten vom Wetter gedörrt, einige der Bodenplanken der offenen Veranda vom Alter gebrochen, stand das Haus genau da, wo einst das Herrenhaus gewesen war. Man hatte seinerzeit sogar etwas Holz vom Herrenhaus für den Bau benutzt, und zwei der Säulen des Herrenhauses, gekürzt natürlich, dienten als Eckpfeiler der Veranda. All das verlieh dem Haus ein zusammengeflicktes Aussehen, gerade als ob ein kleiner Junge es aus verschiedenen Baukästen hingestellt hätte.

Der Mann merkte, daß er beobachtet wurde. Die Witwe war auf die Veranda gekommen. Ihr Jüngstes hielt sie bei der Hand, die drei älteren Kinder standen etwas abseits, barfuß, aber mit sauber gescheuerten Gesichtern. Sie blickten den Mann mißtrauisch an, wobei sie die Augen zukniffen, so wie die Carters seit jeher die Augen zusammenkniffen, wenn sie befürchteten, es könnte ihnen jemand zu nahe treten.

Der Mann stieg aus dem Auto aus, kam auf die Witwe zu und reichte ihr sehr förmlich die Hand. Dann gab er jedem der Kinder ein Paketchen Kaugummi. Sie nahmen die Geschenke, ohne sich aber spürbar für ihn zu erwärmen. Sie waren die unkindlichsten Kinder, die er je gesehen hatte; sie waren eher wie Zwerge, und sie hatten die alten und sorgendurchfurchten Gesichter von Zwergen.

»Wie geht es Ihnen, Herr Professor Wainwright?« sagte die Witwe.

»Gut«, sagte er. «Gut. Und Ihnen?«

Die Witwe zuckte die Achseln. Mit diesem Haus und dem dürren Land als Hintergrund schien sie zu glauben, daß keine Antwort auf die Frage nötig war. Schließlich sagte sie: »Möchten Sie nicht eintreten?«

Professor Wainwright war nicht das erste Mal hier, und er kannte das bedrückende Innere des Hauses, in dem nur noch Möbel standen, wie sie keine Pfandleihe annehmen wollte. »Sehr liebenswürdig von Ihnen«, sagte er. »Aber bei diesem schönen Wetter« – er blickte auf den verhängten Himmel – »bleiben wir doch lieber draußen.«

Die Witwe nickte ihrem Ältesten zu, einem Jungen mit pechschwarzem, strähnigem Haar, das wie ein Strohdach über seiner Stirne stand. Der Junge ging und brachte zwei sehr reparaturbedürftige geflochtene Stühle heraus.

Der Professor setzte sich vorsichtig und streckte seine langen Beine. Die Kinder starrten auf seine feinen Socken und seine weißen Schuhe. Er zog die Beine ein und zerrte an seiner Fliege, als sei ihm der Kragen plötzlich zu eng geworden. »Ich bringe Ihnen gute Nachrichten, Mrs. Carter«, sagte er.

Ihre verarbeiteten Hände lagen schwer auf ihrem Schoß. Jetzt hoben sie sich einen Augenblick lang und fielen wieder zurück. Gute Nachrichten, so etwas gibt's gar nicht, schienen die Hände zu sagen.

»Die Prüfungskommission hat Ihre Farm ausgewählt«, sagte er. »Gestatten Sie mir, Ihnen zu gratulieren. Bald – um ganz genau zu sein, in elf Tagen – werden wir das ganze schwere Leben, das Sie gehabt haben, ein für allemal umpflügen.«

Sie saß, ohne sich zu rühren. Nur ihre Augen bewegten sich zweifelnd von Seite zu Seite.

»Es war eine schwierige Wahl, will ich Ihnen sagen.« Jetzt, da der

Anfang gemacht war, lehnte sich Professor Wainwright bequemer zurück. »Selbst unter Ausschluß von Negerbesitz und von Pachtfarmen und von Ländereien, die auf Ernteanteil bearbeitet werden, gab es noch so viele Leute, die behaupteten, die ärmste Farm im Bezirk zu haben, daß die Mitglieder unserer Kommission mächtig mit Herumreisen und Auswählen zu tun hatten.« Er lächelte liebenswürdig und streichelte das Jüngste, vermied aber dabei, den grindigen Schädel des Kindes zu berühren. »Ich glaube, die Kommission entschied sich wirklich auf Grund meines Berichtes darüber, wie Sie sich nach dem Tode Ihres Mannes an dieses Stück Land geklammert haben.«

»Vielen, vielen Dank«, sagte sie. Ihre Augen hatten aufgehört, sich zu bewegen. Sie waren hart geworden. Sie hatte Edwin Philbrook Carter, den vierten seines Namens, gehaßt, und sie hatte ihn ohne eine Träne begraben, nachdem er seinen letzten Atemzug verkeucht hatte.

»Uns liegt an Menschen, die sich an ihren Boden halten«, sagte Professor Wainwright. »Es gibt schon viel zu viel entwurzelte Leute im Lande. Leute, die keinen Boden haben, kriegen leicht schlechte Gedanken.«

Die Witwe sagte nichts. Sie hatte schon viele schlechte Gedanken gehabt, darunter auch die Idee, sich und ihre Kinder einfach umzubringen. Außerdem hatte sie versucht, ihr Stück Land zu verlassen; aber sie hatte niemand gefunden, der ihr anderswo Arbeit und ein Dach über dem Kopfe gegeben hätte. Niemand wollte eine Frau mit vier Kindern.

»Also, wiederholen wir noch einmal, was unsere Abmachung vorsieht«, fuhr Professor Wainwright fort, »damit wir einander klar verstehen. Es handelt sich hier um ein neuartiges Experiment, und die Herren, die für die Leitung unserer Hochschule verantwortlich sind, möchten nicht, daß ihnen hinterher Komplikationen entstehen, Komplikationen gesetzlicher Natur und überhaupt.«

Er gab es auf, das jüngste Kind zu streicheln. Er hatte seine Zweifel an dem ganzen Plan, und er hatte auch nicht gezögert, diese Zweifel Rektor Merriweather gegenüber auszusprechen. Es war wohl möglich, *eine* Farm umzumodeln, aber das ganze Land ummodeln konnte man nicht; und warum sollte man den Farmern in der Gegend und den Studenten an der Hochschule schlechte Gedanken eingeben? Doch Rektor Merriweather hatte das nicht verstanden. Als Rektor einer Hochschule war es auch nicht seine Angelegenheit, mehr als administrative Arbeit und das Aufbringen von Geldern zu verstehen. Rektor Merriweather erwartete eine Menge Reklame von dem Plan, und ohne Reklame konnte man weder eine Hochschule leiten noch die Mittel erhalten, um das Gehalt eines Rektors und die Professorengehälter zu zahlen.

»Als Schlußprüfung«, erläuterte Professor Wainwright ohne besondere Begeisterung, »wird also die Absolventenklasse unserer landwirtschaftlichen Hochschule die ärmste Farm im Bezirk in eine Musterfarm verwandeln. Die Regeln sehen vor, daß diese Arbeit innerhalb eines Tages, von Sonnenaufgang bis Sonnenuntergang, beendet sein muß.« Er legte eine Pause ein und blickte auf die Witwe Carter und auf die trostlose Landschaft, die sie umgab. »Die Studenten werden sämtliche modernen Farmgeräte und Farmmaschinen benutzen, die in Amerika hergestellt werden. Sie werden das Land bewässern. Sie werden sogar auch die Struktur Ihres Bodens verändern, Mrs. Carter. Sie werden die Stallungen, Scheunen, Schuppen, die für eine Musterfarm von der Größe Ihres Besitztums gebraucht werden, reparieren und, wo nötig, neu errichten. Sie werden eine elektrische Leitung, die an das Netz der Virginia Power Company angeschlossen ist, zu Ihrer Farm legen. Sie werden eine Straße bauen, die von der Bezirksstraße abzweigt und bis zu Ihrer Haustür führt... Hören Sie mir eigentlich zu?«

Die Witwe nickte.

»Kurz und gut, Mrs. Carter, am Morgen dieses Prüfungstages werden Sie als die arme Frau aufwachen, die Sie leider Ihr Leben lang gewesen sind; aber am Abend werden Sie zu Bett gehen als die wohlhabende Besitzerin einer Farm, die man mit Recht als den Stolz des ganzen Staates Virginia wird bezeichnen können.«

Die Witwe antwortete immer noch nicht. Aber auf ihrem Gesicht, dessen durchfurchte Züge für gewöhnlich so starr lagen wie die Oberfläche eines toten Planeten, hatte es zu arbeiten begonnen. Redensarten wie *wohlhabende Besitzerin* und *Stolz des Staates* bedeuteten ihr nichts; aber sie konnte sich das Gefühl der reichen, schwarzen, fetten Erde zwischen ihren Fingerspitzen vorstellen, und sie konnte sich das von Weiße glänzende Haus mit den funkelnden Fenstern ausmalen und die fest gebauten Ställe und Scheunen und die Kupferdrähte, die von einem geraden, hohen Mast zum andern liefen, und die elektrische Wasserpumpe und den Silo, so vollgestopft mit Futtermitteln, daß er schier bersten wollte. Und sie konnte ihren Küchentisch sehen, reich gedeckt mit flachen Weizenkuchen und gelber Butter und Marmeladen und gutem Weißbrot und Kaffee und Sahne und Speck und Eiern, und Kleider für sich und die Kinder und ein Auto, in dem man einmal die Woche nach Richmond fahren konnte, um dort einzukaufen und ins Kino zu gehen.

Sie schlug ihre Hände vors Gesicht. Ihre Schultern fingen an zu zucken, und etwas tropfte zwischen ihren Fingern hindurch und befeuchtete ihre dunklen, ausgetrockneten, aufgesprungenen Handrücken.

»Aber, aber, Mrs. Carter!« sagte Professor Wainwright. Als Gentleman aus den Südstaaten rührten ihn die Tränen einer weißen Frau, selbst einer weißen Frau aus den ärmeren Schichten der Bevölkerung.

Die Tränen versiegten bald genug. Das Gesicht der Witwe hob sich von ihren Händen, und fast etwas wie ein Grinsen stand darauf. Das Leben hatte sie gelehrt, daß der Mensch kein so großes Glück haben kann; und selbst wenn so ein Glück möglich sein sollte, konnte es ihr nicht zukommen; und irgendwo war ein Haken dabei.

Als ob er ihren Verdacht bestätigen wollte, sagte Professor Wainwright: »Wir stellen allerdings eine Bedingung.«

Demütig senkte sie den Kopf. Tief in ihrem Innern lachte sie über sich selber und darüber, daß sie auch nur eine Sekunde lang gehofft und es sich gestattet hatte, von dem fetten Boden und dem fetten Essen und der fetten Farm zu träumen.

»Ein Ausschuß von Sachverständigen«, sagte der Professor, »wird den Wert Ihrer Farm vor Sonnenaufgang schätzen und ebenso nach Sonnenuntergang. Ich kann nicht genau sagen, welche

Summen der Ausschuß im einzelnen festlegen wird, aber zweifelsohne wird sich der Wert Ihres Eigentums innerhalb dieses einen Tages beträchtlich vermehrt haben. Sie können nicht erwarten, daß die Hochschule Ihnen die Arbeitskraft und das fachmännische Können unserer Studenten gratis zur Verfügung stellt – ganz abgesehen von den Kosten der Benutzung unserer Maschinen –, wenn Sie nach Sonnenuntergang Ihren Besitz in bar umsetzen. Und damit die Versuchung eines schnellen, spekulativen Gewinns dieser Art gar nicht erst auftaucht, verlangt die Hochschule von Ihnen die Unterzeichnung eines gesetzlich bindenden Versprechens, daß weder Sie noch Ihre Erben in den nächsten zehn Jahren Ihre Farm verkaufen werden. Sollten Sie oder Ihre Erben sich dennoch zum Verkauf entschließen, so fällt der von den Sachverständigen geschätzte Mehrwert an die Hochschule zurück.«

Er wartete. Die Witwe blickte auf ihre Knie, und er war sich der stumpfen mausgrauen Farbe ihres Haares, das sie hinten in einem kleinen Knoten zusammengebunden trug, unangenehm bewußt.

»Aber wer würde denn so eine schöne Farm verkaufen wollen?« fragte sie endlich. »Sind Sie ganz sicher, daß das alles ist, was von mir verlangt wird?«

»Das ist alles«, sagte er, nahm ein Papier aus seiner Tasche und bot ihr seinen Füllfederhalter an.

Hätte die Witwe das große Los bei den Irischen Sweepstakes gewonnen, die Neuigkeit hätte sich nicht schneller verbreiten können. Die nächsten Nachbarn waren die ersten, die kamen und sich auf ihrer Veranda versammelten, in der Hauptsache, um die Ungerechtigkeit zu bejammern, die darin lag, daß die Hochschule der Carter-Farm gegenüber ihren eigenen, noch viel elenderen Farmen den Vorzug gegeben hatte. Nachdem sie der Witwe die Hand geschüttelt hatten, beschwerten sich einige ganz offen, daß sie betrogen worden seien, und sie erkundigten sich, wie es die Witwe eigentlich fertiggebracht hatte, daß ausgerechnet ihre Farm ausgesucht wurde. Andere waren etwas taktvoller und sagten nur voraus, es würde überhaupt nichts mehr auf ihrem Lande wachsen, nachdem diese Schuljungen ihr Picknick darauf gehabt hätten.

Die Witwe hörte sich das an und sagte nicht viel dazu. Aber je gelber der Neid die Gesichter ihrer Nachbarn färbte, desto mehr begann sie an die Möglichkeit zu glauben, daß ihr Schicksal sich doch ändern könnte. Und je mehr sich dieser Glaube vertiefte, desto schweigsamer wurde sie. Nur in der Nacht, wenn alle Nachbarn fort waren, schloß sie sich in der Küche ein und begann einen verrückten Tanz. Sie hob den Rock hoch und stampfte mit den Füßen und wiegte sich zwischen dem Herd und dem schäbigen Küchenschrank hin und her, und mitunter brach sie in ein schrilles Lachen aus. Die Kinder waren durch dieses Treiben verstört; und da die Witwe den ungebetenen Gästen Kaffee und Maisbrot anbieten mußte, war für die Kinder nicht viel übriggeblieben, und sie weinten vor Hunger und Angst.

Dann, als der große Tag sich näherte, kamen die Neugierigen von weiter weg. Sie kamen in alten Autos oder auf ausgeleierten Lastkraftwagen oder zu Fuß, sie besetzten das Land der Witwe und lagerten sich darauf und verwendeten den Rest ihrer Zäune und alle Zäune in der Umgebung als Feuerholz, sie warfen die Scherben von Whiskyflaschen auf die Felder, lärmten und rauften sich und benahmen sich allgemein, als ob eine öffentliche Lynch-Hinrichtung auf dem Programm stünde und nicht ein neues Experiment auf dem Gebiete der amerikanischen Landwirtschaft.

Und die Reporter kamen, um ihre Fragen zu stellen, und die Pressephotographen kamen, um Bilder von ihr und den Kindern und dem Haus und den Leuten, die die Farm belagerten, zu knipsen. Es war sogar ein Gerücht in Umlauf, daß eine Gruppe von Filmoperateuren eintreffen würde, um Wochenschauaufnahmen von der Carter-Farm, vor und nach der Umgestaltung, zu machen. Diese Wochenschau würde in allen Kinos des Landes vom Atlantik bis zum Pazifik gezeigt werden.

Der Witwe fehlte die Gabe, leicht zitierbare Aussprüche von sich zu geben. Außerdem hatte sie keinen Kaffee und kein Maismehl mehr und schon gar nicht den illegal gebrannten, *Moonshine* genannten Schnaps, der das Wenigste war, was die Reporter für ihre Mühe erwarteten. Die Reporter waren sich daher darüber einig, daß sie kein gutes Sujet für Zeitungsartikel abgab. Dagegen machte es den Photographen einen höllischen Spaß, auf der Carter-Farm zu arbeiten. Unter gewöhnlichen Umständen war es ihnen verboten, die Armut zu photographieren; hier aber handelte es sich um einen Fall, wo die Armut sich in plötzlichen Reichtum verwandelte, und da durften sie eine Ausnahme machen, und sie stellten herrliche Bilder her von den verdorrten Pflanzen und den verdorrten Menschen in dem schönen alten Staate Virginia.

In der letzten Nacht vor dem Generalangriff kamen die Maschinen – Traktoren und Bulldozers und mechanische Schaufeln und Exkavatoren und Riesenpflüge und Maschinen, deren Namen die Witwe nicht einmal kannte. Die Maschinen waren wunderbar grün und rot angestrichen, und die Stahlteile erglänzten silbern und blau und golden im Mondlicht. Und auf den Maschinen saßen starke, junge Menschen mit gelenkigen, schlanken Gliedern und weißen Zähnen und lachenden Augen und sonnverbrannten Gesichtern. Sie hatte noch nie derartige junge Menschen gesehen; es war ihr, als wären sie aus einer anderen Welt gekommen. Und als diese jungen Menschen die Witwe sahen und hörten, daß sie die Frau sei, deren Farm sie von Grund aus verändern sollten, betrachteten sie sie näher, ihren dünnen, gebeugten Rücken und ihre Hände, die wie Wurzeln waren, und einen Augenblick lang waren sie sehr still. Dann fragten sie, was für Geräte sie besäße, und sie zeigte ihnen ihre Geräte, und die jungen Menschen schüttelten den Kopf. Dann fragten sie, was für Tiere sie hätte, und sie zeigte ihnen ihre Tiere, und die jungen Menschen verzichteten darauf, den Kopf zu schütteln. Professor Wainwright, der die Studenten begleitete, sah den Ausdruck auf ihren Gesichtern, und der Ausdruck gefiel ihm gar nicht, und er war mehr denn je davon überzeugt, daß Rektor Merriweather einen katastrophalen Irrtum begangen hatte. Aber jetzt war es zu spät. Er konnte die Witwe nur beiseite nehmen und es ihr untersagen, noch weiter mit seinen Schützlingen zu sprechen.

In dieser Nacht fand die Witwe Carter keinen Schlaf. Sie saß auf ihrer Veranda und blickte auf die Lagerfeuer, die ihr Haus umringten und Funken himmelwärts sandten und die stillen Wolken röteten. Gegen den Schein hoben sich die stummen Maschinen wie die Silhouetten vorsintflutlicher Tiere ab. Von irgendwoher ertönte

Gesang, und ein Mädchen lachte, und ein Betrunkener heulte seine Flüche. Nach der Erregung der letzten Tage hatte ihr Herz sich beruhigt; sie konnte wieder denken; und sie lächelte ein bißchen über die vielen Leute, die gekommen waren, um bei der großen Schau dabei zu sein, um dabei zu sein, wie einige hundertfünfzig starke junge Menschen ein Stück erschöpften Bodens und das Leben einer Frau und ihrer vier Kinder veränderten.

Es war sonderbar – sie wußte, daß sie sich eigentlich auf das neue Leben auf der neuen Farm freuen sollte, und sie versuchte sehr, ihre Gedanken auf die neuen Perspektiven auszurichten; aber sie war nicht imstande, mehr als ein paar kurze, nebelhafte Eindrücke zu sehen – nichts Klares, nichts Zusammenhängendes. Die Vergangenheit mit ihrer ewig sich wiederholenden, nutzlosen, ermüdenden Werkelei und mit all dem Häßlichen, dessen sich der Mensch gar nicht erinnern wollte, machte sich in ihrem Hirn breit. Edwin Philbrook Carter, seine scharfen Züge und seine verkniffenen Augen – wie er kam und um sie warb. Er hatte sich dabei keine Verzierung abgebrochen; es mußte alles schnell gehen; seine erste Frau war gerade gestorben, und es war Erntezeit, und er brauchte eine Hilfe auf der Farm. Aber sie war ihm doch gefolgt, denn in ihrer Familie sagten sie, es sei höchste Zeit, daß sie unter die Haube käme, und schlimmer als zu Hause konnte es bei ihm auch nicht sein. Es war aber schlimmer. Sie lernte, ihn zu fürchten. Seine Arme waren wie Peitschen, und sein Körper war spinnenhaft, und er hatte einen Geruch wie das Grab. Den ersten Herbst arbeiteten sie zusammen, nachher aber zwang er ihr mehr und mehr von der Arbeit auf, und als dann die Kinder kamen und ihr Bauch sich nach vorn schob wie eine Melone und sie nicht mehr hacken und mähen und sich bücken konnte, schrie er sie an, daß sie faul sei und zu nichts gut, und was sie sich einbildete! Er bildete sich was auf sich ein – er war ja ein Carter. *Senator könnte ich sein, oder Gouverneur!* Das sagte er, obwohl er kein ganzes Hemd auf dem Rücken hatte, und er stolzierte herum wie ein Kampfhahn, und nachts ging er aus, und wenn er zurückkam, war er betrunken und schwitzte und redete vor sich hin, wie man die Nigger erledigen würde. Eines Nachts brachten sie ihn nach Hause; er hatte eine Kugel in der Brust stecken und rosa Schaum vor den Lippen. Später erfuhr sie, was sich ereignet hatte. Sie waren auf der Jagd gewesen, er und eine ganze Bande von Leuten wie er. Den Mann, den sie jagten, hatten sie nicht gekriegt, aber sie hatten gedacht, sie hätten ihn, und hatten wild drauflos gefeuert, und so hatte Edwin Philbrook Carter, der ein Senator oder ein Gouverneur hätte sein können, das Seinige abbekommen. Er wehrte sich lange. Er hustete und fluchte und hustete, und obwohl er gegen sein Kissen gelehnt lag, war er so gemein und so bösartig wie immer, und gerade, als er ihr wieder einmal sagte, was für ein faules und zu nichts gutes Weibsstück sie war, kam der Tod.

Der Schein der Feuer verblaßte. Ein kühler Wind machte sich bemerkbar. Sie ging ins Haus, um nach den Kindern zu sehen. Sie schliefen aneinander gekuschelt, der Wärme wegen. Sie deckte sie zu. Dann kehrte sie zurück auf die Veranda und sah das erste schwache Grau im Osten silbrig werden und schließlich einen rosigen Schimmer annehmen.

Das Land der Witwe war mit Seilen abgesperrt worden. Hinter den Seilen standen die Leute wie hinter der Abzäunung auf einer Rennbahn. Aus der Stadt waren Massen von Straßenverkäufern gekommen, die Zigaretten und geröstete Maiskörner und Eis und warme Würstchen und Coca Cola und klebrige Süßigkeiten anboten. Der bodenständige Handel war durch zerlumpte Typen vertreten, die illegalen Maisschnaps zu verteuerten Preisen verschacherten. Kleine Negerjungen, die sich geschickt zwischen den Beinen der Leute durchschlängelten, machten ein gutes Geschäft mit Stiefelputzen. Der Besitzer eines ordinären Spielsalons in Richmond hatte ein fliegendes Büro eröffnet, wo Wetten auf die Summe, die die Farm der Witwe am Abend wert sein würde, entgegengenommen wurden. Grau uniformierte Staatspolizisten und örtliche Sheriffs in verschwitzten Hemden gingen auf und ab und hielten Ordnung und kassierten ihren Prozentsatz an jeder geschäftlichen Transaktion ein.

Unter dem einzigen Baum der Farm, einer verkrüppelten Fichte, war ein Podium für die Prüfungskommission, den Sachverständigenausschuß, die Honoratioren und die Politiker errichtet worden.

Das Podium war mit rot-weiß-blauen Tüchern dekoriert, und unten standen die Bänke für das Blasorchester der American Legion. Vorn in der Mitte des Podiums saßen Rektor Merriweather, Professor Wainwright und Abgeordneter Pinckney vom fünften Kongreß-Wahldistrikt des Staates Virginia.

Pinckney hatte bereits ein paar tausend Hände geschüttelt und war müde und mürrisch und gelangweilt. »Großartige Sache, das«, sagte er. »Großartige Sache, Mr. Merriweather.«

»Großartige Sache«, bestätigte der Rektor der Hochschule. »Ich möchte nur wissen, wo die Filmleute bleiben. Die sollten schon längst hier sein. Ich wollte auch Fernsehaufnahmen machen lassen, aber die Herren vom Studio sagten mir, daß sie das *Sudsies*-Seifenflocken-Programm leider nicht verlegen könnten.«

»Ich hab schon mal bei einem Fernsehprogramm mitgemacht«, sagte Pinckney. »Großartige Sache. Die großartigste Sache des Jahrhunderts, neben der Atombombe. Das zeigt Ihnen eben, was unsere freie Wirtschaft und unsere amerikanische Technik fertigbringen.« Er wandte sein Gesicht dem Rektor zu und erwartete Zustimmung.

»Absolut richtig«, sagte der Rektor. »Freie Wirtschaft und amerikanische Technik.«

»Das Dumme ist nur«, sagte Professor Wainwright, »daß die Leute es nicht zu schätzen wissen. Die Leute kriegen immer schlechte Gedanken. Zum Beispiel die Sache, die wir hier durchführen – was, glauben Sie, denken die Leute darüber?«

»Ach, ich weiß nicht«, sagte Pinckney. »Ich weiß auch nicht, ob das so sehr wichtig ist.«

Der Rektor nahm seinen Strohhut ab und hing ihn sich übers Knie. Es gefiel ihm nicht, daß Professor Wainwright diese Fragen berührte, besonders nicht in Gegenwart des Abgeordneten Pinckney, der großen Einfluß auf die Geldquellen der Hochschulen im Staate Virginia hatte. »Mrs. Carter!« rief er mit plötzlicher Entschlossenheit. »Mrs. Carter, wollen Sie sich nicht zu uns setzen?«

Die Witwe hatte sich bescheiden im rückwärtigen Teil des Podiums aufgehalten, wo auch ihre Kinder saßen, wie Spatzen auf einem Telefondraht. Sie kam schüchtern nach vorn. Der Kongreßabgeordnete schüttelte ihr die Hand, obgleich er es schon zweimal vorher getan hatte.

»Na, was halten Sie davon?« sagte Rektor Merriweather. Sein Strohhut beschrieb einen großen Bogen über das Land, das vor ihnen lag, und über die Maschinen, die über das Land krochen. »Großartige Sache, nicht wahr?«

Die Hände der Witwe klammerten sich an das Geländer des Podiums. Auf dem Weiß des frischen Holzes sahen sie wie zwei Klumpen sonngedörrtes Moos aus.

»Na, Mrs. Carter?« ermutigte sie der Rektor.

Die Witwe schaute über ihr Land. Den ganzen Morgen lang hatte sie versucht, einen Sinn in den Bewegungen der Maschinen und der jungen Menschen, die sie bedienten, zu finden. Aber es war ihr alles wie das Gekribbel von Ameisen vorgekommen, von denen die einen hierhin, die anderen dorthin rannten, ohne Richtung und Zweck; und sie hatte zu viel Angst gehabt, um zu fragen. Aber jetzt, als das ganze Bild vor ihr lag, begannen die neuen Formen sich plötzlich herauszuschälen. Sie sah, daß Terrassen gewachsen waren, wo sich vorher Abhänge befunden hatten; da waren Bewässerungsgräben, durch die das lebenspendende Wasser fließen würde; und dort rechts, fast an der Grenze ihres Landes, war ein Reservoir entstanden, und ein Damm mit einer Schleuse war aufgeworfen worden. Das Durcheinander der Maschinen verwirrte sie nicht mehr; die Maschinen bewegten sich in Gruppen und nach vorgefaßtem Plan, wobei eine die andere unterstützte, die Bulldozer die Traktoren und diese wieder die Pflüge und mechanischen Schaufeln, und alle zusammen hackten sie sich in das Alte hinein und hinterließen in ihrem Kielwasser das neue Land, noch frisch und dampfend. Sie sah, wie der Boden den Kunstdünger aufnahm, sie sah das lebendige Braun der tiefen, geraden Furchen, sie sah die Eggen den Grund wie mit Hunderten zarter Finger glattstreicheln. Aber mehr noch als die Maschinen und Geräte waren die Menschen, diese starken, jungen Menschen, bei ihrer Arbeit, Seite an Seite, ohne eine überflüssige Bewegung, eine Hand der andern helfend, Kolonne neben Kolonne, jede völlig klar über ihre Aufgabe und alle zusammen das Ganze errichtend – die Straße, die Stallungen, die Masten der elektrischen Leitung – mein Gott, sie fingen sogar an, ihre Veranda zu reparieren und ihrem Haus einen neuen weißen Anstrich zu geben!

Sie schloß ihre Augen, als wären sie geblendet. Sie hatte so lange allein arbeiten müssen, und der Boden hatte sich ihr verschlossen, weil sie allein arbeitete. Aber unter den Händen der vielen, unter den Händen, die miteinander zusammenarbeiteten, wurde dieses verfluchte Land fügsam und öffnete sich und war wie eine Braut, die sich bereitet, ihren Geliebten zu empfangen.

»Na also?« sagte der Rektor.

»Es ist wie ein Wunder«, sagte sie. »Ein Wunder.«

Rektor Merriweather wandte sich dem Professor zu. »Sehen Sie?« sagte er.

Die Sonne ging in einem purpurnen Flammenmeer unter.

Die Maschinen waren auf einer Seite geparkt worden. Die Studenten, müde nach der Arbeit dieses Tages, aber doch glücklich, saßen vor dem Podium auf der Erde, und hinter ihnen stand die Menge. Das Orchester der Legion blies »Way down the Swanee River« und »Dixie«. Vor dem Rednerpult waren mehrere Mikrofone in Stellung gebracht worden, und jedes der Mikrofone trug die Initialen der Radiostation oder des Radionetzes, das dieses Programm übertrug. Die großen Scheinwerfer leuchteten auf, und die Filmkameras wurden zur Aufnahme fertig gemacht.

Rektor Merriweather setzte sich in Pose. Er wußte, daß er einen markanten Kopf hatte; alle Photographen, die ihn je photographiert hatten, hatten ihm das bestätigt. Er hob seinen Kopf und drehte ihn von einer Seite zur andern, damit auch jede gute Linie seines Gesichts gezeigt wurde.

Dann fing er seine Rede an. Er sprach von dem großen Experiment, das die Hochschule unternommen hatte, und wie das Experiment bewies, was seine Studenten gelernt hatten. Er sprach von den prominenten Gästen, die aus allen Teilen des großen Staates Virginia und sogar von außerhalb der Grenzen gekommen waren, um diesem Schlußexamen der Absolventenklasse beizuwohnen. Er gab die Namen der Ehrengäste bekannt und dankte diesen. Und dann arbeitete er sich auf den ersten Höhepunkt seiner Rede zu, dessen Wichtigkeit er nur zu gut kannte, da sie sich in Zahlen ausdrücken ließ und jedermann die Bedeutung von Zahlen verstehen und schätzen konnte.

»Heute früh«, verkündete er, »wurde diese Farm samt allem Inventar von unserm unparteiischen Sachverständigenausschuß auf eintausendsiebenhundertfünfzig Dollar geschätzt. Heute abend«, um der dramatischen Wirkung willen zog er umständlich einen Zettel zu Rate, »heute abend, meine Damen und Herren, ist sie nicht mehr und nicht weniger als vierundzwanzigtausend Dollar wert!«

Ein kollektives »Ah!« der Überraschung kam aus den hinteren Reihen der Menge, wo die Armen standen. Von der Prüfungskommission, den Sachverständigen, den Honoratioren und Politikern auf dem Podium kam enthusiastisches Beifallklatschen. Der Rektor erhob seine verschränkten Fäuste und winkte mit ihnen wie ein Boxweltmeister nach dem Siege.

Dann nickte er der Witwe zu. Sie stand auf und stellte sich neben ihn, wie verabredet. Er bat um Ruhe. »Und nun, Mrs. Carter, wie wäre es, wenn Sie ein paar Worte an unsere Studenten und unsere Gäste und an all diese guten Leute hier und an unsre Rundfunkhörer richteten?«

Alles war mit der Witwe durchgeprobt worden. Rektor Merriweather hatte sie gründlich vorbereitet. Er wußte, wieviel jedes ihrer Worte ihm in Dollars und Cents einbringen konnte.

Aber sie war nicht imstande zu sprechen. Ihre Kehle bewegte sich krampfhaft, ihre Hände hingen ihr steif an der Seite, und in dem grellen Licht der Scheinwerfer sah ihr mausgraues Haar wie eine abgetragene Badekappe aus.

»Mrs. Carter!« ermahnte er sie in seinem väterlichsten Ton.

»Dank«, brachte sie heraus, und noch einmal, tonlos und völlig unbrauchbar für die Rundfunkhörer und für die reichen Herren in der Stadt, die das Geld für die Hochschule beisteuern sollten: »Dank...«

Rektor Merriweather quetschte sich ein gemütliches Lachen ab, wie es die Rundfunkansager benutzen, wenn sie stecken geblieben sind. »Na also, Mrs. Carter«, sagte er. »Und morgen?« Das Wort *morgen* sollte sie auf den vorbesprochenen Text zurücksteuern. »Was werden Sie also morgen tun, Mrs. Carter?«

»Morgen?« fragte sie.

Es war noch hell genug, um die Dinge auch außerhalb des grellen Kegels erkennen zu können, den die Scheinwerfer aus dem Abend heraushackten. Sie erkannte die Köpfe der Menschen da unten und hinter ihnen den mustergültigen Boden ihrer Musterfarm, die nicht mehr und nicht weniger als vierundzwanzigtausend Dollar wert war. Und dann erkannte sie plötzlich, daß morgen das Wunder vorbei sein würde. Morgen würden die Maschinen abgezogen sein, ebenso wie die starken jungen Menschen, die nebeneinander gearbeitet und so genau gewußt hatten, was zu tun war. Morgen würde sie wieder allein sein mit ihrem Knochensack von kränklichem Maultier und ihrem alten Pflug, und sie würde nicht einmal Saatgut haben für das wartende Land. Morgen würde die Elektrizität abgeschaltet werden, weil sie nicht dafür zahlen konnte; das Wasser würde aufhören zu fließen; die Terrassen würden zerbröckeln; die leeren Ställe würden verfaulen; und der weiße Anstrich ihres Hauses würde anfangen abzublättern.

»Morgen?« Die Witwe lachte, ein kurzes, bitteres Lachen.

Das Publikum erstarrte.

Professor Wainwright sprang auf und zerrte sie vom Rednerpult weg. Im Vorbeigehen beugte er sich zu Pinckney hinab und flüsterte ihm zu: »So tun Sie doch was, um Gottes willen!«

Der Kongreßabgeordnete stand schon vor den Mikrofonen. »Werte Freunde!« sagte er. »Meine Damen und Herren! Sie haben soeben das unaussprechliche Glücksgefühl einer Frau miterlebt – ein Glücksgefühl, so überwältigend, daß sie einfach nicht fähig war, es auszudrücken. Hat es Ihre Herzen nicht zutiefst gerührt? Nur in unsern Vereinigten Staaten konnte es sich ereignen, daß eine Frau, die noch heute früh eintausendsiebenhundertundfünfzig Dollar wert war, jetzt, heute abend, volle vierundzwanzigtausend Dollar wert ist. Und was Sie hier sehen konnten, meine Damen und Herren – diese Maschinen, die das Land verändern, diese jungen Menschen, die aus einer der großen Bildungsstätten unseres Staates ins Leben treten, diese Frau, sprachlos vor Glück und Dankbarkeit – das ist eine großartige Sache! Das ist Amerika! Das ist unser amerikanisches System der freien Wirtschaft und der Privatinitiative! Was gäbe es auf dieser Welt, das sich damit vergleichen ließe?...« Er hielt inne.

Und der Applaus kam, wie zu erwarten war.

Die wahre Geschichte der großen Kartothek der Nationalsozialistischen Partei

Im Jahre 1945 marschierte die amerikanische Siebente Armee auf München und griff die Stadt an.

Angesichts dieser Situation fand in München eine Beratung statt, an der die führenden Parteigenossen, soweit sie noch anwesend waren, teilnahmen. Man beschloß, die üblichen Aufrufe an die Bevölkerung, den Volkssturm und die Wehrmachtseinheiten zu erlassen. Sie sollten bis zum letzten Mann und bis zur letzten Kugel durchhalten. Dies erledigt, besprachen die Beratungsteilnehmer, wie man sich am besten und schnellsten absetzen könne. Dabei erinnerte sich einer von ihnen einer fatalen Kleinigkeit.

»Was machen wir mit der Kartothek?« fragte er.

Das Durcheinander der Stimmen, die wie auf einer Auktion die Namen von Grenzpässen nach der Schweiz, von einsamen Alpentälern, spanischen Häfen und südamerikanischen Ländern ausriefen, hörte auf. Ein bedrücktes und peinliches Schweigen setzte ein.

»Die Kartothek?« sagte jemand. »Ach ja...«

Jeder wußte genau, welche Kartothek gemeint war. In München, der sogenannten Hauptstadt der Bewegung, befand sich die große Kartothek der Nationalsozialistischen Partei, ein Index von sieben Millionen Karten für die sieben Millionen Mitglieder der Partei im Inland und im Ausland, komplett in allen Einzelheiten. Auf jeder Karte waren persönliche Daten, Funktionen, Amtsstellungen, Auszeichnungen, Adressen, Verbindungen, besondere Bemerkungen eingetragen; und die Karten von Mitgliedern, denen die Gestapo nicht ganz traute, waren rot umrandet. Es war eine erstklassige und sehr nützliche Kartothek, ein wahres Wunderwerk deutscher Gründlichkeit. Nur zu diesem Zeitpunkt war sie eine Katastrophe.

»Also was machen wir damit?« fragte der Mann, der zuerst daran gedacht hatte.

Alle Anwesenden konnten sich denken, was folgen würde, fiele die Kartothek in Feindeshand. Denn wenn es die Absicht der Amerikaner, Engländer, Franzosen und Russen war, Deutschland von Nationalsozialisten zu säubern, so brauchten sie nur den in der Kartothek Geführten in alphabetischer Reihenfolge ihren Besuch abzustatten.

»Verbrennen!« entschied der Gauleiter, der den Vorsitz führte. »Einfach in den Heizkessel werfen, und weg damit!«

Er stand auf, um sich zu entfernen. Er hatte es eilig, die Hauptstadt der Bewegung zu verlassen.

Aber der Mann, der die Frage aufgeworfen hatte, war nicht zufriedengestellt. »Verbrennen geht nicht«, sagte er.

»Warum nicht?«

»Haben Sie schon einmal versucht, so eng zusammengepackte Karten zu verbrennen! An den Ecken versengen sie vielleicht etwas, aber sie verbrennen nicht.«

»Dann soll man sie auseinandernehmen!«

»Sieben Millionen Karten?« fragte der Mann, der zuerst an die Kartothek gedacht hatte. Er spürte, wie die anderen ihn haßten, denn sie wollten ja weg, und er hielt sie auf. Aber sie konnten nichts gegen ihn sagen, weil keiner von ihnen vor der ganzen Versammlung zuzugeben wagte, daß er willens war, sieben Millionen Mitglieder seiner Partei dem Gegner auszuliefern.

So sprach er weiter: »Sie sagen, man soll die Karten auseinandernehmen und einzeln verbrennen. Haben Sie eine Ahnung, wie lange so was dauern würde? Wie lange, glauben Sie denn, können wir München noch halten?«

Die Teilnehmer der Beratung rutschten auf ihren Stühlen herum und warteten darauf, daß jemand mit einem vernünftigen Einfall käme. Schließlich stand ein kleiner Mann auf, der bisher überhaupt noch nichts gesagt hatte, weil er nämlich sehr klug war und seine Absetzbewegung schon zu einer Zeit organisiert hatte, als die anderen noch von Igelstellungen bei Witebsk und Minsk redeten. »Warum lassen wir's nicht einstampfen?« schlug er vor.

»Einstampfen, natürlich!« sagte der Gauleiter und nahm an, daß die Frage damit erledigt sei.

»Aber wo?« sagte der Mann, der das ganze Problem vorgebracht hatte. Er war starrköpfig.

»In einer Papierfabrik, Sie Dummkopf!«

»Daß man Papier in einer Papierfabrik einstampft, weiß ich. Aber kennen Sie vielleicht eine Papierfabrik, die sich noch in unseren Händen befindet?«

»Ein Münchner Adreßbuch!« befahl der Gauleiter. »Und Beeilung!«

Das Buch wurde gebracht. So viele schwitzende Gesichter gleichzeitig hatten sich kaum je über ein einziges Adreßbuch gebeugt. Man fand auch die Namen und Adressen verschiedener Papierfabriken in den Vorstädten von München. Sobald man jedoch die Adressen mit den Eintragungen auf der Lagekarte an der Wand verglich, mußte man feststellen, daß die betreffenden Straßenzüge entweder vom Feinde bereits genommen waren oder aber im Begriff standen, von ihm genommen zu werden.

Zu guter Letzt wurde doch eine kleine Papierfabrik entdeckt, die sich in einer noch relativ sicheren Stadtgegend befand. Sie gehörte einem gewissen Bachleitner.

Herr Bachleitner war sehr überrascht, als ein großer Lastkraftwagen und zwei Anhänger, die hoch mit sauber geschichteten Bündeln von Kartothekkarten beladen waren, in den Hof seiner Papierfabrik einfuhren. Lastkraftwagen wie auch Anhänger waren von schwerbewaffneten Uniformierten bewacht.

Der Kommandeur der Eskorte sprang aus dem Führersitz des Lastkraftwagens. »Herr Bachleitner?« fragte er und murmelte ein hastiges: »Heil Hitler!«

Bachleitner nickte.

»Also«, sagte der Kommandeur, »lassen Sie das Zeug da abladen und gleich einstampfen.«

Bachleitner blickte auf den Lastkraftwagen und die Anhänger

und auf die Ladung, und er blickte auf die Wachmannschaft, und dann sagte er: »Können Sie mir vielleicht erklären, was das bedeuten soll?«

Der Kommandeur der Eskorte hatte seine eigenen Pläne, die er in die Tat umsetzen wollte, sobald dieser Auftrag erledigt war. Diese Pläne bezogen sich auf einen Zivilanzug, den er hinten in einem ausgebombten Haarschneidesalon versteckt hatte. Je eher er an diesen Zivilanzug herankam, desto wohler würde ihm sein. Er sagte daher brutal: »Das geht Sie einen Dreck an! Machen Sie, was Ihnen befohlen ist, und los!« Zugleich legte er seine Hand auf die Tasche an seinem Gurt.

»Ich möchte Ihnen schon aushelfen!« sagte Bachleitner rasch. »Aber um etwas einzustampfen, muß ich die Maschinen anlaufen lassen, und um die Maschinen anlaufen zu lassen, brauche ich Elektrizität. Und Elektrizität gibt es keine.«

»Keine Elektrizität?« sagte der Kommandeur. Lautlos verfluchte er die idiotischen Bonzen, die ihre Befehle erteilten, ohne daran zu denken, daß es keine Elektrizität gab. Schließlich konnte er den Lastkraftwagen und die Anhänger nicht wieder mit zurücknehmen. Aber hier im Hofe konnte er sie auch nicht stehen lassen. Und je länger er selber hier herumstand und sich auf die Lippen biß, desto später würde er zu seinem Zivilanzug hinten in dem ausgebombten Haarschneidesalon gelangen. »Hören Sie mal zu, Herr Bachleitner!« sagte er und versuchte dabei, dem Klang seiner Stimme die unter diesen Umständen größtmögliche Autorität zu verleihen. »Ich vertraue Ihnen eine Aufgabe von allergrößter Wichtigkeit für Führer und Vaterland an.«

Bachleitner nickte.

»Was Sie da auf diesem Lastwagen und den Anhängern sehen – das ist die große Kartothek der NSDAP.«

Bachleitner nickte.

»Wir werden sie jetzt abladen und dort drüben in Ihrem Schuppen verstauen. Sie werden die Kartothek verbergen, bis die Elektrizität wieder funktioniert. Dann werden Sie sie einstampfen lassen, so daß auch nicht eine Karte übrigbleibt.«

Bachleitner nickte.

»Schwören Sie bei Ihrer Ehre als Nationalsozialist!«

Bachleitner richtete sich, soweit sein Bauch es zuließ, stramm auf. Er hatte ein Paar blauer Augen, die durch ihren treuherzigen Ausdruck entwaffnend wirkten, und einen Kropf.

»Sie schwören es?«

Bachleitner nickte.

Die Tatsache, daß der Kommandeur der Eskorte Bachleitner bei seiner Ehre als Nationalsozialist schwören ließ, zeigt, daß es zu jener Zeit in Deutschland mehrere verschiedene Arten von Ehre gab.

Es gab da eine Ehre als Nationalsozialist oder als Wehrmachtsoffizier oder als Korpsstudent oder als Jurist oder als Arzt, und wenn man die Arbeiter besonders übers Ohr hauen wollte, packte man sie bei ihrer Ehre als Arbeiter. Diese verschiedenen Ehren hatten unterschiedlichen Wert, und manchmal kamen sie miteinander in Konflikt.

In diesem Falle deckte die Ehre, bei der Bachleitner geschworen hatte, sich nicht mit seiner Ehre als Bayer. Als Bayer haßte er die Preußen. Die Preußen, die seine Heimat in den letzten Kriegsmonaten besetzt hatten, waren meistens reiche Nazis. Wie die Heuschrecken waren sie mit ihren Familien über Bayern hergefallen, da die entlegenen, aber romantischen Gebirgsdörfer ausgezeichneten Schutz vor den Unannehmlichkeiten des Krieges boten. Halb Feriengäste und halb Flüchtlinge, hatten sie sich in den hübschesten Alpenhäuschen eingenistet und fraßen den Bauern die Butter und den Käse weg. Sie maskierten sich und ihre Söhne mit kurzen Lederhosen und ihre Frauen und Töchter mit Dirndlkleidern; aber sie konnten weder ihre steife Haltung noch ihre preußischen Stimmen verkleiden. Es war eine Lage, die jedem Bayern gegen die Ehre gehen mußte, und was Bachleitner betraf, so wartete er nur auf die Gelegenheit zur Revanche.

Und jetzt hatte er sie, buchstäblich in seinem eigenen Hinterhof. In der großen Parteikartothek, unter den alten Säcken und Lumpen in seinem Schuppen hinter seiner Fabrik, gab es eine Karte für jeden der ungebetenen Gäste.

Bachleitner zählte die Stunden und Tage. Mit jeder Stunde rückte der Lärm der Artillerie näher, mit jedem Tag verminderten sich die Kräfte der Verteidiger.

Dann sah er durch ein Fensterchen im Keller die ersten Amerikaner, wie sie die Häuserwände in seiner Straße entlangkrochen. Bachleitner zog sich seinen Sonntagsanzug an und kam aus seinem Haus heraus. Die Kugeln pfiffen noch immer durch die Luft, und die Granaten heulten, aber er schritt tapfer voran, bis er ein paar Jeeps vor einem Gebäude stehen sah, das die Granatsplitter mit Pockennarben übersät hatten. Er folgerte, daß dies eine Art amerikanisches Hauptquartier sein mußte.

Von der Wichtigkeit seiner Aufgabe eingenommen, ging er an dem Wachposten vorbei und trat ein. Er fragte nach dem Herrn Kommandanten und wurde von Sergeant zu Leutnant, von Leutnant zu Hauptmann geschickt, bis er zu einem Oberstleutnant kam. Der Oberstleutnant stand vor seinen Lagekarten und betrachtete stirnrunzelnd die Linien und die kleinen Vierecke, die darauf eingetragen waren.

Bachleitner wartete.

Offiziere und Unteroffiziere kamen herein und gingen wieder; die Feldtelefone klingelten; der Oberstleutnant nahm Berichte entgegen und gab Befehle aus.

Bachleitner hustete.

Der Oberstleutnant blickte auf.

»Ich habe die vollständige große Kartothek der Nationalsozialistischen Partei«, begann Bachleitner.

Der Oberstleutnant verzog das Gesicht. Er sprach nur Englisch. Ein Korporal erbot sich zu dolmetschen.

»Na?« sagte der Oberstleutnant ungeduldig.

»Der Mann hier behauptet, daß er die vollständige Kartothek der Nationalsozialistischen Partei hat«, sagte der Korporal zu dem Oberstleutnant.

Der Oberstleutnant schob seinen Helm nach hinten, blickte mit entzündeten Augen auf die steif dastehende, untersetzte Figur Bachleitners und fing an, laut zu fluchen. »Sagen Sie dem Kerl, daß ich hier Krieg führe!« schrie er schließlich. »Und wie ist er überhaupt hier hereingekommen? Sagen Sie dem wachhabenden Offizier, er soll den Wachposten am Tor ablösen und zum Gemeinen degradieren!«

»Der Wachposten am Tor ist ein Gemeiner, Herr Oberstleutnant«, sagte der Korporal.

Der Oberstleutnant wurde krebsrot. »Raus!« donnerte er Bachleitner an.

Bachleitner konnte verstehen, daß für den Oberstleutnant der Krieg wichtiger war als sieben Millionen Kartothekkarten im Schuppen einer Papierfabrik. Er wartete ein paar Tage, bis der Krieg in München zu Ende war. Dann zog er sich wieder seinen guten Anzug an und machte sich auf den Weg über die Trümmer zum Hauptquartier der Siebenten Armee.

Es war ein anstrengender Ausflug, nicht so sehr wegen der Trümmer als wegen der Schwierigkeiten, die er überwinden mußte, nachdem er ins Hauptquartier gekommen war. Er wurde von Pontius zu Pilatus geschoben; er mußte herumwarten, berichten, erklären, Fragebogen ausfüllen, Papiere unterschreiben, nur um dann gesagt zu bekommen, er müsse wieder in einen anderen Dienstraum zu wieder einem anderen Offizier gehen. Viele Menschen an Bachleitners Stelle würden die ganze Sache aufgegeben und die Kartothek eingestampft haben. Aber Bachleitner hielt durch. Bachleitner war ein Bayer.

Und seine Bemühungen sollten belohnt werden. Mit zerdrücktem Kragen und durchbeulten Hosenknien wurde er in ein Dienstzimmer am Ende eines langen Korridors gestoßen, an dessen Tür ein Schildchen mit den Worten *Counter-Intelligence* angebracht war. In dem Zimmer saß ein junger Sergeant mit zwei jungen Soldaten beim Poker. Erst als sie das Spiel beendet hatten, wandte sich der Sergeant um und sagte auf deutsch: »Na, Dicker, was möchten Sie denn?«

»Ich habe die vollständige große Kartothek der Nationalsozialistischen Partei«, sagte Bachleitner.

Der Sergeant und die zwei Soldaten seufzten. Sie hatten schon viele Angebote von vielen Deutschen erhalten, seit sie sich in München niedergelassen hatten. Sie hatten alle möglichen Dokumente und Aktenablagen durchgesehen. Sie hatten die pornographische Sammlung von Hitlers persönlichem Photographen, Herrn Hoffmann, geprüft, die nach Julius Streichers Kollektion die beste in ganz Deutschland war. Sie hatten die verschiedensten Sachen begutachten müssen, von versteckten Gemälden bis zu angeblichen Zeichnungen für neue Geheimwaffen.

»Also schön, Dicker«, sagte der Sergeant zu Bachleitner. »Gehen wir mal los und sehen uns Ihre Kartothek an!«

Sie stiegen in einen Jeep und fuhren zu dem Stadtteil von München, in dem sich die Bachleitnersche Papierfabrik befand. Bachleitner wurde in eine Hälfte des Rücksitzes geklemmt, und er mußte seinen Hut festhalten, wenn der Wagen um die Ecken kreischte, und er dachte dabei, daß es jetzt aber den Preußen wirklich an den Kragen gehen werde.

In dem Schuppen hinter seiner Fabrik enthüllte Bachleitner vor dem erstaunten Counter-Intelligence-Sergeanten und den anderen zwei Soldaten den riesigen Haufen sauber geschichteter Kartothekkarten. Es war Bachleitners großer Augenblick.

Bachleitner erwartete, daß die Amerikaner etwas sagen würden. Aber sie sagten nichts. Sie sahen einander nur an, und was in ihren Augen stand, das konnte er nicht entziffern.

Dies aber war es, was in ihren Augen stand und was die drei sofort erkannt hatten: Um Gottes willen! Sieben Millionen Kartothekkarten! Wenn wir die durcharbeiten müssen, kommen wir überhaupt nie aus der Armee heraus!

»Passen Sie gut auf, Dicker«, sagte der Sergeant, »wir werden uns zunächst dreitausend Karten mitnehmen – als Muster. Verstehen Sie?«

Bachleitner verstand durchaus. Aber er wollte auch wissen, was geschehen würde, nachdem sie die dreitausend Muster mitgenommen hatten, und wie lange die übrigen 6997000 Karten noch in seinem Lagerraum herumzuliegen hätten und was die Amerikaner nun gegen die Preußen zu unternehmen gedächten.

»Das sind militärische Geheimnisse«, sagte der Sergeant. »Oder wollen Sie uns Schwierigkeiten machen?«

»Nein«, sagte Bachleitner, Schwierigkeiten wollte er keine machen.

Bachleitner war ein außerordentlich geduldiger und ausdauernder Mensch. Das ist eine historische Tatsache und kann nicht abgestritten werden. Dennoch waren die Wochen und Monate, die er wartete, um wegen seiner Kartothek Bescheid zu bekommen, nicht leicht für ihn. Er würde vielleicht sein antipreußisches Projekt doch aufgegeben und die große Kartothek der Nationalsozialistischen Partei eingestampft haben, wenn nicht die dreitausend Karten gewesen wären, die der Sergeant und seine beiden Soldaten als Muster mitgenommen hatten. Nur einen Teil der Kartothek einzustampfen und die Arbeit unvollendet zu lassen ging Bachleitner gegen den Strich.

So zog er sich noch einmal fein an und machte wieder einen Besuch im Hauptquartier der amerikanischen Armee.

Er erkannte es nicht wieder, so sehr hatte es sich verändert. Und nicht ohne Grund. Die amerikanische Siebente Armee, mit deren Vertretern er es zu tun gehabt hatte, war nicht mehr da. Die Siebente hatte ihre Sachen einschließlich der dreitausend Musterkarten aus der großen Kartothek der Nationalsozialistischen Partei gepackt und war in nördlicher Richtung nach Heidelberg abgerückt, und dafür war die amerikanische Dritte Armee, allerdings ohne ihren berühmten General Patton, in München eingezogen. Aber Pattons Geist war mitmarschiert. Noch nie, selbst in Hitlers besten Zeiten, hatte Bachleitner solche auf Hochglanz lackierte Helme und solche auf Hochglanz polierte Stiefel und solche auf Hochglanz bemalte deutsche Sekretärinnen gesehen wie in den Diensträumen der Dritten Armee. Jeder in diesem Hauptquartier Besatzungsdienst verrichtende amerikanische Offizier, der etwas auf sich hielt, hatte scharf gebügelte Hosen und mindestens eine dieser Sekretärinnen.

Die Sekretärinnen, so stellte sich heraus, waren ein Vorteil für Bachleitner. Nicht, daß er sie bezaubert hätte oder zu bezaubern versuchte; er war ein verheirateter Mann. Aber da sie Deutsche waren, verstanden die Mädchen sofort, nachdem dieser gesetzte Herr die große Parteikartothek erwähnte, daß er da eine reale Sache hatte; und anstatt von Pontius zu Pilatus geschoben zu werden und in zwei Dutzend verschiedenen Diensträumen herumstehen zu müssen, bis ihm die Füße weh taten, wurde Bachleitner von einer hübschen Sekretärin zur nächsten geschleust, bis er zu der Sekretärin eines Majors Brown kam und durch sie zu Major Brown selber.

Die Sekretärin erklärte dem Major, was Bachleitner da in seinem Schuppen hatte und wie unerhört wichtig der Fund war.

Und Major Brown begriff. Er war ein sehr intelligenter Mann. Er begriff die Bedeutung, die die große Kartothek der Nationalsozialistischen Partei in seinen Händen hatte. Sie bedeutete, daß die bunten Bändchen auf seiner Brust sich um ein, wenn nicht sogar mehrere Bändchen vermehren würden. Sie bedeuteten, daß die goldenen Blätter auf seinen Schulterstücken sich in silberne verwandeln würden und daß er in der näheren Zukunft Oberstleutnant Brown anstatt Major Brown heißen würde.

Er tat daher, was ein intelligenter Offizier in seiner Situation zu tun hatte. Er bedankte sich bei Bachleitner für dessen Hilfe und schickte ihn nach Hause. Und dann berief er eine Pressekonferenz ein.

Auf dieser Konferenz kündigte Major Brown der Welt an, daß er die vollständige große Kartothek der Nationalsozialistischen Partei entdeckt habe. Sieben Millionen Kartothekkarten. Jawohl!

Es war eine Sensation. Die meisten der Reporter stürzten sich sofort auf die Telefone im Presseraum des Hauptquartiers und gaben die Nachricht nach New York und Kapstadt und Sydney durch. Einige aber blieben und wollten Einzelheiten wissen.

Über Einzelheiten drückte Major Brown sich nur undeutlich aus. Wenn er zu sehr in die Enge getrieben wurde, lächelte er und erwähnte die magischen Worte Vertraulich oder Geheim oder Streng geheim.

Aber könne er denn nicht wenigstens sagen, wo er die Kartothek gefunden habe?

»Tut mir leid, das muß geheim bleiben.«

»Aber doch wenigstens eine Andeutung, Herr Major! Haben Sie sie in einem zerstörten Schloß gefunden, oder in einem Bierkeller, oder im Boudoir der Mätresse des Gauleiters, oder wo?«

»Also schön...« Er ließ sich erweichen. »Ich habe die Kartothek in einer Papierfabrik entdeckt.«

Aber mehr sagte Major Brown nicht.

Unter den Pressevertretern befand sich jedoch ein gescheiter Journalist. Er war Korrespondent eines liberalen englischen Blattes. Er dachte sich, daß die Anzahl der Papierfabriken in München und Umgebung nicht gar zu hoch sein könne. Nach der Pressekonferenz tat er dasselbe, was Münchens führende Parteigenossen getan hatten, bevor sie ihre Absetzbewegung begannen und es den kleinen Mitläufern überließen, sich allein mit der Nachkriegsentwicklung auseinanderzusetzen – er zog das Münchener Adreßbuch zu Rate.

Und so fand er Bachleitner und hatte eine Unterredung mit ihm.

Ich erfuhr von der Affäre durch einen Leutnant, den die Macht der Presse in sie verwickelt hatte.

Der englische Reporter hatte seinen Bericht an sein Blatt in England gekabelt, und dort wurde er gedruckt. Infolge der Vorliebe des angelsächsischen Lesers für Trivialitäten enthielt der Artikel nicht nur den Namen Bachleitners, den Major Brown den Pressevertretern gegenüber verschwiegen hatte, um das Verdienst der Entdekkung ganz für sich in Anspruch zu nehmen, sondern auch Bachleitners Alter, Familienstatus und Adresse.

Die Nachrichtenagentur DANA, die von den Amerikanern aufgezogen worden war, um die reorganisierte deutsche Presse in ihrem Besatzungsgebiet mit ihnen erwünschten Nachrichten zu versorgen, fand den Artikel in dem englischen Blatt, übersetzte ihn wortwörtlich und sandte ihn an ihre Zeitungen weiter. So kam es, daß Bachleitners Name in allen Münchener Blättern erschien, mit Ausnahme der von der amerikanischen Armee selbst herausgegebenen »Neuen Zeitung«, die nämlich DANA nicht benutzte.

Mein Gewährsmann, der Leutnant, tat seinen Dienst als einer der Redakteure der »Neuen Zeitung«, vermittels deren Spalten er sich bemühte, der darniederliegenden deutschen Demokratie auf die Beine zu helfen. Jeden Morgen bekam er die deutschen Zeitungen auf seinen Schreibtisch gelegt. Und an diesem Morgen las er darin den Artikel über die große Parteikartothek der Nazis.

Er dachte an Bachleitner. Und er dachte an die sieben Millionen Mitglieder der Nationalsozialistischen Partei, die uns und den Engländern und den Franzosen und unsern sowjetischen Freunden dauernd erzählten, daß sie nicht nur nie etwas mit den Nazis zu tun gehabt hatten, sondern diese sogar aus vollem Herzen haßten. Mindestens ein paar tausend der nunmehr Bloßgestellten, befürchtete er, würden sich auf Bachleitners Papierfabrik stürzen und sie anzünden oder in die Luft sprengen und dem Mann selber und seiner Familie die Haut bei lebendigem Leibe abziehen.

Bachleitner, so dachte der Leutnant, hat der Menschheit und besonders jenen Völkern, die so lange Jahre so viel gelitten haben, sowie den Verwandten und Freunden all der Opfer des Nazismus einen großen Dienst erwiesen. Er verdient wenigstens, daß man ihn, seine Familie, sein Haus und sein Eigentum beschützt.

Der Chefredakteur der »Neuen Zeitung«, der gleichzeitig der vorgesetzte Offizier des Leutnants war, stimmte zu. Aber wie Vorgesetzte nun einmal sind, schob er die Sache auf seinen Untergebenen ab und sagte: »Sie werden das schon erledigen, Lieutenant.«

Ein Sergeant wurde ausgeschickt mit dem Auftrag, die letzten Ereignisse in und um Bachleitners Papierfabrik auszukundschaften. Der Sergeant berichtete, daß Bachleitner eine Menge Drohbriefe und drohender Telefonanrufe erhalten habe, daß er aber sonst noch lebendig, wenn auch sehr besorgt sei.

Zeit war jetzt kostbar. Der Leutnant rief direkt beim Hauptquartier der Münchener Militärpolizei an und verlangte, mit dem kommandierenden Offizier, einem Obersten, verbunden zu werden. Es gelang ihm auch, den Obersten an den Apparat zu bekommen, und mehr noch, ihn dazu zu bewegen, daß er zuhörte. Sobald der Oberst alles angehört hatte, erteilte er dem Leutnant einen dienstlichen Rüffel wegen der Dummheit, die er mit der Veröffentlichung des Artikels begangen habe. »Sie haben's gedruckt«, so beschloß er seine Worte, »jetzt stehen Sie mal dafür gerade und beschützen Sie den Mann selber!«

Der Leutnant erklärte dem Obersten die Angelegenheit noch einmal. Nicht er sei für das Erscheinen des Artikels verantwortlich; in seinem Blatt sei die Sache überhaupt nicht erwähnt worden; dagegen sei es die Pflicht der Militärpolizei, die kaltblütige Ermordung eines Mannes zu verhindern, der der amerikanischen Armee sowie der Regierung der Vereinigten Staaten und den andern Alliierten und sogar den Vereinten Nationen einen so großen Dienst geleistet habe.

Diese Aufzählung beeindruckte den Obersten wenigstens soweit, daß er ruhig blieb, bis der Leutnant vorschlagen konnte, eine Korporalschaft der Militärpolizei zur Bewachung des Bachleitnerschen Hauses und der Papierfabrik abzukommandieren.

Das, erwiderte der Oberst, sei unmöglich. Er habe keine Korporalschaft zur Verfügung – er habe tatsächlich keinen einzigen überflüssigen Mann.

Der Leutnant nannte ihm eine Anzahl Bars und Freudenhäuser, wo die für den Auftrag notwendigen Soldaten gefunden werden könnten. Der Oberst interessierte sich nicht für diese Ratschläge. Er beschied den Leutnant, es sei schon zu viel über die Sache gesprochen worden, und nun genug.

Erfahrung im Kriege hatte den Leutnant gelehrt, daß diese Art höhere Offiziere höflich, aber scharf behandelt werden müssen. Er deutete also dem Obersten an, daß er für eine Zeitung arbeitete, auch wenn sie in deutscher Sprache erschien, und daß er daher ausgezeichnete Beziehungen zu den Vertretern der Weltpresse unterhalte. Und er ließ beiläufig durchblicken, daß die Presse erfahren würde, wer der verantwortliche Mann sei, falls Herrn Bachleitner etwas zustieße.

Der Oberst vergaß, dem Leutnant mit Kriegsgericht zu drohen. Der Oberst war viel zu erschrocken, um überhaupt daran zu denken, irgend jemandem zu drohen. Statt dessen lud er den Leutnant in sein Hauptquartier zu einer Unterredung von Mann zu Mann ein.

Der Leutnant nahm die Einladung an.

Es kam aber nicht zu der Unterredung von Mann zu Mann mit dem Obersten.

Der Oberst saß in seinem Dienstraum, seine Flanken von sämtlichen höheren Offizieren der Münchener Militärpolizei gedeckt. Keiner war unter Majorsrang. Das Ganze, so erzählte mir der Leutnant, sah aus wie eine Gruppenaufnahme vom Jahresausflug des Brooklyner Polizeiturnvereins.

Der Leutnant erhielt den Befehl, einen vollen Bericht zu geben. Er begann mit dem Anfang der Ereignisse und ließ nichts aus. Er erwähnte auch noch die Konferenz von Potsdam, unsere hohen Kriegsziele und die Prozesse, die in Nürnberg stattfinden sollten. Er schloß mit der Bitte, Bachleitner zu schützen.

Kaum hatte er geendet, wurde er wiederum dienstlich gerüffelt wegen der Dummheit, die er mit der Veröffentlichung des Artikels begangen habe – von dem Obersten selber sowie von mehreren der anwesenden Offiziere. Das war durchaus natürlich, denn nach beliebtem Brauch hatte der Oberst, um eine harmonisch arbeitende Einheit zu haben, sich Offiziere dafür ausgesucht, deren Denkvermögen nicht über seinem eigenen lag.

Der Leutnant setzte das Problem noch einmal auseinander, nicht ohne zu erwähnen, was die Presse über die Münchener Militärpolizei und ihre Offiziere zu sagen haben würde, wenn Herrn Bachleitner ein Unglück zustieße. Darauf begannen die Herren eine geflüsterte Beratung. Allmählich hörte das Geflüster auf.

Der Oberst erhob sich, um das Urteil zu verkünden. »Lieutenant«, sagte er, »diese Angelegenheit kann nicht von uns entschieden werden. Der Herr General wird sich damit befassen müssen.«

Es klang verheißungsvoll. Vielleicht konnte General Truscott, Pattons Nachfolger, eine Korporalschaft Soldaten für Bachleitner und seine Papierfabrik entbehren.

»Unglücklicherweise«, fuhr der Oberst fort, »ist der Herr General nicht in München. Der Herr General ist in Bad Tölz.«

Das war verständlich. Bad Tölz war ein viel hübscherer Aufenthaltsort als München.

»Wir werden einen Offizier zu dem Herrn General schicken, um ihm den Fall zu unterbreiten.«

Der Oberst sprach ein paar Worte in das Telefon, das auf seinem Schreibtisch stand. Ein Hauptmann erschien, grüßte stramm und erhielt den Auftrag, zum Herrn General zu fahren und ihm eine mündliche Mitteilung von größter Wichtigkeit zu machen.

Der Hauptmann war wenig erbaut von seinem Auftrag. Er hatte Angst davor, den General in Bad Tölz zu stören. Und er hatte

Angst davor, mündlich Bericht erstatten zu müssen, weil es dabei nötig war, viele Tatsachen im Gedächtnis zu behalten und sie dann wieder so vorzutragen, daß selbst ein General sie begreifen konnte.

»Lieutenant!« sagte der Oberst, »Sie kennen sich in der Sache am besten aus. Sie werden den Hauptmann instruieren. Abtreten!«

Am nächsten Tag erhielt mein Freund einen dringenden Anruf vom Hauptquartier der Münchener Militärpolizei. Es war der Oberst. »Kommen Sie sofort herüber!« sagte er.

Der Leutnant versuchte, schonend abzulehnen. Er nahm an, daß ein General, der eine große Armee unter sich hatte, imstande sein würde, eine Korporalschaft Soldaten zum Schutze eines Bayern zu organisieren, und er sagte dem Obersten, daß die Redaktionsarbeit ihn leider völlig in Anspruch nehme. Aber der Oberst erklärte, er müsse unbedingt kommen.

»Warum denn?« fragte er.

»Wir haben den Bachleitner hier.« Der Oberst klang besorgt.

Wieso war Bachleitner im Hauptquartier des Obersten? Er hätte doch zu Hause unter dem sicheren Schutz einer Korporalschaft der Militärpolizei sein sollen?... Der Leutnant sagte, ja, er werde kommen.

Im Vorzimmer des Obersten sah er auf einer der an der Wand stehenden Bänke einen deutschen Zivilisten sitzen. Der Leutnant hatte keine Zeit, sich den Mann näher zu betrachten. Der Oberst wartete bereits in der offenen Tür seines Dienstraumes.

Der Oberst machte die Tür zu. »Der da draußen, das ist Bachleitner«, sagte er und wischte sich den Schweiß ab.

»Ja?« sagte der Leutnant höflich.

»Bachleitner ist in Haft.«

Der Leutnant sagte gar nichts.

»Schutzhaft«, erklärte der Oberst. »Auf besonderen Befehl des Herrn General.«

Der Leutnant gab es auf. Er bat den Obersten, abtreten zu dürfen.

»Bleiben Sie«, sagte der Oberst. »Lassen Sie uns jetzt nicht im Stich! Sie müssen es doch dem Bachleitner erklären.«

»Ich kann das nicht«, antwortete der Leutnant. »Mein Gewissen gestattet es mir nicht. Soll jemand anders es ihm erklären.«

»Sie müssen aber!« sagte der Oberst. »Wir haben niemanden anders. Wir haben niemanden hier, der Deutsch spricht.«

Sie hatten niemanden dort, der Deutsch sprach. Sie waren die Polizei der zweitgrößten Stadt der amerikanischen Besatzungszone, und sie hatten nicht einen einzigen Mann, der die Landessprache beherrschte.

»Ich werde versuchen, mit Bachleitner zu sprechen«, sagte der Leutnant.

»Herr Bachleitner!« Der Leutnant setzte sich neben ihn und ergriff seine Hand, wie ein Hausarzt die Hand des Patienten nimmt. »Ich möchte Ihnen etwas klarmachen.«

Bachleitner schob sein Kinn seitlich über seinen Kropf und blickte den Leutnant traurig an.

»Herr Bachleitner, selbst wenn es so aussieht, als ob Sie von uns verhaftet wären – es handelt sich nicht um eine richtige Verhaftung. Sie sind nur in Schutzhaft.«

Der Leutnant hatte zwar erwartet, daß der gesetzte, beleibte Bayer hochgehen würde – aber doch nicht so hoch. Er versuchte, Bachleitner beizubringen, daß amerikanische Schutzhaft sich von deutscher Schutzhaft grundsätzlich unterscheide. Bachleitner glaubte ihm nicht. Bachleitner glaubte auch nicht, daß die Auslieferung der Parteikartothek an uns von größter Wichtigkeit gewesen sei und daß die amerikanische Armee sich daher um seine Gesundheit Sorgen mache. Und die Versicherung des Leutnants, daß diese Schutzhaft in Bachleitners eigenem Interesse liege und wirklich zu seinem Schutze bestimmt sei, glaubte Bachleitner gleichfalls nicht. »Ich habe vierzig Arbeiter in meiner Fabrik«, sagte er. »Die werden mir allen Schutz geben, den ich brauche.«

»Meinen Sie das im Ernst?«

Bachleitner nickte.

»Würden Sie uns schriftlich bestätigen, daß Sie den Schutz der amerikanischen Armee weder wünschen noch benötigen?«

»Würden Sie mich dann gehen lassen?« erkundigte sich Bachleitner vorsichtig.

»Jawohl, Herr Bachleitner«, sagte der Leutnant, obwohl er nicht sicher war, ob der Oberst den Handel billigen würde.

»Dann unterschreib ich«, sagte Bachleitner.

Der Oberst billigte den Handel. Wenige Minuten später stand Bachleitners Unterschrift auf einem Dokument, von dem ich hoffe, daß es der Welt erhalten bleibt – als Zeugnis für den Glauben eines Mannes, daß vierzig Arbeiter mehr wert sind als der Schutz der amerikanischen Armee, und als Beweis für den Glauben des Militärs, daß ein Stückchen Papier die Macht hat, einen Offizier seiner Verantwortung zu entheben.

Und was geschah mit der Kartothek?

Lange, lange Zeit lag sie in dem Schuppen hinter Bachleitners Papierfabrik. Sie durfte nicht abgeholt und benutzt werden, weil niemand die Genehmigung bekommen konnte, sie abzuholen und zu benutzen.

Es war ein sonderbarer Fall, ein Kompetenzstreit auf höchster Ebene. Da waren ja immer noch die dreitausend Kartothekkarten, die die drei jungen Soldaten von der Counter Intelligence der Siebenten Armee als Muster mitgenommen hatten. Als man in Heidelberg im Hauptquartier der Siebenten erfuhr, daß die Dritte den ganzen Ruhm für die Entdeckung der Kartothek einsteckte, wurden die Muster ausgegraben. Die Siebente meldete ihren Anspruch an. Die dreitausend Karten waren der Trumpf in der Hand der Siebenten. Unter keinen Umständen wollte die Siebente ihre dreitausend Karten aufgeben. So verhinderte sie, daß die Kartothek wieder vollständig wurde und aus Bachleitners Schuppen abgeholt werden konnte.

Der Krieg zwischen den Armeen dauerte über ein Jahr, und er würde noch heute geführt werden, wenn die Siebente Armee nicht schließlich deaktiviert worden wäre. Erst dann fuhr wieder ein Lastwagen mit zwei Anhängern, mitsamt einer schwerbewaffneten Eskorte, in den Hof von Bachleitners Papierfabrik in München ein.

Doch was geschah Herrn Bachleitner?

Nichts.

Das mag daran liegen, daß er den Schutz von vierzig Arbeitern genoß. Vielleicht aber ahnte Bachleitner auch schon, als mein Freund, der Leutnant, damals mit ihm sprach, daß sich bei sieben Millionen Mitschuldigen die Schuld des einzelnen immer auf die andern 6 999 999 schieben ließ, weshalb es praktisch überhaupt niemanden gab, der sich durch die Existenz der großen Kartothek bedroht fühlte. Nur die, deren Karten rot umrandet waren, mußten sich Sorgen machen, denn sie galten nach wie vor als unzuverlässig.

Ich habe Herrn Bachleitner besucht, als ich kürzlich in München war. Obwohl nun schon in vorgerücktem Alter, ist er geistig durchaus rege und konnte bestätigen, daß meine Angaben, soweit ihn betreffend, der Wahrheit entsprechen.

Mein verrückter Bruder

Sechs Jahre.

Sechs Jahre hat der Staatsanwalt beantragt. Und das werden sie mir auch verpassen, sechs Jahre und keinen Tag weniger. So sind sie; das ist ihre Justiz; ebenso gut könnten sie auch ohne Prozeß auskommen, einen einfach einlochen und sich das Geld sparen für ihr Gericht und die Richter und das ganze Theater.

Sechs Jahre. Leugnen ließ sich nur schwer – sie wußten zu viel. Ihre Beobachtung hat begonnen an dem Tag, an dem ich über die Grenze in ihre Zone kam und das erste Telefongespräch tätigte. Sie haben beobachtet und abgewartet, und dann: »Bitte, kommen Sie ohne Widerstand mit.«

Sechs Jahre. Wenn man die Fünfzig überschritten hat: plus sechs, das macht sechsundfünfzig. Ich werde ein alter Mann sein, bevor ich wieder herauskomme, und wer wird sich dann um mich kümmern? Vergessen und begraben werde ich sein. Es gibt keine Dankbarkeit. Keine Dankbarkeit, keine Gerechtigkeit, gar nichts.

Sechs Jahre – und alles nur, weil mein Bruder verrückt ist!...

Er würde den Nutzen davon gehabt haben, nicht ich. Sein Job wartete schon auf ihn – und was für ein Job! – mit eigenem Haus und eigenem Auto. Er hätte Geld gehabt wie Heu und hätte sein eigenes Gehalt bestimmen können...

Ich habe es ihm bis ins einzelne auseinandergesetzt. Ich habe ihm alles erklärt. Sein guter Engel hätte es nicht überzeugender machen können. Und was hat er geantwortet?

Nein, danke sehr.

Wortwörtlich – »Nein, danke sehr.« Da fragt man sich: Ist das nun noch menschlich, oder ist es einfach verrückt?

Ganz erklären kann ich mir's immer noch nicht... Dabei habe ich ihn aufwachsen sehen, seit er aus den Windeln kam. Ein ganz gewöhnlicher Durchschnittsdeutscher, mit Frau und zwo Kindern, einem Jungen und einem Mädel, eine nette kleine Durchschnittsfamilie – wann begann er sich von uns fortzuentwickeln, wann fing es an, diese Verdrehtheit, dieser Wahnsinn, der mich – ihn nicht, mich! – hier nach Dresden und in diese sowjetzonale Gefängniszelle gebracht hat?

Durchschnitt? Man könnte sogar sagen, er war genau nach Schema gebaut. Er glaubte an alles, woran zu glauben war – an Vaterland, Führer, Deutschlands Auftrag und so weiter. Ich dagegen habe manchmal Zweifel gespürt; ich bin schließlich Kaufmann und habe gelernt, einen Unterschied zu machen zwischen hohlem Gerede und Ausführungen, hinter denen eine harte Tatsache steht; aber bei ihm gab es kein Zögern. Er war eben ein Idealist, das sagte er selber. Idealismus, sage ich nun, ist gar keine unrechte Sache, solange das Geschäft nicht dadurch gestört wird. Er liebte seine Forschungen und seine Musik. Stundenlang konnte er irgendwelchen Konzertplatten zuhören. Musik langweilt mich, aber ich habe nichts Prinzipielles dagegen einzuwenden; Musik nützt nichts und schadet auch nichts, also warum sollte er nicht zuhören?

Und dann wurde er eingezogen in die Wehrmacht. Er wurde ein ganz gewöhnlicher gemeiner Soldat, obwohl er damals schon Dozent war und an einer Sache arbeitete, die mit der Spaltung eines der schwereren Atome zu tun hatte – welches, weiß ich nicht.

Er machte den Vormarsch nach Paris mit. Er hat das alles gesehen: wie die Franzosen unter den Schlägen unserer Wehrmacht davonliefen und wie ihre Generäle sich dutzendweise ergaben und zusammen mit unseren Generälen Apéritif tranken, als wären sie liebe alte Freunde... Da redet man jetzt so viel von europäischer Integration – in den Jahren damals hatten wir ein wirklich integriertes Europa, jawohl, da konnte man von den Karpaten bis zu den Pyrenäen fahren und von den norwegischen Fjorden bis zur Südspitze Italiens, und überall verbeugten sich die Leute vor einem und machten Kratzfüße, und der deutsche Kaufmann war überall geschätzt und gern gesehen.

Ich dachte, mein Bruder würde sich in Paris endlich mal amüsieren. Ich schickte ihm auch Geld, denn ich wußte ja, wie schnell das Geld an den Champs-Élysées und auf der Place Pigalle durch die Finger rinnt. Man möchte nicht glauben, wohin er wirklich gegangen ist! – Zur Sorbonne. Und wen hat er dort besucht? – Joliot-Curie.

Es muß ein komisches Zusammentreffen gewesen sein. Später, als wir beide schon in Lebedinskoje saßen, halb Kriegsgefangene und halb bevorzugte Spezialisten, hat er mir mal davon erzählt. Mein Bruder ist ein schlechter Erzähler, aber mit ein bißchen Phantasie konnte man sich die Szene schon vorstellen: den untersetzten deutschen Landser – mein Bruder neigt zum Fett – in seiner grünlichen, schlecht sitzenden Uniform mit dem Hoheitszeichen inklusive Hakenkreuz über der rechten Brusttasche – in eine Uniform hat er nie recht hineingepaßt – und den Franzosen mit dem Kadavergesicht und den großen, dunklen Augen und den tiefen Furchen in der Mundgegend. Vielleicht vermutete der Franzose, daß er verhaftet werden sollte, und recht wäre ihm geschehen, nachdem er die gesamten französischen Vorräte an schwerem Wasser nach England geschmuggelt hatte, bevor er sich selbst hinterherschmuggelte. Nur daß mein Bruder ihm rasch sagte: »Ich bin Dr. Soundso, *mon cher Professeur*...«, und natürlich kannte ihn Joliot-Curie dem wissenschaftlichen Rufe nach und wußte, daß da nichts weiter vor ihm stand als ebenfalls ein Kernphysiker, allerdings ein zur Zeit als Soldat verkleideter.

Sie hatten eine lange Unterredung zusammen, gänzlich unpolitisch, wie mir mein Bruder versicherte. Sie sprachen über ihre letzten Arbeiten und über die Teilchen, aus denen die Materie besteht, und wie doch der Krieg unglücklicherweise so manche ihrer geliebten Forschungsprojekte störte. Nur an einem einzigen Punkt, als sie nämlich von der Zukunft sprachen, blickte Joliot-Curie, meinem Bruder zufolge, ihn mit seinen großen dunklen Augen voll an, lächelte und sagte: »Wissen Sie, *mon cher Docteur* – und ich erkläre das als ein Physiker dem andern und mit derselben wissenschaftlichen Objektivität, mit der wir Physiker die Welt nun einmal zu betrachten haben – es gibt für uns nur einen Weg: den Sowjetweg...«

Wäre er nicht so voller Bewunderung für den Franzosen gewesen, mein Bruder hätte laut herausgelacht. Er beherrschte sich jedoch, wahrte respektvolles Schweigen und verabschiedete sich kurz darauf.

Ich habe immer nur das Beste gewollt für meinen Bruder. Das liegt bei uns in der Familie, wir sind so erzogen worden. Ich hätte ihn ja auch in der Wehrmacht stecken lassen können; dann hätte er den Krieg in seiner Kompanieschreibstube verbracht, oder vielleicht hätten sie ihm auch ein Gewehr in die Hand gedrückt und ihm gesagt: »Los, schieß auf die Russen«, und dann läge er möglicherweise irgendwo unter einer weißen Birke. Ich aber habe es gut gemeint mit ihm, und darum sitze ich jetzt hier in dieser Zelle und warte darauf, daß diese Nacht vergeht, und darauf, daß mir der Richter mit seiner trockenen Stimme verkündet: »Sechs Jahre!«

Ich habe alles getan, was ein Bruder für den andern nur tun kann. Ich bin hingegangen und habe General von Jaeger, den Menschen-Jaeger, so hieß er damals, überzeugt, daß es doch ein Unsinn wäre, einem Mann einen Uniformrock anzuziehen, der lieber an seiner Universität arbeiten und in seinem Laboratorium über Teilchen und deren Verwendbarkeit nachdenken sollte. Vielleicht hatte der Menschen-Jaeger auch irgendwann etwas davon läuten gehört, wie wichtig es ist, über Teilchen nachzudenken. Jedenfalls hob sich sein Kinn aus dem Fett, das ihm über die goldroten Spiegel auf seinem Generalskragen hing, und sagte: »Ein Kernphysiker ist er also, was?« Dann kritzelte er ein paar Zeilen auf ein Stückchen Papier, und nach einer Woche war mein Bruder wieder an der Universität Halle, zu Haus bei Frau und Kindern, dem Jungen und dem Mädchen, und wenn ich mich recht erinnere, hat er mir nicht einmal Dankeschön dafür gesagt.

Vielleicht war er auch gehemmt. Gefühle zeigte er nur ungern. Sogar damals in Dresden äußerte er sich kaum – obwohl das der Tag nach der Bombardierung der Stadt durch die Amerikaner war. Sie bombardierten die Stadt, als der Krieg schon praktisch vorbei war. Sie nahmen die Menschen unter Tiefbeschuß, die aus der Flammenhölle ans offene Elbufer geflüchtet waren, darunter meine eigene Frau und meine Kinder. Mein Bruder aber sagte nichts weiter als:

»Es hätte viel schlimmer kommen können. Sie haben ja nur gewöhnlichen Sprengstoff benutzt...«

Dann verschwand er, zurück zu dem Häuschen im tiefsten Mecklenburg, wohin er sich während der letzten Monate des Krieges verkrochen hatte. Nur ich und der Vater seiner Frau, dem das Häuschen nämlich gehörte, wußten, wo er sich aufhielt; die alte Polizei bestand nicht mehr, und eine neue gab es noch nicht, und so konnte ein Mensch sich jenen Sommer über außer Sicht halten, vorausgesetzt, er blieb in genügend großer Entfernung von den Straßen, auf denen die Armeen marschierten und die Flüchtlinge dahinzogen. Mein Bruder, so sagte er, brauchte Zeit zum Nachdenken.

Das war vielleicht ein Zug, mit dem ich zu ihm zu Besuch fuhr! Noch heute klingt mir das Gebrüll der Leute im Ohr, die die Waggons stürmten, bevor der Zug überhaupt am Perron zum Halten kam. Noch heute kann ich die Männer sehen, die einander an die Kehle gingen, die Frauen, die in Ohnmacht fielen, die Kinder, die plattgepreßt wurden – Menschen, die verzweifelt aus dem Hunger der Stadt herauswollten, aufs Dorf, irgendwohin, wo ihnen der Bauer vielleicht die Gnade erwies, einen Goldring, einen Pelzkragen, einen gestrickten Wollschal gegen ein paar Kartoffeln einzutauschen. Diese Narbe auf der Stirn ist mein Andenken an die Reise. Ich wurde Kopf voran durch ein Abteilfenster gestoßen – als lebendiger Rammbock.

Natürlich hoffte ich, daß bei der Fahrt auch ein Säckchen Mehl, ein paar Eier oder ein Stück Speck für mich herauskommen würden. Aber der Hauptzweck war, meinen Bruder zu warnen. »Mach, daß du fortkommst«, wollte ich ihm sagen, »mach, daß du hinüberkommst in den Westen, solange noch Zeit ist. Glaubst du denn, du kannst hier ewig Einsiedler spielen?« wollte ich ihn fragen. »Man wird sehr bald herauskriegen, wer du bist und was deine Arbeit war, und dann gute Nacht. Noch sind die Amerikaner in Halle, aber sie können jeden Tag abziehen. Sie würden dich gerne mitnehmen.« Das war es, was ich ihm ausrichten wollte.

Ich glaube, daß mir damals zum ersten Mal der Gedanke kam: Ist er vielleicht verrückt? Aber ich schob diesen Gedanken weit von mir. Mein Bruder hörte mich in merkwürdiger Ruhe an, beinahe als beträfe ihn das alles gar nicht. Und schließlich fragte er mich: »Hast du mal von Joliot-Curie gehört?«

»Nein«, sagte ich. »Wer ist Joliot-Curie? Und was hat er mit der Sache zu tun?«

»Aber Dresden hast du doch gekannt, nicht wahr?« fragte er weiter.

»Und was hat Dresden damit zu tun?« Ich wurde langsam ungeduldig. Die Wunde auf meiner Stirn tat mir weh; ich fühlte mich fiebrig, und ich kam nicht weiter. »Die Toten sind tot. Was willst du von ihnen?«

»Nichts«, sagte er.

Vielleicht würde er mir auch ein Säckchen Mehl oder ein paar Eier oder ein Stück Speck mitgegeben haben. Aber ich vergaß, ihn darum zu bitten.

Die Sache hätte mir eine Warnung sein sollen. Aber wenn der Mensch so gebaut wäre, daß er auf Warnungen hört und sich nach seinem Nutz und Frommen richtet, dann liefen wir alle noch nakkicht im Paradies herum.

Ich glaubte, er würde doch kommen, trotz allem, was er mir gesagt hatte; ich glaubte es wirklich und wahrhaftig, und so wartete ich auf ihn in Halle. Ich wartete, bis der letzte amerikanische LKW abgebraust war mitsamt Professoren und Technikern und Apparaturen und Büchern. Nach dem Massenauszug verblieben in Halle nur die Arbeiter, und die waren uninteressant. Ich wartete, weil ich bis zur letzten Minute hoffte, und dann war es zu spät. Und ich saß da.

Im Herbst kam mein verrückter Bruder dann nach Halle zurück. Er sagte: »Irgendwann muß man ja wieder zu arbeiten anfangen; und hier ist mein Arbeitsplatz.«

Das Haus stand noch, in dem er gewohnt hatte. Aber seine Wohnung war ausgeräumt worden; was nicht niet- und nagelfest war, war verschwunden oder zertrümmert. Am Abend seiner Rückkehr saßen wir beide dort auf einem großen, alten Ledersofa, das niemand weggetragen hatte, weil niemand es wegtragen konnte. Er schien müde zu sein; er hatte versucht, etwas Ordnung in der Wohnung zu schaffen, und hatte es aufgegeben, und unsere Unterhaltung wurde immer stockender und stockte schließlich ganz.

Wir fuhren beide zusammen, als es an der Tür klopfte.

Dabei war das Klopfen gar nicht so laut oder ungeduldig gewesen. Mir lief es kalt über den Rücken.

Die Tür besaß kein Schloß mehr; darum sagte mein Bruder endlich einfach: »Herein!«, und der Besuch trat ein. Im Licht unserer Kerze sah ich die Uniform. Die Achselstücke ließen darauf schließen, daß der Mann, der in der Uniform steckte, ein ziemlich hoher Offizier war.

Der Offizier blickte sich um, fand jedoch keinen Stuhl und lehnte sich einfach gegen die Wand. »Guten Abend«, sagte er auf deutsch.

»Guten Abend«, sagten wir.

Er betrachtete uns, zuerst mich, dann meinen Bruder. Dann sagte er, die Augen immer noch auf meinen Bruder geheftet: »Wir haben lange auf Sie warten müssen, Herr Professor...«

»Wenn Sie mich in Haft zu nehmen wünschen«, sagte mein Bruder, »so lassen Sie uns den peinlichen Augenblick möglichst rasch hinter uns bringen.«

Der Offizier tat, als hätte er nicht gehört. »Erzählen Sie mir bitte, Herr Professor«, sagte er, »haben Sie seit Ihren ursprünglichen Arbeiten über die Beschleunigung schwerer Teilchen Neues auf diesem Gebiet getan?«

Sie fachsimpelten dann eine Stunde lang oder auch zwei; mir war das viel zu hoch. Ich hätte auch ruhig fortgehen können, so wenig kümmerten sie sich um mich.

Danach schieben sich in meinem Gedächtnis die Tage ineinander wie Glieder einer endlosen Kette; alles verschwimmt, wenn man sie ansieht. Lebedinskoje – die Wachtürme – die Siedlung im Walde – die flimmernde Sommerhitze und im Winter der Schnee, der unter den Filzstiefeln klirrt – der Schmutz, die Eintönigkeit...

Ich glaube, er hat es gar nicht so sehr gespürt. Er hatte ja auch seine Familie und seine Arbeit; ich war allein. Arbeit hat man mir auch gegeben. Ich aß, also mußte ich arbeiten; meine Bezeichnung war Laborassistent; ich schleppte Kisten und hackte Holz und mußte dies holen und das heranschaffen; ich war ein Faktotum, nur bekam ich keine Trinkgelder. Überhaupt konnte ich in dem ganzen Betrieb keinerlei Sinn erkennen. Die Maschinen, die sie da zusammenbauten, sahen aus wie verrücktes Riesenspielzeug für verrückte Professoren, und produziert wurde mit diesen Maschinen, soweit ich sehen konnte, auch nichts. In meinem zweiten Jahr in Lebedinskoje begann ich mich zu fragen, ob mein Bruder vielleicht doch nicht so verrückt war und die Russen mit diesem ungeheuren Unsinn an der Nase herumführte, und ich machte mir Sorgen, wie lange sie sich das ansehen und wann sie ihn erschießen würden.

Ich hätte fliehen können. Ich stellte fest, daß die Wachtürme von Lebedinskoje mehr dafür da waren, andere Leute heraus- als uns drinnen zu halten. Was aber hielt mich dann? Die Entfernungen? Furcht vor diesem fremden Land und seinen Menschen?... Ein richtiger Kaufmann kommt überall durch. Ich blieb, weil ich es gut meinte mit meinem Bruder. Je länger wir in Lebedinskoje waren, desto stärker empfand ich, daß er einer ruhigen Hand bedurfte, die ihn halten konnte, wenn er strauchelte, und die ihn, wenn nötig, auf den rechten Weg zurückführte. Er war wie ein Jäger, der flüchtigem Wilde nachhetzt, oder wie ein Goldgräber, der nach eingebildeten Schätzen sucht.

»Warum tust du das bloß?« fragte ich ihn. »Was treibt dich?«

Er gab mir eine Erklärung, die üblichen wissenschaftlichen Ausdrücke.

Diesmal lachte ich ihn einfach aus. »Du meinst, du arbeitest an einer Bombe«, sagte ich.

Er hat diese fahlblauen, geduldigen Augen. Die Augen wurden jetzt fast farblos, und ich verstand plötzlich, warum die Leute sagen, daß einer vor Wut blind wird.

»Ich habe nie an einer Bombe gearbeitet«, schrie er mich an, »und werde nie daran arbeiten!«

»Aber stimmt es denn nicht«, antwortete ich, »daß alles, was ihr Physiker macht, auch benutzt werden kann, um Bomben zu machen?«

Meine Bemerkung schien ihn abzukühlen. Er schüttelte langsam den Kopf. Aber gesagt hat er nichts weiter.

Doch war er immer noch derselbe Idealist wie früher. Er bewohnte mit Frau und Kindern zwei Zimmerchen eines kleinen Hauses, das unterteilt worden war, um vier Familien Unterkunft zu bieten. Meistens waren die Kinder nicht zu Hause, sie besuchten die Mittelschule in Saratow. Saratow war besser geeignet als Moskau. In Saratow gab es keine Ausländer, die neugierig werden konnten, wenn zwei deutsche Kinder plötzlich aus dem Nichts auftauchten.

Aber zum Wochenende und an Feiertagen kamen die Kinder nach Hause, Herbert, der Junge, und das Mädchen Martha. Das Wochenende verlief in immer gleicher Weise. Am Samstagabend war Familienessen. Das war die Mahlzeit, zu der man auch mich einlud, und danach kamen ein paar von den andern Deutschen, die in Lebedinskoje arbeiteten, und hörten sich ein Plattenkonzert an – ob aus Musikliebe oder aus Verzweiflung, weiß ich nicht. Mein Bruder stellte das Programm zusammen und legte die Platten selbst auf den Spieler, der wiederum mit einer Anzahl kompliziert angebrachter Lautsprecher in dem größeren der beiden Zimmer verbunden war.

Vor und nach dem Konzert unterhielt man sich, gewöhnlich über die Vergangenheit. Von ihrer Arbeit wollten die Herren nicht sprechen, weil die Damen, die das ja unmöglich verstehen konnten, anwesend waren; die Damen wiederum wollten nicht von ihren täglichen kleinen Plackereien sprechen und von all den Dingen, die man ersehnte und nicht bekommen konnte, weil Klagen ja sowieso nichts half; und wovon sonst konnten Menschen sprechen, die so lange Zeit auf einer Eisscholle, einer wüsten Insel oder in Lebedinskoje festsaßen?

Also sprachen sie davon, wie es früher war, und von dem Krieg, den man verloren hatte, und wie leicht es hätte anders kommen können, wenn der Hitler sich nur nicht zu viel auf einmal vorgenommen hätte, oder wenn er nicht auch noch das Weltjudentum gegen sich aufgebracht hätte, oder wenn er den Generälen freie Hand gelassen hätte, oder wenn mehr schweres Wasser vorhanden gewesen wäre für gewisse Experimente... Es war der reinste Idealismus. Und es half sogar. Man fühlte sich besser, wenn man sich vorstellte, daß dies alles – die Arbeit für die Russen, das Leben in der Fremde, der Mangel, die Unbequemlichkeiten – durch eine Serie unglücklicher Zufälle gekommen und in Wirklichkeit ein einziger großer Irrtum der Weltgeschichte war.

An dem Abend jedoch kam dieses Thema nicht in Frage. Ein unerwarteter Gast hatte sich eingestellt, ein russischer Offizier, derselbe übrigens, der sich damals in der ausgeräumten Wohnung in Halle in mein und meines Bruders Leben eingemischt hatte und dem irgendeine mysteriöse Funktion in bezug auf Lebedinskoje oblag. Statt über neuzeitliche Geschichte sprach man also über die gegenseitige Befruchtung der germanischen und slawischen Kulturen, die bis ins frühe Mittelalter zurückging. Hier, so wurde gesagt, mochten die Wurzeln liegen für Freundschaft und Verständnis zwischen den betreffenden Völkern und für eine Beziehung zwischen ihnen, zu der jedes entsprechend seinem Nationalcharakter und seinen Fähigkeiten beitrug. Mein Bruder begeisterte sich an der Idee und suchte nach Beispielen, um die wunderbare Zukunft, die er prophezeien wollte, zu verdeutlichen.

»Nehmen wir nur die Ordensritter, Oberst Serebrjakow«, sagte er zu dem Russen. »Betrachten wir ihre große zivilisatorische Aufgabe und den kulturellen Beitrag, den sie dem Osten leisteten...«

Eine schmerzliche Grimasse verzog ihm plötzlich das Gesicht. Er blickte mit Strenge auf seinen Sohn und sagte: »Du bist anderer Meinung, Herbert?«

Der Junge wurde rot. Er spürte, daß aller Augen auf ihn gerichtet waren. Dem Vater eins ins Schienbein zu geben, während der sprach, war weder deutsche noch sowjetische Art. Er schluckte und stotterte dann: »Vielleicht, daß der Genosse Oberst – er könnte ja eine etwas andere – nun ja, eine andere Auffassung – von der Rolle der Ordensritter haben?«

Es war, als zögerte jede Sekunde, die in der Wanduhr davontickte, um einen Pendelschlag.

Endlich sagte mein Bruder: »Vielleicht hast du sogar recht, Herbert.« Und zu dem Offizier gewandt: »Sehen Sie, Oberst Serebrjakow, es ist ja nicht leicht für uns. Wir spüren, daß in der Welt, die unsere war, etwas nicht mehr stimmt. Aber was stimmt da nicht? Vielleicht können Sie uns helfen? Können Sie uns vielleicht einen Lehrer schicken, einen Instrukteur? Oder uns wenigstens die richtige Lektüre empfehlen?«

Der Oberst runzelte die Stirn. »Wenn Sie Möbel brauchen oder Lebensmittel oder irgendwelchen andern Komfort, so stehe ich Ihnen zur Verfügung. Aber es liegt nicht im Rahmen unseres Programms, die – wie nennen Sie es doch? – Weltanschauung unserer ausländischen Spezialisten zu beeinflussen. Ich fürchte, Sie werden Ihre eigenen Erfahrungen und Ihren eigenen Weg finden müssen.«

Wenn ich von dieser sowjetzonalen Gefängniszelle aus zurückblicke, dann weiß ich, daß er damals bereits verrückt gewesen sein muß – noch nicht völlig verrückt, noch heilbar, aber doch schon ein ziemlich fortgeschrittener Fall.

Damals aber nahm ich an, es handele sich nur um eine verrückte Laune. Einen russischen Armeeobersten zu ersuchen, Bücher zu schicken, damit man erführe, warum was in der Welt nicht stimmte! Was in der Welt nicht stimmte, war doch sehr einfach: Es gab zweihundert Millionen Russen, und das waren zu viele Russen gewesen für uns. Damals nahm ich an, es wäre Lebedinskoje und unser Leben dort, das meinen Bruder ein bißchen verdreht machte – wir waren ja von allem abgeschnitten, mit Wachtürmen und Wäldern um uns herum, und hinter den Wäldern lag die russische Steppe, die sich streckte und streckte. Warte, dachte ich, bis wir hier heraus sind. Einmal muß die Zeit doch kommen, wo sie mit diesen Maschinen, die nichts produzieren, endlich Schluß machen; oder die Russen kriegen den Laden satt und schicken die ganze Bande irgendwohin, wo sie eine andere Regierung Geld kosten.

Es zog sich jedoch hin. Nach einer gewissen Zeit zählt man die Sommer nicht mehr mit ihren Mücken, die die Begleitmusik machen zum Singen des eigenen Blutes im Ohr, und die Winter mit ihrer Kälte, die einem die Tränen aus den Augen und den Mut aus dem Herzen zieht. Man sieht nur, wie an den Schläfen das Grau höher steigt, unfehlbares Barometer der Jahre, und wie der Mund immer dünner und das Kinn immer schlaffer wird.

Die Erlösung kam dann völlig unerwartet. In der Erinnerung sehe ich meinen Bruder noch in den Lagerschuppen treten. Uns beiden wurde plötzlich bewußt, daß er überhaupt zum ersten Mal zu mir, an meinen Arbeitsplatz gekommen war. Das schien ihn etwas verlegen zu machen; er blickte sich bei mir um, räusperte sich, sagte: »Also, kannst deine Sachen packen. Lebedinskoje wird zugemacht. Wir sind fertig mit unserer Arbeit.«

»Heißt das – es geht nach Hause?«

Er lächelte. Er sah ganz wieder aus wie früher, voller Selbstvertrauen, jung, nicht eine Falte im Gesicht. »Natürlich kannst du nach Hause«, sagte er. »Du kannst fahren, wohin du willst.«

»Und du – du willst nicht nach Hause?«

»Ich werde auf Besuch kommen«, sagte er.

»Sie lassen dich nicht fort? Mit welcher Begründung, welchem Recht –«

»Sie haben mir eine neue Arbeit angeboten. Sie werden den größten und stärksten Teilchenbeschleuniger der Welt bauen. Sie errichten ein ganzes internationales Forschungszentrum. Wir wollen versuchen, Näheres über die Kräfte zu erfahren, die sich im Kern der Materie befinden. Wir wollen versuchen zu erfahren, was diese Welt im Innersten zusammenhält!«

»Du bist ja ganz und gar verrückt«, sagte ich.

»Warum sollte ich verrückt sein?« fragte er erschrocken.

»Hast du denn noch nicht genug?« In mir war alles ein Wirbel – die Jahre der Erniedrigung, die Jahre des vergeblichen Wartens –, und die Galle stieg mir hoch. »Was diese Welt im Innersten zusammenhält!... Wichtigkeit! Hast du noch nicht genug – wie ein Schwein zu leben, in einem Schweinekoben, immer zusammen mit den Schweinen, aus dem Schweinetrog fressen!... Ich bin nicht weggelaufen von hier. Ich hab hier durchgehalten, weil ich geglaubt habe, du wirst mich brauchen. Aber jetzt hab ich's satt. Ich will zurück in die Zivilisation! Ich will wieder auf einem Lokus sitzen können, ohne mich bedreckt zu fühlen, ich will wieder von einem sauberen Tischtuch essen, ohne den Daumen der Genossin Kellnerin vorher in der Suppe! Ich will zurück, dorthin, wo Geld wieder Geld ist und wo man sich etwas kaufen kann, was nicht schon schäbig aussieht, bevor man's überhaupt bezahlt hat!... Was diese Welt im Innersten zusammenhält – ausgerechnet!«

»Vielleicht bin ich verrückt«, sagte er müde. »Aber sie bauen eben diesen großen Beschleuniger.«

So fuhr ich denn ab. Ich fuhr vor ihm aus Lebedinskoje ab, denn ich besaß ja kaum etwas, und was ich hatte, war des Mitnehmens nicht wert; er aber wollte jedes Stück seiner scheußlichen Möbel, jedes Kissen, die roten Samtvorhänge, seine kostbare Tonanlage und seine Platten erst noch packen und mitnehmen. Er begleitete mich aber bis zu der Eisenbahnplattform, auf der ich im Lauf der Jahre so viele Güterwagen zu entladen geholfen hatte. Ein dünner Landregen fiel aus einem bleiernen Himmel, und es war, als wäre der Ausdruck auf unsern Gesichtern vereist.

Während der ganzen Reise regnete es – ein einziger Regen von Lebedinskoje über Saratow, Moskau, Brest, Warschau bis zu der Haltestelle, wo der erste deutsche Beamte den klapprigen Waggon betrat.

»Ost«, fragte mich der Beamte, »oder West?«

»Ost?« erwiderte ich. Ich hatte gewußt, daß diese Frage kommen würde, und ich hatte anderthalbtausend Kilometer Zeit gehabt, mir eine Antwort auszudenken. Es sollte eine Antwort sein, die saß. Alles, was ich erlebt und durchgemacht hatte, mußte in dieser einen kurzen Antwort enthalten sein. »Ost?« fragte ich meinerseits. »Hören Sie«, sagte ich, »Ihr Osten steht mir bis dahin!...«

Er machte ein Kreuzchen auf einen Bogen Papier und sagte zu dem Eisenbahnschaffner: »Fahrkarte bis Friedland!«

In Friedland begann der Westen. In Friedland brach die Sonne durch. In Friedland gab es Empfangskomitees und einen neuen Anzug und Geld – Geld, mit dem man sich etwas kaufen konnte. Das Herz wurde einem richtig weit und schlug einem bis in den Hals; eine Weile konnte man nicht ein Wort herausbringen; alles war so wundervoll, so gut, so sauber, so ansprechend.

In Friedland war General von Jaeger.

Die Begrüßungsworte des Menschen-Jaeger lauteten: »Wir haben lange auf Sie warten müssen...«

Der Menschen-Jaeger war kaum gealtert. Er trug sein Tweedjackett, als wären unsichtbare Generalsspiegel darauf; nur das Fett unter seinen Kinnbacken war noch schwerer geworden.

Aber er schien liebenswürdiger geworden zu sein, abgeklärter, demokratischer. Er erkundigte sich nach meinem Gesundheitszustand. Er interessierte sich für meine Zukunft – wo wollte ich mich denn niederlassen, was gedachte ich zu tun, brauchte ich nicht eventuell eine kleine Hilfe? Den Menschen zu helfen sei jetzt, nachdem er sich aus dem aktiven Dienst zurückgezogen hatte, seine Tätigkeit – und besonders solchen Menschen zu helfen, die der Hölle im Osten entronnen waren. Ob ich nicht zunächst einen kurzen Erholungsurlaub möchte, im Gebirge oder an der See. Er könnte mir ein paar schöne, ruhige Plätzchen empfehlen, über die Rechnung solle ich mir keine Gedanken machen. Und wie ginge es meinem Herrn Bruder? Er erinnere sich seiner recht gut; ein Soldat wäre sowieso nie aus meinem Bruder geworden; nicht der richtige Typ dafür, die Entlassung habe also keinen so unersetzlichen Verlust für die Wehrmacht bedeutet.

Richtig wie ein alter Freund... Was würden Sie denn getan haben? Nach dem, was ich hinter mir hatte, hätten Sie vielleicht den Erholungsurlaub abgeschlagen? Nach Jahren der Einquartierung in einer Art Holzstall hätten Sie vielleicht die fix und fertig eingerichtete Wohnung samt Einbaumöbeln, Teppichen, Bildern an der Wand abgelehnt? Und wenn der Anzug auf Ihrem Rücken Ihr einziger ist und die Schwielen an Ihren Händen alles, was Sie für Ihre schwere Arbeit aufzuweisen haben, hätten Sie sich geweigert, eine bescheidene Anleihe zu akzeptieren?

Das ist es auch, was ich dem Richter gesagt habe.

Noch viel mehr hätte ich ihm sagen sollen. »Habe ich vielleicht den Krieg verloren?« hätte ich ihm sagen sollen. »Habe ich die Welt in Ost und West gespalten? Ich bin nur ein kleiner Geschäftsmann, und ich will nichts weiter, als mich um meine eigenen Angelegenheiten kümmern und mich und Erna anständig durchbringen – Erna ist nämlich meine neue Frau, Herr Richter, und die Mutter meines neuen Kindes. Meinen Sie vielleicht, ich bin gern zu diesem Treff in die Zone gefahren, noch dazu nach Dresden, wo jeder Stein eine Erinnerung für mich ist?«

Aber es ließ sich schlecht handeln mit dem Menschen-Jaeger. Diesmal war er gar nicht liebenswürdig und auch nicht sehr abgeklärt, und von Demokratie war kaum etwas bei ihm zu spüren. Er hatte ein paar Papiere auf seinem Tisch liegen; ich erkannte diese Papiere – es waren meine Wechsel auf das Geld, das er mir geliehen hatte. Er sagte: »Die sind jetzt fällig.« Und schließlich, was wollte er denn so viel dafür? Nur eine kurze Reise, ein kurzes Gespräch...

»Er wird ein großer Mann werden«, sagte General von Jaeger. »Ein großer Professor an einer großen amerikanischen Universität, mit großen Möglichkeiten und einem großen Gehalt. Er wird ein großes Haus besitzen und ein großes Automobil fahren, und seine Kinder werden eine große Zukunft haben. Es wird da diese große Konferenz in Genf stattfinden, zu der er als einer der Experten von drüben fahren soll. Und er braucht dort nur ein einziges kleines Wörtchen zu sagen.«

»Und wenn er es nicht sagt?«

»Er ist doch nicht verrückt, was?« sagte der Menschen-Jaeger.

»So verrückt nicht«, sagte ich. »Bestimmt nicht.«

Es würde eine Frage der Kundenbearbeitung sein. Darauf kam es an: wie man ihm die Sache darstellte. Gewiß, er war verrückt, wie eben viele von diesen Wissenschaftlern verrückt sind, die da in ihrem Wolkenkuckucksheim mit ihren Teilchen und ihren Strahlen und ihren Theorien schweben, und man würde ihn zu seinem eigenen Glück überreden müssen. Man mußte ihm die Wirklichkeit beibringen und ihn darüber belehren, wo er sich die Butter dicker aufs Brot schmieren konnte und in welcher Gegend die Butter überhaupt besser war.

Was die Bearbeitung von Kunden betrifft, so brauche ich mir keine Sorgen zu machen. Meine Kunden sagen immer, ich könnte sogar einem Toten noch eine Lebensversicherung verkaufen; das ist natürlich übertrieben; aber ich bin auf diesem Gebiet mindestens so tüchtig wie meine Konkurrenz, besonders wenn ich etwas zu verkaufen habe, wofür der Kunde halbwegs ein Bedürfnis hat. Außerdem sicherte mir der Menschen-Jaeger alle Unterstützung zu. »Sie können Ihrem Bruder das Blaue vom Himmel versprechen«, sagte er. »Wir werden es ihm verschaffen.«

Gott, wie ich auf ihn eingeredet habe! Wir gingen am Elbufer entlang, dieselbe Strecke, die damals von den Maschinengewehren der amerikanischen Tiefflieger bestrichen wurde; ich hielt es für besser, unsere Unterhaltung im Freien zu führen, wo keiner vom Nachbartisch lauschen und kein Mikrofon unter der Tapete versteckt sein konnte. Ich hatte auch das bestimmte Gefühl, daß meine Worte genau richtig ankamen – schließlich war ich ja in Lebedinskoje lange genug mit meinem Bruder zusammengewesen, um seine Schwächen und die Schwächen der Welt, aus der er kam, bestens zu kennen.

Ich malte ihm das Leben aus, das er mit einem Wink seines Fingers haben konnte – den letzten Komfort, die großen Räume mit nichts als Fenstern, lichtdurchflutet, modern eingerichtet, die niedrigen Möbel, die pastellfarbenen Teppiche von Wand zu Wand. Ich zeigte ihm den Katalog, den ich extra mitgebracht hatte – Apparaturen zur Tonwiedergabe, gegen die das Zeug, das er sich in Rußland zusammengebastelt hatte, wie das Werkzeug eines Höhlenmenschen aussah, stereophonische Plattenspieler für die Platten mit dreidimensionalem Klang, die es in den USA schon längst gab. Das Wasser rann ihm im Munde zusammen. Ich sprach davon, wie schön es wäre, endlich einmal forschen zu können, ohne ganze Provinzen nach einer fehlenden Schraube, einem fehlenden Ersatzteil durchstöbern zu brauchen, ohne dauernd improvisieren zu müssen, ohne zweieinhalb Bürokraten zu haben auf jeden, der etwas Vernünftiges schaffte. Ich erzählte ihm...

Ich weiß nicht mehr, wie lange wir am Ufer des Flusses gingen, vorbei an Ruinen, die nach beinah fünfzehn Jahren noch immer auf uns herabstarrten.

»Nun gut«, sagte er schließlich und blätterte sehnsüchtig in dem Katalog, »und für wen würde ich also arbeiten?«

»Ich nehme an, für diese große Universität«, erwiderte ich. »Vielleicht kriegst du auch dein eigenes Institut, was weiß ich, aber alles wird dir zu deiner Verfügung stehen, alles, was du willst!«

»Ich meine«, seine Brauen zogen sich zusammen, »wer, genau gesprochen, wird den Nutzen von meiner Arbeit haben?«

Ich kann den Leuten alles verkaufen, aber es gibt Fragen, die auch der beste Verkäufer nicht beantworten kann. »Was ist der Unterschied«, sagte ich, »wer den Nutzen davon hat! In allererster Linie mal – du selber!«

»Doch ist das ein Unterschied!« sagte er. »Es ist sogar der Hauptunterschied! Es kommt nämlich sehr darauf an, für wen man das Atom spaltet und wer die Kräfte, die wir schaffen, in die Hand bekommt...«

»Und das ist ein Grund, hier zu bleiben?« sagte ich.

»Ich bin kein Idealist mehr«, sagte er.

»Nun ja, gut!« sagte ich. Ich wollte ihn nicht weiter aufregen. »Aber kommen wirst du doch, ja?«

»Ich dachte, ich hätte das schon beantwortet«, sagte er.

Ich blickte ihn verständnislos an.

»Die Antwort ist: Nein, danke sehr.«

Er war wirklich verrückt. Mit einem Verrückten kann man nicht debattieren.

Sechs Jahre hat der Staatsanwalt beantragt. »Sie verstehen natürlich«, hat er noch dazu gesagt, »warum wir mit der vollen Strenge des Gesetzes gegen Sie vorgehen.«

Sechs Jahre für den Versuch, dem eigenen Bruder Vernunft beizubringen. Sechs Jahre für ein ganz gewöhnliches Geschäftsangebot. Sechs Jahre dafür, daß man einem Mann geraten hat, er soll lieber eine andere Stellung annehmen.

Sechs Jahre, meine Herren Richter! Warum mir? Was wollt ihr von mir? Warum greift ihr euch nicht den Menschen-Jaeger, wenn ihr schon so eine gute Verbindung in seinen Apparat hinein habt und von vornherein alles über mich wußtet? Oder greift euch ein paar von den andern! Warum mir alles aufpacken? Bin ich vielleicht daran schuld, daß ich einen Bruder habe, der verrückt ist?... Aber ich habe es nicht gesagt. Es hätte ja auch keinen Zweck gehabt. Es gibt keine Gerechtigkeit. Keine Gerechtigkeit, keine Dankbarkeit.

Sechs Jahre...

O Gott, wie ich sie hasse. O Gott, ich bitte dich, gib mir die Bombe und die Macht, auf den Knopf zu drücken. Amen.

Die Wanze

Ich glaube nicht, daß Lucy davon wußte.

Nicht grundsätzlich; Lucy hat, soweit ich feststellen konnte, keine Grundsätze, und Schreck und Überraschung mochten gespielt sein. Aber ich kenne mich doch aus. Während der letzten zwei Jahre hatte ich zweimal, oft dreimal die Woche nach Berlin zu kommen, und einmal gut bedient, bin ich ein Mensch, der gern zum ständigen Kunden wird. Lucy entspannte mich. Nie gab es bei ihr die oft peinlichen Momente; nicht einmal, als in Bonn die Kassner-Geschichte platzte und es vierundzwanzig Stunden lang aussah, als wäre ich erledigt, wieder ganz unten. Ich war gar nicht dazu aufgelegt an dem Abend, bei meinen Sorgen. Aber Lucy sagte: »Gerade dann brauchst du's, Katerchen« – sie nannte mich Katerchen, wenn sie in Stimmung war –, »das wird dir sicher wohler tun als irgendwelche Pillen.«

Und Sie mögen mir glauben, Lucy brachte mich tatsächlich auf andere Gedanken. Deshalb meine ich auch, daß Lucy von der Sache nichts wußte; eine Frau müßte eine regelrechte Mata Hari sein, um sich derart hingebungsvoll zu bewegen und zugleich doch zu wissen, daß ein Mikrofon unter der Matratze steckt.

Lucy war dafür nicht der Typ.

Das Etablissement des Herrn Dinkeldey befand sich in einem jener altherrschaftlichen Wohnhäuser in den Nebenstraßen des Kurfürstendamms. Es nahm die gesamte zweite Etage ein – angenehm geräumige Zimmer mit hohen stukkoverzierten Decken, einige davon mit Spiegeln versehen. Das Dekor war zweckentsprechend: solide Möbel mit tiefen Polstern, diskrete Ölgemälde, Orientteppiche. Lucys Haut, gegen das Flaschengrün der Couch – also das war schon etwas Besonderes.

Die Verwicklungen begannen mit dem Ring. Dieser Ring war ein prachtvolles Stück, ein Geburtstagsgeschenk von meiner Frau, gekauft mit ihrem eigenen, ererbten Geld; der Verlust würde endlose Vorwürfe bringen.

»Lucy«, sagte ich, »habe ich mir die Hände gewaschen?«

Lucy räkelte sich. »Meinst du – danach?«

»Ja.«

»Aber du weißt doch, Katerchen, daß du dich seither nicht vom Fleck gerührt hast. Wenn du dich waschen willst, die Badezimmertür ist, wo sie immer war.«

»Aber mein Ring ist nicht, wo er immer war.« Ich hob die linke Hand, die Finger gespreizt; am vierten Finger zeigte ein heller Streifen, wo der Ring gesessen hatte.

Lucy nahm meine Hand und führte sie ihren Leib entlang und bemerkte: »Wie du siehst, hat mein Kostüm keine Taschen.«

»Lucy...! Ich habe nicht andeuten wollen...«

»Was fragst du mich dann!« Sie war aufgesprungen und warf sich ihren Kimono über. »Seit zwei Jahren kommst du zu mir – hast du auch nur einen Knopf vermißt?«

Ich richtete mich auf. »Lucy, hab ich ein Wort gesagt, daß du den Ring hättest?«

Ihr Ton wurde schrill: »Warum meldest du's dem Dinkeldey nicht? Läßt ihn meine Handtasche durchsuchen, meine Kleider« – sie zeigte mir ihren liebenswerten Hintern – »oder das da?«

»Lucy«, bat ich, »versteh doch: Es ist nicht der Ring – es ist meine Frau! Ich habe genug Schwierigkeiten im Amt; zu Hause will ich meine Ruhe haben.«

»Zu Hause will er seine Ruhe...!« mokierte sie sich.

Ich versuchte, mir meine einzelnen Bewegungen ins Gedächtnis zurückzurufen, um festzustellen, bei welcher Gelegenheit der Ring abgefallen sein mochte und wohin, aber was für Männer sind das, die im Geiste Buch führen über jede Zärtlichkeit, jede Umarmung.

»Katerchen!« Lucy schien erkannt zu haben, daß ich sie nicht für so dumm und geschäftsuntüchtig hielt, einem Stammkunden einen Ring zu stehlen. »Du *hast* dir die Hände gewaschen – aber vorher!«

Ich wußte, daß ich meine Hände vorher gewaschen hatte. Ich tue das stets und stecke mir gewohnheitsmäßig den Ring wieder an den

Finger – eine Reflexbewegung. Dennoch begab ich mich ins Badezimmer.

Das Regal über dem Waschbecken war leer. Auch auf den Fußbodenfliesen lag nichts. »Lucy!« rief ich.

Träge: »Ja, Katerchen?«

»Kein Glück.«

Bei der Rückkehr ins Zimmer bemerkte ich, daß sie ihren Kimono wieder abgestreift hatte. Ihre langen, aufregenden Beine lagen vorteilhaft drapiert auf der flaschengrünen Couch. Ich wandte den Blick ab. Ich kroch unter das Bett. Ich verfluchte den Ring, meine Frau, den Staub – die Zimmermädchen hatten nur flüchtig gesaugt – und tauchte endlich auf, mit leeren Händen, Dreckstreifen auf der nackten Brust.

»Bist du sicher, Katerchen, daß du den Ring überhaupt am Finger gehabt hast?«

Mein Gesicht färbte sich wohl sehr rot.

»Fühlst du dich nicht gut? Soll ich Herrn Dinkeldey rufen? Herr Dinkeldey hat immer Herztropfen da, für den Fall...«

Ich riß das Bett auseinander. Ich gestehe, ich war destruktiv. Ich schmiß die Kissen auf den Fußboden, die Laken; ich zerrte die Matratze hoch. »Lucy...«

»Gefunden?«

»Komm hierher, Lucy!«

Lucy löste sich von der Couch. Mein Hirn fuhr fort, Eindrücke festzuhalten – das zerstörte Bett, meine Schuhe und Socken, den matt glänzenden Rücken der kauernden Lucy und ihre spitzen Finger, die den kleinen metallenen Gegenstand hielten, der meine Aufmerksamkeit erregt hatte.

»Oh, Katerchen...«, sagte sie besorgt, »was ist denn das?«

Ich hatte die Geistesgegenwart, das im Zimmer befindliche Rundfunkgerät in voller Lautstärke anzustellen. »Das, Lucy«, sagte ich dann, »nennt man in Fachkreisen eine Wanze.« Dann zog ich mich hastig an. Als ich den rechten Fuß in den Schuh hineinschob, stieß ich mit dem großen Zeh auf etwas Hartes, meinen Ring.

Zwei Jahre sind eine lange Zeit. Angenommen einen Durchschnitt von zweieinhalb Besuchen pro Woche im Etablissement des Herrn Dinkeldey und ferner angenommen, daß die Matratze vom ersten Besuch an derart angereichert war – wieviele Tonbänder ergab das? Und wieviele Informationen enthielten diese Tonbänder, die interessierten Stellen von Nutzen sein konnten?

Ich zündete mir meine Zigarre zum dritten oder vierten Male an. Dann schob ich den Stummel in den kleinen Aschbecher in der Armlehne. Das Flugzeug brummte durch eine endlose Nebelmasse, deprimierend. Fast seit Tempelhof staken wir in den Wolken, und es sah nicht aus, als würden wir bis zur Landung in Köln aus der Suppe herauskommen. Die Wolkendecke schien sich bis in mein Gehirn hinein zu erstrecken. Ich suchte mir zu vergegenwärtigen, was ich wohl während der gut zweihundertfünfzig Besuche bei Lucy an Belastendem gesagt haben könnte. Das Unglück ist, daß der Mann das Weib immer beeindrucken möchte. Es liegt ihm im Blut, seit der erste Höhlenbewohner Riesentiere an die Höhlenwand malte, um den Mädchen zu beweisen, was für ein mächtiger Jäger er war. Und dann besteht da das Bedürfnis, Dampf abzulassen: Endlich hat man ein sympathisierendes Ohr gefunden, dem man sich mitteilen kann in der Gewißheit, daß das hinter dem Gehörgang liegende Gehirn weder Einzelheiten behält noch Zusammenhänge begreift.

Wie nun aber, wenn ein zusätzliches Ohr mitlauscht?

Wessen Ohr?

Mein erster Impuls war gewesen, Herrn Dinkeldey zu packen und die Antwort auf diese Frage aus ihm herauszuschütteln. Aber Herr Dinkeldey war um einen Kopf größer als ich und sah nicht aus, als ob sich so leicht etwas aus ihm herausschütteln ließe. Wahrscheinlich würde er Unwissenheit mimen, und bis ich jemanden herbeischaffte, der ihm die Daumenschrauben ansetzen konnte, würde er jeglichen Beweis beiseite gebracht haben. Im Gegenteil, meine unmittelbare Aufgabe war es, während ich das Radio weitertönen ließ, Lucy zu überzeugen, daß der Fund nichts Aufregendes war; daß, da die Hälfte aller Regierungskunst darin bestände, gut informiert zu sein, solche Abhörapparaturen zumeist den Behörden dienten; und daß sie sich nicht den Kopf zerbrechen, sondern den Zwischenfall lieber vergessen möge.

Ich glaube, ich war trotz der lauten Musik recht überzeugend. Am Ende, noch immer ein wenig blaß, fragte Lucy: »Aber wenn es nun nicht die Behörde ist? Wenn es privat wäre – jemand, der das Band deiner Frau verkaufen oder dich mit der Drohung erpressen will, daß er's ihr verkaufen wird?«

Ein solches Mitempfinden zeigen nur Menschen mit wirklichem Herz. Ich half Lucy, das Bett in Ordnung zu bringen, und sorgte dafür, daß das Mikrofon an seinen alten Platz kam; ich küßte sie zum Abschied, statt sie auf den Popo zu patschen; und ich zählte die Geldscheine nicht, die ich unters Kopfkissen schob. Aber auf dem Weg zum Flughafen fiel mir das ganze Unheil wieder aufs Gemüt.

Immer noch flogen wir im Nebel. Ein schönes Theater, wenn wir nicht in Köln landen könnten, wo Johann mit dem Wagen auf mich wartete, sondern weiterfliegen müßten nach Frankfurt oder München oder sogar zurück nach Tempelhof.

Ich zündete eine frische Zigarre an und stellte die Rücklehne tiefer; vielleicht ließ sich so besser nachdenken.

Zwei Jahre, zwei- bis dreimal die Woche. Und ich war ja nicht irgendwer. Von den elf amtlichen, halbamtlichen und beinahe nichtamtlichen Organisationen, die, wie ich wußte, einander unter Beobachtung hielten, hätte ich auf der Stelle vier nennen können, deren Chefs große Summen gezahlt hätten, um sich meine Gespräche mit Lucy einmal anzuhören. Lucy war eine so gute Zuhörerin gewesen. Sie schmiegte sich an und begann zu schnurren, und dann erzählte man eben – Kleinigkeiten nur, keine wirklichen Staatsgeheimnisse; aber es sind die Kleinigkeiten, aus denen sich das große Bild zusammensetzt.

Es gab nur einen Menschen, der da helfen konnte. Mutzmann.

Ich blickte auf die Uhr. Wir waren aus dem Nebel heraus und über dem Flugfeld. Die Maschine senkte sich.

Der Mensch ist ein Gewohnheitstier. Einfach sehen, wie Johann höflich-stramm grüßte, hören, wie der Wagenschlag mit sanftem Klicken ins Schloß fiel, und sich ins Polster sinken lassen gab einem das Gefühl des Geborgenseins.

»Nach Hause, Herr Ministerialrat?« fragte Johann, als wir uns dem Weichbild Bonns näherten.

»Nein«, sagte ich, »noch nicht« und gab ihm die Adresse der stillen alten Villa in der stillen alten Straße über dem Rhein, wo Mutzmann wie eine Spinne in ihrem Netz saß. Harald Mutzmann und ich hatten im Kriege in dem gleichen Beschaffungsamt gearbeitet, wir waren wegen der gleichen Kriegsverbrechen untersucht, mit den gleichen Begründungen denazifiziert und für die gleichen Zwecke wieder in den Regierungsdienst gestellt worden. Wir hatten die gleichen Ansichten, verfolgten die gleiche Politik, pflegten die gleichen Kontakte und machten im gleichen Schritt Karriere – und all dies völlig neidlos. Wir anerkannten einer des anderen Fähigkeit, jeder auf seinem Gebiet, und unterstützten einander, wo immer angängig. Solche Bindungen sind gefühlsmäßigen vorzuziehen.

Mutzmann empfing mich ohne Umstände. »Ein bißchen früh zurück?« sagte er und knetete sich das dickbehäutete Kinn. Er war also von meinen Zeitplänen informiert.

»Es ist etwas passiert«, gestand ich.

Seine Augen, seit je zu klein für das enorme Rot des Gesichts, verengten sich zu Schlitzen. »Nichts Gutes, nehme ich an?«

»Katastrophal«, sagte ich.

Er lehnte sich zurück in seinem Sessel und hörte schweigend zu und schwieg auch noch, nachdem ich fertig war mit meinem Bericht.

»Harald«, sagte ich schließlich, »wenn ich wegen so was zurücktreten müßte – es wäre unverzeihlich.«

»Nur keine Panik«, sagte er. »Glaubst du, du bist der einzige, der je in dem Bett gelegen hat?«

»Nein.«

»Oder glaubst du, das Mikrofon, das du gefunden hast, war das einzige in dem Etablissement?«

»Nein.«

»Denk mal nach: Wer hat dir die Adresse empfohlen?«

Ich sagte es ihm. Es war ein Kollege mit Verbindungen zu allen Bundestagsparteien, zu sämtlichen Regierungsdienststellen und zu jeder der elf Organisationen, welche die Mikrofone unter die Matratzen des Herrn Dinkeldey praktiziert haben konnten. Wenn dieser Kollege mir aus politischer Gefälligkeit die Adresse gab, dann hat er sie auch anderen gegeben, die gleichfalls dienstlich in Berlin zu tun hatten.

»Na also!« sagte Mutzmann. »Warum denn gleich von Rücktritt reden. Wenn jeder, der deine Adresse benutzt hat, sein Amt hinschmisse, dann hätten wir eine ernsthafte Störung der Regierungstätigkeit... Aber« – das Grinsen schwand von seinem Gesicht – »wir werden den Herrn Dinkeldey in aller Stille einmal überprüfen. Wir möchten ja wenigstens wissen, wer von der Konkurrenz die Tonbänder erhalten hat.«

Bei meinen folgenden Besuchen in Berlin hielt ich mich dem Etablissement fern. Ich rief nicht einmal an, obwohl ich Lucy vermißte und ihre Stimme, wenn sie »Katerchen« sagte.

Und dann – ich saß in meiner Bonner Dienststelle und las gerade den Rosner-Bericht über gegenseitige Verflechtungen – glaubte ich durch die geschlossene Tür hindurch ihre Stimme zu hören. Das Sprechgerät auf meinem Schreibtisch schnarrte; meine Sekretärin teilte mit: »Ein Fräulein Giesecke wünscht Sie zu sprechen, Herr Ministerialrat.«

Die Tür flog auf. »Katerchen! Bin *ich* froh, daß ich dich gefunden hab...«

Direkt hinter Lucy das Gesicht meiner Sekretärin – eine Studie.

»Das geht schon in Ordnung«, sagte ich. »Fräulein Giesecke ist eine Familienbekanntschaft.«

Meine Sekretärin schloß die Tür.

Lucy warf sich in den großen, ledergepolsterten Sessel vor meinem Schreibtisch und hakte ihre Knie über die Armlehne. »Katerchen!« sagte sie, »deine arme Lucy hat *einiges* hinter sich.«

»Zunächst einmal«, sagte ich, »wie hast du mich überhaupt ausfindig gemacht? Und wie bist du an meiner Sekretärin vorbeigekommen?«

»Och« – sie verzog den Mund –, »die Hauptsache ist doch, ich bin hier. Oder?« Dann fügte sie hinzu: »Du hättest sie sehen sollen, wie sie den Laden aushoben. Sogar den imitierten Brokat haben sie von den Wänden gerissen!«

»Wer hat den Laden ausgehoben?«

»Die Herren haben sich nicht vorgestellt. Sie haben mir zwei Minuten gegeben, mich fertigzumachen« – sie war empört –, »zwei Minuten!«

Ich stellte mir die Szene vor.

»Dann verluden sie uns in einen vergitterten Wagen, und die Leute standen auf dem Trottoir und sperrten das Maul auf. Nur Herr Dinkeldey kam in eine Limousine, ein Mann rechts von ihm und einer links. Ich hörte noch, wie er protestierte: Ich bin Offizier...«

»Was für ein Offizier? Von welcher Armee?«

»Das hab ich nicht mehr hören können.« Lucy nahm die Knie von der Armlehne und trat um den Schreibtisch herum und streichelte mir den Hinterkopf bis hinab zum Nacken. Sie wußte, das gibt mir eine Gänsehaut. »Sie haben mich eingesperrt. Und einen Haufen Fragen haben sie mich gefragt.«

»Worüber?«

»Auch über dich... Katerchen.«

»Ja?« brachte ich fertig zu antworten.

»Was soll deine arme Lucy jetzt bloß machen?«

Das Telephon klingelte: der Privatapparat. Ich hob den Hörer ab.

»Mutzmann.« Es klang sachlich wie immer. »Komm doch mal zu mir. Am besten jetzt.«

Ich sagte, ich hätte Besuch.

»Jetzt«, sagte Mutzmann.

»Jetzt«, bestätigte ich.

»Katerchen?« fragte Lucy.

Ich begann mich zu entschuldigen. Aber da zeigte sich wieder, wie Lucy war – einfühlend, verständig. Sie würde sich die Stadt ein bißchen besehen. In zwei Stunden wäre sie wieder hier, länger würde es bei mir doch wohl nicht dauern? Und könnte ich ihr vielleicht mit einer Kleinigkeit aushelfen; ihr letztes Geld sei für das Reisebenzin draufgegangen.

Mutzmann war verändert. Sein Blick war kalt, alles an ihm war auf Distanz eingestellt; es war, als hätten wir nie vor dem gleichen Richter unter der gleichen Anklage gestanden.

Er wies auf die vor ihm liegende Akte. »Der Fall Dinkeldey«, sagte er. »Katastrophal – um dein eigenes Wort zu gebrauchen.«

»Aber letztes Mal sagtest du doch –«

»Letztes Mal hatte ich eben nur deine Darstellung.«

»Meine Darstellung war korrekt.«

»Nach dem da zu schließen« – wieder die abrupte Handbewegung in Richtung der Akte –, »befürchte ich, daß ich dich nicht länger decken kann.«

»Aber warum?« stammelte ich.

»Warum! Weil der Empfänger der Tonbänder keine der elf hier arbeitenden Organisationen ist, sondern eine zwölfte, und zwar mit Zentrale in Berlin –«

»Berlin...«, sagte ich tonlos.

»Berlin-Lichtenberg«, sagte Mutzmann. »Ostberlin!«

»Oh«, sagte ich.

»Oh«, höhnte er. »Ich befürchte, alter Freund, das Rücktrittsgesuch wird dir nicht erspart bleiben.«

Ich schleppte mich zum Fenster und blickte hinaus auf die Stadt meines Wirkens. Hinter meinem Rücken hustete Mutzmann. Das Sprechgerät schnarrte. Seine Sekretärin quäkte ein paar hastige Worte.

Dann flog die Tür auf. »Katerchen!«

Ich fuhr herum. Lucy kam ins Zimmer geflattert, eilte auf Mutzmann zu, umarmte ihn. »Deine arme Lucy hat *einiges* hinter sich!«

Mutzmann versuchte sie abzuwehren. »Wie hast du mich überhaupt ausfindig gemacht? Und wie bist du an meiner Sekretärin vorbeigekommen?«

»Die Hauptsache ist doch, sie ist hier«, sagte ich. »Oder?«

»Katerchen!...« Lucys Stimme verlor sich.

Mutzmann wischte sich den Lippenstift vom Kinn.

»Ich befürchte, alter Freund«, sagte ich, »das Rücktrittsgesuch werden wir uns vorläufig noch sparen. Wenn jeder, der diese Adresse benutzt hat, sein Amt hinschmisse, hätten wir eine ernsthafte Störung der Regierungstätigkeit.«

Ein sehr guter zweiter Mann

»Robert!«

Der Mann, der unter dem Ventilator saß, wandte sich träge um. Dann erkannte er mich. »Mein Gott!« Er sprang auf. »Wie in aller Welt kommst du denn hierher?« Über die offene Veranda hinweg wies er auf die staubigen Palmen, die dastanden wie die abgekämpften Letzten eines verlorenen Bataillons. Aus dem Lautsprecher, der an einem weißgetünchten Pfosten hing, klangen in monotonem Wechsel monotone Sätze, zuerst in unserer Sprache, dann in der Sprache des Landes.

»Ich bin hergekommen, um über die Sache hier zu schreiben«, sagte ich. »Das ist doch einen Artikel wert – besonders für unsere Blätter zu Hause –, daß wir diese Brücke gebaut haben. Immerhin ist unser Projekt den besten Entwürfen der westlichen Konkurrenz vorgezogen worden. Aber wem erzähl ich das – schließlich bist du der Mann, der die Brücke gebaut hat...«

»Der Mann, der die Brücke gebaut hat«, sagte Robert, »steht jetzt dort und hält eine Rede.«

»Oh!« sagte ich.

»Whisky und Soda?« Robert setzte sich wieder hin und schob Flaschen und Glas über den Tisch. Das stetige Schwirren des Ventilators, der unter der Decke angebracht war, hielt die spärlichen Haare auf seinem sonnengebräunten Schädel in leiser Bewegung. Robert war älter geworden. Hagerer und älter, mit einem sehnigen Hals und müden, rotumränderten Augen. Vielleicht trank er zu viel.

»Und was ist das für ein Mann?« fragte ich ihn.

»Er heißt Kriwitzky«, sagte er.

»Hoffentlich versteht er von der Technik mehr als vom Reden«, sagte ich.

»Willst du damit sagen, daß du noch nie von Kriwitzky gehört hast?« erkundigte sich Robert. »Was bist du für ein Journalist! Er hat den großen Viadukt über die Lungfo-Schlucht gebaut und den Damm, der Nord- und Südmachabar verbindet, und die Hängebrücke über den Blauen Mvani – du müßtest doch etwas gelesen haben von der Berühmtheit, die unser großer Ingenieur erlangt hat, und von dem großen Ansehen, das er unserer Republik eingebracht hat?«

Er trank.

Ich erinnerte mich dunkel; da hatte in den Zeitungen und Zeitschriften einiges gestanden über diese Brücken, die gleichzeitig auch Brücken waren von unserer sozialistischen Republik zu den vom Kolonialismus befreiten Ländern, und daß wir nicht bloß technische Kenntnisse exportierten, sondern auch Freundschaft zwischen den Völkern. Nur dachte ich immer...

»Ich dachte immer, der Lungfo-Viadukt wäre deine Arbeit, Robert!« meinte ich. »Hast du mir das nicht selber gesagt, als wir uns das letzte Mal trafen?«

»Das war vor vier Jahren!« erklärte er. »Inzwischen bin ich eines Besseren belehrt worden.«

Ich goß meinen Whisky in einem Zug herunter. Mein Buschhemd, so dünn es war, kam mir vor wie eine mittelalterliche Rüstung. Dem Ventilator schien es schwerzufallen, die dicke, heiße Luft zu durchschneiden. Kriwitzkys Stimme klang auf uns herab, voller Würde und Schmelz.

»Bei uns hieß er immer die Maus.«

»Wer?« fragte ich, erstaunt über sein scheinbares Abschweifen vom Thema.

»Kriwitzky«, sagte Robert. »Er hat so ein Mausgesicht, alles läuft spitz auf die Nase zu; aber selbst der Nase fehlt Charakter. Und wenn er schon ankam mit seinen gezierten Schrittchen... Nein, damals schwang er noch keine Reden. Und wenn er etwas sagte, leitete er es immer mit dem gleichen Satz ein: ›Natürlich kann ich mich irren, ich bin ja nur der einfache Sohn eines einfachen Arbeiters...‹«

»Robert!« wandte ich ein. »Übertreibst du nicht ein bißchen? Oder macht das die Hitze?...«

Er lachte freudlos. »Geh und schreib deinen Artikel«, sagte er. »Sammle seine Weisheiten und serviere sie – der Leser ist Kummer gewohnt. Ich kenne Kriwitzkys Rede schon. Du hast noch mindestens fünfzehn Minuten vor dir, mit Übersetzung sogar dreißig, das dürfte dich hinreichend beschäftigen, und ich habe meine Ruhe.«

Ich goß mir noch ein Glas ein, ein Drittel Whisky, zwei Drittel Soda, und setzte mich in meinem Stuhl zurecht. Es gibt dort unten diese Stühle mit langen Armlehnen, auf denen man die Füße ausstrecken kann; mit einem Drink daneben ist das in neun von zwölf Monaten die einzige erträgliche Körperhaltung in diesem Lande.

»Also erzähl, Robert«, sagte ich. »Ich bin bereits bei meinem Artikel.«

Er schaute mich über den Rand seines Glases hinweg an. »Wirklich? Man wird dir die Geschichte nicht drucken; sie ist weder schön noch genügend positiv, noch regt sie zur Vollbringung von Heldentaten sozialistischer Arbeit an.«

»Du bist Ingenieur für Stahlbau und ich für menschliche Seelen«, sagte ich. »Mach dir daher um mein Fach keine so großen Sorgen. Ich werde das Positive aus der Sache schon heraushören.«

»Na schön«, sagte er, rieb sich die Augen und knöpfte sein Hemd auf. »Angefangen hat es mit der Verwechslung an der Lungfo-Schlucht. Irgendeiner in unserer Kaderabteilung hatte entschieden, daß Kriwitzky mitkommen müsse. Vielleicht wollte ihn jemand für ein Weilchen los sein, oder jemand hatte ein schlechtes Gewissen, weil der einfache Sohn des einfachen Arbeiters niemals irgendwohin kam, oder vielleicht...«

»Aber du bist doch auch ein Arbeiterkind!«

»Ich habe als Schweißer angefangen«, sagte Robert ungeduldig. »Soll ich damit Reklame machen?«

Ich verscheuchte ein paar müde Fliegen, die sich auf meinem Knöchel ausruhen wollten. Ich kannte den Weg, den Robert gegangen war, die schwere körperliche Arbeit am Tage, die durchstudierten Nächte, dazwischen die Jahre im Gefängnis, während Hitler Europa einkassierte...

»Ich hatte nichts für und nichts gegen diesen Mann«, fuhr er fort. »Ich empfand höchstens eine Art Mitleid mit ihm – diesem Mäuschentyp, der versuchte, jemand zu sein, und dabei genau wußte, daß er für die Arbeit nicht zu gebrauchen war, und sich dennoch ständig bemüßigt fühlte, eine Meinung zu äußern, und weder Russisch noch Englisch konnte noch eine der asiatischen Sprachen und überhaupt verratzt und verraten war... Sooft ich eine freie Minute hatte, übersetzte ich für ihn oder zeigte ihm die Sehenswürdigkeiten oder versuchte ihm einen Begriff zu geben von dem Land, in dem er sich befand, und dem Volk, mit dem er arbeiten sollte. Bis er mir einmal erklärte, daß er als Marxist nicht viel von einem Lande gesehen zu haben brauche, um zu wissen, was dort los sei. Auch danach zog ich ihn immer noch hinzu, wenn wir mit den einheimischen Ingenieuren verhandelten oder mit den Behörden oder den Arbeitern und ihren Organisationen. Du weißt ja, wie das ist, du weißt, wie die Menschen hier auf Europäer reagieren – sogar auf Europäer aus dem sozialistischen Teil Europas –, und wir zwei waren die einzigen Vertreter unserer Republik. Ich wollte die Leute hier nicht merken lassen, daß einer von den zweien, die zu ihnen geschickt wurden, ein Versager war.«

Er schwieg einen Augenblick. Die Stimme aus dem Lautsprecher, die das Nebengeräusch zu seiner Erzählung geliefert hatte, wurde deutlicher. Sie sprach über unsere sozialistische Republik und über dieses vom Kolonialismus befreite Land, die beide durch diese Brücke verbunden wurden, und daß wir nicht bloß technische Kenntnisse exportierten, sondern auch Freundschaft zwischen den Völkern...

»Als der Lungfo-Viadukt fertig war«, sprach Robert mit geschlossenen Augen weiter, »gab es eine kleine Feier – das Übliche, Reden und Fahnen und ein paar Trinksprüche; und dann wurde ein Band durchgeschnitten, bevor der erste Zug mit wehenden Flaggen über die Brücke polterte. Wie Weintrauben hingen die Menschen an der Lokomotive! Es war schon großartig, die Lokomotive mit dem roten Stern am Bug. Es war großartig, weil das die erste Lokomotive war, die je die Schlucht überquerte, ganz hoch oben – wie einer von diesen winzigen Käfern auf einem Grashalm, die man auf chinesischen Aquarellen sieht –, und weil sie ein neues Land erschloß für ich weiß nicht wie viele Millionen Menschen...«

Der Hals der Flasche klirrte hart gegen Roberts Glas; seine Hand zitterte beim Eingießen.

»Nimm es nicht so schwer«, sagte ich.

»Es packt einen eben manchmal«, meinte er, ließ aber offen, was ihn packte.

»Kann man diesen Krach nicht abstellen?«

Er zuckte die Achseln und fuhr fort: »Ich mußte damals eine Rede halten. Ich versuchte zu sagen, was ich empfand. Ich bin kein besonders guter Redner; ich sehe etwas, ich spüre es bis in die Fingerspitzen, aber ich habe Hemmungen und kann es nicht in die richtigen Worte fassen. Doch damals waren meine Hemmungen wie weggeblasen. Ich dachte an die vielen Menschen, die gemeinsam gearbeitet hatten, an die vielen tausend Bauern, die geschippt und gehackt und mit ihren Karren den Dreck abgefahren hatten, an die Arbeiter, die in schwindelnder Höhe gehangen hatten, nietend und schweißend, in eisigen Stürmen, in der schlimmsten Hitze, in Nächten, in denen man keinen Hund hinausjagen würde. Und ich glaube, ich habe das einigermaßen zum Ausdruck gebracht, denn nachher kamen ein paar von diesen Bauern und ein paar von den Arbeitern und umarmten mich, als wäre ich ihr Bruder. Und dann, ein paar Tage später, zeigte mir jemand einen Artikel in der Zeitung der nächsten Bezirksstadt und übersetzte mir, daß der weltberühmte Ingenieur B. R. Kriwitzky, den die Arbeiter unserer sozialistischen Bruderrepublik zu uns gesandt hatten und so weiter und so fort, bei der Einweihung des Lungfo-Viadukts, zu dessen Bau er so viel beigetragen hatte und so weiter und so fort, äußerst bewegende Worte fand und erklärte, daß – und so weiter und so fort.«

Ich lachte.

»Ich habe damals auch gelacht«, sagte Robert. »Was kommt es darauf schon an, habe ich mir gedacht. Irgendein Lokalreporter, der weder den einen noch den anderen von uns kennt, hat sich im Baubüro erkundigt und unsere Namen verwechselt, und so ist Kriwitzky endlich in die Zeitung gekommen, wenn sie auch in Buchstaben gedruckt war, die er nicht entziffern konnte, und in einer Stadt erschien, die kaum mehr war als eine Ansammlung von Lehmhütten. Ich gab ihm sogar ein Exemplar der Zeitung als Andenken, und er hat es mit vielem Dank eingesteckt.«

»Hat er denn das Witzige der Sache nicht begriffen?«

Robert überlegte einen Augenblick. »Vielleicht«, meinte er schließlich. »Aber wenn auch, auf wessen Kosten ging der Witz? Jedenfalls glaube ich nicht, daß er Sinn für Humor besitzt. Sonst hätte das, was nachher kam, nie geschehen können.«

»Was kam nachher?«

»Diese verfluchte Zeitungsnachricht hat uns verfolgt, den ganzen Weg von der Lungfo-Schlucht bis nach Hause ins Hauptbüro. Als wir in der Hauptstadt jenes Landes eintrafen, war die Geschichte schon bis dorthin gedrungen und begrüßte mich auf der ersten Seite der englischsprachigen Zeitung, die dort erscheint. In Moskau mußten wir das Flugzeug wechseln. Ich hatte gerade genug Zeit, die Abendzeitung zu kaufen – zweite Seite, dritte Spalte: *Brücke von Rekordlänge und Rekordhöhe in Rekordzeit errichtet – Einweihung durch den bekannten Ingenieur B. R. Kriwitzky.* Und als das Flugzeug den Boden unserer kleinen Republik berührte, warteten die Photographen schon auf Kriwitzky, und die Leute von der Wochenschau filmten ihn, wie er die Laufbrücke heruntertrippelte und von sechs kleinen Mädchen in Pionierkleidung mit einem Strauß rosa Rosen begrüßt wurde. Vielleicht hast du's sogar zu Hause im Kino gesehen.«

Ich stand auf. Sobald ich außer Reichweite des Ventilators kam, umhüllte mich die erbarmungslose Hitze. Ich ging trotzdem weiter, aus dem Zimmer über die Veranda, aus dem Schatten in die Sonne, bis zu dem weißgetünchten Pfosten. Mit einem Daumendruck ließ ich die große Klinge meines Taschenmessers herausspringen und zerschnitt das Kabel.

Die gesegnete Stille, die dann folgte, wurde durch das Lachen hinter mir, wo Robert saß, zerrissen. Ich ging zu ihm zurück. Ich hob meine Füße wieder auf die Armlehnen meines Stuhls und unterbrach sein Lachen mit einer ärgerlichen Handbewegung und fragte: »Und er? Was hat er eigentlich zu der ganzen Komödie gesagt?«

»Er? Er hat sich gesträubt, mit genau dem richtigen Aufwand an Bescheidenheit – es wäre zu viel Auszeichnung für ihn, und ich müßte die Hälfte seiner Rosen bekommen, und schließlich mußten die Pressephotographen ein Bild von uns beiden aufnehmen, von ihm und von mir, umgeben von den sechs kleinen Mädchen...«

»Rührend«, sagte ich.

»Rührend«, bestätigte Robert.

»Aber bei deiner Firma hätten sie doch Bescheid wissen müssen«, sagte ich. »Sie wußten doch, wen sie geschickt hatten, und sie kannten die Fähigkeiten von euch beiden!«

»Gott, ja«, sagte er. »Natürlich wußten sie. Aber das Komische an den Menschen ist, daß die meisten sich ihres eigenen Urteils nicht ganz sicher sind. Ich erkannte das an der Art, wie sie mich in der Kaderabteilung ausfragten. Sie haben es niemals ausgesprochen, aber ich konnte es förmlich riechen: Vielleicht war doch etwas dran an der Geschichte, die von der Lungfo-Schlucht gekommen war und die die bedeutendsten Zeitungen unserer Republik gebracht hatten. Vielleicht hatte ich mal Pech gehabt bei der Arbeit oder die Übersicht verloren, oder ich war einfach krank geworden, und Kriwitzky hatte die Leitung übernommen. Deswegen war er ja hingeschickt worden, um sie im Notfall übernehmen zu können, das stimmte doch? Und konnte man einen Bericht, der in unseren wichtigsten Zeitungen erschienen war, einfach so außer acht lassen? Schon hatte jemand von der Regierung angerufen und angedeutet, daß im Hinblick auf die Bedeutung des Lungfo-Projekts für die Freundschaft zwischen unserer Republik und den Brudervölkern der anderen sozialistischen Staaten sowie den vom Kolonialismus befreiten Menschen der unterentwickelten Länder Ingenieur Kriwitzky beim nächsten Staatsfeiertag durchaus für eine ehrenvolle Erwähnung, wenn nicht gar für eine Prämie, verbunden mit Orden, in Frage kommen könnte.«

»Nein!« sagte ich.

»Nein«, sagte er, »er hat es nicht bekommen. Damals jedenfalls nicht.«

Die Fliegen waren wieder da. In diesem Teil der Welt veranstalteten die Fliegen ganze Völkerwanderungen, und wo der Stammeshäuptling hinfliegt, fliegen sie alle hin, und wo er sich niederläßt, lassen sich alle nieder und trotzen jeder Gegenmaßnahme. Die Fliegen saßen wieder auf meinem Knöchel.

»Du mußt sie marinieren«, schlug Robert vor. »Versuch's mit Whisky.«

Ich griff nach der Flasche, füllte mein Glas und schlug mit meinem Notizbuch auf die Fliegen ein. »Ich werde mich lieber selber marinieren«, sagte ich. Der Einband meines Notizbuchs war mit toten Fliegen beklebt. Der Häuptling der Fliegen führte sein Gefolge auf den Lampenschirm, zwecks Umdisponierung der Truppe.

»Warum hast du geschwiegen und kein Wort gesagt?« fragte ich.

»Warum?« Robert runzelte die Stirn. »Wahrscheinlich, weil es zu peinlich gewesen wäre.«

»Peinlich! Der Tag, wo wir uns Empfindsamkeit und andere edle Gefühle leisten können, wird kommen; wir arbeiten darauf hin; aber es wird noch ein paar Jahre dauern.«

»Nun«, sagte er, »versetz dich in meine Lage! Auf der einen Seite stehe ich, ein Fachmann von Renommee, bekannt, geschätzt wegen einiger sehr großer Projekte, und schlage Lärm wegen einer Sache, die letzten Endes nichts weiter ist als ein Druckfehler. Und auf der anderen Seite Kriwitzky, das Mäuschen, der einfache Sohn eines einfachen Arbeiters, und er hat seine erste Chance bekommen, sich draußen zu bewähren, und ich erdrücke ihn. Ich sage, er hat überhaupt nichts beigetragen zu dem Viadukt über die Lungfo-Schlucht, alles habe ich selber geleistet, einschließlich der Abschlußrede. Wie hört sich das an? Gut oder schlecht?«

»Schlecht«, sagte ich.

»Na also«, fuhr er fort. »Dazu kommt, daß sie ihn immer übersehen haben, weil er so klein ist und so mäuschenhaft und gehemmt. Aber andere, so fürchten sie, haben ihn nicht übersehen – ein Reporter in dem fremden Land dort an der Lungfo-Schlucht, dann Dutzende von Redakteuren und jetzt sogar jemand vom Ministerium. Womöglich haben sie einen Fehler gemacht? Sie sind unsicher. Ihr Gewissen macht ihnen zu schaffen. Ein Wort von mir gegen ihn, und sie würden noch entdecken, daß sie schon immer gewußt haben, wer der größte Ingenieur der Republik ist, und daß Leute wie ich sich verschworen haben, Kriwitzky nicht hochkommen zu lassen.«

»Ich verstehe«, sagte ich.

»Aber gewiß verstehst du«, sagte Robert, trank, wischte sich mit dem Handrücken den Mund und dann die Stirn. »Aber gewiß verstehst du – und er verstand auch. Er spielte seine Karten richtig aus. Er bezwang sich, obgleich er fast platzte im Bewußtsein seiner neuen Persönlichkeit. Er trippelte immer noch herum und leitete seine abgedroschenen Bemerkungen in der üblichen Weise ein, aber seine Bemerkungen wurden häufiger und ihr Ton autoritativer, und bei den Konferenzen in unserm Büro saß er manchmal mit großartiger Geste da, den Arm über die Rückenlehne des Stuhls gehakt.«

Robert drapierte sich in seinem Stuhl und zauberte allein durch seine gewundene Haltung eine perfekte Mischung von Eitelkeit und falscher Bescheidenheit hin. Eine Sekunde später schlug er auf die Fliegen ein, die sich auf seinem verschwitzten Nacken niedergelassen hatten, und der widerliche Eindruck war sofort verschwunden.

»Dann kam der Machabar-Damm«, sagte er, »und die Frage, wer dort hingehen und die Verantwortung für den Bau übernehmen sollte. Bist du mal über den Damm gefahren?«

Ich schüttelte den Kopf. »Aber ich habe gelesen, daß es eine sehr schwierige Arbeit war.«

»Leicht war es nicht«, sagte er. Die Fliegen hatten sich davongemacht, und er war wieder ruhig geworden und trank in kleinen Schlucken. »Nicht etwa, daß die Bucht von Machabar besonders tief wäre; aber sie hat praktisch überhaupt keinen Grund. Was man auch hineinkippt, wird vom Schlamm aufgesaugt. Unheimlich! Und ein Teil des Damms mußte als Drehbrücke gebaut werden, damit die Schiffe vorbeikommen.«

»Also hat man dich geschickt?«

Er nickte.

»Zusammen mit Kriwitzky?«

Er nickte wieder.

»Und du hast dir das gefallen lassen?«

Er trank. Er wollte das Glas von neuem füllen, aber die Flasche war leer, und er warf sie durch die Tür. Sie fiel auf die Veranda und rollte die Treppe hinunter.

»Wir hören wohl besser mit dem Trinken auf«, sagte ich.

»Du begreifst nicht«, sagte er. »Du begreifst überhaupt nicht, worum es geht. Es gibt in der ganzen Welt vielleicht ein halbes Dutzend Männer, die den Damm hätten bauen können, und nur ein einziger davon ist Bürger unserer Republik...«

»Um so eher hättest du deine Bedingungen durchsetzen können!« warf ich ein.

Er winkte ab. »Sie luden mich zu einer kleinen Besprechung mit dem Leiter der Kaderabteilung ein«, sagte er, »in Gegenwart von noch ein paar anderen hohen Tieren. Sie beglückwünschten mich zu dem großen Projekt, das sie mir anvertrauten, und erzählten mir, was für eine Aufgabe und von welch politischer Wichtigkeit es wäre und daß sie sicher seien, ich würde es so glänzend schaffen wie immer, und daß sie sich schrecklich freuten, das gleiche Kollektiv hinschicken zu können, das bei der Lungfo-Schlucht so harmonisch zusammengearbeitet hätte... Da unterbrach ich sie.« Er schwieg einen Augenblick. Er kicherte in sich hinein. Seine Augen suchten den Whisky, fanden keinen, wurden ärgerlich. »Aber warum denn nur? fragten sie mich. Was hätte ich gegen Kriwitzky einzuwenden? Der Mann fände nur Anerkennung für mich; er liefe herum und erzählte jedem, was für ein großartiger Ingenieur ich wäre und wie ich die Arbeiter begeistert hätte und daß er überzeugt sei, ohne mich wäre man heute noch bei dem Versuch, die Lungfo-Schlucht zu überbrücken – und ob ich mich nicht ein wenig zu subjektiv verhalte in bezug auf einen unglückseligen Irrtum eines fernen Zeitungsreporters...«

Er bemerkte mein Grinsen. »Keine Sorge!« sagte er. »Ich habe ihnen die Meinung gesagt. Ich habe ihnen gesagt, sie sollten Kriwitzky Pissoirs bauen lassen, aber für den Damm tauge er nicht. Ich sagte ihnen, sie sollten ihn zum Nordpol schicken, aber nicht an die Bucht von Machabar. Ich sagte ihnen, sie sollten...«

»Und sie?«

»Sie lächelten. Sie klopften mir auf den Rücken. Warum ich bloß so störrisch wäre, sagten sie. Und ob ich wirklich mich und mein eigenes Urteil über das des Kollektivs stellen wollte? Das Kollektiv sei der Meinung, daß Kriwitzky und ich, selbst bei einigen persönlichen Gegensätzen, großartig zusammenarbeiteten, und wenn Kriwitzky vielleicht auch nicht der Allerbeste sei, so müsse man doch bedenken, daß er nur der einfache Sohn eines einfachen Arbeiters wäre, und objektiv betrachtet, wäre es doch eigentlich meine Pflicht, ihm bei seiner Weiterentwicklung zu helfen...« Er brach ab. »Ich bin völlig ausgedörrt von dem vielen Gerede«, sagte er. »Ich muß noch etwas zu trinken haben.«

»Trink Limonade«, sagte ich. »Oder Tee.«

Er schüttelte sich. »Du kennst das doch«, sagte er. »Wenn sie eine Weile auf dir herumgeritten sind, wirst du langsam weich. Du fängst selbst an zu glauben, daß du die Dinge vielleicht doch nicht richtig siehst und daß du dich möglicherweise geirrt haben könntest und daß du deine persönlichen Zuneigungen und Abneigungen nicht mit dir durchgehen lassen darfst und daß größere Dinge auf dem Spiel stehen als die Frage, ob Kriwitzky mit an die Machabar-Bucht kommt oder nicht... Aber ich bestand darauf, daß absolut und hundertprozentig klargemacht würde, wer der Chef ist; und sie sagten, selbstverständlich, und wenn das meine ganze Sorge wäre, dann sollte ich es doch schleunigst vergessen...«

Er stand auf. Er faltete eine Zeitung der vorigen Woche zusammen und begann damit auf die Fliegen einzuschlagen, wild, unsystematisch, aber mit großer Wirkung. Endlich fiel er atemlos auf seinen Stuhl zurück. »Nach unserer Ankunft in der Bucht von Machabar«, sagte er, »stellte ich fest, daß jedem von uns beiden genau die gleiche Stellung gegeben worden war.«

»Das war zu erwarten«, sagte ich. »Ich bin ein großer Freund der kollektiven Arbeit und des kollektiven Denkens, aber wenn jemand das Kollektiv als Knüppel über deinem Haupt benutzt, dann ist gewöhnlich etwas faul an der Sache. Warum hast du nicht auf der Stelle kehrtgemacht? Warum bist du nicht nach Hause geflogen und hast ihnen erklärt, sie sollen Kriwitzky den Damm bauen lassen?«

»Das meinst du doch nicht im Ernst?« sagte er. »Ich bin Ingenieur!«

»Ich verstehe!« sagte ich. Ich blickte ihn an, seinen dürren Hals, seine müden Augen, die eingesunkenen Wangen, und ich erinnerte mich, wie er vor wenigen Jahren noch ausgesehen hatte, straff und stämmig. Und ich wußte, daß er einen Teil seiner selbst hingegeben hatte an die Stahlträger, die sich über die Lungfo-Schlucht schwingen, und an den Beton des Machabar-Damms und an die Kabel, die

die Brücke über den Blauen Mvani halten, und an alles, was er mitgeholfen hatte zu bauen, damit die Welt wohnlicher werde. »Ich verstehe«, sagte ich noch einmal.

»Ich hatte in der Machabar-Bucht nicht viel Zeit, mich um Kriwitzky zu kümmern«, begann er wieder. »Ich steckte bis über beide Ohren in der Arbeit. Jede Stunde war ein anderes Problem zu lösen, und der Damm wuchs und mit ihm die Menschen, die daran arbeiteten. Ich begegnete Kriwitzky nur gelegentlich. Er hatte ein Motorboot für sich organisiert und ein verkrachtes, versoffenes Subjekt von Dolmetscher gefunden, und überall dort, wo er Leute bei der Arbeit fand, erschien er mit seinem Boot und sah zu, Arme in die Hüften gestemmt und seinem schwankenden Adjutanten zuweilen bedeutsam zunickend. Manchmal richteten die Leute über diesen Kerl Fragen an ihn, und Kriwitzky gab dann eine jener Antworten, die alles bedeuten konnten und die durch die Übersetzung noch unverständlicher wurden. Es war sehr eindrucksvoll, und das Verwaltungspersonal begann zu ihm aufzublicken. Ein Mann, der nichts anderes zu tun hatte, als in einem Boot herumzufahren und anderen Leuten bei der Arbeit zuzusehen, mußte ein wahrer Chef sein.

Die örtlichen Beamten fingen bereits an, sich an ihn zu wenden, und bald lud er sie ein zu Rundfahrten durch den Bau und erklärte ihnen den Fortschritt der Arbeit, entsprechend seinen begrenzten Fähigkeiten und den begrenzten Möglichkeiten seines Übersetzers. Eines Tages hörte jemand zufällig, wie er einem beturbanten, juwelenbehängten Ehrengast, der mich bemerkt hatte und Näheres wissen wollte, erklärte: ›Ach der... Das ist auch ein Ingenieur... ein sehr guter zweiter Mann...‹ Ich erfuhr das erst ein paar Tage darauf, und irgendwie kam ich nicht dazu, Kriwitzky zur Rede zu stellen, und der Mann, der mir das berichtet hatte, war inzwischen fort, so daß nichts übrigblieb als unbewiesene Worte, und womöglich hätte Kriwitzky alles abgestritten oder auf seinen betrunkenen Dolmetscher geschoben...«

»Und nach der Fertigstellung des Dammes«, fragte ich, »wer hielt da die Rede?«

Robert senkte den Kopf. »Wir beide.« Wenn es je einen Augenblick gegeben hat, wo ich mich für ihn schämte, dann jetzt. »Ich sprach am Anfang der Feier und er am Ende.«

Ich griff in die hintere Hosentasche und stellte das flache Fläschchen vor ihn hin, das ich für Notfälle stets bei mir habe.

»Danke«, sagte er.

»Bitte«, sagte ich. Und dann: »Also habt ihr beide gesprochen. Aber in den Zeitungen zu Hause, nehme ich an, wurde nur sein Name erwähnt und deiner nicht. Stimmt's?«

»Ja.«

»Und was geschah dann?«

»Gar nichts. Wir kamen zu Hause an, und das Blaue-Mvani-Projekt wartete schon auf uns.«

»Uns?«

Robert entkorkte meine Flasche. »Diesmal versuchten sie nicht mehr, schonend zu sein. Sie sagten, Kriwitzky hätte bewiesen, daß er eine Chance verdiente. Sie hätten eine Menge Berichte von den örtlichen Behörden in der Machabar-Bucht bekommen, und die waren allesamt des Lobes voll über Kriwitzkys Arbeit. Sie beabsichtigten, Kriwitzky zum Chef des Projekts am Blauen Mvani zu machen, und verlangten von mir, daß ich mitgehe, um die praktische Seite der Arbeit zu leisten, während Kriwitzky sich sozusagen der Gesamtleitung des Projekts widmen sollte.«

»Ein ziemliches Stück!« sagte ich.

Er schnupperte an meiner Flasche. Der Geruch schien ihn zu befriedigen. »Hol's der Teufel!« sagte er. »Da fiel mir doch diese Bemerkung Kriwitzkys wieder ein, und ich fragte sie: ›Ihr meint also, ich wäre ein sehr guter zweiter Mann?‹«

Ich lachte.

»Sie blickten einander an«, sagte er, »und dann blickten sie Kriwitzky an, und dann sagten sie: ›Na ja, so ungefähr.‹ In diesem Augenblick hakte sich Kriwitzky von seinem Stuhl los und trippelte zu mir herüber und sagte, das käme für ihn gar nicht in Frage. Für ihn gäbe es keinen ersten und keinen zweiten Mann, es gäbe nur das Kollektiv, und entweder gingen wir beide zum Blauen Mvani, oder er bliebe auch hier. Es war eine herrliche Szene.«

»Er muß eine höllische Angst vor dem Blauen-Mvani-Projekt gehabt haben«, sagte ich.

»Eine herrliche Szene!« wiederholte Robert. Er goß etwas von dem Inhalt meiner Flasche in sein Glas und lauschte dem Blub-Blub. »Der Leiter der Kaderabteilung kam hinter seinem Schreibtisch hervor und ergriff meine Hand und legte sie in Kriwitzkys Hand und sagte, wir sollten uns die Hände schütteln, und wies darauf hin, um wieviel großzügiger Kriwitzkys Verhalten wäre als meines damals vor unserer Abreise zum Machabar-Damm und daß Kriwitzky uns allen ein praktisches Beispiel unserer neuen Ethik gegeben hätte und daß jeder von uns daraus lernen sollte.«

»Warum hast du nicht einfach Schluß gemacht?« sagte ich.

Robert trank. Er goß meinen Whisky in einem Zug hinunter, ohne Soda. »Weil ich wußte, wie wichtig dieses Blaue-Mvani-Projekt war«, sagte er, »für das Land dort und für unseres. Und weil ich ein verantwortungsbewußter Bürger einer sozialistischen Republik bin«, fügte er hinzu.

Er verfiel in Schweigen. Der Häuptling der Fliegen hatte beschlossen, seine Truppen zurückzuziehen, und nur noch die Flügel des Ventilators und die leicht schwankenden Kronen der Palmen bewegten sich. Dann kamen Stimmen, eine davon in unserer Sprache. Die Einweihungsfeierlichkeiten schienen beendet zu sein.

Draußen verabschiedeten sich Leute mit viel Lärm voneinander, dunkelhäutige und solche mit heller Gesichtsfarbe. Nur ein einziger Mann kam näher. Er trippelte die Stufen herauf, betrat die Veranda und dann den Raum. Er erblickte mich und zögerte.

»Dies«, sagte Robert, »ist Ingenieur Kriwitzky.« Und auf mich zeigend, erklärte er Kriwitzky, daß ich gekommen sei, um über die Eröffnung der neuen Brücke und über die Einweihungsfeier zu schreiben.

»Aber ich habe Sie draußen doch gar nicht gesehen«, sagte Kriwitzky zu mir, mit einem leicht argwöhnischen Unterton und einem vorsichtigen Blick auf Robert.

»Ein guter Journalist«, erwiderte ich, »kann sich sein Material überall besorgen.« Ich sah ihn mir an. Die Leute, die ihn die Maus getauft hatten, hatten gar nicht unrecht, aber seither war die Maus fett geworden, aufgeschwemmt durch die Körner des Erfolges und den Speck der Selbstzufriedenheit. »Also Sie haben diese Brücke gebaut, Herr Kriwitzky?« erkundigte ich mich gleichgültig.

Wieder warf Kriwitzky einen Blick auf Robert. Seine Unsicherheit war offensichtlich.

»Nun, Sie sind doch der Chefingenieur«, fragte ich weiter, »nicht wahr?«

»Bin ich, ja...«

»Also haben Sie die Brücke gebaut!«

»Ja«, sagte er, »sozusagen... Sie wissen ja... es sind doch immer die Arbeiter... Ich selbst bin nur der Sohn eines einfachen Arbeiters...«

»Wenn also Sie es sind, der die Brücke gebaut hat«, fragte ich, »was denken Sie, wird sie halten?«

»Halten?« Kriwitzkys Gesicht zog sich zur Nase hin zusammen und schien zu etwas Verschrecktem, Häßlichem einzuschrumpfen. »Halten?« sagte er verwirrt und beleidigt. »Was meinen Sie damit?«

»Nun«, wandte ich mich an Robert, »was glaubst du? Wird diese Brücke nicht einstürzen?«

Robert hob sein Glas. Ein Fingerbreit Whisky war noch drin. Ein langsames Lächeln breitete sich über die Falten seines Gesichts.

»Wie kann die Brücke halten«, beharrte ich, »wenn er sie gebaut hat?«

»Mach dir da keine Sorgen!« sagte Robert. »Die Brücke stürzt nicht ein!« Er trank und schmetterte das Glas gegen den Türpfosten, als wollte er diesen statt der Brücke taufen. Er schaute Kriwitzky an, der sich geduckt hatte. Er lachte. »Die Brücke wird stehen«, sagte er, »weil sie von Menschen gebaut wurde, von unseren Arbeitern und von den Menschen hier – und weil ich ein sehr guter zweiter Mann...« – seine Stimme erhob sich – »... und weil ich Kommunist bin!«

Die Schmähschrift oder Königin gegen Defoe

Erzählt nach den Aufzeichnungen eines gewissen Josiah Creech

Das Nachfolgende wurde mir 1944 in London nach einer Nacht, die ich mit ihr unter anderem im Gespräch über historische Themen verbrachte, von Miß Agnes Creech leihweise überlassen. Die Aufzeichnungen, berichtete Miß Creech, hätten sich seit mehreren hundert Jahren im Besitz ihrer Familie befunden. Als ich am nächsten Abend wiederkehrte, um ihr das Manuskript zurückzubringen und ihr eine Flasche Gin und zwei Stangen amerikanische Zigaretten zu überreichen, an denen sie ein Interesse ausgedrückt hatte, waren das Haus, in dem Miß Creech ihren Geschäften nachging, und sie selbst verschwunden.

Ich habe an den Aufzeichnungen des Urahnen von Miß Creech redaktionelle Änderungen kaum vorgenommen; nur die Schreibweise der Wörter habe ich modernisiert und die zu jener Zeit üblichen Abkürzungen jeweils durch das volle Wort ersetzt. Bei der Übersetzung ins Deutsche bin ich bemüht gewesen, dem Stil des englischen Originals zu folgen.

S. H.

18. Dezember 1702

...ein unangenehm rauher Tag. Trotz seiner Pelze und der im Kamin lodernden Scheite zitterte mein Lord vor Kälte, während er die Seiten eines Büchleins durchlas. Dies getan, legte er dem Werkchen sorgfältig die verschiedenen Briefe bei, durch die es ihn erreicht hatte, übergab mir das Ganze und fragte: »Ich nehme an, Mr.

Creech, daß Ihnen diese kürzlich erschienene anonyme Schrift, betitelt *Das kürzeste Verfahren mit den Abweichlern,* nicht unbekannt ist. Bitte, was halten Sie davon?«

Ich trat ans Licht und bemerkte den Inhalt des zuoberst anliegenden Schreibens. Es war an meinen Lord, den Earl von Nottingham, in seiner Eigenschaft als Staatssekretär, Südliche Abteilung, adressiert und von dem Lordschatzmeister, Lord Godolphin, unterzeichnet; und informierte meinen Lord von der Meinung mehrerer Mitglieder der Regierung, derzufolge mein Lord keine Mühe scheuen sollte, um den Verfasser der besagten Schrift zu eruieren.

»Nun, Mr. Creech«, sagt mein Lord in dem nasalen Ton, ihm eigen, wenn er ungeduldig wird, »klebt Ihnen die Zunge am Gaumen?«

»Genanntes Pamphlet, Euer Lordship«, sage ich, »hat bereits viel Aufregung in den Kaffeehäusern und einige Unruhe auf den Straßen gestiftet, besonders in Anbetracht des Gesetzes gegen die Abweichler, das in den Commons vorliegt. Doch sind die Leute verschiedener Denkart über dieses Werk, und in der Tat scheint es ein vielfarbig Ding.«

»Die Wahrheit, Mr. Creech«, sagt er, auf seiner dünnen Unterlippe kauend, »ist entweder schwarz oder weiß.«

»Ich habe mit wichtigen Vertretern der Hohen Kirche gesprochen«, sage ich, »die das Büchlein zum Himmel lobten und es höher schätzten als jedes andere Werk der Literatur mit Ausnahme der heiligen Bibel und der kirchlichen Kommentare; und es hat Schrekken verbreitet unter den Abweichlern, die nun um ihren Handel, ihre Ämter, ihr Geld, ja ihr Leben bangen. Im wesentlichen, wie Euer Lordship bemerkt haben werden, steht wenig mehr darin, als der gute Dr. Sacheverell in seinen letzten Predigten, die von der Thronrede Ihrer Majestät inspiriert sind, gleichfalls gesagt hat, besonders in seiner Predigt zu Oxford, worin er fordert, das blutige Banner des Kampfes gegen die Ketzer zu erheben; allerdings sagt unser Autor es hübscher und mit besserer Logik und größerem Scharfsinn.«

»So halten Sie's denn, Mr. Creech, im ganzen für ein lobenswertes Werk?« sagt er.

Unglücklicherweise hatte Lord Godolphin versäumt, in seinem Brief klarzumachen, ob er und seine mächtigen Freunde den Autor feststellen zu lassen wünschten, um ihn zu belohnen oder um ihn zu bestrafen. »Andererseits«, sage ich, »sind mir Männer bekannt, welche ebenso starke Stützen der allein rechtmäßigen Kirche sind wie die von mir Erwähnten und welche meinen, man könne wohl die in dem Büchlein vorgeschlagene Methode zur Beseitigung der Abweichler in Gedanken billigen; sie aber lauthals von den Hausdächern zu verkünden, wie's der unbekannte Verfasser tut, heiße, der guten Sache einen Bärendienst zu erweisen.«

Darauf betrachtete mein Lord mich verdrießlich und fragte: »Und zu welcher Ansicht neigen Sie?«

»Es ist eine mißliche Sache«, sage ich, »ohne vorherige Kenntnis der Meinung seines Vorgesetzten ein Urteil fällen zu müssen.«

Mein Lord Nottingham spielte mit seinen überaus langen Fingern, schwieg jedoch.

»Es kann nicht geleugnet werden«, sage ich, nach Geeignetem in der Streitschrift suchend, »daß von dem, was hier gedruckt steht, mancherlei durchaus wahr erscheint. Bekanntlich haben *die Abweichler, obwohl die Kirche höchst milde mit ihnen verfuhr und sie schlimmstenfalls nach New England verschifft wurden, um dort an den Freuden der Errichtung einer neuen Kolonie teilzunehmen, diese Güte dadurch belohnt, daß sie einen König abschlachteten und einen zweiten absetzten.* Und ist der Verfasser nicht gleicherweise im Recht, wenn er die Frage stellt, wie diese selben Abweichler denn *zu Zeiten ihres glorreichen Commonwealth* die rechtmäßige Kirche behandelt haben, als sie *die Kirchenländereien unter ihren Soldaten aufteilten und die Pastoren aus den Pfründen vertrieben und sie hungern ließen*?«

Mein Lord zog seine Pelze enger um sich und setzte sein mißmutiges Schweigen fort.

»Und spricht der Verfasser nicht ebenso die Wahrheit«, sage ich, ein paar Zeilen von dieser Seite und ein paar von jener heranziehend, »wenn er erklärt, daß *jetzt, da die edlen Herren in England durch eine der anglikanischen Kirche angehörende Königin beschützt und ermutigt werden, es an der Zeit ist, die Nation von der Schlangen-*

brut zu befreien, die so lange das Blut ihrer Mutter gesaugt hat, und das ketzerische, aufrührerische Unkraut auszurotten, das den Frieden der Kirche so lange gestört, das gute Korn vergiftet hat?«

Mein Lord rückte näher ans Feuer und starrte böse hinein.

»Und ist es nicht offensichtlich«, sage ich, weiterzitierend, »daß *den Abweichlern jetzt Gnade zu erweisen die reine Barbarei unsern Kindern und der Nachwelt gegenüber wäre, wo unsre Kirche dann von Spaltung, Fraktionen, Schwärmerei und Durcheinander verschlungen sein würde*? Und haben Euer Lordship es nicht selbst als eine *Schande für eine christliche Regierung* bezeichnet, wie's auch dieser Verfasser tut, daß *ein Vergehen gegen Gott und die Kirche und die Würde der Religion mit einer Strafzahlung von fünf Shilling abgegolten ist*, wo doch Menschen *bei uns wegen viel geringerer Sünden gehängt und für ganze Kleinigkeiten in die Verbannung geschickt werden?*«

Worauf mein Lord Nottingham hustete und ins Feuer spuckte.

Da kein weiterer Kommentar folgte, hielt ich es für das Weiseste, den Autor des Büchleins noch einmal sprechen zu lassen. *»Wenn ein strengstes Gesetz erlassen würde«*, erklärt er, sage ich, *»und pünktlich durchgeführt würde, nämlich daß jeder, der in einem geheimen Gottesdienst angetroffen wird, verbannt und der Prediger gehängt werde, sollten wir bald genug ein Ende der Sache sehen. Zu diesem Zwecke*, sagt er, *hat die Vorsehung uns ein solches Parlament! einen solchen Adel! und eine solche Königin! gegeben, wie wir sie nie zuvor hatten. Mit der Papisterei auf der einen*, sagt er, *und den Spaltern und Abtrünnigen auf der anderen Seite ist die rechtmäßige Kirche von England zwischen zwei Schächern ans Kreuz geschlagen worden. Nun, laßt uns denn die Schächer kreuzigen.«*

»*Kreuzigen* …«, sagt mein Lord nachdenklich. »Klingt trefflich, Mr. Creech, was?«

Die Flammen warfen Schatten auf das Gesicht meines Lords und verhüllten dessen Ausdruck. Doch etwas in seinem Ton riet mir zur Vorsicht.

»Vielleicht ein wenig zu trefflich«, sage ich.

»Sehen Sie!« sagt er …

27. Dezember 1702

... der liebe Gott hat im Garten Eden keine Druckerpressen aufgestellt, äußerte sich mein Lord Nottingham einmal, folglich muß es der Teufel gewesen sein, der das Alphabet erfand. Ich möchte dem zustimmen: Wie sonst läßt sich der beklagenswerte Umstand erklären, daß alles Unchristliche und Umstürzlerische soviel geschickter und wirkungsvoller geschrieben ist als die rechtschaffenen, gottesfürchtigen Traktate der rechtmäßigen Kirche?

Zum Beweis: *Das kürzeste Verfahren mit den Abweichlern.* Es besteht nunmehr wenig Zweifel, daß die rechtgläubige Geistlichkeit und die hohen Herren zum Narren gehalten wurden, obzwar viele es zuzugeben sich weigern und weiterhin behaupten, das *Kürzeste Verfahren* sei wohl das einzig richtige; weshalb vor Weihnachten der Mob mehrere von ihnen auf die Straße zerrte und verprügelte. Jetzt heißt es in Cornhill und Cheapside, in den Läden und Schenken und Kaffeehäusern, besagtes Büchlein sei eine *Satire,* geschrieben mit scharfer Feder und mit Augenzwinkern, um die Hohe Kirche und die Tory-Partei bloßzustellen; und es gibt sogar Leute, die da flüstern, eigentlich sei's eine Verschwörung von Anhängern des verstorbenen Königs William gegen die jetzige Regierung und besonders gegen meinen Lord Nottingham; und selten sah ich meinen Lord so erregt wie an dem Morgen nach Weihnachten, als er mir befahl, *den Kerl zu fassen,* denn dieser sei eine weit schlimmere Gefahr für Staat und Kirche als sämtliche Heere der Franzosen.

Also bat ich Mr. Robert Stephens, den für Pressefragen zuständigen Boten der Königin, zu mir; doch der ließ mir mitteilen, er habe die Gicht, und so besuchte ich ihn denn in seinem Quartier, wo er sich in einem Durcheinander von schmutzigen Kissen, ungewaschenen Bierkrügen und vertrockneten Speiseresten wälzte und den Tag seiner Geburt verfluchte; dabei sah er unter seiner Zipfelmütze mehr denn je aus wie *Robin Mastschwein,* welches der ihm von den Literaten verliehene Spitzname ist.

»Mr. Stephens«, sage ich, »wer ist nun der Verfasser dieses *Kürzesten Verfahrens mit den Abweichlern*?«

Die Äuglein zwischen den geschwollenen Lidern verdrehten sich. »Ich wünschte, Mr. Creech, ich wüßte es«, sagt er. »Es wäre ein guter Dienst an der christlichen Sache und mehreren hochmögenden Herren in der Regierung, den Autor nach Newgate zu bringen; aber sein Name ist Anonymus, aus der Grafschaft Nirgendwo, und haben Sie die Güte, Mr. Creech, sich meinen Fuß betrachten zu wollen, der groß ist wie ein Elefantenfuß; wie soll ich in meinem gegenwärtigen Zustand ein so hurtiges Gespenst fangen?«

»Sie denken nicht mit dem Fuße«, sage ich.

Darauf legte Mr. Mastschwein die Stirn in Falten und wies schließlich mit seinem dicken Zeigefinger auf ein Stück Papier, das zwischen den Resten eines Fasans und einem Päckchen Schnupftabak lag. »Meine Kundenliste«, sagt er, stöhnend, und fragt: »Haben Sie je Zahnschmerzen im Fuß gehabt, Mr. Creech?«

So begannen wir, seine Liste zu durchkämmen, wobei wir den einen Namen aus Gründen des Charakters ausschlossen, den andern des Stils wegen, den dritten aus weiteren guten Ursachen. Am Ende blieben nur wenige, der wahrscheinlichste unter ihnen der Name des Mr. Daniel Ffooe, oder Fooe, oder Foe, oder Defoe; welcher früher in Freemans Yard mit Textilien handelte, dann Bankrott machte und zur Zeit eine Brennerei für Ziegel und Dachziegel in der Nähe von Fort Tilbury in Essex betreibt; Verfasser einer ganzen Anzahl von Streitschriften und Pasquillen, hauptsächlich aber des *Echten Engländers*, eines langen Poems zur Verteidigung des aus Holland stammenden Königs William, worin behauptet wird, daß es so etwas wie einen echten Engländer überhaupt nicht gibt, sondern daß wir nichts weiter sind als eine Rasse von Bastarden.

»Da die Tage der Feme leider vorbei sind, Mr. Stephens«, sage ich, »müssen wir irgendwelche Beweise finden, selbst wenn wir sie selber herzustellen hätten.«

»Wenn Sie mir das Heftchen bitte herüberreichen wollen, Mr. Creech«, sagt Mr. Mastschwein, »und halten Sie nur die Kerze hübsch hoch.«

Woraufhin er das Papier mit seinen Fingerspitzen prüfte, oder vielmehr liebkoste, als wär's eine Jungferntitte; und sich den Druck besah, und die Seiten gegen das Licht hielt und Buchstaben und Zeilen verglich; und dabei brummte er vor sich hin und blähte den Mund auf und schmatzte die Lippen vor Eifer. »Mr. Creech«, sagt er schließlich, »versuchen Sie's bei der Druckerei von George Croome; aber sehen Sie, daß Sie ein oder zwei Konstabler zur Begleitung haben, denn die Druckerlehrlinge und die Gesellen sind bekannt als Raufbolde und machen sich überhaupt kein Gewissen. Und händigen Sie mir den Krug von dort drüben; 's ist noch ein Tropfen Bier drin, glaube ich...«

2. Januar 1703

...fand in Croomes Druckerei mehrere hundert noch ungebundene Bogen des *Kürzesten Verfahrens* et cetera sowie den kompletten Stehsatz, schon für eine Neuauflage bereitgemacht. Mr. Croome erhob Protest, daß wir in seinen Besitz eingedrungen wären und diesen ohne gesetzliche Vollmacht durchsucht hätten, allein ich beruhigte ihn mit der Maßgabe, wir verstünden wohl, daß er das Werklein in dem guten Glauben gedruckt habe, es werde der Geistlichkeit und allen ehrlichen Menschen nutzen; und er könnte sich große Schwierigkeiten und eine Strafverfolgung ersparen, wenn er uns den Namen des Verfassers mitteilte. Froh, so billig davonzukommen, gab der Drucker an, der Verfasser sei seines Wissens Mr. Edward Bellamy aus Southwark; dieser habe ihm das Manuskript zusammen mit einer Summe überbracht, welche die Kosten der Erstausgabe mehr als zur Hälfte deckte, und habe nach Lieferung der Auflage das noch Ausstehende voll bezahlt; dann habe Mr. Edward Bellamy die erste Ausgabe abtransportieren lassen und sei bald darauf zurückgekehrt, um eine zweite und sogar eine dritte in Auftrag zu geben.

Ich hinterließ die Bogen im Verwahr der Konstabler und begab mich eilends nach Whitehall zurück, um meinem Lord über gewisse Analogien in dem uns interessierenden Machwerk und einer anderen Schrift mit dem Titel *Der echte Engländer* Vortrag zu halten; außerdem ersuchte ich um einen Haftbefehl für besagten Edward Bellamy, der, wie mich dünkte, ein alter Bekannter war; vor mehreren Jahren war er als Spitzel tätig gewesen und wurde später Agent für die Whig-Partei, für welche er Informationen beschaffte und Beweise fälschte und als Zeuge auftrat; jetzt lebte er von Gelegenheitsdiensten für alle möglichen Leute.

Seine Lordship geruhten, einen sofortigen Haftbefehl für Edward Bellamy und, da man einmal dabei war, einen zweiten für George Croome, den Drucker, ausstellen zu lassen. »Mr. Creech«, sagt er, »der Vogel in der Hand ist besser als zwei auf dem Dache, und mit einem Steinkragen am Hals wird dieser Vogel uns weitere und hübschere Liedchen vorsingen.«

»Euer Lordship«, sage ich, »bald werden wir sie alle zum Singen gebracht haben, und Mr. DeFoe wird am lustigsten trillern.«

Also nahmen wir Mr. Bellamy noch in der gleichen Nacht fest und brachten ihn hinter Gitter, und dort besuchte ich ihn und fand ihn auf einem Häuflein Stroh sitzend und die Handschellen an und fragte ihn: »Sie erinnern sich meiner, Mr. Bellamy?«

»Wie könnte Sie einer vergessen?« sagt er. »Sie sind Mr. Josiah Creech.«

Ich bemerkte, daß ihm die Hände zitterten und daß er vor Angst halb von Sinnen war, und sprach daher ohne Umschweife. »Bezüglich des Manuskripts mit dem Titel *Das kürzeste Verfahren mit den Abweichlern,* Mr. Bellamy«, sage ich, »und welches Sie Mr. Croome überbrachten, wer hat es Ihnen gegeben?«

»Es steht mir nicht frei, das mitzuteilen«, sagt er. »Der Herr hat mich bei meiner Ehre versprechen lassen, und ich würde mein Wort nie brechen, und hinge mein Leben davon ab.«

»Aber Ihr Leben hängt davon ab, Mr. Bellamy«, sage ich.

»Wie das?« sagt er.

»Ich werde Sie in Ihrer Zelle in Newgate nicht halten«, sage ich. »Ich werde Sie laufen lassen, aber wohlgemerkt, erst nachdem ich die Kameraden und Blutsbrüder einiger in den letzten Jahren hier Aufgeknüpfter benachrichtigt habe, auf wessen Zeugnis hin die Verblichenen an den Strick kamen.«

»In dem Falle, Mr. Creech«, sagt er, »kann ich nicht länger verschweigen, daß mir das Manuskript von einem gewissen Daniel Ffooe anvertraut wurde.«

»Sie werden das auch beschwören?« sage ich.

»Bei meinem Leben«, sagt er.

»Beschreiben Sie mir den Mann«, sage ich.

»Er ist mittelgroß, hager«, sagt er, »etwa vierzig Jahre alt, von bräunlicher Hautfarbe, hat dunkelbraunes Haar, trägt aber Perücke; Hakennase, spitzes Kinn; graue Augen und eine große Warze nahe dem Munde.«

»Sie sind ein guter Menschenbeobachter, Mr. Bellamy«, sage ich.

»Die Beobachtung von Menschen gehört zu meinem Geschäft, Mr. Creech«, sagt er. »Ebenso wie zu Ihrem...«

3. Januar 1703

...da Eile nun wesentlich und Mr. Mastschwein seiner Gicht und übermäßigen Fettleibigkeit wegen außer Frage, ließ mein Lord Nottingham noch in der Nacht Mr. Henry Allen, ordentlich bestalltem Boten Ihrer Majestät, Befehl und Vollmacht ausstellen, *Mr. Allen möge einen Konstabler zu Hilfe nehmen und sofort und fleißigst die Suche nach Daniel Ffooe beginnen, diesen ergreifen und festnehmen und ihn mitsamt seinen Schriften und Papieren wegen begründeten Verdachts des Staatsverbrechens und anderer Vergehen meinem Lord vorführen, damit er verhört und weiterhin nach dem Gesetz mit ihm verfahren werde.* Ferner wurden in der Vollmacht *alle Bürgermeister, Friedensrichter und andere Zivil- und Militärbeamten Ihrer Majestät sowie Ihrer Majestät liebende Untertanen aufgefordert,* Mr. Allen jede Unterstützung zu gewähren, *wofür dies Dokument in Mr. Allens Hand ihnen und ihm genügende Vollmacht sei.* Nachdem mein Lord das Ganze eigenhändig unterzeichnet, wandte er sich an mich. »Sie werden mit von der Partie sein, Mr. Creech«, sagt er, »und dafür sorgen, daß alles ordentlich vonstatten geht. Dieser Daniel Ffooe könnte sich, sobald er sich entdeckt sieht, als ein verzweifelter und gefährlicher Bursche erweisen.«

»Dieser Mr. DeFoe«, sage ich, »dürfte sich kaum viel von anderen Schriftstellern unterscheiden: rasch mit der Feder, aber sehr zögernd mit dem Degen; Löwen auf dem Papier, Memmen auf der Straße. Ich kenne einen Sack voll; Euer Lordship kann ihnen auf jedem öffentlichen Empfang begegnen, wo es umsonst zu essen und zu trinken gibt, und erleben, wie das schmatzt und sich besäuft und dabei dauernd sich umsieht, wer wohl für ihre Talente etwas zahlen würde.«

»Ich will Ihre Beobachtungen nicht anzweifeln, Mr. Creech«, sagt mein Lord, »allein wir sind in ein Zeitalter geraten, da Ihre literarischen Possenreißer zu einer rechten Plage zu werden beginnen und da ein Staatsmann von einer scharfen Feder ebenso leicht gestürzt werden kann wie durch Schießpulver; und ich wünsche, mich mit Mr. Ffooe gründlich zu unterhalten, bevor er nach Whitefriars oder sonst einer Freistatt flüchtet, wo wir ihn nicht packen dürfen.«

Also bestiegen Mr. Allen, der Konstabler, und ich schnelle Pferde und trafen noch vor Tagesanbruch in der Nähe von Fort Tilbury ein, in der Hoffnung, unser Mann werde noch nichts von unserm Besuch in der Croomeschen Druckerei und von der Festnahme Mr. Bellamys erfahren haben. Ein paar arme Wichte, die so früh schon auf dem Weg zu den Öfen waren, um dort für Mr. DeFoe Ziegel zu brennen, wiesen uns den Weg zu seinem Hause, leicht erkennbar als das ansehnlichste am Orte, mit Obergeschoß und festem Dach; und nachdem wir die Pferde angebunden hatten, stellten wir den Konstabler hinter dem Hause auf Posten, und Mr. Allen pochte an die Haustür mit der Aufforderung aufzumachen, im Dienste Ihrer Majestät.

Da ließ sich eiliges Umherlaufen vernehmen, Lichter wurden angesteckt, und eine Frau, welche einen Umhang über ihr Nachtkleid geworfen, öffnete und sagte, sie wäre Mrs. DeFoe und ihr Mann sei den Abend vorher nach London gefahren und sie wisse durchaus nicht, wann seine Rückkehr zu erwarten sei. Aber Mr. Allen wollte sich nicht so abspeisen lassen und erzwang sich Zutritt zum Haus, an der Frau und einer Schar heulender Kinder vorbei, fünf oder sechs mindestens, und die Treppe hinauf, und eine Tür nach der andern aufgerissen, bis er schließlich ausrief: »In London sind Sie also, Sir, und ich habe die Ehre, mit Mr. Daniel Ffooes Geist zu sprechen, Sir?«

Worauf eine ruhige Stimme erwiderte, daß er, jawohl, auf dem Weg zur Stadt gewesen, aber nach einigen Meilen Wegs umgekehrt sei, da ihm eine Angelegenheit, die seine Anwesenheit in seiner Fabrik erforderte, eingefallen wäre, und wie er Frau und Familie bei seiner Rückkehr bereits schlafend vorgefunden, sei er still zu Bett gegangen.

Ich schloß mich dann Mr. Allen im Obergeschoß an und gewahrte dort, im Licht der Kerze, den nur teilweise bekleideten Autor des *Echten Engländers* und, vermutlich, des *Kürzesten Verfahrens mit den Abweichlern* und fand, daß er der von Mr. Bellamy gelieferten Beschreibung durchaus entsprach, nur daß die Hautfarbe eher grau als bräunlich war; kein Wunder, nachdem die Vollmacht ihm vorgewiesen worden und er sich denken konnte, wohin die Reise ging.

Mr. DeFoe verlangte zu wissen, welche Vergehen und Staatsverbrechen er angeblich begangen habe, daß Seine Lordship, der Earl von Nottingham, ihn persönlich und in solcher Eile zu befragen wünsche; aber bevor ich erwidern konnte, daß er alles zu seiner Zeit und direkt von meinem Lord erfahren werde, platzte Mr. Allen heraus, »daß Sie der Verfasser einer bösartigen und gefährlichen Schmähschrift voller Beleidigungen der Regierung und Ihrer Majestät sind, Sir, durch welche Sie sehr wohl am Pranger, wenn nicht sogar am Galgen enden mögen, Sir, und je eher, desto besser, weil nämlich Leute wie Sie, Sir, eine Störung der öffentlichen Ordnung und eine Schande für England sind«.

»Ich leugne dies alles«, sagt Mr. DeFoe.

»Werden Sie nun friedlich mitkommen, Sir«, sagt Mr. Allen, »oder brauche ich Gewalt?«

»Ich werde friedlich genug mitkommen«, sagt Mr. DeFoe, »aber ich bin ein Gentleman und sollte anständig gekleidet sein, wenn ich Seiner Lordship gegenübertrete, und muß auch Wäsche und Geld mitnehmen, falls ich in Newgate oder einer anderen Haftanstalt Ihrer Majestät einsitzen müßte.« Womit er sich umwandte und in sein Schlafgemach begab und die Tür hinter sich schloß.

»Mr. Allen«, sage ich, »der Mann sieht mir wie ein recht flinker Bursche aus, Sie sollten ihm lieber Gesellschaft leisten, während er Krause und Perücke anlegt.«

»Sie werden bemerkt haben, Mr. Creech«, sagt er, »daß wir uns im Obergeschoß des Hauses befinden und daß Mr. DeFoes Schlafzimmerfenster sich nach hinten hinaus öffnet, wo der Konstabler postiert ist.«

Jedoch klopfte er an die Tür und rüttelte am Türgriff, aber die Tür wollte sich nicht öffnen. »Mr. DeFoe!« sagt er.

»Ich bin sofort bei Ihnen«, sagt Mr. DeFoe hinter der Tür hervor, während im Erdgeschoß Frau und Kinder jammerten und flennten und sich überhaupt verhielten, als wäre ihr Ernährer nie zuvor im Gefängnis gewesen.

»Ich ersuche Sie, Mr. DeFoe«, sagt Mr. Allen, »machen Sie sofort die Tür auf.«

Darauf krachte etwas außerhalb des Hauses, jemand schrie auf, hastige Schritte folgten, dann Hufschlag. Ich rasch die Treppe hinunter, aber die Frau und die Kinder hängten sich mir an die Knie und zerrten mich an den Ärmeln und greinten und flennten: »Gnade, Sir, haben Sie Gnade mit uns armen Waisen!« Und ehe ich mich von der Behinderung befreien konnte, waren die Hufschläge verhallt, und der Konstabler trat ein, das eine Auge geschlossen und das Gesicht ganz zerschlagen, und auf meine Frage hin »Ja, Mr. Creech«, sagt er, »der ist ein richtiger Teufel, Ihr Mister DeFoe. Er wirft sich aus dem Fenster, landet mir auf dem Kopf, ich komme platt auf die Erde zu liegen, betäubt und bedreckt, mein Degen hier, die Pistole dort, und wie ich noch versuche, mich und meine Sachen zu sammeln, schneidet er schon die Pferde los und hüpft auf das schnellste von ihnen, und weg ist er in die Wälder.«

Inzwischen kam Mr. Allen herunter, und da er den Konstabler so mißhandelt und unsere Beförderungsmittel verschwunden und den Gefangenen entflohen fand, begann er zu fluchen. Die Frau und die Kinder umarmten meine Knie und drangen unter Tränen auf mich ein.

»Madame«, sage ich, »mein Lord, der Earl von Nottingham, ist ein großer Gönner der zeitgenössischen Literatur, und er und Ihr Gatte würden zweifellos in vielen Punkten ein gemeinsames Interesse feststellen. Es wäre daher zu Ihren und Ihrer Kleinen Gunsten, wenn Sie Mittel und Wege fänden, auf Ihren Gatten einzuwirken, er möge seine Person baldmöglichst meinem Lord ausliefern...«

5. Januar 1703

... daß Mr. DeFoe dem Mr. Allen und mir entkommen, veranlaßte meinen Lord, die Zustände im Königreich noch grämlicher zu betrachten. »Auch Sie sind schuld, Mr. Creech«, sagt er, »denn Sie haben die Warnung Ihres Vorgesetzten in den Wind geschlagen. Habe ich Ihnen doch auseinandergesetzt, daß Literatur und Aufruhr in unserer Zeit ein und dasselbe sind, zwei Seiten der gleichen Münze, mit der man sich nichts einhandelt als Verdruß, und daß ich Grund habe zu dem Verdacht, daß Mr. Ffooe mehr ist als ein Lieferant mehrdeutiger Worte, nämlich der Mittelpunkt einer Verschwörung.«

Ein Diener meldete, die Dame, welche um Gehör gebeten, sei eingetroffen und warte, daß mein Lord geruhe, sie zu empfangen.

So ging ich denn und geleitete Mrs. DeFoe vor meinen Lord. Sie beugte das Knie, und mein Lord hieß sie, sich zu setzen, was sie nach einigem Zögern tat; sie schien verängstigt und der Ohnmacht nahe; obwohl um mehrere Jahre jünger als ihr Gatte, glich sie in Haltung und Gesichtszügen einer alten Frau.

»Bitte, Madame«, sagt mein Lord, »erklären Sie Ihr Anliegen.«

»Ich komme, Euer Lordship zu versichern«, sagt sie, »daß Mr. DeFoe ein unschuldiger Mensch und treuer Untertan Ihrer Majestät ist, welcher niemals daran gedacht hat, Staatsverbrechen und andere Delikte zu begehen, weder mit der Feder noch anderweit, und welcher nichts wünscht, als friedlich seinen Geschäften nachgehen und seine Frau und Kinder ernähren zu dürfen.« Womit ihr die Tränen ins Auge traten und die Wangen hinabliefen, so daß sich tiefe Spuren auf dem weißen Puder zeigten, der ihre Falten verdecken sollte.

»Wenn Ihr Gatte gar so unschuldig ist, Madame«, sagt mein Lord, »wie kommt es dann, daß er sich vor der Obrigkeit verbirgt und daß Sie uns nicht sagen wollen, wo er sich befindet? Denn ich nehme doch an, Madame, daß Sie nicht nur auf eigenes Geheiß den beschwerlichen Weg nach Whitehall antraten, sondern Ihren Bittgang auf Veranlassung Ihres Gatten unternahmen.«

Die Frau brach erneut in Tränen aus und schwor, ihre Bitte um Gehör bei meinem Lord sei gänzlich aus eigenem erfolgt, und sie wisse nicht im geringsten, wo Mr. DeFoe sich zur Zeit aufhalte, daß er aber nie auf den Gedanken gekommen wäre, sich vor der Obrigkeit zu verbergen, wäre er nicht durch die Strafen, welche gewisse Agenten der Regierung ihm in Aussicht stellten, zutiefst erschreckt worden. »Obzwar niederer Herkunft und Sohn eines Fleischers«, sagt sie, »stieg Mr. DeFoe zum Vertrauten des verstorbenen Königs William auf, dem es gefiel, seine Ratschläge zu hören; Mr. DeFoe ist ein Gentleman und könnte die ihm angedrohte Behandlung nicht ertragen.«

Mein Lord Nottingham erwiderte, er wünsche nur, daß Mr. DeFoe ihm bestimmte Fragen beantworte; und die Art seiner Behandlung hinge von der Art seiner Antworten ab. »Geben Sie sich jedoch keiner Täuschung hin, Madame«, sagt er, »als ob es der Regierung Ihrer Majestät an Mitteln gebräche, ihn herbeizuschaffen. Zu dieser Stunde, Madame, durchstreifen mehrere Boten der Königin, unterstützt von Konstablern und sonstigen Bewaffneten, das Land, und weder Whitefriars noch die Münze noch eine andere Freistatt werden Ihren Mann auf die Dauer vor dem Zugriff des Gesetzes bewahren, wie Mr. Creech hier Ihnen gerne bestätigen wird.«

»Allerdings, Madame«, sage ich, »es ist in der Tat ein hoffnungsloses Unterfangen. Das Netz ist ausgeworfen, und wir holen den Fisch schon heraus, soll er noch eine Weile zappeln, es nützt ihm doch nichts; warum nicht an die Kinder denken? Wenn Sie Ihrem Mann einen guten Dienst erweisen wollen, fordern Sie ihn auf, sich zu ergeben oder Seine Lordship zu benachrichtigen, wo er sich aufhält; Seine Lordship will ihm nichts Übles und hat das Ohr Ihrer Majestät, und sein Wort kann den Unterschied bedeuten zwischen öffentlicher Auspeitschung oder Pranger für Ihren Mann und ein paar Pfund Geldstrafe.«

Es war zu erkennen, daß die Frau meine Worte ernsthaft erwog und halb schon entschlossen war, ihr Geheimnis preiszugeben; allein da obsiegte die Ungeduld meines Lords, und er begann einen seiner Ergüsse über Verschwörer und Abweichler, möglicherweise sogar in der Hoffnung, die Frau werde sich dadurch einschüchtern lassen und gestehen; aber obwohl die Worte meines Lords sich fast anhörten wie eine Seite aus der Hetzschrift ihres Mannes, erhielt mein Lord für seine Mühe nur wieder einen Tränenausbruch. »Mr. Creech«, sagt er schließlich, »lassen Sie das Weib entfernen.«

»Mit Eurer Lordship gütiger Erlaubnis«, sage ich, »aber mich dünkt, die Frau wird auf Güte besser ansprechen.« Und zu ihr gewandt: »Trocknen Sie die Tränen, Madame«, sage ich, »an mir haben Sie einen Freund; ich war sehr eingenommen von Ihnen und Ihren Kindern neulich in der Nacht, als Mr. DeFoe es vorzog, Sie Ihrem eigenen Geschick zu überlassen. Wenn mein Lord Sie gekränkt hat, so deshalb, weil er sehr ausgesprochene Meinungen über die Pflichten eines liebenden Untertanen Ihrer Majestät hat; er kennt Sie nicht, wie ich Sie kenne, Madame; er weiß nicht, daß Sie Ihrem Gatten treu geblieben sind, obzwar er auch den letzten Penny Ihrer Mitgift, dreieinhalbtausend Pfund im ganzen, durchbrachte, bevor er vor seinen Gläubigern nach Bristol flüchtete, wo er jeden Sonntag, mit feiner Perücke und schön herausgeputzt, an jedem Arm ein Fräulein, durch die Straßen promenierte, während Sie beim Bäcker um eine Brotkruste für Ihre Kinder betteln und den Hausbesitzer um ein armseliges Dach über ihren unschuldigen Häuptern bitten mußten; meinem Lord ist nicht bekannt, daß Sie Mr. DeFoe auch dann noch ein gutes Weib waren, als er eine gewisse Mistress Norton, eine Austernverkäuferin, in aller Öffentlichkeit Ihnen vorzog und der Hure ein Kind machte und den Bastard Benjamin taufen ließ, mit dem gleichen Namen wie eins Ihrer eigenen Kinder, Madame; all das weiß mein Lord nicht, sonst hätte er Ihnen selbst gesagt, daß ein solcher Mann das Leid nicht wert ist, welches Sie auf sich nehmen, Madame, und welches Sie über die armen Kleinen bringen, die sich an meine Knie klammerten und mich anflehten, sie vor einem gnadenlosen Schicksal zu bewahren.«

Die Frau hatte sich die Augen getrocknet, wie ich ihr empfohlen hatte, und mich unverwandt angeblickt, gegen Ende meiner Ausführungen mit einigem Erstaunen. Dann, indem sie sich erhob, »Mr. Creech«, sagt sie, »Sie sind ein schlimmerer Schurke, als ich geglaubt hatte«, und zu meinem Lord: »Euer Lordship, ich bedaure zutiefst, Ihre Zeit in Anspruch genommen zu haben« und beugte das Knie und zog sich zurück...

8. Januar 1703

...ich also wieder zu Robin Mastschwein, nachdem ich Anordnungen hinterlassen, daß man der Frau folge und das Haus bei Fort Tilbury unter Bewachung halte, und nachdem ich weiter verschiedene wohlmeinende Bürger instruiert, auf das Auftauchen unsres Mannes zu achten.

Mr. Stephens sei ausgegangen, teilte mir seine Bedienerin mit, werde aber bald zurück sein.

»Ausgegangen, wie!« sage ich. »Vor kurzem war er noch bettlägerig, konnte sich kaum rühren vor Gicht.«

»Es war ein regelrechtes Wunder«, sagt sie. »Zwischen Weihnachten und Neujahr sandten einige Herren Verleger meinem Herrn eine halbe Ochsenseite, einen Korb Austern und ein Faß Wein, in Anerkennung getaner Gefälligkeiten, ließen sie ihn wissen; und obwohl ich auf ihn einredete, sich zu schonen in seinem leidenden Zustand, begann er zu fressen wie ein ausgehungerter Soldat und antwortete mir, da wäre keine beßre Medizin für den Menschen als eine Doppelportion von dem, was ihn niederstreckt. Drei Tage lang hat er sich vollgestopft und vollgesoffen, mit nur kurzen Pausen zum Schlafen, und am Neujahrsmorgen ist er aufgestanden, ohne Schmerz im Fuß oder irgendwo am Leibe, aber erheblich fetter, und hat gepfiffen und ist herumgehüpft, und jetzt ist er ausgegangen, sagt er, um nach einem Vogel zu schauen.«

Ich hatte fast eine Stunde gewartet, als Mr. Mastschwein zurückkehrte, unter herzzerreißendem Seufzen, die Kleidung schmutzig und befleckt, der Fuß so geschwollen und sperrig wie je.

»Haben Sie einen Rückfall erlitten, Mr. Stephens«, sage ich, »nach so ermutigendem Fortschritt?«

»Rückfall!« sagt er. »Ach, Mr. Creech, ich bin so gut wie tot.«

»Wer hat Sie getötet?« sage ich.

»Ihr Mr. Ffooe«, sagt er.

»Haben Sie ihn denn gesehen?« sage ich.

»So deutlich, Mr. Creech, wie ich Sie jetzt sehe«, sagt er. »Und noch dichter vor mir.«

»Warum dann, bitte, haben Sie ihn nicht mitgebracht?« sage ich. »Sie hätten ihn auf Grund Ihres Amts als Bote der Königin festnehmen können oder, da ein Haftbefehl gegen ihn vorliegt, auf Grund Ihrer Eigenschaft als treuer Untertan Ihrer Majestät.«

»Zweifellos hätte ich es getan, Mr. Creech«, sagt er, »wäre nicht mein unglückseliger Fuß. Ich war unterwegs in Hackney Field, auf Grund einer vagen Information seitens einer Person, deren Namen nichts zur Sache tut, als ich einen Mann erblickte, der mir in jeder Hinsicht bekannt vorkam; lebhafte dunkle Augen, Hakennase, spitzes Kinn, bräunliche Hautfarbe; der Mann schaute nicht rechts und nicht links, sondern schien in Gedanken vertieft. Hier, Robin, sage ich mir, ist ein wahrhafter Glücksfall, kein anderes Gesicht wie dieses in ganz England seit dem Ableben des verstorbenen Königs William; und obwohl ich keine Seele in Rufweite sah, falls Hilfe gebraucht würde, trat ich auf den Mann zu, lüpfte den Hut und begrüßte ihn: ›Der große Verfasser des *Echten Engländers*, wenn mich nicht alles täuscht – Mr. Daniel Ffooe!‹ – ›Da seh einer, Mr. Mastschwein‹, sagt er, wobei auch er den Hut höflich abnimmt, ›welch sonderbarer Wind hat Sie hierhergeblasen?‹ – ›Ein Glückswind‹, sage ich. ›Muß doch ein Glückswind sein, der alte Bekannte zusammenbläst; Sie werden mich begleiten, hoffe ich; da ist ein Herr an hoher Stelle, der mit Ihnen über Literatur und ähnliches zu sprechen wünscht.‹ – ›Der Pranger‹, sagt er, ›steht gleichfalls an hoher Stelle, ebenso der Galgen. Wenn Sie mich entschuldigen, gehe ich meiner Wege.‹ Ich packte ihn, aber er zog den Degen, und ehe ich ziehen konnte, war mein Zahnschmerz zurück im Fuß, und ich stürzte aufs Knie, wobei ich mit knapper Not vermied, daß er mich mit der Klinge halbierte. Dann drückte er mir die Degenspitze an die Kehle und fragte teilnahmsvoll: ›Lebt Ihre Mutter noch, Mr. Mastschwein?‹ – ›Nein, Sir, sie ist schon jahrelang tot.‹ – ›Das macht es schwierig‹, sagt er, ›da Ihre Ehre sich kaum zum Schwur eignet.‹ – ›Ich könnte ja bei meinem Leben schwören‹, sage ich, ›falls Sie es gestatten.‹ – ›Ihr Leben ist nicht viel wert‹, sagt er. ›Für mich, der ich nur dies eine besitze, ist es trotzdem recht wertvoll‹, sage ich. ›Der Wert eines Gegenstands ergibt sich aus dessen Seltenheit.‹ – ›Ich bin gelernter Kaufmann‹, sagt er, ›Ihre Begründung leuchtet mir daher ein. Schwören Sie also, Mr. Mastschwein, daß Sie, sollten Sie mir je wieder begegnen, die Augen zukneifen und sie nicht öffnen werden, bevor ich nicht eine halbe Meile von Ihnen fort bin.‹ – ›Ich schwör's Ihnen, Mr. Ffooe‹, sage ich, ›bei meinem Leben. Und jetzt wäre ich Ihnen dankbar, wenn Sie die stählerne Spitze von meinem Adamsapfel entfernten, wir haben ungewöhnlich rauhes Wetter, und das kalte Ding macht mich zittern.‹ – ›Gut denn, Mr. Mastschwein‹, sagt er, ›kneifen Sie die Augen zu.‹ Was ich auch tat, und ich fühlte die eisige Spitze noch lange Zeit auf der Kehle und den Zahnschmerz im Fuße. Als ich dann wagte, mich zu erheben und mich umzublicken, war von ihm weder Haut noch Haar zu sehen, nur ein paar Gaffer standen da und glotzten, als wäre ich aus Bedlam entsprungen.«

»Lassen Sie mich, Mr. Stephens«, sage ich, »Ihnen zu Ihrer Geistesgegenwart gratulieren, durch die Sie zweifellos Schlimmeres, als Ihnen geschah, verhütet haben.«

»Mr. Creech«, sagt er, »ich bin gerührt. Doch weiß ich genau, Sie hätten sich nicht weniger ehrenwert verhalten, wenn Sie an meiner Stelle gewesen ...«

10. Januar 1703

...wieder ein unerfreulicher Tag. »Der Mann, dessen Sie schon längst hätten habhaft sein sollen, Mr. Creech«, sagt mein Lord, »hat von sich hören lassen.«

»Wenn ich Euer Lordship mit der Frage belästigen darf«, sage ich, »auf welche Art? Und woher?«

»Aus London«, sagt er. »Per ganz gewöhnlicher Penny-Post.« Dabei sah mein Lord mich so voller Dünkel und zugleich so düster an, daß ich den boshaften Spötter, der ihn in einem Pamphlet als *Don Trübsal* verhöhnte, zu verstehen begann. »Ich befürchte sehr«, sagt er, »daß Sie Mr. Ffooe nie fassen werden, es sei denn, er erschiene persönlich in Whitehall; und sogar in dem Fall könnte es geschehen, daß Sie und Mr. Stephens die Augen zukneifen, bis jener der Regierung Ihrer Majestät eine Nase gedreht und sich wieder verflüchtigt hat.«

»Euer Lordship Urteil erscheint mir zu hart«, sage ich. »Die Diener Ihrer Majestät in der von Euer Lordship geleiteten Abteilung gehen klug und mit Umsicht vor. Betrachten Sie unser Verfahren wie eine Walfischjagd; das Tier mag seine Zeit unter Wasser verharren; aber am Ende muß es doch auftauchen und blasen.«

»Ich wünschte, Ihre Maßnahmen wären so wirkungsvoll wie Ihre Vergleiche, Mr. Creech«, sagt er. »Hier ist der Brief; sehen Sie, was Sie daraus schließen.«

Der Brief war auf billigem Papier geschrieben, mit schlechter Tinte und in Hast; aber die Worte waren sorgfältig gewählt und wohl durchdacht; obgleich unter Druck, blieb der Mann ein guter Schriftsteller.

»Ganz offensichtlich, Euer Lordship«, sage ich, »fühlt Mr. DeFoe sich in seiner gegenwärtigen Lage unbehaglich. *Vor den Justizorganen Ihrer Majestät flüchten zu müssen ist mir nicht angenehm,* schreibt er und ersucht Sie besorgt, sein Leib *möchte die Härten des Gefängnisses nicht ertragen* und sein *Geist durch die Freiheitsberaubung Schaden nehmen;* und ängstigt sich angesichts der *Tränen einer zahlreichen ruinierten Familie* und der *Aussicht auf eine lange Verbannung aus dem Vaterlande.* Das alles erweckt uns Hoffnung auf Erfolg.«

»Wirklich, Mr. Creech?« sagt mein Lord und bedeutet mir, ihm den Brief wiederzugeben. »Nach meiner Lesart werden seine Befürchtungen, soweit überhaupt vorhanden, von seiner Unverschämtheit beträchtlich übertroffen. Und warum sollte es auch anders sein? Obzwar Sie seine Frau unter Beobachtung gestellt haben, Mr. Creech, hält er unschwer Verbindung mit ihr, denn hier schreibt er: *Als mein unglückliches Weib sich an Euer Lordship wandte, hatten Sie die Güte, ihr zu bedeuten, ich möge mich ausliefern und die Fragen, die mir gestellt würden, beantworten.* Und fährt frech fort mit der Forderung, wir sollen diese Fragen *schriftlich fixieren und ihm ins Haus schicken oder sie dort hinterlassen,* und er werde sich freuen, sie zu beantworten, *sobald er sie erhalten könne.* Nicht nur macht er sich über uns lustig, er stellt uns noch Bedingungen! Und krönt seine Dreistigkeit, indem er uns einen Handel anbietet. Wenn wir ihm die *Härten einer Strafverfolgung* ersparen, schreibt er, und uns willens erklären, ihm ein Urteil geben zu lassen, welches *ihm als Gentleman* ein wenig erträglicher sein wird *als Ge-*

fängnis, Pranger und dergleichen, so würde er sich *jedem beliebigen Kavallerieobersten bei der Armee Ihrer Majestät in den Niederlanden* stellen und dort *zu größerem Nutzen Ihrer Majestät sterben als in einer Gefängniszelle.*«

Mein Lord wandte den Blick himmelwärts. »Hören Sie sich das an, Mr. Creech; das ist Mr. Ffooe höchstes Angebot: *Aber wenn Ihre Majestät in ihrer Huld mir völlige Vergebung gewähren könnte, so würde ich Ihrer Majestät auf meine eigenen Kosten einen Trupp Reiter aufstellen und an dessen Spitze ihr dienen, solange ich atme...* Und unterzeichnet schamlos als *Ihr gehorsamster, betrübter und demütiger Bittsteller und Diener.*«

»Schließlich stecken wir Straßenräuber, Piraten, Diebe und Sittlichkeitsverbrecher häufig ins Heer«, sage ich. »Es ist wirtschaftlicher, als sie zu hängen.«

»Eine Armee von Verbrechern, Mr. Creech«, sagt er, »stellt keine Bedrohung der bestehenden staatlichen Ordnung dar. Aber ein aufsässiger Schriftsteller gehört nach Newgate hinter Schloß und Riegel, und ich rate Ihnen, Mr. Creech, ihn so rasch als möglich dort zu haben.«

»Und wie werden Euer Lordship den Brief beantworten?« sage ich.

»Nun, Mr. Creech«, sagt er, »wir werden eine öffentliche Antwort erteilen. Wollen Sie bitte notieren und veranlassen, daß das in der nächsten Ausgabe der *London Gazette* erscheint.« Mein Lord dachte nach und diktierte dann: *»St. James,* heutiges Datum. *In Anbetracht, daß Daniel Ffooe alias et cetera bezichtigt wird, eine anstößige und aufrührerische Schmähschrift mit dem Titel ›Das kürzeste Verfahren mit den Abweichlern‹ verfaßt zu haben, wird demjenigen, der besagten Daniel Ffooe einem der Hauptstaatssekretäre Ihrer Majestät entdeckt, so daß dieser festgenommen werden kann, eine Belohnung von fünfzig Pfund ausgesetzt, welche Ihre Majestät unmittelbar nach solcher Entdeckung angeordnet hat.«*

Diese Großzügigkeit seitens meines Lords, sonst einer der geizigsten Menschen, erschien mir als wirklich bemerkenswert...

16. Januar 1703

...ließ Mr. George Croome, den Drucker, nach Newgate verbringen.

»Es ist kaum zu erwarten«, sagt mein Lord, davon in Kenntnis gesetzt, »daß Mr. Ffooe zum Vorschein kommen wird, um seinen Drucker auszulösen. Das Hemd steht dem Menschen näher als der Rock; und seit Christus am Kreuze starb, um unter anderen auch Sie, Mr. Creech, vor der ewigen Verdammnis zu retten, haben in der Tat nur wenige Leute sich um anderer willen geopfert. Doch ist die sicherste Methode zur Zügelung der Presse, den Drucker in Gewahrsam zu halten; wir werden also auf jeden Fall Nützliches erreichen...«

25. Januar 1703

...Mein Lord ließ erkennen, daß Lord Godolphin aus Mitteln des Schatzamtes zweihundert Pfund für die Strafverfolgung im Falle *Königin gegen DeFoe wegen einer »Das kürzeste Verfahren mit den Abweichlern« betitelten Schmähschrift* zur Verfügung gestellt hat. Auf meine Bemerkung hin, daß wir die Hälfte aller Spitzel von London und eine ganze Anzahl anderenorts in dieser Angelegenheit beschäftigten, nicht zu erwähnen diverse Boten der Königin, Konstabler und weitere Beamte, zerstreute mein Lord meine Befürchtungen, indem er mir versicherte, das Schatzamt komme nur für die Kosten der gerichtlichen Verfolgung auf; die Kosten für alles andere würden durch eine Sonderanweisung aus Geldern des Geheimdienstes gedeckt...

24. Februar 1703

...nach reichlichem Frühstück zum Gericht in Old Bailey, wo in der Kammer für Verhöre und Entscheidungen die Anklage gegen Daniel DeFoe erhoben werden sollte.

Der Gerichtshof, unter dem Vorsitz des Lordbürgermeisters, setzte sich aus Richtern höchsten Ranges zusammen, darunter der Oberste Richter, Sir John Holt, und andere, die Mr. DeFoe in früheren Schriften und Pasquillen der Lächerlichkeit preisgegeben. Beim Publikum gab es erhebliches Köpfewenden und Fragen, ob Mr. DeFoe sich denn einstellen werde; als offensichtlich wurde, daß er fernzubleiben gedachte, eröffnete der Oberste Richter das Verfahren, und die Anklageschrift wurde verlesen, in welcher es hieß, siebzehn ehrenhafte und gesetzesfürchtige Bürger der Stadt London bezeugten unter Eid, daß am 22. Dezember 1702 Exemplare einer Schmähschrift mit dem Titel *Das kürzeste Verfahren mit den Abweichlern* im Sprengel Bow des Stadtbezirks Cheap zum Verkauf angeboten worden. Laut Anklage verfolgte die erwähnte und von dem Angeklagten verfaßte Schmähschrift das Ziel, vom Dogma der rechtmäßigen Kirche abweichende Protestanten am Genuß der ihnen in der königlichen Akte von 1689 zugesicherten religiösen Duldsamkeit zu hindern.

Es war eine sinnreiche List, welche der Kronanwalt Harcourt sich da erdacht. Er konnte Mr. DeFoe nur schwerlich vorwerfen, dieser habe die von der hohen Geistlichkeit selbst verbreiteten Gedanken bis zu deren logischem Schluß verfolgt und durch diese Bosheit die schönsten christlichen Belehrungen ad absurdum geführt und Männer an höchsten Stellen der Macht als gefährliche Narren erwiesen; daher stellte der Kronanwalt es so dar, als sei DeFoes Ironie sein Ernst, und nahm die zum Schein gegen die Abweichler erhobenen Vorwürfe und die gegen sie gerichteten fürchterlichen Drohungen wörtlich; und klagte so den Satiriker an, ernsthaft zu vertreten, was diejenigen, welche er in seiner Satire verspottete, im Herzen wünschten, jedoch nicht zu äußern wagten. Ebenso folgerichtig könne einer behaupten, das Kuckucksei im Lerchennest sei in der Tat ein Ei der Lerche, und nun den Kuckuck bezichtigen, ein Lerchenei gelegt zu haben.

Wegen der Abwesenheit des Angeklagten mußte der Fall jedoch vertagt werden, und der Gerichtshof beauftragte den Sheriff von London, Daniel DeFoe beim nächsten Termin der Kammer für Verhöre und Entscheidungen, nämlich am 7. April 1703, in Old Bailey vorzuführen...

26. Februar 1703

...gleichlaufend mit dem Verfahren vor Gericht wurde auf Veranlassung meines Lords eine Beschwerde in den Commons vorgebracht, und das Haus beschloß auf der Stelle die öffentliche Verbrennung der aufrührerischen und gehässigen Schmähschrift *Das kürzeste Verfahren mit den Abweichlern.*

Also ich am frühen Morgen zum New Palace Yard in Westminster, da mein Lord einen Bericht über die allgemeine Stimmung und etwaige unerwünschte Zwischenfälle bei dem Ereignis zu erhalten wünschte. Allein die Menge verhielt sich still, erschien sogar bedrückt, ausgenommen ein paar betrunkene Burschen, die zu allem und jedem hurra geschrien hätten, und mehrere Pastoren, die in Beifallsrufe ausbrachen, als der öffentliche Henker vortrat und die Fakkel an die zu einem hohen Haufen geschichteten hochverräterischen Schriften legte.

Diese brannten lustig; der Rauch stieg steil zu dem klaren, kalten Himmel auf. Einer der Anwesenden, ein geistlicher Herr mit einem Gesicht voller Pusteln, rief: »Wollte Gott, dieser Ffooe brennte zusammen mit seinen Büchern«; aber aus dem Kreis der Zuschauer erwiderte einer: »Glauben Sie denn, Sir, daß es so einfach ist: Sie verbrennen die Bücher und Sie verbrennen den Mann, und die Gedanken verwehen im Wind wie die Asche?«

Nach der Verbrennung traf ich den Henker in einer nahe gelegenen Schenke. »Mr. Creech«, sagt er, »könnten Sie uns mehr solche Bücherverbrennungen zuschanzen? Diese sind zwar, geldlich gesehen, von geringerem Betracht, aber Kleinvieh macht auch Mist, und wir sind schon für bescheidene Freundlichkeiten dankbar.«

»Sie haben Glück, Freund«, sage ich. »Ihre Majestät, in ständiger Sorge um das Wohlergehen ihrer liebenden Untertanen, dürfte morgen beim Zusammentritt des Parlaments bezüglich Ihres Anliegens etwas zu sagen haben.«

»Wahrlich, Mr. Creech«, sagt er, »Sie sind ein Hellseher und Zaubermeister.« Hellsehen war's nicht; vielmehr war meinem Lord Nottingham die Gunst zugefallen, diesen Abschnitt der Thronrede zu konzipieren, und der Schreiber gab mir die Abschrift zum Lesen, derzufolge mein Lord den Kern der Sache in schöner Offenheit dar-

legt, nämlich: Ich meine, es wäre im öffentlichen Interesse gewesen, einige weitere Gesetze zur Einschränkung der übermäßigen Freiheit zu haben, welche sich bei der Veröffentlichung und Verbreitung der skandalösesten Pamphlete und Schmähschriften eingebürgert hat; aber wenigstens im Rahmen der bestehenden Gesetze, so hoffe ich, werden Sie alle, jeder auf seinem Posten, alles tun, um solche schädlichen Praktiken zu verhindern und zu bestrafen.

Also war mein dem Henker gegebenes Versprechen wohlbegründet, und er fühlte sich sehr ermutigt und bezahlte in Vorwegnahme des erhofften Wohlstands für den Wein und die Austern...

15. März 1703

...wie es scheint, spielt die Katze nicht mehr mit der Maus, sondern umgekehrt. Heute brachte mir Mr. Mastschwein ein noch nach Druckerschwärze riechendes Heftchen und keuchte erregt: »Das liegt in den Buchläden in der ganzen Stadt aus; sogar an den Straßenecken wird es verkauft. Ein Phönix aus der Asche, Mr. Creech, eine Neuausgabe des *Kürzesten Verfahrens mit den Abweichlern,* samt neuem Vorwort des Verfassers.«

Ich las das Vorwort in der Hoffnung, es möchte ein paar für uns nutzbare Anhaltspunkte enthalten; fand aber keine, es sei denn, man betrachtete das Vorwort selbst als Beweis eines couragierten Charakters; gehetzt und gezwungen, sich zu verbergen, hatte Mr. DeFoe nichts von seinem Witz und seiner Meisterschaft doppeldeutiger Aussage verloren; was er in einem Wort zugestanden, nahm er im nächsten zurück und bot uns einen neuerlichen Handel an, nämlich: *Wenn jetzt den um seinetwillen Verfolgten vergeben würde, werde er sich in der Hoffnung auf gnädige Behandlung der Regierung ausliefern, auf daß nicht seiner Verfehlung wegen andere in den Ruin gestürzt würden.*

»Mr. Creech«, sagt Robin Mastschwein, nach der Wurst und dem Bier langend, welche mir von meiner Zimmerwirtin zum Frühstück gebracht worden, »ich fürchte ernsthaft um Ihre Stellung. Nicht nur ist Mr. Ffooe uns bislang entwischt; er hat sich in aller Ruhe neue Bosheiten erdacht, einen Drucker für diese gefunden, Korrekturen gelesen, mit zahlreichen Leuten geschäftlich verhandelt, und all das, während ein Heer von Spitzeln nach ihm Ausschau hält.«

»Sie übersehen, Mr. Stephens«, sage ich, »daß England mit einer ordnungsgemäßen Regierung gesegnet ist, in deren Ämtern jedes Stück Papier seinen ordnungsgemäßen Platz und jeder Mann seinen Kompetenzbereich hat; und zu dem Ihren gehört die Presse.«

Worauf Mr. Mastschwein einen fettigen Zettel aus der Tasche zog, ein Attest seines Arztes, welches bestätigte, daß Robert Stephens, Hochwohlgeboren, an schwerem Podagra leide, dazu Hexenschuß, giftigem Fieber, stinkendem Atem, Ausfluß und Magenschwäche, außerdem Krampfadern und Hämorrhoiden habe; kurz, daß er zur Zeit unfähig sei, seinen diversen Pflichten nachzukommen, und von denselben befreit sein müsse.

»Nun gut, Mr. Stephens«, sage ich, »darf ich wenigstens auf Ihren erfahrenen Rat rechnen?«

»Wenn Sie wünschen, daß ich den Drucker dieser Ausgabe feststelle, Mr. Creech«, sagt er, »muß ich Sie leider enttäuschen; der Druck ist mit großer Sorgfalt so vorgenommen, daß die Herkunft der Drucktypen und des Papiers im unklaren bleibt.«

»Der Drucker dieser Ausgabe interessiert mich weniger, Mr. Stephens«, sage ich. »Vielmehr suche ich einen anderen, einen, der etwas für mich drucken soll; und ich brauche den gewissenlosesten, geldgierigsten Mann der Branche.«

»Wenden Sie sich an John How«, sagt er. »Kein größerer Schuft hat jemals dieses Handwerk ausgeübt...«

7. April 1703

...wieder in Old Bailey, um zu hören, wie der Gerichtshof den Fall *Königin gegen DeFoe* neuerlich vertagte, nachdem der Sheriff von London angegeben, daß er den Angeklagten vorzuführen nicht in der Lage sei.

Darauf zu meinem Lord, dessen Miene so dunkel und bekümmert wie nie und der sich über die Unvollkommenheit des Menschen im allgemeinen und über die meine insbesondere ausließ und wissen wollte, wie lange ich denn nun glaube, das Gericht noch hinhalten zu können, und wann ich Mr. Ffooe zwecks Verhör und Aburteilung verfügbar zu haben erwarte.

»In sechs Wochen«, sage ich.

»Wie das, Mr. Creech«, sagt er mit kurz aufglimmendem Blick. »Ist der Wal aufgetaucht, um nach Luft zu schnappen?«

»Wir haben eine Harpune geworfen«, sage ich, »und hoffen, sie hakt sich fest.«

»Das wäre recht wünschenswert, Mr. Creech«, sagt mein Lord, mit den Gelenken seiner langen Finger knackend. »Der Ruin seiner Ziegelbrennerei, die Not seiner Familie sowie andere Mißlichkeiten haben Mr. Ffooe bis dato nicht herbeischaffen können. Wie sieht Ihre Harpune aus?«

Also legte ich meinem Lord ein Paket auf den Schreibtisch, öffnete es für ihn und erklärte: »Ein bescheidenes Geschenk für Euer Lordship, mit besten Komplimenten seitens des Druckers, Mr. John How.«

Mein Lord hielt die Bücher zwischen den Fingern, als wären es giftige Spinnen, und betrachtete sie mit gerunzelter Braue.

»Daniel DeFoes Gesammelte Schriften«, sage ich, »einschließlich des *Kürzesten Verfahrens mit den Abweichlern*, zu zwei Shilling sechs. Dabei recht ansehnlich, werden Euer Lordship zugestehen, und so sorgfältig gedruckt und gebunden, wie die Eile gestattete. Neben diesen Qualitäten jedoch zeichnet sich die Ausgabe durch eine weitere Eigenschaft aus, welche uns den Autor aus seinem Versteck locken wird, so daß wir ihn greifen können.«

»Und die wäre?« sagt mein Lord zweifelnd.

»Daß es ein Raubdruck ist«, sage ich, »unautorisiert und ohne einen Penny Honorar für den Verfasser.«

21. Mai 1703

...am 12. Mai wiederum in Old Bailey zum Termin der Kammer für Verhöre und Entscheidungen, ohne daß Mr. DeFoe beigebracht worden wäre, um die Anklage zu hören und sich dazu zu äußern. Mein Lord Nottingham ermahnte mich grimmig, daß mir nur eine

Woche von den sechs verblieb, die ich gefordert. Angesichts der Opposition im Oberhaus gegen das Anti-Abweichlergesetz, angesichts ferner der sich ständig verstärkenden Agitation in den Kaffeehäusern, angesichts der Tatsache schließlich, daß gewisse hohe Herren seine Stellung begehren, steht mein Lord unter einem Druck, welchen auch frohsinnigere Naturen als er auf ihre Untergebenen abwälzen würden.

Aber Geduld bringt Lohn. Auf Gerüchte hin, daß ein Komplott zu allgemeinem Aufruhr, verbunden mit Brandschatzung und Plünderung der Reichen, im Gange sei, wurde vor einigen Tagen in Spittlefields eine große Fahndung nach unzufriedenen Elementen unternommen. Dabei entsandte man zusammen mit den Konstablern und Soldaten eine Anzahl Spitzel, welche die Häupter des Komplotts und weitere für ihre Widersetzlichkeit bekannte Personen angeben sollten. Gestern dann wurde mir durch Mr. Dagley, ordentlich bestallten Boten der Königin, ein gewisser Lemuel Finney vorgeführt, ein übles und übelriechendes Individuum, blind auf einem Auge; Mr. Dagley sagte, der Kerl habe etwas zu berichten, wolle es aber nur einem der Hauptstaatssekretäre Ihrer Majestät, und nur unter gewissen Garantien, mitteilen.

»Also, Finney«, sage ich, »Seine Lordship wird dich in deinem ungewaschenen Zustand nicht empfangen, und ich vermute, daß du dich für Nützlicheres interessierst als eine gründliche Säuberung und Verschönerung deiner Person. Außerdem trifft es sich, daß ich der Adjutant, Adjunkt, Bevollmächtigte und Berater Seiner Lordship in geheimen Angelegenheiten bin; mit mir zu reden ist daher so gut, als ob du mit ihm sprächst, und was willst du da garantiert haben?«

Darauf fischte der Bursche aus seiner Tasche eine völlig zerknitterte Zeitungsseite, welche er aus der *London Gazette* gerissen, und verlangte zu wissen, ob die ausgesetzte Belohnung von fünfzig Pfund für denjenigen, der Daniel Ffooe einem der Hauptstaatssekretäre Ihrer Majestät entdecke, noch Gültigkeit hätte. Ich bestätigte das; worauf er erklärte, er habe zu den Bürgern gehört, die für bescheidenes Entgelt während der letzten Tage den Behörden bei der Auswahl Verdächtiger für die Sicherstellung in Newgate beigestanden; dabei sei er in Spittlefields ins Haus eines gewissen Sammen, eines französischen Webers, geraten, welches durchsucht wurde, und dort sei ihm ein wohlgekleideter Mann aufgefallen, der in seine Papiere vertieft an einem Tisch gesessen; dieser habe nämlich, einschließlich der Warze am Kinn, genau zu der in der *Gazette* gedruckten Beschreibung gepaßt. Finney versicherte, er habe sein Geheimnis keinem außer mir anvertraut, damit er nicht in die Lage käme, die Belohnung mit irgendwelchen Konstablern oder Offizieren teilen zu müssen; er ersuchte um sofortige Bezahlung und bat uns, seinen Namen und seine Person geheimzuhalten, denn er befürchte, ein Freund des Mr. DeFoe könnte ihm ein Messer in den Bauch stoßen.

»Da kannst du beruhigt sein, Finney«, sage ich. »Keine Regierung der Welt gibt ihre Denunzianten preis; ohne diese wären die mächtigsten Staatsminister taub und blind und den Launen des Volkes ausgeliefert; und deine Belohnung wirst du erhalten, sobald wir den Gesuchten festgenommen haben.«

Sodann bat ich Mr. Dagley, sich zusammen mit Mr. Allen um Mitternacht mit mir zu treffen; Mr. Allen sollte die von meinem Lord ausgestellte Vollmacht bei sich führen und uns der Dienste eines halben Dutzends Konstabler versichern, alles junge, gewandte, im Gebrauch der Waffen erfahrene Leute.

Um Mitternacht machten wir uns auf den Weg und gelangten in angemessener Frist nach Spittlefields, wo wir, da einer der Konstabler an der Durchsuchung des Sammenschen Haushalts teilgenommen, die Wohnstatt des französischen Webers bald fanden. Niemand außer einem Hund, der laut anschlug, bemerkte uns, und wir umstellten das Haus von allen Seiten, wonach Mr. Allen an die Tür pochte und im Namen Ihrer Majestät Einlaß verlangte. Mr. Sammen war kein reicher Mann; sein Haus war klein und besaß nur ein einziges Hinterzimmer, aus welchem Mr. DeFoe ohne jegliches Anzeichen von Überraschung herauskam und sich Mr. Allen und Mr. Dagley ergab, wobei er äußerte, er habe uns erwartet.

»Wie das?« sage ich. »Und wenn Sie uns erwarteten, warum flüchteten Sie nicht zur Zeit, wie Sie's in den vergangenen viereinhalb Monaten ja stets taten, und verbargen sich anderenorts?«

»Ach, Mr. Creech«, sagt er und sieht mich durchdringend an, »vor kurzem hatte ich einen Traum, in dem ich Sie und die beiden Gentlemen in Ihrer Begleitung so klar erblickte wie jetzt, mitsamt Ihren Waffen, Ihren Hüten, Ihren Schnallen und Riemen, und Sie traten ins Haus und legten Hand an mich. Ich schwöre Ihnen, daß dem so ist; ich habe auch meinem Schwager davon erzählt, und er riet mir, die Stadt auf der Stelle zu verlassen, aber ich wollte nicht.«

»Hielt der Traum Sie«, sage ich, »oder der Gedanke an Mr. How, den Drucker?«

Er blickte mich noch einmal sonderbar an, schwieg aber und bot uns die Handgelenke, damit wir sie bänden...

22. Mai 1703

...ließ den Gefangenen nach Whitehall schaffen und meinem Lord Nottingham vorführen. Mein Lord und Mr. DeFoe mißfielen einander sofort; und wahrhaftig könnte es keinen größeren Gegensatz geben als den zwischen diesen beiden Männern: der eine lang und hager, finster, mißtrauisch, der andere kurz und sehnig, ironisch und bemüht, seinen Witz zu zügeln, um seinen Inquisitor nicht unnütz zu reizen.

»Nun, da wir Sie haben, Mr. Ffooe«, sagt mein Lord, »kann ich Ihnen nur eine Hoffnung bieten, nämlich, auf die Gnade der Königin, was allerdings ein volles Geständnis voraussetzt. Sie werden nicht leugnen, nehme ich an, daß Sie der Verfasser der *Das kürzeste Verfahren mit den Abweichlern* betitelten Schmähschrift sind?«

Worauf Mr. DeFoe erwiderte, daß er das Büchlein wohl geschrieben habe, jedoch nicht in böser Absicht; allein man habe seine Worte falsch ausgelegt und mißverstanden, wie es in der Weltgeschichte seit Sokrates leider schon vielen Autoren ergangen.

Mein Lord entgegnete, daß er mit dem Fall *Athenische Regierung gegen Sokrates,* dessen Fakten übrigens von Plato gründlich vernebelt worden, nicht befaßt sei; wohl aber mit dem Fall *Königin gegen Daniel Ffooe,* in welchem die Tatsachen klar und gegenwärtig und unwiderleglich seien und als Corpus delicti eine so böswillige und spalterische Hetzschrift vorliege, wie noch nie eine den Unwillen der Königin erregt; und daß Mr. Ffooe der Nation einen schlimmen Dienst erwiesen, als er das skandalöse Machwerk verfaßte und gar noch zum Druck gab.

»Euer Lordship«, sagt Mr. DeFoe in süßestem Ton, »hätte ich gewußt, welch Ärgernis das Werkchen an höchsten Stellen herbeiführen würde, ich hätte mir lieber die Hand abgehackt als sie zum Schreiben benutzt.« Doch war an den gekräuselten Lippen und den leuchtenden Augen deutlich zu erkennen, daß er insgeheim stolz auf die Wirkung seiner Gedanken war und den Ruhm genoß, welchen ihm seine Feder gebracht, selbst wenn derselbe mit Gefahren verbunden.

»Mr. Ffooe«, sagt mein Lord, »ich möchte erwähnen, daß Ihre Ausflüchte unsre Zeit sinnlos in Anspruch nehmen und Ihnen nichts nützen. Jedem denkenden Menschen dürfte klar sein, daß ein Mann Ihres Metiers, ein Mann mit Ihrer Vergangenheit nicht auf eigene Rechnung arbeitet und schon gar nicht bei einem Unternehmen, welches ein so ernsthaftes Risiko enthält; so daß andere, die sich im Hintergrund halten, ihn dazu angestiftet haben müssen. Wenn Sie mir diese nennen, Mr. Ffooe, verpfände ich mein Ehrenwort, daß das Gericht Sie mit einer nominellen Strafe entläßt; andernfalls kommen Sie an den Pranger, und unser Mr. Creech wird dafür Sorge tragen, daß die faulen Fische und die Ziegelsteine ihr Ziel nicht verfehlen.«

Darauf erbleichte Mr. DeFoe, und eine Schwäche in den Knien machte sich bemerkbar, so daß ich ihm einen Stuhl zuschob; mit Erlaubnis meines Lords nahm er darauf Platz und konnte nach einer Weile weitersprechen. »Ich will versuchen, Euer Lordship zu erklären«, sagt er, »was im Kopf eines Schriftstellers, in dem meinigen wenigstens, vor sich geht, damit Euer Lordship begreift, daß hier niemand im Hintergrund lauert und keine Verschwörung im Spiel ist, sondern nur ein Mann mit seinen Gedanken und seiner Feder.«

Mein Lord Nottingham verschränkte die langen Finger und lehnte sich spöttisch lächelnd zurück, sagte aber nichts.

»Das kommt wie ein Blitz aus heiterem Himmel«, sagt Mr. DeFoe, »der eine Flamme entzündet; und nichts kann das Feuer löschen, bis es sich ausgebrannt hat. Oder wie ein Jucken, das nicht aufhören will, bis man sich blutig gekratzt hat.«

»Was kommt wie ein Blitz?« sagt mein Lord. »Oder wie ein Jukken? Genau, bitte.«

»Die Idee.«

Die Züge meines Lords verdüsterten sich, da er glaubte, der Gefangene mokiere sich über ihn; allein Mr. DeFoe, ganz auf seinen Gegenstand bedacht, bemerkte es nicht.

»Ich habe die Predigten des Dr. Sacheverell und ähnlicher Eiferer gelesen«, sagt der Gefangene, »ich habe die Reden geistig beschränkter Dunkelmänner gehört, die eine bigotte Vergangenheit zurückersehnen, und plötzlich war mir, als vernähme ich das glorreiche Lachen meines verstorbenen Königs William, dem zu dienen, und das Echo der Revolution, für die zu kämpfen ich die Ehre hatte; und ich erkannte, daß ich nichts weiter zu tun brauchte, als die Sache der regierungsamtlichen Dummköpfe bis ins letzte darzustellen, um sie in ihrer eigenen Lächerlichkeit zu ertränken.«

»Nun, Mr. Ffooe«, sagt mein Lord, nachdem er schwer geschluckt, »Sie glauben doch selbst nicht, daß ich mich mit solchen Mitverschworenen wie dem Geist eines toten Königs und dem Echo einer Revolution zufriedengeben werde?«

Jetzt war Mr. DeFoe an der Reihe zu schlucken, denn er merkte, daß er mit seinem Eifer, seine alleinige Urheberschaft an der Idee zu erhärten, die Möglichkeit übersehen hatte, daß mein Lord sich den geistig beschränkten Dunkelmännern und den regierungsamtlichen Dummköpfen hinzurechnen könnte. »Ich bitte Euer Lordship ergebenst um Verzeihung«, sagt er, »falls ich in meinem Bemühen, die Einflüsse ein wenig zu beleuchten, welche das Gemüt eines Autors bewegen, mich mit ungerechtfertigter Leidenschaft ausgedrückt habe. Aber ich werde nun seit über vier Monaten von den Augen Eurer Lordship verfolgt, mein Geschäft ist ruiniert, meine Frau wird von Gläubigern belagert, meinen Kindern mangelt es am Notwendigsten; ich muß mich Eurer Lordship klarmachen; denn ich bin ein Mann von Ehre und werde eher noch größeres Leid auf mich nehmen als irgendwelche Menschen fälschlich bezichtigen.«

Die Bittrede, an einen anderen gerichtet, wäre wohl von Nutzen gewesen; allein mein Lord Nottingham war ein Mann kühl bis ins innerste Herz und störrisch wie ein Esel, sobald er eine vorgefaßte Meinung hatte; in seiner Vorstellung war Mr. DeFoe nicht nur ein Schriftsteller und Satiriker, ein Mensch, der an jeder Autorität zweifelte und die bestehende Ordnung untergrub, kurz, der fleischgewordene Teufel, sondern mehr noch die Schlüsselfigur in einem Komplott, durch das mein Lord sich in eigener Person bedroht fühlte. »Also, Mr. Ffooe«, sagt er, »verstehe ich Sie richtig, daß Sie zur Zeit nicht in der Stimmung sind, Ihr Gewissen zu erleichtern, wodurch ich wiederum Ihre Lage erleichtern könnte?«

»Ich habe Euer Lordship alles gesagt, was zu sagen wäre«, sagt der Gefangene. »Ich bitte Sie dringend, bedenken zu wollen, daß ich in keiner Weise ein Verbrecher bin und daß ich vor dem Gesetz nur flüchtig wurde, weil Euer Lordship Agenten die außerordentlichsten Drohungen gegen mich äußerten, Drohungen, welche Euer Lordship heute und in deutlichen Worten selbst wiederholt haben.«

»Mr. Creech«, sagt mein Lord, »wollen Sie diesen Menschen nach Newgate verbringen und einsperren lassen, daß er dort unter sicherer Bewachung bleibe, bis er, nachdem das Recht seinen Lauf genommen, wieder freigesetzt werden mag. Lassen Sie ihn in einer Kutsche mit bewaffneter Wache fahren, denn es besteht Grund zu der Annahme, daß seine Mitverschworenen versuchen könnten, ihn uns zu entführen. Und, Mr. Creech«, fügt er hinzu, »wollen Sie den Oberaufseher anweisen lassen, mir den Gefangenen zu jeder beliebigen Tages- und Nachtzeit vorzuführen, sobald dieser ihm bedeutet, daß er ein Geständnis abzulegen bereit ist.«

Da Mr. Dagley und Mr. Allen zur Verfügung standen, ließ sich Mr. DeFoe durch die beiden nach Newgate geleiten, wo er in einer kleinen, gut verschließbaren Zelle untergebracht wurde. Ich selbst widmete mich der Durchsicht und Lektüre der zahlreichen bei der Verhaftung in Mr. DeFoes Zimmer vorgefundenen Aufzeichnungen und Druckschriften; die wenigsten darunter waren von Interesse, ausgenommen ein Manuskript, in welchem die Frage gestellt wurde, ob Ihre Majestät Königin Anna als Nachfolgerin König Williams nicht ebenso ein Usurpator sei wie der verstorbene König;

doch nirgends entdeckte ich eine Zeile, die als Beweis für eine Verschwörung oder als Hinweis auf irgendwelche Verschwörer dienen konnte...

1. Juni 1703

...da der Lordschatzmeister, Lord Godolphin, aus Fonds des Geheimdienstes die für die Entdeckung des Mr. DeFoe ausgesetzten fünfzig Pfund überwiesen, entlohnte ich Lemuel Finney; dieser setzte sein Kreuz unter die Quittung, küßte mir die Hand und schwor, für alle Zeiten mein bester Freund und treuester Diener sein zu wollen. Dann, als er die Börse bereits eingesteckt und sich zum Gehen wandte, rief ich ihn zurück und mahnte ihn, sich wohl zu hüten; denn jetzt, da er wohlhabend, stünde er in Gefahr, überfallen und seiner Reichtümer, wenn nicht gar seines Lebens beraubt zu werden.

»Was denn, Mr. Creech«, sagt er, »ist doch außer Mr. Dagley und Ihnen keinem bekannt, wer den Mr. Ffooe angezeigt; und nur Sie allein wissen, daß ich die Börse erhalten.«

Darauf pries ich den Scharfsinn, mit welchem er diesen Umstand erkannt, und ermutigte ihn, daraus den richtigen Schluß zu folgern; was er denn auch tat, indem er die Hälfte seiner Beute auf einem in bequemer Reichweite placierten Zinnteller hinterlegte, zu Nutz und Frommen der Königin und ihrer braven Diener, wie er unter heftigem Zwinkern seines einen Auges bemerkte.

Sodann begab ich mich nach Newgate und brachte den Gefangenen, nachdem dieser mir in aller Form überantwortet worden, wiederum nach Whitehall, wo er vor dem Staatsrat vernommen werden sollte.

Mr. DeFoe war unterwegs höchst schweigsam; erkundigte sich nur, wohin ich ihn brächte, und weshalb; Mangel an Bewegung und frischer Luft sowie schlechte Ernährung hatten ihm bereits die Blässe verliehen, welche man gemeinhin bei Männern und Frauen in Newgate findet; doch hatte er es verstanden, sich sauberzuhalten, und ich konnte weder Läuse noch anderes Ungeziefer an ihm feststellen.

Wir mußten längere Zeit warten, bis wir zum Staatsrat vorgelassen wurden; dieser bestand aus meinem Lord Nottingham, dem Lordschatzmeister Lord Godolphin, dem Lordsiegelbewahrer Herzog von Buckinghamshire und Normanby sowie anderen großen Lords und Herren, die alle Mr. DeFoe mit geringem Interesse musterten und so, als hielte er sie vom Mittagessen ab, was wohl auch der Fall war. Mein Lord Nottingham stellte den Gefangenen als den Verfasser der verwerflichen, gegen die rechtmäßige Kirche und Regierung gerichteten Schmähschrift *Das kürzeste Verfahren mit den Abweichlern* sowie anderer Pamphlete und Druckschriften vor, von welchen die meisten ebenso übelmeinend und zweifelhaft wären. An Mr. DeFoe gewandt, verkündete er darauf, gleichwohl liege es in der Absicht des Staatsrates, daß dem Gefangenen Gelegenheit gegeben werde, sich zu erklären und anzugeben, warum und auf wessen Veranlassung und zu welchem Zweck er eine so bösartige und aufwieglerische Schrift veröffentlicht habe; weiterhin, daß er mit Milde als ein Gentleman behandelt werden sollte, wenn er Reue und ein offenes Herz beweise und den Klüngel nenne, in dessen Auftrag er handelte, und mit wem er sich verschwor; andernfalls aber werde das Gesetz in voller Strenge gegen ihn angewandt werden, und keiner seiner Mitverschworenen, ob hochgestellt oder an niederem Ort, werde in der Lage oder auch nur bereit sein, ihn zu schützen.

Mr. DeFoe war offensichtlich beunruhigt, nicht so sehr, schien mir, durch den hohen Rang der Herren, denen er sich gegenüberbefand, als durch die von meinem Lord Nottingham ihm gestellten Bedingungen. In respektvoller Ansprache an den Staatsrat gestand er zu, sein Werk *Das kürzeste Verfahren mit den Abweichlern* könnte einem unglücklichen Gedanken entsprungen und zu unglücklicher Zeit veröffentlicht sein und zu Mißverständnissen Anlaß geben; aber wie wollten Ihre Lordships den Beweis erbringen, daß es ein Verbrechen sei, im Scherz zu wiederholen, was andere im Ernst gesagt; endlich erfordere ein solches Taschenspielerstückchen keine Verschwörung, es sei denn, man wolle in der Übermittlung eines Manuskripts an einen Drucker und der Erteilung des Druckauftrags den Tatbestand der Verschwörung erblicken.

Aber er leugne doch nicht, sagte der Lordsiegelbewahrer, indem er den Gefangenen eingehend betrachtete, daß er die Schrift zu einem politischen Zweck, nämlich zur Beeinflussung der Untertanen Ihrer Majestät, verfaßt habe?

»Es gibt wohl keinen Autor in England, Euer Lordship«, sagt Mr. DeFoe, »der bei seiner Arbeit nicht den gleichen Zweck im Sinne hätte, und wenn Sie das zum Verbrechen erklären, werden Sie bald jeden Schriftsteller Englands am Galgen haben.«

Worauf Lord Godolphin einwarf, der an diesem Tag von der Gicht geplagt, daß die Regierung Ihrer Majestät nach so viel literarischen Ärgernissen nicht übel beraten wäre, die Literaten auf diese Weise loszuwerden. Allein der Lordsiegelbewahrer meinte, es möchte zweckdienlicher sein, so befähigte Leute zu kaufen, denn sicherlich ließen sie sich gut dazu verwenden, die Ansichten Ihrer Majestät der Öffentlichkeit nahezubringen. Das wiederum verdroß meinen Lord Nottingham, der zu dem Lordsiegelbewahrer gewandt erklärte: »Erkennt Euer Lordship denn nicht, daß dieser Mann bereits gekauft ist und daß wir bemüht sind festzustellen, wer sich seiner bedient und zu welchem Zweck?«

»Also, Mr. Ffooe«, sagt der Lordsiegelbewahrer, »der Lordschatzmeister wird alles, was Ihnen von gewisser Seite gezahlt worden, um das Anderthalbfache überbieten; was sagen Sie? Seien Sie ein guter Bursche, nehmen Sie das Angebot an, damit wir schon zu einem Ende kommen.«

Mr. DeFoe hätte sich da teuer verkaufen können. Soeben noch war er im Gefängnis gewesen; er besaß keinen Penny; wir hatten ihm sein Geschäft ruiniert und seine Familie an den Bettelstab gebracht. Ich sah, wie er die Lippe kaute; es war eine schreckliche Versuchung: Geld, und Freiheit dazu, und persönliche Sicherheit.

»Ich wünschte, ich könnte Euer Lordship wohlgemeintes Anerbieten annehmen«, sagt er schließlich. »Aber ich fürchte, Sie würden für Ihr Geld nicht den entsprechenden Gegenwert erhalten.«

»Wie das?« sagt der Lordsiegelbewahrer Herzog von Buckinghamshire und Normanby. »Sie würden uns doch nicht bewußt falsch Maß geben?«

»Der Schneider schneidet nach dem Kunden zu«, sagt der Gefangene, »aber Worte, obzwar viel leichter als jedes Tuch, lassen sich nicht zuschneiden. Sie sind kein Geweb aus Schafshaar oder den Ausscheidungen eines Wurmes; sie atmen das Leben, welches ihnen der Autor mit der Glut seines Herzens einhaucht; und ohne das wären sie nichts als tote Schale, und keiner würde weiser durch sie.«

»Ihr heißer Atem aber, Mr. Ffooe«, sagt mein Lord Nottingham, »will nur in eine Richtung blasen – nämlich gegen Ihre Majestät?«

»O nein«, sagt der Gefangene, »das leugne ich.«

»Gegen wen sonst?« sagt mein Lord.

»Gegen Heuchelei«, sagt der Gefangene, »gegen Unrecht und Unduldsamkeit.«

Darauf wandte sich Lord Godolphin, der große Schmerzen litt, an meinen Lord Nottingham mit der Frage: »Ich darf doch annehmen, Euer Lordship haben diesen Mann uns nicht vorgeführt, damit er seine edlen Empfindungen darlege, sondern damit er uns Auskunft gibt über die Entstehung und Hintergründe eines der schändlichsten demagogischen Machwerke der letzten Jahre?«

Mein Lord Nottingham bestätigte dies und fügte hinzu, daß der Gefangene, obwohl ihm jede Gelegenheit zur Verbesserung seiner Lage gegeben worden, sich als völlig verhärtet erwiesen habe und daß das Recht nun seinen Lauf nehmen werde...

7. Juli 1703

...beim Termin der Kammer für Verhöre und Entscheidungen in Old Bailey; der Gerichtssaal gefüllt mit Zuschauern: Journalisten, Geistlichen, Nichtstuern aus den Kaffeehäusern, zweifelhaften Gestalten, aber auch Herren von Rang, unter diesen diverse Abgeordnete des Hauses; alle gespannt und erwartungsvoll, der Stand der Wetten zwei zu eins, daß Mr. DeFoe sich nicht stellen werde und wieder flüchtig geworden, denn der Verlust von selbst 1500 Pfund Kaution sei leichter zu ertragen als eine Stunde am Pranger.

Es war meines Lords Nottingham Einfall gewesen, den Gefangenen gegen Kaution aus Newgate zu entlassen, diese aber in der außergewöhnlichen Höhe von 1500 Pfund festzusetzen; »behalten Sie mir den Mann im Auge, Mr. Creech«, sagte er, »wir wollen herausfinden, wer Bürgschaft für ihn zahlt und wen er um Hilfe ersucht; so könnten wir das Ende des Fadens fassen, der uns das ganze Netz entwirrt; außerdem statten Sie einem gewissen Mr. Colepeper einen Besuch ab, welcher sich bereit erklärt hat, Mr. Ffooe vor Gericht zu verteidigen; erkunden Sie seine Haltung zu der Möglichkeit, daß er auf Mr. Ffooe einwirkt, sich schuldig zu bekennen; machen Sie ihm kein festes Versprechen, aber lassen Sie durchblicken, daß wir Mr. Ffooe milde behandeln würden, falls er sich so bekennt«.

Eine Untersuchung der Bürgen erbrachte nichts; es waren kleine Leute, ein Bootsbauer, ein Bäcker, ein Makler und derlei; sie stellten ihre Ersparnisse und bescheidene Kapitalreserven zur Verfügung, und Mr. DeFoe selbst brachte den größten Anteil bei, nämlich 500 Pfund, welche er durch die Vermittlung seines Schwagers geborgt. Auch trat er in der Frist zwischen seiner Entlassung aus Newgate und dem Termin des Prozesses mit niemandem in Verbindung, der als möglicher Mitverschworener in Frage gekommen wäre; er verhandelte mit einem Drucker wegen einer neuen, diesmal von ihm autorisierten Ausgabe seiner gesammelten Schriften und beschäftigte sich im übrigen mit Versuchen, sein Geschäft zu retten und sein traurig zusammengeschmolzenes Vermögen aufzubessern. Auf die Frage, warum er die Kaution nicht verfallen ließ und flüchtete, obwohl er offensichtlich befürchtete, am Pranger verkrüppelt oder gar getötet zu werden, antwortete er einem Freunde, welcher ihn mit dem Bibelwort *Hilf dir selbst, o Herr!* warnte: Mehrere seiner Bürgen hätten ihn tatsächlich zur Flucht gedrängt und wären willens gewesen, ihr Geld zu opfern; aber der Wunsch, sein Ansehen als redlicher Mann zu erhalten, und die Gerechtigkeit der von ihm verfochtenen Sache hätten ihn von der Flucht abgehalten. Zu der Zeit jedoch hatte ich bereits mit Mr. Colepeper verhandelt, welcher den rettenden Strohhalm, den ich ihm hinhielt, nur allzu gern ergriff und aus meinen Worten genau das heraushörte, was er zu hören wünschte, und selbst noch das *b* und das *c* zu meinem halben *a* hinzufügte, ohne die wahren Absichten der Regierung irgendwie zu erforschen oder eine feste Verpflichtung zu fordern. Ein guter Advokat mit Erfahrung in öffentlichen Strafprozessen würde seinen

Mandanten der Barmherzigkeit des Gerichts wohl kaum so wehrlos ausgeliefert haben; Mr. Colepeper aber war ein Gutsbesitzer, nur flüchtig vertraut mit dem Gesetz, welcher auf die Kunde, daß Mr. DeFoe keinen renommierten Anwalt bezahlen konnte, diesem seine Dienste anbot; und zwar tat er dies aus Dankbarkeit, da eine frühere Schrift von DeFoe wesentlich zu seiner eigenen Befreiung aus ungerechter Haft beigetragen hatte. Als daher genau um zehn Uhr der Angeklagte in Begleitung von Mr. Colepeper erschien und auf der Anklagebank Platz nahm, erhob sich ein lautes Gemurmel und verstummte erst beim Eintritt der Richter. Der Lordbürgermeister, Sir Samuel Dashwood, eröffnete das Verfahren, und der Oberste Richter, Sir John Holt, ließ die Anklageschrift noch einmal verlesen, da die erste Lesung bei dem Termin am 24. Februar in Abwesenheit des Angeklagten erfolgt war. Dann fragte er mit erhobener Stimme: »Mr. Ffooe, bekennen Sie sich im Sinne der Anklage schuldig?«

Da die Anklageschrift großenteils aus Zitaten aus dem *Kürzesten Verfahren mit den Abweichlern* bestand, hatte Mr. DeFoe während der Lesung wie verträumt dagesessen, in den Klang seiner eigenen Worte versunken.

»Mr. Ffooe!« sagte der Oberste Richter Sir John Holt.

Mr. DeFoe fuhr auf. Doch ehe er ja oder nein erwidern konnte, erhob sich Mr. Colepeper und erklärte, in Anbetracht der gnädigen Geneigtheit Ihrer Majestät und gewisser anderer Erwägungen bekenne der Angeklagte sich schuldig.

»Stimmt das, Mr. Ffooe?« sagt der Oberste Richter. »Sie bekennen sich tatsächlich schuldig?«

Mr. DeFoe blickte seinen Verteidiger an, der energisch nickte, darauf den Obersten Richter und zuckte schließlich die Schultern wie einer, der sagen will: »Was läßt sich da machen?«

Nun erhob sich ein noch lauteres Gemurmel unter den Zuschauern, und einer sagte: »Da hat er sich selbst gehängt, der arme Kerl.« Der Lordbürgermeister rief zur Ruhe auf und ersuchte dann Kronanwalt Harcourt, zum Strafmaß zu sprechen.

Es war ein Fall nach dem Herzen von Sir Simon Harcourt. Hätte er die einzelnen Punkte seiner Anklage zu beweisen gehabt, so wäre ihm dies schwer gefallen, besonders gegenüber einem geschickten

Verteidiger; so aber lag sein Opfer wehrlos vor ihm, und er geißelte es ungehemmt und ungehindert; seine Verunglimpfungen gipfelten in der Behauptung, das *Kürzeste Verfahren* führe über Haufen von Pastorenschädeln und werde England in Anarchie und Bürgerkrieg stürzen, falls nicht an seinem Verfasser ein Exempel statuiert würde.

Spätestens jetzt war es Mr. DeFoe und seinem glücklosen Anwalt klar geworden, in welche Lage sie sich selbst gebracht; Mr. DeFoe starrte bedrückt vor sich hin, und Mr. Colepeper suchte seine Gedanken für sein Plädoyer zu sammeln, welches bestenfalls ein schwächliches Winseln um Gnade sein konnte.

Doch keiner unter den Zuschauern, ich selbst natürlich ausgenommen, erwartete die Strenge des Urteils, welches der Oberste Richter am Ende verlas, *auf Zahlung einer Buße von 200 Mark gesetzlicher englischer Währung, und am Pranger zu stehen, einen Tag in Cornhill nahe der Londoner Börse und am folgenden Tag in Cheapside in der Nähe des dortigen Wasserbrunnens, den dritten Tag in Fleet Street vor Temple Bar, und zwar je eine Stunde zwischen elf Uhr vormittags und zwei Uhr nachmittags, dies nach eigener Wahl, mit einem Papier über dem Kopf, auf welchem seine Vergehen geschrieben stehen, und daß der besagte Daniel Ffooe alias DeFoe sichere Bürgschaften stelle für sein gutes Verhalten während der nächstfolgenden sieben Jahre.*

Die Hand meines Lords Nottingham zeigte sich in der Feinheit, daß dem Verurteilten gestattet wurde, die Stunde seiner Qual selbst zu bestimmen. Mein Lord hatte gesiegt; und während Mr. DeFoe nach Newgate zurückgebracht wurde, um dort im Gewahrsam des Sheriffs von London zu verbleiben, brauchte mein Lord nur abzuwarten, bis des Gefangenen Willenskraft brach...

19. Juli 1703

...den heutigen Tag sollte Mr. DeFoe am Pranger stehen, aber es wurde verschoben, und dürfte wohl erneut verschoben werden.

»Mr. Creech«, sagt mein Lord den anderen Tag, »glauben Sie, es wäre möglich, daß gar kein Komplott besteht?«

»Hegen Euer Lordship irgendwelche Zweifel?« sage ich.

»Nicht ich«, sagt er, »allein andere Persönlichkeiten von Rang stellen neue Überlegungen an und fragen mich, ob Mr. Ffooe nicht doch selbständig gehandelt haben könnte, wie er behauptet, und ob das Gericht nicht etwa doch zu streng mit ihm verfahren sei und ob ein Teil der Öffentlichkeit sich darob gegen uns kehren möchte. Manche Leute sind sonderbar; sie zupfen an den Schnüren, rufen aber: ›Halt!‹, wenn die Puppen zu tanzen beginnen; kurz, sie sähen es gern, wenn wir ihm Gnade erwiesen; aber wie können wir uns für einen Gnadenakt einsetzen, wenn er nicht gesteht, und wie kann er gestehen, wenn kein Komplott da ist?«

»Komplott hin, Komplott her«, sage ich, »Geständnisse kommen zwölf auf ein Dutzend, und manche legen ein dreizehntes zu, wenn's verlangt wird. Die Frage ist, wie man's ihm schmackhaft macht und wer das am besten tun kann.«

»Mr. Creech?« sagt mein Lord mit bedeutsamem Seitenblick.

»Nicht ich«, sage ich. »Wenn Euer Lordship sich zu erinnern geruhen, ich war es, der Mr. Colepeper überzeugte, seinen Mandanten zu einem Schuldbekenntnis zu veranlassen.«

»Vielleicht sollten wir einen ihm Gleichgesinnten dafür verwenden«, sagt mein Lord, »einen Abweichler, wenn möglich gar einen ihrer Prediger; die Herren Geistlichen, welcher Fasson auch immer, haben von Berufs wegen eine große Beredsamkeit und sind verständige Leute.«

»Ich glaube, ich sollte Euer Lordship Aufmerksamkeit auf die Tatsache lenken«, sage ich, »daß der Gefangene aus seinem Kerker heraus sich an drei der bekanntesten Abweichlerprediger wandte und sie bat, an seiner Seite im Gebet zu knien; und alle drei weigerten sich, obzwar einer von ihnen vor mehreren Jahren nach Newgate kam, um mit Mr. Whitney zu beten, bevor letzterer gehängt wurde; aber Mr. Whitney war ein Räuber und Mörder und nicht ein Schriftsteller mit einem eigenen Kopf.«

»Ich schließe daraus«, sagt mein Lord, »daß Mr. Ffooe in niedergeschlagener Stimmung und großer Furcht ist?«

»Das läßt sich schwer beantworten«, sage ich, »da die Berichte der Aufseher widersprüchlich sind. Die einen finden ihn in tiefster Verzweiflung, die andern voller Hoffnung auf ein Eingreifen Gottes oder anderer Stellen; da Freunde ihn mit einer kleinen Summe Geldes versorgten, konnte er für eine Einzelzelle, Bettzeug, Kerzen wie auch für Essen und Trinken, Papier und Feder zahlen; aber er klagt über den Schmutz und die Feuchtigkeit, das Geschrei und den Lärm und vor allem den übelriechenden Dunst, der, wie er sagt, Gefängnisfieber und andere Krankheiten mit sich bringt; dennoch sucht er häufig die Gesellschaft anderer Gefangener und kümmert sich nicht darum, wer sie sein mögen, Straßenräuber, Diebe, Betrüger, Huren, und hört sich ihre Geschichten aufmerksam an; er schreibt und korrigiert frühere Schriften für den Drucker und sendet zahlreiche Briefe aus; man hat beobachtet, daß er bei solcher Arbeit am ruhigsten, wenn nicht sogar glücklich ist.«

Daraufhin wurde mein Lord höchst unmutig und gab mir seine Meinung über die allzu große Menschenfreundlichkeit der Regierung Ihrer Majestät zu verstehen; dann erklärte er, die geeignete Person für unser Vorhaben sei ihm eingefallen, und zwar denke er an Mr. William Penn, der, obzwar Quäker, bei Hofe in hohem Ansehen stehe und häufig von Lord Godolphin benutzt worden sei, wenn dieser mit Leuten zu verhandeln wünschte, die er persönlich anzusprechen nicht für ratsam hielt.

Also ich mit einem Handschreiben meines Lords Nottingham zu Mr. William Penn, traf aber nur William Penn junior an, da der ältere Penn London für ein oder zwei Tage verlassen hatte. Penn junior, von dem es heißt, er sei so ausschweifend und liederlich wie sein Vater enthaltsam und rechtschaffen, zeigte sofort Interesse für die Angelegenheit. »Ah, Newgate«, sagt er, »da läßt sich noch etwas erleben, und Mr. DeFoe ist ein geistreicher Mann. Warum auf meinen Vater warten? Der Fall ist dringlich, schreibt Seine Lordship; ich werde an meines Vaters Stelle gehen und mit dem Gefangenen im Sinne Seiner Lordship sprechen.«

Was Mr. Penn junior denn tat, und anscheinend mit Erfolg, und erstattete seinem Vater Bericht; denn mein Lord erhielt von Lord Godolphin einen Brief, datiert aus Windsor, den 17. Juli, welcher in Auszügen besagte: *Nachdem ich die Ehre hatte, gestern mit Euer Lordship zusammenzutreffen, besuchte mich Mr. William Penn, um mir mitzuteilen, er habe dem Lordsiegelbewahrer bereits den Be-*

scheid übermittelt, daß DeFoe nun willens sei, Euer Lordship unter Eid alles zu sagen, was er wisse, und seine diesbezüglichen Komplicen zu nennen, zur Information der Königin und der Lords des Staatsrats, unter der Bedingung, daß ihm dadurch die Prangerstrafe erlassen wird und daß er nicht selbst als Zeuge gegen irgend jemanden aufzutreten braucht.

»Nun, Mr. Creech«, sagt mein Lord, nachdem er mich mit diesem Teil des Briefs vertraut gemacht, »so haben wir also durch unsere Beharrlichkeit Mr. Ffooe dahin gebracht, wo wir ihn haben wollen. Ihre Majestät wünscht mich in Windsor zu sehen; es wird noch von aller Welt erkannt werden, daß wir Krone und Kirche von einer der gefährlichsten Kabalen, die je geplant worden, gerettet haben...«

23. Juli 1703

...der Wunsch meines Lords, den Gefangenen nach Windsor schaffen zu lassen, um ihn dort wenn tunlich in Gegenwart Ihrer Majestät zu verhören und so den eigenen Triumph vollständig zu machen, verursachte eine weitere Verschiebung der Anprangerung Mr. DeFoes. Aber zur großen Enttäuschung meines Lords teilte der Oberaufseher von Newgate ihm mit, daß der Gefangene das Weichbild Londons nicht verlassen dürfe; dies wäre gleichbedeutend mit Entlassung und Erlaß seiner Strafe, denn nach dem Gesetz könne der Gefangene, einmal aus London entfernt, nicht mehr gezwungen werden, nach Newgate zurückzukehren. Da blieb denn meinem Lord, wollte er Mr. DeFoes Geständnis hören, nur die Wahl, sich selbst den widerlichen Zuständen im Gefängnis Newgate auszusetzen oder eine *habeas-corpus*-Verfügung zu erwirken. Mein Lord ersuchte demzufolge den Lordoberaufseher der Königlichen Gefängnisse um eine solche Verfügung; inzwischen aber erfuhr er durch den älteren William Penn, daß der Lordsiegelbewahrer Herzog von Buckinghamshire und Normanby beim Verhör des Gefangenen gleichfalls anwesend zu sein wünschte; und so wies mich mein Lord denn seufzend und mit himmelwärts gerichtetem Blick an, alles für seinen und des Lordsiegelbewahrers Besuch in Newgate Notwendige vorzubereiten.

Die Beseitigung des Kots und Gestanks von beinahe hundert Jahren war undurchführbar; daher wurde entschieden, daß Ihren Lordships ein Dutzend Aufseher vorangehen sollten, welche den gröbsten Unrat aus dem Wege kehren und wohlriechende Essenzen versprühen würden; weitere, mit Knüppeln bewaffnet, sollten solche Gefangene abwehren, die sich Ihren Lordships zu Füßen zu werfen oder diese auf andere Art zu belästigen beabsichtigten; auch sollten bequeme Stühle in Mr. DeFoes Zelle gestellt und die Zelle selbst geweißt und von umherkriechenden Insekten befreit werden.

Solche Vorbereitungen konnten nicht unbemerkt bleiben und steigerten die in Newgate vorherrschende Unruhe in einem Grade, daß mehrere Aufseher meinten, sie wären im Irrenhaus Bedlam; und ein Trupp Konstabler mußte angefordert werden, um die Maßnahmen zum Schutz Ihrer Lordships zu verstärken. Trotz allem gelang es mehreren Gefangenen, die Absperrung zu durchbrechen; eine Hure mit riesigem Hängebusen warf sich dem ungemein eleganten Lordsiegelbewahrer an die Brust und beschmierte ihm die Schulter mit Rotz; ein großes Wehklagen und Fluchen erhob sich, als die Knüppel der Aufseher auf die Köpfe der Gefangenen herabsausten, und das Blut aus Nasen und Lippen floß in reichem Maße.

Durch diesen Aufruhr schritt mein Lord Nottingham mit der größten Verachtung; das Licht der Fackeln bewegte sich über seine hageren Züge und ließ seine Augen sonderbar aufleuchten. Nur einmal erkundigte er sich, ob Mr. Ffooe sich auch in seiner Zelle befinde, und da der Oberaufseher dies bejahte, setzte er seinen Weg fort. Beim Eintritt in die Zelle grüßte er den Gefangenen höflich und sagte: »Ich sehe, Mr. Ffooe, Sie haben geschrieben; ein gottgefälligeres Werk, hoffe ich, als Ihr *Kürzestes Verfahren*?«

»Es wird ein langes Poem«, sagt der Gefangene, »eine *Hymne an den Pranger.*«

»Ah, sehr gut«, sagt mein Lord, »Furcht und Zerknirschung sind seit biblischen Zeiten der Quell einiger der besten Werke der Literatur gewesen. Aber der Lordsiegelbewahrer und ich haben sich nicht der Mühe des Abstiegs hierher unterzogen, um Fragen der Kunst zu besprechen; vielmehr, wie Sie vermutet haben werden, Mr. Ffooe, wünschen wir nun endlich Ihre vollständigen Angaben zu hören über alles, was Sie in bezug auf die Abfassung und Veröffentlichung des *Kürzesten Verfahrens mit den Abweichlern* wissen, sowie die namentliche Aufzählung Ihrer Komplicen und eine Darlegung der gesamten Ziele der Verschwörung.«

»Ich hatte vermutet«, sagt Mr. DeFoe bestürzt, »Ihre Lordships wären gekommen, meine Verurteilung aufzuheben und mich aus diesem Höllenloch zu befreien, wie mir seinerzeit zugesagt wurde, wenn ich mich vor Gericht schuldig bekennte.«

»Ein Schuldbekenntnis ohne vollständiges Geständnis ist wie ein Schlauch ohne Wein«, sagt mein Lord. »Und wollen Sie die Güte haben, die Zeit des Lordsiegelbewahrers und die meine nicht zu vergeuden. Sie haben unmißverständlich erklärt, Sie wären bereit, mir unter Eid alles mitzuteilen, was Sie von der Verschwörung wissen, Ihre Komplicen zu nennen, et cetera.«

»Wenn es Euer Lordship beliebt«, sagt Mr. DeFoe, »wann soll ich das erklärt haben und wem gegenüber?«

»Der Bescheid stammt von Mr. William Penn, dem Quäker«, sagt mein Lord, »welcher mehrere Lords des Staatsrats davon informiert hat.«

Darauf zog Mr. DeFoe mit zitternden Fingern unter den Papieren auf seinem Tisch einen bekritzelten Bogen hervor. »Hier der Entwurf meines Briefs an Mr. William Penn senior, geschrieben nach dem Besuch seines Sohnes bei mir«, sagt er. »Mit Euer Lordships Erlaubnis zitiere ich: *Sir, der Vorschlag, den Sie mir durch Ihren Sohn von meinem Lord Nottingham nahelegen lassen, ich möchte gewisse Leute angeben, ist der gleiche, den Seine Lordship mir schon des öfteren gemacht hat... ich habe ihm mit derselben Versicherung geantwortet, die ich auch dem Staatsrat gab; nämlich, daß ich in der Art, wie die Herren es meinen, wirklich niemanden anzugeben habe; und daß ich, selbst wenn mein Leben davon abhinge, es nicht um den Preis der Beschuldigung völlig harmloser Männer retten würde... ich versichere feierlich, daß außer dem, was man so in Gesprächen sagt (und wahrscheinlich gibt's mehr als genug böses Blut unter Leuten meiner Gesinnung), daß außer dem also ich keinerlei Komplicen habe, keinen Klüngel (wie mein Lord das bezeichnet), mit dem ich Unternehmen dieser Art abzustimmen pflegte, dem ich meine Pläne vorlegte oder von dem ich Anweisungen empfinge; und mir Erleichterungen unter solchen Bedingungen zu versprechen bedeutet daher, mir gar nichts zu bieten... Aber, Sir, mein Fall liegt so: Ich stellte mich dem Gericht auf das Wort der Regierung hin; ich war zwar auf Kaution frei, aber meine Bürgen (wenigstens die Mehrzahl von ihnen) waren mit meiner Flucht einverstanden und drängten mich sogar dazu. Ich jedoch erbot mich, dem Gericht nicht nur keinen Widerstand zu leisten, sondern mich im Sinne der Anklage schuldig zu bekennen, einschließlich der sämtlichen Adverbien wie aufrührerisch und böswillig und der langen Rhapsodie der et ceteras des Kronanwalts; all das aber auf die Zusage hin, daß man mich mit Milde behandeln werde...«*

»Genug jetzt«, sagt mein Lord Nottingham, »wir kennen die Litanei.«

»Wenn Euer Lordship gestatten«, sagt der Lordsiegelbewahrer. »Sie werden zugestehen, Mr. Ffooe, daß ein beträchtlicher Widerspruch besteht zwischen dem, was Mr. William Penn, der Quäker, mehreren Regierungsmitgliedern mitteilte, und dem, was Sie ihm geschrieben zu haben behaupten. Haben Sie William Penn, dem Sohne, etwas grundsätzlich anderes gesagt als das, was Sie dem Vater schrieben?«

»Durchaus nicht«, sagt Mr. DeFoe. »Aber es ist mir unmöglich, für das einzustehen, was der jüngere Penn dem älteren berichtet haben mag.«

»Wann haben Sie Ihren Brief abgesandt«, sagt der Lordsiegelbewahrer mit einem lässigen Blick auf den Gefangenen, »und durch wen?«

»Oh, vor mehr als einer Woche«, sagt Mr. DeFoe, »durch den Oberaufseher des Gefängnisses.«

Ich mußte den Oberaufseher herbeirufen, und dieser gab zu, den Brief entgegengenommen zu haben, erklärte aber, daß mehrere Tage verstrichen, ehe sein Sekretär ihm den Inhalt vorlesen und er die Entscheidung treffen konnte, den Brief passieren zu lassen; zu der Zeit jedoch war der Besuch Ihrer Lordships bereits angekündigt, was ihn und seine Mitarbeiter völlig in Anspruch nahm; so daß der

Brief erst gestern abgesandt wurde, und zwar, in Anbetracht der geringfügigen Mittel des Gefangenen, per Penny-Post.

Der Lordsiegelbewahrer zog sein Spitzentaschentuch aus dem Ärmel, um sein Gesicht, so gut es ging, darin zu verbergen; mein Lord Nottingham aber, der außerordentlich verärgert, wandte sich dem Gefangenen zu und fragte in erschreckend heftigem Ton: »Werden Sie nun wohl sprechen, Mr. Ffooe? Ich frage Sie zum letzten Mal. Ich habe Ihre Bestrafung wiederholt aufgeschoben; ich werde es nicht länger tun; wenn die hölzerne Krause sich Ihnen um den Hals schließt, wird es zu spät sein zum Bedauern.«

Mr. DeFoes Schultern senkten sich, als trügen sie bereits die schweren Querbalken. »Kann Euer Lordship denn nicht verstehen«, sagt er verzweifelt, »daß der freie Gedanke des Menschen nicht wie ein Stock ist, den der Hund auf seines Meisters Befehl apportiert? Oder ist Euer Lordship so festgefahren auf den Wegen der Orthodoxie, daß Ihnen jede nicht amtlich gebilligte Idee notwendig als Teil eines aufrührerischen Komplotts erscheint?«

Das Blut stieg meinem Lord ins Gesicht und färbte es bläulich. Er wollte sprechen, doch er fand keine Worte...

29. Juli 1703

...Konstabler und einiges Militär in den Seitenstraßen des Cornhill placiert, und überzeugte mich, daß die Kommandeure wohl instruiert waren, und verteilte darauf die Mehrzahl des für die Gelegenheit angeheuerten Gesindels nahe der Königlichen Börse in Wurfweite des Prangers. Der Anführer unter ihnen war Lemuel Finney; dieser hatte sich mit einem Sack voll Eiern und stinkendem Fisch und Tomaten und angefaulten Krautköpfen ausgerüstet, als Gewürz dazu ein paar Pflastersteine, und versicherte mir, daß das Fehlen eines Auges die Zielsicherheit nicht nur nicht minderte, sondern im Gegenteil sogar steigerte.

Bereits eine halbe Stunde vor Beginn des Ereignisses begann alles mögliche Volk sich auf der Straße zu drängen, so daß trotz ihrer Breite binnen kurzem weder Kutschen noch andere Fahrzeuge passieren konnten und berittene Garde herbei mußte, um dem Karren einen Weg zu bahnen, auf welchem der Gefangene, wenige Minuten vor der Mittagsstunde, zum Schafott gefahren wurde. Mr. DeFoe hatte es vorgezogen zu stehen; seine Hände waren nicht gefesselt, so daß er sich am Querholz festhalten konnte; er blickte mit sichtlicher Besorgnis über die Masse der Gesichter hin, die ihm in plötzlichem Schweigen zugewandt waren. Einige hörten ihn dem Karrenmann für die Fahrt Dank sagen; dann stieg er vom Karren direkt aufs Schafott, und der öffentliche Henker klomm nach ihm hinauf. Der Henker schloß ihm die Klötze rasch um Hals und Handgelenke, so daß das Gesicht, auf dem sich große Tropfen Schweiß bildeten, hübsch eingerahmt war wie auf einem Bilde, und über dem Kopf wurde ein Papier angeheftet, auf dem zu lesen stand: *Daniel Ffooe, wegen der Abfassung und Veröffentlichung einer aufrührerischen Schmähschrift »Das kürzeste Verfahren mit den Abweichlern«.*

Das sonderbare Schweigen hielt an, während Mr. DeFoe sich der beschwerlichen Konstruktion des Querbalkens anzupassen und so viel von dessen Last wie möglich auf den Stützpfosten zu verlagern suchte. Robin Mastschwein, der trotz seiner Gicht nach Cornhill gepilgert war, kam auf mich zugehinkt. »Mr. Creech«, flüsterte er, sich die Stirn wischend, »mir schwant, Sie werden Schwierigkeiten haben.«

Da schrie eine Frau auf; und ein Hochruf erscholl: »DeFoe!«, und diesem schlossen sich weitere an, »Ffooe!« und »DeFoe!« und »Hallo!«, und dazu das Echo von den hohen Häusern beiderseits der Straße, so daß es über den ganzen Platz hin hallte, als wäre ein ungeheures Raubtier aus dem Käfig gebrochen und brüllte uns drohend entgegen. Die Pferde der Garde wurden unruhig, die Konstabler besorgt, und ich hielt es für besser, die Menge von dem Schafott abdrängen zu lassen, jedoch nicht zu weit, damit der für später geplante Einsatz meiner Bande von Lumpen und Spitzbuben nicht ohne Wirkung bliebe. Bis dahin, hoffte ich, würden die anwesenden Vertreter der Geistlichkeit und der besseren Stände dem Mann am Pranger die Hölle heiß machen. Allein statt dessen erschienen von überallher Weiber, die meisten jung, und mehr als eine von zweifelhafter Tugend, welche bunte Blumensträuße und Kränze mit sich führten. Die nichtsahnenden Soldaten ließen die Frauenzimmer passieren; worauf diese unter dem Heißa und Hussa der Menge und unter den schlüpfrigsten Witzen auf Kosten von Kirche und Richterschaft das Schafott zu bekränzen begannen. Zur gleichen Zeit kamen aus den Schenken und Wirtshäusern in der Nähe diverse Leute und sammelten sich beim Pranger, wo sie ihre Krüge und Flaschen erhoben und dem Gefangenen oben zutranken und ihn als einen tapferen Burschen und mutigen Kerl hochleben ließen und ausriefen: »Nur weiter so, Mr. DeFoe!« und: »Wir sind mit Euch, Mr. DeFoe!« und: »Das *kürzeste* Verfahren ist das beste!«

Robin Mastschwein humpelte wieder herbei. »Mr. Creech«, sagt er, auf seinen Stock gestützt, »dies hat alle Anzeichen, als ob es gegen uns ginge; wenn Sie zuzuschlagen beabsichtigen, dann jetzt oder nie.«

»Ein wenig Geduld, Mr. Stephens«, sage ich, »wir haben viereinhalb Monate gebraucht, den Mann zu fassen, aber wir haben ihn; lassen wir ruhig noch ein paar Minuten verstreichen; die Masse ist ein wankelmütiges Ding, und die *Hosianna* schrien, werden bald genug *Kreuziget ihn!* rufen.« Und da in dem Augenblick Finney geschlichen kam und verstohlen wissen wollte, was ich zu unternehmen wünsche, befahl ich ihm, seinen Leuten zu sagen, sie sollten auf den Schlag der halben Stunde nach Mittag den Gefangenen zu beschimpfen und zu bewerfen beginnen.

Mr. DeFoe, dies konnte ich beobachten, fühlte sich trotz der verschiedenen Sympathiebeweise nicht sehr wohl; die Sonne brannte ihm auf den Pelz, der Schweiß stach ihn ins Auge; Fliegen und Mükken ließen sich auf Gesicht und Händen nieder, ohne daß er sie abwehren oder sich kratzen konnte. Außerdem mußte ihm klar sein, daß die Blumen und Vivats nicht die einzigen ihm zugedachten Begrüßungen sein mochten; unter Schmerzen wandte er den Kopf zwischen den Klötzen und blickte um sich, als versuchte er zu erkennen, von wo aus der nächste Streich erfolgen werde. Da es gerade ruhig war, vernahm ich sein Stöhnen; allein schon im nächsten Moment teilte sich die Menge, und durch sie hindurch drang von der Börse her eine Horde junger Burschen, Schürzen vor dem Bauch, Druckerlehrlinge und dergleichen, welche Körbe voll Pamphlete und Flugblätter trugen und aus voller Lunge auszurufen begannen:

»Das Neueste vom Verfasser des *Echten Engländers*!« – »*Hymne an den Pranger!*« – »Speziell für den heutigen Tag geschrieben und gedruckt!« – »Sowie eine Neuausgabe des *Kürzesten Verfahrens*!« – »Kauft, lest, gebt's weiter!« Die Konstabler und ein Teil der Soldaten machten Jagd auf die Jungen; diese verkauften ihre Ware, während sie flüchteten; mehrere auch, statt die Druckschriften beschlagnahmen zu lassen, zerstreuten dieselben über den Köpfen der Menge, so daß das Papier aufflatterte wie weiße Vögel und die Pferde der Garde verschreckte; die Tiere bäumten sich laut wiehernd auf und trugen zu dem allgemeinen Tohuwabohu bei; und hoch über dem Volk, von einem Laternenpfahl aus, las ein junger Mann mit heller, durchdringender Stimme der Menge vor:

»Sei mir gegrüßt, großmächt'ger Apparat des Staats,
Geschaffen, drin die Phantasie zu strafen!
Wer Mannes ist, ein Mann zu sein, fühlt keinen Schmerz in dir;
Fühlt nur Verachtung für dich!«

Darauf brach Gelächter aus, und die Lippen des Gefangenen verzogen sich zuckend zu einem Lächeln. Der junge Mann befand sich in zu großer Höhe, um von den Konstablern herabgeholt zu werden, und so fuhr er fort zu deklamieren; doch der Lärm der Soldaten, welche den Druckerlehrlingen noch immer nachjagten, die Rufe der Zuschauer, welche die ungesetzliche Ware zu erwerben wünschten, die Schreie der Frauen, welche gedrängt und gestoßen wurden, sowie erneuter Beifall für den Gefangenen ließen nur Bruchstücke des Gedichts das Ohr erreichen. Wie es schien, zählte der Verfasser darin all jene auf, die er an seiner Statt am Pranger wissen wollte: *die Staatsmänner, die uns mit unsichrer Hand führen! die Soldaten, die stets zum Empfang von Geld, nicht aber zum Kampf bereit! die Obristen, die gefälschte Mannschaftslisten vorlegen! die feigen Kapitäne der Flotte!*

Die Menge brüllte vor Lust und verlangte nach mehr, und der junge Mann klomm höher hinauf auf seinem Laternenpfahl und las:

»Die Börsenmakler und die Spekulanten...
Daß sie am Pranger bleiben müßten,
Bis sie dies Wunder uns erklären:
Wie Kurse sinken, wenn Verdienst die Kosten übersteigt,
Und wieder steigen, wenn die Schiffe sinken...
Kirchliche Würdenträger dann gehör'n in dein Gestühl,
Die Demut pred'gen, welche sie nie hatten...
Dann bring vor deine Schranke das Juristenpack!
Schaumschläger, staatlich approbiert,
Die mit der Zunge jederlei Verbrechen zeugen...
Und nicht zuletzt die Bullen der Regierung,
Drauf abgerichtet, Unschuld'ge zu Tod zu hetzen!...«

Das traf gefährlich nahe, und ich blickte mich nach Robin Mastschwein um, der fassungslos, wie vom Blitz getroffen, dastand. Der junge Mann, nach dem Klang seiner Stimme wohl ein Schauspieler, war trotz des Tumults wieder zu hören:

»Doch Recht bedeutet nichts, solang'
Derart gesetzlich Instrument,
Statt Missetäter peinlich zu bestrafen,
Die Ehrlichen in Schrecken hält!«

Das war zu viel; und ich wußte, was mein Lord Nottingham zu sagen haben würde, wenn man dem Treiben nicht Einhalt gebot. Ich gab dem Hauptmann der berittenen Garde ein Zeichen, und an der Spitze seiner Leute ritt er eine der prächtigsten Attacken, die ich je gesehen: Die Garden packten vom Sattel aus den jungen Mann bei den Beinen und zerrten an ihm, bis er von dem Laternenpfahl abließ und durch den Knall, mit dem er auf dem Pflaster landete, einen vernehmlichen Schlußpunkt hinter seinen letzten Vers setzte.

Darauf wurde es still ringsumher. Nur eine oder zwei Minuten fehlten bis zur halben Stunde, und ich vermeinte, die Zeit für Finneys Geschosse akkurat richtig gewählt zu haben, denn diese würden in die geeignete Stimmung fallen; doch da erhob sich eine neue Stimme, rissig, heiser, verzerrt, gespenstisch beinahe – die Stimme des Gefangenen:

»Sag an, wer ist's, der da am Pranger steht,
So schwer beschuldigt, doch so bar der Furcht?
Von dem Papier an seinem Hut
Laß alle Welt erfahren, was er tat!...
Sag ihnen denn, er war zu kühn!
Er sprach gewisse Wahrheiten, die besser ungesprochen!...
Sag ihnen, daß er da erhöhet steht,
Weil er verkündete, was wir nicht hören wollten!...
Und so ward als Exempel statuiert,
Damit Angst herrscht vor jedem offnen Wort...«

Die Stimme schien zu versagen, aber sie kräftigte sich wieder und sprach, beinahe im Flüsterton, hörbar nur einem Teil der Menge:

»Sag ihnen: Die ihn aufs Schafott gestellt,
Sind eine Schmach für unsre Zeit!
Unfähig, Schuld an ihm zu finden,
sind sie noch weniger imstand zu tun, was er getan!«

Die Glocke schlug die halbe Stunde. Aber nichts von dem, was ich geplant und vorbereitet, geschah. Die schreckliche Stille dauerte an. Ich blickte mich nach Lemuel Finney um und sah ihn, den Sack in der Hand, auf mich zukommen.

»Mr. Creech«, sagt er, »es geht nicht. Wir haben eine Kollektion von Halsabschneidern und Halunken um uns gesammelt, wie außerhalb von Newgate selten eine vereint war; allein keiner von ihnen will's wagen, gegen diese Stimmung des Volkes zu sprechen oder auch nur einen Fischschwanz zu werfen.«

»Dann beginnen Sie gefälligst, Finney«, sage ich. »Es bedarf eines braven Mannes, um ein Beispiel zu geben, und Sie selbst haben erklärt, daß Sie als Einäugiger besser ins Ziel treffen als jeder andere.«

»Mr. Creech«, sagt er, »ich treffe die Fliege auf dem Schnurrbart, ohne die Nase zu streifen. Aber der Schütze ist noch nicht geboren, der tausend Kerle mit einem Wurf umlegt.«

»Dann reichen Sie mir den Sack, Finney«, sage ich. »Ihre Munition wenigstens darf ich bitte benutzen.«

Er gehorchte mit Freude, und ich fand einen Pflasterstein, der mir gut in der Hand lag, und hob den Arm zum Wurf, wobei ich rief: »Hier eine Rose für den großen Schriftsteller...«

Das war das letzte, dessen ich mich entsinne, außer dem dumpfen Schlag auf den Schädel und Schauern von Sternen...

3. August 1703

...langsam die Augen öffnend erblickte ich, wie durch Nebel, das fette Gesicht, die wirre Perücke, den schnupftabakfleckigen Rockkragen des Robin Mastschwein. Das Gesicht näherte sich mir; der Mund öffnete sich besorgt und ließ zwei Reihen schmutzfarbener, aber ungemein großer und brauchbarer Zähne sehen. »Nun, Mr. Creech«, sagt er, »es scheint, Sie wollen eine neue Perückenmode kreieren, ganz aus Groblinnen und eng anliegend am Kopf und bis zur Braue herab und über die Ohren. Ein hübsches Bild, meiner Treu, eines wackeren Manns und ehrlichen Dieners der Regierung, in recht guter Verfassung trotz eines Hiebs auf den Schädel, durch welchen empfindlichere Geschöpfe zur ewigen Ruhe eingegangen wären.«

»Ich bitte Sie, Mr. Stephens«, sage ich, »welches Datum schreiben wir heute?«

»Den dritten August«, sagt er, »und ein sonniger Tag, kein Wölkchen am Himmel, wir haben einen außerordentlich schönen Sommer.«

Ich begann im stillen nachzurechnen und fragte ihn dann: »Habe ich die ganze Zeit geschlafen, Mr. Stephens?«

»Wie ein satter Säugling, Mr. Creech«, sagt er. »Kein Mucks kam von Ihnen, auch nicht der leiseste Pieps, seit wir Sie von der Börse am Cornhill nach Hause gebracht.«

»Cornhill«, sage ich, mir stückweise die Ereignisse ins Gedächtnis rufend, »ich nehme doch an, man hat nach meinem Unfall gebührlich mit Mr. DeFoe verfahren?«

»Gebührlich verfahren?« sagt Robin Mastschwein. »Wenn's gebührlich ist, daß einer, der Schmähschriften und zweifelhafte Reime verfaßt, derart über Religion und rechtmäßige Autorität triumphiert, war's wohl gebührlich. Wenn's gebührlich ist, daß so einer nach einer vollen Stunde am Pranger unter dem Jubel der Menge herabsteigt und als ihr Held und Symbol begrüßt wird, war's wohl gebührlich. Wenn's gebührlich ist, daß man auf der Straße die einfache Silbe Foo nicht aussprechen kann, ohne daß einem erklärt wird, da ist ein wirklicher Mann, und welch schurkische Regierung wir doch haben, und ob es nicht an der Zeit wäre, an eine neue Revolution zu denken, dann war's wohl gebührlich.«

»Aber die andern zwei Male?« sage ich. »Sie wollen doch nicht behaupten, Mr. Stephens, daß die Sache am folgenden Tag in Cheapside und am Tag darauf bei Temple Bar genauso skandalös ausging? Daß Mr. DeFoe in Glanz und Ehren dastand statt in Schande? Daß er König der Menge war statt ihre Zielscheibe und daß Aufruhr und Ketzerei auf diese Weise noch belohnt statt bestraft wurden? Wo waren die vielen Boten der Königin, wo der mächtige Arm des Gesetzes? Wo die geheimen und nicht so geheimen Agenten, die Schar der Spitzel und Denunzianten und Schläger und Zuhälter, auf die der Staat sich verläßt in seinem Kampf gegen den Geist des Aufruhrs und die er mit seiner Gunst überschüttet?«

»Ach, Mr. Creech«, sagt er mit einem Seufzer, »es war, als hätte mit dem Verlust Ihrer werten Person die ganze Regierung den Kopf verloren. Lord Nottingham geriet über den Fall in Streit mit dem Lordsiegelbewahrer und mit Lord Godolphin: waren sie von Mr. DeFoe getäuscht worden oder nicht; war Ihrer Majestät gedient gewesen durch den Prozeß oder nicht; und war es besser, Mr. DeFoe zwei Drittel seiner Strafe zu erlassen und so die Ungerechtigkeit des Urteils öffentlich zuzugeben, oder ihm zu gestatten, sich noch zweimal an den Pranger zu stellen und so die rechtmäßige Kirche sowie die Regierung noch zweimal vorm Volk anzuprangern; oder war es das Beste, das Militär aufmarschieren und die Soldaten auf die Köpfe des irregeführten Publikums einprügeln zu lassen? Und während sie diese und verwandte Fragen disputierten, ergriffen Ihre Lordships überhaupt keine wirkungsvollen Maßnahmen, und die Angelegenheit nahm ihren beweinenswerten Lauf.«

Worauf Robin Mastschwein, da ihm die Kehle ausgetrocknet, sich auf die Suche nach einer Flasche Wein, einem Krug Bier oder irgend etwas Trinkbarem begab; er fand nichts, doch fiel sein Auge dabei auf einen Brief, welcher auf der Anrichte lag und während meiner langen Bewußtlosigkeit eingetroffen sein mußte. »Mr. Creech«, sagt er, »ich glaube, ich kenne das Siegel; der Brief kommt von Seiner Lordship.«

Da ich erwartete, der Brief werde eine Botschaft des Beileids zu meinem Unglück, oder der Aufmunterung, oder vielleicht gar des Lobes enthalten, bat ich Mr. Mastschwein, das Siegel zu brechen, um mir den Inhalt des Schreibens vorzulesen. Was er denn auch tat, obwohl seine gichtigen Finger kaum gehorchen wollten; darauf räusperte er sich und ließ sich vernehmen: *»Mr. Josiah Creech,* et cetera et cetera. *In Anbetracht Ihres offenbaren Versagens in Sachen ›Königin gegen DeFoe‹, dessen Folgen ich Ihnen wohl nicht zu erläutern brauche, wird es für ratsam gehalten, daß Sie mit dem heutigen Datum aus meinem Dienstbereich ausscheiden.* Gezeichnet, *Nottingham.«*

»Und das ist alles, Mr. Stephens?« sage ich.

»Mr. Creech«, sagt er, »das ist alles.«

Schwester Margot

Sein Schild, verschossenes Schwarz auf zerbröckelndem Weiß, hing noch neben der Haustür: *Dr. med. Julius Wieczorek.* Ich stellte mein Köfferchen ab und läutete. Ein zittriges Klingeln hallte lange nach. Irgendwo hinter dem Haus war der Fluß, in Grau gehüllt, sein lautloses Dasein erkennbar an den schattenhaften Umrissen einer Reihe kahler Weiden. Jenseits des Flusses lag Polen.

»Sie sind der neue Doktor?«

Die Tür hatte sich geöffnet. Die Frau, Kopftuch über Gesicht unbestimmbaren Alters, rieb sich die Hände an ihrer Schürze trocken; ein Emailleeimer glänzte am Ende des Hausflurs; sie hatte den Fußboden gewischt.

Ich sagte, ja, ich wäre der neue Doktor; dürfte ich eintreten?

Sie rieb sich die Hände immer noch an der Schürze und betrachtete mich dabei. »Mal ein junger, zur Abwechslung.«

»Zur Abwechslung?«

Ihr Mund verzog sich, eine dünne Linie. »Ich bin noch nicht fertig mit Saubermachen. Das Telegramm kam erst heute früh. Bleibt ja doch keiner von ihnen lange.«

»Von den Ärzten, wollen Sie sagen?«

Sie nickte.

Ich griff nach meinem Köfferchen. Sie trat beiseite. Ich erblickte ein Pappschild: *Wartezimmer;* ging hinein – ein paar Stühle, eine Holzbank, abgegriffene Zeitschriften auf zerkratztem Tisch, an der Wand ein Kalender, 21. Oktober das Datum. Zwei Wochen her, genau.

Die Frau wollte die Faustvoll dazwischenliegender Tage vom Kalender reißen; das Papier gab nicht nach.

»Warum will keiner bleiben?« fragte ich.

»Hier ist die Welt zu Ende.« Sie riß die Tage nun einzeln ab; das wiederholte Reißgeräusch verlieh ihren Worten Akzente. »Die Jungen machen, daß sie rasch wieder wohin kommen, wo sie was erreichen können. Und die andern –«

»Die andern?«

»Enden hier.«

»Dr. Wieczorek, nehme ich an, war kein junger Mann mehr?«

»So um die fünfzig.«

Durch eine Doppeltür gelangte man in sein Sprechzimmer. Was er da an Ausrüstung hatte, war nicht übel für eine Praxis in einem so entlegenen Ort; die Instrumente lagen gut geordnet hinter Glas in den Schränken, er hatte wohl eine tüchtige Sprechstundenhilfe gehabt; nur eine einzige Spritze, leer, lag auf dem geöffneten rollpultartigen Schreibtisch.

»Abgestaubt haben Sie wohl noch nicht?« fragte ich die Frau.

»In der Ordination staubt die Schwester ab; nur das Scheuern besorge ich.«

Der Fußboden, Holzplanken, war gründlich geschrubbt; trotzdem befand sich neben dem Schreibtisch ein nahezu kreisförmiger Fleck von etwa einem Meter Durchmesser, der dunkler erschien, ein bräunlicher Farbton.

Frau Pahl, so hieß die Reinemachefrau, wollte wissen, ob sie auch weiterhin hier arbeiten solle. Dr. Wieczorek habe ihr das und das gezahlt, eine Summe, die mir angemessen erschien. Mir wäre es nur lieb, sagte ich, wenn sie auch für mich arbeiten wollte; desgleichen übrigens auch die Sprechstundenhilfe von Dr. Wieczorek, sofern diese verfügbar.

»Die ist nicht verfügbar«, erwiderte Frau Pahl.

»Wieso denn nicht?«

»Sie ist tot.«

Ich hatte meiner ersten unabhängigen Stellung mit großen Erwartungen entgegengeblickt. Eine Bewährungsprobe, dachte ich, junger Arzt auf sich selbst gestellt, Kämpfer gegen Krankheit und Tod, Helfer des neuen Lebens, der sich allmählich die Liebe und das Vertrauen seiner kleinen Gemeinde erringt. Zugegeben, daß auch die Sonderprämie mich lockte, zusätzliche Bezahlung des Arztes, der willens ist, in einer Gegend zu praktizieren, wo das Ostfernsehen und der zweimal wöchentlich im Hinterzimmer der Kneipe abgespielte uralte Film die einzigen Bindeglieder zur Kultur sind, wo das Wasser noch mit der Hand aus den Brunnen gepumpt wird und wo das nächste Krankenhaus, an das er ernstere Fälle überweisen kann, mehr als dreißig Kilometer entfernt und nur über eine an den Rändern bereits ins Moor absackende Landstraße erreichbar ist.

Und doch bezeichnete sich dieser Ort als Stadt. »Rhingow«, sagte der Bürgermeister, der in seiner reichlichen Freizeit Tabak anbaute, »erhielt sein Stadtrecht schon 1315 von Herzog Albrecht dem Verwachsenen. Teile der Stadtmauer sind noch erhalten, wie auch das Südtor und der Storchenturm, auf dem seit Menschengedenken ein Storchenpaar nistet. Jedes Frühjahr kommen sie, Herr Doktor, Sie werden die Vögel sehen, wenn Sie's so lange hier aushalten.«

»Warum sollte ich nicht?«

»Schwer zu sagen. Wir haben eine ziemliche Fluktuation bei unsern Ärzten erlebt... Die Dorotheenkirche und die anderen Ruinen sind neueren Datums: Zweiter Weltkrieg. Die Russen überquerten den Fluß in diesem Sektor und deckten Rhingow mit Raketen ein; Stalinorgel hießen die damals; aber das war alles vor Ihrer Zeit, Herr Doktor, Sie waren da wohl noch ein Kind.«

»Richtig.«

»Uns blieb also die Zerstörung. Wir haben allerhand aufgeräumt; aber neu gebaut wurde nicht viel. Die jungen Leute zogen fort, teilweise nach dem Westen, die meisten flußaufwärts, wo die großen Werke entstanden, Erdöl, Stahl. Sie kennen die neuen Städte, Durchschnittsalter der Bevölkerung fünfundzwanzig Jahre; bei uns liegt der Durchschnitt bei sechsundfünfzig und erhöht sich jedes Jahr. Das größte Gebäude in Rhingow, wenn Sie bemerkt haben, ist das Altersheim – größer als das Rathaus. Dr. Wieczorek sagte immer, er müßte sich spezialisieren auf – auf – das Wort entfällt mir –«

»Geriatrie.«

»Ja, das war's wohl. Hat es aber nicht getan.«

»Worauf hat er sich spezialisiert?«

»Alkohol.«

»Begann er damit hier?«

»Sie wollen wahrscheinlich wissen, Herr Doktor, ob einem in Rhingow nichts bleibt als das Trinken. Möglich. Doch Dr. Wieczorek hat schon getrunken, bevor er sich hier niederließ; kann sogar sein, daß das der Grund war, weshalb er hierherkam; in nüchternem Zustand war er ein großartiger Arzt, wußte, was mit einem los war, wenn andere Ärzte, sogar die im Kreiskrankenhaus in S., einem noch die Schläuche in den Schlund und die Spiegel in den Hintern schoben. Da war auch ein Brief von irgendeiner Kaderabteilung, worin sie von mir verlangten, ich sollte ihn unter Kontrolle halten; aber kann ich losstiefeln und nachzählen, wieviel Glas Schnaps einer nach getaner Arbeit trinkt; ich habe dem Kneipier gesagt, er darf ihm nicht mehr als drei hintereinander verkaufen, doch wie sollte man verhindern, daß der Doktor einfach in den Laden ging und sich den Fusel flaschenweise besorgte? Obwohl ich ihn mochte. Er war ein sanfter Mensch. Manche, besonders Frauen, glaubten, er heile durch Handauflegen. Sogar wenn er betrunken war, blieb er sanft. Er hatte ein Lächeln wie ein verschüchtertes Kind, das versucht, sich Ihnen zu nähern... Aber mit alldem kommen wir nicht weiter, Herr Doktor. Was kann ich für Sie tun?«

»Wie ich vermute, soll ich Herrn Dr. Wieczoreks Wohnung übernehmen«, sagte ich.

Der Bürgermeister erklärte, das Haus habe seit je dem Arzt zur Verfügung gestanden: das Erdgeschoß mit Sprechzimmer, Wartezimmer und Küche, das Obergeschoß mit Schlaf- und Wohnzimmer. Was mir von Dr. Wieczoreks Sachen brauchbar erscheine, solle ich ruhig benutzen: Ein Neffe, sein einziger Verwandter, sei bereits da gewesen und habe alles von Wert mitgenommen; auf das übrige erhebe keiner Anspruch. »Kommt Ihnen vielleicht traurig vor«, fuhr der Bürgermeister fort, »so in Schuhe zu schlüpfen, die ein anderer hinterlassen hat. Aber Sie sind ja noch jung, und Sie sehen mir genügend elastisch aus. Außerdem haben wir reichlich Arbeit für Sie.«

Ich erwartete, daß er nun erzählen würde, wie es sich mit Dr. Wieczoreks Ende verhielt. Er tat es aber nicht; er schien unsere Unterredung für abgeschlossen zu halten und erhob sich.

»Herr Bürgermeister«, sagte ich, »vielleicht benehme ich mich naiv. Aber könnten Sie mir ungefähr mitteilen – wie Dr. Wieczorek –«

»Ich glaubte, man hätte Sie in Berlin informiert. Er beging Selbstmord.«

Der Bürgermeister hatte die Wahrheit gesprochen: Alles von irgendwelchem Wert hatte der Neffe fortgeschleppt. Das Bett war mir geblieben; es sackte in der Mitte durch, aus den Matratzen quoll die Füllung. Ein völlig abgenutzter Teppich lag noch da; ein Kleiderschrank war vorhanden, in dem ein löchriger Männerschlafrock hing; die Schubkästen der Kommode waren voll von Papieren, die jemand in sichtlicher Eile durchsucht und in entsprechendem Durcheinander hinterlassen hatte: Ausschnitte, Notizen, Briefe. Ein paar schattenartige Vierecke auf der verschossenen Tapete zeugten von Bildern, die dort einst hingen; nur ein Bild hatte der Neffe verschmäht, die Vergrößerung einer Photographie aus offenbar jüngerer Zeit, gerahmt und hinter Glas: zwischen zwei Männern eine Frau mit Schwesternhäubchen, im Hintergrund das Haus, das Schild neben der Haustür klar erkennbar. Hager der eine der beiden Männer, verbitterter Mund, die dunklen Augen durchdringend auf den Beschauer gerichtet; der andere ließ das Lächeln erkennen, das mir der Bürgermeister beschrieben hatte. Das Sonderbare war, daß das Gesicht der Frau einen Abglanz dieses Lächelns zu zeigen schien; sie mochte etwa dreißig Jahre alt sein, gehörte aber zu dem Typ, dessen feingeschnittene Züge eine genauere Altersbestimmung fast unmöglich machen.

Ich richtete mich also unter den Überresten von Dr. Wieczoreks Leben ein. Ich nahm mir vor, seine Sachen, sobald es sich machen ließ, durch eigene zu ersetzen, seine Papiere durchzusehen und alles zu verbrennen, was sich nicht auf die Anamnesen seiner Patienten bezog. Und auf seine. Ich fühlte mich immer tiefer in seinen Dunstkreis gezogen, der spürbar blieb, obwohl der Mann nicht mehr da war; ich suchte den Sog zu bekämpfen; meine Gefühle für meinen Vorgänger waren höchst zwiespältig: Ich mußte sein Gespenst bannen, ahnte jedoch, daß zu dem Zweck erst einmal notwendig war, es gründlich und aus nächster Nähe zu betrachten.

Der Mann mit dem verbitterten Mund meldete sich am nächsten Morgen bei mir und stellte sich vor als Burre, Anton Burre, Fahrer des alten Automobils, das zu der Arztpraxis in Rhingow gehörte. Er trug einen breiten schwarzen Trauerflor am linken Ärmel, machte aber einen durchaus gefaßten Eindruck. Er erledige auch im Hause anfallende Arbeiten, sagte Burre, und bewies seine Fähigkeit, indem er Dr. Wieczoreks Schild durch ein neues, nach meinen Angaben gemaltes ersetzte: *Staatliche Arztpraxis,* darunter mein Name, darunter die Sprechstunden, die ich für notwendig erachtete.

»Herr Dr. Wieczorek hielt sich nicht an irgendwelche Stunden«, erwähnte Burre, nicht als Kritik, eher eine einfache Feststellung.

»Wie hat er's dann geschafft?«

»Er hielt Sprechstunden, wenn es ihm paßte. Die Leute warteten eben. An manchen Tagen arbeitete er bis spät in die Nacht; an anderen so gut wie überhaupt nicht.«

»Vielleicht sollten wir da etwas Regelmäßigkeit einführen«, schlug ich vor.

»Wie Sie wünschen«, erwiderte Burre. Er hielt es anscheinend für selbstverständlich, daß er auch weiterhin den Wagen fahren und wenn nötig im Haus zur Verfügung stehen würde.

Am selben Nachmittag hatte ich meinen ersten Notruf – in einer der Siedlungen südlich von Rhingow war ein Mann vom Dach gefallen und lag bewußtlos. Ich ließ Burre holen, und er kam mit dem Auto. Das war nun wirklich ein antikes Stück; bei jedem Höcker auf den scheußlichen Landwegen hüpfte es in die Höhe und warf uns durcheinander, und ich befürchtete, beim nächsten Sprung würde es einfach auseinanderfallen. Burre, der sich wenigstens am Lenkrad festhalten konnte, beobachtete meine Nervosität und versicherte: »Der hält. Der hat schon ein halbes Dutzend Ärzte überlebt; der wird auch Sie überleben.«

»Ich verstehe nicht viel von Autos«, sagte ich. »Aber nach dem Zustand dieses Wagens zu urteilen, habe ich vielleicht doch eine Chance, es hier länger auszuhalten.«

Grinsender Zweifel von seiten Burres.

»Sehen Sie«, sagte ich, »die Sache hier fängt nämlich an, mir Spaß zu machen.«

»Für die Patienten ist der Wagen natürlich weniger schön«, gestand Burre zu, ohne meinem Köder Beachtung zu schenken.

»Patienten transportieren Sie in dieser Kiste auch?«

»Ist schon vorgekommen.«

»In Zukunft werden wir uns lieber auf den Krankenwagen verlassen.«

»Und die Menschen lassen wir verbluten?« Auf Burres Gesicht zeigte sich eine Spur von Erregung. »Haben Sie eine Ahnung, Herr Doktor, wie lange es dauert, bis der Rettungswagen aus dem Kreiskrankenhaus in S. nach Rhingow kommt. Und wenn sämtliche Krankenautos unterwegs sind?«

Der Wagen fuhr krachend in ein besonders tiefes Schlagloch. Das Lenkrad entriß sich Burres Händen; ich vermied mit knapper Not, mir den Schädel am Wagendach einzustoßen.

»Neue Sitzbezüge müssen wir jedenfalls anschaffen«, sagte Burre, nachdem er den Wagen wieder in der Gewalt hatte. Mit einer leichten Kopfbewegung deutete er auf den Rücksitz. »Ich habe schon alles ausprobiert, jede Art von Reinigungsmittel. Ich weiß nicht, was das bei Blut ist, daß es sich nicht wegreiben läßt.«

»Wer hat denn so geblutet?«

»Meine Frau.«

Der Trauerflor am Ärmel. »Mein tiefes Beileid, Herr Burre«, sagte ich und spürte, daß da etwas mehr angebracht war als die allgemeine Redensart, und fügte hinzu: »Besonders auch der Kinder wegen. Für Kinder ist so etwas ja am furchtbarsten.«

»Wir hatten keine Kinder. Meine Schuld. Ich habe das von Herrn Dr. Wieczorek untersuchen lassen.«

Seine Augen waren auf die Schlaglöcher vor uns geheftet und zeigten wieder den durchdringenden Blick. Rechts und links von uns schwankten dürftige Fichten vorbei. Endlich nahm Burre das Gespräch wieder auf, wie es schien, unter einem Drang, sich auszusprechen, der durch die Schwermut der Landschaft oder die Stimmung dieses Tages hervorgerufen sein mochte.

»Ich weiß nicht, wieso sie plötzlich derart zu bluten anfing. Im Krankenhaus haben sie's auch nie richtig erklärt.«

»Hat Dr. Wieczorek es Ihnen denn nicht gesagt?«

Burre zögerte. »Ich bin nicht dazu gekommen, ihn zu fragen. Erst war er zu sehr beschäftigt, ihr zu helfen. Und nachher war er in keinem Zustand, in dem man ihn etwas hätte fragen können.«

Ich wartete.

»Ich denke mir, in ihrem armen Unterleib ist einfach was geplatzt. Sie wissen schon, was die Frauen so haben. Herr Dr. Wieczorek hat Frau Pahl, die Reinemachefrau, nach mir geschickt; ›machen Sie bloß rasch‹, hat sie gesagt, ›es ist was mit Ihrer Frau passiert‹, und wie ich den Wagen brachte, hat mir Herr Dr. Wieczorek gesagt, ich solle ihm helfen, und wir haben meine Frau zusammen aus dem Haus getragen; sie war ganz blaß; er übrigens auch, und er hat nach Schnaps gerochen, hat wohl ein paar gekippt; ›Burre‹, hat er mir mal gesagt, ›ich kann die Menschen nicht leiden sehen, darum trink ich.‹ Er hat neben ihr gesessen, dort auf dem Rücksitz, die ganze Strecke bis zum Krankenhaus, und hat ihr den Kopf gehalten und hat ihr die Hände gehalten und versucht, es ihr leichter zu machen. Aber das Blut hat sich nicht stillen lassen, es ist nur so herausgelaufen aus ihr. Eine Zeitlang hat sie gestöhnt vor Schmerzen und bei jedem Loch in der verdammten Straße aufgeschrien; dann war sie auch für das zu schwach.«

»Ist sie im Auto gestorben?« sagte ich und fragte mich, wie Burre da sitzen und den Wagen chauffieren konnte; aber der Menschenschlag in dieser Gegend, hatte ich gehört, war schwerblütig und schwer zu bewegen.

»Nein«, sagte er mit einem Anflug von Spott. »Das ist das einzige, was in diesem Auto noch nicht passiert ist: Es ist keiner drin gestorben. Sie wurde rasch in die Chirurgie geschafft, dann wurde Blut in sie hineingepumpt und operiert. Sie hat noch zwei Tage gelebt. Ich habe sie auch noch mal gesehen; sie war bei Bewußtsein; sie hat geflüstert, ich soll ihr die Hand halten, und ich hab's getan und gemerkt, daß sie mir etwas sagen wollte, aber dann hat sie sich's wohl anders überlegt und die Augen zugemacht. Die Ärzte schickten mich fort.«

»Und Dr. Wieczorek?«

Der Feldweg verbreiterte sich, der Fichtenwuchs endete, ein paar niedrige Häuser kamen in Sicht.

»Dr. Wieczorek saß in seinem Zimmer, hinter verschlossener Tür«, sagte Burre. »Frau Pahl hat die Patienten fortgeschickt. Er hatte sich eingeschlossen und trank. Er hat auch nicht aufgemacht, als ich kam und ihm durch die Tür hindurch zurief, meine Frau wäre nun gestorben.«

Burre hielt inne. Er mußte meine unausgesprochene Frage verstanden haben: Es kommt vor, daß ein Patient unter der Hand des Arztes stirbt; eine Alltäglichkeit; warum also der Anfall von Depression? Burre blickte mich von der Seite her an und sagte ein wenig unsicher: »Sie war seine Sprechstundenhilfe.«

Ich stieg aus dem Wagen und kümmerte mich um den Mann, der da vom Dach gefallen war. Der hatte sein Bewußtsein wiedererlangt; der Fuß tat ihm weh, er hatte sich den Knöchel verstaucht; das war alles.

Margot, hatte Dr. Wieczorek geschrieben, und dann ein paar für mich unlesbare Worte, und dann: ...*du sollst nicht begehren*...

Ich suchte das Mosaik ihrer Liebesgeschichte aus den Steinchen, die ich in seinen Notizen, einigen Briefen, einigen Photographien vorfand, zusammenzusetzen. Anscheinend hatte das biblische Gebot den Dr. Wieczorek kaum länger als ein paar Wochen abgeschreckt. Im Februar, noch keinen Monat nach Übernahme der Praxis, notierte er: ...*sie erwidert mein Gefühl... ich spüre es an der Berührung ihrer Fingerspitzen, wenn sie mir etwas zureicht... und ihr Lächeln, dieses irgendwie wissende Lächeln, das ihr ein Leuchten auf das Gesicht bringt*...

Und doch mußte sie sich ihm eine Zeitlang verweigert haben.

Da war ein Brief, mit *Margot* unterschrieben, den sie ihm wohl auf den Schreibtisch gelegt hatte und in dem sie mitteilte: ...*es ist eben gänzlich unmöglich, Liebster... ich darf Dich doch so nennen, denn Du bist mir unsagbar lieb, mit all Deinen Fehlern und Deiner schrecklichen, traurigen Vergangenheit, die Du mir gebeichtet hast. Wenn Rhingow nur etwas größer wäre... Wenn Burre mir nicht so völlig vertraute, nicht in allem so von mir abhinge... er hat nur mich auf der Welt, sagt er immer... und er ist unberechenbar... ich werde diese Arbeit aufgeben und Dir aus dem Wege gehen. Wir müssen nur für meine Kündigung einen Grund finden, der bei den Leuten kein Aufsehen erregt...*

Aber sie kündigte nicht. Dr. Wieczorek vermerkte eine Anfrage bei dem Leiter des Kreiskrankenhauses in S., Dr. Gerber, ob dieser ihm nicht von dort eine Krankenschwester verschaffen könnte. Dr. Gerber schrieb als Antwort: *Seien Sie froh, daß Sie eine gute Schwester haben, Herr Kollege, und versuchen Sie alles, sie zu halten.*

Also blieben sie weiter zusammen, Tag um Tag. Und da war diese Ende-der-Welt-Stimmung, der Fluß hinter dem Hause, das triste Ufer. Gewiß, er arbeitete, und sie hatte auch zu tun; aber wenn der Andrang der Patienten nachließ, wenn der Abend kam und das Geschrei der Krähen und die Nacht mit dem Geräusch des Wassers, das gegen die Flußufer schlug – was blieb dann anderes, woran sich hätte denken lassen?

Er erwähnte einen Sonntagsausflug, Anfang April. Burre chauffierte. Etwas an der Maschine wollte nicht funktionieren. Burre war mit der Reparatur beschäftigt; Margot und Dr. Wieczorek gingen spazieren, verloren den Weg. Er beschrieb die Kühle im Wald, in der sie lagen, das Stück Himmel, den Fichtenduft, den Duft ihres Körpers. *Burre hat, glaube ich, nichts gemerkt*, schrieb er.

Burre hatte nichts gemerkt... Wirklich nicht, ganz und gar nicht? Dr. Wieczorek war offensichtlich der Meinung, obwohl Burre gerade in dieser Zeit um seinen ärztlichen Rat ersuchte und die Frage stellte, wieso er und seine Frau keine Kinder hätten, läge es an ihr oder etwa an ihm? Dr. Wieczorek schickte eine Samenprobe zur Untersuchung und machte sich eine entsprechende Eintragung; ebenso notierte er das Resultat: Es lag an ihm, dem Mann, nicht an ihr. Burre schien die Auskunft mit Gleichmut aufgenommen zu haben, amüsierte sich sogar: *Ist ja wohl wie ein Jagdschein, nicht, Herr Doktor? Solange nur das andere funktioniert!...*

Das Verhältnis selbdritt ließ sich eine Weile an; dann mußte etwas geschehen sein, worüber sich keine Aufzeichnungen anfanden, was aber alles aus dem Gleichgewicht warf; vielleicht war Margot zu sensibel gewesen, um auf die Dauer zwei Männern zu dienen, oder sie forderte eine Entscheidung, oder Dr. Wieczorek forderte sie. Auf jeden Fall notierte er seine Rückkehr zu seiner alten Liebe, der Flasche; nicht daß er diese je gänzlich aufgegeben hätte. *Margot*, in großen zittrigen Buchstaben, *verdammt, verdammt, verdammt...*

Ungefähr Ende Juli, nach seinen Eintragungen zu urteilen, trieb ihre Leidenschaft sie wieder zueinander; ich fand eine Beschreibung, die er von ihrem Leib gab, sonderbar durchsetzt mit medizinischen Fachausdrücken; Margot mußte eine aufregend schöne Frau gewesen sein, weiche Haut, harte Brüste, mit einem instinktiven Wissen um alles Körperliche, bei sich, bei ihm, und einer Begierde, die sich durch Erfüllung noch zu steigern schien. Sie begannen zu planen, wie sie mehr Zeit füreinander finden könnten. Sie schickten Burre in seinem Wagen auf Besorgungen; sie ließen ihn Patienten zum Kreiskrankenhaus in S. transportieren, die wenige Tage später oder sogar auf der Stelle wieder nach Rhingow entlassen wurden; zweimal veranlaßten sie sogar Fahrten nach Berlin, wo Burre eine Handvoll Instrumente abholen mußte, die ebenso gut per Post hätten kommen können. Sie wurden immer unvorsichtiger. Er machte sich Notizen über zweideutige Bemerkungen seitens der Frau Pahl, vielsagende Blicke seitens gewisser Patienten, eine Aufforderung seitens des Bürgermeisters zu einer Besprechung, sobald Herrn Dr. Wieczorek angenehm.

Die Besprechung mit dem Bürgermeister fand anscheinend nicht mehr statt. Etwa Mitte September schrieb Dr. Wieczorek: *...Margots Periode ausgeblieben... schickte Urin nach S. ...Und auf einem anderen Blatt: ...ein Kind, von mir... ich hab ihr gesagt, komme zu mir, laß Burre, er wird sich trösten... sie weigerte sich. Er kennt kein Maß, sagte sie, er wird sich was antun, wenn ich zu dir gehe, oder mir oder dir... absurd... nein, sie will's nicht in S. gemacht haben oder anderswo, da erführe es Burre, und sie hätte Vertrauen zu mir... ich, aus ihrem Bauch?... mit eigener Hand?... das eigene Kind?...*

Ich konnte ohne Sprechstundenhilfe nicht mehr auskommen, schon wegen des endlosen Papierkriegs. Oft saß ich bis lange nach Mitternacht, schrieb Berichte für die Sozialversicherung, füllte Anträge aus für die Beschaffung von Medikamenten, für die Überweisung von Patienten, für Kuren, und all das meist noch in vierfacher Ausführung. Zeit, die ich für meine Patienten brauchte, mußte ich mit der Sterilisierung von Instrumenten vergeuden, mit Blutuntersuchungen, mit hunderterlei Dingen, die eine einfache Schwester rascher und besser verrichtete. Außerdem war, wie ich erfuhr, von der Kreisgesundheitsbehörde für die Arztpraxis eine feste Planstelle für eine vollbezahlte Krankenschwester vorgesehen.

Ich rief Dr. Gerber an, und er bestimmte den nächsten Dienstag für eine Besprechung. Burre fuhr mich hin, dieselbe Straße, auf der er seine verblutende Frau und Dr. Wieczorek gefahren hatte. Der erste Schnee des Jahres bedeckte das Moor; die fahle Sonne warf Silberfünkchen auf Busch und Baum; vielleicht deshalb erschien Burre weniger verdrossen als sonst. Ich sah keinen Grund, ihm den Zweck der Fahrt geheimzuhalten, obwohl ich befürchtete, es könnte ihm weh tun zu erfahren, daß der Platz seiner Frau nun von einer anderen ausgefüllt werden sollte. Er zuckte die Achseln: »Das Leben muß weitergehen.« Und ein wenig später: »Ich hatte es längst erwartet. Wann, meinen Sie, werden wir nach Rhingow zurückfahren, Herr Doktor?«

Schätzungsweise gegen siebzehn Uhr, sagte ich.

»Würden Sie etwas dagegen haben, Herr Doktor, wenn ich jemanden im Wagen mitnehme?«

Ich hatte nichts einzuwenden. Sonst wurde auf dieser Fahrt nichts von Wichtigkeit gesagt; einmal bat er mich um eine Zigarette, und ich gab sie ihm, einmal bat ich ihn um ein Streichholz, und er gab es mir. Dabei hätte ich meine Gedanken gerne von dem auf mich zukommenden Gespräch abgelenkt; irgendwo unterhalb der Bewußtseinsschwelle hatte ich Angst davor, so als ob mir etwas im Innersten bereits Bekanntes, was ich mir aber nicht eingestehen wollte, dort in all seiner Brutalität präsentiert werden sollte. Und diese Ahnung, obwohl ich vor meiner Ankunft in Rhingow nie von Dr. Gerber, dem Leiter des Krankenhauses, gehört, geschweige denn ihn gesehen hatte.

Dr. Gerber stellte sich als ein recht angenehmer Mensch heraus, hochgewachsen, ein wenig schwerfällig, mit übergroßen Füßen in übergroßen Schuhen. »Eine Krankenschwester«, sagte er, »für

Rhingow« und steckte die Hände in die Taschen seines weißen Kittels, »als Ersatz für Schwester Margot.«

»Ja«, sagte ich, »ich hoffe, Sie können mir eine ablassen.«

»Eine ablassen«, wiederholte er mit einer gewissen Ironie. »Wir haben selber zu wenige. Und es muß sich auch eine bereit erklären, sich in das Nest versetzen zu lassen, am besten eine schon in den Wechseljahren...«

Ich blickte ihn an.

Er grinste. Er nahm den Hörer vom Telefon und rief die Oberin seines Krankenhauses an und wechselte ein paar Worte mit ihr. »Die Oberin wird uns Bescheid geben.« Er legte den Hörer auf. »Es kann ein Weilchen dauern; sie muß die Kartei überprüfen. Täßchen Kaffee?«

Seine Sekretärin brachte Kaffee.

»Herr Dr. Gerber«, fragte ich über meine Tasse hinweg, »wieso haben Sie in diesem Fall Wechseljahre zur kadermäßigen Voraussetzung erhoben?«

»Ein schlechter Witz.« Er scharrte mit seinen klobigen Füßen. »Doch wie alle Witze hat auch der eine Wurzel im Leben.«

»Sie nehmen Bezug auf Herrn Dr. Wieczorek?«

»Wieviel wissen Sie von Ihrem Vorgänger, Herr Kollege?«

»Nicht allzu viel. Nur daß...«

Ich stockte. Die Papiere des Dr. Wieczorek waren nicht unter Verschluß gewesen, jeder hätte sie lesen können; dennoch ging es mir contre cœur, das Vertrauen des Toten zu enttäuschen.

»Nur daß –?« mahnte Dr. Gerber, wartete aber nicht ab, bis ich fortfuhr. Er wählte eine Nummer. »Würden Sie Dr. Rolfs zu mir schicken?« sprach er ins Telefon. Und zu mir gewendet: »Dr. Rolfs macht bei uns die Pathologie.«

Dr. Rolfs erwies sich als eine lebhafte, sich jugendlich gebende Dame. Dr. Gerber nannte meinen Namen und fügte hinzu: »Unser junger Kollege ist anstelle von Dr. Wieczorek nach Rhingow gekommen.«

»Oh«, sagte Dr. Rolfs und bedankte sich bei der Sekretärin für die ihr gleichfalls gereichte Tasse Kaffee.

»Ich meine, man sollte ihm in der Angelegenheit reinen Wein einschenken«, sagte Dr. Gerber. »Es sind ja Gerüchte im Umlauf. Oder ein Patient könnte etwas zur Sprache bringen, und dann stünde unser junger Kollege dem hilflos gegenüber. Vielleicht berichten Sie, Frau Dr. Rolfs.«

Frau Dr. Rolfs schlug die Beine übereinander. Ich bemerkte das schwarze, von den dünnen Strümpfen flachgepreßte Haar auf den Waden. Ich bemerkte die geschickten, starken Hände, Chirurgenhände, und stellte mir vor, wie diese Hände das Messer führten. Was für Augen sie hatte, weiß ich nicht; ich vermied, ihr ins Gesicht zu blicken, während sie sprach, und auch später, beim Abschied.

»Im Grunde ist wenig zu berichten«, sagte sie. »Ich hatte Schwester Margot auf dem Seziertisch, und sie war ein Prachtexemplar weiblicher Anatomie, und ich sah, was da gestümpert worden war. Da rief ich eben den Dr. Wieczorek an und fragte, ob er sich die Schweinerei nicht anschauen möchte, die er angerichtet hatte.«

»Und er kam?«

»Selbstverständlich. Er wußte ja, daß ich Bericht erstatten müßte.« Sie trank einen Schluck. »Er stand da eine ganze Weile. Ich hatte ihm ihre zerfleischten Organe zurechtgelegt. Heute bezweifle ich, daß er die Dinge überhaupt gesehen hat. Er trat ans Kopfende des Tisches und hob ihr das Leintuch vom Gesicht. Dann fing er an zu schwanken –« Sie hatte wohl in meinem Gesichtsausdruck einen Schimmer von Mitgefühl entdeckt. »– besoffen«, sagte sie. »Stinkbesoffen.«

»Dieser Burre hat ihn dann nach Rhingow zurückgefahren«, griff Dr. Gerber den Faden auf. »Dort schloß sich Dr. Wieczorek in sein Zimmer ein, injizierte sich fünf Kubikzentimeter Heparin, um Koagulation zu verhindern, nahm sein Skalpell und öffnete sich die Vena radialis – nicht mit Querschnitt, wie jeder Fleischhacker, sondern längs der Vene, eine richtige, saubere Operation.«

»Minderer Art«, sagte Frau Dr. Rolfs, »sehr minderer.«

»Das schon«, stimmte Dr. Gerber ihr zu. »Immerhin schien er beweisen zu wollen, daß er operieren konnte.«

Das Telefon läutete. Dr. Gerber nahm den Hörer ab. Dann wandte er sich mir zu. »Das war die Oberin«, sagte er. »Sie hat jemanden für Sie. Leider keine Ältere. Schwester Ursula.«

Ich versicherte Dr. Gerber, Schwester Ursula, ganz gleich wie alt, brauchte bei mir nichts zu befürchten; auf jeden Fall hätte ich nicht den Ehrgeiz, irgendwelche Operationen, selbst minderer Art, an ihr vorzunehmen. Worauf ich ihm für seine Bemühungen und Hinweise und Frau Dr. Rolfs für ihre hilfreichen Informationen dankte und beiden die Hände schüttelte und ging.

Als ich vors Krankenhaus trat, war Burre noch nicht da. Punkt fünf Uhr jedoch kamen die trübe flackernden Scheinwerfer in Sicht.

Burre stoppte, griff nach rückwärts und öffnete mir die hintere Tür. Neben sich, auf dem Vordersitz, hatte er eine Junge sitzen; die war blond, hatte dauergewelltes Haar und fahlgeschminkte Lippen und maskarabetonte Wimpern und warf mir einen Blick zu, der wesentliche Möglichkeiten eröffnete. Sie und Burre schienen vertraut miteinander zu sein; man merkt so etwas: eine Handbewegung, ein gewisser Ton.

»Burre«, sagte ich, nachdem wir wieder auf offener Chaussee waren, »möchten Sie mich der jungen Dame nicht vorstellen?«

Im Rückspiegel sah ich seine Augen, den durchdringenden Blick. »Ich dachte, Sie wüßten, Herr Doktor«, sagte er. »Das ist Schwester Ursula.«

Der Überlebende

Wenn Sie's nicht selbst erlebt haben, werden Sie es nie begreifen. Es ist dann, als kämen Sie aus einer anderen Zeit oder von einem andern Stern zu uns herabgeschwebt – Ihre Erfahrungswelt anders als unsere, Ihre Reaktion ohne Beziehung zu unseren; daher zielen Ihre Fragen daneben, und unsere Antworten bleiben Ihnen unverständlich. Ihr Verhalten erinnert mich an den idiotischen amerikanischen Leutnant damals, 1945, der mich die Chaussee entlanghumpeln sah und mich in seinen Jeep einsteigen ließ und dann zu fragen anfing: »Wieso habt ihr Deutschen all das getan? Habt ihr denn nicht *gewußt*?«

Natürlich haben wir gewußt. Wir alle; auch die, die ihren Frauen und Kindern und sich selber vormachten, sie wüßten nicht. Es gibt Dinge, die der Mensch einfach weiß. Dies war eines davon. Es spaltete das Bewußtsein der Leute und gab ihrer unsterblichen Seele einen doppelten Boden, wie in einem Schmuggelkoffer. Sie erinnern sich, wie nach dem Krieg Ihnen jeder sagte, er wäre ja immer gegen die Brutalität gewesen und gegen das, was mit den Juden gemacht wurde, und gegen den Überfall auf die vielen Länder.

Heuchler? – Wenn Sie überhaupt begreifen wollen, streichen Sie das Wort aus Ihrem Duden. Es gehört in eine andere Zeit, auf einen andern Stern. Heuchelei, wie ich Ihnen bereits auseinanderzusetzen mich bemüht habe, ist nicht das Grundübel. Was denn? Ich befürchte, es gibt dafür kein Wort, in keiner Sprache. Es ist etwas, das aus Tiefen stammt, in die niemand zu blicken wagt; ein Gefühl, so fürchterlich und mit solcher Wucht an einem zerrend, daß man sich hütet, es Gestalt annehmen zu lassen oder an es zu denken oder ihm einen Namen zu geben. Und doch ist es dieses Gefühl, das in solchen Zeiten die Gedanken des Menschen und seine Rede formt, ihm die Stimme verändert und entstellt, die Knie zittern läßt, den Schweiß auf die Handflächen treibt.

Sie sagen: Gewissen. Das beweist nur wieder, daß ich an Ihnen vorbeigeredet habe. Gewissen... Ich habe Männer mit Seelen so empfindsam wie die der keuschesten Jungfrau andern Männern auf den wehrlosen Leib springen und ihnen die genagelten Stiefelabsätze in die Nieren stoßen sehen. Außerdem – warum soll ich überhaupt etwas erklären müssen, Ihnen oder irgend jemandem. Ich habe mich für nichts zu entschuldigen. Es ist ein Wunder, daß ich nicht seit über zwanzig Jahren tot bin, ein Skelett minus Schädel, in einem Grab ohne Namen, wie Judith, wie Linda. Sehen Sie sich mein verkrüppeltes Bein an: Es war nie richtig geschient worden. Die Ärzte meinen, sie könnten es mir noch einmal brechen, und dann würde es gerade zusammenwachsen; ganz schmerzlose Operation, übrigens; aber warum das Theater, mein Hinken gibt mir eine persönliche Note, was habe ich denn sonst, das mich von dem Nächstbesten unterscheidet? Meine Augen, meine Stirn, meinen Mund, die Form des Kinns? Gesichter wie meines gibt es zu Dutzenden.

Judiths und Lindas dagegen – das war keine Dutzendware. Ich will nicht behaupten, daß Linda oder Judith oder gar beide als Schönheiten zu bezeichnen gewesen wären; aber sie hatten etwas: in ihrer Haltung, im Augenausdruck. Das gestattete keine Annäherung; es veranlaßte sogar die Polizei zu zögern, bevor man sie anrührte. Rückblickend möchte ich meinen, es waren die vorausfallenden Schatten, die Judith und Linda von uns anderen schieden.

Ich liebte sie beide, so wie wir alle in der Gruppe. Es war eine Art von Liebe, stelle ich mir vor, wie sie wohl auch die Offiziere der heiligen Johanna empfunden haben mußten, sobald sie den Zauber des Mädchens spürten. Nicht daß Judith ihre Stimmen gehabt hätte oder gar Linda; sie bedurften keiner Stimmen; sie hatten ihren Glauben, an die Menschen, und daß man die Menschen durch Aufopferung und Beispiel aufrütteln könnte; ein ganz unweltlicher Glaube, unrealistisch, und doch so stark, daß er uns andere mitriß.

Sie waren nicht Schwestern. Judith stammte, so viel ich weiß, von der Mutter her aus dem Kleinadel, auf Vaterseite waren wohl meist Verwaltungsbeamte gewesen; Lindas Angehörige waren völlig unbedeutende Leute, der Vater im Ersten Weltkrieg gefallen; sie hielt sich an der Universität nur durch ihre große Begabung, die den Behörden ein Stipendium nach dem anderen abnötigte. Aber in den Monaten vor ihrer Verhaftung wurden sie immer mehr wie Schwestern, wie Zwillinge fast: so sehr, daß die eine einen unvollständigen Satz, einschließlich Ton und Gestik, genau da aufgreifen konnte, wo die andere ihn abgebrochen hatte. Sie waren unzertrennlich, es sei denn, daß die Pflicht, die sie sich selbst auferlegt hatten, sie zwang, sich fern voneinander zu bewegen, und sie hatten die gleiche leise Art, sich von einem zurückzuziehen, wenn man, wie es beim Abziehen von Flugblättern oder beim Abhören einer gedämpften Radiostimme wohl geschehen mochte, mit der Hand der einen oder dem Ellbogen der anderen in Berührung kam.

Ich war gegen ihren Plan, von Anfang an. Ich besaß nicht die Stärke ihres Glaubens und betrachtete daher die Lage nicht so wie sie; ich wußte um das namenlose Gefühl, das die Menschen in Bann hielt; und selbst in Anbetracht der Niederlagen im Osten und im Westen war ich nicht der Auffassung, daß nur ein Fanal notwendig war, damit die Leute sich erhoben.

Aber mit Argumenten konnte man Judith und Linda nicht schlagen, und meine diesbezüglichen Versuche, das will ich gestehen, waren auch nicht sehr energisch. Man kam sich dabei so kleinmütig vor; und was konnte man wirklich erwidern, wenn Judith einen mit diesen Augen anblickte und fragte: »Du fürchtest dich doch nicht etwa?« und Linda hinzufügte: »Fürchtest dich nicht etwa vor dem Sterben?« Ich erinnere mich noch an das Schweigen darauf, und wie Judith schließlich sagte: »Ich lebe ebenso gern wie jeder von euch. Linda auch.« Linda hatte einen üppigen Mund, mit fein geschwungenen Lippen; die Würmer, hatte ich irgendwo gehört, machen sich zuerst an die Augen und danach an die Lippen. »Aber leben, nur um zu leben?« fragte Judith. »Darum geht das ja immer so weiter – weil jedermann immer nur sein Gehalt, seine Wohnung, seine kleine lächerliche Existenz abwägt gegen das, was er tun müßte, wie er sehr wohl weiß. Darum scheut sich der Professor zu sprechen, der Offizier zu handeln, der Arbeiter zu streiken.« Linda richtete ihren Blick auf mich. »Überleben wollen sie«, sagte sie, »jeder winzige Einzelne, überleben – bis ihm das Ganze krachend um die Ohren zusammenfällt.«

»Und da wunderst du dich?« wollte ich entgegnen. Und hinzufügen: »Wenn du dich klein genug krümmst, hast du dann nicht auch eine Chance zu überleben?« Aber ich sprach es nicht aus. Und ich wäre auch nicht dazu gekommen, denn Judith setzte den Gedanken, den Linda nicht beendet hatte, bereits fort und erklärte: »Ein Teufelskreis. Irgendwie und irgendwo muß man ihn durchbrechen.«

»Mit ein paar Flugblättern?« fragte ich. »Die im Treppenhaus eines Universitätsgebäudes niederflattern?«

»Wie groß muß der Stein sein, der die Lawine ins Rollen bringt?« erwiderte Judith. Linda sagte: »Du brauchst ja nicht der Dritte zu sein, weißt du« – und wandte sich fragend den andern im Raum zu, meist Burschen jünger als ich, um einen Freiwilligen an meiner Statt zu finden.

»Ich werde da sein«, sagte ich, »um zehn Uhr genau.«

Meine Stimme muß wohl etwas sonderbar geklungen haben. Judith und Linda hoben die Köpfe, und ihre große Ähnlichkeit miteinander fiel mir auf. Ich wußte in dem Augenblick, daß sie sterben würden, und daß ich sterben würde, aber auch, daß unser Tod einen Sinn hatte, weil er etwas unter Beweis stellte – Glaube an die Sache, Liebe, und daß in diesem Lande wenigstens ein paar Menschen gelebt hatten, die sich zu einem höheren Wert bekannten als Fressen, Schlafen, Sichfortpflanzen.

So empfand ich tatsächlich; und meine Stimmung wirkte sich auf die anderen aus. Wenn Judith mit ihrem Instinkt für Menschenführung nicht eingegriffen und praktische Fragen aufgeworfen hätte, wäre die feierliche Stimmung ins Sentimentale umgesprungen. Ich nahm meinen Teil Flugblätter in Empfang und erhielt meinen Standort angewiesen – einen Treppenabsatz mit einem Fluchtweg entlang einiger Garderobenräume. Ein recht günstiger Fluchtweg nach meiner Kenntnis dieses Teils der Universität, vorausgesetzt man hatte eine Minute Zeit zwischen dem Abwurf der Flugblätter und dem Alarm, der dann folgen mußte. Sogar eine halbe Minute würde genügen. Ein besserer Fluchtweg jedenfalls, als Judith und Linda zur Verfügung stand, die auf den oberen Treppenabsätzen, in der Nähe des Oberlichts, zu sein haben würden und die in der Falle waren, wenn jemand sie die Flugblätter schleudern sah oder wenn

Polizei und Universitätsbehörden mit einiger Geistesgegenwart handelten. Ich wollte einen Austausch der Standorte vorschlagen; aber ich hatte soeben schon eine Auseinandersetzung mit Judith und Linda gehabt – und schließlich waren dreißig Sekunden mehr oder weniger kein Grund, sich noch ein zweites Mal in seelische Unkosten zu stürzen.

Ich brachte es fertig, in der Nacht ein paar Stunden zu schlafen. Aber Punkt zwei Uhr wachte ich auf. Von da an war es ein Tauziehen zwischen der abrollenden Zeit und mir, der ich versuchte, das Stundengeläut der Glocken zurückzuhalten. Ich würde ausführen, was ich versprochen hatte; ich würde um zehn auf dem Treppenabsatz sein und in hohem Bogen meine Flugblätter ins Treppenhaus verstreuen, damit die Studenten auf dem Weg zu ihren Hörsälen sie aufhöben und läsen. Ich zweifelte nicht im geringsten, daß ich mich einfinden würde, schon deshalb, weil Judith und Linda von den oberen Treppenabsätzen aus erkennen konnten, ob ich auf meinem Posten war.

Heute bin ich überzeugt, daß Linda und Judith in der kurzen Frist, die ihnen zur Verfügung stand, bevor sie ihre Flugblätter warfen und zu flüchten versuchten, überhaupt nicht hätten prüfen können, wer sich wo befand. Aber damals fiel mir ein so selbstverständlicher Gedanke gar nicht ein, und ein so seltsamer Begriff wie posthume Ehre hatte Bedeutung für mich. Ich lag auf meinem Bett, starrte ins Dunkel, geizte mit jeder Sekunde und haßte die Sekunden doch, weil eine jede ein weiteres Stück von mir zerstörte. Ich sah keinen anderen Weg als den, auf den ich mich festgelegt hatte, obwohl mir mit jedem vorbeihuschenden Augenblick klarer wurde, daß es ein Irrweg war – und zwar ein tödlicher.

War es das denn, worauf die Menschen warteten: eine Handvoll unreifer Studenten, die in einem Gebäude einer großen Universität in einer mittleren Stadt eines großen Landes ein paar Stückchen Papier flattern ließen? Würde das die Frage Krieg, die Frage Freiheit entscheiden? Konnte man sich eine solche Naivität leisten, einen solch blinden Glauben an einen politischen Weihnachtsmann, wenn man in Wirklichkeit einem Riesenkraken von Regierung gegenüberstand, dessen lange Arme bis in jedes Haus, in jede Familie hineinreichten? Und selbst angenommen, Linda und Judith hätten recht mit ihrer Behauptung, daß diese eine Flugblattaktion das Faß zum Überlaufen bringen und daß mein eines Bündel Papier den Teufelskreis durchbrechen würde, in dem ein ganzes Volk gefangen war – wer bestimmte, daß ausgerechnet ich den Schlag führen sollte und daß es mein Blut sein müßte oder Judiths oder Lindas, das in das große Faß floß? Die Wahrscheinlichkeit war doch, daß die Welt auch ohne unseren kümmerlichen Versuch, sie vorwärtszustoßen, sich weiter um sich drehen würde; ungeheure Kräfte waren in Bewegung geraten, Millionenarmeen; ganze Städte wurden zu Trümmern zermalmt; und in diesem gigantischen Kampf unternahmen wir, das Gewicht von ein paar Staubkörnchen in die Waagschale zu werfen. Wer würde es uns danken? Hat je einer es Jesus Christus wirklich gedankt? Sie erfüllen das Ritual; aber der Mann ist die vielen Jahre schon tot, und wir leben; draußen vor dem moderdurchdünsteten Dunkel der Kathedralen scheint die Sonne, und wir beeilen uns, zu unserm Sonntagsbier zu kommen. Und das war immerhin Jesus Christus, der sich für die gesamte Menschheit, die vergangene, gegenwärtige und zukünftige, geopfert hatte – während wir vorhatten, uns zu opfern für wen? Für ein paar Kommilitonen, die bedauernd mit der Zunge klacken und sagen würden: »Recht hatten sie ja, und tapfer waren sie auch, richtig edelmütig, und wir sind erfreut, daß es solche Helden unter uns gibt; aber was haben sie nun davon?...« Für ein paar Professoren, die insgeheim sympathisierten, nach außen aber lauthals protestieren würden, daß sie keinerlei persönliche Verbindung zu uns gehabt hätten?... Für die Polizei, die uns verhören und schlagen würde, für einen Richter in einem leeren Gerichtssaal, für den Henker?

Kennen Sie den Gestank der Panik, den öligen Angstschweiß auf der Haut? Ich lag da und betete, die Zeit möge sich strecken, und machte mir endlich eine realistische Rechnung von der Zukunft, um deretwillen Judith und Linda und ich zum Schafott gehen würden. Ein paar Straßen würde man eines Tages nach uns benennen, wenn wir Glück hatten – stille Seitenstraßen, ausgewählt von städtischen Beamten mit einem besseren Sinn für die Proportionen der Geschichte, als wir ihn besessen hatten. Ich stellte mir vor, wie mein

Leben verlaufen wäre, wenn ich an jenem Nachmittag vor sechs Monaten einfach weggegangen wäre von Judith und Linda. Ich hätte es ja tun können; niemand zwang mich zu proklamieren, jawohl, ich gehöre zu euch; niemand hätte sich deswegen aufgeregt; ich hätte mein Studium fortgesetzt und Ja gesagt, wenn Ja erwartet wurde, und Nein, wenn Nein angebracht war, und hätte gelebt, gelebt. Der Nachmittag damals war die Wegscheide gewesen, dachte ich und zählte die Glockenschläge, und jeder Schlag bohrte sich mir ins Hirn.

Und dann dachte ich an Linda und Judith, wie ich sie an dem einen Sonntag gesehen hatte am Seeufer. Judith hatte lange Beine, ihre Haut bräunte sich rasch; die Lindas blieb weiß, und ihr Körper hatte weichere Formen. Ich grub mir die Fingernägel in den Skalp – ich hatte keine von beiden gehabt; hatte nicht einmal den Versuch unternommen. Ich war ein Narr in mehr als einer Hinsicht, und jetzt, da das erste Grau des Morgens den Fensterrahmen zu füllen begann, konnte ich meinen Tisch erkennen und meine Aktentasche, die obenauf lag mit den Flugblättern drin.

Ich stand auf; meine Bewegungen, als wären meine Füße zu Blei geworden. Ich wusch und rasierte mich, nicht gedankenlos wie an anderen Tagen, sondern in dem Bewußtsein, daß es das letzte Mal war. Ich wusch mich und führte den Rasierapparat fast, als wäre es eine heilige Handlung. Eine Zeile fiel mir ein: *Der Bräutigam kommet* – und ich wurde die Worte nicht los und begann, Melodien dazu zu erfinden. Trauermarsch, dann einen Wagnerschen Hochzeitschor, dann einen Walzer à la Strauß und schließlich im Jazzrhythmus. Ich aß sogar ein gutes Frühstück, gut für die Zeiten damals – klebriges Brot, Pflaumenmarmelade, Ersatzkaffee, Ersatzmargarine. Der Gedanke mit dem Bräutigam hielt mich aufrecht; nicht nur eine Braut würde ich haben, sondern zwei, und der Tod würde uns seine Zärtlichkeiten zeigen in der Hochzeitsnacht.

Und dann hatte ich zweieinhalb Stunden mir um die Ohren zu schlagen. Die Zeit, die ich in der Nacht aufzuhalten gesucht hatte, lastete jetzt mit ihrem ganzen Gewicht auf mir. Ich machte mein Bett; ich wusch das Frühstücksgeschirr ab; ich fegte das Zimmer aus; ich las das Flugblatt, mehrere Male; zuerst ergaben die Worte gar keinen Sinn; als dieser sich schließlich einstellte, erschien mir der Text äußerst einfältig. Am Ende ertrug ich es nicht länger im Zimmer; ich ergriff meine Aktentasche und eilte die Treppen hinab und aus dem Haus. Als ich mir meiner Umgebung wieder bewußt wurde, befand ich mich im Schillerpark – das Licht strömte zwischen den alten Bäumen hindurch, die später in den Bombennächten zugrunde gingen; das einzig Störende an der sonst vollkommenen Illusion von Morgenfrieden war ein großer grauer Zementblock: der Luftschutzbunker, in dem in einer einzigen Bombennacht achtzehnhundert Menschen ersticken sollten. Aber das lag alles in der Zukunft. Ich, der damals durch den Park schritt, war erfüllt von einem Lebensgefühl, so intensiv, daß ich es nicht nur spürte, sondern sogar auf der Zunge schmecken zu können glaubte: ein eigenartig klarer und süßer Geschmack wie von einem Wein, der Chante d'Alhouette heißt und den ich nach dem Kriege schätzen gelernt habe. Ich warf mich aufs Gras trotz des Verbotsschildes und trotz des Risikos, mitsamt meinen Flugblättern wegen einer Kleinigkeit wie der Nichtbeachtung eines Warnschilds in einem öffentlichen Park aufgegriffen zu werden. Ich genoß den Duft der Erde; die Sonne wärmte mir das Gesicht, und ich fühlte, wie mir das Blut die Adern durchpulste; und wieder dachte ich an Judith und Linda, aber diesmal blieb ich innerlich ruhig und unbeteiligt, und die Gesichter der beiden, die ich vor meinem geistigen Auge sah, waren gleichfalls ruhig, so als wollten sie mir bedeuten: Wir sind schon jenseits all dieses; du berührst uns nicht mehr; nichts kann uns mehr berühren. Und dann, plötzlich, schwaches Echo der schrecklichen Glockenschläge der Nacht, ein fernes Kirchengeläut.

Ich fuhr auf. Mein Gott – war ich eingenickt? War durch irgendeinen listigen Schutzmechanismus in mir etwas abgeschaltet worden? Eine schöne Entschuldigung: Ich hab mich verschlafen. Aber ich hatte mich nicht verschlafen. Ich konnte es gerade noch schaffen. Ich würde mich sputen müssen, um die Straßenbahn Nummer neun noch zu erreichen. Nummer neun brauchte vom Schillerpark bis zur Universität ungefähr zwölf Minuten, wenn nichts dazwischenkam, keine Lastwagenkolonne die Schienen blockierte, kein Pferdefuhrwerk den Weg versperrte, keine alten Damen Schwierigkeiten mit dem Ein- und Aussteigen hatten. Ich hob meine Aktentasche auf und lief zur Haltestelle. Die Neun fuhr gerade an; ich spurtete; jemand sagte: »Sie werden sich noch mal das Bein brechen, junger Mann.«

Ich blieb auf der Plattform stehen und rang nach Atem. Die plötzliche Eile und Aufregung ließen eine neuerliche Gefühlskrise nicht aufkommen; all meine Gedanken kreisten um nur eine Frage, und die hing von der Uhr ab: Würde die Nummer neun zeitig genug an ihrer Haltestelle nahe der Universität eintreffen, so daß ich die kurze Strecke bis zum Universitätseingang zu Fuß zurücklegen konnte, oder würde ich, um Zeit zu gewinnen, auf dem Wagen bleiben und direkt vor dem Eingangstor von der fahrenden Bahn abspringen müssen – was ich nur ungern getan hätte, da ich mir bei diesem Sport schon einmal den Knöchel verstaucht hatte.

Und jetzt, sehen Sie, beginnt die zweite Kette der Ereignisse – ebenso unabhängig von meinem Willen und meinen Absichten wie die erste damals, an dem Nachmittag sechs Monate vorher, da ich Leib und Seele Linda und Judith und der Sache verschrieb. Die Straßenbahn Nummer neun erreichte die Haltestelle rechtzeitig; ich aber sagte mir: »Wirst du auch die Kraft haben? Oder werden dir nach fünfzig oder fünfundsiebzig oder hundert Schritten die Knie schlottern, werden die Flugblätter in deiner Aktentasche mit ihrem Tonnengewicht dich zu Boden zerren, und wirst du versagen, weil deine elenden Muskeln deinem Willen nicht mehr gehorchen?...« So blieb ich denn auf der Plattform der Straßenbahn stehen. Ich erinnere mich eines jeden Augenblicks dieses letzten Teils meiner Fahrt – des Aufheulens der Bahn mit dem Geschwinderwerden des Motors, der vorbeischwankenden Straße, der eisernen Zaunstäbe der Universität, die ins Blickfeld kamen und miteinander verschwammen, des Moosgraus der Medizinischen Fakultät, und dann des Eingangstors zu dem Gebäude, in dem Judith und Linda –

Ich drängte mich zur Wagentür. Flüche. Eine andere Stimme, deutlich, ich höre sie jetzt noch: »Sie werden sich noch mal das Bein brechen, junger Mann.« Ich sprang ab.

Ein Auto, das hinter der Straßenbahn herfuhr, stoppte kreischend, die Motorhaube beinahe über mir. Der Fahrer stieg aus und beschimpfte mich. Leute liefen zusammen, aber keiner war mir behilflich, während ich mich hochrappelte. Ein Schmerz schoß mir vom Knöchel her durch den ganzen Leib. Fast wäre ich wieder zusammengebrochen. Meine Aktentasche – verschlossen, Gott sei Dank – lag im Rinnstein; ich hatte nicht die Kraft, sie an mich zu nehmen. Verfolgt von dem Fahrer, gelangte ich mehr kriechend als hinkend aufs Trottoir. Die Stimmung der Menge war klar gegen mich: Ihre Söhne und Männer waren in Rußland oder am Monte Cassino, und hier war ich, ließ mir's wohl sein an der Universität und gefährdete noch dazu den Verkehr. Ich schleppte mich bis zum Zaun hin und zog mich daran in die Höhe. Eine Hand am Gitter, wandte ich mich um, Aug' in Auge zur Menge – das also waren die Menschen, für die ich mich opfern sollte...

Aber die Menge war in Bewegung geraten, ihre Aufmerksamkeit richtete sich auf ein neues Interesse.

Das Geheul einer Sirene zerschnitt die Luft. Aus dem Gebäude kamen mit wütendem Gebrüll mehrere Uniformierte. Dann, zu beiden Seiten flankiert von zwei hünenhaften Gestalten, deren Zivil wie eine schlecht passende Verkleidung wirkte, Judith und Linda. Sie trugen Handschellen. Lindas Pullover war zerrissen; das Weiß der Haut ließ ihre Schulter erschreckend nackt erscheinen. Ich versuchte mich abzuwenden; meine Hände waren wie festgefroren am Eisen der Gitterstäbe; es gelang mir nicht. Judith und Linda blickten weder links noch rechts; ihre Lippen schienen blutleer, ihre Gesichter eingefallen.

»Flugblätter!« sagte jemand und lachte.

»Aufgehängt gehören die!« sagte ein anderer laut. Dann schwieg er, als sei er plötzlich erschrocken.

Ich betete zu Gott, Linda und Judith möchten mich nicht bemerken; und wünschte dennoch, sie sähen mich. Wenn ich Judiths Blick auf mich lenken könnte oder Lindas – sei's auch nur für den Bruchteil einer Sekunde –, ihnen zunicken könnte: Ja, ich bin hier, ich bin bei euch, es war nicht meine Schuld, hab mir den Knöchel verstaucht...

Man schob sie eilig vorbei. Der Polizeilastwagen wartete an der Bordkante. Die beiden Hünen wollten sie schon hinaufstoßen, zögerten aber plötzlich. Wir werden nie erfahren, warum – vielleicht war es ein Achselzucken Judiths, das sie unberührbar machte, oder ein Lächeln Lindas... Judith stand da und schaute um sich, ebenso Linda – sie schauten nicht auf mich, überhaupt nicht auf einen einzelnen Menschen, einen einzelnen Gegenstand; sondern überblickten die Welt, könnte man sagen, die ganze Welt, die da in Licht getaucht vor ihnen lag. Dann, aus freiem Willen, wandten sie sich um, bestiegen den Lastwagen; die Persenning fiel; sie verschwanden.

Mein Bein? – Ich habe Ihnen doch gesagt, es war nur mein Knöchel. Der Beinbruch kam später, während der Bombennächte, als uns alles krachend um die Ohren zusammenfiel. Aber ich habe auch das überlebt, und ich habe die Absicht, so lange wie möglich zu leben. Sie etwa nicht?

Die richtige Einstellung

Alles deutete darauf hin, daß Birnbaum sich in Schwierigkeiten befand.

Da war die Hausmitteilung seitens der Dritten Abteilung gewesen, eigenhändig unterzeichnet von Geheimrat von Bottwitz, mit der diesbezüglichen Anfrage. Man konnte nicht behaupten, daß die Anfrage Birnbaum direkt betraf; aber wer die Arbeitsweise des Ministeriums und besonders der Dritten Abteilung kannte, der wußte, es konnte sich nur um Birnbaum handeln. Danach, während der allwöchentlichen Freitagmorgenkonferenz, hatte der Herr Minister selbst die Angelegenheit der Steuerveranlagung gegen Kunkel & Söhne erwähnt und in seiner täuschend leisen Art gefragt, wann denn diese unangenehme Sache nun endlich erledigt würde; man hatte allgemein bemerkt, daß sein Blick sich, während er die Frage stellte, auf Birnbaum richtete. Und schließlich: diese Veröffentlichung! Gezeichnet A. B., war doch in der Königlichen Vierteljahresschrift für Steuer- und Finanzwesen ein kurzer Aufsatz über das Besteuerungssystem des Fürstentums Lauenburg von 1760 bis 1804 erschienen. Jeder Eingeweihte erkannte sofort, was dahintersteckte: eine kaum verhüllte Polemik gegen Geheimrat von Bottwitz' Reformpläne. A. B. – Arnold Birnbaum; der Mann hatte sich nicht einmal die Mühe gemacht, ein paar andere Anfangsbuchstaben auszusuchen.

Beim Mittagessen in den »Drei Grenadieren« besprachen Assessor von Pohle, Untersteuersekretär Kellermann und ich die Lage.

Während von Pohle sein Eisbein zerlegte, sagte er: »Wie erklärt sich das? Birnbaum! Ein harmloses Blümchen am Wege, hat man geglaubt... Sie sind doch sein Freund, nicht?«

»Freund?« sagte ich; mit von Pohle mußte man vorsichtig sein, der ging über Leichen. »Wir logieren beide bei Madame Puttkammer; weiter geht unsere Freundschaft kaum.«

»Ach so«, sagte von Pohle und saugte an seinen Zähnen; gelbes Gebiß mit Zwischenräumen, in denen sich ständig Fleischteilchen festsetzten. »Aber ihr verbringt eine Menge Zeit miteinander.«

»Ist doch erstaunlich, wie er sich dabei hält«, erwähnte Untersteuersekretär Kellermann. »Wenn man nicht wüßte, in welchen Schwierigkeiten er sich befindet, ansehen würde man's ihm nie. Sie dagegen, Dressler« – über seine gehäuft volle Gabel hinweg wandte er sich mir zu –, »wenn Sie in Birnbaums Haut stäken und es säße Ihnen die ganze Dritte Abteilung plus Bottwitz persönlich plus dem Herrn Minister im Nacken, Sie würden bleich wie ein Pißbecken herumlaufen, und die Finger würden Ihnen zittern, daß Sie die eigene Unterschrift nicht leisten könnten.«

Ich versuchte, Kellermann mit einem Blick zu zermalmen; aber er kaute gleichgültig und verschlang, was er gekaut hatte. Er hatte recht, natürlich. Ich habe keinerlei Beziehungen durch meine Familie; in meiner Verwandtschaft findet sich kein irgendwie nennenswertes Vermögen; alles, was ich bin oder je sein werde, muß ich mir selbst erarbeiten; und die Sprossen der behördlichen Leiter sind schlüpfrig vom Schweiß derer, die da über einem klimmen. »Ich würde mich eben nie in Birnbaums Haut befinden«, gab ich schließlich zu bedenken.

»Wie wollen Sie das wissen?« fragte von Pohle. »Glauben Sie, Birnbaum hat gewollt, daß die Sache so läuft?«

»Gewollt?« fragte ich meinerseits. »Das vielleicht nicht. Aber der Lauf der Dinge ergibt sich nun einmal auch aus dem Charakter des Menschen.«

Ich weiß nicht, warum ich das sagte. Bis dahin hatte ich Unterassessor Birnbaum immer als einen angenehmen und gutartigen jungen Mann empfunden, bis auf seine Vorliebe fürs Tabakschnupfen, welches ihm die Daumenkuppen verfärbte, die Nasenlöcher zum Bluten brachte und zahllose braune Fleckchen auf seiner Hemdbrust und seinen Manschetten hinterließ. Er hatte rötliches, sich bereits lichtendes Haar und leicht hervorstehende hellgraue Augen, die des öfteren blicklos vor sich hinstarrten, so daß er nur halb auf das zu hören schien, was man ihm sagte, ein in seine eigenen Träume versunkener Mensch.

»Charakter, jawohl!« wiederholte ich, außerstande, die einmal eingeschlagene Gedankenrichtung zu wechseln. »Sie verstehen – ich wünsche Birnbaum nichts Böses, besonders in der Lage, in der er sich befindet, aber *ich* würde nicht behaupten, daß mir dies alles überraschend käme...«

»Würden Sie nicht?« sagte Assessor von Pohle. »Und warum nicht? Könnten Sie uns das näher erklären, Dressler?«

Er begann in seinen Zähnen zu stochern. Ich wollte wegblicken, brachte es aber nicht fertig. Mir wurde ganz sonderbar zumute: Von Pohle hatte plötzlich etwas von einem Inquisitor an sich. Natürlich war mir bewußt, daß in unserm aufgeklärten neunzehnten Jahrhundert das Königreich Preußen keinerlei Behörde unterhält, welche der Inquisition auch nur im entferntesten ähnelte; aber wir leben in unruhigen Zeiten, und es wimmelt von Anarchisten und Sozialdemokraten und allen möglichen unsicheren Kantonisten, vor denen man sich zu hüten hat. »Nun ja« – ich zwang mich zu lachen, aber es klang wohl nicht sehr glücklich –, »ich bin überzeugt, er ist keiner von diesen...«

»Diesen *was*?« sagte von Pohle mit erhobenen Brauen.

»Aber daß er sehr eigenwillig ist, das kann man schon sagen.«

»Eigenwillig?«

»Und daß er mit den merkwürdigsten Gedanken aufwartet.«

»Welchen zum Beispiel?«

Ich konnte von Pohle keine Auskunft geben. Keiner von Birnbaums merkwürdigen, eigenwilligen, eigenartigen, verdächtigen Gedanken wollte mir einfallen. Tatsächlich besaß Birnbaum Witz, zeigte ihn aber selten. Einmal erzählte er mir eine Geschichte von irgendeinem Baron und einer Bauerntochter, und ich hatte damals das bestimmte Gefühl, daß die Geschichte schon sehr gewagt war; doch wie Assessor von Pohle da wartete, um sich auf meine Aussage zu stürzen, entging mir die Pointe völlig, und meine Furcht wuchs, und mein Fisch – ich hatte einen sehr hübschen Karpfenkopf auf dem Teller liegen – starrte mich aus toten Augen an. Es war alles sehr beunruhigend.

»Tatsache bleibt«, sagte Untersteuersekretär Kellermann, »daß Birnbaum eine bemerkenswerte Selbstbeherrschung zeigt –«

»– oder Unverschämtheit«, verbesserte Assessor von Pohle.

»Oder Unverschämtheit«, räumte Kellermann ein. »Wenn man ihn so sieht, wie er morgens ins Amt kommt, ausgeruht und fröhlich, und seine Arbeit aufgreift, als schwante ihm überhaupt nicht, daß er ein gezeichneter Mann ist – eine hervorragende schauspielerische Leistung. Weißt du, was er geäußert hat nach der letzten Freitagmorgenkonferenz?«

»Nun, was?« sagte von Pohle.

Untersteuersekretär Kellermann hob sein Glas Bier, um die Wirkung seiner Mitteilung zu steigern. »›Es würde mich gar nicht überraschen‹, hat er gesagt, ›wenn die Kunkelsache jemandem vor der Nase explodieren würde!‹«

Assessor von Pohle blieb stumm.

»Ein typischer Fall«, warf ich ein. »Wer Angst hat, redet laut.«

Aber ich war mir nicht so sicher. Das ist der Nachteil bei der Behörde: Trotz der Gesetze und Vorschriften, der Erlasse, Durchführungsbestimmungen für die Erlasse und Durchführungsbestimmungen für die Durchführungsbestimmungen ist man nie ganz sicher. Worte! – Worte können stets verschieden ausgelegt werden. Und Menschen! – Menschen sind unberechenbar, selbst in Preußen.

Dennoch war es deutlich, daß ich es mir à la longue nicht würde leisten können, in der Affäre Birnbaum den Unbeteiligten zu spielen. Wenn ich es in Geheimrat von Bottwitz' Dritter Abteilung und in meiner eigenen, der Vierten, nicht unbezweifelbar klarstellte, daß alle Bindungen zwischen Birnbaum und mir zerschnitten waren, mochte meine Karriere sehr wohl zugleich mit der seinen beendet sein. Birnbaums Name wurde im Ministerium immer zusammen mit meinem genannt. Warum, wüßte ich nicht zu sagen – vielleicht, weil wir beide unsere Laufbahn im Amt etwa zur selben Zeit begannen, etwa dieselben Gebiete bearbeiteten und etwa im selben Schritt, langsam, das ist wahr, doch stetig, im Rang aufstiegen. Daß wir beide bei Madame Puttkammer logierten, war Zufall mehr als Absicht; daß wir den gleichen wohlfeilen Schneider, Schuhmacher, Hutmacher benutzten, die gleichen wohlfeilen öffentlichen Belustigungen besuchten, in die gleichen Häuser mit den gleichen heiratsfähigen Töchtern eingeladen wurden, war in Anbetracht unserer Umstände nur natürlich; daß man im Ministerium zu sagen pflegte: »Wenn Sie Birnbaum nicht finden, wenden Sie sich an Dressler«, oder: »Wenn Dressler es nicht weiß, wird Birnbaum es schon wissen«, war das Ergebnis täglicher Praxis.

Darum also drohten die Schatten, die sich um Birnbaums Haupt sammelten, auch auf das meine zu fallen. Ich versuchte, Birnbaum das klarzumachen. Er stand am Schreibpult, kaute an seinem Federhalter und war wieder einmal dabei, nach Methode und System in den mysteriösen Geschäften der Kunkels zu forschen.

»Birnbaum«, sagte ich, »du weißt, wir sind Freunde.«

Ich hatte das Gefühl, daß seine großen, grauen, kühlen Augen durch mich hindurchblickten, so als wäre ich durchsichtig und jemand anderes stünde hinter mir.

»Wie konntest du das nur tun!« sagte ich halb vorwurfsvoll, halb ärgerlich.

»Was tun?« sagte er und notierte ein paar Zahlen auf einem Bogen Kanzleipapier.

»Das eigene Nest beschmutzen!« erwiderte ich, nun schon wütend über seine gespielte Naivität. »Geheimrat von Bottwitz, ausgerechnet, dir zum Feinde zu machen. Bottwitz vergißt nie, und Bottwitz ist der kommende Mann. Daran hast du wohl nicht gedacht? Und es ist dir auch nicht eingefallen, dich zu fragen, wie deine Handlungen sich auf deine Freunde auswirken könnten? Treue zur Abteilung, Treue zum Ministerium – das ist das Grundgebot des Beamten; darauf beruht der Staat, die Krone, alles.«

»Gewiß, gewiß«, sagte er und versuchte immer noch, so zu tun, als wüßte er nicht, was ich meine. »Aber die Kunkelsache steht doch vor dem Abschluß. Und Dora Kunkel ist wirklich eine ganz nette Person. Ich gebe zu, sie hat ihre Vergangenheit –«

»Dora Kunkel!« rief ich aus. »Wie du an Weiber denken kannst, in dieser Situation. Deine ganze Zukunft ist gefährdet – *und* meine. Ich habe mir den Kopf zerbrochen nach einem Ausweg für dich. Wenn du vielleicht mit Bottwitz redetest, ein Geständnis ablegtest; er ist ja kein Unmensch; er ist gerecht, aber er wird dir sicher eine

Möglichkeit geben, wenn du dich verpflichtest, eine Erklärung in annehmbarer Form...«

»Wovon sprichst du eigentlich?« sagte er.

Es war unglaublich. Er leugnete immer noch alles ab – mir gegenüber, der ich mein Bestes tat, um ihm wieder auf die Beine zu helfen. »Also gut«, sagte ich. »Sehr gut. Mach nur so weiter, und du wirst sehen, wohin du gerätst. Aber wundere dich nicht, wenn deine Freunde sich von dir abkehren. Es gibt schon genug Anarchisten im Land und Sozialdemokraten, ohne daß man ihnen auch noch Tür und Tor zu unsern Behörden öffnet. Das Fürstentum Lauenstein, was?«

Er legte seinen Federhalter zur Seite. »Einer von uns ist übergeschnappt, Dressler«, sagte er. »Und ich glaube, daß nicht ich es bin.«

»Ich habe dir nur zu helfen versucht«, erwiderte ich. »Tut mir leid, Birnbaum. Ich werde meine Konsequenzen zu ziehen haben.«

Ein gut Teil der Vorschriften und Verfahrensweisen des Ministeriums läßt sich bis in die Regierungszeit König Friedrich Wilhelms I. zurückverfolgen – als zum ersten Male überhaupt System in die Staatsfinanzen gebracht wurde, um die Kosten für die Armee aufzubringen, die ihrerseits wieder Preußen zu dem machte, was es heute ist. Aber am Anfang stand das Finanzwesen; das Ministerium, könnte man sagen, war der Grundstein des erhabenen Baus.

Ich betone das, um den ganzen Umfang der Schwierigkeiten aufzuzeigen, denen ich mich gegenüberfand. Wenn die Räder einer Maschine so lange schon gelaufen sind, haben sie sich glattgeschliffen; alles wird in der Stille erledigt, fast ohne Nachdenken; der Obersteuersekretär weiß, was der Herr Geheimrat wünschen würde, der Steuersekretär erahnt die Meinung des Herrn Obersteuersekretärs, der Untersteuersekretär wiederum erkennt schon die Vorschläge des Herrn Steuersekretärs, und so weiter die Stufenleiter hinab, über Ober- und Unterassessoren zu den Oberkanzleischreibern, Kanzleischreibern und Unterkanzleischreibern und schließlich den Ministerialboten, die genauso sorgfältig für ihre dienstlichen Pflichten geschult sind wie jeder Staatsbeamte.

Die Komplikation mit Birnbaum war jedoch ohne Präzedenzfall, meines Wissens wenigstens. Sie erforderte Feingefühl wie auch Entschlossenheit; vorsichtige Behandlung und dennoch Beseitigung aller Zweifel. Und vor allem das Abpassen des richtigen Moments. Wann, wo, wie – das waren die Fragen, die mich beschäftigten. Ich vernachlässigte meine Arbeit, meine Ablagen gerieten in Rückstand, mein Magen, bis dahin wie ein Uhrwerk, kam durcheinander. Ein Gefecht mußte geführt werden, doch ohne Pulver und Rauch; ein Schnitt mußte gemacht werden, doch ohne Blut und Wunden; eine Proklamation verkündet werden, doch ohne Stimme und Trompete. Ja – wenn Birnbaum nur mitspielen wollte; wenn er erkennen würde, daß sein bester, sein elegantester, sein einziger Ausweg war, von der Bühne zu verschwinden, krank zu werden, Urlaub zu nehmen und nicht zurückzukehren! Aber Birnbaum blieb empfindungslos. Des Nachts, durch die Tür hindurch, die mein Zimmer im Hause der Madame Puttkammer von dem seinen trennte, hörte ich ihn schnarchen: *Er* schlief, während ich wach lag und mir das Hirn um seinet- noch mehr als um meinetwillen zermarterte; *er* fraß mein Frühstück zusätzlich zu seinem eigenen auf, während mir der Appetit längst vergangen war; *er* lief beflügelten Schritts den ganzen Weg von Madame Puttkammers Haus bis zum Ministerium, während meine Füße sich schleppten, als wären sie gelähmt.

Ich wog einen Plan gegen den anderen ab, nur um am Ende sämtliche Pläne zu verwerfen und die Suche von neuem zu beginnen. Wenn ich zu von Bottwitz ginge und ihm versicherte, daß ich, Unterassessor Dressler, ein Treuebekenntnis zu Ministerium und Krone abzulegen wünschte, würde Bottwitz meine Beweggründe mißverstehen? Würde sein Verdacht nicht verstärkt statt gestillt werden? Wenn ich um das Wort zu einer kurzen Feststellung während der Freitagmorgenkonferenz bäte, würde das nicht gerade den Skandal hervorrufen, welcher im Interesse des Staates verhindert werden mußte? Aber wenn ich wiederum nichts tat, wer würde meinen Versicherungen ex post facto Glauben schenken? Vielleicht konnte ich ein Disziplinarverfahren gegen mich selbst beantragen, um meine Unschuld über jeden Zweifel erhaben zu beweisen. Aber würde nicht schon der Antrag auf ein Schuldgefühl meinerseits deuten? Und würde nicht, selbst bei erwiesener Unschuld, ein Fleck auf meinem Namen haften bleiben? Schließlich kannte ich ja die Personalakten, die unsereinen durch sein ganzes dienstliches Leben hindurch begleiten. Je weniger darin stand – ausgenommen natürlich Belobigungen, Auszeichnungen, Orden und dergleichen –, desto besser.

Wo lag der Schlüssel? Außerstande, mein tägliches Pensum meiner Sorgen wegen zu verrichten, gewöhnte ich mir an, nach Dienstschluß an meinem Pult zu verharren. Doch mein Problem verharrte mit mir. Sollte ich? Sollte ich nicht? Und wenn ja, welches wäre die Tat, die, ohne meine Motive zweifelhaft erscheinen zu lassen, ein für allemal einen Trennungsstrich zwischen Birnbaum und mir zog und zugleich meine unbedingte Ergebenheit Staat und Ministerium gegenüber bezeugte?

Ich weiß nicht, wieso meine Gedanken zu Dora Kunkel schweiften: vielleicht weil Birnbaum sie erwähnt hatte, vielleicht auch, weil ihr exquisiter Teint das Stadtgespräch war wie ihre Eskapaden, in welche ein Gardeleutnant oder ein Opernsänger oder sogar beide verwickelt waren. Ich seufzte. Auch ich hatte einstmals Dora mit liebenden Augen betrachtet, allerdings aus der Entfernung... Plötzlich erhellte sich alles – die Lösung meines Problems, der Kurs, den ich einschlagen mußte. Kunkel! Kunkel & Söhne! Es war so einfach, daß ich mich in dem leeren, halbdunklen Amtszimmer hätte ohrfeigen mögen, weil mir's nicht früher eingefallen war. Ich würde den Fall Kunkel aufklären, den Birnbaum aus unerfindlichen Gründen nicht aufklären konnte oder wollte.

Meine Hand zitterte, als ich die Petroleumlampe hinüber zu Birnbaums Pult trug und ihr Licht auf das Schlüsselloch fallen ließ. Das Schlüsselloch war leicht genug zu öffnen; mein eigener Pultschlüssel paßte. Ich entnahm dem Fach die Akten Kunkel und durchblätterte sie hastig: Ich fühlte mich wie ein Dieb, versicherte mir aber wiederholt, daß zu Nutz und Frommen der Behörde sogar der dreisteste Gesetzesbruch verzeihlich sei. Die Ziffern, die mir zunächt vor den Augen schwammen, begannen sich zu Kolonnen zu ordnen; die

Kolonnen begannen einen Sinn zu ergeben, sie eröffneten sich dem geschulten, forschenden Geiste und enthüllten die Geheimnisse der Großfirma Kunkel & Söhne.

Es war schon nach Mitternacht, da ich die Akten genau in der Reihenfolge, in der ich sie vorgefunden hatte, in ihr Fach zurücklegte, Birnbaums Pult abschloß und die Lampe löschte.

Der Nachtwachmann unten am Tor schüttelte den Kopf. »So spät, Herr Assessor Dressler?« fragte er und rasselte mit dem Schlüsselbund. »Sie werden sich noch den Tod holen!«

Ich bin selbst nie im Kriege gewesen; aber ich gehöre zur Reserve und habe viele Bücher über den Krieg gelesen, einige davon verfaßt von Teilnehmern an großen Schlachten. Übereinstimmend berichteten sie alle, daß man jegliche Furcht verliert, sobald die Attacke begonnen hat und das »Hurra!« ertönt und der Hufschlag der Pferde donnert und die Wimpel an den Lanzenspitzen der Ulanen flattern.

Nun gab es allerdings in dem Konferenzraum keine Wimpel und keinen Schlachtenlärm. Das Porträt Seiner Majestät zu Pferde war der einzige farbige Fleck. Und dennoch erfuhr ich die seelische Erleichterung des begonnenen Gefechts. Meine Hand, kalt und klebrig, hörte auf zu zucken, sobald ich sie hob; meine Stimme, unsicher, festigte sich, sobald ich auf das etwas zögernde Nicken des Herrn Ministers hin sagte: »Dürfte ich ums Wort zu einer kurzen Feststellung bitten, Exzellenz?« Geheimrat von Bottwitz strich sich mit einem Ausdruck wohlwollenden Interesses den ergrauten Bart; weiter unten an dem langen Tisch ließ Untersteuersekretär Kellermann ein Federmesserchen, das er an seiner Uhrkette trug, im Kreise wirbeln; Assessor von Pohle blickte mich neugierig an. Birnbaum aber schien die Tabaksflecke auf seinen Manschetten zu zählen.

»Exzellenz! Herr Geheimrat!« begann ich, und fast ohne Bemühung meinerseits ordneten sich meine Worte zu Kompanien und Bataillonen in Schlachtaufstellung, rückten übers Gelände vor, erstürmten Höhe um Höhe, nahmen eine feindliche Schanze nach der andern. Ich schilderte einleitend, wie mir die große Besorgnis zu Bewußtsein gekommen sei, mit der jedermann im Ministerium, besonders aber seine Exzellenz sowie der Herr Geheimrat von Bottwitz, die Angelegenheit Kunkel betrachtete. Mit einem eleganten Umgehungsmanöver vermied ich die Frage, wie ich mir denn die Akten Kunkel verschafft hätte; ich deutete an, daß es auf Ergebnisse ankäme und daß es Ergebnisse waren, die ich brachte, schwarz auf weiß, geprüft und wieder geprüft. Ich zog meine Notizen aus der Tasche und legte sie auf den Tisch. »Exzellenz! Herr Geheimrat!« kündigte ich an – und mit besonderer Betonung, »und Herr Assessor Birnbaum! Der Fall Kunkel ist gelöst. Die Firma Kunkel & Söhne hat die aufsehenerregende Ausweitung ihres Unternehmens finanziert durch eine ebenso aufsehenerregende Steuerhinterziehung –«

»Herr Dressler!« Das war der Minister, mit rot angelaufenem Gesicht und gar nicht in seiner üblichen leisen Art. »Wollen Sie mich bitte in meinem Dienstzimmer aufsuchen!«

Ich blickte mich um. Birnbaums hervorstehende Augen zeigten einen sonderbaren Ausdruck, teils der Belustigung, teils des Mitleids. Von Pohle betrachtete mich mißtrauisch, als wäre ich ein Anarchist oder ein Sozialdemokrat. Untersteuersekretär Kellermann grinste frech; nur von Bottwitz, immer noch seinen Bart streichend, schien sein Wohlwollen mir und meinen Bemühungen gegenüber bewahrt zu haben. Ihm wandte ich mich denn zu: »Aber der Artikel in der Königlichen Vierteljahresschrift... Das Fürstentum Lauenburg... A. B.... Arnold Birnbaum...«

Über dem Bart öffnete sich eine Riesenhöhle von Mund mit Nußknackerzähnen und einer außerordentlich fleischigen Zunge, und aus dieser Höhle dröhnte ein wahrhaft höllisches Lachen.

Das letzte, wessen ich mir noch bewußt wurde, waren die Worte des Ministers: »Ich denke, wir legen eine Pause ein.«

In einer der getäfelten Nischen im Hinterzimmer der »Drei Grenadiere« kam ich zu mir. Mein Kopf lag auf der Tischplatte, umgeben von Schnapsgläsern, deren einige umgekippt waren. Ich wußte nicht, wie ich in die »Drei Grenadiere« geraten war; ich weiß es heute noch nicht. Ich weiß jedoch, was mich zu mir brachte: Stimmen in der Nische neben der meinen, laute, lärmende Stimmen, die mein schmerzendes Hirn peinigten, Stimmen, die ich bald erkannte.

»Birnbaum!« Das war von Pohle, in gebieterischem Ton. »Champagner!«

»Champagner!« rief Birnbaum zuvorkommend.

Ich vernahm den eilenden Schritt des Kellners; dann das angenehm kultivierte »Plop« des herausfliegenden Korkens.

»Ja, ja, Birnbaum« – wieder von Pohle –, »man muß schon sagen, es ist ein Verlust: zwei Unterassessoren, die uns an einem und demselben Tag verlassen. Was nur in den Idioten Dressler gefahren ist!...« Er schwieg. Ein wenig später, gleichzeitig mit dem Klirren der Gläser, rief er: »Ein Hoch dem jungen Paare!«

»Hoch!« kam das Echo von Untersteuersekretär Kellermann.

»Danke ergebenst«, sagte Birnbaum. »Ich bin überzeugt, daß Dora – daß meine Verlobte Ihre freundlichen Gefühle ebenso zu schätzen weiß wie ich.«

»Dora Kunkel...« Kellermann schmatzte diskret mit den Lippen. »Ist mir eigentlich nie aufgefallen, daß Sie mit den Damen so umzugehen wissen, Birnbaum!«

Birnbaum hüstelte bescheiden. »Eine gewisse Intelligenz ist auch von Nutzen, wissen Sie. Und dann die richtige Einstellung im richtigen Zeitpunkt.«

»Und die richtige Erledigung gewisser steuerlicher Fragen?« fügte von Pohle hinzu.

Ob Birnbaum den Sarkasmus spürte oder nicht, er reagierte nicht darauf. »Es ist ein glücklicher Umstand«, stellte er fest, »daß die Interessen der Krone und die der neuen Firma Kunkels Söhne & Birnbaum sich in Übereinstimmung befinden. Geheimrat von Bottwitz zeigte sich gleichfalls sehr hilfreich, und eine Anleihe bei der Bank ließ sich tätigen. Großartiger Mensch, von Bottwitz. Auch als Autor auf dem Finanzgebiet, ganz großartig!«

»A. B.!« schrie von Pohle. Ein Tröpfchen Champagner schien ihm in die Luftröhre geraten zu sein; sein Lachen wandelte sich zu einem krampfhaften Prusten. »A. B.«, wiederholte er, nachdem er wieder sprechen konnte, »Arnold Birnbaum – Achim von Bottwitz. Was nur in den Idioten Dressler gefahren ist?«

»Überanstrengung wahrscheinlich«, sagte Birnbaum. »Leute, die vom Regieren nichts verstehen, meinen oft, daß alles so einfach ist, wenn man nur erst auf einem Amtsstuhl sitzt. Aber es kann einen Menschen völlig aufreiben, immer die richtige Einstellung im richtigen Zeitpunkt zu finden.«

Ich spürte die Hand des Kellners auf meiner Schulter. »Wenn Sie schon aufgewacht sind, Herr Assessor«, sagte der Mann, »möchten Sie vielleicht zahlen?«

Der Gleichgültige

Ich erinnere mich jetzt.

Es bedurfte eines Szekely Sandor, die Erinnerung wachzurufen; aber jetzt sehe ich alles wieder vor mir: Ferenc auf der Anklagebank, Ferenc geständig, Ferenc beim Anhören des Todesurteils. Die ganzen Jahre hindurch war da eine Lücke in meinem Gedächtnis – eine Teil-Amnesie, könnte man sagen. Wie sonst hätte ich in meinen Memoiren, Kapitel 13, schreiben können, daß ich nie bei dem Prozeß war. Ich bin weder verrückt noch senil, Dr. Paumgartner kann das bestätigen, und in einem langen Schriftstellerleben habe ich die Erfahrung gemacht, daß man mit Drittel- oder Viertellügen durchkommen mag – die totale Verfälschung der Wahrheit aber widerlegt sich selbst.

Ich erinnere mich sehr gut. Auch besitze ich das Manuskript meines Artikels. Nagy Isztvan hat es mir überlassen – das Manuskript, das Szekely Sandor seit 1949 aufbewahrt hat. Der miese kleine Lump: Die Zeitschrift, die er redigierte, ist tot, ihr Name vergessen; er selber ist auch schon halbtot, nur seine Bosheit hält ihn am Leben; aber das Manuskript hat er aufgehoben. Dabei konnte er unmöglich voraussehen, was ich in meinen Memoiren schreiben würde, vierundzwanzig Jahre nach den Ereignissen. Vielleicht hat er sich gedacht, das unveröffentlichte Manuskript eines prominenten Schriftstellers könnte eines Tages ein paar Forint wert sein. Doch halte ich das nicht für wahrscheinlich. Viel eher nehme ich an, es war seine angeborene Bösartigkeit, die ihn veranlaßte, das Manuskript aufzubewahren und damit zu Nagy zu laufen, nachdem Nagy das Kapitel 13 meiner Memoiren auf der Kulturseite seiner Zeitung veröffentlichte. Man braucht nicht viel Phantasie, um die Schadenfreude herauszuhören, mit der er zu Nagy sagte: »Genosse Nagy, möchten Sie nicht eine Berichtigung bringen?«

Noch peinlicher aber: Ich kann meinen eigenen Artikel nicht

drucken lassen, selbst jetzt nicht – obwohl er mit Abstand das Hellsichtigste ist, was ich je geschrieben habe.

Ein Mann, der an die Siebzig heran ist, möchte noch einmal zusammenfassen – besonders wenn er, wie es so schön heißt, ein volles Leben gelebt hat, mit einer Anzahl von Büchern, die seinen Namen tragen, einer Anzahl von Frauen, die ihn geliebt haben, und einer politischen Vergangenheit, die unter anderem eine Anzahl von Jahren im Exil und eine Anzahl von Jahren im Gefängnis beinhaltet.

Nagy Isztvan bestärkte mich. »Ich weiß«, sagte er, »du steckst voller Widersprüche, und du hast Angst vor dem, was du finden könntest. Aber das haargenau ist es, was dich so menschlich macht. All die schönen unkomplizierten Helden, die wir dem Publikum vorgesetzt haben in der Hoffnung, ihr Beispiel möchte die Leute inspirieren – was haben sie uns genützt? Dein Leben aber, vorausgesetzt, du schreibst es mit der Offenheit, mit der du über andere schreibst, könnte sich als lesbar erweisen.«

Also machte ich mich an meine Memoiren. Ich betrachtete die Arbeit wie eine archäologische Expedition; und je weiter die Ausgrabungen fortschritten, desto deutlicher schälten sich aus dem Sand der Vergangenheit die Gestalten der Menschen heraus, die meine Zeit bevölkert hatten. Stumme Schatten zunächst, wurden sie allmählich beredt und gruppierten sich zu einer Wirklichkeit, die mir bedeutungsvoller und dramatischer erschien als die heutige – ich selbst der interessanteste der Schatten.

Kapitel 13 befaßte sich mit dem Prozeß gegen Ferenc und mit der Rolle darin, die für mich vorgesehen war und die ich zu spielen mich weigerte.

Der Prozeß gegen Kallai Ferenc und Komplicen im Jahre 1949 ist Teil der Geschichte des Sozialismus in unserem Lande. Der Text der Anklage stand auf den Frontseiten unserer sämtlichen Zeitungen zu lesen – fettgedruckt die einzelnen Punkte: Kriegsverbrechen und Verbrechen gegen das Volk, Vorbereitung zum Aufruhr, Verschwörung gegen den Staat, Organisierung des gewaltsamen Sturzes der demokratischen Ordnung, et cetera. Jedes im Gerichtssaal gesprochene Wort wurde veröffentlicht; wenige Tage nach der Urteilsverkündung erschien auch die Nachricht, daß die Urteile rechtmäßig vollstreckt worden waren. Und sieben Jahre später, wie alle Welt weiß, wurden Ferenc und seine Mitangeklagten öffentlich rehabilitiert: Sie waren ehrenhafte Kommunisten gewesen, völlig unschuldig. – In meinen Memoiren brauchte ich daher über den eigentlichen Prozeß nicht viel zu schreiben und konnte den größeren Teil von Kapitel 13 dem Gespräch widmen, das ich dieserhalb mit dem Genossen Ersten Sekretär führte, und erklären, wie es kam, daß ich schließlich doch nicht an dem Prozeß teilnahm. Am Anfang des Kapitels erzählte ich, wie ich an dem Morgen zu Haus am Schreibtisch saß und plötzlich das Telefon klingeln hörte. Ich beschrieb meine Überraschung, als ich im Hörer die gequetschte, etwas fettige Stimme vernahm, die damals jedem Bürger vertraut war. Keiner seiner zahlreichen Mitarbeiter, nein, er selbst rief mich an: ein ungewöhnlicher Vorgang unter jedem wie auch immer gearteten Regierungssystem.

»Wie geht's dir, Genosse?« sagte er. »Ich hab nichts Neues von dir gelesen in der letzten Zeit. Hast du Schwierigkeiten?«

Die Luft blieb mir weg. Ich räumte ein, daß ich Schwierigkeiten hätte, versicherte aber, ich wäre dabei, diese zu meistern.

»Das ist gut«, sagte er. »Glaubst du, du könntest deine Arbeit auf eine Stunde beiseite legen und mich besuchen?«

Ich wußte einen solchen Höflichkeitsbeweis zu schätzen; der Genosse Erster Sekretär konnte mir befehlen, mich bei ihm einzustellen, oder mich von ein paar seiner Lederbemäntelten abholen lassen.

»Wann würde es denn passen?« fragte ich.

»Wann würde es dir angenehm sein, Genosse?«

Ich erwähnte, sein Kalender möchte wohl mehr Termine enthalten als meiner, und ich stünde ihm jederzeit zur Verfügung.

»Könntest du jetzt gleich kommen?«

Ich sagte, ich könnte, selbstverständlich.

»Soll ich einen Wagen schicken?«

Ich erwiderte, durch die freundliche Hilfe des Amts für die Unterstützung und Förderung der Künste und Wissenschaften sei es mir ermöglicht worden, einen erstklassigen englischen Gebrauchtwagen zu erwerben, und daß ich schon in etwa zwanzig Minuten mich bei ihm einfinden könnte.

»Ausgezeichnet!« sagte er.

Er begrüßte mich herzlich, schüttelte mir die Hand und reckte den Arm in die Höhe, um mir auf die Schulter zu klopfen, während er sich nach meiner und Erszis Gesundheit erkundigte, und wie denn der neue Film vorankäme, in dem Erszi die weibliche Hauptrolle spielte; anscheinend hatte er sich vorher über die letzten Neuigkeiten bezüglich meiner Person informieren lassen. Dann watschelte er mit seinen zu kurzen Beinen zu einem grünbespannten Konferenztisch hinüber, nahm an dessen Spitze Platz und deutete auf den ihm nächststehenden Stuhl. Die Länge dieses vollständig leeren Tisches akzentuierte die Vertraulichkeit unseres Tête-à-têtes: nirgends Wachen, keine Zeugen – das Oberhaupt von Partei und Staat in Klausur mit dem Schriftsteller.

Der Genosse Erster Sekretär gehörte zu jenen Menschen, die bei jeder Gelegenheit lächeln. Selbst die Briefmarken, auf denen sein Bild ist, zeigen ihn lächelnd – Mondgesicht, Glatze, kleine zwinkernde Augen; jedermanns lustiger Onkel. »Du weißt von dem Prozeß, Genosse, der uns jetzt bevorsteht?« sagte er, sobald die Fragen nach dem beiderseitigen persönlichen Wohlbefinden beantwortet waren.

»Ich habe davon gelesen.«

Er lächelte.

»Aber in mir sträubt sich etwas dagegen«, fuhr ich zögernd fort. »Kallai Ferenc ist ein alter Kommunist.«

Das Lächeln verflog. »Auch ich habe lange darüber nachgedacht. Es liegt wohl an der Zeit, in der wir leben, Genosse. Haben wir nicht die gleiche traurige Erscheinung auch in der Sowjetunion beobachten müssen?«

»Und Ferenc ist« – ich verbesserte mich – »war ein Freund von mir... Wir haben schon 1945 zusammengearbeitet. Als die Horthy-Polizei ihn folterte, hat er nicht einen Namen preisgegeben. Ich schulde Ferenc mein Leben, und ich bin nicht der einzige. Und später, auch nachdem er Minister wurde in unserer Regierung, sind er und seine Frau zu uns zu Besuch gekommen, und Erszi und ich waren bei ihnen zu Gast. Noch ein paar Tage vor seiner Verhaftung –«

Ich brach ab. Was teilte ich ihm Neues mit: Sie hatten mit Sicherheit jeden Schritt, den Ferenc tat, seit längerer Zeit beobachtet und jeden seiner Kontakte überprüft.

»Der Virus greift immer die schwächste Stelle im Körper an«, sagte er. »Die schwächste Stelle im Falle deines Freundes Kallai war seine kleinbürgerliche jüdische Herkunft.«

Mein Herz tat ein paar unregelmäßige Schläge: Meine Herkunft war so kleinbürgerlich wie die meines Freundes Ferenc, und mein teurer Vater, Gott hab ihn selig, lag auf dem jüdischen Friedhof zu Miskolsz begraben.

Der Genosse Erste Sekretär lächelte. »Ich will damit durchaus nicht sagen, daß alle Genossen, die jüdischer Abstammung sind und aus kleinbürgerlichen Kreisen kommen, notwendigerweise zu Verrätern werden. So schätze ich zum Beispiel deine Loyalität und Aufrichtigkeit ganz außerordentlich, Genosse, weshalb ich dich auch einladen möchte, dich selbst zu überzeugen, wie sehr du dich durch deinen Freund Kallai hast täuschen lassen. Ich möchte, daß du den Prozeß im Gerichtssaal miterlebst. Mach deine eigenen Beobachtungen dabei und laß uns deine Gedanken darüber wissen. Ich glaube, ich hab deine sämtlichen Bücher gelesen; ich weiß also um den Einblick, den du in die Herzen der Menschen hast. Hör dir an, was dein Freund Kallai zu sagen hat und die andern Angeklagten, und erkläre mir diese Leute und erkläre sie den Menschen außerhalb des Gerichtssaals. Die Worte eines Schriftstellers haben Gewicht, und die deinigen sind, wie man weiß, besonders überzeugend. Ich hoffe, meine Bitte läßt sich mit deinen übrigen Plänen vereinbaren. Ich zähle sogar auf dich. Die Partei zählt auf dich.«

»Das ist ein sehr schmerzlicher Auftrag«, sagte ich.

»Meinst du, es war mir weniger schmerzlich, den Prozeß anordnen zu müssen?« Die Härte im Blick stand in sonderbarem Gegensatz zu seinem Lächeln. »Aber du wenigstens hast die Möglichkeit, ein Stück Literatur daraus zu machen.«

Ich berichtete diesen Dialog in meinen Memoiren, so wortgetreu ich konnte, und beschloß Kapitel 13 mit wenigen kurzen Sätzen:

»Ich ging nicht hin zu dem Prozeß. Ich entwickelte auf einmal die fürchterlichsten Kopfschmerzen, Brechreiz, unregelmäßigen Puls, Herzkrämpfe, Unterleibsschmerzen, Fieber, so daß ich rasch in einen allgemeinen Schwächezustand geriet. Dr. Paumgartner verordnete strenge Bettruhe und zog mehrere Spezialisten hinzu, die verschiedene Tests machten, aber zu keiner gemeinsamen Diagnose gelangen konnten. Der Genosse Erster Sekretär drohte, so erfuhr ich später, mich auf einer Tragbahre in den Gerichtssaal bringen zu lassen; da der Prozeß jedoch auch ohne derart Intermezzi genügend Aufsehen erzeugte, gab er den Gedanken anscheinend auf.

Ich möchte keineswegs die Behauptung aufstellen, meine Widersetzlichkeit dem mächtigsten Mann des Landes gegenüber wäre eine mutige Tat gewesen. Es gibt einfach Momente im Leben, wo der menschliche Körper weiser handelt als der Geist. Sowieso sind Mut und Furcht Zwillingsemotionen, in dauernder Wechselwirkung; und was für eine Wahl hatte ich denn auch zwischen dem Zorn des Genossen Ersten Sekretärs und dem, was in mir vorgegangen wäre, hätte ich Ferenc' Geständnis anhören müssen?«

Etwa eine Woche nach dem Erscheinen von Kapitel 13 in der Zeitung war Nagy Isztvan unser Gast beim Abendessen. Da er ein alter Junggeselle und in vieler Hinsicht hilflos ist, bemuttert Erszi ihn; sie kennt seine Stimmungen, errät seine Wünsche, bevor er sie noch aussprechen kann, verwöhnt ihn und versucht, ihn der Flasche fernzuhalten.

»Irgend etwas beunruhigt dich, Isztvan«, sagte sie zu ihm beim Mokka und bot ihm den Teller mit Gebäck an; dabei schlug sie ihre Beine übereinander, die immer noch aussehen wie damals, als sie die Hauptrolle in dem Film spielte, auf den der Genosse Erster Sekretär, Gott sei seiner Seele gnädig, in dem bereits erwähnten Gespräch mit mir Bezug genommen hatte.

Nagy nahm ein Mandelhörnchen und kaute nachdenklich. Schließlich sagte er: »Mir ist da etwas unklar«, und zu mir gewandt: »Vielleicht kannst du mir helfen.«

»Was ist das Problem?« fragte ich.

»Kennst du einen gewissen Szekely Sandor?«

Der Name käme mir bekannt vor, gab ich zu; war der Mann nicht irgendwie Journalist gewesen?

»Haargenau«, sagte Nagy. »Bist du ihm schon mal begegnet?«

»Nicht daß ich wüßte.«

»Szekely Sandor hat mich heute aufgesucht.« Nagy rieb sich den kurzen, borstigen Schnurrbart. »In meinem Büro.«

»Und?«

»Szekely erklärte, du hättest nicht die Wahrheit berichtet.«

»Tut er das je?« spöttelte Erszi. »Mein geliebter Mann erfindet immerzu Geschichten.«

»Meine Memoiren sind kein Roman«, erlaubte ich mir einzuwenden.

»Haargenau darum geht es.« Nagy liebte das Wort *haargenau* und sprach es militärisch knapp und etwas näselnd aus; die Korrektoren hatten Auftrag, es wo immer tunlich aus seinen Leitartikeln zu streichen. »Szekely behauptet nämlich, du wärst bei dem Prozeß präsent gewesen.«

»Lächerlich!«

»Lächerlich«, wiederholte Nagy. »Hab ich ihm auch gesagt, haargenau. Aber er bestand auf seiner Behauptung. Er versichert sogar, du hättest über den Prozeß geschrieben, einen Augenzeugenbericht – ein glänzendes Stück Prosa, betonte er, voller ausgezeichneter Beobachtungen.«

Ich lachte. Müßte ich nicht am besten wissen, was ich geschrieben oder nicht geschrieben hätte; und wie sollte ich einen Augenzeugenbericht verfaßt haben, wenn ich zu Hause im Bett lag und mir die Seele aus dem Leibe kotzte? Hier saß Erszi; Erszi würde mit Freude bezeugen...

»Aber erinnerst du dich denn nicht?« sagte Erszi. »Ich hab zu der Zeit gefilmt, Außenaufnahmen, in Bulgarien.«

Ich fühlte mich wie jemand, der aus einem bösen Traum zu erwachen sucht. Endlich konnte ich fragen: »Hat Szekely dir den angeblichen Augenzeugenbericht gezeigt – gedruckt, allenfalls im Manuskript?«

»Nein.«

»Also.« Meine Erleichterung zeigte sich wohl allzu deutlich.

»Dann soll er's doch vorweisen. Jawohl, ich bestehe darauf; ich möchte doch mal sehen, ob er es wagt, mir den Unsinn ins Gesicht zu wiederholen. Szekely Sandor, dieser elende Zeilenschinder, dieser Wurm, dieser bucklige Betrüger...«

Nagy blickte überrascht auf. »Woher weißt du, daß er bucklig ist?«

Die Gegenüberstellung fand bei Nagy im Büro statt.

Ich war zuerst gekommen, von meinem Verlag, wo ich gerade erfahren hatte, durch die Veröffentlichung von Teilen meiner Memoiren in Nagys Zeitung sei das Interesse an dem Buch in solchem Maß gestiegen, daß man sich trotz des chronischen Papiermangels entschlossen habe, die Auflagenhöhe zu verdoppeln.

Nagy gratulierte mir: Meine Memoiren seien eines der großen Dokumente unseres Lebens und unserer Zeit. Und wie gehe es Erszi?

Szekely Sandor trat ein. Er war nicht eigentlich bucklig; die eine Schulter war höher als die andere. Er kam eilig auf mich zugetrippelt, diese Schulter nach vorn geschoben, und ergriff meine Hände, bevor ich sie hinter dem Rücken in Sicherheit bringen konnte. »Ja, ja«, sagte er, »lang ist's her.« Dann trat er einen Schritt zurück, beäugte mich von oben bis unten und nickte befriedigt. »Aber Sie sind immer noch der Gleiche – der gütige, gescheite Blick, das entwaffnende Lächeln...«

»Sie scheinen sich Ihre Urteile ja sehr rasch zu bilden, Szekely«, sagte ich abweisend.

Sein Gesicht nahm einen gekränkten Ausdruck an. Das Weiße in seinen Augen, stellte ich fest, hatte eine elfenbeinerne Tönung, seine Haut war grau und fleckig: Szekely Sandor war ein kranker Mann.

Nagy wies ihm einen Stuhl. »Ich freue mich, daß Sie gekommen sind, Genosse Szekely. Es liegt im Interesse meines Blattes und aller Beteiligten, daß die Angelegenheit aufgeklärt wird.«

»Aber das ist doch ganz einfach«, sagte Szekely.

»Was würden Sie vorschlagen«, fragte Nagy, »haargenau?«

»Ich schlage vor, Sie drucken eine kurze Berichtigung, unterzeichnet von unserm berühmten Freund, des Inhalts, daß er sich im

Irrtum befand, als er erklärte, er sei bei dem Prozeß gegen Kallai und Komplicen nicht im Gerichtssaal gewesen; daß er im Gegenteil während der ganzen Prozeßdauer anwesend war; und ferner, daß er den Artikel geschrieben hat, den der Genosse Erster Sekretär von ihm verlangte.«

»Sie müssen ganz und gar verrückt sein«, sagte ich.

Szekely zuckte mit der höheren Schulter. »Da ich mich zu den Bewunderern unseres berühmten Freundes zähle«, sagte er, »tut es mir sehr leid, so handeln zu müssen; doch nach dem Prozeß damals habe ich mir geschworen, stets furchtlos die Wahrheit zu verteidigen, ganz gleich, wen's trifft.« Mit diesen Worten holte er ein längliches Kuvert aus der Innentasche seines Jacketts und überreichte es Nagy.

Nagy nahm es entgegen und hielt es zwischen Daumen und Zeigefinger, als wäre es ein noch lebendes Stück Ungeziefer; dann stand er schwerfällig auf, öffnete das Kuvert, zog etwa zwanzig sorgfältig zusammengefaltete, mit Schreibmaschine beschriebene Seiten heraus und schob mir diese zu.

Es war eine sauber getippte Arbeit; ich habe es immer für eine Zumutung Redakteuren und Verlegern gegenüber gehalten, ihnen ein weniger als perfektes Manuskript zu geben. Der Artikel war betitelt *Der Gleichgültige;* in der Zeile unter dem Titel, wo gewöhnlich der Verfasser angegeben wird, stand mein Name.

Nachdem Szekely sich entfernt hatte, sagte Nagy seiner Sekretärin, er müsse jetzt auch fort und käme heut nicht mehr in die Redaktion. Und zu mir: »Wohin gehen wir?« Und da er merkte, daß ich noch viel zu betäubt war, um Praktisches zu entscheiden, meinte er: »Wie wär's mit der Margareteninsel, ins Bad?«

Eine Viertelstunde später saßen wir bequem zurückgelehnt bis zur Brust in dem leicht schweflig riechenden Wasser der heißen Quellen des Palatinusbades. Es waren nur wenige Leute mit uns im Becken, meist pensionierte Beamte, die auf den steinernen Unterwasserbänken hockend ihre Zeitung lasen, und Damen, die aussahen, als stammten sie noch aus der Epoche der k. und k. österreichisch-ungarischen Monarchie. Das Wasser quoll friedlich gurgelnd aus dem aufragenden Gestein in der Mitte des Beckens, und ich begann mich zu entspannen.

»Nun«, sagte Nagy, »vielleicht könntest du mir jetzt einen Hinweis geben, wie das Manuskript in die Hände ausgerechnet von Szekely Sandor geraten ist?«

»Er hat's dir doch erzählt«, erwiderte ich. »Er war Redakteur bei dieser Literaturzeitschrift, und es sieht so aus, als hätte ich mein Manuskript zu ihm gebracht und ihn gebeten, die Sache zu veröffentlichen.«

Nagy seufzte: »Ein Artikel, geschrieben auf Veranlassung des Genossen Ersten Sekretärs von einem Mann wie dir über einen Prozeß wie den gegen Kallai – ein solcher Artikel war viel zu wichtig, um ihn dem zweitrangigen Redakteur eines zweitrangigen Journals anzubieten.«

Meine Nachbarin zur Rechten steckte ihren Fuß aus dem Wasser und wackelte mit den fetten Zehen. Aus dem Dunst in meinem Kopf schälte sich die Szene in dem verstaubten Büro, die Unordnung überall, die schäbigen Ledersessel und Szekely, der in dem Manuskript blättert und sagt: »Verehrter Meister, bei *Szabad Nep* haben sie's abgelehnt, und Sie wollen, daß ich veröffentliche, was das Zentralorgan der Partei sich geweigert hat zu drucken?«, und ich, der ich meinen Stolz herunterschlucke und antworte: »Sie werden es doch wenigstens lesen wollen.«

Mir schauderte. Die Zehen verursachten mir ein Gefühl der Übelkeit.

»Ist dir kalt?« fragte Nagy mitfühlend.

Ich stand auf; die schwarze Badehose, die ich mir vom Badewärter hatte geben lassen, klebte mir unangenehm zwischen den Beinen. »Der Gedanke, daß es möglich war, daß das Zentralorgan der Partei einen auf diese Art zustande gekommenen Artikel von mir nicht veröffentlichen würde, muß mir wohl unerträglich gewesen sein.«

»Aber warum haben sie bei *Szabad Nep* abgelehnt?« bohrte Nagy.

»Sie haben sich dazu nicht geäußert.«

»Der Grund muß irgendwo im Text liegen.« Er erhob sich von der steinernen Bank, schüttelte sich die Tropfen vom Leib, nahm mich beim Arm und führte mich ins Badehaus.

Ich war ihm dankbar, daß er mich nach Hause fuhr und mit mir hereinkam, um mich an Erszi zu übergeben. Erszi wollte mich ins Bett stecken, aber ich wehrte ab: Ich wäre nicht krank. Wir einigten uns auf einen Aprikosenbrandy im Wohnzimmer, und Nagy berichtete Erszi in kurzen Worten, was sich ereignet hatte. Zu irgendwelcher Besorgnis bestünde kein Grund: Szekely Sandor sei längst ohne jede Bedeutung, und alles würde in Güte geregelt werden. »Und jetzt«, sagte er, »schauen wir uns das Corpus delicti einmal an.«

Als Journalist verstand Nagy es, das Wesentliche zu erkennen, auch wenn er einen Text nur überflog. Diesen Artikel aber las er Zeile um Zeile; sobald er mit einer Seite fertig war, gab er sie weiter an Erszi, die sie wiederum mir zuschob.

Mir war nicht wohl beim Lesen. Wenn es stimmte, daß ich diesen Artikel geschrieben hatte, was stand darin, das mich veranlaßt hatte, seine Existenz völlig zu vergessen? Die Autorschaft war nicht mehr fraglich: Ganz abgesehen von dem Namen unter dem Titel gab es da Wortwendungen, Nuancen, Zwischentöne, die ich sofort als von mir stammend erkannte. Bald aber packte mich der Inhalt – es drängte mich zu erfahren, wie das Geschehen im Gerichtshof sich entwickelte und wie ich die Personen gesehen hatte, die in jenem holzgetäfelten Saal aufgetreten waren. Da waren meine Beobachtungen zu dem ersten Wortwechsel zwischen dem Gerichtsvorsitzenden und Ferenc, unmittelbar nach der Verlesung der Anklageschrift.

Vorsitzender: »Haben Sie die Anklage verstanden?«
Ferenc: »Ja.«
Vorsitzender: »Sie bekennen sich schuldig?«
Ferenc: »Ja.«
Vorsitzender: »In allen Punkten?«
Ferenc: »In allen Punkten.«

Beobachtungen über Ferenc' fast frivolen Ton, die kleine Handbewegung, laßt uns das schon hinter uns bringen, das leichte Zucken des Mundwinkels: Ironie? Langeweile? Weiß er denn nicht, was auf dem Spiel steht für ihn?... Und dann meine Darstellung von Ferenc' Geständnis, dieses Berichts über eine ungebrochene Serie immer übler werdender Bübereien, die er ohne zu stocken liefert, mit oft schon widerlichem Detail und in einer Sprache, die gespickt ist mit Polizeijargon und Funktionärsphrasen.

Schon als Student, unter dem Regime des Admirals Horthy, wird er 1931 kommunistischer Äußerungen wegen verhaftet. Ein höherer Polizeibeamter, dem er vorgeführt wird, verspricht ihn freizulassen, wenn er sich schriftlich verpflichtet, in den Reihen der illegalen Kommunistischen Partei als Polizeispitzel zu arbeiten. Auf Grund seiner Informationen, so gibt er selbst an, gelingt es der Polizei, binnen Jahresfrist siebzehn Jugendfunktionäre an der Universität Budapest zu verhaften.

Vorsitzender: »Sie selbst eingerechnet?«

Ferenc: »Selbstverständlich mußte ich auch verhaftet werden, schon um dem Verdacht zu begegnen, ich könnte für die Polizei arbeiten.«

Später spielt er den Agent provocateur beim Budapester Bauarbeiterstreik. Er berichtet, wie er als Kommunist, dem man vertraut, in das Streikkomitee gelangt und die Streikführer überredet, die Arbeiter zu einer großen Demonstration auf die Straße zu schicken. So erhält die Polizei die Möglichkeit, gegen die streikenden Arbeiter vorzugehen; über zweihundert von ihnen werden verhaftet und mißhandelt, der Streik gebrochen.

Vorsitzender: »Und Sie haben das alles bewußt geplant.«

Ferenc: »Bewußt, natürlich.«

Die Partei, nichts von seiner Rolle ahnend, schickt ihn außer Landes, in die Tschechoslowakei. Dort, so gibt er weiter an, erhält er Anweisungen von der ungarischen Polizei, mit gefälschten Papieren über Paris nach Spanien zu reisen und sich dort in das ungarische Bataillon der Internationalen Brigade einzureihen, das gegen die Faschisten an der Front steht. Sehr bald wird er zum Parteisekretär des Bataillons ernannt und benützt seine Stellung, der Polizei daheim die Liste der Angehörigen des Bataillons zuzuspielen, trotzkistische Propaganda in der Brigade zu verbreiten und im Bataillon selbst Mißtrauen und Unsicherheit zu schaffen.

Vorsitzender: »Wann war das, und was war das Ergebnis Ihrer Bemühungen?«

Ferenc: »Das war im Juni 1938, kurz vor der Schlacht am Ebro. Durch meine Aktivität wurden die Moral und die Kampffähigkeit des ungarischen Bataillons, das einen wichtigen Frontabschnitt hielt, vor einer der entscheidendsten Operationen im Spanischen Bürgerkrieg beträchtlich geschwächt.«

1939 desertiert er. Er selbst benutzt das Wort: desertiert. Er taucht in mehreren Lagern auf, in Saint Cyprien, Gurs, Vernet, wo die französischen Behörden die geschlagenen Reste der Internationalen Brigade interniert haben, und im Bunde mit gewissen Jugoslawen dort – meist Intellektuellen, wie er besonders erwähnt, kleinbürgerlichen Elementen, Universitätsstudenten – betreibt er wieder seine zersetzende Tätigkeit.

Vorsitzender: »Sie sagten, Sie verfolgten eine trotzkistische Politik. Was war der Standpunkt dieser Gruppe?«

Ferenc: »Kurz umrissen, alles ablehnen und in Zweifel ziehen, was im Interesse der revolutionären Arbeiterbewegung liegt, auf der politischen Basis einer völligen Prinzipienlosigkeit.«

Während seines Aufenthalts in diesen Lagern steht er in Verbindung mit Offizieren des französischen Deuxième Bureau, der deutschen Gestapo und mit einem der Spitzenagenten der Amerikaner, dem Dr. Noel Field, der ihn wissen läßt, daß Washington wünscht, er, Kallai Ferenc, möge nach Ungarn zurückkehren, dort in der illegalen ungarischen Kommunistischen Partei tätig werden und ihre Führung an sich reißen, um darauf die ganze Partei zu desorganisieren und aufzulösen. Field kommt jedoch zu spät mit seinem Vorschlag: Die ungarische Polizei hat bereits durch die Gestapo alles Nötige veranlaßt, um ihren wertvollen Mann über Berlin in die Heimat zurückzuholen. Zu Haus meldet Ferenc sich selbstverständlich bei der Polizei und wird eingesperrt, aber erst nachdem er einen andern Agenten in den Apparat der illegalen Partei eingeschleust hat.

Vorsitzender: »Sie wurden also von der Polizei gefangengesetzt. Warum?«

Ferenc: »Offensichtlich, damit kein Verdacht auf mich fallen würde, wenn die Arbeit dieses Mannes in der Partei zur Verhaftung von Genossen führte.«

Die letzten Kriegsjahre verbringt er zumeist in Gefängnissen. Im Oktober 1944 wird er noch einmal verhaftet, diesmal von der Abteilung Gegenspionage der ungarischen Armee; als ehemaliger Offizier der Internationalen Brigade und Führer der militärischen Sektion der illegalen Kommunistischen Partei kommt er vor ein Kriegsgericht.

Vorsitzender: »War den Militärs denn nicht bekannt, daß Sie für die Polizei arbeiteten?«

Ferenc: »Nein. Und da ich fürchtete, sie könnten mich zum Tode verurteilen, bat ich um eine Geheimverhandlung und teilte den Richtern mit, daß ich seit 1931 meine gesamte Tätigkeit im Dienst der Polizei durchgeführt hatte. Mein Fall wurde dann einem Zivilgericht überwiesen, aber dieser Prozeß fand nicht mehr statt, da die faschistische Regierung vor der anrückenden Roten Armee floh und Ungarn befreit wurde.«

Und da steht er nun in dem befreiten Lande, mit einer tadellosen Vergangenheit, soweit der Kommunistischen Partei bekannt, und bereit zu tun, was der Klassenfeind von ihm verlangt, erst als Sekretär der gesamten Budapester Polizeiorganisation, später als Innenminister und Chef aller Polizeikräfte des Landes. Der Feind nimmt auch prompt mit ihm Kontakt auf, und zwar in Gestalt des Oberstleutnants Kovach, Militärattachés bei der US-Botschaft in Budapest, sowie des Obersten Brankov, Leiters der jugoslawischen Militärmission und führenden Geheimagenten Titos in Ungarn – dieser Brankov sitzt jetzt neben ihm auf der Anklagebank. Nein, instruieren sie ihn, die Zeit kleiner geheimdienstlicher Aufgaben für ihn sei vorbei; dafür ist seine Person zu wichtig geworden. Er soll auf den Tag hinarbeiten, an dem sie das neue Regime stürzen und alle Volksdemokratien gegen die Sowjetunion kehren werden; zu dem Zweck sollen diese Länder in einer mit dem USA-Imperialismus verbündeten Balkanföderation zusammengefaßt werden, die unter Führung der trotzkistischen Tito-Clique stehen wird. Er, Ferenc, soll dafür sorgen, daß an entscheidenden Armee- und Polizeistellen die für diese Bestrebungen geeigneten Männer sitzen, also Nationalisten, Chauvinisten, Sowjethasser. Bei der Polizei soll er alle Parteiarbeit unterbinden; so wird die Polizei der Kontrolle durch die Partei entzogen werden und nur noch ihm gehorchen, und kann dann, wenn es soweit ist, gegen die Regierung eingesetzt werden.

Vorsitzender: »Was wäre denn Ihre Aufgabe am Tag des Umsturzes gewesen?«

Ferenc: »Meine Aufgabe wäre gewesen, die Mitglieder der Regierung in Haft nehmen zu lassen und ihre führenden Männer notfalls zu liquidieren.«

Vorsitzender: »Haben Sie nicht an das Blutvergießen gedacht, das entstehen würde?«

Ferenc: »Daß sich da Massaker und Grausamkeiten ergeben könnten, war mir klar. Ich bin doch kein Neuling, ich kenne das ABC der Politik.«

Die Einzelheiten des Komplotts werden bei drei Gelegenheiten mit einem Mann besprochen, den Ferenc von früher kennt, aus der Zeit, wo sie gemeinsam ihre trotzkistische Diversantentätigkeit in den französischen Internierungslagern ausgeübt haben – mit Rankovich, dem Zweithöchsten in Jugoslawien nach Tito. Man bespricht sich in Abbazia an der dalmatinischen Küste, wo Ferenc als Gast der jugoslawischen Regierung seinen Urlaub verbringt, und ein zweites Mal während Titos Staatsbesuchs in Ungarn. 1948 treffen sie sich ein letztes Mal, insgeheim, in der Hütte eines Wildhüters. Hier, in der Einsamkeit der Wälder nahe der ungarisch-jugoslawischen Grenze, eröffnet Ferenc dem Rankovich, daß er keine Möglichkeit mehr sieht, die Verschwörung durchzuführen, obwohl die Jugoslawen bereitstehen, in Ungarn einzufallen; die bekannte Resolution des Kominform-Büros, so erklärt er dem Gericht, hat durch die Enthüllung von Titos verräterischen Machenschaften die volksdemokratischen Kräfte in Ungarn gestärkt und der Regierung solche Unterstützung seitens der Massen gebracht, daß den Feinden des Volkes nichts bleibt, als sich vorläufig still zu verhalten.

Vorsitzender: »Sie dachten aber, daß sich in der Zukunft bessere Gelegenheiten noch ergeben könnten?«

Ferenc: »Hätte sich später eine Gelegenheit gezeigt, würde ich sie zweifellos benutzt haben.«

Ich war nicht imstande weiterzulesen, ich ertrug es nicht länger. Es war mir, als sähe ich Ferenc vor mir im Gerichtssaal, die Lichtstrahlen von dem offenen Fenster her wie ein Umhang um seine Schultern. Der breite Rücken des Prawda-Korrespondenten verbarg mich vor ihm; dennoch hatte ich das Gefühl, daß er mich anblickte. Jemand schloß den Vorhang am Fenster: Das Licht verschwand, Ferenc schien zu schrumpfen. Zwei Wärter kamen und führten ihn ab.

»Erstaunlich.«

Ich kam zu mir. »Was denn – was soll so erstaunlich sein?«

»Die Wendung am Schluß!« rief Nagy. »Klug. Sehr klug.«

»Verzeih mir bitte«, sagte ich, »aber ich bin nicht zu Scherzen aufgelegt.«

»Und haargenau hier ist der Grund, warum *Szabad Nep* den Artikel damals nicht gedruckt hat und weshalb auch Szekely sich weigern mußte und wieso nirgends im Sozialismus einer die Sache veröffentlicht hätte.«

»Ich verstehe immer noch nicht«, sagte ich.

Er grinste. »Gut, ich gebe zu, es war ein im Grunde einfacher Gedanke. Aber darauf zu kommen, das war genial.«

»Genial«, sagte ich, »vielleicht erklärst du mir das endlich.«

Er hielt mir die letzte Seite des Manuskripts vor die Nase. »Lies doch, Mensch! Den ganzen Artikel hindurch redest du von Kallai dem Verbrecher, dem Verräter, dem Agenten – das ganze stalinistische Schimpfwörterlexikon. Und dann sagst du – warte einen Moment – ja hier: ›Ich habe Kallai Ferenc für meinen Freund gehalten. Wie sich herausstellte, war er mein Feind. Das erfüllt mich mit Leid. Was mich aber entsetzt, ist seine ungeheure Gleichgültigkeit. Diese ist unmenschlich. Von einem Mann, welcher derartige Verbrechen gegen den Frieden begangen hat, gegen den Sozialismus, gegen das Volk, von einem solchen Mann sollte man doch erwarten, daß er uns wenigstens haßt. Aber von einem solchen Haß hat er nichts spüren lassen. Er hat überhaupt kein Gefühl gezeigt. Ich habe da in dem Gerichtssaal gesessen und mir das angehört, diese kühle, gelassene Sprache, und habe aufschreien wollen: Warum? Warum hast du es getan? Warum...‹« Nagy hielt inne und legte die Seite zu den anderen.

»Ich habe Ferenc damals eben verächtlich gefunden«, sagte ich verlegen.

Nagy nickte Erszi zu. »Da hast du den wirklich großen Schriftsteller. Er hat den wunderbarsten Instinkt, doch es mangelt ihm an Verstand. Er legt den Finger haargenau auf den Punkt, auf den es ankommt, doch ohne es zu beabsichtigen. Er stellt die entscheidende Frage, die Frage nach dem Motiv, doch in aller Harmlosigkeit. Er zerfetzt das ganze Netz und zerstört die ganze Schau, doch er bemerkt nicht, was er getan hat. Und dann, wenn die Genossen Redakteure des ehemaligen Zentralorgans sein Dynamit nicht veröffentlichen wollen, ist er so frustriert, daß er das Manuskript zu einem Szekely schleppt und darauf die ganze Angelegenheit aus seinem Bewußtsein verdrängt.«

»Aber jetzt wird der Artikel gedruckt werden!« Erszi kam um den Tisch herum und küßte mich auf die Stirn. »Und die Leute werden staunen.«

Nagy schüttelte bedauernd den Kopf. »Du vergißt die Memoiren, Erszi, Kapitel 13. Er war nie bei dem Prozeß anwesend.«

Ihr Mund wurde schmal, und ihr einst so schönes Gesicht ließ erkennen, wie sehr sie gealtert war. Ein Gefühl der Trauer erfaßte mich – Trauer um sie, um mich, um das, was gewesen war.

Die heilige Katharina

Jetzt kann ich darüber sprechen.

Weil du Geduld gehabt hast mit mir. Immer wieder. Und Verständnis.

Vielleicht wirst du einwenden, nicht du hättest den Prozeß in meinem Gehirn in Gang gesetzt, sondern daß es die Jalousie war. Bleibt aber doch die Tatsache, daß der Gurt, der die Jalousie an deinem Schlafzimmerfenster hält, nicht irgend jemandem aus der Hand geglitten ist, sondern dir, und das Ding kam heruntergerasselt und knallte aufs Fensterbrett – und in mir verkrampfte sich alles.

Nach einer Weile hast du gesagt: »Macht nichts, Liebste; ein anderes Mal.«

»Es wird kein anderes Mal geben«, sagte ich.

Du hast nichts erwidert. Ich zog die Decke über mich und fing an zu weinen. Ich wollte nicht weinen, glaub mir, ich dachte, was muß er von mir denken; aber ich konnte nicht aufhören, ich dachte an all die Jahre mit Reinhard und daß hier endlich jemand in mein Leben getreten war, dem ich andere Gefühle entgegenbrachte und der mich hätte nehmen und halten können – und nun das, wieder das.

Du bist dann aufgestanden. Ich sah dir nach, wie du über den Teppich gingst. Als du aus dem Badezimmer zurückkamst, warst du schon angekleidet; das Hemd stand offen am Hals, und dein Haar war noch wirr, und das Gefühl, das mich dazu gebracht hatte, zu dir in die Wohnung zu kommen, war wieder da, und ich sagte zu dir: »Bitte, laß mich nicht los.«

»Das wird kaum geschehen«, hast du geantwortet.

Dann hast du Kaffee gemacht. Während ich mich anzog und mir das Gesicht in Ordnung brachte, hörte ich dich in der Küche hantieren. Du brachtest den Kaffee herein, und wir nahmen Platz an dem niedrigen Tisch vor der Couch in deinem Wohnzimmer, zwei zivilisierte Menschen bei zivilisierter Konversation, zivilisierte Kekschen dazu verzehrend, und dann hast du plötzlich gesagt: »Was ist eigentlich passiert, als die Jalousie da herunterfiel?«

Ich muß sicher sehr verständnislos ausgesehen haben.

»Ich meine in deinem Kopf«, sagtest du.

»Ich bin einfach erschrocken«, sagte ich.

»Bist du sicher, es war nur das?« fragtest du.

»Natürlich«, sagte ich.

An dem Nachmittag war ich auch durchaus überzeugt, daß ich die Wahrheit gesprochen hatte. Ich habe es sogar noch geglaubt, nachdem ich zu Hause angekommen war und Reinhard aus seinem Amt eintraf und wir mit David zu Abend aßen. Da das Kind um sieben Uhr früh zur Schule gehen muß und Reinhard um etwa die gleiche Zeit aufsteht, gingen wir beide ziemlich zeitig schlafen. Wir haben keine Jalousie an unserem Schlafzimmerfenster, nur einen schweren Vorhang, der das Licht von der Straße nicht ganz ausschließt. Ich sah Reinhards Gesicht auf dem Kopfkissen und dachte: Den ganzen Abend hat er gegähnt, warum schläft er nicht endlich ein. Aber er schlief nicht ein. Er kroch zu mir herüber, auf meine Seite vom Bett. Ich sagte: »Nicht heute, Reinhard, ich mag heut nicht.« Er sagte: »Was, wieder mal nicht?« Und da ich nicht antwortete, sagte er: »Ich würde es sehr schätzen, Elisabeth, wenn du mich wissen ließest, wann du in Stimmung sein wirst, wenn überhaupt je wieder«; und ich sagte: »Du kannst dich ja anderswo schadlos halten.« Worauf er sagte, das könne ihm wohl auch kaum jemand übelnehmen, und wissen wollte, welche Kostbarkeiten ich da wohl zu besitzen glaubte, daß ich sie ständig verschlossen hielt; und ich sagte etwas von Schmerzen; und er sagte: »Führ dich nicht auf wie eine Jungfrau, du warst schon keine bei unserm ersten Mal.«

Schließlich schlief er doch ein. Ich lag und dachte nach – über David, den ich unter Schmerzen empfangen hatte, und über dich und wie schwer ich dir alles machte, und über die elende Jalousie, die gerade in dem Augenblick hatte herunterfallen müssen, und über deine Frage: Was war wirklich passiert in meinem Kopf?

Ich habe in meinem Leben Erschreckenderes gehört als das Herunterrasseln einer Jalousie. Ich habe das Krachen der Bomben gehört, die über Berlin herabkamen; wir hockten im Luftschutzkeller, meine Mutter, mein kleiner Bruder und ich; und ich hab einen Teil des Hauses, in dem wir wohnten, über unsern Köpfen zusammenstürzen hören und das Angstgebrüll der Menschen und die dünnen Schreie der kleinen Katharinen und das hilflose Geblök der Nonnen, die sich um die Waisen kümmern sollten: »Gott, sei unserer Seele gnädig.« Ich war damals gerade vier Jahre alt; mein Vater war im Krieg, und ich hatte nur ein dämmriges Bild von ihm, das außerdem häufig mit den feuchtlächelnden Lippen und den stoppelbesäten Kinnbacken des Herrn Schrinkmeyer verschwamm, dem der Kohlenladen im Erdgeschoß gehörte. Herr Schrinkmeyer besaß ein hölzernes Bein und war daher nicht im Krieg; er kam in den Luftschutzkeller, gefolgt von seinem Sohn Paul, und lächelte mich an, ah, das liebe kleine Mädchen, und drückte mir eine Pfefferminzpastille in die Hand; seine Frau, so hieß es, war eine zarte bleiche Person gewesen, nicht lange von dieser Welt, ach ja, und ganz leise sprach sie immer. Das eine Ende des Luftschutzkellers stürzte bei dem Angriff zusammen und begrub mehrere der kleinen Katharinen unter sich; von unserer Wohnung aus, die wie durch ein Wunder heil geblieben war, guckte ich am nächsten Tag zu, wie die Leiberchen ausgegraben wurden: Sie sahen aus wie zerrissene Puppen, die Glieder sonderbar verrenkt, das dünne Haar verklebt über zerschmetterten Gesichtern und die grauen häßlichen Kleidchen mit den weißen Unschuldskragen zerfetzt und blutbefleckt. »Jetzt sind sie heraus aus ihrem Leid, die armen Dinger«, sagte meine Mutter; das nach der heiligen Katharina genannte Waisenhaus für Mädchen, das an unser Haus angrenzte, war berühmt wegen seiner Strenge, und immer wenn ich böse war, drohte mir meine Mutter, sie würde mich nach nebenan schaffen und mich dort lassen, die heiligen Schwestern würden schon wissen, was zu tun wäre mit einem Kind wie mir.

Die Hälfte unseres Hauses, die jene Bombennacht überstand, und das Waisenhaus der hl. Katharina überlebten den ganzen Krieg; ich erinnere mich an die Sowjetsoldaten, die in dem Frühling durch unsere Straßen kamen, und an die weißen Tücher, die aus den Fenstern hingen, und an meine Furcht, als die Rote Armee in unserm Stadtbezirk ein großes Feuerwerk zur Feier ihres Sieges abbrannte; die Bevölkerung war eingeladen worden, zum Feuerwerk zu kommen, und folgte der Einladung gehorsam. Als das Geknatter anfing, wollte ich fortlaufen, aber meine Mutter hielt mich fest, und die Leute um uns herum versicherten mir, das wäre nun nicht mehr Krieg; ein paar lachten über mich, aber es war ein etwas gequältes Lachen.

Ich wurde ziemlich erwachsen in der Zeit. Ich mußte meinen kleinen Bruder versorgen und haushalten mit unseren mageren Vorräten, während meine Mutter aufs Land hamstern fuhr oder hinging zum Alexanderplatz, auf den schwarzen Markt, um unsere paar Besitztümer zu verkaufen. An dem einen Abend kam sie nicht nach Hause. Ich weinte die ganze Nacht vor Hunger und vor Angst, meine Mutter möchte verschleppt oder umgebracht worden sein, und nun wären mein Bruder und ich allein auf der Welt, und aus mir würde eine der kleinen Katharinen werden.

Meine Mutter tauchte am nächsten Tag wieder auf; sie hatte befürchtet, während der Sperrstunden auf der Straße gefaßt zu werden, und hatte deshalb bei einer Bekannten in der Nähe des Alexanderplatzes übernachtet.

Und dann kam mein Vater zurück – ich muß zu der Zeit schon sieben gewesen sein –, ein hagerer Mann mit eingesunkenem Gesicht und heiserer Stimme; er war krank; nachdem er sich etwas erholt und Arbeit gefunden hatte, investierte er den größten Teil seines Verdienstes in Schnaps und fing Streit an mit meiner Mutter. Manchmal schlug er sie auch, dann lief ich ihm hinterher und hämmerte mit den Fäusten auf ihn ein, aber meine Mutter schickte mich aus dem Zimmer; endlich beruhigte er sich, ich hörte das Bett quietschen, auf das er sich fallen ließ, hörte, wie er nach ihr rief, und wieder das Geräusch der Sprungfedern und kurze stöhnende Laute und ein unterdrückter Aufschrei und sein schweres Atmen; ich wollte hineingehen, meiner Mutter zu helfen, aber die Tür war verschlossen.

Damals verliebte ich mich in Ricky. Ricky war fünf, zart gebaut, hatte große Augen, und wenn ich ihn ansah, hatte ich das Gefühl, daß ich ihn unbedingt gegen die ganze Welt beschützen müsse, er gehörte mir. Manchmal wanderten wir fort, heraus aus dem Hinterhof, weg von den andern, entlang des Eisenbahndamms, manchmal versteckten wir uns in dem zerbombten Teil des Hauses, wo ich unter einer Treppe, die nirgends hinführte, eine geheime Höhle für uns gefunden und mit allem Möglichen möbliert hatte, einem zerbrochenen Rohrsessel, einem halbzerrissenen Sofakissen, einem dreibeinigen Tisch. Dort spielten wir Haus, und ich erzählte Ricky vom Leben, was er sich mit großem Ernst anhörte, und dann hob ich meinen Rock hoch und zeigte ihm, was ich hatte, und er zeigte mir, was er hatte, und ließ es mich anfassen, und wir beide sahen zu, wie es wuchs, und sprachen über die Vor- und Nachteile unsrer beiderseitigen Ausrüstung.

Ein Stein fiel im Geröll.

Ich schoß herum: Am Eingang meiner geheimen Höhle stand Herr Schrinkmeyer mit seinem Sohn Paul. Ich wollte Ricky packen und fliehen, an den beiden vorbei und fort, und nie wieder zurückkommen, aber ich war nicht imstande, mich zu rühren. Herr Schrinkmeyer sagte: »Ah, wenn das hier nicht unsre liebe Elisabeth ist, das brave kleine Mädchen, ah ja.« Dann lüpfte er sein Holzbein über die Trümmer und hinkte auf mich zu und griff mich am Handgelenk mit seinem Kohlenhändlergriff. Den erbärmlich schreienden Ricky nahm er beim Ohr, und so zerrte er uns beide heraus aus unserer Höhle, quer über den Hof, hinüber in den Teil des Hauses, der noch stand. Während des ganzen Wegs verkündete er allen, die hören wollten – und wie sie hinhörten! –: »Ah, das nette kleine Mädchen, ah, das hübsche kleine Mädchen, die wird es den Jungen schon zeigen, eine richtige Hure wird sie mal werden.« Oben in unsrer Wohnungstür standen meine Mutter und mein Vater, da es Samstagnachmittag war, war mein Vater zu Hause, und Herr Schrinkmeyer befahl: »Sag mal deinen Eltern, was du getan hast, aber sprich ja die Wahrheit.« Und da ich nichts sagte, weil mir die Zunge wie ein toter Klumpen Fleisch im Munde lag, stieß er Ricky vorwärts und sagte: »Dann erzähl du mal, aber dalli.«

Ricky schluchzte leise: »Sie hat mit meinem Ding gespielt.«

»Und was dann?« drängte Herr Schrinkmeyer.

»Es wurde groß«, sagte Ricky.

»Da«, sagte Herr Schrinkmeyer zu meinem Vater, »da haben Sie Ihre Tochter.«

Meine Mutter zog mich in die Wohnung und schloß die Tür hinter mir. Dann hatte sie einen Streit mit meinem Vater meinetwegen, er schimpfte auf sie, es wäre ihre Schuld, und sie verteidigte sich, es läge an den Zeiten, den gottlosen, und an diesem Krieg, »schau dich doch um, was rings um uns los ist«. Er drohte, er würde mir die Haut vom Leibe prügeln – *seine* Tochter, so eine Schande, für ihn, in der ganzen Nachbarschaft. Sie holte eine Flasche aus dem Schrank und schob sie ihm zu, und er trank. »Überlaß es mir«, sagte sie, »ich bring sie hinüber zur heiligen Katharina.«

Ich flehte: »Schlag mich, Papa, schlag mich!«

Er blickte mich aus trüben Augen an. »Die heilige Katharina, dabei bleibt's«, sagte er, »die heiligen Schwestern werden dir die drekkigen Gedanken schon austreiben, jawohl, und wenn du dann mal zurückkommst zu uns, wirst du deinen Eltern eine Freude sein.«

Inzwischen ist das Waisenhaus der hl. Katharina außen renoviert und innen umgebaut worden. Damals standen über der Eingangstür die Worte *Welchen der Herr liebhat, den züchtigt er*, und neben der Tür hing eine Glocke mit einem Porzellangriff. Meine Mutter streckte die Hand nach dem Griff.

»Bitte«, wimmerte ich, »bitte nicht.«

Meine Mutter wandte sich mir zu: »Versprichst du, daß du von jetzt an gut sein wirst?«

Ich versprach es.

Als wir nach Hause zurückkamen, war mein Vater fortgegangen. Meine Mutter wärmte Wasser auf und setzte mich in die Badewanne und wusch mich, und dann steckte sie mich ins Bett.

Die ganze nächste Woche verließ ich die Wohnung kaum, wenn ich aber doch einmal ausging, bemerkte ich Herrn Schrinkmeyers Sohn Paul, der um mich herumschlich und mich unter halbgesenkten Lidern hervor ansah. An einem Tag der darauffolgenden Woche, zeitig am Nachmittag, trat er plötzlich auf mich zu und sagte: »Komm.«

»Nein«, sagte ich, »ich will nicht.«

»Komm«, wiederholte er.

»Wohin?« fragte ich.

»Komm«, sagte er und griff mich am Handgelenk, genau wie sein Vater es getan hatte.

Er hatte den Schlüsel zu dem Laden seines Vaters im Erdgeschoß und stieß mich hinein. Ich sah den zerkratzten Schreibtisch, die zwei Stühle, den verschmutzten Kalender an der Wand, die hinten im Laden aufgeschichteten Briketts, die Waage mit den schweren Eisengewichten. Ich dachte daran, eins der Gewichte zu packen und es Paul Schrinkmeyer mitten ins Gesicht zu stoßen, aber der war viel größer als ich und ließ mich nicht aus den Augen, dabei hielt er die Hände in den Hosentaschen.

»Wo ist dein Vater?« brachte ich fertig zu fragen.

»Fort«, sagte er. Und dann weiter: »Heb den Rock hoch.«

»Nein«, sagte ich.

»Heb den Rock hoch«, sagte er wieder.

»Laß mich in Ruh«, sagte ich, »oder ich schrei.«

»Die kennen dich«, sagte er, »und diesmal bringen sie dich auf immer zur heiligen Katharina.«

Ich zitterte und weinte.

»Heb den Rock hoch«, sagte er ein drittes Mal.

»Hör auf«, bat ich und wies auf das große Ladenfenster. »Die werden dich sehen von der Straße, und dann kommen sie herein und verprügeln dich.«

Er nahm die Hände aus den Hosentaschen und dachte stirnrunzelnd einen Moment nach. Dann lachte er und ging hinüber zu dem Fenster und entriegelte den Gurt, der die Jalousie festhielt.

Der Gurt glitt ihm aus der Hand.

Da war das Geräusch der herunterkrachenden Jalousie und dann Dunkel und dann der Schmerz...

Du bist der erste, dem ich das erzählt habe. Mit wem hätte ich damals auch davon reden können? Sie hätten mich zur heiligen Katharina gebracht, da gab's keinen Zweifel für mich. Und in den Jahren danach habe ich mir die Sache irgendwie aus der Erinnerung verdrängt.

»Nicht ganz«, sagst du.

Du magst recht haben. Und du hast Geduld mit mir gehabt. Und Verständnis.

Wenn du mich willst – die Jalousie habe ich schon heruntergelassen.

Das Wachsmuth-Syndrom

Irgendwas stimmte nicht, als ich aufwachte. Etwas Ungewohntes war da.

Die Schreibmaschine stand auf dem Schreibtisch, genau wie ich sie verlassen hatte, die Pfeifen lehnten in Reih und Glied auf dem Ständer, die Hosen lagen auf dem Stuhl, wo ich sie hingeworfen hatte, bevor ich zu Bett ging.

Der Kognak war es nicht. Ich trinke jeden Abend ein Glas Kognak, des Kreislaufs wegen. Ich rauche kein Marihuana, gebrauche kein Haschisch, nehme kein LSD. Susan war hier, mal nachrechnen, vergangenen Montag; ich halte mich an die goldene Regel. Und seit meinem siebzehnten Lebensjahr habe ich nicht mehr onaniert.

Das Gefühl, daß etwas nicht so war, wie es sein sollte, blieb. Komisch, schon wenn ich mich aufrichtete, war mir, als hätte mein Schwerpunkt sich verlagert. Überhaupt war mir jede Bewegung unbehaglich: Ich war hintenherum zu schwer, und ein Gewicht hing mir am Brustkorb. Ich kratzte mir den Bart.

Bart.

Wo zum Teufel war mein Bart?

Ich stürzte zum Spiegel. Der Spiegel, mannshoch, in Mahagonirahmen, stammte aus einem erstklassigen Geschäft; ich wußte, ich konnte ihm vertrauen. Und ich wußte, daß niemand anders im Zimmer war, dessen Abbild sich im Glas widerspiegeln könnte, nur ich.

Ich?

Der Mensch ist an seinen Zähnen erkennbar. Die Zähne im Spiegel gehörten mit Bestimmtheit mir; da waren die zwei Inlays und die vertraute Prothese. Auch die Nase war mir aus dem Gesicht geschnitten, obwohl sie weniger ansehnlich schien als gestern, niedlicher. Und da waren meine Brauen, meine Augen, graugrün, mit gelben Pünktchen in der Iris.

Mit zitternden Fingern knöpfte ich die Pyjamajacke auf. Für Brüste waren die Brüste im Spiegel nicht schlecht, mit sehr hübschen Brustwarzen, die mich bei einer anderen Frau interessiert hätten.

Bei einer andern Frau?... Ich war doch ein Mann!

Ich griff nach unten.

Jesus Maria!

Fast hätte ich mir die Pyjamahosen zerrissen. Ich blickte einmal. Ich blickte ein zweites Mal. Das konnte doch nicht wahr sein. Nicht daß der Teil meines Körpers, der da abhanden gekommen war, sich durch besondere Form oder Größe ausgezeichnet und die Bewunderung Susans oder anderer Damen erregt hätte, aber er hatte mir redlich gedient und war mir lieb gewesen. Einen Augenblick lang hatte ich die wahnwitzige Idee, daß irgendein verrückter Chirurg ohne meine Einwilligung in der Nacht operiert hatte, und ich suchte die Narbe. Da war keine Narbe. Da war nur die bewußte Öffnung.

Dr. Tauber war der Familienarzt.

Dr. Tauber hatte mich in die Welt gebracht. Meine Mutter hatte mir immer mit großer Genugtuung erzählt, wie Dr. Tauber zu ihr ins Zimmer kam, an ihr Bett trat und verkündete: »Ein Jungchen! Ein sehr schönes Jungchen!«

Dr. Tauber müßte daher eigentlich wissen, was ich anfangs gehabt oder nicht gehabt habe.

Das Ankleiden fiel mir nicht ganz leicht. Ich hatte einen Büstenhalter irgendwo, den eine von Susans Vorgängerinnen hinterlassen hatte, aber das Ding erwies sich als zu klein. Mein Popo paßte mit knapper Not in den Hosensitz, mein Jackett bauschte sich vorne verdächtig. Ich entschloß mich, trotz des warmen, sonnigen Wetters meinen Überzieher zu tragen.

»Sie haben sich aber verändert«, sagte Dr. Tauber. »Kein Wunder, daß die Polizei diese Bartmode mißbilligt. Man braucht nur den Bart abzunehmen und ist ein anderer Mann.«

»Ein anderer Mann«, sagte ich. »Ich wünschte, es wäre nur das.«

Er steckte den Finger ins Ohr, als hätte er Wasser im Gehörgang. Ich hatte fast eine Oktave höher gesprochen als sonst. Ich hatte eine Altstimme.

»Doktor«, sagte ich, »ich bin in Schwierigkeiten.«

Er sah besorgt und etwas verstört aus.

»Sie müssen mir helfen, Doktor. Ich habe da, ich weiß nicht, wie ich's Ihnen sagen soll, aber es ist ganz schrecklich.«

»Nana«, sagte er, »so schlimm wird es nicht gleich sein. Ich habe Sie durch die Masern hindurchgebracht und durch den Ziegenpeter; ich habe die verschiedensten Knochen bei Ihnen geschient; ich habe das häßliche Infektiönchen von damals kuriert; ich werde wohl auch diese neue Sache behandeln können. Machen Sie mal den Mund auf.«

»Doktor«, sagte ich, »es ist ja nicht nur die Stimme.« Ich begann mich auszuziehen. »Es ist überall.«

»Was ist überall?«

Ich stand vor ihm.

Sein Gesicht wechselte die Farbe. Der Mund öffnete und schloß sich wie bei einem kranken Fisch.

»Ich habe Ihnen ja gesagt, daß ich in Schwierigkeiten bin«, bemerkte ich, um ihm über den ersten Schock hinwegzuhelfen.

»Gnädige Frau«, sagte er, als er wieder sprechen konnte, »ich weiß nicht, was Sie damit bezwecken, daß Sie mir eine Männerrolle vorspielten, noch dazu einen jungen Mann, den ich sehr gut kenne. Sollten Sie...«

»Doktor«, unterbrach ich ihn sanft, »sehen Sie die Narbe auf meinem Arm? Sie haben den Schnitt gemacht, als ich drei Monate alt war. Hat mir das Leben gerettet. Jetzt gucken Sie mal meinen Fuß an, nicht den, den andern. Die dritte Zehe liegt über der vierten. Sie wissen, daß ich damit geboren wurde, es ist ein Familienmerkmal.«

Er nickte.

Ich zählte ihm noch ein paar Dinge auf, die nur er und ich wissen konnten. Ich erwähnte mein Gebiß; und wenn das nicht genügte, sagte ich ihm, blieben immer noch meine Fingerabdrücke bei meiner Stammrolle in der Armee, die beweisen würden, daß ich wirklich ich war.

»Aber in der Armee waren Sie als Mann«, sagte er mit einem hilflosen Ausdruck.

»Und jetzt bin ich eine Frau, wie es scheint. Deshalb komme ich ja zu Ihnen.«

Er trat zögernd an mich heran und betastete meine Brüste. Die waren echt genug, keine Spur von Silikon oder was sonst noch bei plastischer Chirurgie benutzt wird.

»Aber wenn Sie tatsächlich sind, was Sie sind« – er wurde ganz aufgeregt –, »und wenn Sie waren, was Sie nach meiner Kenntnis der Dinge waren, dann ist das – ungeheuerlich! Einzigartig! Es bedeutet für die Medizin, was die erste Atomspaltung für die Physik bedeutet hat. Wir müssen Sie zu Wachsmuth bringen –«

Ich fühlte mich nicht ganz wohl bei dem Gedanken, daß ich für die Medizin sein sollte, was das erste gespaltene Atom für die Physik gewesen war.

»– Wachsmuth ist der Mann für Sie. Sämtliche Hermaphroditen der Stadt sind in seiner Behandlung gewesen.«

»Aber ich bin doch kein Hermaphrodit.«

»Was Sie sind, wird Wachsmuth bestimmen. Vielleicht müssen wir einen neuen Begriff für Sie finden. Vielleicht haben wir hier eine ganz neue Gattung, deren erstes Exemplar Sie sind: ein neuer Adam.«

»Eine neue Eva«, korrigierte ich. »Darf ich mich jetzt anziehen?«

Prof. Dr. Dr. Dr. h. c. Anatol Wachsmuth war kühl und leidenschaftslos, ein Wissenschaftler, dessen Wesen durch die wissenschaftliche Art seines Herangehens an Menschen und Dinge geprägt war. Dennoch spürte ich, wie sehr Dr. Taubers Bericht ihn erregte.

Dr. Tauber hielt sich an die Tatsachen und überließ es seinem berühmten Kollegen, Schlüsse zu ziehen. Professor Wachsmuth stellte ein paar kurze Fragen: Hatte ich irgendwelche Hormone bekommen, oral oder intravenös? Hatte ich während der letzten Monate ungewohnte Speisen oder Getränke zu mir genommen, orientalische besonders? War ich Strahlungen ausgesetzt gewesen, Röntgenstrahlen, kosmischen, sonst welchen? Hatte ich in letzter Zeit abnorme Auswüchse oder Schrumpfungen an mir bemerkt?

Neue und außergewöhnliche Begierden, nicht notwendig sexueller Natur?

All das verneinte ich mit fester, deutlich weiblicher Stimme. Professor Wachsmuth hatte meine Antworten anscheinend erwartet; mit einer Handbewegung lud er mich ein, auf seinem gynäkologischen Untersuchungsstuhl Platz zu nehmen. Dr. Tauber, voller Verständnis für meine Hemmungen angesichts meiner ersten Vaginaluntersuchung, hielt mir die Hand, während der Professor das Vorhandensein eines kompletten Satzes jener Teile feststellte, denen ich bis dato nur anderweit begegnet war.

»Und keine Spur vom Männlichen«, sagte Professor Wachsmuth schließlich. »Natürlich müssen wir noch ihren – ich meine seinen – Hormonstatus prüfen.«

Er rief die Schwester herein und wies sie an, mir 10 ccm abzuzapfen; das Reagenzglas sollte separat bleiben, er selber würde die Analysen machen. Und während die Schwester mir in die Vene stach und mir mein schönes dunkelrotes Blut herauszog, begann er ein eiliges Konsilium mit Dr. Tauber; es ging um eine Methode, mit deren Hilfe sich eine eventuelle Mutation der Psyche analog zur organischen Mutation feststellen ließe.

Das war nun meine geringste Sorge. Mich bewegten Fragen mehr praktischer Art. Sollte ich zum Beispiel weiter so tun, als ob ich der Mann wäre, der ich nicht mehr war? Jede öffentliche Bedürfnisanstalt mußte mir zum Verhängnis werden. Aber wenn ich anfinge, Röcke zu tragen und Schuhe mit hohen Absätzen und eine Damenfrisur, würde ich mit Sicherheit eine Menge Mandanten verlieren; außerdem war mir die herablassende Art zuwider, die gewisse Richter Rechtsanwältinnen gegenüber an den Tag legten. Die Probleme waren endlos, bis herab zu den Knöpfen, die ich andersherum zu knöpfen lernen müßte.

Die beiden Ärzte schienen zu Entschlüssen gekommen zu sein. Professor Wachsmuth wartete, bis ich angekleidet war, bevor er mir seine Diagnose mitteilte. »Es handelt sich bei Ihnen um einen in meiner Praxis völlig neuartigen Fall. Ich werde mich noch einmal mit der einschlägigen Literatur befassen, aber ich bin ziemlich sicher, wir werden da auch nichts finden. Mißverstehen Sie mich nicht: Ich bin durchaus optimistisch. Sobald wir Ihren Hormonstatus haben, werden wir mit einer vorläufigen Behandlung beginnen; die endgültige legen wir fest, wenn wir die Ursache Ihrer Mutation gefunden haben. Ich habe Ihre Gene stark im Verdacht – die kleinen Träger der verschlüsselten Information, Sie wissen schon, durch die Zellwachstum und Zellcharakter bestimmt werden. Eine Veränderung der Gene kann sich sehr wohl auf Ihre Gonaden ausgewirkt haben. Aber ein ganzer Komplex von anderen Faktoren muß den Prozeß unterstützt haben, um in so kurzer Zeit eine so radikale Mutation herbeizuführen. Wir werden ausgedehnte Forschungen durchführen müssen, Konsultationen, eine Anzahl von Untersuchungen. Wir werden Spitzenkräfte heranziehen, einen Biologen, einen Genetiker, Gynäkologen, Biophysiker, wenn nötig auch Vertreter anderer Fachrichtungen. Wir werden Ihnen nicht weh tun. Wir bitten Sie nur, sich für weitere Tests zur Verfügung zu halten. Natürlich, wenn Sie vorziehen, daß wir nichts unternehmen, wenn Sie bleiben möchten, was Sie geworden sind – nach meinem Dafürhalten sind Sie eine vollständig gesunde Frau –, ich kann Ihnen meine Hilfe nicht aufzwingen. Aber im Interesse der Wissenschaft und in Ihrem eigenen Interesse, gnädige Frau – entschuldigen Sie, mein Herr –, würde ich es doch sehr schätzen, wenn Sie uns helfen könnten, diesem außerordentlichen, diesem einzigartigen, diesem so vielversprechenden Phänomen auf den Grund zu kommen, das ich als Wachsmuth-Syndrom bezeichnen möchte.«

Eine an sich unauffällige Notiz in der Zeitschrift für angewandte Sexologie brachte den Ball ins Rollen.

Die Zeitschrift berichtete, Prof. Dr. Dr. Dr. h. c. Anatol Wachsmuth, der bekannte Sexologe und Hormonspezialist, habe im Kollegenkreis geäußert, er hätte einen Fall von vollständiger spontaner Mutation (männlich nach weiblich) bei einem erwachsenen Exemplar einer Spezies höherer Wirbeltiere gefunden. Prof. Wachsmuth arbeitete an einer Darstellung des Falles, der wohl als einzigartig betrachtet werden könne.

Wenige Tage später brachte die örtliche Tageszeitung auf ihrer Frontseite eine Nachricht, die sich auf die Notiz in der Zeitschrift für angewandte Sexologie bezog. Das Blatt fügte hinzu, daß die Spezies höherer Wirbeltiere, um die es sich handelte, in der Tat die Spezies Homo sapiens und ihr mutiertes Exemplar ein angesehener junger Anwalt sei, dessen Namen man wohlweislich verschwieg, obwohl er der Redaktion durchaus bekannt wäre. Auf den beiden nebenstehenden Spalten befanden sich ein Photo von mir, das Gesicht zwecks Vermeidung möglicher rechtlicher Schritte durch einen schwarzen Querbalken teilweise verdeckt, sowie eine Phantasieskizze, mich selbst nach der Mutation darstellend, und zwar im Bikini. Mehrere kursiv gesetzte Abschnitte aus der Feder des wissenschaftlichen Mitarbeiters des Blattes folgten der Nachricht. Darin war von den großen Verdiensten Prof. Dr. Dr. Dr. h. c. Anatol Wachsmuths die Rede, und es wurde vorausgesagt, daß seine Entdeckung des neuen, mit Recht nach ihm benannten Mutationssyndroms seinen Ruhm verewigen werde. Ein Leitartikel auf der vierten Seite wies nicht ohne Ironie darauf hin, daß das Wachsmuth-Syndrom, falls es nicht auf Herrn (oder war's jetzt Fräulein?) – – – beschränkt blieb, dem Problem der Bevölkerungsexplosion ein Ende setzen mochte.

Der Witzbold, der das schrieb, hätte nur wissen sollen, wie nahe er der schrecklichen Wahrheit war…

Dann ging es Schlag auf Schlag.

Die anderen Blätter, die Nachrichtenbüros, Fernseh- und Rundfunkanstalten brauchten keine zehn Minuten, um meinen Namen und meine Adresse ausfindig zu machen. Das Telefon fing an zu klingeln und wollte nicht aufhören. In der Eingangshalle meines Appartementhauses bildeten sich Schlangen beim Empfang und vor den Fahrstühlen. Freunde, die ich seit Jahren nicht mehr gesehen hatte, kamen wie zufällig vorbei und wollten wissen, wie mir die Mutation bekommen sei. Die Reporter schlugen sich, um mir eine Frage stellen zu dürfen; die Pressephotographen baten: »Noch etwas mehr Oberschenkel, bester Herr, so ist's recht, danke sehr, Gott segne Sie.« Eine Fernsehstation verschaffte sich tatsächlich einen Feuerwehrwagen und fuhr die Leiter bis zu meinem Fenster aus, nur um ein paar Meter Film von mir in Unterwäsche zu erhalten, beim Zähneputzen. Bösartige Stimmen, die von einem Riesenbetrug sprachen, gab es selbstverständlich auch; doch wurden sie durch eine eidesstattliche Erklärung Dr. Taubers und durch die öffentliche Ausstellung meiner Fingerabdrücke als Soldat, die ja wohl ein unwiderleglicher Beweis waren, zum Schweigen gebracht. Ich erhielt Angebote von Filmgesellschaften, die mich für ihre aufregendsten Filme als Star zu verwenden wünschten, von Fernsehanstalten, die mir jede Summe zahlen wollten, ob Halbstundenprogramm oder Ganzjahresserie, von mehreren unsrer bekanntesten Junggesellen, die sich erboten, mich zum Altar zu führen, und von Perversen aller Jahrgänge, die mich zu den sonderbarsten Spielen einluden. Man offerierte mir eine Richterstelle, der ersten ex-männlichen Richterin des Landes. Die wichtigsten Universitäten boten mir Lehrstühle an. Frauenvereine verlangten von mir Vorträge über das Thema: Wie fühle ich mich als Frau? Die Frauenbefreiungsbewegung ernannte mich zur Vizepräsidentin mit der Begründung, daß ich als früherer Mann die Benachteiligungen und Diskriminierungen, denen die Frau von heute ausgesetzt ist, besonders deutlich empfinden würde. Die Regierung plante, mich als Repräsentanten ihres Friedenswillens ins Ausland zu schicken: Astronauten und Kosmonauten gab es zu Dutzenden, aber nur einen einzigen Mutanten. Mein Ruhm erreichte den Gipfel, als eine der berüchtigtsten Untergrundorganisationen drohte, mich zu entführen. Als wertvollstes Individuum der Nation wurde ich Tag und Nacht von der Polizei bewacht.

Aber Wachsmuth war unzufrieden. Er wurde immer mißgelaunter, obwohl ich meine Besuche bei ihm regelmäßig absolvierte. »Ihr Leben gehört der Wissenschaft«, knurrte er, »nicht diesem Zirkus. Die ganze Welt spricht von dem Wachsmuth-Syndrom – haben wir auch nur einen Schimmer, was es ist und woher es kommt? Und was ist mit Ihren Genen? Haben sie sich verändert? Wenn ja, wie? Auch wenn Sie endlich gelernt haben, Desoxyribonukleinsäure auszusprechen, ohne sich dabei die Zunge zu brechen, wissen wir, welche Wirkung das Zeug, wenn überhaupt, auf Ihren plötzlichen Geschlechtswechsel gehabt hat? Da stehen Sie nun, eine gutaussehende junge Frau mit männlicher Vergangenheit: Das ist alles, was wir wirklich wissen. Aber das wußten wir schon an dem Tag, als Dr. Tauber Sie mir in die Sprechstunde brachte...« Er brach ab. »Ach, Sie verstehen mich ja doch nicht.«

Ich glaubte ihn aber zu verstehen. Etwas in mir hatte sich gerührt, ein weiblicher Instinkt.

Aber war ich nun eine Frau? Seelisch, meine ich.

Das große Kolloquium, welches darüber entscheiden sollte, war ein offenbarer Mißerfolg. Reihe um Reihe saßen sie da, die Koryphäen der Wissenschaft aus den verschiedensten Ländern – Psychologen, Psychiater, Sexologen und was es so gab –, Professor Wachsmuth neben mir auf dem Podium und die Presse in der Galerie und die Fernsehkameras überall; und stellten mir die heikelsten Fragen.

Vielleicht hätte ich ihnen so oder so antworten sollen und fertig; aber ehrlich gesagt war ich mir selber nicht im klaren: Fühlte ich mich immer noch zu Frauen hingezogen, oder hatte sich bei mir ein Geschmack für Männer entwickelt? Die Affäre mit Susan war vorbei; soviel war Fakt. Sie wäre bereit, sagte sie mir, an meiner Seite auszuharren, aber ich glaubte, ihre Anhänglichkeit nicht ausnutzen zu dürfen. Da war ein junger Liftboy gewesen, der einen von einer Reklamefirma mir zugedachten Korb Blumen überbrachte: Plötzlich errötete er und sagte, wenn er mich nur mal auf die Wange küssen dürfte, und ich ließ ihn. Aber das war alles. Bei dem Betrieb, der dauernd um mich war, hatte ich einfach keine Gelegenheit, Gefühle zu entwickeln, ob für einen Mann oder für eine Frau.

»Meine Herren«, erklärte ich, nachdem ich die längste Zeit traurig genug abgeschnitten hatte, »so leid es mir tut, ich kann mich da nicht entschließen. Nur eines weiß ich: Hier im Saal sitzt keiner, der irgendwelche Gefühle in mir erregt.«

Das brachte die Lacher auf meine Seite, löste aber mein Problem nicht. Und ich bemerkte den Ausdruck tiefen Mißbehagens auf Professor Wachsmuths Gesicht.

Plötzlich änderte sich meine Lage.

Eine Blitzmeldung erschütterte die Welt: In Liverpool war ein Hafenarbeiter, Gus Emmett, zur Frau geworden und nannte sich

Gwendolyn. Wenige Stunden später berichtete Istanbul, daß dort ein türkischer Trompeter namens Hakim al Bülbül sein Geschlecht gewechselt hatte. Aus Lima in Peru und Bangalore in Südindien trafen gleichfalls Nachrichten von Mutationen ein; aber die betreffenden Fälle, ein Eseltreiber und ein im Ruf der Heiligkeit stehender Guru, blieben von autoritativer ärztlicher Seite unbestätigt.

Jedenfalls war ich nicht länger das einzige lebende Exemplar des Wachsmuth-Syndroms. Ich kann nicht behaupten, daß ich darob unglücklich war. Es war immerhin ein Trost, im Unglück Gesellschaft zu haben – wenn sich die Umwandlung zur Frau nach einer Anzahl angenehmer Jahre als Mann als Unglück bezeichnen ließ. Ich schrieb Gwendolyn und bot ihr meinen Rat als Mutant mit bereits mehreren Monaten Erfahrung an. Gwendolyn schrieb dankbar zurück und fügte ein paar amüsante Anekdoten über die Reaktion ihrer Kollegen im Hafen auf ihren neuen Status bei. Hätte ich Türkisch gekonnt, ich hätte auch an Hakim al Bülbül geschrieben; aber es ging mir gegen den Strich, vertrauliche Dinge dem Auge eines Übersetzers preiszugeben.

Professor Wachsmuth flog nach Liverpool wie auch nach Istanbul. Nach seiner Rückkehr traf ich ihn in noch düsterer Stimmung an. Bei beiden Männern waren die Symptome genau wie bei mir gewesen, erwähnte er; beide hatten sich in vollständig entwickelte Frauen verwandelt; bei dem Prozeß hatten sich ihre vorher vorhandenen männlichen Merkmale spurlos verloren; der Prozeß selbst blieb ein Rätsel: Wie auch bei mir, war er in einem tiefen, traumlosen Schlaf vor sich gegangen.

Presse und Kommentatoren wurden unsicher. *Ein* Mutant war eine Sensation, ein Monstrum, zum Anstaunen durch das geehrte Publikum. Aber drei oder fünf, wenn die Berichte aus Peru und Südindien stimmten, gaben schon Anlaß zum Nachdenken: noch keine Ursache öffentlicher Besorgnis, aber auch nichts, was man leichthin abtat. Die verschiedenen Meinungen über die Ursprünge des Wachsmuth-Syndroms und Methoden zu seiner Heilung wurden pflichtgemäß berichtet und ihr widersprüchlicher Charakter mit Mißfallen zur Kenntnis genommen: Wenn die Ärzte, auf die das Volk sich verließ, schon so zerstritten waren, wie sollte der

Durchschnittsbürger sich angesichts des neuen Phänomens verhalten?

Eine gewisse Unruhe machte sich in den Leitartikeln und Nachrichtenkommentaren bemerkbar, als am Montag nach Epiphanias eine ganze Flut von Berichten über neue Mutationen in Norwegen und Italien, in Südafrika und Brasilien, in Ohio, Florida, Maine und Ontario, in Japan (zwei), auf Bali und in Thailand, in Israel, im Iran und in Marokko eintraf. Tags darauf wurden zusätzliche Fälle aus Finnland und Tirol gemeldet, aus dem Sudan, aus Südfrankreich, Spanien (einer in Katalonien, einer in Valladolid), aus Mexiko, Paraguay, Barbados, ferner aus Pakistan (drei), Honolulu und Australien. Selbst in Island hatte sich ein Gletscherführer, ein Hüne von Mann, plötzlich in eine Frau verwandelt. Er weigerte sich jedoch, Frauenkleider zu tragen, redete mit gekünstelter Baßstimme und hoffte, daß mit der Wiederkehr des Sommers auch seine stolze Männlichkeit wiederkehren würde.

Man sprach von einer neuen Krankheit, wenn es eine Krankheit war. Gewiß, man starb nicht daran. Gewiß, es war noch keine Epidemie. Das Unheimliche der Sache lag in ihrer Ungewißheit: Keiner wußte, wann, wo und wen sie treffen würde. Ein Mann mochte friedlich neben seiner ihm angetrauten Ehefrau einschlafen, um am nächsten Morgen als Angehöriger des anderen Geschlechts zu erwachen. Was das für sein Familienleben bedeutete, für seine Arbeit, sein Geschäft, das konnte jeder sich ausmalen. Was aber war mit unserer gepriesenen medizinischen Wissenschaft? Reichte die Kompetenz unsrer großen Ärzte, unsrer Universitäten und Forschungsinstitute nicht aus für das Wachsmuth-Syndrom? Und die Regierungen? Billionen wurden für alles Mögliche verpulvert – wieso gab es noch kein internationales Vorhaben zur Erforschung des Wachsmuth-Syndroms, wieso nicht einmal ein internationales wissenschaftliches Symposium zu dem Thema? Wollten wir wieder warten, bis es zu spät war?

Aus dem Osten kamen anderslautende Stimmen. In den sozialistischen Ländern sei nichts dem Wachsmuth-Syndrom auch nur entfernt Ähnelndes aufgetreten, schrieb Literaturnaja Gaseta: Offensichtlich war diese sonderbare Mutation von Mann zu Frau ein

Symptom kapitalistischer Entartung, entsprechend etwa der öffentlichen Unmoral und dem weitverbreiteten Genuß schädlicher Rauschgifte. Literaturnaja Gaseta änderte die Linie, nachdem in Polen eine Anzahl katholischer Mönche festgestellt wurden, die sich in fromme Nonnen verwandelt hatten, und nachdem aus Kasachstan, Estland, Wladiwostok und Eriwan Berichte über Mutationen von Mann zu Frau nach Moskau gelangten. Literaturnaja Gaseta beruhigte die Leserschaft mit der Erklärung, das Wachsmuth-Syndrom müsse in Wahrheit Besymensky-Syndrom heißen, und zwar nach Professor Andrej Philippowitsch Besymensky, dem es bereits in den sechziger Jahren des vorigen Jahrhunderts gelungen war, ähnliche Mutationen in den Bergbaugebieten des Ural festzustellen.

So war die Lage, als die Lawine losbrach.

Wie gut erinnere ich mich jenes Frühlings: Nie hatten die Bäume schöner geblüht, nie hatte der Himmel höher und blauer ausgesehen. Aber die Menschen waren in Panik. Ein paar Dutzend Fälle von Wachsmuth-Syndrom täglich, verteilt über den ganzen Globus, schwollen zu Hunderten, dann Tausenden, dann Zehntausenden an. Es war beklemmend zu beobachten, wie die männliche Bevölkerung auf den Straßen der Städte, in den Theatern, auf Bussen, Zügen, Flugzeugen sich lichtete. Die noch übrigen Männer wurden scheu und in sich gekehrt; sie hatten etwas von den müden Fliegen an sich, die an einem Wintertag übers Fensterbrett kriechen. Frauen, durch Mutation plötzlich verwitwet, suchten eine Art Eheleben aufrechtzuerhalten; aber da auch ihre Söhne zu Töchtern wurden, erhielt die Institution der Familie einen ganz anderen, leicht verwirrenden Charakter. In gewissen Kreisen wieder organisierte man Orgien, bei denen die wenigen männlichen Teilnehmer, deren die Gastgeberinnen habhaft werden konnten, auf schamlose Weise ausgebeutet wurden. Mehrere Regierungen spielten mit dem Gedanken, die Männer zu rationieren; aber durch das rasche Anwachsen der Mutationsrate wurde jede Zuteilung illusorisch, bevor sie Gesetzeskraft erlangen konnte.

Die Wissenschaft war hilflos. In ihrer Verzweiflung suchten die Männer nach eigenen Mitteln. Die einen schlossen sich in Dachstübchen ein oder flohen in Höhlen, in einsame Gebirgshütten, um der Ansteckung zu entgehen. Andere wieder vertrauten auf Knoblauch oder setzten ihre Hoffnung auf häufige Massagen der betreffenden Teile, auf das Gift Curare, auf die Wässer bestimmter Heilquellen. Massenpilgerfahrten wurden nach Lourdes unternommen, nach Mekka, Benares, Sagorsk, Lhasa; aber von je tausend männlichen Pilgern, die die Fahrt antraten, kehrten im Durchschnitt dreihundert als Mutanten zurück. Schriftsteller behandelten das neue Thema und die sich daraus ergebenden Komplikationen für Film und Bühne, in Erzählungen und Romanen; mehrere Autoren, die ihre Arbeit noch als Mann begannen, beendeten sie als Frau, was wiederum Kritikern und Literaturwissenschaftlern ausgezeichnetes Material für vergleichende Studien männlichen und weiblichen Stils bot.

Die Nachrichtenmedien, die ursprünglich tägliche Mutationsziffern veröffentlicht hatten, basierend auf Testzahlen aus typischen Gebieten, gaben das auf; sie beschränkten sich darauf, nur noch die prominentesten Fälle zu melden, wie etwa den eines bekannten Hamburger Zeitungsverlegers, der nach seiner Mutation aus dem Fenster seines Büros im obersten Geschoß seines Verlagshauses sprang. Aber das war ein Extrem. Im großen und ganzen trug ein mutierter Mann sein Schicksal wie ein Mann und versuchte, seinem neuen Gesicht und seiner neuen Figur das Beste abzugewinnen. Leute erzählten mir sogar, es bereite ihnen eine gewisse Genugtuung, einem kräftigen jungen Mädchen, offensichtlich einer Mutante, zuzusehen, wie es einen Bulldozer handhabte oder auf einen Hochspannungsmast kletterte oder einen widerspenstigen Mann aus der Eckkneipe herausbeförderte, wohin der Arme geflohen war, um seine düsteren Vorahnungen in Wodka zu ertränken.

Obwohl sie unverkennbar sinnlos geworden waren, setzte ich meine Besuche bei Professor Wachsmuth fort.

Er lebte jetzt wie unter einem Fluch, gerade als hätte er das Syndrom erfunden, das seinen Namen trug. Alle hatten gehofft, daß er doch noch ein Mittel finden würde, mit dem sich die gefürchtete

Mutation bekämpfen ließ; aber in dem Maße, wie die Hoffnungen schwanden und die Witze über ihn schal wurden, zog er sich mehr und mehr zu seinen Seren und Präparaten zurück.

An dem Tag war es nicht die Schwester, die mir bei ihm die Tür öffnete. »Um Gottes willen!« rief ich. »Ist das nicht –«

»Nennen Sie mich Agnes.« Professor Wachsmuth zog mich ins Sprechzimmer und bedeutete mir, auf dem gewohnten Stuhl Platz zu nehmen. »Es ist passiert. Vergangene Nacht. Ich hatte es längst erwartet: Warum sollte auch ausgerechnet ich von meinem eigenen Syndrom verschont bleiben. Allerdings, ich hatte gehofft, ich würde etwas davon verspüren, Beobachtungen vornehmen, Notizen machen können. Aber nein, ich habe das Ganze verschlafen. Wie sehe ich denn aus?«

»Großartig!« Als Mann hatte Professor Wachsmuth recht gut ausgesehen, jugendlich für seine Jahre, kräftig gebaut; etwas davon hatte sich ins Weibliche übertragen. »Vielleicht, wenn Sie das Haar ein bißchen anders kämmten... Darf ich?« Ich führte Professor Wachsmuth vor den Spiegel, nahm meinen Taschenkamm heraus und experimentierte ein wenig. »So, das ist hübscher.«

»Wissen Sie, ich habe ja so viel von Ihnen zu lernen.«

Wir setzten uns auf die Couch.

Professor Wachsmuth nahm meine Hände. »Ich habe viel nachgedacht letzte Nacht, bevor ich – bevor ich mutierte. Wachsmuth, sagte ich mir, Natur bleibt Natur. Denk an die Unmengen kleiner Bakterien, denen wir mit Penicillin den Garaus gemacht haben: Plötzlich taucht da ein Stamm auf, der ist penicillinresistent. Wachsmuth, sagte ich mir, irgendwo auf dieser Erde entsteht in diesem Augenblick ein Gen, das mutationsresistent sein wird; wir müssen es nur finden.«

»Ist das nicht ziemlich schwierig?« fragte ich. »Und selbst wenn Sie's fänden, käme es nicht zu spät – für Sie, für mich?«

»So vieles auf der Welt kommt zu spät.« Professor Wachsmuth streichelte meine Finger. »Ich wollte es Ihnen längst sagen, Liebste. Ich habe Sie die ganze Zeit geliebt. Es begann an dem Tag, als Sie zum erstenmal hierher kamen...«

»Anatol!« errötete ich.

»Agnes«, verbesserte Professor Wachsmuth. »Das ist es ja. Zu spät.«

Ich küßte Agnes, keusch, ein Mutantenkuß.

Alle Theorien, denen zufolge das Wachsmuth-Syndrom den großen sozialen Konflikten ein Ende setzen würde, erwiesen sich als falsch. Im Gegenteil, das Schwinden der Männer und die wachsende Feminisierung sowohl der radikalen Gruppen als auch der Ordnungshüter ließen die Klassen- und Rassenkämpfe immer erbitterter werden. Was die laufenden Kriege betraf, so liefen diese einfach weiter.

Aber ein ganzer Komplex geschichtlich bisher gänzlich unbekannter Konflikte entstand zwischen den OFs (Originalfrauen) und den MFs (Mutationsfrauen). Die OFs verlangten auf Grund ihres reinen, unmutierten Geschlechts auf allen Gebieten den Vorrang: Die Stellungen im Geschäfts- und Berufsleben, in denen bisher Männer saßen, sollten nun mitsamt den früheren männlichen Vorrechten ihnen gehören; mochten diese sexuellen Bastarde, die MFs, sich einmal als Reinemachefrauen, Kindergärtnerinnen, Krankenschwestern, Tippmamsells, Empfangsdamen und Bunnyhäschen betätigen. Die MFs andererseits erklärten, daß sie durch ihre Ausbildung und Erfahrung, ja gerade durch ihre männliche Vergangenheit einen arbeitsrechtlichen und moralischen Anspruch auf die Stellen besaßen, die sie als Männer innegehabt hatten: Wenn es schon keine Männerwelt mehr war, in der man lebte, eine Frauenwelt sollte es auf keinen Fall werden. Ohne sich formell zu organisieren, funktionierten die MFs wie eine Art Mafia; sie förderten und schützten sich gegenseitig gegen die OF-Konkurrenz. »Ach, Sie sind auch eine von uns?« oder eine ähnliche zufällige Bemerkung genügte, um eine MF der Hilfe der Schwesternschaft zu versichern. Dies wiederum veranlaßte die OFs, Gegenmaßnahmen zu ergreifen. Giftige Auseinandersetzungen folgten, eine neue Art Bürgerkrieg entstand, ausgefochten im Dschungel des täglichen Lebens und um so schrecklicher, als beide kämpfende Seiten aus Frauen bestanden.

An der Oberfläche jedoch zeigte sich davon nur wenig. Die von den rapide verschwindenden Männern geschaffenen politischen Institutionen funktionierten irgendwie weiter, der Armbanduhr gleich, die weitertickt, auch wenn ihr Eigentümer vom Schlag getroffen tot daliegt. Den Engländern, wie üblich, gelang der Übergang am glattesten; allerdings hatte bei ihnen schon vor dem Auftreten des Wachsmuth-Syndroms eine Königin regiert; Majestät waren nun mit der Herzogin von Edinburgh verheiratet. Der Vorsitzende Mao in China wurde zur Vorsitzenden Mao; sämtliche weiblichen Tugenden und Weisheiten wurden ihr sofort zugeschrieben, und eine Anzahl wirklich guter chinesischer Kochrezepte wurde dem bekannten roten Büchlein hinzugefügt. An dem Tag, als das Unvermeidliche auch den Generalsekretär der Kommunistischen Partei der Sowjetunion ereilte, gewannen die MFs die Mehrheit im Politbüro; ein Kommuniqué wurde herausgegeben, das die Kontinuität der sowjetischen Politik betonte und allen Regierungen versicherte, die UdSSR werde ihre vertraglichen Verpflichtungen wie bisher genauestens einhalten. In den Vereinigten Staaten ergab sich eine Verfassungsdebatte, als eine sich täglich vermindernde Zahl von Männern geltend machte, sie hätten bei der Wahl für einen Mann gestimmt, nicht für eine Frau; da aber der Vizepräsident schon fast drei Wochen vor dem Präsidenten mutiert hatte, konnte die Opposition keinen verfassungsmäßigen Ersatzmann bieten. Bei einer Neuwahl, die von einigen verlangt wurde, wären die Männer schwer überstimmt worden; so wurde die Forderung in aller Stille fallengelassen.

Allmählich kam es den Leuten zum Bewußtsein, daß das Wachsmuth-Syndrom das Ende der Menschheit bedeutete. Als immer mehr Frauen und Mutanten im natürlichen Ablauf der Dinge alterten, starben und ins Grab sanken, als immer weniger Kinder geboren wurden und die männlichen Säuglinge nach spätestens zehn Tagen mutierten, begann man sich nach den Zeiten zurückzusehnen, wo die Bevölkerungsexplosion Sorge Nummer eins war und man sich fragte, ob die Erde unsere Nachkommenschaft noch ernähren würde. Nachdenkliche Leute gedachten der Saurier, deren Riesenskelette in den Naturkundemuseen verstaubten; eine Ära wurde vorausgesagt, wo staunende Gruppen von Termiten oder Nachteulen oder Krokodilen die Überreste der sonderbaren Zweifüßler besichtigen würden, die einst die Erde bevölkerten und sie nach Gutdünken verbrannten und bombardierten; und der längst mutierte Leitartikler, der vor der Entwicklung schon gewarnt hatte, als ich noch der einzige lebende Mutant war, gelangte zu verspätetem Ruhm.

Tiefe Verzweiflung verbreitete sich global: Götterdämmerung stand offensichtlich bevor. Kirchen, Moscheen, Tempel, Tabernakel füllten sich mit jammernden OFs und MFs. Predigerinnen riefen zur Reue auf, staatliche Stellen zu Ruhe und Ordnung. Ein allgemeiner Verfall der Moral trat nur deshalb nicht ein, weil das nicht mehr da war, was dem Verfall den Reiz gab; eine berühmte Dichterin schrieb einer ihr befreundeten Mutante einen Vers, der dann mit entsprechender Musik in jeder Diskothek gespielt wurde:

Wir zwei,
Liebste,
Werden die letzten sein.
Drum laß uns zusammen
Dahi-i-i-ingehn.

Und dann erhielt Professor Wachsmuth Kunde von einem Knäblein, das in der kleinen Stadt Koetzschenbroda in einem europäischen Lande, der Deutschen Demokratischen Republik, geboren wurde und das sich weigerte zu mutieren. Seine stolze Mutter taufte es Otto; der Vater hatte kurz nach der Zeugung mutiert, so daß Otto in gewissem Sinne ein posthumes Kind war.

Noch nie hatte ich Agnes so aufgeregt gesehen. »Das ist er!« rief sie und stürmte hin und her in ihrem Laboratorium, »mein resistenter Stamm!« Sie bestieg das nächste Flugzeug nach Berlin und erreichte Koetzschenbroda auf kürzestem Wege. Dort, in einem altmodischen Haus, das Gemütlichkeit ausstrahlte, lag Otto in seiner Wiege, lallte glücklich und saugte an seiner großen Zehe.

Agnes beschrieb ihn mir, ihr Gesicht von mütterlichem Lächeln verschönt: ein fettes, gutmütiges Baby – »und alles ist dran an ihm!« Sie zeigte mir die Photos, die sie aufgenommen hatte und die zur Veröffentlichung in dem wissenschaftlichen Artikel bestimmt waren, an dem sie bereits arbeitete. »Das ist die Erfüllung meines Lebens«, verkündete sie, »das zweite Wachsmuth-Syndrom!«

Ich betrachtete die Bilder nicht ohne eine gewisse Wehmut: Einst war auch ich wie Otto gewesen. Aber ich hatte kein Recht, mit dem Schicksal zu hadern. Wenn die Dingerchen, die ich da sah, erhalten blieben, garantierten sie den Fortbestand der Menschheit samt all ihren Errungenschaften.

Der Artikel über Baby Otto von Prof. Dr. Dr. Dr. h. c. Agnes Wachsmuth in der Zeitschrift für angewandte Sexologie erwies sich als Bombe. Die Frontseite der größten Zeitung der Stadt erschien mit der Riesenüberschrift

MENSCHHEIT
GERETTET

und einem Bild von Ottos Rettungsausrüstung; das Blatt erklärte redaktionell, die Welt schulde Professor Wachsmuth eine öffentliche Abbitte. Professor Wachsmuth habe sehr viel gelitten um ihrer Wissenschaft willen; dennoch habe sie, und gerade im letzten Moment, die Rettung gebracht: nämlich das zweite Wachsmuth-Syndrom. Das Blatt enthielt außerdem eine Sonderbeilage über die geographischen, wirtschaftlichen, politischen und kulturellen Verhältnisse in der Deutschen Demokratischen Republik, dem einzigen Lande der Welt, in dem es einen Mann gab.

Weise behütete die Regierung dort den kleinen Otto davor, so wie ich seinerzeit ein Opfer der sensationslüsternen Presse und der üblichen kapitalistischen Geschäftemacher zu werden. Otto mitsamt seiner Mutter wurde vorsichtig abgeschirmt; eine Kommission von Ärztinnen und Erzieherinnen wurde bestimmt, um Otto eine normale Kindheit zu sichern; seine ganze Zukunft wurde prognostisch geplant und aufgeteilt, wobei selbstredend die sozialistischen Länder erste Wahl hatten. Aber der für den Westexport vorgesehene Anteil an Ottos zukünftigen Naturschätzen genügte, um die Mark der Deutschen Demokratischen Republik zu einer der begehrtesten Währungen der Welt werden zu lassen, besser noch als die des Scheichtums Kuwait.

Die geheime Sorge aller Beteiligten ist natürlich, daß Otto nicht durchhält, daß ein launisches Schicksal auch ihn schließlich mutieren lassen und sämtliche auf ihn gesetzten stolzen Hoffnungen zunichte machen könnte. Aber nach den täglichen Bulletins zu urteilen, die von der Regierungskommission herausgegeben werden, ist er noch komplett und wächst kräftig.

Bei Drucklegung dieser Zeilen, heißt das.

Mein Richard

Keiner wohnt mehr in dem Haus. Es soll abgerissen werden, habe ich gehört; vielleicht wird sogar die ganze Straße geräumt – obwohl die Grenze, die hier schräg einfällt und im rechten Winkel wieder abschwenkt, nur dieses eine Haus berührt.

Richard haben sie in den Jugendwerkhof geschickt. Einmal die Woche darf ich ihn dort besuchen; dann berichtet er mir, daß es ihm gut geht und daß die Erzieher mit seiner Arbeit zufrieden sind; er ist nicht renitent, war es nie; aber um den Mund herum hat er einen harten Zug bekommen, der vorher nicht da war.

Und das tut weh. Denn im Grunde ist es meine Schuld, ich gebe es zu: Ich habe ihn nicht richtig erzogen – ich, eine alte Genossin und Witwe eines alten Genossen, der stets an verantwortungsvoller Stelle stand; wie sonst hätten wir in einem Haus wohnen dürfen, das direkt an der Grenze liegt? Ich habe meine Aufsichtspflicht nicht richtig erfüllt. Heutzutage muß man ein wachsames Auge haben auf seine Kinder; sie haben gelernt, eines zu sagen und ein anderes zu denken, und sie haben diese distanzierte Art, durch die man so schwer hindurchdringt, und dieses Lächeln, so als wollten sie einem bedeuten: »Und du glaubst das, Muttchen, du glaubst wirklich, was du mir da vorbetest?« Ich hätte merken sollen, daß er zu häufig ausging und zu spät nach Hause kam, mit dem Jungen von unten, der zufällig auch Richard heißt, Richard Edelweiß, und der anderthalb Jahre älter ist als mein Richard, aber jünger wirkt, weil er klein und schmächtig ist und blonde Löckchen und porzellanblaue Augen hat wie seine Mutter. Richard Edelweiß mußte nicht in den Jugendwerkhof; ihn haben sie von der Schule weg in die Armee gesteckt. Auch sein Vater hat seinen Posten als Leiter der Exportabteilung des Bereichs Kosmetik der Vereinigung Volkseigener Chemiebetriebe nicht verloren, so wie mir in meiner weit weniger wichtigen Stellung geschah; aber das erklärt sich daraus, daß seine Scheidung sechs Wochen, bevor unsere Organe die wiederholten Verletzungen des Paßgesetzes entdeckten, Rechtsgültigkeit erlangte; weshalb Herr Edelweiß für die Erziehung und das Verhalten seines Sohnes Richard nicht mehr verantwortlich war. Ich hätte erkennen sollen, daß mein Richard zusammen mit Richard Edelweiß ein Doppelleben führte; ich hätte seine Angaben darüber, wie er seine Abende verbrachte, nachprüfen sollen. Eltern, erklärte die Richterin, besonders solche, die alte Genossen sind, sollten stets mit den Lehrern ihrer Kinder Verbindung halten und ebenso mit der FDJ-Leitung an der Schule; hätte ich das getan, betonte sie, so würde ich sehr bald festgestellt haben, daß mein Richard auf den FDJ-Veranstaltungen gefehlt hatte, auf denen er gewesen sein wollte, und daß er auch nicht in der Arbeitsgemeinschaft für Biologie war oder in der Arbeitsgemeinschaft für Russisch, sondern ganz woanders.

Ich habe es versäumt nachzuprüfen. Ich habe Richard vertraut. Oder, wenn ich's mir jetzt, im nachhinein, überlege, habe ich ihn nicht fragen wollen, aus Furcht, ich könnte bei ihm wieder das Lächeln und diesen Ton in der Stimme erzeugen, die anzeigten, daß die Jalousie heruntergegangen war zwischen mir und meinem eigenen Kind. Wenn ich's mir jetzt überlege, dann glaube ich, ich hatte schon eine Art Vorahnung, als der junge Mann plötzlich in mein Büro trat und »Frau Zunk?« sagte. Sicher ist jedenfalls, daß ich nicht so ganz überrascht war, wie ich doch wohl hätte sein sollen. Ich erriet sofort, von welcher Stelle der junge Mann kam – das mochte allerdings auch an seiner Haltung gelegen haben: Er gab sich ein wenig zu lässig.

»Wir möchten nicht, daß Sie sich unnötig ängstigen, Frau Zunk«, sagte er, während er einen Stuhl vor meinen Schreibtisch schob und darauf Platz nahm. »Aber Ihr Sohn wird heute nicht von der Schule nach Hause kommen.«

»Wo ist Richard?« fragte ich schrill und erschrak über den Ton meiner Stimme.

»Wir mußten ihn in Haft nehmen.«

Ich dachte an Richard, wie er drei Jahre alt war und Diphtherie hatte und keine Luft mehr bekam und der Arzt den Einschnitt in den Hals machen mußte. Mein Herz krampfte sich zusammen wie damals. »Ist ihm etwas zugestoßen?«

»Zugestoßen? Wieso?« Er schlug die Beine übereinander. »Wir habe ihn aus dem Schulzimmer herausholen lassen, und er ist hübsch brav mitgekommen. Ich kann Ihnen versichern, es geht ihm den Umständen entsprechend gut.«

»Aber was hat er denn verbrochen?«

Er schien nicht gehört zu haben. »Können Sie mir sagen, Frau Zunk«, erkundigte er sich, »wo Sie vorgestern abend zwischen neunzehn und dreiundzwanzig Uhr waren?«

»Vorgestern abend?« Den Umständen entsprechend gut, hatte er gesagt, aber was hieß das? »Natürlich weiß ich, wo ich vorgestern abend war.«

»Also?«

Montag war DFD-Versammlung gewesen; Dienstag Gewerkschaftsleitung, Diskussion des Betriebskollektivvertrages; vorgestern abend, das war Mittwoch... »Mittwoch war Deutsch-Sowjetische Freundschaft, ein Film über die Baumwollernte in der Usbekischen Sowjetrepublik wurde gezeigt, und eine von unsern Frauen hat von ihrer Moskaureise erzählt...«

Er war gelangweilt. »Sind Sie von Ihrem Büro aus nach Hause gekommen, bevor Sie sich zu der Versammlung der Deutsch-Sowjetischen Freundschaft begaben?«

»Nein«, sagte ich schuldbewußt. »Ich bin direkt zur Versammlung gegangen. Sehen Sie, vor dem Film fand noch eine Vorstandssitzung statt, und ich bin stellvertretende Vorsitzende, und wenn ich erst noch nach Hause gelaufen wäre, dann wär ich zu spät zu der Vorstandssitzung gekommen. Folglich hatte ich Richard schon am Morgen gesagt, er möchte sich sein Abendbrot selber machen und dann die Teller abwaschen, Ja, das hab ich ihm gesagt.«

»Und hat er Ihnen etwas von seinen Plänen für den Abend angedeutet?«

»Er hat gesagt, er würde vielleicht zu Richard runtergehen – der Junge von unten, sein Freund heißt nämlich auch Richard...«

»Ich weiß«, sagte er, »Richard Edelweiß. Und wie Sie dann von Ihrer Deutsch-Sowjetischen Freundschaftsversammlung nach Haus kamen – das war wann?«

»Kurz nach elf, glaube ich.«

»Wie Sie also von Ihrer Versammlung nach Haus kamen, wo war da Ihr Sohn Richard?«

»In seinem Zimmer«, sagte ich, »er zog sich gerade aus. Er hat doch nichts gestohlen?«

»Hat er erwähnt, wo er am Abend war?«

»Ich nahm an, daß er bei Richard war, dem Richard von unten, sie hören sich da öfters Platten an, stundenlang, das schreckliche Gejaule, aber ihnen gefällt's, es ist eben eine andere Generation, manchmal kriegt man direkt Angst, er hat doch nichts getan – nichts Gewalttätiges?«

»Es handelt sich nicht um ein Vergehen dieser Art«, sagte der junge Mann, wobei er das *dieser Art* betonte, als wären Diebstahl und Gewaltverbrechen unter seinem Niveau, kleine Fische. Dann stand er auf. »Ziehen Sie sich Ihren Mantel an.« Und da er bemerkte, daß ich ein Schreibtischschubfach aufzog: »Lassen Sie bitte alles, wie es ist.«

Ich war zu betäubt, um zu widersprechen. Er benutzte mein Telefon, bedeckte dabei die Sprechmuschel. Kaum hatte er den Hörer hingelegt, wurde die Tür aufgestoßen, und herein eilten Genosse Otter, der Parteisekretär, und Genosse Dr. Wieland, der stellvertretende Werkleiter, beide etwas atemlos und wie auf Stichwort. Genosse Dr. Wieland sagte: »Ich habe dir mitzuteilen, Genossin Zunk, daß du vorläufig von deinem Posten als Leiterin der Einkaufsabteilung beurlaubt bist; dein Gehalt läuft bis zu einer endgültigen Entscheidung weiter.« Genosse Otter blickte mich sorgenvoll an; ich wünschte, er hätte ein Wort zu mir gesprochen; im Grunde war er ein wohlmeinender Mensch, der die Probleme der Leute verstand, auch wo er sie nicht lösen konnte; doch Genosse Otter schüttelte nur den Kopf.

Unten wartete ein Wagen. Ein Unbekannter stieg ein und setzte sich neben mich; der junge Mann, der hinaufgekommen war und mit mir geredet hatte, saß vorn neben dem Fahrer. Während der ganzen Fahrt sah ich von ihm nur den Nacken und seinen Hemdkragen; der war durchgeschwitzt. Ich hätte gern gewußt, wohin sie mich brachten, hatte aber nicht den Mut zu fragen; es geht ihm den Umständen entsprechend gut, der Satz hatte sich im Gehirn festgehakt; den Umständen entsprechend, wie gut konnte es Richard gehen, wo er jetzt war?

Der Wagen hielt an: Sie hatten mich nach Hause gefahren. Die Männer sprangen heraus, der mit mir in meinem Büro gesprochen hatte, nahm mich beim Arm, als wollte er mir über die Pfütze helfen, die noch von dem Regen am Morgen auf der Straße stand; doch ließ er meinen Arm auch nicht los, nachdem ich den Schritt über die Pfütze getan hatte. Der Hauseingang war offen; ganz kurz erblickte ich vor ihrer Wohnungstür Frau Edelweiß, das Gesicht teigig grau, die Augen weit aufgerissen vor Angst. Die zwei führten mich nach oben. Richards Zimmer und meines waren beide voller Menschen, davon mehrere in Uniform. Die Zimmer machten den Eindruck, als wären sie durchsucht und danach sorgfältig wieder in Ordnung gebracht worden. Ein Photograph machte Aufnahmen, wie im Film, wenn einer ermordet worden ist. Ein Mann von der Statur meines Richard zog sich die Jacke aus und kletterte aus dem Fenster von Richards Zimmer und sprang auf das Dach der Garage, in der Herr Edelweiß seinen Polski Fiat noch immer stehen hat, und trat an den Dachrand und tat, als wollte er über den Stacheldrahtzaun hinüber in den Westen springen, und jede seiner Bewegungen wurde gleichfalls photographiert. Diesseits des Zauns ließen ein paar Grenzpolizisten ihre Hunde nach Spuren suchen. Auf der anderen Seite, deutlich erkennbar zwischen den Bäumen, stand die Westpolizei und beobachtete die Vorgänge, und ein amerikanischer Soldat blickte immer wieder durch ein großes Fernglas auf uns, und ich dachte, o mein Gott, sie haben Richard bei versuchter Republikflucht ertappt, aber wieso hat der junge Mann mir denn gesagt, sie hätten Richard aus dem Schulzimmer holen lassen und daß er hübsch brav mitgekommen wäre? Und dann begann etwas in meinem Kopf zu surren. Ich hörte mein eigenes Schluchzen und meine verzweifelten Rufe: »Ich will meinen Jungen! Ich will meinen Jungen sehen!« Der junge Mann, der in meinem Büro mit mir geredet hatte, trat hastig zu mir und sagte: »Beruhigen Sie sich doch, Bürgerin«, aber ich spürte, daß auch er ganz durcheinander war, denn die Angehörigen der Behörde sind es wohl nicht gewöhnt, daß man sie anschreit.

Sie ließen mich auf der Couch in meinem Zimmer ausruhen. Ich sah sie zwischen halbgeschlossenen Lidern hindurch, sie waren wie Figuren in einem Spiel, die sich sonderbar bewegten, und ich hörte einen von ihnen sagen: »Jetzt ist es wohl ziemlich klar«, und ein anderer erwiderte nachdenklich: »Ich möchte nur herausbekommen, wie lange das schon so geht«, und eine dritte Stimme prophezeite: »Das wird sich erweisen, mach dir keine Sorge«, und jemand reichte mir eine Tasse Kaffee und wollte wissen, ob ich glaubte, ich könne ihm ein paar Fragen beantworten, und ich sagte, ja, ich glaubte schon.

Er war ein älterer Mann mit etwas gekrümmten Schultern; der, der zu mir ins Büro gekommen war, benahm sich ihm gegenüber ehrerbietig. »Sie brauchen nicht aufzustehen, Frau Zunk, wenn Sie nicht möchten«, sagte der Ältere. Ich trank einen Schluck und sagte, ich würde mich schon bald wieder wohl fühlen, und ob ich nicht vielleicht erfahren könnte, was mein Richard verbrochen hätte, das so schlimm sei, daß so viele Menschen sich damit beschäftigen mußten.

Er hob die schon angegrauten Brauen. »Ich kann Ihnen da nichts mitteilen, bis wir mit der Untersuchung fertig sind und wissen, wer noch in die Angelegenheit verwickelt ist und wie weit sie gegangen ist. Sie sind eine alte Genossin, hat man mir gesagt. Sie wissen also, daß der antifaschistische Schutzwall, den wir zwischen unserer Republik und dem Territorium West-Berlin errichten mußten, keine Sache ist, mit der man leichtfertig spielen kann.«

Ich setzte mich auf. »Hat er – hat Richard versucht, über die Mauer –«

»Versucht?... Versucht ist ein reichlich milder Ausdruck für das, was wir vermuten.« Er brach plötzlich ab, vielleicht glaubte er, bereits zu viel verraten zu haben. »Und jetzt«, sagte er kalt, fast feindselig, »was für Freunde hat Ihr Sohn außer dem Jungen von unten, diesem Richard Edelweiß?«

Er fragte mich aus, wie mir schien, eine sehr lange Zeit. Die Fragen betrafen vielerlei Punkte. Oft standen sie, soweit mir erkennbar, in keinem Zusammenhang miteinander und schon gar nicht mit meinem oder mit Richards Leben oder mit dem, was Richard verbrochen haben sollte. Zweimal ersuchte ich meinen Befrager, eine

Pause einzulegen, weil ich auf die Toilette mußte; beim zweiten Mal übergab ich mich und blieb derart lange weg, daß er an die Tür klopfte und wissen wollte, ob etwas nicht in Ordnung wäre und ob ich Hilfe brauchte. Ich sagte nein und kam aus der Toilette heraus, dicke Schweißtropfen auf der Stirn, und kurz danach sagte er, für heute wäre es vielleicht genug, und ich möchte mich bereit halten, falls sie weitere Fragen hätten, auch sollte ich den Bezirk Potsdam nicht verlassen, ohne ihnen Bescheid zu geben. Die technischen Leute hatten ihre Siebensachen gepackt und waren fortgegangen; der junge Mann, der zu mir ins Büro gekommen war, gab mir eine Telefonnummer: »Falls Sie uns zusätzliche Informationen geben wollen oder falls einer aufkreuzt, der mit Ihrem Sohn Verbindung aufzunehmen sucht.«

Und dann war ich allein.

Ich ging in die Küche und zwang mich, ein Butterbrot zu essen. Ich ging in Richards Zimmer und streichelte den halbenthaarten Teddybär, an den er als Kind sich immer geschmiegt hatte. Ich ging die Treppe hinunter und hinaus in den Garten. Sie hatten den Rasen zertrampelt und die Blumenbeete. An dem stählernen Haken an der Ecke des Garagendachs hing ein Stück Seil. Frau Edelweiß bemerkte mich von ihrem Küchenfenster aus und kam heraus, verweint, und umarmte mich: Ihr Richard war auch in Haft genommen worden, und sie erging sich in den düstersten Mutmaßungen. Ich konnte ihr nicht helfen. Ich konnte mir selber nicht helfen.

Die Ankunft des Polski Fiat unterbrach uns. Dem Auto entstiegen Herr Edelweiß und ein rundlicher Mann mit rosigem Gesicht. Herr Edelweiß überschüttete seine Frau sofort mit Vorwürfen: Das ganze Übel war das Resultat ihrer Gedankenlosigkeit und Unbeständigkeit, kein Wunder, daß der Junge in Schwierigkeiten geriet. »Aber ich«, proklamierte er, »lasse mich da nicht hineinziehen! Das Gericht hat Richard dir zugesprochen, meine Liebe, und es ist ausschließlich deine Verantwortlichkeit.« Er wurde sich meiner Anwesenheit bewußt und fügte eilig hinzu: »Was nicht bedeutet, daß ich mich von dem Jungen abwende. Ich weiß, was ich unserm Sohn schulde, auch wenn du, meine Liebe, es offensichtlich nicht weißt.« Und mit einer Handbewegung auf seinen Begleiter hin: »Darum habe ich meinen Freund und Rechtsanwalt Dr. Kahn um Hilfe ersucht.«

Dr. Kahn gab Frau Edelweiß und mir die Hand und ließ sich auf einen wackligen Gartenstuhl sinken. Die etwas verquollenen Augen auf uns gerichtet, bemerkte er: »Ich habe solche Fälle schon gehabt. Junge Leute, ah...« Er lachte unvermittelt. »Sehnsucht nach Abenteuer, nach neuen Horizonten...« Und ernst werdend: »Leider können wir nicht viel unternehmen, bis die behördliche Untersuchung abgeschlossen ist und wir die Anklage kennen gegen... Wie heißt der Junge?«

»Richard«, sagten Frau Edelweiß und ich gleichzeitig.

»Frau Zunk ist die Mutter des anderen Jungen, von dem ich Ihnen erzählt habe«, erläuterte Herr Edelweiß, »der diesen unglücklichen Einfluß auf unsern Richard ausübt.«

»Das tut er nicht!« widersprach ich.

Dr. Kahn brach wieder in Gelächter aus. Ich fand seine lärmende Fröhlichkeit übertrieben, doch als er die Frage einfließen ließ, ob ich ihn nicht auch mit der Verteidigung meines Richard betrauen möchte, stimmte ich freudig erleichtert zu, warnte ihn allerdings, daß ich nur wenig Geld besäße.

Den Einwand tat er mit einem Achselzucken ab. »Wollen wir hören, was die beiden Damen von der Angelegenheit wissen.«

Es ergab sich, daß Frau Edelweiß noch weniger wußte als ich. Die Angehörigen der Behörde stellten ihre Befragung bald ein, nachdem sich herausstellte, daß die Aussagen der Frau einander auf wildeste Weise widersprachen. Zuerst hatten sie es noch mit Zureden versucht: »Sie haben uns nicht ganz verstanden«, sagten sie und formulierten ihre Fragen neu, aber das vergrößerte die Konfusion im Kopf von Frau Edelweiß nur, ihr armes Hirn war noch immer ganz wirr, und die Vorwürfe ihres geschiedenen Gatten brachten sie noch mehr durcheinander und erzeugten erneut Tränen. »Lassen Sie sie doch«, bat Dr. Kahn, und mit einem Augenzwinkern zu mir hin: »Nach dem, was Sie mir erzählt haben, Frau Zunk, nehme ich an, daß die Behörde wirklich der Meinung ist, sie wäre einer großen Sache auf der Spur. Auch verständlich, angesichts der Örtlichkeiten« – er deutete auf Garage und Zaun –, »und wahrscheinlich erwägt man, ob Richard eins und zwo nicht in eine finstere Geschichte verwikkelt sein könnten.«

»Das ist doch Wahnsinn«, sagte ich. »Mein Richard...«

Er faltete die Hände über dem Bauch. »Sie werden nicht glauben, wie wenig die Eltern oft von ihren Kindern wissen.«

»Aber so etwas«, sagte ich unsicher, »würde ich doch wohl bemerkt haben.«

»Bei Ihrer intensiven gesellschaftlichen Betätigung?«

Welche Art von Betätigung Frau Edelweiß abgehalten haben könnte, sich mit ihrem Sohn zu beschäftigen, ließ er unerwähnt.

In den nun folgenden Wochen führte ich ein sonderbares Leben. Angstzustände wechselten ab mit Perioden völliger Stumpfheit. Ich versuchte zu lesen, brachte es aber nicht fertig, mich zu konzentrieren. Ich ließ das Radio den ganzen Tag laufen, Ost, West, unterschiedslos. Abends ertappte ich mich, wie ich in die Höhe starrte, ohne zu wissen, was ich sah. Schlafen konnte ich nur mit Hilfe von Medikamenten. Familie, die hätte helfen können, besaß ich nicht; eine alte Tante in Ückermünde und ein paar entfernte Cousins in Erfurt waren kaum die Menschen, an die ich mich wenden konnte. Ich entdeckte, wie wenige Freunde ich hatte. Anfänglich besuchte mich noch Frau Edelweiß, aber es gab kaum etwas außer dem Fall und ihrem Richard und meinem, worüber wir uns unterhalten konnten, und beide spürten wir nach kurzer Zeit, daß wir einander auf die Nerven gingen. Zweimal klingelten unauffällige Männer bei mir und sagten, sie hätten noch ein paar Fragen. Die Fragen waren eher technischer Natur und erlaubten keine Rückschlüsse auf das Schicksal meines Richard oder die Art seiner Schuld. Einmal stellte der Genosse Otter sich ein, der Parteisekretär des Betriebes, und erkundigte sich, wie es mir ginge und ob ich etwas brauchte. Er blieb etwa eine halbe Stunde. Das Gespräch wurde mühsam. Dann murmelte er eine Entschuldigung und ging.

Am nächsten Tag läutete die Türglocke wieder auf die dringliche Art, die ich nun bereits kannte, und ich dachte schon, hier kommen wieder die Fragesteller, aber es war Dr. Kahn. Er lachte: »Sie haben mich wohl nicht erwartet?«

»Treten Sie doch ein«, bat ich.

»Ich habe den Wagen unten«, sagte er. »Machen Sie sich fertig, Frau Zunk – wir fahren Ihren Richard besuchen.«

Der Besucherraum war graugrün gestrichen; ein koloriertes Bild des Staatsratsvorsitzenden hing an der Wand. Richard saß mir gegenüber; er sah blaß aus und zwinkerte nervös. Der uniformierte Wärter an der Schmalseite des Tisches tat, als ob ihn der Vorgang nichts anginge. Dr. Kahn schnaufte in Abständen oder lachte in sich hinein.

»Ich freu mich ja so, daß du gekommen bist, Muttchen«, sagte Richard.

»Ist es sehr schwer?« fragte ich. »Ich meine – es kam alles so plötzlich.«

»Nach einer Weile gewöhnt man sich«, sagte er. »Ich bin mit noch einem Jungen in der Zelle.«

»Nicht mit Richard?«

»Nein.«

»Wie ist das Essen?« fragte ich. »Ißt du auch genug?«

»Es ist nicht wie zu Hause«, sagte er.

Ich kam mir blöd vor mit meiner Fragerei.

»Muttchen«, sagte er, »ich habe nichts Schlimmes getan.«

Der Wärter blickte auf. »Es ist verboten, über den Fall zu reden.«

»Richard«, sagte ich, »der Genosse hier ist Dr. Kahn, dein Anwalt.«

»Wird schon alles werden, Richard«, sagte Dr. Kahn heiter. »Nur immer bei der Wahrheit bleiben.«

»Es tut mir leid, daß ich so viel Ungelegenheiten mache«, sagte Richard. »Vielleicht war es eine große Dummheit von mir – aber es hat eben so irre Spaß gemacht...«

»Was hat?« fragte ich.

»Wenn Sie über den Fall reden«, sagte der Wärter, »muß ich den Gefangenen in die Zelle zurückbringen.«

Den Gefangenen, dachte ich und fragte: »Kriegst du auch genügend Schlaf, Richard?«

»Jetzt ja.« Er zögerte. »Zuerst hat mich das Licht gestört. Es ist keine starke Birne, aber sie brennt.«

»Es ist verboten, über die Haftbedingungen zu sprechen«, sagte der Wärter.

»Ich hab dir ein paar Stück Kuchen gebracht, Richard«, sagte ich. »Erdbeertorte, die hast du doch immer gemocht. Und Socken und Unterwäsche. Die bekommst du dann, das haben sie versprochen.«

»Muttchen...«

»Ja, Richard?« Plötzlich sah er so klein aus, so sehr noch wie ein Kind. »Was wolltest du mir sagen?«

Er schlug die Hände vors Gesicht, die Schultern zuckten. Dann ließ er die Hände sinken. »Weißt du, daß ich gelernt hab, Zigaretten zu drehen, Muttchen?« Er zeigte ein Lächeln. »Sogar mit einer Hand!«

»Zeit ist um«, sagte der Wärter.

Richard stand auf. Er tat einen Schritt, als wollte er in meine Arme flüchten, aber der Tisch stand zwischen uns, und es mag auch sein, daß ich seine Bewegung mißverstanden habe. Dr. Kahn klopfte Richard auf den Rücken und sagte, er käme ihn bald besuchen und dann würden sie über den Fall reden, und Richard sagte, ja, er würde gern mit Dr. Kahn darüber reden, aber er wisse nicht, wann es ihm erlaubt werden würde.

»Halt die Ohren steif, Richard«, sagte ich.

Er nickte und ging durch die Tür in der Rückwand des Raumes hinaus.

Wo sie nur die elektrischen Birnen in den Korridoren unserer Gerichte herkriegen. Diese Birnen erleuchten wenig mehr als die eigenen Glühfäden, und die Menschen vor den Eingangstüren der Gerichtssäle sehen aus wie die Schatten der Verstorbenen, die auf Einlaß in irgendeine Unterwelt warten. Das Getippte auf dem Zettel rechts neben der Tür war kaum zu lesen. *Strafsache gegen Edelweiß, Richard, und Zunk, Richard,* entzifferte ich, *wegen wiederholter Verletzung des Paßgesetzes.* Frau Edelweiß umklammerte meine Hand, ihre Fingernägel gruben sich mir ins Fleisch. »Verletzung des Paßgesetzes«, sagte sie erschüttert, »und wiederholt.« Herr Edelweiß war ferngeblieben; er mußte zu einer Leitungssitzung des Bereichs Kosmetik der Vereinigung Volkseigener Chemiebetriebe, und da er nicht mehr gesetzlich verantwortlich für seinen Sohn war, hatte er keinen stichhaltigen Grund zur Nichtteilnahme an seiner Konferenz.

Der Gedanke, daß ich Richard wiedersehen würde, machte mich froh; wir würden uns anblicken, und ich würde ihm Mut zulächeln. Doch waren meine Besorgnisse größer als meine Freude; als alte Genossin wußte ich ja, wie Genossen auf so etwas wie wiederholte Verletzungen des Paßgesetzes seitens des Sohnes eines Genossen reagieren: wir haben unsern Arbeiterstaat, und wir verlangen, daß unsre Gesetze und unsre Grenzen respektiert werden, besonders von den Kindern der Genossen; wenn einer mit sechzehn Jahren sich über das Gesetz hinwegsetzt, was – und wo – wird er sein, wenn er fünfundzwanzig ist, und was für ein Beispiel gibt er andern Jugendlichen?

Das bekannte Lachen. »Meine Damen«, ließ sich Dr. Kahn vernehmen, »das Warten ist vorbei.« Die Schatten im Korridor wandten die Köpfe. Er mäßigte seinen Ton. »Ich kenne die Richterin, sie ist eine vernünftige Person. Wenn die Jungen, wie ich ihnen geraten habe, ein bißchen Reue zeigen –«

Die Tür zum Gerichtssaal öffnete sich. Frau Edelweiß ging voran, ich folgte ihr, dann Dr. Kahn; zwei Weiblein, wie zum Begräbnis gekleidet – Rentnerinnen wohl, die ihre überschüssige Zeit auf den Zuschauerbänken der Gerichte verbrachten –, wurden vom Gerichtsdiener abgewiesen. Der Staatsanwalt, noch jugendlich, angehende Glatze, nickte mit ernsthaft feierlicher Miene zunächst Dr. Kahn zu und darauf zwei Männern, die in der vordersten der vier Bankreihen Platz genommen hatten; ich erkannte den Nacken des einen und die leicht gekrümmten Schultern des anderen. Dr. Kahn begab sich an einen kleinen Tisch zur Linken des richterlichen Podiums und stellte seine Aktentasche ab; der Staatsanwalt blätterte in irgendwelchen Papieren. In diesem Augenblick trat mein Richard durch die enge Tür hinter dem Tisch des Staatsanwalts. Ich bemerkte, daß er mich gesehen hatte. Er wandte sich Richard Edelweiß zu, der noch schmächtiger aussah als sonst, und nahm ihn bei der Hand. Die kleine Geste beschäftigte mich derart, daß Frau Edelweiß mich anstoßen mußte, damit ich beim Eintritt der Richterin und ihrer zwei Beisitzer nicht aufzustehen vergaß. Die Richterin blickte sich um in ihrem Gerichtssaal; sie hatte etwa meine Figur, trug genau wie ich ihr Haar hinten aufgesteckt, und in ihrem Blick lag ein Ausdruck, den ich auch bei mir schon bemerkt hatte – ein Ausdruck jener Zurückhaltung, die sich einstellt, wenn die großen Hoffnungen allmählich dahinwelken. Sie sah mich kurz an, dann setzte sie sich.

Die einleitenden Formalitäten zogen sich hin. Ich hatte Augen nur für Richard. Er schien seit meinem Besuch noch gewachsen zu sein, oder war es, daß sein Gesicht in den paar Wochen alles Kindliche verloren hatte? Er erinnerte mich an seinen Vater, als der ein junger Mann war. Sein Vater und ich hatten nie genug Zeit füreinander gehabt; sein Vater verausgabte sich für den Aufbau des Sozialismus.

Mit der Verlesung der Anklageschrift fand ich mich zurück in die Gegenwart. Der Staatsanwalt las von unserer Jugend, die in ihrer überwältigenden Mehrheit den Zielen und Errungenschaften des Sozialismus gegenüber eine positive Haltung einnahm und die nichts sehnlicher wünschte, als noch größere Errungenschaften erreichen zu helfen. Dann las er von dem antifaschistischen Schutzwall als einem Bollwerk im Kampf gegen den Imperialismus, und wie unsere Jugend in ihrer überwältigenden Mehrheit durch Wort und Tat bewies, daß sie dessen Wichtigkeit durchaus verstand und zu schätzen wußte – nicht so dagegen die beiden Angeklagten. Er verlas eine Anzahl von Daten, vierzehn insgesamt, an denen die Angeklagten in voller Kenntnis der Strafbarkeit ihrer Handlungen besagten antifaschistischen Schutzwall in beiden Richtungen überquerten, immer an der gleichen Stelle, nämlich hinter der zu dem beiderseitigen elterlichen Wohnhaus gehörigen Garage, wobei sie den Posten, die diesen Abschnitt des Schutzwalls zu bewachen hatten, und den technischen Einrichtungen, durch welche die Posten alarmiert werden sollten, mit List aus dem Wege gingen und derart die Paragraphen So-und-so und So-und-so des Strafgesetzbuches der Republik absichtlich verletzten; sie seien sogar so weit gegangen, Vertretern der kapitalistischen Westpresse gegenüber sich ihrer Taten zu rühmen, wodurch sie die Gesetze und Einrichtungen unserer· Republik der Lächerlichkeit preisgaben und Wasser auf die Mühlen der imperialistischen Propaganda gossen, wie aus Beweisstück A der Staatsanwaltschaft ersichtlich. Die Jugend der Angeklagten – der eine nicht ganz sechzehn, der andere bald achtzehn Jahre alt – habe sie nicht davon abgehalten, ein ganzes Netz abgefeimter Lügen zu weben, um ihre Eltern, ihre Lehrer, ihre FDJ-Funktionäre hinters Licht zu führen; als erschwerend bei der Beurteilung ihres wiederholten Vergehens müsse ferner die Tatsache gelten, daß keiner der beiden je daran dachte, die zuständigen Behörden von dem Vorhandensein des von ihnen benutzten Durchlasses zu unterrichten, was die Gefahr vergrößerte, daß andere, die die Grenze illegal zu überschreiten beabsichtigten, den gleichen erprobten Weg beschreiten möchten – und wer weiß, ob es nicht welche auch taten. In Anbetracht all dessen bestehe wohl kein Zweifel, daß das Gesetz in voller Strenge Anwendung finden müsse. »Nur so«, schloß der Staatsanwalt, »können diese zwei irregeleiteten Jugendlichen wieder zu nützlichen Mitgliedern unserer sozialistischen Gesellschaft werden.« Und trocknete sich den Schweiß von der Nase und setzte sich.

Vierzehnmal, dachte ich, vierzehnmal hinüber in den Westen und zurück, das heißt achtundzwanzigmal über die Mauer. Acht-und-zwanzigmal hätte der Junge erschossen werden können, dachte ich, hätte verbluten können in dem Niemandsland zwischen den zwei Welten – und ich hatte keine Ahnung davon gehabt. Frau Edelweiß, sah ich, zerrte an ihrem Taschentuch. Vielleicht war ihr ein ähnlicher Gedanke durch den Kopf gegangen; aber ich hatte nicht das Herz, sie zu fragen, und sowieso waren ihre Gedanken nie sehr präzise.

Die Richterin rief den ersten Zeugen auf: den jüngeren der beiden Männer, die mich befragt hatten. Der trat vor und stand vor dem Richtertisch, das Gewicht auf dem rechten Fuß, den linken ein wenig vorgeschoben. In dieser Haltung, ganz der Detektiv aus dem Fernsehkrimi, berichtete er über die technische Seite der wiederholten Verletzung des Paßgesetzes. Seine Aussage klang recht kompliziert, dennoch ging daraus hervor, daß eigentlich jeder, der die Gelenkigkeit eines jungen Menschen und ein festes Seil von der richtigen Länge besaß und der die Abfolge der Postengänge kannte und das Gesichtsfeld des Mannes auf dem nahe gelegenen Wachtturm mied, die Tat hätte begehen können.

Sein Vorgesetzter, der ihm auf dem Zeugenstand folgte, sprach mehr allgemein; nach seinen Erfahrungen ereigneten sich Überschreitungen dieser Art nur selten als Einzelfall; der individuelle Verletzer des Paßgesetzes stehe gewöhnlich in Kontakt mit anderen, die Ähnliches im Sinne hatten, und selbst wo anfänglich keine Organisation bestand, bildeten sich sehr bald Gruppen und Banden; bekanntlich werde ja die jugendliche Abenteuerlust häufig von gewissen Elementen ausgebeutet. Hier besonders läge die Gefahr, und darum müsse dieser Fall in viel ernsterem Licht gesehen werden, als bei oberflächlicher Betrachtung notwendig erscheine.

Dr. Kahns Gesicht strahlte Wohlwollen aus. »Bei Ihrer Untersuchung haben Sie diesem Gesichtspunkt doch Ihre spezielle Aufmerksamkeit gewidmet, Genosse, nicht?«

»Sicher.«

»Und sind Sie auf irgendwelche Beweise gestoßen, daß die Jungens solche Kontakte hatten oder daß eine solche Organisation bestand?«

Richard hob den Kopf. Ich wollte ihm zulächeln, doch waren meine Lippen wie eingefroren.

Unterdessen entwickelte sich zwischen dem Zeugen und Dr. Kahn ein Wortwechsel, den die Richterin zu mißbilligen schien.

Schließlich richtete Dr. Kahn seinen dicken Zeigefinger auf den Zeugen und sagte mit einem kurzen Lachen: »Ist meine Feststellung korrekt oder nicht, daß Sie der ganzen Sache erst gewahr wurden, als der Westberliner Zeitungsausschnitt, der jetzt als Beweisstück A der Staatsanwaltschaft dem Gericht vorliegt, auf Ihren Schreibtisch kam?«

Die Richterin mahnte: Der Zeuge konnte nicht gezwungen werden, die Untersuchungsmethoden der zuständigen Organe preiszugeben.

»Genossin Richterin«, sagte Dr. Kahn, »könnten wir Beweisstück A vorgelesen bekommen?«

Die Richterin wandte sich an den Staatsanwalt: »Sie haben keine Einwendung?«

Ich sehe noch, wie der Staatsanwalt das Stückchen bedrucktes Papier einer Zellophanhülle entnahm. Ich höre noch die Stimme, mit der er den Ausschnitt verlas, seinen unterdrückten Ärger, aber auch den höhnischen Ton des Artikels, der hindurchklang. Richard E. und Richard Z., hieß es, beides Söhne von SED-Funktionären, beide wohnhaft in der kleinen Stadt D. nahe der Grenze von Westberlin, hatten es sich zur Gewohnheit gemacht, über die Mauer hinweg den Westen zu besuchen. Richard Z., 15 Jahre alt, meinte, wo sie über die Mauer gingen, wäre es ein Kinderspiel; Richard E., 17 Jahre, fügte hinzu, zuerst hätten sie ein bißchen Angst gehabt, jetzt aber wäre es »wie über den Zaun in den Nachbargarten klettern«. Das Leben in Westberlin gefiele ihnen, gaben sie an, doch hätten sie nicht vor, im Westen zu bleiben. Ihre Eltern wüßten nichts von ihren Ausflügen über die Grenze; achselzuckend erklärten die Jungen: »Die würden das ja doch nicht verstehen...«

Würden ja doch nicht verstehen, dachte ich. Hatte ich nicht stets Richards Fragen geduldig beantwortet? Hatte ich ihm nicht immer alles erklärt – wie er aus meinem Leib geboren wurde und wie er dort hineinkam, über Geschichte, über die Entstehung des menschlichen Zusammenlebens, über Revolution, über Deutschland und über den Stacheldrahtzaun, der hinter unserm Haus verlief? Und er hatte mich angehört. Aber im Lauf der Jahre hatte sich seine Art, mich anzuhören, geändert, und dieser Ausdruck im Blick hatte sich entwickelt und dieses Kräuseln der Lippen, obwohl er immer noch antwortete: »Ja, Muttchen« und: »Natürlich, Muttchen.«

»Nun, Richard?« sagte die Richterin.

Beide Jungen standen auf.

Die Richterin präzisierte: »Richard Zunk.«

Der junge Edelweiß setzte sich sichtlich erleichtert wieder hin.

»Du hast doch gewußt, Richard, daß es gegen das Gesetz ist, über die Mauer nach Westberlin zu gehen?«

Richard senkte den Kopf.

»Dann erzähl uns mal mit deinen eigenen Worten, warum ihr es getan habt.«

»Wir wollten ins Kino.«

»Und seid ihr gegangen?«

»Ja.«
»Vierzehnmal?«
»Ja.«
»Erzähl weiter, was euch drüben noch passiert ist.«
»Wie wir das letzte Mal rübergegangen sind, haben uns ein paar Westpolizisten gesehen und haben wissen wollen, ob wir aus dem Osten kämen. Und wir – wir haben ja gesagt. Sie haben uns gefragt, ob wir im Westen bleiben wollten; da haben wir gesagt, nein, und da haben sie gefragt, was wir denn wollten, und wir haben es ihnen gesagt...«
»Ja? Sprich weiter.«
»Da haben sie gelacht. Und dann hat der eine gesagt, er kennt jemand, dem würde die Geschichte sicher gefallen, und wie wir aus dem Kino kamen, da war dieser Mann da und hat uns Fragen gestellt und hat Currywurst und Cola für uns gezahlt, aber wir haben ihm nicht richtig getraut und haben ihm nicht viel gesagt.«
Die Richterin spielte mit ihrem Kugelschreiber.
»Richard!« sagte der Staatsanwalt.
Richard zuckte zusammen.
»Ihr seid also vierzehnmal nach drüben gegangen und vierzehnmal, sagst du, wart ihr im Kino. Immer im gleichen Kino?«
»Ja.«
»Wie habt ihr die Billetts bezahlt?«
»Wie wir gesagt haben, daß wir nur Ostgeld hätten, hat die Kassiererin den Chef geholt, und der hat unsre Ausweise angesehen und hat gesagt, wir brauchten nicht zu zahlen.«
»Und habt ihr Spaß gehabt?«
Richard schwieg mißtrauisch. Er hatte die Falle erkannt, die der Staatsanwalt ihm stellte: Wenn er mit Nein antwortete, wieso war er dann immer wieder nach Westberlin ins Kino gegangen, und wenn er ja sagte, wo blieb die Reue, die er doch zeigen sollte?
Endlich richtete er sich auf. »Jawohl«, sagte er sehr ruhig, »es hat uns Spaß gemacht, über die Mauer zu gehen und uns drüben umzusehen. Es war so... ich weiß nicht... anders...«
O Gott, dachte ich, der Junge redet sich selber ins Unglück.

Die Richterin verkündete das Urteil.

Die Angeklagten wurden abgeführt, voran Richard Edelweiß, dann mein Richard. Die Richterin stieg vom Podium herab und kam auf mich und Frau Edelweiß zu und sprach von der Schuld, die auch wir trügen, und zögerte einen Moment und sagte dann etwas von der Zeit, die ja bekanntlich vorbeigehe, und daß die Erfahrung unsern Söhnen nur nützen könne, ob in Armee oder Jugendwerkhof. Der Staatsanwalt, sah ich, trat zu Dr. Kahn, und sie schüttelten einander die Hand: zwei Berufsboxer, es war ein fairer Kampf gewesen, nur keine Haßgefühle – diese Art Geste.

Die Richterin war verstummt.

Dann auf einmal das Lachen, das ich kannte, und Dr. Kahns etwas rauhe Stimme: »Wenn ich Sie gewesen wäre, Genosse Staatsanwalt, ich hätte einen Orden für die beiden Jungen beantragt.«

»Wieso das?« sagte der Staatsanwalt.

»Weil sie, wie jetzt gerichtsnotorisch, vierzehnmal hintereinander ihre absolute Treue zu unserer Republik unter Beweis gestellt haben.«

Der Staatsanwalt lächelte schief. Dann drehte er sich um und ging.

Lysistratus

Nie hätte ich vermutet, Sneedworth würde so aufgeregt reagieren. Sein Gesicht rötete sich, und die Augen begannen zu glänzen. »Arthur«, sagte er zu mir, »das ist groß. Das ist genial, einfach genial.«

Ich widersprach ihm. Ein solcher Gedanke, sagte ich, sei doch sehr naheliegend. Jeder hätte darauf kommen können.

»Hätte«, erwiderte er. »Aber es waren eben Sie. Wie viele Eier wurden von wie vielen Hühnern gelegt – aber erst Christoph Columbus kam darauf, wie man ein Ei auf den Kopf stellt.«

»Also gut«, räumte ich ein, »lassen wir es meinen Einfall sein. Aber erst Sie haben seine Bedeutung erkannt. Erst Sie haben der Sache Gewicht und Perspektive gegeben.«

»Das Schöne an Ihrer Idee«, sagte er, »liegt in ihrer Einfachheit. Genau deshalb wird sie einschlagen. Was hat Einstein berühmt gemacht? E ist gleich mc im Quadrat. So einfach, Arthur, aber was wurde daraus? Der größte Knall der Weltgeschichte. Und wir werden einen noch größeren Knall veranstalten, Arthur, mit Ihrer schönen, einfachen Idee.«

Damals war ich der Meinung, Sneedworth übertreibe. Es gab ja auch viele Leute, die ihn für eine Art von Phantasten hielten. Aber gerade das war er nicht. Vielmehr war der Senator Lysistratus Sneedworth durchaus Realist. In jeder gegebenen Situation nahm er sich zunächst die Tatsachen vor, und zwar sämtliche, erwog die sich aus den Tatsachen ergebenden verschiedenen Möglichkeiten und war so imstande, mit tödlicher Sicherheit vorauszusagen, wie die Situation sich entwickeln und wohin sie führen würde. Es war nicht seine Art, die Menschen mit Gewalt zu überfahren. Aber seine Gedanken waren den ihren stets zehn Schritte voraus; daher konnte er zur rechten Zeit die rechten Vorkehrungen treffen, und hatte er die Leute dann, wo er sie haben wollte, handelte er schon, während sie überhaupt noch nicht wußten, was los war. Das machte es so faszinierend, für ihn zu arbeiten. Äußerlich war er alles andere als eindrucksvoll; doch sobald es in seinem Gehirn zu ticken begann, war er besser als hundert zusammengekoppelte Super-Computer und strahlte das aus, was die Presse gern als Charisma bezeichnet, so daß er bei allen wichtigen Meinungsumfragen ganz oben rangierte und seinem Weg zur Spitze nichts entgegengestanden hätte, wäre er nur eine Frau gewesen.

Aber leider war er ein Mann.

»Also, Arthur«, sagte er, »rekapitulieren wir das Ganze noch mal. Es geht mir um die Einzelheiten. Details sind immer wichtig, alle Politpsychologie fußt auf Details, eine falsche Grimasse kann den besten Fernsehauftritt ruinieren. Also was, genau, sagten Sie zu Leocadia?«

»Nun, Sir«, sagte ich, »es war so. Caddie lag da – Sie wissen ja, wie Frauen daliegen, wenn ...«

»Ich weiß«, sagte er.

»Und plötzlich hatte ich's einfach satt«, fuhr ich fort. »Daß man als Mann zu Haus ausgebeutet wird – schön. Daß man außerhalb der vier Wände als Mann gleichfalls benachteiligt und gedemütigt wird – auch gut. Aber irgendwo existiert eine Grenze, und diese Grenze, so nehme ich an, hatte ich erreicht ...«

»Arthur«, sagte er, »wenn ich bitten darf, jetzt keine Selbstanalyse. Jetzt möchte ich von Ihnen erfahren: Genau was haben Sie zu Leocadia gesagt, und genau was war die Reaktion Ihrer Frau?«

»Nun, Sir, so gut ich mich erinnere: ›Caddie‹, sagte ich ihr, ›ich verweigere es dir. Genug, daß ich in jeder Hinsicht ausgenutzt, ausgepreßt und ausgelacht werde. Aber dies da, das gehört mir, und ich verfüge darüber. Und ich teile dir in aller Form mit, daß ich von heute an ablehne, dich damit zu bedienen.‹«

»Gesprochen wie ein Mann«, sagte Sneedworth. »Das heißt, als Männer noch wie Männer sprachen. Und Leocadia?«

»Caddie lachte. Sie lachte und rückte dichter an mich heran und sagte: ›Das sind häßliche Worte; ich will sie nicht gehört haben. Du weißt, was mir zusteht, Artie, und ich möchte es haben. Auf der Stelle.‹«

»Und Sie?« fragte Sneedworth gespannt.

»Ich sagte ihr: ›Caddie, du scheinst nicht verstanden zu haben. Ich bin in Streik getreten. Streik. S-t-r-e-i-k.‹ Sie sagte: ›Sei nicht lächerlich.‹ Ich sagte: ›Ich meine es todernst.‹ Sie sagte: ›Das ist ja ganz was Neues.‹ Ich sagte: ›Neu oder nicht, du wirst dich an den Gedanken gewöhnen müssen.‹«

Er lehnte sich erregt vor. »Und Leocadia?«

»Caddie? Sie umschlang mich und versuchte auf jede Art und Weise, mich doch dazu zu bewegen – darunter recht reizvolle Arten und Weisen, deren sie sich wohl noch von der Zeit her entsann, als die Frauenbefreiungsbewegung noch nicht zum Matriarchat geworden und die Männerwelt noch nicht so tief gesunken war wie heute. Dennoch, ich blieb bei meinem Entschluß.«

»Ein Mann, ein Wort«, sagte Sneedworth. »Um so besser für Sie.«

»Immer zur Verfügung stehen zu müssen, wenn's denen in den Kopf kommt«, sagte ich, »jeder Laune des stärkeren Geschlechts nachzugeben – es erniedrigt einen nicht nur, es wird auch langweilig.«

»Sie haben also nein gesagt«, sagte er. »Zum ersten Mal seit der Unabhängigkeitserklärung der Frauen und der Großen Frauenrevolution, nein. Und Leocadia?«

»War verblüfft. Die Verblüffung wandelte sich in Ärger, und der Ärger wuchs, bis sie zu toben anfing, und als auch das erfolglos blieb, wurde sie auf einmal wieder ganz lieb und charmant. Ich war ihr süßer Artie, und sie hätte ja das größte Verständnis für mich, und was sie auch immer sagte und tat, wäre doch stets in unser beider Interesse. Und dann, bevor ich wußte, wie mir geschah, drückte sie auf den Schalter.«

Sneedworth wurde bleich. »Am Drüsenerreger?«

Ich nickte.

»Und Sie?«

»Es fiel mir sehr schwer, Sir«, gestand ich. »Aber ich dachte an Odysseus, gefesselt an den Mast seines Schiffes. Ich dachte an all die Heiligen im Himmel, wie sie auf Erden ihr Fleisch geißelten. Ich dachte an meinen lieben verstorbenen Vater, der mir immer sagte: ›Arthur, sei ein Mann.‹ Und es half.«

»Ein Sieg des Geistes über die Materie«, sagte er, »ganz deutlich. Und Leocadia?«

»Caddie war derart frustriert, daß sie stöhnte. Obwohl die Tatsache sich nicht mehr leugnen ließ, war es, als weigerte sich etwas in ihr zuzugeben, daß sie die Gewalt über mich verloren hatte. Schließlich zerbrach der innere Widerstand, und sie wimmerte nur noch.«

»Und Sie?« fragte er.

»Ich, Sir«, sagte ich, »brauchte eine Weile, bis ich begriff, was sich eigentlich ereignet hatte. Als ich dann soweit war, ging ich hinüber zum Wandschrank und goß mir ein großes Glas Scotch ein. Ich wußte, daß Caddie auch nach einem Drink lechzte, daß sie sich aber nie bereit finden würde, mich darum zu bitten. Sie war noch zu festgefahren im alten Gleis: Der Mann soll gefälligst erraten, was die Frau haben will, und die Wünsche der Herrin promptest erfüllen. Ich tat, als merkte ich nichts. Es war der beste Scotch, den ich je getrunken habe.«

»Arthur«, sagte Senator Sneedworth, »ich denke, ich probier das mal mit Nancy. Und dann sehen wir weiter.«

Nancy war Außenminister Nancy Sneedworth, die zweitmächtigste Frau im Lande. Manche behaupteten sogar, ihre Macht sei, da sie häufig hinter den Kulissen wirkte, noch größer als die der Präsidentin. Die Präsidentin, eine offenherzige, etwas langsam denkende Person, deren politische Stärke in ihrer ungeheuren Durchschnittlichkeit bestand, liebte zu reisen und zog es vor, sich auf Ansprachen und Händeschütteln zu konzentrieren; sie neigte dazu, einem Besucher, der mit Problemen jenseits ihres Horizonts zu ihr kam, zu sagen: »Klären Sie das mit Nancy.« So war es nur natürlich, daß die bösen Zungen der Hauptstadt immer wieder behaupteten, Nancy Sneedworths Ehegatte verdanke seinen Sitz im Senat, einen der wenigen, der von Männern eingenommen wurde, ihrem Einfluß in den höchsten Gremien der Partei. Lysistratus Sneedworth lächelte nur sanft, wenn ihm solches zu Ohren kam; er schien den Status der Männer im Lande, und seinen eigenen insbesondere, ganz erträglich zu finden; auf einem Staatsempfang vor kurzem, als Nancy ihn den zu Besuch gekommenen sowjetischen Würdenträgerinnen als *mein kleiner Senator* vorstellte, wollte er, möglicherweise halb im Scherz, von der Leiterin der Delegation sogar wissen, wie es käme, daß im Politbüro der KPdSU sich kein einziger Mann befände.

Trotz alldem bestand kaum Ähnlichkeit zwischen Nancy Sneedworth und dem Typ von Frau, dem man für gewöhnlich in den Aufsichtsräten der multinationalen Konzerne, in den Hallen des Kongresses, auf der Richtertribüne, in den Gouverneurs- und Bürgermeisterämtern bis hinab zu den Diensträumen der Polizeiwachen begegnete: mit Beinen wie Säulen und achtern schwerlastig, die Stimme befehlsgewohnt und sie selbst nur allzu oft wie verkleidete Männer wirkend.

Nancy dagegen war zierlich gebaut und hatte die richtigen Wölbungen an den richtigen Stellen, und wenn sie die großen violettfarbenen Augen in ihrem reizenden Gesicht öffnete und einen so anblickte, schmolz aller Widerstand gegen ihre Wünsche wie ein Schneeflöckchen im Frühlingssonnenschein.

Und doch mußte Sneedworth sie ganz schön aufgeschreckt haben, denn als er am nächsten Tag ins Amt kam, war er in Hochstimmung. »Arthur«, sagte er zu mir, »ich habe noch nie jemand so geschockt gesehen.«

Ich wartete ab.

»Es war keineswegs nur das Persönliche«, fuhr er fort. »Sie wissen ja, Nancy hat in ihrem hübschen Kopf auch einen ganz hübschen Verstand. Sie begriff also sofort, welche Möglichkeiten in der Sache steckten, und das war es, was sie so erregte und aufbrachte. Sie hat bereits mit der Präsidentin geredet.«

»Woher wissen Sie das?«

»Ich hab im Klub gefrühstückt«, sagte er. »Begegnete dort dem Ersten Gentleman. Der arme Mensch hat die Hosen voll.«

»Wieso das?«

»Die Präsidentin hat ihm gedroht.«

»Womit?«

»Wenn ihm der Gedanke auch nur in den Kopf käme, hat sie ihm gesagt, würde sie sich von ihm scheiden lassen, und kein Gericht im ganzen Land würde ihm auch nur einen Cent Alimente zusprechen.«

»Jesus«, sagte ich. In meiner Freude über die Entdeckung einer Methode, mit deren Hilfe man die Frauen unter Druck setzen konnte, hatte ich überhaupt nicht an den ökonomischen Druck gedacht, den sie auf ein hilfloses, abhängiges Mannsbild auszuüben in der Lage waren.

»Und weiter«, sagte Sneedworth, »war die Präsidentin in ihrem Zorn so unbedacht, dem Ersten Gentleman anzukündigen, sie werde sofort eine Notstandsgesetzgebung vorlegen, wonach solche Streiks für ungesetzlich erklärt werden würden und als gegen die Verfassung gerichtet und alle Personen, die solche Streiks forderten oder sich dafür einsetzten, als Verschwörer und Feinde der Erklärung der Frauenrechte gelten und entsprechend strafrechtlich verfolgt werden sollten.«

»Dagegen werden wir wenig ausrichten können«, gab ich zu bedenken. »Die haben die Polizei und die Gerichte, das FBI, die Armee, die CIA plus all der Elektronik, die besagten Behörden zur Verfügung steht...«

Sneedworth grinste. »Aber das eine, was wir haben, das haben sie doch nicht.«

Darauf gab er mir eine Lektion in Dialektik. Ich hatte das Wort noch nie gehört und auch er nicht, bevor er mit der Leiterin jener Sowjetdelegation zusammenkam. Die zwei mußten recht interessante Gespräche miteinander geführt haben, obwohl, wie er immer wieder betonte, dabei weder auf ihrer noch auf seiner Seite von ideologischer Koexistenz auch nur im entferntesten die Rede sein konnte. Jedenfalls wußte er Bescheid über These und Antithese und über den Sprung von der Quantität in die Qualität und setzte mir auseinander, wenn seine Frau und die Präsidentin beide so früh im Spiel schon in solche Panik gerieten und bereit waren, mit so schwerem Geschütz gegen eine Bedrohung vorzugehen, die noch gar nicht existierte, dann konnten unsere Chancen, etwas Positives zu erreichen, doch gar nicht so schlecht stehen. »Und vergessen Sie eines nicht«, fügte er hinzu. »Selbst eingeschüchtert und unterdrückt und so gut wie entmannt, sind wir immer noch beinahe fünfzig Prozent der Bevölkerung. Es bedarf nur etwas ganz Simplen, das jeder Mann, auch der einfachste, begreift und das jeder fähig ist durchzuführen, ohne dabei allzu viel zu opfern, und dessen Wirkung er selber feststellen kann – und wir werden wieder eine Macht sein.«

Ich muß gestehen, was er sagte, klang überzeugend. Wenigstens überzeugte es mich. Und während er seine Pläne zu einem regelrechten Szenario gestaltete, begann ich wirklich zu glauben, seine Taktik werde von Erfolg sein, vorausgesetzt – und das war eine sehr große Frage –, vorausgesetzt, man konnte die Männer der Welt dazu bringen, einig zu sein und für die relativ kurze Spanne, die sein Zeitplan vorsah, auch einig zu bleiben. Dialektisch gesprochen, die Dingerchen, in denen Sneedworth unsere Stärke sah, waren zugleich unsere Schwäche.

Der Senator, immer noch getragen von dem Erlebnis seiner Nacht mit Nancy, schob meine Zweifel beiseite. Innerhalb von Tagen, in Anbetracht der weiblichen Natur, würde der Konflikt siegreich beendet sein; und welcher Mann würde nicht froh sein, sich nach all den Anstrengungen eine kurze Ruhepause zu gönnen, und stolz darauf, um der Sache der endlichen Befreiung willen Enthaltsamkeit zu üben? Schwierigkeiten sähe er durchaus, aber die lägen eher auf dem Gebiet der Kommunikation; mußten unsere Ziele und Ideen doch in unserem wie in anderen Ländern durch Medien propagiert werden, welche unter der Kontrolle des herrschenden Geschlechts standen; doch plante Sneedworth, in bester dialektischer Manier, die Frauen mit ihren eigenen Waffen zu schlagen – hatten sie nicht stets auf gleichen Rechten bestanden? Behaupteten sie nicht immer noch, sie hätten ihre Herrschaft nur erreicht, um sich ihre gleichen Rechte zu sichern? Gut denn, das ließ einen zweiten, ebenso gleichen Haufen Rechte uns Männern übrig, und es bestand überhaupt kein Grund, für unsere Männerrechtsbewegung nicht die gleiche Zeit im Fernsehen, den gleichen Raum in Presse und Funk, die gleiche Öffentlichkeit für die Darlegung unseres Standpunkts zu fordern, wie sie die Frauen in Anspruch nehmen – dies wenigstens in den Staaten, welche den Grundsätzen einer pluralistischen Demokratie Folge zu leisten vorgaben.

In Staaten mit anderen Regierungsformen würde das Wort sich durch sich selbst zu verbreiten haben, und wie die Erfahrung bewies, verbreitete es sich dort auch recht geschwind und gründlich.

»Wann also rufen wir zum Streik?« wollte ich wissen.

»Der Streik«, sagte Sneedworth mit einem Augenzwinkern, »ist unsre letzte Waffe. Wir werden uns darauf vorbereiten. Aber benutzen werden wir diese Waffe nur, falls unsere Forderungen abgelehnt werden sollten.«

Woraufhin er mir seinen Entwurf eines Manifests an alle Männer diktierte. In der Einleitung behandelte Sneedworth die moralische Berechtigung des Kampfs der Männer um ihre Rechte, wobei er sich auf die Bedeutung des männlichen Geschlechts und seinen Anteil an der menschlichen Entwicklung, von Adam bis zur Gegenwart, berief. Danach hieß es im Manifest:

»In Anbetracht der Tatsache, daß das Frauenregime in den Ländern der Welt sich als unfähig erwiesen hat, auch nur eines der dringlichen Probleme der Menschheit zu lösen, seien sie sozialer oder ökologischer Natur, nationaler oder rassischer, statt dessen jedoch zu den vorhandenen Ungerechtigkeiten neue hinzugefügt hat, nämlich die Diskriminierung und Unterdrückung gerade des Geschlechts, ohne dessen unersetzlichen Beitrag das Leben der Frauen unerfüllt bliebe und die Menschheit als ganze verdorren und aussterben müßte,

rufen wir die Männer überall in der Welt auf, sich zu erheben und zu fordern:

die juristische Anerkennung der Gleichberechtigung des Mannes in den Verfassungen und Gesetzen aller Länder;

die Beseitigung aller Schranken, die der vollen Teilnahme des Mannes am politischen und gesellschaftlichen Leben seiner Länder entgegenstehen;

die Schaffung von Garantien für sein Recht, an Wahlen für alle Organe der Staatsmacht teilzunehmen und in diese gewählt zu werden, jegliches Staatsamt zu bekleiden und die Möglichkeiten zur Mitbestimmung auf allen Ebenen wahrnehmen zu können;

die Gewährleistung des gleichen Zugangs zu Bildung und fachlicher Qualifizierung auf allen Ebenen für den Mann;

die Schaffung von Garantien für gleiches Recht auf Arbeit und gleiche Entlohnung für gleiche Arbeit;

gleiche Rechte und Pflichten in der Familie; Anerkennung der Vaterschaft als einer sozialen Funktion; Schutz des Mannes gegen willkürliche Bestrafung und gegen sexuelle und andere Ausbeutung.«

Sneedworth blickte auf. »Habe ich was ausgelassen, Arthur?«

»Ich weiß nicht«, sagte ich. »Das klingt ja alles ganz gut und ist wohl auch ziemlich umfassend; aber doch scheint mir etwas zu fehlen.«

»Ich sehe, was Sie meinen«, sagte er nach einer Pause. »Dem Hund fehlen die Zähne.« Und nach weiterem kurzen Nachdenken: »Wie wär's, wenn wir hinzufügten:

Durchsetzung der Gleichberechtigung des Mannes, wenn nötig, durch kollektives Handeln aller Männer.«

Sneedworth richtete es so ein, daß seine Pressekonferenz gerade rechtzeitig für die Wochenendnachrichten im Fernsehen und für die Sonntagsausgaben der Tageszeitungen stattfand.

Ich erinnere mich jenes Spätnachmittags, als wäre es heute: die dunkelrosa Tapete im Colonial Room des Hilton, den Sneedworth für die Veranstaltung gemietet hatte, das unruhige Hin und Her der Köpfe unter den grellen Kegeln der Scheinwerfer, das ständige Surren der Kameras, das süßsaure Odeur in der Luft. Die Nerven des Senators waren, ebenso wie meine, zum Zerreißen gespannt; dem großen Ereignis waren Wochen angestrengtester Arbeit vorausgegangen, in denen weltweit Verbindungen hergestellt wurden zu Männern, die gewisse Schlüsselstellungen in ihren Ländern innehatten. Leider waren Männer in einflußreichen Positionen nirgends sehr zahlreich, und die meisten von ihnen wurden, wie auch der Senator und ich, dauernd beschattet und bewacht. Wir trafen alle möglichen Vorsichtsmaßnahmen, aber in einer Welt, wo schon drei oder vier Männer, die sich um eine Theke sammelten, die Aufmerksamkeit der Behörden erregten, war es nicht zu verhindern, daß hier und da etwas durchsickerte. Ich war mir darüber im klaren, daß zumindest die Frauen in Regierungs- und Parteispitze Kenntnis hatten, daß sich gewisse Dinge anbahnten; aber selbst dort schien man keine so breite und so kühn angelegte Aktion erwartet zu haben.

Man spürte das an der Reaktion der Presse in dem geräumigen Saal, an dem allgemeinen Erschrecken, als Sneedworth mit schneidender Stimme die Worte *kollektives Handeln aller Männer* sprach.

Die Spannung löste sich auch nicht, nachdem die Vertreterin der New York Times in ihrer bissigen Art anfragte, ob der Senator sein Projekt denn »mit Nancy geklärt« hätte. Eine zweite Schrecksekunde folgte auf Sneedworths klares *Ja* in Antwort auf die spitze Frage der Prawda-Korrespondentin, ob das von dem Senator angedeutete kollektive Handeln aller Männer etwa einen Männerstreik bedeute und, wenn ja, ob er vielleicht meine, die Männer im sozialistischen Teil der Welt, die bekanntlich alle wünschenswerten Freiheiten genössen, würden sich an einem so törichten und reaktionären Unternehmen beteiligen.

Kurz danach, erinnere ich mich, wurde die Stimmung hektisch. Während ein Teil der Journalistinnen aus dem Saal strebte, um die Neuigkeit ihren Redaktionen durchzutelefonieren, drängten von der Hotelhalle und von der Straße her Massen von Frauen herein, denen etwas von einer Männermeuterei zu Ohren gekommen war. Die Kameras gerieten ins Schwanken; sogar der lange, schwere Tisch, in dessen Schutz wir uns einigermaßen aufrecht hielten, wäre beinahe umgestürzt worden. Schreie durchgellten den Zigarettenrauch, Handtaschen und Regenschirme wurden drohend gegen uns geschwenkt, der Aufruhr schien sich ausweiten zu wollen zum Pogrom. In scheinbarem Gleichmut, das Gesicht gegen die tobende Menge gewandt, stand Sneedworth auf seinem Platz, bis es den wenigen anwesenden Männern gelang, eine Art Phalanx zu bilden und ihn durch eine Hintertür aus dem Saal zu geleiten.

Noch in der Nacht und erst recht in den darauf folgenden Tagen wurden wir von Telefonanrufen, Telegrammen, Briefen überschwemmt, deren einige geradezu hysterisch klangen. In der Mehrheit waren Äußerungen aus der Bevölkerung negativ, was wohl darin seine Ursache hatte, daß die Männer im allgemeinen noch zu furchtsam waren, um von sich hören zu lassen. Eine Anzahl von Frauen meinte, wir wären schön blöd, wenn wir glaubten, es mache ihnen auch nur das Geringste aus, wenn sie von ihren Männern bestreikt würden; andere richteten ihren Zorn gegen unsere Ehefrauen, besonders gegen Nancy Sneedworth, weil sie uns nicht kurz genug an der Leine gehalten und zugelassen hätten, daß wir uns eine solche Freiheit leisteten; andere wieder wollten uns des Landes verwiesen sehen, nach Moskau, nach Havanna oder nach Peking, offenbar in dem Glauben, daß die kommunistischen Frauen es besser verstünden, ihre Männer an die Kandare zu nehmen. Einige der Damen gingen so weit, uns mitzuteilen, es wäre wohl das Beste, wenn man uns zwangskastrierte.

Doch als nach einer Zeit die Kampagne zu laufen begann und die Männer mitkriegten, daß sie wirklich ein Mittel zur Verbesserung ihrer bedauernswerten Lage in der Hand hatten, schrieben auch sie uns oder riefen uns an, und der Tenor der öffentlichen Meinung änderte sich, und wir spürten die wachsende Unterstützung seitens der Männermassen, besonders auch aus den Ländern des Sozialismus. Es kamen sogar auch Briefe von Frauen, die unserer Sache eine gewisse Berechtigung nicht absprachen; und welch ein Triumph war es für uns, als der Erste Gentleman bei einem nächtlichen Geheimtreff in einem unterirdischen Parkhaus dem Senator mit zitternder Stimme erklärte: »Lysistratus, auch ich stehe auf Ihrer Seite.«

Nancy und die Präsidentin ließen inzwischen mit Hilfe eines nur allzu gefügigen, von Frauen beherrschten Kongresses eine ganze Serie von Anti-Radikalen- und Anti-Streik-Gesetzen verfügen; und in einer Sondersitzung der Vereinten Nationen wurde von den Delegierten, bei Stimmenthaltung nur von Schottland und Wales, eine einstimmige Resolution angenommen, welche die Verhängung von Sanktionen gegen eine jede Regierung vorsah, die den männlichen Bürgern ihres Landes gestattete, den Frauen auch nur ein einziges der diesen zustehenden gleichen Rechte zu verweigern.

»Was jetzt?« fragte ich Sneedworth.

Der blickte aus dem Fenster auf die Panzer, die auf der Straße in Stellung gegangen waren, und auf die Reihen stahlbehelmter Polizistinnen und auf die Frauenmenge in der Entfernung.

»Jetzt«, sagte er, »Streik.«

Wer Geschichte machen will, muß vorgehen wie ein Gemüsezüchter: Er muß wissen, wann er die Radieschen aus dem Boden holt.

Sneedworth hatte den genau richtigen Zeitpunkt zum Handeln gewählt. Innerhalb von Tagen traten in Städten und Dörfern überall, in Nord, Süd, Ost, West, Gruppen von Männern zusammen, meist insgeheim, um ihren Eid abzulegen:

»Hiermit verspreche und schwöre ich, mich jedes geschlechtlichen Verkehrs mit Frauen, einschließlich der eigenen, zu enthalten, sowie ferner, auch diese nicht in irgendeiner Weise zu berühren, welche ihnen Lust oder Befriedigung verschaffen könnte, bis mir und allen Männern gleiches Recht geworden ist. So mir Gott helfe.« (Diese letzten Worte durften weggelassen werden.)

Damit war der Krieg erklärt, Armeen von Madame Potiphars gegen Massen von keuschen Josephs; nur die Homos beiderlei Geschlechts blieben neutral. Es war ein stummer, erbitterter Krieg, dessen Schauplatz sich in jedes Heim, jeden Betrieb, jedes Büro erstreckte, wobei die Frauen ständig in der Offensive waren und den Widerstand ihrer Gegner zu brechen suchten, während die Männer in Verteidigungsstellung blieben, vor Angriffen sich zurückzogen, Treffen tunlichst vermieden, die Hose zugeknöpft, den Dhoti zusammengeknotet, den Lendenschurz geschürzt hielten. An vielen Frontabschnitten war der Krieg durch Guerrilla-Aktionen gekennzeichnet, bei denen die Frauen einzeln oder in kleinen Gruppen den Männern auflauerten und versuchten, sie zu überwältigen. Manchmal ließ sich der Knall eines Schusses vernehmen oder ein kurzer Aufschrei, gefolgt von einem Plumpsgeräusch, wenn eine frustrierte Gattin auf ihren Gatten feuerte oder eine verzweifelte Jungfrau ihren zurückhaltenden Boyfriend von einer Klippe in die Tiefe stürzte; doch im großen ganzen waren die Methoden der Kriegführung psychologischer Art, auf breiter Skala, von Schmeicheln und Flehen bis zu den schrecklichsten Drohungen, von holdem Erröten bis zu den frechsten Verlockungen, den gefürchteten elektronischen Drüsenerreger nicht zu vergessen.

In seinem Hauptquartier, das Sneedworth im Hilton errichtet hatte und in dem es wie in einem Bienenkorb zuging, berichteten mir die Männer von knappem Entrinnen aus der Gefahr und von wahrhaft heroischen Taten des Widerstands. In all diesen Berichten war übereinstimmend die Rede von einem sonderbaren Hochgefühl, das alle während des Kampfes ergriff und das dem gemeinsamen Erlebnis zu entspringen schien, daß man nun nicht länger das schwächere Geschlecht war und daß die Frau in einem entscheidenden Punkt wenigstens nicht mehr zu bestimmen hatte. Mit der Zeit erwiesen sich die gesetzlichen wie auch die ungesetzlichen Mittel, welche das herrschende Geschlecht anwandte, als unwirksam. Obwohl die Gefängnisse und Straflager mit streikenden Männern überfüllt waren, mußten die Behörden bald feststellen, daß die Mittel, mit deren Hilfe man bisher die Widerstandskraft der Gefangenen so erfolgreich brach und diesen jedes gewünschte Geständnis entriß, in dem unglücklichen Opfer noch lange nicht das Bedürfnis erzeugten, ein Mitglied des Wachpersonals, und sei dieses auch noch so saftig, in Liebe zu umarmen.

Wir hatten nun das gesamte Hilton-Hotel übernommen und weitere Hauptquartiere, viele davon im Untergrund arbeitend, in allen größeren Städten der Welt geschaffen. Wir hatten unser eigenes Pressezentrum, unsere eigenen Wachen, unsere eigene Finanzverwaltung. Wir hatten auch schon, und zwar in Millionenauflage, Formulare drucken lassen, die in allen erdenklichen Sprachen den folgenden Text enthielten:

Ich ______________________________
(Name, Geburtsname, Vornamen)

wohnhaft ______________________________
(Hausnummer, Straße, Wohnort, Land)

erkläre hiermit, daß ich bereit bin, ______________

____
(Name des Ehegatten bzw. Bräutigams bzw. Boyfriends bzw. Lebenskameraden)

sowie allen anderen Männern volle Gleichberechtigung zu gewähren.

(Unterschrift)

und die zunächst nur spärlichen Antworten begannen in zufriedenstellender Zahl einzutreffen. Sneedworth, der durchaus bemerkte, wie hart und bis zu wie später Stunde ich arbeitete, schlug mir vor, ich sollte ins Hotel übersiedeln; doch ich erklärte ihm, so sehr ich seine Fürsorge auch zu schätzen wisse, ich brächte es nicht fertig, mich den Gefahren, denen andere Männer sich stündlich und täglich aussetzten, auf diese Weise zu entziehen; wir, die wir von Anbeginn an in der Bewegung stünden, hätten vielmehr eine besondere Verpflichtung, durch unser Beispiel den Zusammenhalt unserer Reihen zu stärken und zu sichern; in diesem Kampf müsse ein jeder sozusagen jederzeit auf Gefechtsstation stehen.

»Wie geht's Leocadia?« erkundigte er sich.

»Caddie?« Sein plötzliches Interesse an meiner Frau machte mich stutzig. »Sie leidet.«

»Arthur«, sagte er, »hüten Sie sich. Ich kenne Sie doch. Sie haben ein weiches Herz unter Ihrer harten Schale.«

Ich lachte. Ich versicherte, ich wüßte genau, was auf dem Spiel stünde, und daß ich den schwächlichen Versuchen Caddies, mich zum Streikbruch zu veranlassen, mit Leichtigkeit widerstanden hätte und daß sie in den letzten Wochen hager und hysterisch geworden sei und mich eher langweile als verlocke und daß sie ganz und gar keine Gefahr für meine Gesinnungsstärke darstelle und ich nur auf den rechten Moment wartete, um ihr unser Formular vorzulegen und ihre Unterschrift zu erhalten.

An dem Abend, als ich durch die vereinsamten Straßen der Stadt nach Hause fuhr, hielt mich eine Polizeistreife an. Zunächst nahm ich an, es handele sich um eine jener Routinemaßnahmen, die das herrschende Geschlecht durchführen ließ, um die Männer einzuschüchtern – aber, wie sich herausstellen sollte, war es etwas Schlimmeres. »Los«, knurrte die sichtlich übelgelaunte Polizistin, die mich von meinem Sitz hochgerissen hatte, »Sie steigen bei uns ein.«

Ich protestierte.

»Kein Widerspruch!« befahl sie. »Ihr habt noch lange keine gleichen Rechte.« Damit drehte sie mir den Arm hinter den Rücken und stieß mich in den Streifenwagen hinein, auf dessen Hintersitz zwei ebenso muskulöse, ebenso übelgelaunte Polizeidamen mich in die Mitte nahmen.

Wir fuhren, wie mir schien, eine Ewigkeit. Die an den Fenstern des Wagens vorbeihuschenden Lichter wurden immer seltener; ich bemerkte eine letzte Würstchenbude, eine Tankstelle, dann war alles finstere Nacht, bis ich den Silberglanz des Mondes auf breiter Wasserfläche erblickte.

Der Wagen stoppte.

»Raus«, sagte die Polizistin vorne.

Mir kamen die Geschichten in den Sinn, die ich gehört hatte, von Männern, die kaltblütig erschossen worden waren, weil sie angeblich zu flüchten versuchten: Ich stand dem Zentrum der Bewegung nahe genug, um den Behörden die kleine Mühe lohnend erscheinen zu lassen. Ich beschloß, wenn denn gestorben sein mußte, mit Würde zu sterben.

Ich verließ den Wagen. Wir befanden uns auf einem Steilufer. Das Gras zu meinen Füßen duftete, und vom Meer unten drang das Geräusch der Wellen herauf, die gegen den Fels plätscherten. Trauer beschlich mich, daß der Tod mich just auf einem so schönen Fleckchen Erde ereilen mußte.

Doch plötzlich hörte ich, wie der Motor gestartet wurde und der Wagen davonfuhr. Eine zierliche Gestalt löste sich aus dem Schatten und kam auf mich zu.

»Nancy!« sagte ich.

»Hallo, Arthur!«

»Nancy«, sagte ich, »was tun Sie denn hier?«

»Ich wollte mich mit Ihnen unterhalten.«

Ich bemerkte, daß sie sehr eng anliegende Jeans trug und einen Sweater, der alles an ihr noch betonte.

»Wollen wir uns nicht setzen«, schlug sie vor.

Die Nacht war warm und das Gras weich. Ich spürte ihre Nähe.

»Für Verhandlungen über den Streik«, sagte ich, »ist der Senator zuständig.«

»Armer Lysistratus.« Sie seufzte. »Da will er seine Mängel als Mann kompensieren, indem er all den Lärm veranstaltet.«

Die Mitteilung bezüglich der Schwächen ihres Gatten ließ mich aufhorchen; gleichzeitig fühlte ich mich jedoch auch geschmeichelt durch ihre offensichtliche Erwartung, von mir zu erhalten, was Sneedworth ihr anscheinend nicht verschaffen konnte.

»Arthur«, lächelte sie süß, »Sie können von mir haben, was Sie wollen.«

»Ich bin nicht korrumpierbar«, sagte ich und merkte doch schon, wie die Korruption mich von Kopf bis Fuß durchflutete.

»Arthur«, die großen violettfarbenen Augen öffneten sich weit, »ich gebe Ihnen gleiche Rechte.«

»Nancy«, das Herz klopfte mir im Halse, »wären Sie bereit, das zu unterschreiben?«

»Warum nicht?« sagte sie und streichelte mich am Ohr.

Mein Atem kam in hastigen Stößen. Ich hatte Visionen von ihrer Unterschrift, in vergrößerten Faksimiles, auf allen Frontseiten und Fernsehschirmen. Der Name der zweitmächtigsten Frau im Lande auf dem bekannten Formular: Das bedeutete den Zusammenbruch der Frauenfront.

»Ich hab zufällig ein Formular bei mir«, sagte ich heiser, »und einen Kugelschreiber auch.«

Ich sah ihr zu, wie sie schrieb. Dann lehnte sie sich zurück und öffnete den Reißverschluß an ihren Jeans. »Arthur«, flüsterte sie, »nicht nur gleiche Rechte. Alles.«

Ihre Fingerspitzen schienen mich überall zu berühren. Ihr Blick wurde leidenschaftlich, und ich spürte die schlangenhafte Bewegung, mit der sie dicht an mich heranglitt.

Dann flammten die Blitzlichter auf.

Ich schreibe dies Letzte in den wenigen mir verbleibenden freien Minuten zwischen den Arbeiten, mit denen meine Frau Leocadia mich gnadenlos überhäuft. Das Gespräch, das ich nach meinem Abenteuer auf dem Steilufer mit Sneedworth führen mußte, möchte ich allerdings nicht noch einmal erleben. Er saß hinter seinem Schreibtisch, darauf Berge von Zeitungen, manche aus so fernen Orten wie Urumchi und Kampala, doch alle mit Frontseiten, die über vier oder fünf Spalten Breite Nancy und mich bei frischer Tat zeigten.

»Streikbrecher«, sprach er zu mir, mehr in Trauer denn in Zorn.

Ich beugte das Haupt. Meine einzige Entschuldigung wäre das Formular in meiner Brusttasche gewesen, mit Nancys Unterschrift darauf; aber just das konnte ich ihm nicht zeigen, denn wo sie den Namen ihres Ehegatten hätte eintragen sollen, hatte das listige Weib meinen hineingeschrieben.

»Gesinnungslump«, sagte er, »Renegat, Verräter.«

»Nur weiter so«, sagte ich. »Je schlimmer, desto besser. Ich hab's verdient.«

»Judas«, sagte er. »Es ist Ihnen doch klar, was diese Photos in der Presse bedeuten?«

»Es ist mir klar.«

»Unsre Reihen wanken«, fuhr er fort, »sie lösen sich auf, und gerade als wir drauf und dran waren zu siegen. Die Männer sagen sich: ›Wenn der Kerl es tut, warum nicht auch wir, und lieber bevor es zu spät ist.‹ Die Präsidentin hat uns ein Ultimatum gestellt: bedingungslose Übergabe. Ich sehe nicht, was wir anderes tun können, als uns zu unterwerfen.«

Damit erhob er sich und wies mir die Tür. Ich schlich aus dem Zimmer. Die Männer im Korridor und in der Halle des Hilton, die so aufopfernd für die Sache gewirkt hatten, blickten an mir vorbei. Nur ein Hotelpage konnte seine Gefühle nicht beherrschen und spie vor mir aus; die Spucke traf meinen Schuh.

»Arthur!«

Das ist Caddies Stimme, quälender denn je.

»Möchtest du nicht bitte das Baby windeln, Arthur? Und der ganze Abwasch steht noch da. Und wann hast du den Wohnzimmerteppich das letzte Mal gesaugt?«

Es war ein tapferer Versuch, den wir unternommen hatten, und ging gut, solange es eben ging. Natürlich trage ich die Schuld an dem, was am Ende geschah, aber rückblickend meine ich dennoch, es hätte einem jeden von uns passieren können. Tatsache ist, wir sind nun einmal das schwächere Geschlecht, und unsere Chancen den Frauen gegenüber waren von Anfang an doch sehr gering.

Zirkus

Wer einmal im Hotel National in Moskau gewohnt hat, wird mir sicher recht geben: Wenn man das Glück hat, eines der großen Zimmer zum Swerdlow-Platz hin zu bekommen, lohnt es sich durchaus, den Intourist-Preis zu zahlen. Die Zimmer sind noch so möbliert wie vor achtzig oder hundert Jahren, Spät-Empire in seiner russischen Form, dazu Orientteppiche auf dem Parkettfußboden und echte Ölgemälde an den von weißen Pilastern unterteilten dunkelgrünen oder dunkelblauen Wänden; die Betten, gleichfalls aus der Zeit, stehen hinter Vorhängen verborgen in einer Nische. Man läßt sich den Schlüssel von der stets wachsamen *Deschurnaja* am Ende des Korridors geben, schließt die Zimmertür auf – und erwartet unwillkürlich Anna Karenina zu sehen, wie sie auf Graf Wronsky wartet, dessen Liebe schon nicht mehr ist, was sie war, oder am Schreibtisch den Vorsitzenden des Rates der Volkskommissare vorzufinden, Lenin, der hier eine kurze Zeit untergebracht war, bevor er nach gegenüber in den Kreml zog. Es gibt derartige Zimmer vielleicht noch zehn oder zwölf in dem alten Hotel, und Gott weiß, wie lange das Hotel noch stehen wird; ich bin daher froh, daß ich zweimal dort einquartiert wurde: in der Mitte der fünfziger Jahre, während eines Kongresses, über den ich zu berichten hatte, und kürzlich wieder, als die unserer Touristengruppe in einem jener scheußlichen Großhotels in den Moskauer Außenbezirken zugewiesenen Zimmer versehentlich einer Delegation von Schafzüchtern aus der brüderlichen Mongolischen Volksrepublik gegeben worden waren. Der auch sonst sehr lehrreiche Kongreß, erinnere ich mich, war besonders bemerkenswert wegen einer im Zustand der Volltrunkenheit gehaltenen Rede eines berühmten Lyrikers, in der dieser sich mit einem Gewehr verglich, dessen letzte Patrone bereits dahin war. Die Wetten standen fünf zu eins, daß er am Rednerpult umkippen würde, aber er hielt sich aufrecht, Beweis für die Zähigkeit seiner

Dichternatur. Ich erwähne das nur nebenbei; mit meiner Geschichte hat es nichts zu tun.

Meine Geschichte beginnt an einem matschigen Abend während meines zweiten Aufenthalts im National, und zwar in dem Moment, da ich, meine Familie im Gefolge, durch die Drehtür hindurch dem Fahrstuhl zustrebte. In der Eingangshalle wimmelte es von Menschen, Russen wie Ausländern, die Russen erkennbar an ihren Galoschen. Die zwei Fahrstühle brauchten ihre Zeit; wenn die Großherzöge und Großkaufleute von ehemals es abwarten konnten, warte du gefälligst auch. Ich fühlte, daß man mich beobachtete. Ich habe in den verschiedensten Teilen der Welt unter Beobachtung gestanden; da entwickelt man ein Gespür. Ich schaute mich unauffällig um, aber die in Frage kommenden Typen waren anderweit interessiert. Dann bemerkte ich ein schon älteres Paar, offensichtlich im Westen zu Hause; sie trug einen eleganten, kostbaren Pelz, er einen solide geschneiderten Mantel aus grau-weiß gemustertem Stoff. Sie sprach erregt auf ihn ein, wobei wiederholte Blicke in meiner Richtung den Gegenstand ihrer Rede erraten ließen; er schüttelte zweifelnd den Kopf, doch schienen sich seine Zweifel unter dem Einfluß ihrer Argumente zu verringern.

Die aufflackernden Leuchtziffern über der Fahrstuhltür zeigten an, daß der Lift sich allmählich dem Erdgeschoß näherte. In der Hoffnung, es möchte uns gelingen, uns hineinzudrängen, schob ich Frau und Sohn dem Fahrstuhl zu und geriet so nahe genug an den westlichen Herrn und die Dame heran, um ihre Worte wenigstens teilweise verstehen zu können.

»Er ist es, sage ich dir!«

Das war von ihr gekommen, in einem Englisch, das aus dem New Yorker Stadtteil Bronx oder dessen unmittelbarer Umgebung stammte.

»Vielleicht«, sagte er, »und vielleicht auch wieder nicht.«

»Etwas anders sehen sie immer aus, wenn man sie aus der Nähe sieht«, beharrte sie. »Aber die Nase, das Kinn, das ganze Gesicht und überhaupt die Haltung...«

Er befürchtete anscheinend, ich könnte mithören, und stieß sie an.

»Ich geh und frag ihn«, flüsterte sie überdeutlich.

»Würd ich nicht tun«, riet er ab, aber sein resignierter Ton ließ erkennen, daß er wußte, sie war nicht zu halten.

Der Lift hatte das Erdgeschoß erreicht; der darauf folgende Ansturm endete damit, daß weder der Herr und die Dame noch wir in den Fahrstuhl gelangten. Wir begaben uns also quer durch die Halle hin zu dem zweiten Lift; ich behielt die beiden im Auge, konnte aber nicht mehr hören, was sie sprachen. Meine Frau wollte wissen, ob sie Bekannte von mir wären, vielleicht aus meiner New Yorker Zeit. Ich zuckte die Achseln; auf beiden lag ein Hauch von déjà vu, dennoch war ich überzeugt, daß weder er noch sie mir jemals begegnet waren. Gerade das aber, ich gestehe es, war, was mir schmeichelte. Vielleicht hatten sie ein Buch von mir gelesen und mich nun nach dem Photo auf der Rückseite des Schutzumschlags erkannt, oder sie hatten mich bei einem Fernsehinterview gesehen: Mein Gesicht, das war mir mehr als einmal gesagt worden, hat sehr markante Züge.

In dem zweiten Fahrstuhl dann ergab es sich, daß ich neben der Dame zu stehen kam. Ich sah sie schlucken, Mut fassen. Sie hob den Kopf. »Entschuldigen Sie, wenn ich Sie so anspreche«, begann sie, »aber mein Mann und ich bewundern Sie sehr.«

Ich lächelte.

»Kommen Sie nicht auch mal nach New York? Wir würden uns außerordentlich freuen, wenn wir Sie auch bei uns sehen könnten.«

Ich betrachtete meine Chancen, New York besuchen zu können, als minimal, aber nach dieser Gesprächseröffnung wollte ich die Dame nicht enttäuschen und sagte: »Möglich ist alles.«

»Das wäre wirklich großartig!« sagte sie ehrlich begeistert und fügte in vertraulichem Tone hinzu: »Aber erzählen Sie doch, wie bringen Sie das nur fertig?«

»Bringe ich was fertig?« fragte ich etwas verlegen, da ich mir nicht vorstellen konnte, wie ich meine Arbeitsmethoden zwischen dem ersten und vierten Stock des Hotels National erklären sollte.

»Bringe ich was fertig!« wiederholte sie mit gespielter Ironie. »All diese Wunder, die erstaunlichen, mit Ihren Tieren!«

An diesem Punkt hätte ich ihr eröffnen müssen, daß sie mich zweifellos mit jemand verwechselte, aber sie ließ sich einfach nicht zügeln.

»Mein Mann und ich kommen gerade aus dem Zirkus. Ich sage Ihnen, für mich war das das Aufregendste in der ganzen Sowjetunion, vielleicht mit Ausnahme von Stalingrad, was sie jetzt auf Wolgograd umgetauft haben, und Sie sind das Aufregendste im ganzen Zirkus. Ist das Ihr Junge da?«

»Ja«, sagte ich.

»Hab ich sofort gewußt. Ich hab ihn wiedererkannt, von seinem Auftritt in Ihrer Nummer. Er ist Ihnen sicher eine große Hilfe.«

»Ist er«, bestätigte ich.

»Aber wie bringen Sie es nur fertig«, kam sie auf ihre alte Frage zurück, »diese Macht über Ihre Tiere zu haben!«

Ich konnte sie schlecht fragen: »Was für Tiere sind denn das?«, andererseits vermutete ich, daß die Dressur etwa von Pudeln sich ganz erheblich von einer Elefantendressur unterschied. Also richtete ich meinen Blick hinauf zu der hölzernen Decke des Lifts und erklärte: »Geduld, Madame – es ist alles nur eine Frage von Geduld.«

»Geduld«, wiederholte sie, und zu ihrem Manne gewandt: »Hab ich dir's doch gleich gesagt – Geduld!«

»Und Liebe«, fügte ich gütig lächelnd hinzu.

Der Lift hielt an. Wir stiegen allesamt aus, holten uns unsere Schlüssel von der *Deschurnaja,* nickten einander ein freundliches *Do swidanja* zu und trennten uns in verschiedener Richtung: die Dame und ihr Gatte nach rechts um die Ecke des Korridors, wo sich die Zimmer mit der Aussicht auf die Küche und die Mülltonnen befinden, wir aber zu unsern Empiremöbeln und unserm Kreml-Ausblick. Als dem großen Künstler, der ich war, stand mir dieser bescheidene Luxus ja wohl auch zu.

»Du hättest das lieber nicht tun sollen«, sagte meine Frau.

»Ich weiß«, sagte ich, »aber ich wollte diese nette Amerikanerin nicht enttäuschen.«

Mein Sohn sagte: »Ich möchte mir den Zirkus ansehen.«

»Wir bleiben nur kurze Zeit in Moskau«, sagte ich, »und ich ziehe das Bolschoi vor.«

»Ich möchte herausfinden, wer du bist«, sagte mein Sohn. »Ich möchte stolz sein dürfen auf meinen Vater.«

»Ich bin überzeugt, der Zirkuskünstler, dem dein Vater ähnelt, leistet auf seinem Gebiet auch Großes«, sagte meine Frau.

»Gerade deshalb möchte ich ihn sehen«, sagte mein Sohn.

»Du kannst ja hingehen, wenn du willst«, sagte ich.

»Du wirst das Kind nicht allein in Moskau herumlaufen lassen«, sagte meine Frau, »und schon gar nicht abends.«

»Dann geh du doch mit ihm«, schlug ich vor.

»Wieso«, sagte sie, »interessiert dich die Sache denn nicht?«

Ich war mir nicht sicher. Die alten Geschichten gingen mir durch den Kopf, von Leuten, die ihrem Doppelgänger begegnet waren und kurz darauf ein gewaltsames Ende fanden, und da ich nun einmal von Aberglauben nicht frei bin, habe ich derlei Erlebnisse stets tunlichst vermieden.

»Ich versuche, Billetts zu bekommen«, entschied meine Frau.

Die Plakate auf der Straße und am festlich erleuchteten Eingang zum Zirkus kündigten in großen schwarzen Lettern Arkadij Cholkin an, den verdienten Künstler der Russischen Sozialistischen Föderativen Sowjetrepublik. Welches Cholkins Kunst war, hatte man versäumt, auf dem Plakat anzugeben. Ich stellte mir ihn vor, wie er durch die Luft wirbelnd das Trapez im letzten Moment packte oder hoch unter der Zirkuskuppel im Licht eines weißen Lichtkegels auf dem Seil balancierte, oder wie er, allein, eine ganze Pyramide frohgemut dreinblickender Zirkusathleten hochstemmte.

»Nein«, sagte meine Frau, »er ist bestimmt ein Clown. Unsere sowjetischen Freunde sind berühmt für ihre Clowns. Das kommt von der russischen Seele. Sie erzeugt die traurigsten Clowns der Welt.«

Sie hatte sehr gute Plätze für uns bekommen: weit genug vorn, um Einzelheiten zu erkennen, und doch nicht so nahe der Arena, daß einem die Sägespäne ins Gesicht fliegen würden, wenn die Pferde vorbeigaloppiert kamen. Ich war sonderbar erregt. Der Manegengeruch, diese Mischung von tierischen Ausdünstungen, billigen Parfüms und Schweiß, zauberte mich zurück in meine Jugendzeit, wo ich sehr eingenommen war von der Romantik des Zirkuslebens: den Damen im schillernden Dress, die selbst im Moment der Gefahr noch lächelten, den buntbemalten Wagen, die über die Landstraßen zogen, den klugen Clowns, die mit ihrem Rat die Liebesprobleme der Artisten lösten oder doch selber auf tragische Weise verliebt waren in das schöne junge Mädchen, das zweimal täglich, nachmittags und abends, aus der Kanone geschossen wurde. Und da war auch meine geheime Angst vor dem Mann mit dem Dressurakt.

Ich warf einen diskreten Blick auf meine Frau: Sie war von der Schau völlig in Anspruch genommen. Und dieser Zirkus – dessen Name mir entfallen ist – war Spitze, das muß ich sagen. Die einzelnen Nummern rollten mit einer Präzision ab, die einem den Atem verschlug, und die Späße der Clowns waren selten plump, meist sogar geistreich; dennoch konnte ich mich für nichts richtig begeistern. Ich wartete – natürlich ohne mir darüber klar zu sein, daß ich wartete.

Die Elefanten. Der Mann, der den Elefantenakt vorführte, war ein dicker, gutmütig aussehender Inder; mit dem juwelengeschmückten Turban auf dem Kopf ähnelte er einem pensionierten Maharadscha minus Harem, nicht mir. Auch ließ sich keine Ähnlichkeit zwischen mir und den kühnen Reitern in ihrer Phantasieuniform feststellen, die ihre Rosse so elegant tänzeln ließen und sie dazu brachten, sich niederzulegen und totzustellen: Breitschultrige, schnurrbärtige Gesellen alle sechs, die Pelzmützen schief auf dem Kopf, waren sie in jeder Beziehung in einer ganz anderen Klasse als ich.

In der Pause führte ich meine Familie zum Buffet. Mein Sohn leckte schweigend und nachdenklich eine Riesenportion Eiskrem in sich hinein; meine Frau nippte an ihrem Sowjetchampagner, äußerte sich lobend über die vielen Sensationen schon in der ersten Hälfte des Programms, vermied es aber, die Amerikanerin im Lift zu erwähnen oder, obwohl die Zahl der in Frage kommenden Arten bereits eingeschränkt war, Mutmaßungen darüber anzustellen, welches denn nun die Tiere sein möchten, mit denen ich meine Wunder vollführte. Ich war froh, als die Glocke läutete.

Eine Frau und zwei Männer warfen alle möglichen glänzenden Gegenstände in die Luft und jonglierten damit. Und dann – die Löwen. Das waren nun nicht die müden alten Katzen, die man sonst im

Zirkus zu sehen bekommt, mit hundertmal gebrochenem Willen, der Leib geschwächt durch mangelnden Auslauf – diese waren groß und stark und bewegten sich geschmeidigen Schritts, auch war in ihrem Blick keine Spur des Geduckten, Kriecherischen, das man gemeinhin in den Augen gefangener Großkatzen findet. Dann sah ich den Dompteur. Ich schaute meine Frau an, sie schaute mich an. Sie nickte.

»Meinst du wirklich?« fragte ich.

Sie nickte noch einmal, nachdrücklich.

Der Dompteur knallte mit der Peitsche. Die Löwen begaben sich, sichtlich widerwillig, an ihre Plätze; einer brüllte böse. Der Dompteur wandte sich dem Tier zu und starrte ihm ins Auge. Das Brüllen sank ab zu einem Knurren, das Knurren zu einem tiefen Winseln, das bald erstarb; der Löwe ging in die Knie, der Dompteur schnippte mit dem Finger, der Löwe richtete sich auf und trottete hin zu den andern.

Der Dompteur war ein Mann in mittleren Jahren, wie auch ich, und wie ich war er kräftig gebaut und gedrungen; doch hätte einer lange suchen müssen, um sonst irgendwie ähnliche Züge zu entdekken. Bitte, dachte ich mir, vielleicht war die Dame aus New York kurzsichtig, oder sie und ihr Gatte hatten weit hinten gesessen. Aber je länger ich dem Dompteur bei der Arbeit mit seinen Tieren zusah und seine gezielten, kraftvollen Bewegungen beobachtete, seine Haltung, aus welcher der konzentrierte Wille sprach, desto mehr Gemeinsames glaubte ich zu erkennen. Ich sah mich selbst, wie ich an der Spitze meiner Männer den zerschossenen Abhang hinauf attackierte und einen zahlenmäßig überlegenen Gegner zwang, sich zu ergeben – obwohl, der Wahrheit die Ehre, die Wehrmacht damals schon recht demoralisiert war; und ich sah mich selbst, wie ich Jahre später einem Saal voll Kollegen gegenübertrat, die in der freudigen Erwartung gekommen waren, Zeuge meiner politischen Selbstkritik sein zu dürfen – obwohl, der Wahrheit die Ehre, sich unter ihnen kein Löwe bemerken ließ. Das Leuchten in den Augen meines Sohnes entsprang, so hoffte ich, dem Stolz auf seinen Vater, den zu empfinden der angebliche Zweck seines Zirkusbesuchs war, und ich tätschelte ihm wohlmeinend die Hand und erklärte ihm: »Die Löwen wissen einfach, wer sie füttert; das ist das Geheimnis der ganzen Dressur.«

Es war ein echtes Erfolgserlebnis, und es tat mir nicht mehr leid, daß ich das Bolschoi geopfert hatte. Ja, ich fühlte mich so erleichtert und so zufrieden mit mir selber, daß ich den folgenden Nummern nur noch geringe Aufmerksamkeit schenkte – bis der Zirkusdirektor in eigener Person in die Mitte der Manege trat und, nachdem er die enorme Nelke in seinem Knopfloch zurechtgezupft hatte, die Arme breitete: »Und jetzt, Towarischtschi, haben wir die besondere Freude und Ehre, einen der ganz Großen des Zirkus begrüßen zu dürfen, den Verdienten Künstler der Russischen Sozialistischen Föderativen Sowjetrepublik, den unnachahmlichen, den einen und einzigen Arkadij Cholkin!«

Tusch.

Und da war er, silberner Rock, silberne Kniehosen, silberne Strümpfe, Silberschnallen auf silbernen Schuhen, und kam mit den kurzen Schrittchen eines alten Mannes über den roten Teppich, den sie für ihn hingelegt hatten, und verneigte sich steif nach rechts und nach links als Dank für die Begrüßung und den Beifall, und sein selbstgefälliges Lächeln erzeugte Risse in der dick auf die Wangen geschmierten rosafarbenen Schminke. Man stelle sich eine Kreuzung von Voltaire und Benjamin Franklin vor, leicht karikiert, und mit meinem Gesicht, wie es in zwanzig Jahren aussehen wird, und man hat ihn vor sich. Er hatte meine Augen und meinen Mund, dieser vielleicht doch ein wenig dünner und bösartiger als bei mir, und meine Glatze, umsäumt von lockigem Haar, das aber bei ihm schon ganz weiß war, silberweiß. Und, hol's der Teufel, eine jede seiner Gesten war genau, als hätte er sie von mir kopiert, sie jedoch um ein Geringes überzogen, so daß alles zur Schmiere wurde: meine bescheiden abwehrende Handbewegung, mein hilfloses Achselzukken, meine betont lässige Haltung, hinter der sich im Grunde meine Verlegenheit verbirgt.

Ich rutschte tief hinunter in meinem Sitz und versuchte, mich klein zu machen; wenn ich mich hätte unsichtbar machen können, ich hätte es getan. Ich fürchtete den prüfenden, vergleichenden Blick meiner Frau, meines Sohnes; aber mehr noch fürchtete ich, Arkadij

Cholkin anzusehen. Er war mein Gespenst, das schon zu meinen Lebzeiten umging, mein Zerrbild, das mir vor Augen führte, was ich vor mir selber zu verbergen trachtete.

Dabei leistete er wirklich Erstaunliches mit seinen Pudeln, die in die Manege gerannt kamen und ihn umhüpften und auf ihren Hinterbeinen umtänzelten und einen Blick von ihm zu erhaschen suchten, auf daß er ihnen gestatte, ihre Kunst zu zeigen. Und er, wie selbstzufrieden! Er war ihr Herr und Meister, ihr Napoleon, ihr Gott, für ihn sprangen sie durch die Reifen, balancierten auf Rollen, für ihn paradierten sie im Kreise, aufrecht, die Vorderpfoten gestützt auf die Schultern des vor ihnen trippelnden Tiers. Und wie er gar mit seinen Seehunden umging! Selbst nachdem sie ihre Kunststücke vollbracht, den Ball in die Luft geworfen und mit der Nase aufgefangen hatten, die Leiter hinaufgekrochen waren und auf der andern Seite wieder hinab, und was alles sonst noch, wollten sie sich nicht von ihm trennen; sie watschelten ihm hinterher, stießen ihn zärtlich an, schmiegten sich an ihn, und er, mit der Lässigkeit, von der ich schon gesprochen habe – aber das war fast eine eigene Nummer und erbrachte eigenen Applaus –, er griff in den silbernen Beutel, den er um die Schulter gehängt trug, und zog Hälften silberner Heringe daraus hervor und ließ sie ihnen ins Maul fallen. Und als Höhepunkt: die Tauben. Auf ein Zeichen seiner Hand kamen sie von der Zirkuskuppel heruntergeflattert, ich weiß nicht wie viele, und umkreisten ihn in wohlgeordneten Staffeln und landeten auf seinen Füßen, Schultern, Händen, sogar seinem Kopf, und er stand da, strahlend, eine silberne Gestalt in einem Wirbel von Weiß, liebkosend und geliebkost, und der Knabe kam, sein Helfer – mein Sohn –, und reichte ihm ein Gewehr mit silbernem Doppellauf. Ich sah, wie er lud. Die Tauben umkreisten ihn wieder. Der Knabe warf zwei Tontauben in die Höhe, und dann noch zwei, und wieder zwei. Meine Frau zuckte zusammen. Die Tontauben zerschellten, die Stücke fielen zu Boden. Die Tauben gurrten und ließen sich wieder auf Cholkin nieder, sogar so viele, wie Platz finden konnten, auf dem Doppellauf des Gewehrs. Er redete mit ihnen, während er von neuem lud. Was er sagte, war nicht zu verstehen. Es war auch nicht wichtig. Ich wußte, auf die Worte kam es nicht an. Es war die

Stimme, die wirkte, meine Stimme, aber unendlich viel älter, sanfter, weiser.

Die Schüsse krachten.

Die Tauben auf dem Gewehr, ich glaube, es waren ihrer sieben, hatten sich nicht gerührt. Arkadij Cholkin übergab das Gewehr seinem Knaben, verbeugte sich und nahm den Beifall entgegen, lächelnd und sehr müde und sehr alt.

Wir sprachen wenig auf dem Heimweg zum Hotel National. Eine Taxe war nicht zu finden, und wir mußten den Trolleybus nehmen, der wie üblich vollgestopft war mit müden Menschen. Im Lift dann sagte meine Frau: »Ich bin nur froh, daß du wie der Löwenbändiger aussiehst. Wäre es nicht fürchterlich gewesen, wenn irgendwelche Ähnlichkeit zwischen dir und diesem Cholkin bestanden hätte?«

»Er ist ein hervorragender Künstler«, sagte ich.

Mein Sohn schwieg.

Die Computerfrau

Wo die Reise hingeht, wollen Sie wissen? Wenn Sie einen Moment zuhören wollen, werde ich's Ihnen gern erzählen; aber schließen Sie doch bitte die Abteiltür.

Es ist nämlich alles wegen meiner Frau. Sie hatte ihre einsichtigen Momente, das war das Gute an ihr. Aber sonst? Was macht man mit einer Frau, die Ihnen plötzlich, ohne irgendwelche Provokation, und zwar noch vorm Frühstück, erklärt: »Ich hasse dich und werde nie mehr mit dir reden.« Dabei schwöre ich Ihnen, ich habe mich immer bemüht, ihr jeden Wunsch von den Augen abzulesen, habe den Tisch gedeckt und die Eier gekocht und so weiter. Mit dem Steiß wackeln nannte sie das. Oder die, wenn man schon mal ein Erfolgserlebnis hat, einen mit großen Augen anblickt und maliziös lächelnd äußert: »Machst du alles nur, um deine Eitelkeit zu füttern.«

Erschießen? Erwürgen? In Frankreich ja, vielleicht; dort haben die Gerichte Verständnis für *crimes de passion;* aber hier bei diesem Emanzen-Trend geht so was nicht. Oder scheiden lassen? Aber ich liebe sie doch. Sie hat zwar behauptet, ich wüßte gar nicht, was das wäre, Liebe; aber was ist denn Liebe, wenn nicht den anderen mit Geduld und Hingabe immer wieder zu ertragen?

Blieb also nur, während einer ihrer einsichtigen Momente eine grundsätzliche Unterredung zu führen. »Herzlieb«, sagte ich zu ihr, »du wirst doch verstehen, daß es so nicht weitergehen kann zwischen uns.«

»Nur weil ich dir mein ganzes Leben geopfert habe«, sagte sie sofort, »bilde dir nur nicht ein, daß ich ohne dich verloren wäre, seelisch und überhaupt, so gut bist du auch wieder nicht.«

»Herzlieb«, erwiderte ich, »ich habe nicht gesagt, daß ich dich zu verlassen wünsche. Ich hielte es nur für besser, wenn ein wenig mehr Ausgeglichenheit in unsere Beziehungen käme. Deine Gefühle...«

»Wieso *meine* Gefühle? Ich reagiere doch nur.«

»Also gut, *unsere* Gefühle. Unsere Gefühle, Herzlieb, unterliegen erheblichen Schwankungen, manchmal sogar von Minute zu Minute, und dadurch wird es schwierig, sich dir gegenüber so zu verhalten, wie du es verdienst und wozu deine hervorragenden Anlagen, auf jedem Gebiet hervorragenden, dich prädestinieren.«

»Warum gehst du dann nicht auf mich ein? Du bist der Ältere, du bist der Mann, und du bist klüger und erfahrener als ich.«

»Sehr gut, Herzlieb, daß du das einsiehst.«

»Und darum bist du auch schuld an allem, und es ist deine Aufgabe, unser Leben in Ordnung zu bringen. *Ich* bin doch nur ein hilfloses Weib, verzeih den Ausdruck, aber hier trifft er zu.«

»Gerade deshalb, Herzlieb, rede ich ja mit dir. Ich habe da diesen kleinen Computer beschafft, Mikroelektronik, du weißt schon, flach wie eine Schweizer Armbanduhr und nicht viel größer als diese, die Batterie mit garantierter Lebensdauer von acht Jahren, ein Psychoschrittmacher Modell RCX 122-13, und, was das Beste daran ist, den Fernregler gleich dazu, und ich habe auch schon mit Professor Philipp Lepeczinsky gesprochen, er ist eine Kapazität, er wird dir das Gerät einsetzen, gleich unterhalb des Nackens, der Wirkung auf das Stammhirn wegen, und es wird auch kaum etwas zu sehen sein, nur eine unbeträchtliche Schwellung, aber die wirkt gerade so recht fraulich, und das Ganze ist programmiert auf Harmonie, wird das nicht herrlich sein?«

Ich sehe noch den Ausdruck auf ihrem Gesicht, aber es war, wie ich schon berichtete, einer ihrer einsichtigen Momente, und der Anfall, der sich in ihrem Blick angekündigt hatte, blieb aus. Sie sagte nur: »Und warum du nicht?«

Ich begriff nicht.

»Dieses RCX-Ding«, erläuterte sie. »Warum pflanzt Lepeczinsky es nicht bei dir ein?«

»Weil, Herzlieb«, sagte ich, »ich es nicht brauche. Weil ich nicht deinen Temperamentsschwankungen unterliege, diesem Auf und Ab, Hin und Her, Drunter und Drüber. Weil, wie du selber oft genug festgestellt hast, meine Seele eine Haut hat wie ein Regenmantel, an dem alles abläuft.«

Aber so einfach, wie sich das anhört, war es keineswegs, bis ich sie so weit hatte. Sie wissen ja, wie es bei Frauen ist; man glaubt, man hat sie überzeugt, und plötzlich ist es alles nicht gewesen. ›Ich hätte zugesagt?‹ fragt so eine. ›Das bildest du dir ja nur ein.‹ Dreimal mußte ich Lepeczinsky um Terminverschiebung ersuchen, bei einem vielbeschäftigten Nervenchirurgen ein höchst peinliches Unterfangen.

Aber schließlich zuckte meine Frau die Achseln und sagte: »Was tut man nicht alles um der Liebe willen.«

Und dann lief die Sache eigentlich recht glatt.

»Ihre Frau«, sagte Lepeczinsky zu mir, »war wie ein wohlerzogenes Pudelchen, ich verstehe Ihre Klagen gar nicht.«

Nun, es lohnte sich jedenfalls, das ganze Honorar und meine Verpflichtungen Lepeczinsky gegenüber. Was für ein Glücksgefühl, als ich zum erstenmal auf den Fernregler drückte, auf dessen grünen Knopf, um es genau zu sagen, und sich ihr liebes Gesichtchen, das ich so oft im Zorn verzerrt gesehen hatte, binnen Sekunden glättete und ein reizendes Lächeln auf ihre Lippen trat und sie sagte: »Herzlieb!« Eine Rührung befiel mich, die nur einer verstehen kann, der jahrelang durchgemacht hat, was ich durchzumachen hatte.

Und solcher Knöpfe gab es auf dem Fernregler zwölf, in verschiedenen Farben und leicht zu handhaben; in der Beschreibung stand nur, man möge darauf achten, nicht versehentlich auf zwei oder mehr Knöpfe gleichzeitig zu drücken, da das zu Mißverständnissen auf seiten des Computers und entsprechend wirrem Verhalten des Objekts führen könne.

Ich will Ihnen die Farben der Knöpfe, die außerdem im Dunkel sanft leuchten, jetzt nicht aufzählen und die Wirkungen, die von ihnen ausgehen, nicht sämtlich beschreiben. Es sei genug, von dem Zartrosa zu sprechen, welches das Objekt in eine betuliche Hausfrau verwandelt, die sich gar nicht genugtun kann, in Küche und Keller zu wirken, dem Mann die Pantoffeln hinzustellen und sich ständig Gedanken über sein leibliches Wohlbefinden zu machen, oder vom Orange, das bewirkt, daß das Objekt zur klugen Ratgeberin wird, die die Sorgen ihres Partners teilt und selbst da, wo er auf seiner Meinung beharrt, Verständnis für ihn zeigt, oder vom Purpurviolett – ein Knopfdruck, und das Objekt wird zu einem Bündel der tollsten Leidenschaften, welches außerdem mit einer unermüdlichen Phantasie ausgestattet ist.

Ich bin ja im allgemeinen kein Mensch, der zur Selbstdarstellung neigt, aber in diesem Fall fühlte ich mich bewegt, dem Hersteller von meiner Zufriedenheit mit seinem Produkt, dem Psychoschrittmacher RCX 122-13, schriftlich Kenntnis zu geben, und erteilte auch meine Genehmigung, den Brief, samt Namen und Adresse, in einer Annonce der Firma zitieren zu lassen.

Nun sei doch alles gut gewesen, meinen Sie? Aber was machen Sie mit einer Frau, die Sie permanent mit Herzlieb anredet? Die in allen Situationen und bei allen Gelegenheiten sich genauso verhält, wie Sie es haben wollen, nämlich ideal, und die, sollte sie einmal vom Pfad weiblicher Tugend kurz abgleiten, sogleich mit Hilfe des Fernreglers korrigiert werden kann? Haben Sie mal dieses seelische Jukken gespürt, das sich bis in die Kniekehlen und Fingerspitzen verbreitet, wenn einer versucht, Ihnen Ihre sämtlichen Wünsche von den Augen abzulesen? Ja, ich war zufrieden, ich war mehr als zufrieden, ich war so zufrieden, daß meine Zufriedenheit plötzlich umkippte in eine Art Hysterie, wie ich sie früher nur bei meiner Frau kannte, und ich den Spiegel im Badezimmer zerschmiß, den sie gerade zum zweitenmal putzte, und hinüber in unser liebevoll ausgestattetes Wohnzimmer lief und das arme computergesteuerte Weib aufs wildeste beschimpfte. Aber glauben Sie nicht, daß mir das übelgenommen wurde. Die gleiche Frau, die mich einst mit ihren unberechenbaren Launen, mit ihrer Unlogik, ihren irrsinnigen Behauptungen fast zur Weißglut brachte, blieb die Geduld in Person. Sie sprach mir gut zu, redete auf mich ein wie eine Mutter auf ihr unartiges Kind, ließ dabei auch durchblicken, daß ich's wohl in Wirklichkeit nicht ganz so schlimm meinte, und versicherte mich, wieder und immer wieder, ihrer alles verzeihenden Liebe. Schließlich wurde es so unerträglich, daß ich den Fernregler nahm und auf sämtliche zwölf Knöpfe zugleich drückte, und dann ging ich und schmiß das Ding in die Mülltonne.

Was aus meiner Frau geworden ist? Sie haben sie doch gesehen, die Dame, die vorhin nur eben mal aus dem Abteil ging. Sie begleitet mich. Sie bringt mich zu Professor Lepeczinsky. Ich habe da einen kleinen Computer beschaffen müssen, flach wie eine Schweizer Armbanduhr, Mikroelektronik, Sie wissen schon, aber das verbesserte Modell, RCX 122-14, und Lepeczinsky wird mir das Gerät einsetzen, unterhalb des Nackens, der Wirkung auf das Stammhirn wegen, es wird nur eine unbeträchtliche Schwellung geben, aber, wie schon meine Frau seinerzeit sagte, was tut man nicht alles für die Liebe…

Nachbemerkung

Jahrelang lagen diese Kisten und Kartons erst im Keller des Hauses, dann unterm Dach auf dem Boden. Der Staub sammelte sich auf ihnen und die Spinnweben; allmählich wußte keiner mehr so genau, was sich darinnen befand und wo etwas zu finden gewesen wäre, hätte man danach suchen wollen; es war ein entmutigendes Sammelsurium von zerfallenden Büchern und vergilbten Papieren: Zeugnisse der Vergangenheit, gewiß, aber unzugänglich.

Bis der große Regen kam und es sich herausstellte, daß das Dach leck war und rasch etwas getan werden mußte, sollte nicht das ganze Haus Schaden nehmen; und da es in der DDR genau so schwierig ist, eine kleine Reparatur zu organisieren wie einen größeren Umbau, ergab es sich, daß da ein langer, schrägwandiger Raum entstand, mit Regalen und Verschlägen, in denen endlich Platz war zum Aufstellen und Sichten und Ordnen all des Wusts.

Und manches war Wust. Aber da waren immerhin der Briefwechsel, zurückreichend bis in die vierziger Jahre, und Manuskripte, von denen ich gar nicht gewußt hatte, daß sie sich erhalten und meine Wanderungen von Land zu Land heil überstanden hatten: meine Radio-Scripts beim Sender Luxemburg während des Krieges, zum Beispiel; vor allem aber, und für diese Sammlung wichtig, die frühen Kurzgeschichten des jungen Emigranten aus seiner Prager Zeit, erste Gehversuche zumeist, das eine oder andere jedoch von bleibenderem Interesse; aber auch Stories aus der Periode unmittelbar nach dem Kriege, die ich verloren geglaubt hatte.

Aus diesen Funden habe ich für den vorliegenden Band der Werkausgabe einiges ausgewählt und dem bereits in früheren Titeln veröffentlichten Bestand an Erzählungen hinzugefügt; auch anderes, das bisher nur in amerikanischer Sprache gedruckt war, wurde übersetzt und beigegeben, so daß nun ein Buch entstanden ist, das über fünfzig Jahre Arbeit eines Erzählers und über die Zeit, in der diese

Arbeit getan wurde, und über das Leben des Mannes, der die Arbeit tat, eine gewisse Auskunft gibt.

Nicht immer ließ sich das genaue Datum der Abfassung eines Manuskripts festlegen; aber Thema und Stil, ebenso wie die Erinnerung des Autors, erlauben hinreichende Schlüsse zumindest auf die Periode, in der etwas geschrieben wurde. Die Reihenfolge, in der die Texte in diesem Band veröffentlicht werden, entspricht also im großen ganzen der Zeitfolge ihres Entstehens.

S. H.